DER STEIN DES TODES

Margarete von Schwarzkopf, geboren in Wertheim am Main, studierte in Bonn und Freiburg Anglistik und Geschichte. Sie arbeitete zunächst für die Katholische Nachrichtenagentur, dann als Feuilletonredakteurin bei der »Welt« und viele Jahre beim NDR als Redakteurin für Literatur und Film. Heute ist sie als freie Journalistin, Autorin, Literaturkritikerin und Moderatorin tätig.

MARGARETE VON SCHWARZKOPF

DER STEIN DES TODES

Kriminalroman

emons:

Bibliografische Information der Deutschen Nationalbibliothek
Die Deutsche Nationalbibliothek verzeichnet diese Publikation
in der Deutschen Nationalbibliografie; detaillierte bibliografische
Daten sind im Internet über http://dnb.d-nb.de abrufbar.

© Emons Verlag GmbH
Alle Rechte vorbehalten
Umschlagmotiv: shutterstock.com/tony4urban
Umschlaggestaltung: Nina Schäfer, nach einem Konzept
von Leonardo Magrelli und Nina Schäfer
Umsetzung: Tobias Doetsch
Gestaltung Innenteil: DÜDE Satz und Grafik, Odenthal
Lektorat: Hilla Czinczoll
Druck und Bindung: CPI – Clausen & Bosse, Leck
Printed in Germany 2023
ISBN 978-3-7408-1952-1
Originalausgabe

Unser Newsletter informiert Sie
regelmäßig über Neues von emons:
Kostenlos bestellen unter
www.emons-verlag.de

Gewidmet meiner wachsenden Familie,
meiner kretischen Freundin Stella
und im Gedenken an Ursel

Als Theseus auf Kreta gelandet und vor dem Könige Minos erschienen war, zog seine Schönheit und Heldenjugend die Augen der reizenden Königstochter Ariadne auf sich. Sie gestand ihm ihre Zuneigung in einer geheimen Unterredung und händigte ihm einen Knäuel Faden ein, dessen Ende er am Eingange des Labyrinthes festknüpfen und den er während des Hinschreitens durch die verwirrenden Irrgänge in der Hand ablaufen lassen sollte, bis er an die Stelle gelangt wäre, wo der Minotauros seine gräßliche Wache hielt. Zugleich übergab sie ihm ein gefeites Schwert, womit er dieses Ungeheuer töten könnte. Theseus ward mit allen seinen Gefährten von Minos in das Labyrinth geschickt, machte den Führer seiner Genossen, erlegte mit seiner Zauberwaffe den Minotauros und wand sich mit allen, die bei ihm waren, durch Hilfe des abgespulten Zwirns aus den Höhlengängen des Labyrinthes glücklich heraus.

Gustav Schwab, »Klassische Sagen des Altertums«

Prolog

Kreta, 19. Juli 1908

Nicos Siriakis spürte, wie ihm das Blut über das Gesicht rann. Er vermochte kaum mehr, seine Augen offen zu halten. Vergeblich versuchte er, einen Laut von sich zu geben, nach seinen Kameraden zu rufen. Aber nur ein schwaches Krächzen drang aus seinem Mund. Die Wunde an seinem Hinterkopf schmerzte kaum. Vielmehr war es das quälende, schier unerträgliche Gefühl, dass derjenige, der ihn niedergeschlagen hatte, sich mit seiner Beute aus dem Staub machte, ihn in seinem Blut zurückließ und in der sternenlosen Dunkelheit untertauchte.

Nicos, Assistent des berühmten Archäologen Luigi Pernier, hatte in dem kleinen Zelt, in dem einige der neueren Funde aus dem Palast von Phaistos aufbewahrt wurden, Wache gehalten und darauf gewartet, dass Pernier ihn, wie versprochen, aufsuchen und seinen jüngsten Fund begutachten würde. Bisher hatte er seinen Freunden gegenüber nur Andeutungen zu seiner Entdeckung gemacht. Gesehen hatte nur er selbst den Fund, und er konnte immer noch nicht glauben, was er da unter Schutt und Ziegeln in der kleinen Kammer des minoischen Palastes entdeckt hatte. Ein zweiter Diskos, dem erst entdeckten täuschend ähnlich.

Als Nicos vor vier Tagen atemlos berichtete, auf was er bei seiner Grabung gestoßen war, hatte Pernier abgewinkt. »Sie haben sich in etwas verrannt, Nicos«, sagte er. »Was Sie gefunden zu haben glauben, kann nur eine Kopie aus späterer Zeit sein.« Er wandte sich ab und ging seiner Wege.

Pernier selbst war am Abend des 3. Juli gar nicht vor Ort gewesen, als das Grabungsteam den sensationellen Fund machte und den Ur-Diskos entdeckte. Doch nun war die Nachricht von der Entdeckung dieses Diskos im minoischen Palast bereits durch die Medien gegangen. Am nächsten Tag wollten Federico Halbherr und Luigi Pernier, die italienischen Grabungsleiter, Vertretern der Presse, von denen einige sogar von weit her angereist waren, die mysteriöse Scheibe präsentieren. Auch um alle Zweifel aus dem Weg zu räumen, dies sei eine Fälschung, vielleicht sogar von einem modernen Künstler geschaffen und in den Ruinen des Palastes abgelegt worden, um die Ausgrabung aufzuwerten.

Denn der größte Konkurrent, der Engländer Arthur Evans, war in Knossos seit Anfang des 20. Jahrhunderts überaus erfolgreich gewesen. Bereits vor Evans hatte der kretische Archäologe Minos Kalokairinos auf einem Hügel in der Nähe von Heraklion bei Candia große Tonfässer zwischen Steinmauern freigelegt, und der amerikanische Journalist William J. Stillman war dort auf alte Steinmetzzeichen gestoßen. Im März 1900 hatte Evans mit den Ausgrabungen begonnen. Seine Truppe fand einen prunkvollen Palast mit zahlreichen Fresken. Evans, 1851 in England geboren, bezeichnete den Palast als Herrschersitz des sagenumwobenen Königs Minos, dem Sohn des Zeus und der Europa. Im Labyrinth des Palastes soll der berüchtigte Minotaurus gehaust haben, den Theseus besiegte, der dank des Fadens der Ariadne das Labyrinth wieder verlassen konnte.

Evans galt als der Entdecker der minoischen Kunst – für seine italienischen Kollegen eine Herausforderung. Und nun hatten sie in Phaistos diesen Diskos aus hellem Ton mit seinen zweihunderteinundvierzig seltsamen Zeichen entdeckt. Nicos war dabei gewesen, als er aus dem Schutt der halb verfallenen Kammer herausgeschält wurde. Mehr als zweitausend Jahre alt war dieses mysteriöse Objekt.

In den Tagen danach hatte Nicos im Umfeld dieses Fundes eine Grabung geleitet. Zufällig war er allein zwischen den zerfallenen Mauern, als er selbst auf etwas stieß, das ihn aufjubeln ließ und zugleich erschütterte. Zunächst wagte er kaum, diesen weiteren Fund aus der festen Erde zu lösen. Als er ihn in der Hand hielt, konnte er sein Glück nicht fassen und bat Pernier, sich seine Entdeckung anzuschauen. Zunächst hatte Pernier ihn abgewiesen, doch nun hatte er sich, da er seinen Assistenten schätzte, doch nach längerem Zögern bereit erklärt, heute Abend in das Zelt zu kommen, in dem Nicos für die Nachtwache eingeteilt war. Nicos fürchtete, dass weder Pernier noch Halbherr von seinem Diskos begeistert sein würden. Eine zweite Scheibe schmälerte die Sensation des ersten Fundes. Und wenn es dann noch weitere gäbe? Der Triumph der beiden italienischen Wissenschaftler wäre schnell verflogen, und Arthur Evans bliebe der Sieger in diesem Wettstreit.

Einer seiner beiden Kollegen, den er in seine Entdeckung einweihte, hatte ihn gewarnt. »Halte diesen Fund erst einmal geheim. Wenn die beiden Herren ihren Ruhm voll ausgekostet haben, dann kannst du an die Öffentlichkeit treten. Aber du solltest vorher sicherstellen, dass dieser Stein keine Kopie ist, weder schon aus der minoischen noch aus einer späteren Zeit.«

Nicos hörte nicht auf ihn und zeigte ihm trotz des Drängens auch nicht den Fund. »Später«, sagte er nur.

Nicos war sich seiner Sache sicher. Als er den rötlichen Staub vom Diskos gewischt hatte, konnte er die Zeichen erkennen: den Vogel, den Tischhobel, den Fußgänger, den Handschuh, den Helm, den Pfeil und alle anderen Symbole, deren Bedeutung keiner verstand. Lange hielt er die Scheibe in seinen Händen. Sie schien vollkommen identisch mit der ersten zu sein, nur ein wenig dunkler getönt. So als habe man sie länger im Feuer gelassen, ein bisschen wie angebranntes Brot.

Die Stunden im Zelt wurden lang, und er begann sich mit einigen der Keramikscherben zu beschäftigen, die in einem Luftschacht gelegen hatten. Als er draußen ein leises Knacken vernahm, blickte er auf. Das konnte der Wind sein, der durch die Ruinen des Palastes zog. Als er einige Minuten nichts weiter hörte, holte er aus einem kleinen Kasten den Diskos, um ihn noch einmal zu säubern, damit Pernier erkennen konnte, dass die Symbole denen auf der Scheibe vom 3. Juli glichen. Die leisen Schritte, die ihn aus seiner Konzentration rissen, schrieb er Pernier zu, der sich dem Zelt näherte. Seine Armbanduhr, die ihm sein Vater zu seinem letzten Geburtstag geschenkt hatte, zeigte, dass es bereits nach elf Uhr war. Pernier hatte stets viel zu tun, zumal er die Pressekonferenz vorbereiten musste.

Nicos drehte sich halb um und rief: »*Buona notte, signore!*« In diesem Moment traf ihn ein Schlag gegen die Schläfe. Er sah verschwommen eine Gestalt, die sich über ihn beugte, konnte aber das Gesicht nicht erkennen. Dann wurde er bewusstlos.

Als er wieder zu sich kam, lag er auf dem Boden des Zeltes. Alles um ihn wirkte verschwommen. Langsam schob er sich auf den Feldstuhl zu, auf dem er gesessen hatte, als er erneut ein Geräusch hörte. »Hilfe!«, krächzte er und streckte seine rechte Hand dem Schatten entgegen, der vor ihm im Zelt auftauchte. Diese dunkle Gestalt war das Letzte, was Nicos Siriakis in seinem Leben sah.

Als Luigi Pernier zehn Minuten später das Zelt betrat, fand er den jungen Griechen tot auf dem Boden. Neben ihm ein kleiner leerer Kasten. Auch einige andere Objekte fehlten, die auf einem kleinen Regal im Zelt gestanden hatten, darunter mehrere Keramikscherben und ein bronzener Dolch. Der Räuber hatte ganze Arbeit geleistet.

Der Tod des jungen Archäologen wurde bis nach der Pressekonferenz, die nun erst drei Tage später stattfand, geheim gehalten. Die Journalisten hätten sich auf diese Bluttat mit mindestens demselben Eifer gestürzt wie auf den Bericht vom Diskos, den sie an diesem Mittag unter brütender Sonne aus der Ferne bewundern durften. Erst am 22. Juli gab Pernier die Ermordung seines Assistenten bekannt, der offensichtlich das Opfer eines Raubüberfalls geworden war. Es seien einige minoische Keramikteile entwendet worden. Den angeblichen zweiten Diskos erwähnte er nicht.

Die Zeit verging, und im Museum von Heraklion fand der Fund vom 3. Juli 1908 eine Heimat, eine Pilgerstätte für Touristen, die staunend dieses Zeugnis einer uralten Kultur betrachteten und sich fragten, ob und wann das Rätsel der zweihunderteinundvierzig Zeichen darauf je gelöst würde.

Langsam verblasste der angebliche Fund des Nicos Siriakis zur Legende. Er tauchte nie wieder auf. War er nur das Produkt eines ehrgeizigen Traums gewesen? Eine Phantasie?

Nur Maria Siriakis, die Witwe des Ermordeten, hielt die Geschichte am Leben, ihr Mann habe damals einen zweiten Diskos gefunden. Aber niemand glaubte ihr, selbst wenn diese Legende ihren Reiz hatte nach dem Motto: *»Se non è vero, è ben trovato.«* – »Wenn es nicht wahr ist, so ist es doch gut erfunden.«

Die Düne

»Dürfte ich mit meinem Hund hier im Schatten Ihres Strandhauses sitzen?«

Die Stimme rüttelte Carla Di Fillipo aus ihren Gedanken. Sie saß auf der Terrasse des kleinen Strandhäuschens der Familie Di Fillipo in der Maremma und schaute versonnen über das träge glitzernde Meer. In der Ferne schälte sich die Insel Elba aus dem mittäglichen Dunst, der über den Wellen lag. Carla blickte von der hölzernen Terrasse hinunter zum Strand und sah einen jungen Mann und einen Dalmatiner, die versuchten, im kärglichen Schatten des Strandhäuschens Zuflucht vor der Julisonne zu finden.

Carla lächelte. Sie mochte Hunde, und der junge Mann gefiel ihr auch. Vor allem seine Stimme. Und er hatte ein überaus charmantes Lächeln. »Aber natürlich«, erwiderte sie.

Er hob dankend die Hand und rückte mit seinem Hund näher an die hölzerne Bretterwand der einfachen Hütte, die von einer Veranda umgeben war. Ihr rund zwölf Quadratmeter großer Innenraum diente der Familie Di Fillipo als Aufbewahrungsort für einige Liegestühle und Korbsessel und als Umkleide. Auf einem windschiefen Regal standen ein paar Becher und Gläser und auf einer Anrichte eine Schale mit Obst. Daneben lagen zwei Tüten mit Keksen. Gelegentlich brachte der alte Giuseppe, der seit Jahren als Faktotum segensreich für die Familie wirkte, einen Picknickkorb, den er auf die Anrichte stellte und aus dem er Brot, Käse, Tomaten und Schinken zauberte. Meist auch noch einige Flaschen mit Getränken, die sich aber wegen der sommerlichen Hitze selbst im schattigen Innenraum der Hütte rasch erwärmten.

»Ich heiße Andrea«, sagte der junge Mann. Er deutete auf den Hund. »Und das ist Ercole.«

Carla musste lachen. Auf den schlanken Dalmatiner passte dieser Name wohl kaum.

Andrea lachte zurück. »Er war als Welpe sehr pummelig und kräftig«, beeilte er sich zu erklären.

»Ich bin Carla«, sagte sie.

Andrea nickte. »Eine aus dem Di-Fillipo-Clan?«, fragte er.

Carla schwieg eine Sekunde. Ein Schatten schien über das Gesicht des jungen Mannes zu huschen. Das konnte aber genauso gut eine optische Täuschung sein. »Ja«, antwortete sie kurz angebunden und spürte keinerlei Verlangen, Andrea darüber aufzuklären, dass sie die Tochter von Alessandro Di Fillipo war, dem jüngeren Bruder des früheren Besitzers der Villa Etruria und dieser Hütte am Meer.

Ihr Vater war zu Beginn des Krieges an einer Sepsis gestorben. Auch ihr Onkel Marco lebte wahrscheinlich nicht mehr. Das Haus gehörte jetzt ihrer Tante Susanna, und sie durfte dort so lange wohnen, bis sie zurück nach Rom fahren konnte, um ihr Studium der klassischen Archäologie bald mit einer Doktorarbeit über etruskische Bronzen zu beenden und sich dann bei dem renommierten Archäologen Mario Bertolucci als Hilfskraft zu bewerben. Bertolucci stammte zwar aus der Reggio Emilia, aber er gehörte zu dem Team, das seit 1942 verstärkt bei Roselle forschte.

Carlas Wohnung in Rom war seit Wochen wegen eines Wasserschadens unbenutzbar, und zudem hatte sie Semesterferien. Aber das wollte sie dem Fremden nicht erzählen. Es ging ihn nichts an.

Andrea nickte, lehnte sich an die Bretterwand und blickte über das schimmernde Meer. Elba war wieder im Dunst verschwunden. Ein einsames Segelboot glitt über die glatten Wellen. Die Hitze schien alles zu verschlingen. Carla entdeckte einige Hundebesitzer, die trotz der mittäglichen Glut mit ihren Tieren am Strand spazierten. Hier durften Hunde frei umherlaufen, deshalb war dieser Teil des Strandes von San Matteo sehr beliebt.

Andrea stand auf und schüttelte den Sand aus seiner Kleidung. Ercole erhob sich langsam und gähnte. »Ich wünsche dir noch einen schönen Tag«, sagte Andrea und sah Carla nachdenklich an. »Du scheinst nett zu sein. Schade, dass du eine Di Fillipo bist«, fügte er hinzu. Ehe Carla ihn fragen konnte, was er mit dieser unhöflichen Bemerkung meinte, hatte er sich in Trab gesetzt und lief hinunter zum Wasser. Ercole sprang hinterher.

Carla seufzte. Sie war enttäuscht. Die Begegnung mit dem jungen Mann war eine angenehme Unterbrechung ihrer Studien gewesen, die nun allzu abrupt geendet hatte. Was hatte Andrea mit seiner abschätzigen Äußerung gemeint? Plötzlich fühlte sie sich sehr allein.

Ihre Mutter Margarita hatte vor einem Jahr wieder geheiratet und lebte in Mailand, Geschwister hatte sie keine, und Onkel Marcos Tochter, ihre Cousine Patricia, verlobt mit einem Florentiner Adligen, interessierte sich derzeit nur für die Vorbereitungen zu ihrer Hochzeit im September. Ihr Vetter Stefano, zwei Jahre jünger als Carla, spielte den ganzen Tag Tennis oder hockte mit seinen Freunden in den diversen Cafés und Bars von San Matteo und hielt nach hübschen Mädchen Ausschau. Er war nett, aber furchtbar langweilig. Sein Studium der Medizin nahm er nicht besonders ernst. Lieber wäre er, wie er Carla verraten hatte, Profisportler geworden. »Aber dieser verdammte Krieg hat alles zerstört«, klagte er. Immerhin war er nicht noch in den letzten Kriegsjahren eingezogen worden. Was doch gute Beziehungen alles bewirkten.

Tante Susanna hatte ebenfalls wenig Interesse an Carla. Sie flüchtete meist schon kurz nach dem Ferragosto zurück nach Fiesole und warf sich in das gesellschaftliche Leben von Florenz. Seit Kurzem hatte sie einen »Seelengefährten«, wie sie den fast siebzigjährigen Conte Fabrizio di Famagusta nannte. Steinreich, zweimal verwitwet, ohne Kinder und, wie man sagte, noch immer ein glühender Anhänger des Faschismus. Er hielt mit seiner Meinung, dass Mussolini der größte Führer aller Zeiten gewesen sei, nicht hinterm Berg. Und viele seiner Freunde schienen der gleichen Meinung zu sein.

Carla vermisste ihren Onkel Marco, der vor drei Jahren an einem Abend Ende Juni bei einem Abendspaziergang spurlos verschwunden war. Sein Dackel Cesare kam ohne sein Herrchen zurück, und alle Suchaktionen liefen ins Leere. Man fand nichts, was auf das Schicksal Marcos hinwies.

Marco Di Fillipo war ein renommierter Archäologe, ein

Kenner der etruskischen Kultur, von der in dieser Gegend viele Funde zeugten. Er hatte Carla inspiriert, Archäologie zu studieren, und nahm sie oft zu den Grabungen in Roselle mit, einem Dorf in der Nähe von Grosseto. Dort hatte man 1942, mitten im Krieg, mit gründlichen Grabungen begonnen. Dass sich hier vor mehr als zweitausend Jahren eine größere etruskische Stadt befunden haben musste, war schon seit dem 19. Jahrhundert bekannt.

Die etruskischen Objekte, die in einer Vitrine in seiner Villa ausgestellt waren – einige Keramikscherben und mehrere Bronzefiguren, eine Hermesstatuette in der Bibliothek und zwei Öllämpchen auf einem Bücherregal –, hatte er als Anerkennung für seine Arbeit bekommen. Weder Marcos Frau, von der er meist getrennt gelebt hatte, noch seine Kinder teilten die Interessen ihres Vaters. In die Villa waren sie zu seinen Lebzeiten nur in den Sommermonaten gekommen, die übrige Zeit verbrachten sie in Florenz.

Ein Gerücht machte damals die Runde, dass Onkel Marco sich mit undurchsichtigen Geschäftsleuten eingelassen und ihnen kleinere Fundobjekte unter der Hand verkauft habe. Er sei aus Furcht vor Entdeckung untergetaucht oder auch weil seine »Geschäftspartner« ihn bedrohten. Aber niemand konnte dies beweisen.

Im ersten halben Jahr nach Marcos mysteriösem Verschwinden war der junge Commissario Fernando Petruccio am Ball geblieben, segelte sogar nach Elba und zur »Ziegeninsel« Capraia hinüber, um auch dort nach Marco zu forschen. Er befragte Marcos Kollegen, meist studentische Hilfskräfte bei der Grabung, und Marcos Frau und Kinder mehrmals. Als auch nach sechs Monaten weder eine Leiche noch irgendwelche Anhaltspunkte zum Verbleib des bekannten Archäologen aufgetaucht waren und seine Familie offensichtlich nie wieder von Marco gehört hatte, gab auch Petruccio auf.

Eine Zeit lang hatte er geglaubt, Marco sei entführt worden, und man werde ihn gegen ein stattliches Lösegeld freilassen, denn seine Familie galt als sehr wohlhabend. Doch auch das erwies sich als Irrtum. Der Kummer seiner Witwe hielt sich in

Grenzen, seine Tochter Patricia stürzte sich ins gesellschaftliche Leben von Florenz, und sein Sohn spielte Tennis. Nur Carla trauerte aufrichtig.

Carla wusste, dass ihr Onkel sich zum Ziel gesetzt hatte, die etruskische Sprache zu entschlüsseln. Zu ihrer Überraschung hatte er ihr eines Abends erzählt, als sie zusammen auf der Terrasse des Strandhäuschens saßen und gemeinsam den glühenden Feuerball der im Meer versinkenden Sonne bewunderten, dass er vor vielen Jahren seine Laufbahn nicht in der Toskana, sondern auf Kreta begonnen habe.

»Ich war 1908 Assistent von Luigi Pernier, der zusammen mit Federico Halbherr in den Ruinen des Palastes von Phaistos auf Kreta die legendäre Scheibe gefunden hat, diesen geheimnisumwobenen Diskos aus der Bronzezeit. Noch heute rätselt man, was all die eingebrannten Zeichen, darunter Tiere und Pflanzen, bedeuten. Sind es Schriftzeichen, sind es Symbole? Ein großes Rätsel der Menschheitsgeschichte. Und ich war bei der Entdeckung dabei!«

Leider waren sie an jenem Abend vor fünf Jahren rüde von Patricia unterbrochen worden, die Carlas enges Verhältnis zu ihrem Vater eifersüchtig verfolgte und ihm ihren neuen Freund vorstellen wollte. Carla musste am nächsten Tag für einige Zeit zurück nach Rom. Sie sah ihren Onkel zwar dann gelegentlich bei den Ausgrabungen in Roselle, doch er erwähnte seinen Kreta-Aufenthalt nie wieder und antwortete auf ihre Fragen danach nur sehr zurückhaltend.

Sie erinnerte sich, dass Marco bei ihrem letzten Besuch vor seinem Verschwinden an jenem Abend Anfang Juni des Jahres 1943 beim Abendessen erklärt hatte, er wolle noch rasch nach Grosseto, um einen alten Freund und Kollegen aus seiner Zeit in Phaistos zu treffen. Er nannte weder dessen Namen noch erwähnte er Einzelheiten. Seine Frau Susanna schien sich nicht weiter dafür zu interessieren, und Onkel Marco kehrte in jener Nacht sehr spät von seinem Treffen zurück. Carla hörte die Reifen seines Wagens auf der gekiesten Auffahrt zur Villa.

Sie hatte in jenem Sommer andere Dinge im Kopf, als sich intensiv mit ihrem Onkel zu befassen. Wenige Wochen später war er dann plötzlich weg, und sie vermisste ihn schmerzlich. Sie erinnerte sich erst Wochen später daran, dass er ihr einmal gesagt hatte: »Ich mag dich sehr, Carla, zumal du in meine Fußstapfen trittst. Wenn du mehr über meine Arbeit und Forschungen wissen möchtest, so findest du einiges dazu in der Bibliothek. Dir traue ich zu, dass du daraus die richtigen Schlüsse ziehst.«

Und deshalb saß sie jetzt hier auf der Terrasse des Strandhäuschens und vergrub sich in Bücher und Dokumente aus Onkel Marcos Bibliothek, studierte seine diffusen Aufzeichnungen aus den Jahren 1907 und 1908, die sehr plötzlich im Juli jenes Jahres abbrachen, und versuchte sich einen Reim auf all seine Notizen zu machen, die größtenteils ungeordnet zwischen Pappdeckeln lagen. Auch die Notizen zu seinen Grabungen nach 1942 wirkten wenig systematisch.

Mühsam arbeitete sich Carla durch das Konvolut an Hinweisen und Abkürzungen und seufzte. Sie schob die Notizbücher beiseite und überlegte erneut, was Andrea wohl mit seiner wenig freundlichen Bemerkung zu ihrer Familie vorhin angedeutet haben könnte. Hatte das mit dem Verschwinden ihres Onkels zu tun? Glaubten manche Leute in dieser Gegend, dass das Gerücht um eventuelle halbseidene Machenschaften von Marco Di Fillipo einen wahren Kern besaß? Sie hielt das für weit hergeholt und wenig überzeugend.

Sie ärgerte sich über Andrea, und zugleich hoffte sie, er werde wieder auftauchen.

Wie so oft, wenn sie an Onkel Marco dachte, überkam sie eine Welle der Traurigkeit. Sie sah ihn im Geiste vor sich. Als er verschwand, war er dreiundsechzig Jahre alt, ein großer, schlanker Mann mit früh ergrautem, noch dichtem Haar und graublauen Augen unter dicken schwarzen Augenbrauen. Vor allem sein Lachen hatte Carla geliebt.

Zu gern hätte sie mehr von ihm erfahren, vor allem über seine Zeit auf Kreta, die er mit Stichworten ohne größere Ausschmückungen vermerkt hatte. Am 3. Juli 1908 hatte er notiert: »Großartiger Fund in Phaistos«, am 8. Juli stand da: »Echt oder gefälscht?« Seine Notizen waren kein Tagebuch, sondern lose Blätter, die aussahen, als habe man sie aus einem Heft gerissen und zwischen diese von der Zeit gelblich verfärbten Pappdeckel gelegt. Was für ein Chaos!

Offenbar war Marco nur knapp vier Wochen nach dem Sensationsfund zurück nach Italien gereist und, wie ihr Tante Susanna nebenbei einmal gesagt hatte, nie wieder nach Kreta zurückgekehrt. Sie erklärte Carla: »Dein Onkel stammte aus der Maremma und stellte fest, dass ihn die Etrusker seiner Heimat mehr interessieren als die Bewohner Kretas.«

Er hatte sein Studium 1910 mit einer Doktorarbeit über bronzezeitliche Funde in der Toskana beendet, wurde im Krieg 1916 verwundet und widmete sich nach seiner Genesung nur noch den Forschungen in Volterra und rund um Piombino und Grosseto. Warum aber hatte Carla das Gefühl, dass irgendetwas auf Kreta passiert sein musste, was ihren Onkel nach Hause getrieben und ihm Kreta verleidet hatte?

Leider konnte sie die beiden Entdecker des Diskos von Phaistos, Luigi Pernier und Federico Halbherr, nicht mehr befragen. Pernier war 1937 auf Rhodos gestorben, Halbherr sogar schon 1930 in Rom. Und ihr Onkel erwähnte seine damaligen Mitassistenten in seinen kargen Aufzeichnungen nur mit Kürzeln. »N. heute nicht gut drauf«, stand unter dem Datum vom 10. Juli und »A. nervt« am 11. Juli. Carla überlegte, ob sie sich die Mühe machen sollte, zu dieser Episode im Leben ihres Onkels noch länger zu recherchieren, oder sich lieber auf seine Grabungsarbeit im Raum Grosseto konzentrieren sollte. Sie hatte sich vorgenommen, einen Katalog der Funde anzulegen, die Marco noch nicht fertig verzeichnet hatte. Im Archiv von Roselle standen vier Kisten mit seinen Ausgrabungen, die er zusammen mit seinem damaligen Assistenten Gregorio Marcello zwar registriert, aber nicht im Detail bearbeitet hatte.

Eigentlich hatte Gregorio Marcello diese Aufgabe übernehmen sollen. Er war wenige Tage nach Marcos mysteriösem Weggang angeblich nach Florenz aufgebrochen, aber nie dort angekommen. Seine verwitwete Mutter hatte ihn drei Tage nach seiner Abreise nach Florenz als vermisst gemeldet und offenbar keine Ahnung, wo ihr Sohn sein könnte, ebenso wenig wie seine drei Geschwister. Zwei Monate später entdeckte eine Spaziergängerin die Leiche von Gregorio auf der Insel Capraia am Fuß eines Felsens in der Nähe des Strands. Was Gregorio auf diese kleine Insel verschlagen hatte und weshalb er nie nach Florenz gefahren war, stellte die Polizei bis heute vor viele Fragen. Es schien aber eindeutig, dass Gregorio infolge eines Unfalls zu Tode kam.

Commissario Petruccio hatte damals auch diesen Fall zu ergründen und herauszufinden versucht, ob Gregorios anonymer Aufenthalt auf Capraia etwas mit dem mysteriösen Verschwinden von Marco Di Fillipo zu tun hatte. Was hatte den jungen Mann dazu getrieben, eine Reise nach Florenz vorzutäuschen und in Wahrheit ohne Wissen seiner Familie auf Capraia unterzutauchen? War er vor etwas geflohen?

Bei seinen Recherchen fand Petruccio einen Fischer im Hafen von Piombino, der sich erinnerte, dass er zwei Monate zuvor einen jungen Mann mit einem Seesack zur Insel gebracht hatte. Der Mann sei sehr wortkarg gewesen und habe ihm eine Stange Geld für die Überfahrt gezahlt.

»Ich dachte, er sei einer dieser Schriftsteller, die sich erhoffen, auf der Insel in Ruhe und Abgeschiedenheit schreiben zu können. Vor einigen Jahren habe ich den berühmten Dichter Agostino delle Grazie dorthin gebracht.« Die Stimme des Fischers war zu einem Flüstern geworden. »Der war wohl auf der Flucht vor den Faschisten. Dauernd sah er sich um, als werde er verfolgt, und wollte von mir wissen, ob man auf Capraia ungestört arbeiten könne. Er stammte aus Venedig. Ein halbes Jahr ist er auf Capraia geblieben. Dann hat ihn der alte Anselmo zurück aufs Festland gebracht, da ich keine Zeit hatte, ihn abzuholen. Ich war damals auf dem Meer beim Fischen. Und ich weiß nicht, was aus ihm geworden ist. Das war 1939.«

Petruccio hatte wissend genickt, allerdings keine Ahnung, wer dieser Dichter sein sollte. Ohnehin las er selten und dann nur die Sportnachrichten. Vor Politik scheute er zurück, und seine gesamte Familie lehnte den Faschismus ab. Nie äußerten sie offen ihre Kritik, und Petruccio war bedacht darauf, nicht in den Verdacht zu geraten, gegen das Regime zu sein. Das hätte das rasche Ende seiner Laufbahn als Polizist bedeutet. Und Schlimmeres.

Obgleich Petruccio nachfragte, wusste der Fischer nicht mehr über seinen Passagier zu berichten. Den Seesack von Gregorio fand man in dem kleinen Zimmer im Haus der alten Stefania. Sie vermietete drei Kammern an Gäste oder Fischer, die über Nacht auf der Insel blieben. Auch der besagte Agostino delle Grazie habe vor mehr als vier Jahren bei ihr gewohnt, berichtete sie. Er habe ihr sogar einige Verse in seinem Gedicht »Capraia, isola del luce« gewidmet.

Das alles interessierte den jungen Commissario wenig, der nun schon das zweite Mal innerhalb von wenigen Wochen zu der Insel übergesetzt hatte und selbst bei ruhigem Seegang unter Seekrankheit litt. Und das als Enkel eines Fischers!

Der Seesack des Toten war leer, und die alte Frau wusste dem Commissario nicht viel über Gregorio zu berichten. »Er war ein netter Junge, aber ich hatte das Gefühl, dass er sehr nervös war. Meist ging er am Meer spazieren, abends verzog er sich früh in sein Zimmer.« Sie kochte für ihn, und als sie ihn einmal fragte, ob er auch noch den Winter auf der Insel verbringen wolle und nicht irgendwann aufs Festland zurückmüsse, um zu arbeiten, antwortete er, dass er auf einen Freund warte. Wenn der nicht innerhalb der nächsten Woche käme, werde er Capraia wieder verlassen. Das war vier Tage vor seinem tödlichen Sturz.

Der Inhalt von Gregorios Seesack tauchte nicht wieder auf, in seiner Kammer auf Capraia hingen nur wenige Kleidungsstücke, darunter eine Jacke an der Wand. In einer der Jackentaschen fand Petruccio ein Ticket für eine Zugfahrt nach Florenz, die Reise, die Gregorio nicht angetreten hatte. Auch die Frage, wer denn der von Gregorio erwartete Freund war und ob er je die Insel betreten hatte, konnte nicht beantwortet werden. Keiner der Fischer, die mit ihren Schiffen regelmäßig zur Insel segelten, erinnerte sich an einen Passagier.

Man konnte auch privat Boote mieten, doch die beiden Bootsverleiher vor Ort verneinten, ein Boot an jemanden vermietet zu haben. »Es tut sich derzeit nicht viel«, bedauerte Aristotele Mancuso, der den größten Bootsverleih an diesem Teil der Küste betrieb.

Alles sehr mysteriös. Petruccio vermutete, der junge Mann

war bei einem seiner Spaziergänge auf den Felsen ausgerutscht und abgestürzt. Damit war der Fall für ihn offiziell abgeschlossen, aber die Zweifel blieben.

Petruccio war nicht weitergekommen. Der eine, Marco, blieb verschwunden, der andere, Gregorio, war laut polizeilicher Untersuchungen Opfer eines Unfalls geworden. Petruccio dachte kurz an einen Suizid. Doch Gregorio war streng katholisch erzogen worden. Selbstmord war eine Todsünde. Und welches Motiv hätte er dafür gehabt? Petruccio gab auf. Ohnehin hatte er in diesen Kriegszeiten andere Sorgen.

Bei Gregorios Beerdigung war nicht nur seine Familie samt vielen Anverwandten erschienen, sondern fast die gesamte erwachsene Bevölkerung von San Matteo, einschließlich der Familie Di Fillipo und Dottore Giovanni Castagneto, dem damals leitenden Archäologen der Grabungen von Roselle.

Das war geschehen, als Carla in Rom an der »Sapienza« ihrem Studium nachging. Marcos Frau verdrängte inzwischen mehr oder minder erfolgreich das Drama um ihren Mann, seine Kinder genossen in vollen Zügen das Ende des Krieges und den Beginn ihrer eigenen Zukunft. Carla fühlte sich, obgleich nicht seine Erbin, als Marcos Nachlassverwalterin. Ein weiterer Grund für sie, sich intensiv der Grabungsfunde ihres Onkels anzunehmen.

Dass sie dies so lange nach seinem Verschwinden erst anging und ihr der einstige Grabungsleiter Castagneto erst jetzt die Erlaubnis dazu gegeben hatte, damit sie die Arbeit ihres Onkels beenden möge, hatte mehrere Gründe. Man hatte gehofft, Marco würde eines Tages wiederauftauchen. Diese Hoffnung schien sich nicht zu erfüllen. Und es gab im Grabungsteam niemanden, der Zeit und Lust hatte, Marco Di Fillipos Forschungsarbeit aufzunehmen. Castagneto traute Carla zu, den Anforderungen gerecht zu werden.

Marcos Notizen über Roselle waren recht ausführlich und wesentlich ergiebiger als seine Ausführungen zu seinen Unternehmungen zwischen 1908 und 1942.

Achtzehn Jahre hatte er in Rom an der »Sapienza« über die Bedeutung der Etrusker für die römische Kultur doziert. Die Römer hatten im 3. vorchristlichen Jahrhundert das von den

Etruskern besiedelte Gebiet in der jetzigen Toskana, in Umbrien und Latium erobert. Marco Di Fillipo fühlte sich offenbar als Nachfahre dieses Volkes und hatte während seiner Jahre in Rom vergeblich versucht, dessen Herkunft zu enträtseln. Als dann 1942 die Grabungskampagnen in Roselle aufgenommen wurden, verließ er Rom und eilte zurück in seine Heimat.

Ihr Onkel gab ihr Rätsel auf. Warum fehlten so viele Aufzeichnungen? Es konnte nicht angehen, dass Marco, ein gewissenhafter Chronist, nicht mehr hinterlassen hatte. Steckten noch Aufzeichnungen irgendwo in der riesigen Bibliothek, oder hatte er sie vernichtet? Carla glaubte nicht, dass er zwischen 1908 bis 1942 kaum etwas zu seiner Arbeit aufgeschrieben hatte. Und was war mit Kreta? Sie hatte stets gespürt, dass ihr Onkel Geheimnisse hatte. Bei aller Zuneigung zu ihm war da stets eine Mauer des Schweigens zwischen ihnen gewesen.

Die mittägliche Hitze begann den sinkenden Temperaturen des späten Nachmittags zu weichen. Nach und nach tauschte der Himmel über dem Meer sein tiefes Blau gegen ein lichtes Pastell ein, und die Sonne näherte sich, umgeben von feuerfarbenen Rottönen, langsam dem Saum der Wellen. Carla wurde durch ein Bellen aus ihren Gedanken aufgeschreckt. Sie wollte gerade ihre Notizen zusammenraffen und noch vor der Dämmerung zurück zur Villa gehen. Dieser kurze Fußmarsch führte durch den unteren Teil des großen parkähnlichen Gartens. Dort wuchsen wilde Sträucher, die vom Gärtner des Anwesens nur selten gestutzt wurden. Durch diese Wildnis, die in der Macchia hinter den Dünen mündete, ging Carla nur ungern bei Dunkelheit.

Das Bellen wurde lauter, und Carla sah den Dalmatiner zusammen mit einem dicklichen Hundemischling über den Sand auf das Strandhäuschen zulaufen. Hinter ihnen her hechtete Andrea, der laut »Ercole! Bei Fuß« rief. Doch der Hund gehorchte nicht. Er steuerte zusammen mit seinem Kumpan geradewegs auf die Hütte zu, oder besser auf die kleine, mit struppigem Buschwerk bedeckte Düne neben der Holzhütte. Dort begannen sie zu buddeln. Sand und einige karge Pflänzchen stoben in die Luft. Andrea erreichte atemlos die Hütte und sah Carla auf der

Terrasse sitzen. Er verzog sein Gesicht zu einem angedeuteten Lächeln. »Bist du immer noch da?«, fragte er verwundert.

Es klang zwar freundlich, aber Carla reagierte zurückhaltend. »Es scheint so.« Sie verspürte keine Lust, sich noch mehr unhöfliche Bemerkungen anzuhören, und stand auf. »Ich wollte gerade gehen«, erklärte sie und verstaute die Notizen und Hefte in einer Ledertasche.

Andrea blickte zu ihr auf. »Ich möchte mich für vorhin entschuldigen«, sagte er. »Ich bin dir eine Erklärung schuldig.« Verlegen scharrte er mit seinem nackten linken Fuß im Sand.

»Ja?«, erwiderte Carla und blickte über das Meer in die Ferne, wo sie Capraia im rosa gefärbten Dunst der untergehenden Sonne vermutete. Andrea hüstelte nervös. Carla richtete ihre Aufmerksamkeit auf ihn. »Und?«, fragte sie.

»Es ist so«, begann Andrea, »dein Onkel Marco, der im Juni 1943 an diesem Strand verschwunden ist, hatte einen Assistenten, Gregorio. Und der war aus bis heute unbekannten Gründen zur selben Zeit ebenfalls plötzlich untergetaucht –«

»Ich weiß«, sagte Carla. »Angeblich unterwegs nach Florenz, aber nie dort angekommen, und zwei Monate später auf Capraia mutmaßlich durch einen Unfall gestorben.«

Andrea schien überrascht. Dann brach es aus ihm heraus: »Gregorio war mein Vetter und wie ein Bruder für mich. Ich habe ihn geliebt. Er war der Sohn der Schwester meines Vaters. Meine Tante Isa hat seinen Tod nicht verkraftet. Sie ist ein Jahr nach ihm gestorben.«

»Ja, das ist alles schrecklich«, unterbrach Carla ihn. »Aber was hat das mit meiner Familie zu tun?«

Andrea sah sie mit einer Mischung aus Zorn und Ungeduld an. »Es wurde gemunkelt, wie du vielleicht auch weißt, dass Di Fillipo in einige unerquickliche Affären verwickelt war. Er habe wertvolle Fundobjekte verhökert. Und vielleicht hat er Gregorio dort mit hineingezogen, der deinen Onkel verehrt hat und sein Helfer und Gewährsmann war.«

Andrea hielt inne. Er holte tief Luft. »Natürlich sind das nur Gerüchte. Doch warum verschwanden beide, Meister und Geselle, zur selben Zeit? Warum ist Gregorio auf die Ziegeninsel gegangen, ohne seiner Familie ein Lebenszeichen zu geben? War sein Tod wirklich ein Unfall, oder steckt etwas anderes dahinter? Und wo ist Marco Di Fillipo, von dem man keine Spur mehr gefunden hat?«

Carla nickte. Diese Fragen stellte sie sich ebenfalls. Und dennoch stieg Ärger in ihr auf. »Du bezichtigst also meinen Onkel dunkler Machenschaften und dass er deinen Vetter da hineingezogen hat? Es tut mir leid, dass du glaubst, er hätte Schuld an dem Unglück deiner Familie. Ich kannte ihn zwar, wie ich dachte, recht gut, aber wenn er Geheimnisse hatte, dann bin ich die Letzte, die davon Ahnung hat. Als er verschwand, war ich in Rom. Ich weiß nur, was dieser Polizist Petruccio meiner Familie damals erzählt hat. Und dass der Tod deines Vetters als Unfalltod gilt.«

Andrea schüttelte leicht den Kopf. Er hatte die Stirn gerunzelt. Doch er schluckte hinunter, was er sagen wollte, und warf einen Blick auf Ercole, der gemeinsam mit seinem molligen Gefährten auf der kleinen Düne vergnügt im Sand buddelte. Die beiden Tiere waren in ihrem Tun vertieft, als würden sie nach einem Schatz graben. Carla musste schmunzeln.

Auch Andrea grinste und wandte sich ihr wieder zu. »Es tut mir leid. Du kannst ja nichts für diese Ereignisse vor drei Jahren. Darf ich dich demnächst als Wiedergutmachung zum Essen einladen?« Ehe Carla antworten konnte, fügte er hinzu: »Ich hoffe, du findest mich nicht aufdringlich!«

Carla konnte gerade noch »Gerne« sagen, ehe das laute Bellen der beiden Hunde alles übertönte. Auf Teufel komm raus kläfften sie ihren Fund an, den sie aus dem Sand und dem dünnen Gestrüpp ausgegraben hatten: Im weichenden Tageslicht wirkten die Knochen wie ausgeblichene knorrige Äste, wie Überbleibsel irgendwelcher verkrüppelter Bäumchen.

Der Schädel löste sich von den übrigen Skelettteilen und rollte langsam den Sandhügel hinunter. Er landete direkt vor Andreas Füßen. In diesem Moment versank die Sonne im Westen als purpurner Feuerball, und das Bellen der Hunde verstummte jäh.

Die Villa am Meer

Heute

Was für ein herrlicher Tag! In der Ferne tauchte Elba auf und verschwand gleich wieder in dem Farbenspiel von Meer und Himmel. Ich schob meine Sonnenbrille auf den Kopf. Lächelnd lehnte ich mich in dem Korbsessel zurück und legte die Füße genüsslich auf die erhöhte Umrandung der hölzernen Terrasse.

Gestern war ich auf meiner etwas umständlichen Heimreise von Kreta nach Deutschland in der Villa Etruria in der Nähe von Grosseto in der Maremma angekommen. Ein stattliches Haus, das mir von meinem alten Freund Harald Frostauer empfohlen worden war, der dort im Jahr zuvor Ferien gemacht hatte. Es gehörte einer alten toskanischen Familie, die es von Juni bis September an Touristen vermietete.

Ich hatte mich für acht Tage angemeldet. Erst für die kommende Woche hatten sich weitere Mieter angesagt. Bis dahin gehörte mir die Villa samt Pool, Garten und Strandhäuschen fast allein.

Versorgt wurde ich liebevoll und aufmerksam von einem älteren Ehepaar aus Sri Lanka, das dieses Anwesen rund ums Jahr betreute. Die jetzige Besitzerin der Villa hieß Signora Mauritia Antonini. Heute sollte ihre Tochter für einige Tage kommen. Alessandra studierte Archäologie in Rom und hatte an einer Ausgrabung in Umbrien teilgenommen.

Die Villa hatte schon bessere Tage gesehen, und die vielen Jagdtrophäen an den Wänden, darunter Köpfe von Gnus und Hirschen, gefielen mir nicht sonderlich. Sie wirkten wie leicht angestaubte Relikte aus alten Zeiten, und Harald Frostauer hatte mir erklärt, dass die meisten davon noch aus den dreißiger Jahren stammten. Doch allein schon der riesige Garten, der bis hinunter zum Strand reichte, und der großzügige Pool waren eine Kompensation für die knarrende Treppe und die Risse in den Wänden. Garten und Pool wurden von Tom, dem freundlichen

Mann aus Sri Lanka, sorgsam und mit offensichtlich grünem Daumen betreut.

Am Eingangstor zum Grundstück, gesichert durch eine Kamera, stand noch immer der Name der ursprünglichen Bewohner der Villa Etruria: Di Fillipo. Ich hatte den Namen sofort im Internet aufgerufen. Der Großonkel von Mauritia Antonini, Marco Di Fillipo, hatte sich als Archäologe und Kenner etruskischer Kunst einen Namen gemacht. 1946 tauchten am Strand seine sterblichen Überreste auf. Offensichtlich war er 1943 bei einem nächtlichen Spaziergang am Meer erschlagen worden. Der Gerichtsmediziner in Grosseto stellte am Schädel, der abgetrennt vom übrigen Skelett die drei Jahre im Sand der kleinen Düne überdauert hatte, Hinweise auf eine wahrscheinlich tödliche Verletzung durch einen schweren Gegenstand fest. Marcos Kinder hatten das Anwesen nach dem Tod ihrer Mutter geerbt, starben aber beide kinderlos, und so war das Erbe an Marco Di Fillipos Großnichte Mauritia gefallen. Ihre Mutter Carla war die Tochter von Marcos Bruder Alessandro, einem 1941 verstorbenen Arzt, gewesen.

Ich liebe zwar Familiengeschichten, aber musste das immer so kompliziert sein? Diese vielen Namen und Beziehungen – verwirrend. Letztlich ging mich das alles nichts an, wobei ich den ungelösten Mord an Marco Di Fillipo schon sehr faszinierend fand. Es war mein Schicksal, ständig mit irgendwelchen Verbrechen konfrontiert zu werden.

Als ich genüsslich auf der Veranda am Meer in der mittäglichen Hitze vor mich hindämmerte, gingen meine Gedanken zurück zu den zehn Tagen auf Kreta, die ich ohne meinen Freund Richard verbracht hatte. Er befand sich seit zwei Wochen nach einer komplizierten Knie-Operation in der Reha und sollte frühestens in weiteren zwei Wochen entlassen werden.

Den Urlaub hatten wir gleich nach unserem letzten Abenteuer im Eifelstädtchen Angerrath im Mai gebucht. Doch dann stürzte Richard mit seinem jüngst gekauften E-Bike und brach sich die Kniescheibe. Die Operation in Hannover war problemlos verlaufen, doch nun hatte sein Reha-Aufenthalt verhindert, mich nach Kreta zu begleiten. Also fuhr ich allein, was mir zwar ein schlechtes Gewissen bereitete, doch ich war urlaubsreif und freute mich auf die zehn Tage auf dieser wunderschönen Insel, selbst wenn August nicht der ideale Monat für Mittelmeerreisen ist. Aber ich vertrage Hitze gut, und so hatte ich in meinem Hotel, das in der Nähe von Rethymno lag, mehrere Kreta-Touren gebucht.

Die erste Tour führte unsere kleine Gruppe zu den Klöstern Arkadi und Arsani im Ida-Gebirge. Der zweite Ausflug drei Tage später zur berühmten Samaria-Schlucht an der Südküste. Es war ein sehr heißer Tag, und wir gingen nur wenige Kilometer in die Schlucht hinein. Nach der Rückkehr von diesem Trip war ich völlig erschöpft und setzte mich nach dem Abendessen an den großen Pool der Anlage. Ich liebte diese Abendstimmung mit dem sanften Meeresrauschen und den gedämpften Stimmen aus den Hotelrestaurants. Dazwischen Gläserklirren und Lachen.

In meiner Nähe saßen zwei Engländer, die mir schon mehrmals aufgefallen waren. Sie trugen beide grellbunte Hemden und blieben stets unter sich. Auf unserer ersten Tour zu den Klöstern hatten sie ganz hinten im Bus gesessen und auch in den Gebäuden Abstand gehalten.

»Schade, wenn die Tour nach Phaistos abgesagt werden sollte«, sagte der eine der beiden, ein kleiner Mann mit einem Haarkranz und einer großen Brille. Er musste Ende sechzig sein.

»Ja, das wäre dumm, Eric«, erwiderte der andere, der sicherlich zwanzig Jahre jünger war. »Es müssen fünf Leute sein, damit dieser Ausflug stattfindet. Wir sind erst vier.«

»Dabei zählt die Tour zu den Highlights auf Kreta«, seufzte der angesprochene Eric.

»Die Hitze schreckt vielleicht die Leute hier ab. Die mögen halt lieber faul am Pool liegen. Dabei dauert die Fahrt nach Phaistos nicht einmal zwei Stunden, und wir sind am späten Nachmittag zurück«, sagte sein Freund.

Eigentlich ist es nicht meine Art, mich in die Gespräche Unbekannter einzumischen. Deshalb wandte ich mich sehr vorsichtig an die beiden: »Entschuldigung, ich wollte nicht lauschen, aber ich habe zufällig gehört, was Sie gesagt haben. Falls Sie noch jemanden brauchen, um die erwünschte Mindestzahl für den Ausflug nach Phaistos zusammenzubekommen, wäre ich gerne dabei.«

Eric runzelte die Stirn, sein jüngerer Freund aber lächelte freundlich. »Das ist großartig! Ich heiße übrigens Gary McGuire, und das ist mein Freund Eric Cruise, ehemals Professor für Archäologie an der Universität von Nottingham.« Er streckte mir seine Hand entgegen.

»Anna Bentorp«, stellte ich mich ebenfalls vor, und als ich erwähnte, dass ich Kunsthistorikerin sei, strahlte Gary.

»Welch ein Zufall, ich unterrichte in London am King's College Kunstgeschichte, Spezialgebiet ausgehendes Mittelalter und die Geschichte der Kathedralen von 1200 bis 1500.«

Das war der Beginn einer Freundschaft. Auch Eric taute auf, und wir plauderten bis kurz vor Mitternacht. Im Pool gluckste das Wasser, am Himmel flackerten immer mehr Sterne, eine perfekte Nacht. Gary versprach mir, mich gleich am nächsten Morgen bei der Reiseleiterin anzumelden. Der Aufbruch am Tag darauf war um sieben Uhr morgens angedacht.

»Auf dem Rückweg geht es noch an den Strand von Gazi für eine kurze Erfrischungspause«, verkündete Gary.

Sein Freund nickte und fügte hinzu: »Elounda wäre mir lieber. Aber das liegt viel zu weit ab von unserer Route.«

Gary zwinkerte mir zu. »Eric mag Luxus, und Elounda bietet das mehr als Gazi.«

Wir verabschiedeten uns herzlich. Am nächsten Tag fuhren die beiden nach Knossos. Ich genoss den Tag am Meer.

Es war mir nicht ganz leichtgefallen, am Morgen unseres Ausflugs zum ehemaligen Palast von Phaistos aus dem Bett zu krabbeln. Seit ich auf Kreta war, schlief ich wie ein Stein. Meine Erschöpfung saß tief. Doch dann rappelte ich mich auf, trank hastig im Restaurant zwei Espressi und steckte ein Croissant in meine Badetasche. Der Gedanke, auf der Rückfahrt ins Meer zu tauchen, schien mir reizvoll.

Vor dem Hotel stand ein Minibus. Eine Frau etwa Mitte bis Ende fünfzig begrüßte gerade meine beiden Engländer. »Elena Mandrakis«, stellte sich die Frau vor. Sie hatte sehr freundliche blaue Augen und mit grauen Strähnen durchzogene dunkle Haare. Ich mochte sie auf Anhieb.

Im Bus saß bereits ein jüngerer Mann mit hagerem Gesicht und einem dunklen Dreitagebart, die Augen hinter einer Sonnenbrille verborgen. Der Busfahrer, Dimitri, entpuppte sich bei unserer Reise quer über die Insel als ein sehr umsichtiger Chauffeur. Elena erzählte auf dieser knapp anderthalbstündigen Tour viel über die Geschichte Kretas, zitierte Dichter und Sagen wie die vom bronzenen Riesen Talos, dem Beschützer der Insel, und berichtete schließlich von unserem Ziel, dem Palast von Phaistos, entstanden an der Südküste der Insel um etwa 2000 vor Christus, neben Knossos in der Nähe von Heraklion das zweitgrößte Zentrum aus minoischer Zeit.

»Erdbeben zerstörten den Palast um 1900 vor Christus, der aber wiederaufgebaut wurde. Nach einer weiteren Zerstörung scheiterte der Versuch, den alten Palast wieder zu errichten. Dafür entstand auf einem Nachbarhügel, etwa zwei Kilometer nordwestlich von Phaistos, eine weitere minoische Palastanlage. Man nannte sie in byzantinischer Zeit ›Agia Triada‹, Heilige Dreifaltigkeit. Ein gepflasterter Pfad verband die beiden Paläste miteinander. Um 1900 nach Christus begannen die Ausgrabungen vor Ort unter der Ägide der beiden italienischen Archäologen Luigi Pernier und Federico Halbherr. Pernier stammte aus Rom, Halbherr aus Rovereto.«

Eric stieß bei der Erwähnung dieser Namen seinen Freund an und flüsterte: »So, jetzt kommt der Höhepunkt!«

Elena hatte diese Bemerkung gehört. Sie lächelte und sagte: »In der Tat, jetzt kommt der Höhepunkt, der Fund des Diskos von Phaistos im Jahr 1908.«

Ehe sie mehr sagen konnte, hatten wir unser Ziel erreicht. Der Bus hielt auf einem fast leeren Parkplatz bei den Ausgrabungsstätten. Obgleich es gerade mal neun Uhr morgens war, flimmerte die Hitze schon über der Messara-Ebene. Wir stiegen aus und folgten Elena zu den Überresten des Palastes. Drei Stunden wanderten wir umher und rasteten dann unter einem Olivenbaum oberhalb einer breiten Steintreppe. Elena verteilte Wasserflaschen, die der Fahrer im Bus gekühlt und hergebracht hatte. Im Schatten des knorrigen Baumes, in dem zahlreiche Zikaden lärmten, berichtete Elena vom Fund des sagenumwobenen Diskos von Phaistos.

Der Diskos war am Abend des 3. Juli 1908 gefunden worden. Man entdeckte ihn im westlichsten Gebäude des altpalastzeitlichen Nordosttrakts der minoischen Anlage. Die Scheibe lag zwischen Schutt- und Keramikresten in einem kleinen Vorratsraum. Daneben fand man eine zerbrochene Schrifttafel in Linearschrift A, die vom 18. bis ins 15. Jahrhundert vor Christus in der minoischen Kultur verwendet wurde und bis heute nur teilweise entziffert werden konnte, dazu Keramik aus der Zeit von 1650 bis 1600 vor Christus, Asche, Kohle und verbrannte Rinderknochen.

Luigi Pernier, der bei der eigentlichen Entdeckung nicht dabei war, datierte die Entstehung der Scheibe, die einen Durchmesser von etwa sechzehn Zentimeter hat und mit insgesamt zweihunderteinundvierzig Stempeln mit verschiedenen Motiven bedeckt ist, auf die Zeit um 1600 vor Christus.

»Bis heute konnten die Zeichen nicht enträtselt werden, und Pernier musste sich damals sogar der Anschuldigung stellen, dieser Diskos sei eine von ihm in Auftrag gegebene Fälschung«, sagte Elena.

Eric hob die Hand. »Es gibt viele Theorien zur Entstehung dieser Scheibe«, sagte er, und seine Stimme zitterte leicht. »Erstaunlich ist, dass diese Zeichen offenbar nicht mit der Hand in den Stein geritzt wurden, sondern mit beweglichen Lettern. Deshalb ist er eine Sensation, der erste bekannte Druck in der menschlichen Kulturgeschichte.«

Elenas Blick schweifte über die Ebene, über die sich die Mittagsglut wie eine Glocke gelegt hatte. »Ja«, sagte sie und klang versonnen, »ein archäologisches Phänomen voller Geheimnisse. Sie können es natürlich nicht mehr hier vor Ort bewundern, aber es ist im Museum in Heraklion zu sehen.« Es schien, als wollte sie noch etwas hinzufügen, aber dann nickte sie nur. »Lassen Sie uns bitte weitergehen.«

Meine neuen englischen Freunde redeten die nächste Stunde ohne Unterlass über den Fund des Diskos. Ich trottete nebenher. Der Mann mit dem hageren Gesicht, der sich als Thilo Meyer vorgestellt hatte, schwieg. Er sprach weder mit mir noch mit den Engländern. Mit Elena, die wegen Eric und Gary ihre Informationen auf Englisch gab, hatte er einige wenige Worte auf Deutsch gewechselt. Elenas Deutsch war besser als ihr Englisch. Dazu befragt, erklärte sie, aus bestimmten Gründen habe sie in Heidelberg Deutsch erlernt. »Englisch brauche ich derzeit auf meinen Touren aber öfter«, fügte sie mit einem bedauernden Unterton hinzu.

Thilo Meyer erwähnte weder seinen Beruf noch woher aus Deutschland er stammte, sondern nur, dass er eine Woche auf Kreta bleiben wolle. Er kam noch einmal auf die Frage zurück, ob die Scheibe wirklich authentisch sei. »So ein Gerücht kommt nicht von ungefähr. Man hat ja sogar den Namen des Künstlers genannt, der diese Fälschung geschaffen haben soll. Emile Gilliéron. Vielleicht ist dieses viel gerühmte Kunstwerk aus Phaistos also doch eine beauftragte Fälschung«, sagte er mit einer harten, spröden Stimme, die mir zutiefst unsympathisch war.

Elena verneinte energisch. »Das ist die echte Scheibe, die 1908 aus den Ruinen in Phaistos geborgen wurde, und es hat nie eine Fälschung gegeben«, sagte sie lautstark. Damit war das Thema für sie abgehakt.

Da die Hitze zwischen den Steinen des Palastes allmählich kaum mehr zu ertragen war, freute ich mich, als wir eine knappe Stunde später im Bus saßen, jeder wieder eine gekühlte Flasche Wasser erhielt und es nach Gazi an den Strand ging.

Die beiden Engländer reisten zwei Tage später ab, gaben mir aber ihre Karte und versprachen, mich eventuell zu besuchen. Sie planten im Dezember eine »Weihnachtsmarkt-Rundreise« durch Deutschland. Und ich sollte sie in London treffen. Sie wohnten in Kensington und luden mich sogar ein, ihr Gästezimmer zu nutzen.

An meinem vorletzten Tag auf Kreta war ich mit Elena in das Museum von Heraklion gegangen, um mich von ihr sachkundig durch die riesige Sammlung führen zu lassen. Mit Humor und vielen Anekdoten brachte sie mir die Ausstellungsstücke nahe. Als wir vor dem Diskos standen, wurde sie plötzlich sehr ernst. »Was ist?«, fragte ich.

Sie starrte auf die Vitrine und sagte dann: »Weißt du, an diese These von einer Fälschung glaube ich nicht, selbst wenn jemand versucht hat, das Pernier anzuhängen. Aber es heißt, dass damals ein zweiter Diskos gefunden wurde, fast identisch mit diesem hier. Nur wenige Tage nach dem ersten Fund soll ihn ein junger Archäologe unter Schutt und Scherben in der Nebenkammer gefunden haben. Diese Geschichte wurde nie publik. Ich aber kenne sie. Sie gehört zu unserer Familienchronik. Denn derjenige, der diesen zweiten Diskos angeblich entdeckt hat, war mein Urgroßvater Nicos. Und wegen dieser zweiten Scheibe musste Nicos Siriakis sterben.«

Ich liebe Geheimnisse. Dieses Interesse hat mich oft genug in schier ausweglose Situationen manövriert. Aber trotz all meiner oft negativen Erfahrungen treibt mich meine von mir als »Wissensdurst« bezeichnete Eigenschaft immer wieder dazu, mich in irgendwelche mysteriösen Geschichten einzumischen. Es täte mir manches Mal besser, mich an ein altes griechisches Sprichwort zu halten, in dem es heißt: »Weise ist der Mensch, der Dingen nicht nachtrauert, die er nicht besitzt, sondern sich der Dinge erfreut, die er hat.«

Und so hätte ich Elenas Bemerkung einfach nur mit gebührendem Interesse anhören und mit einem leisen Nicken quittieren sollen. Doch das widersprach meiner Neigung. Natürlich fragte ich sie deshalb nach den genauen Umständen jenes angeblichen Fundes vor hundertfünfzehn Jahren, und ich wollte genauer erfahren, inwiefern ihr Urgroßvater hierin involviert und sogar zum Opfer wurde.

»Ich weiß nur, was meine Urgroßmutter Maria meiner Großmutter erzählt hat. Maria Siriakis starb 1950, meine Großmutter, geboren 1908, wurde hundertzwei Jahre alt und gab alle alten Familiengeschichten an ihre Enkel weiter. Vielleicht nicht immer korrekt, da die Erinnerung ihr gelegentlich Streiche spielte, aber es war stets eine faszinierende Mischung aus Dichtung und Wahrheit.«

Sie lächelte. »Ob dieses Gerücht einen wahren Kern besitzt, lässt sich nach so langer Zeit natürlich kaum mehr überprüfen. Urgroßvater Nicos habe, so heißt es, wenige Tage nach dem Fund des ersten Diskos in einer kleinen Kammer daneben gearbeitet. Dort soll er den zweiten Diskos gefunden haben. Er hatte zwei enge Freunde und Mitarbeiter, einen Deutschen und einen Italiener. Ob diese beiden in den Fund eingeweiht waren, weiß ich nicht. Nicos hatte an jenem Abend, als man ihn tot auffand, in seinem Zelt gearbeitet, die angebliche zweite Scheibe wurde nicht gefunden. Wenig später sagten seine beiden Kollegen aus, sie hätten diese Geschichte nie geglaubt. Nicos habe sich tatsächlich eingebildet, einen zweiten Diskos ausgegraben zu haben, aber es sei wohl eher eine einfache Tonscheibe, eine Art Teller oder ein Stein mit Ritzen gewesen. Nicos' Frau Maria, meine Urgroßmutter, glaubte als Einzige daran, dass er wirklich einen zweiten Diskos gefunden hatte. Und das bläute sie meiner Großmutter Agape immer wieder ein. Und diese wiederum erzählte es mir.«

Elena nahm sich einen Pistazienkern. Mit vollem Mund fuhr sie fort: »Es verschwanden in der Nacht von Nicos' Tod einige Keramikscherben, sodass die Polizei von einem Diebstahl archäologischer Objekte ausging. Nicos sei einem Raubmord zum Opfer gefallen, als er den Dieb erwischte. Diese Keramikscherben besaßen nur für Archäologen einen Wert, für Kunsträuber kaum. Leider hat aber niemand näher recherchiert.«

Polizeiliche Recherchen mussten damals mühsam gewesen sein. Denn Kreta war ab 1898 de facto ein vom Osmanischen Reich gelöstes Protektorat, für das mehrere Nationen zuständig waren, darunter Italien, Großbritannien und Russland. Nach dem Sturz der kretischen Regierung durch griechische Nationalisten im Jahre 1908 erklärte die neue kretische Regierung eine Union mit Griechenland, die aber erst im Oktober 1912 von Griechenland und international 1913 nach den Balkankriegen anerkannt wurde. Also wird es um 1908 schwer gewesen sein, einen Fall wie den angeblichen Raubmord an Nicos Siriakis zu klären. Es war sicher auch eine Kompetenzfrage, zumal die Grabung unter italienischer Leitung stand.

Elena seufzte. »So unrealistisch war die Chance nicht, unter all dem Geröll noch eine zweite Tonscheibe dieser Art zu finden. Doch Pernier und Halbherr stritten die Möglichkeit heftig ab. Die beiden Assistenten verließen wenig später Phaistos. Der Tod von Nicos und alles andere, was damit zusammenhing, wurde unter den Teppich gekehrt, auch um das großartige Projekt der Ausgrabung bei Matala nicht zu gefährden. Meine Urgroßmutter, schwanger mit ihrem zweiten Kind, meiner späteren Großmutter, bekam von Pernier und Halbherr privat etwas Geld als Entschädigung. Und damit endete die Geschichte. Der Täter verschwand im Dunkel der Nacht. Er wurde nie enttarnt. Und bald war alles weitgehend vergessen, zumal die beiden Freunde von Nicos nie wieder nach Kreta zurückkehrten.«

»Glaubst du an die Existenz dieses angeblichen Fundes?«, fragte ich Elena.

Sie schien mit ihren Gedanken in die Ferne zu schweifen. Langsam drehte sie sich zu mir um und lächelte. »Ich weiß nicht, doch selbst wenn es den zweiten Diskos gegeben haben sollte und dies nicht nur ein Wunschdenken von Nicos war, so existiert er wohl längst nicht mehr. Und was soll das auch? Wir sind stolz auf dieses wohl wirklich einmalige Meisterwerk aus der minoischen Zeit, zu bewundern in diesem großartigen Museum von Heraklion.«

Wir sprachen den Rest der Tour nicht mehr über das Thema, wobei es mich im Stillen weiter beschäftigte. Doch Elena hatte es anscheinend abgehakt. Ich sah sie vor meinem Abflug nicht mehr wieder, da sie eine Reisegruppe aus Manchester übernommen hatte. »Melde dich, wenn du wieder hierherkommst«, hatte sie mir zum Abschied getextet.

Ich hatte den Eindruck, dass Elena mir längst nicht alles anvertraut hatte. Offenbar verbarg sie etwas. Gern hätte ich ihre Großmutter befragt. Aber Agape Mandrakis war 2010 gestorben. Anderer Leute Familiengeheimnisse sollte man lieber ruhen lassen, denn eigentlich ging mich das alles nichts an. Dennoch war meine Neugier nicht befriedigt, und diese Ungewissheit irritierte mich.

Das war vor knapp einer Woche gewesen. Und jetzt hockte ich in meinem Korbsessel auf der hölzernen Terrasse des kleinen Strandhauses in der Maremma und blickte auf die trägen Wellen unter der gleißenden Mittagssonne. Vor meinem schläfrigen inneren Auge tauchten Eindrücke von meinem kurzen Besuch auf Kreta auf, die Überreste all der uralten Paläste und der Klöster, die Landschaften und der Diskos in seiner Vitrine im Museum. Die Bilder vermischten sich und schoben sich übereinander. Die geheimnisvollen Zeichen auf dem Diskos hüpften im Kreis um mich herum.

Mitten in dieses Chaos drang eine Stimme. »Hallo, Anna?«

Ich fuhr aus meinem Kokon bunter Traumbilder hoch. Vor

mir stand eine zierliche junge Frau in T-Shirt und Bermudas. Sie streckte mir ihre Hand entgegen. »Entschuldige, wenn ich dich geweckt habe. Ich bin Alessandra Antonini und gerade angekommen.«

Ich freute mich, Alessandra zu treffen. Sie kam, wie sie mir erzählte, oft aus Rom hierher, auch um nach der Villa zu schauen. Ihre Mutter Mauritia lebte meist in Siena oder reiste durch die Welt.

Alessandra entpuppte sich als lebhaft und gesprächig. Innerhalb einer halben Stunde wusste ich viel über sie, sie wiederum fragte mich ohne Scheu aus. Vorsichtig deutete ich meine früheren Abenteuer an, ohne ins Detail zu gehen. Insbesondere meine Erlebnisse mit dem doppelten Grab in meinem Kölner Wohnhaus und die damit verbundene Geschichte der antiken Vergangenheit Kölns schienen sie zu beeindrucken.

Sie lauschte aufmerksam, lachte dann und sagte: »Falls du detektivische Ambitionen hast, bist du in unserem Haus genau an der richtigen Adresse. Es wimmelt nur so von Geheimnissen, und sicher gab es auch den einen oder anderen Mord.«

Sie hielt einen Moment inne. »Zum Beispiel mein Urgroßonkel Marco wurde ermordet. Ich interessiere mich für seine Grabungen in der Nähe von Grosseto. Meine Großmutter hat vor mehr als siebzig Jahren etwa die Hälfte der Funde meines Urgroßonkels katalogisiert. Er war 1943 eines Nachts spurlos verschwunden.«

Alessandras Lebhaftigkeit erlosch jäh. Sie verstummte einen Augenblick. Dann holte sie tief Luft und sagte: »Drei Jahre nach seinem Verschwinden wurden seine sterblichen Überreste hier am Strand entdeckt. Meine Großmutter Carla war dabei. Bis heute ist dieser Fall ungeklärt. Zur gleichen Zeit wie Marco verschwand sein damaliger Assistent. Der aber wurde ein paar Wochen später tot auf der kleinen Insel Capraia gefunden. Wahrscheinlich ein Unfall. Dennoch alles sehr mysteriös. Eine spannende Geschichte, oder?«

Ich winkte energisch ab. »Das ist ein klassischer Altfall. Von solchen Dramen hatte ich in den vergangenen Jahren mehr als genug!«

Ich wollte hier einige geruhsame Tage verbringen, ehe ich mich wieder in den alltäglichen Trubel stürzte. Zu Hause wartete viel Arbeit an einem neuen Katalog für eine Ausstellung über das Frauenbild in der Kunst von der Antike bis ins 17. Jahrhundert. Glücklicherweise sollte diese Ausstellung erst 2025 in der Hamburger Kunsthalle gezeigt werden. Deadline für meine Texte zum Katalog war der kommende Januar.

Alessandra und ich redeten ein Kauderwelsch aus Englisch und Italienisch, verstanden uns aber prächtig. »Wo kommst du eigentlich gerade her?«, fragte sie mich, als sie sich genüsslich in dem zweiten Korbsessel neben mir niederließ.

»Kreta«, antwortete ich.

Alessandra rückte sich im Sessel zurecht und schob ein Kissen in ihren Rücken. »Kreta? Wie schön! Mein Urgroßonkel war dort bei Ausgrabungen. Das ist schon ewig her, aber ich möchte gerne noch seine alten Aufzeichnungen dazu finden. Es interessiert mich.«

»Ich dachte, er hat bei Grosseto gegraben? Etruskische Kunst?« Ich sah Alessandra gespannt an.

»Stimmt. Aber erst viel später. Er war damals um 1907, 1908 Assistent von Luigi Pernier, der in Phaistos geforscht hat. Weißt du, wo sie diese außergewöhnliche Scheibe entdeckt haben, die heute im Museum von Heraklion zu sehen ist. Ich war noch nie da. Aber sie muss imposant sein.«

»Oh ja, das ist sie«, erwiderte ich und dachte an Elenas Erzählungen. Also war Alessandras Urgroßonkel dabei gewesen, als Nicos umkam und das Gerücht auftauchte, es sei ein zweiter Diskos ausgegraben worden. »Weshalb hat dein Urgroßonkel damals Kreta verlassen und stattdessen später in der Maremma gearbeitet?«

Alessandra zögerte, ehe sie sagte: »Er war hier zu Hause, und die Ausgrabungen vor Ort haben ihn wohl mehr fasziniert als die auf Kreta. Er hat ein Zusatzstudium in Rom gemacht, danach dort einige Jahre unterrichtet und ist dann hierhergekommen, um sich an den Grabungen bei Roselle zu beteiligen. Die fingen Anfang der vierziger Jahre so richtig zu boomen an. Über seine Zeit auf Kreta hat er, wie meine Großmutter erzählte, wenig gesprochen. Sie liebte ihren Onkel sehr und bewunderte ihn. Als er verschwunden war, hat sie versucht, in seine Fußstapfen zu treten und seine Ausgrabungen zu betreuen.«

Sie kramte eine Tube Sonnenöl aus einer großen Basttasche und rieb sich die Arme ein. »Wie gesagt, sie war dann auch dabei, als man seine Überreste am Strand entdeckte. Grässlich! Das einzig Gute an dieser Horrorstory ist, dass der junge Mann, dessen Hund die Knochen auf der Düne neben dem Strandhaus ausbuddelte, sich in meine Großmutter verliebte und sie heiratete. Andrea Casaraghi war mein Großvater. Trotzdem, keine schöne Geschichte!«

Mir lief eine Gänsehaut über den Rücken. In dieser friedlichen Landschaft hatte jahrelang eine Leiche gelegen. Die arme Carla! Was für ein schreckliches Erlebnis! Und ich saß nur wenige Meter von dem Ort entfernt, an dem die sterblichen Überreste von Marco Di Fillipo unter dem Sand verscharrt gewesen waren.

Alessandra dachte ähnlich. Sie deutete auf die kleine Düne neben dem Strandhaus. »Da hat Marco drei Jahre gelegen.«

Um die morbiden Gedanken zu vertreiben, beschlossen wir, schwimmen zu gehen. Das Meer legte sich wie ein tröstender Mantel über alles, was erschreckend erschien. Und danach sprachen wir erst einmal nicht mehr über das Thema.

An diesem Abend saß ich noch lange nach dem Abendessen, von Tom und Syria, dem Ehepaar aus Sri Lanka, liebevoll zubereitet, auf der Terrasse der alten Villa. Alessandra hatte mir gegenüber erwähnt, dass sie mit dem Ehepaar aufgewachsen war. »Tom und Syria gab es schon immer. Leider haben sie keine eigenen Kinder. Sie sind damals geflüchtet, da beide sich als Christen unterdrückt fühlten.«

Die Dämmerung kam früh zu dieser Jahreszeit. Ende August wurden die Tage merklich kürzer. Doch der laue Wind und der Sternenhimmel kompensierten die Dunkelheit.

Mir ging durch den Kopf, was mir Alessandra erzählt hatte. Marco Di Fillipo war damals in Phaistos gewesen, als Nicos angeblich einen zweiten Diskos entdeckte. War er einer der beiden Kollegen von Nicos gewesen, die nach dem Tod ihres Freundes die Grabung verlassen mussten? Alles deutete darauf hin. Und wer war der Dritte im Bunde neben ihm und Nicos? Was war in jenem Juli 1908 wirklich passiert?

Tief in meinem Inneren zwickte mich meine alte Neugier. Ich holte tief Luft. Nein, Finger weg von diesem Drama um zwei unaufgeklärte Morde, die sicherlich auch nichts miteinander zu tun hatten. Sie lagen fünfunddreißig Jahre auseinander. Dennoch – etwas ließ mir keine Ruhe. Zu gern hätte ich mehr über Marco Di Fillipo erfahren.

Die Welt war klein. Dass ich ausgerechnet in der Maremma in dem Anwesen der Familie eines der Archäologen Ferien machte, der vielleicht einst in die Affäre um den mutmaßlichen zweiten Diskos und den Tod eines jungen Kreters verstrickt gewesen war, überraschte mich jedoch nicht wirklich. Oft genug hatte ich Zufälle erlebt, die schicksalhaft waren.

Alessandra plante offenbar, eine Art Biografie über Marco zu schreiben. Ob sie hoffte, dabei die Lösung einiger Rätsel zu finden? Aufgrund seines gewaltsamen Todes im Sommer 1943 spielte seine wissenschaftliche Leistung nur noch eine Nebenrolle. Sicherlich befanden sich in der großen Bibliothek der Villa noch bisher nicht ausgewertete Anhaltspunkte zu seinem Leben und Wirken. Dass sich seit vielen Jahren kein Familienmitglied mehr mit Marco Di Fillipos Forschungen auf Kreta und in Roselle befasst hatte, wunderte mich. Selbst Alessandras Großmutter Carla, die sich zumindest eine Zeit lang für die Ausgrabungen ihres Onkels interessierte, hatte sich von ihren Nachforschungen zurückgezogen. Seit einigen Jahrzehnten schien sich keiner mehr mit Marco Di Fillipos Erbe zu beschäftigen.

Ich dämmerte vor mich hin, eingelullt von dem warmen Nachtwind. Da hörte ich plötzlich ein Knacken und ein Rascheln. Ein Ast im Abendwind? Aber das Geräusch kam nicht aus dem Garten, sondern aus dem Haus, in dem nur noch ein einzelnes Licht im Flur brannte. Das Haushälterehepaar ging meistens früh ins Bett. Und Alessandra hatte mir gesagt, sie sei sehr erschöpft und wolle schlafen. Außer uns vieren war niemand vor Ort.

Und wieder drang ein leises Knacken aus dem dunklen Inneren. Alarmiert setzte ich mich auf, schlüpfte vorsichtig aus dem bequemen Sessel und schlich zur Terrassentür, die halb offen stand. Dahinter lag der Salon, angefüllt mit geschnitzten Tischchen und plüschigen Sofas, Vitrinen mit Jagdtrophäen und allerlei Sammelobjekten, darunter Öllämpchen und winzige Bronzefiguren.

Vom Salon aus führte eine Schiebetür in die Bibliothek, einen leicht angestaubten Raum, an dessen hohen Fenstern dicke Samtportieren hingen und wo sich in Regalen Hunderte von Büchern, zum Teil chaotisch aufeinandergehäuft, stapelten. Ich hatte versucht, in einer Ecke der Bibliothek zu lesen, da dort zwei gemütliche Lehnstühle standen. Aber nach mehrfachen Niesanfällen wegen der umherflirrenden Staubpartikel hatte ich mich in den Salon zurückgezogen oder auf die Terrasse gesetzt, von der man einen Blick auf den großen Swimmingpool hatte. Auf ihm dümpelten zwei riesige Gummitiere, ein Drache und ein Einhorn, Relikte vergangener Kinderferien.

Behutsam lugte ich in den dunklen Bibliotheksraum. Nichts. Wer könnte hier auch im Finsteren umhertappen? Sicher nicht Tom oder Syria. Und Alessandra würde garantiert nicht um diese Uhrzeit im Haus herumwandern. Durch die Vorhänge drang kein Lichtschimmer. Kein Knistern mehr. Wahrscheinlich hatte ich mich geirrt.

Ich drehte mich um und wollte mich zurückziehen. Da fühlte ich hinter mir eine Bewegung, leicht wie ein Atemzug. Und ehe ich reagieren konnte, bekam ich einen heftigen Stoß, der mich nach vorn in den Salon auf das harte Parkett schleuderte. Ich spürte, wie jemand an mir vorbeihastete und durch die Terrassentür verschwand. Bei meinem Sturz riss ich eines der Beistelltischchen um, das mit Getöse auf den Boden polterte. Darauf hatte eine silberne Schale gestanden, aus der Dutzende bunter Glasmurmeln purzelten und um mich herumhüpften wie die Zeichen auf dem Diskos in meinem Wachtraum am Mittag.

Mein Anblick musste höchst lächerlich wirken, denn als wenige Sekunden später das Licht im Salon aufflammte und Alessandra in der Tür stand, staunte sie nicht schlecht und konnte ein Grinsen nicht unterdrücken. Ich hockte auf den Holzdielen, und um mich sprangen die Glasmurmeln wie besessen umher.

»*Dio mio!* Was ist denn hier passiert?«, rief sie und half mir auf die Beine. »Bist du ausgerutscht?«

Irgendetwas hinderte mich daran, ihr die Wahrheit zu sagen. »Ich bin gestolpert«, erklärte ich.

»Hier stehen aber auch wirklich zu viele unnötige Möbel herum«, bemerkte Alessandra und begann, die Glasmurmeln einzusammeln. »Aber warum hast du denn kein Licht angemacht?«

Sie wartete meine Antwort nicht ab, sondern schob mich zu einem Sessel. Und da erschienen auch Tom und Syria. Ihre Wohnung lag über der Garage in einem Nebengebäude der Villa, weshalb sie wohl zunächst meinen nächtlichen Sturz nicht mitbekommen hatten. Doch durch das plötzliche Licht im Salon waren sie alarmiert worden.

Syria huschte besorgt um mich herum, offerierte mir einen Tee, begutachtete mein Knie, das sich rot verfärbte, während Tom vorschlug: »*Brandy, Ma'am, is better.*« Der Brandy, den er mir in einem bauchigen Glas reichte, hätte für drei Leute gereicht.

Es war ein Riesenaufruhr. Ich versuchte alle zu beruhigen und verkündete, es sei Bettzeit. »*Everything is okay!*«, log ich.

Tom begleitete mich zu meinem Zimmer und stützte mich dabei. Tatsächlich hatte ich mir das Knie schmerzhafter gestoßen als zunächst gedacht, und ich war ihm dankbar für seine Hilfe. Alessandra blieb noch einen Augenblick im Salon stehen und spähte hinüber zur Tür der Bibliothek. Dann zuckte sie mit den Achseln und verabschiedete sich ebenfalls.

Ich vermochte nicht einzuschlafen. Mein Knie pochte, und meine Gedanken kreisten um denjenigen, der offensichtlich in der Bibliothek gewesen war und mich dann bei seiner Flucht umgerannt hatte. Eigentlich hätte ich Alessandra natürlich sagen müssen, dass ich einen Fremden überrascht hatte. Warum hatte ich diesen Zusammenstoß verschwiegen?

Ich hatte, ehe ich die Bibliothek betrat, geglaubt, einen sehr dünnen Lichtschein in einer hinteren Ecke zu sehen. Der aber verlosch, als ich mich zaghaft der Tür näherte. Ich würde mir die Bibliothek gleich bei Tageslicht ansehen und Alessandra vielleicht dann doch noch von meinem Erlebnis berichten. Eigentlich wollte ich sie nicht beunruhigen.

Was hoffte ein Dieb hier zu finden? Und wie war er unbemerkt ins Haus geschlichen? In der Bibliothek gab es nicht viel zu holen. Das ganze Haus stand voll mit zum Teil sonderbaren Gegenständen, die für einen Dieb einen gewissen Reiz haben könnten, aber in der Bibliothek hatte ich nichts außer Büchern entdeckt. Das konnte ein Einbrecher natürlich nicht ahnen. Und obgleich es nicht ganz leicht gewesen sein konnte, bis zur Villa vorzudringen, da das Grundstück durch eine Mauer gesichert war, standen im Haus meist Türen offen. Die Haustür wurde nur durch einen Riegel gesichert. Ich hatte sie noch vor meinem Zubettgehen schließen wollen.

Tom hatte mir anvertraut, dass die vier Kameras am Tor zur Straße und am Hauseingang gewartet werden müssten und derzeit nicht funktionierten. Doch wer konnte davon wissen? Ob Tom sich bei jemandem verplappert hatte? Dann gewiss nicht in böser Absicht.

War dies ein »gewöhnlicher« Einbrecher gewesen oder jemand mit einer bestimmten Absicht? Ein seltsamer Gedanke, aber mein Kopf steckte voll mit wilden Phantasien über diese Villa und ihre Geschichte. Irgendwann schlief ich ein.

Mir war, als hätte ich nur wenige Minuten geschlafen, als jemand heftig an meine Tür klopfte. Ehe ich antworten konnte, stürmte Alessandra herein. »Anna, komm bitte mit«, rief sie ohne jegliches Vorgeplänkel.

Etwas mühsam wälzte ich mich aus dem Bett. Mein Knie war geschwollen und schmerzte. Ich humpelte hinter Alessandra her, die mit flotten Schritten zur Bibliothek eilte. Vor der Schiebetür standen Tom und Syria. Beide wirkten verschreckt und starrten in den Raum, als läge dort eine Leiche. Ich trat heran und sah in die Richtung, in die das Ehepaar mit weit aufgerissenen Augen starrte. Alessandra musste mir nichts erklären. Ich sah es selbst: Auf dem Boden lagen verstreut Papiere und einige Bücher, zwei

Schubladen des mächtigen alten Schreibtisches hingen nur noch in ihren Angeln.

Alessandra sah mich mit einem seltsamen Blick an. »So, und du willst behaupten, du seist gestern Abend gestolpert? Was ist wirklich passiert?« Ihr Ton erinnerte mich an meine Lateinlehrerin vor mehr als vierzig Jahren, die ich sehr verehrt, aber auch gefürchtet hatte. Die gleiche harte Stimme, die gerunzelte Stirn.

Ich ließ mich auf einen Stuhl fallen. Mein Knie fühlte sich an, als sei darin ein Luftballon eingeschweißt. Syria verließ kurz unsere Gruppe, kehrte gleich wieder mit einer tiefgekühlten Packung Erbsen zurück und legte sie vorsichtig auf die Schwellung. Ich nickte dankend. Das tat gut.

»Ja, du hast recht«, antwortete ich. »Als ich gestern spät auf der Terrasse saß, hörte ich ein Geräusch aus der Bibliothek. Und als ich hineingehen wollte, hat mich jemand umgerissen, als er aus dem Raum stürmte, und ich bin gegen den Tisch mit der Silberschale und den Glasmurmeln gestoßen. Aber ich habe nicht gesehen, wer es war, habe nicht einmal einen flüchtigen Eindruck von der Person, die aus der Bibliothek rannte.«

Alessandra sah mich erbost an. »Warum hast du mir das nicht gleich gesagt? Dann hätte ich sofort die Polizei gerufen.«

»Der Typ war doch schon über alle Berge, als du mich auf dem Boden gefunden hast«, protestierte ich.

»Aber wir hätten sofort nachsehen können, ob der Kerl etwas gestohlen hat! Und die Polizei hätte Spuren finden können.«

»Ja, hätte ist ein gutes Wort«, wehrte ich mich vergeblich und fühlte mich dumm und albern. Wie hatte ich nur so hirnverbrannt reagieren können! Mein Freund Richard würde es als »Folge eines Sonnenstichs« bezeichnen. Benebelt war ich auf jeden Fall gewesen. Alessandra hatte recht. Mein albernes Schweigen von gestern Abend war sehr kontraproduktiv. »Fehlt denn etwas?«, fragte ich zaghaft.

»Weiß ich noch nicht«, erwiderte sie kurz angebunden. »Commissario Petruccio, ein Freund meiner Mutter, kommt gleich. Bitte sage ihm, was geschehen ist. Keine Ausreden.«

Es dauerte knapp zehn Minuten, bis ein Wagen der Carabinieri durch das weit geöffnete Eingangstor fuhr und direkt vor der Villa hielt. Der hochgewachsene Mann mit der gepflegten Uniform musste Commissario Petruccio sein. Er gehörte der Polizia di Stato an, wie mir Alessandra zuraunte. Ungefähr Ende vierzig mit grauen Schläfen und auffallend dunklen Augenbrauen.

Mit einem freundlichen Lächeln ging er auf Alessandra zu. Sie begrüßte ihn mit einem herzlichen: »Ciao, Ettore!«

Er wandte sich zu mir und sagte in recht gutem Deutsch: »Und Sie sind Anna Bentorp?«

Erstaunt sah ich ihn an. »Woher wissen Sie das?«

»Das war nicht schwer zu erraten. Derzeit wohnt nur Alessandra in der Villa und, wie der gute alte Tom mir sagte, eine Dame namens Anna Bentorp aus Deutschland. Da muss man nicht Detektiv sein, um zu mutmaßen, dass Sie das sind.«

Ich spürte eine Mischung aus Erleichterung und Enttäuschung. Fast hatte ich gedacht, dieser attraktive Polizist wäre ein Bekannter meines Freundes Hans Schumann, Polizeihauptkommissar in Hannover. Doch woher sollten sich Ettore Petruccio und Schumann kennen? Typisch für meine oftmals recht phantasievollen Anwandlungen.

Alessandra flüsterte mir zu: »Sein Großvater Fernando war damals der Polizist, der im Fall von Marco und dem Assistenten ermittelt hat. Ettore ist schon die dritte Polizistengeneration in der Familie, und sein Sohn Arturo geht auch auf die Polizeiakademie.«

Das erklärte, weshalb Petruccio so wirkte, als sei er fast ein Familienmitglied. Mit flotten Schritten eilte er durchs Haus direkt in die Bibliothek. Er kannte sich in der Villa aus.

»Und jetzt erzählen Sie mir bitte, was gestern geschehen ist!«, forderte er mich aus Rücksichtnahme auf Tom und Syria, die beide recht gut, wenn auch nicht fließend Englisch sprachen, in Englisch auf. Das Ehepaar beherrschte Italienisch, was ich aber nicht ausreichend gut konnte, Deutsch war ihnen nicht geläufig. Petruccios Englisch war wesentlich akzentfreier als das von Alessandra.

Kurz erklärte ich ihm, dass ich ein Geräusch aus der Bibliothek gehört hatte. Und dass ich bei meinem Versuch, den Raum zu betreten, von einer unbekannten Gestalt umgeworfen worden war. Ich zeigte auf mein Knie. »Ein Zeuge der Ereignisse.«

Petruccio sagte nichts, sondern ging langsam durch die Bibliothek. Überall häuften sich die Bücher und quollen Papiere aus diversen Schubladenboxen. Das Chaos auf dem Fußboden passte gut zur allgemeinen Unordnung.

»Fehlt was?«, fragte Petruccio an Alessandra gewandt.

Sie errötete ein wenig. »Ich habe bisher noch nicht nachgesehen und wollte auf dich warten«, erwiderte sie verlegen. Sie schaute sich zögernd um. Ihre Blicke glitten über die von Regalen geplumpsten Bücher und über einige umgestürzte Schubladenboxen bis zu den weit geöffneten Schreibtischtüren.

»Der Eindringling wird nicht viel Muße gehabt haben, hier nach Wertgegenständen zu suchen«, meinte Petruccio. »Sie, Anna, waren wohl schnell zur Stelle. Seine heftige Reaktion zeugt davon, dass Sie ihn gestört haben. Ein Glück, dass er Sie nur umgestoßen hat und dann getürmt ist. Es hätte dramatischer ausgehen können.«

Neben Petruccio war ein sehr junger Polizist getreten, der ihm etwas zuflüsterte. Ich verstand nur »*strada*« und »*porta del giardino*«.

»Wir haben vor dem Gartentor diverse Spuren von Autos, aber auch von einem Motorrad entdeckt«, sagte Petruccio laut. »Am Rosenstrauch neben der Terrassentür hing ein Fetzchen Stoff. Könnte von einem T-Shirt stammen, wie sie zu Tausenden jeden Sommer an der Küste verkauft werden. Sehr ergiebig ist das nicht.« Petruccio klang müde.

Er blickte sich um. »Fingerabdrücke gibt es reichlich in dieser Staubkammer von Bibliothek. Ich schätze aber, der Täter hat Handschuhe getragen. Am besten, Alessandra, du erstattest Anzeige gegen Unbekannt. Hat er denn nun etwas mitgehen lassen oder nicht?« Der Commissario wirkte ungeduldig.

Alessandra hatte sich inzwischen ebenfalls umgesehen. »Glücklicherweise nicht. Aber was sollte er auch in diesem Raum zu finden hoffen? Alle wertvollen Objekte und Bilder hängen im Salon und im Arbeitszimmer meines Großvaters.«

»Wie sollte der Bursche das wissen? Und im Dunkeln herum-zustöbern ist wenig hilfreich.« Petruccio zog die Augenbrauen zusammen.

»Ich habe den dünnen Strahl einer Taschenlampe gesehen«, warf ich ein. »Hinten in der Ecke, wo der Kamin ist.«

Petruccio grinste. »Das hilft uns sehr«, sagte er ironisch. Er wischte mit dem Finger über den Kaminsims. »Ziemlich staubig und keine Abdrücke von Gegenständen, die dort gestanden haben.«

»Da stand auch nichts. Diese Bibliothek wird nur für die Bücher und den alten Schriftkram meiner Familie genutzt. Als eine Art Archiv«, verteidigte Alessandra den Raum. »Die meisten der älteren Bücher stehen im Arbeitszimmer, das schon von meinem Urgroßonkel und zuletzt von meinem Großvater häufiger benutzt wurde.«

Offenbar hielt sich ihre Mutter Mauritia nicht gerade oft und gern in der Villa Etruria auf. Ich wagte nicht zu fragen, wo ihr Vater war.

Petruccio wandte sich zum Gehen. »Gut, dann haltet die Augen offen. Wahrscheinlich ist der Kerl irgendwo über die Mauer auf das Grundstück gelangt. Die Kameras sind derzeit außer Betrieb, und keine Alarmanlage war scharf, weil Signora Bentorp noch draußen auf der Terrasse saß. Die Haustür war auch nicht verschlossen. Ich habe wenig Hoffnung, dass wir noch eine Spur finden.«

»Im Spätsommer häufen sich hier die Einbrüche, wenn die Häuser nach dem Ferragosto von ihren Bewohnern verlassen werden, die nach Florenz oder Rom zurückkehren. Die Villa Etruria ist allerdings eine Ausnahme. Da wohnen oft noch Mieter bis in den November«, erklärte Alessandra mir. »Im Winter hüten Tom und Syria die Villa ganz allein. Weihnachten feiern wir meist in Siena.«

Petruccio und sein junger Assistent verabschiedeten sich und fuhren davon. »Das war ja echt keine große Aktion«, kommentierte ich. »Darauf hätte man auch verzichten können.«

Alessandra schwieg. Plötzlich drehte sie sich zu mir um und stieß hervor: »Ich habe Petruccio angelogen. Aus der Bibliothek fehlt ein Elfenbeinkästchen. Darin befinden sich Unterlagen meines Urgroßonkels. Sie gehen aber Petruccio nichts an, denn es sind interne Familiendokumente. Ich habe sie erst vor zwei Monaten zufällig entdeckt und wollte sie in Ruhe studieren. Marco Di Fillipo hatte viele Geheimnisse, die ich erforschen will. Und jetzt fehlen mir ausgerechnet seine Briefe, die in dem Kästchen lagen.«

Alessandras Verzweiflung konnte ich verstehen. Was diese Faszination für Familiengeheimnisse betraf, waren wir Seelenverwandte.

»Doch wer könnte Interesse an diesen Papieren haben und wer davon wissen?«, fragte Alessandra.

Ich versuchte sie zu beruhigen. »Der Dieb hat das Kästchen rasch eingepackt und sicher nur gesehen, dass es hübsch aussieht. Mehr steckt sicher nicht dahinter.«

Schöne Worte! Doch mich überkam das ungute Gefühl, mich wieder einmal in Teufels Küche zu begeben. Ich sollte die Villa Etruria schnellstmöglich verlassen und mit fliegenden Fahnen zurück nach Deutschland reisen. Doch trotz dieser Vorahnung unternahm ich nichts. Wieder einmal nichts.

Die flüsternden Schatten

Die Stimmung in der Villa Etruria war gedrückt. Alessandra geisterte durch das Haus, hatte aber die Suche nach dem Kästchen aufgegeben. Ich versuchte mit ihr zu reden, doch sie wich mir aus. Mehrmals verschwand sie im Arbeitszimmer, und ich hörte sie mit gedämpfter Stimme telefonieren. Ettore Petruccio kam noch einmal kurz am Nachmittag vorbei. Wir unterschrieben ein Protokoll mit unseren eher mageren Aussagen, und Alessandra verschwieg weiterhin das verschwundene Kästchen.

Petruccio machte uns keine Hoffnung, dass der Einbrecher gefasst werden würde. »Wir haben zu wenige Anhaltspunkte. Falls doch noch etwas von Wert fehlen sollte, bitte melden. Aber derzeit sehe ich keine Chance, diesen Typen zu fassen.«

Das Wetter passte zu unserer Stimmung. Schwere Wolken türmten sich über dem Meer auf, die Wellen luden nicht mehr zum Baden ein. Sie zischten und warfen gelbliche Schaumkronen auf den Strand. Die kleine Ziegeninsel tauchte zwischendurch unter den bleiernen Wolken in der Ferne auf, sobald sich ein Sonnenstrahl durch das dichte Grau kämpfte. Elba schien vom Wasser verschluckt zu sein. Ich machte einen kurzen Spaziergang am Strand. Der Wind wehte scharf, die Temperatur war spürbar um mehrere Grad gesunken.

»Das sind die Vorboten des Herbstes«, sagte Alessandra, die ich am späteren Nachmittag im Salon traf. »Ich werde bis zum Abendessen im Arbeitszimmer meines Großvaters sein. Kümmere dich nicht um mich. Ich habe gerade eine Nachricht bekommen, dass ich übermorgen zurück nach Rom muss. Gespräch mit meinem Doktorvater. Aber du bleibst ja noch ein paar Tage hier. Das Wetter soll auch wieder besser werden. Übrigens kommen die beiden neuen Mieter früher als geplant. Sie treffen heute am späteren Abend ein.« Ihre strahlende Freundlichkeit war einem mürrischen Ausdruck gewichen. »Dann bis später!«

Mit dieser Ansage zog sie sich in das Arbeitszimmer zurück.

Ganz wohl fühlte ich mich nicht bei dem Gedanken, die Villa in den nächsten Tagen mit Fremden teilen zu müssen.

Bei Anbruch der Dämmerung peitschten Regenschauer gegen die Fenster. Kein lieblicher Sonnenuntergang an diesem Abend. Die Sonne schien von den Wolken verschlungen worden zu sein. Ich beschloss, schon am übernächsten Tag nach Hause zu reisen, falls sich das Wetter nicht schnell besserte. Meinen Flug von Pisa am kommenden Sonntag würde ich umbuchen. Italien ist ein Land für schönes Wetter. Diese vorherbstliche Stimmung machte mich melancholisch.

Alessandra tauchte an diesem Abend nicht mehr auf. Auf mein Klopfen an der Zimmertür reagierte sie nur mit »Ich möchte nichts essen. Ich muss arbeiten«. So saß ich allein im Esszimmer an dem schweren Eichentisch unter einem prunkvollen Lüster. Syria servierte selbst gemachte Lasagne und einen frischen Salat. Zum Nachtisch gab es Obstsalat mit einer Mascarponecreme. Nach dem Essen setzte ich mich in den Salon.

Draußen stürmte es, und über die Terrasse fegten Blätter, Blüten und kleine Zweige. Ich versuchte mich auf ein Buch über Kreta zu konzentrieren. Dreimal las ich denselben Absatz über die Sage vom bronzenen Riesen, dem Beschützer der Insel, den Medea mit einem Zaubertrank betäubte, womit sie den Argonauten den Weg auf die Insel ebnete. Diese Sage hatte auch Elena erzählt und dabei Medea als »Hexe« bezeichnet. Meine Gedanken schweiften ständig ab. Da klingelte mein Handy. Der Name Schumanski stand auf dem Display – mein alter Freund Hans Schumann. Erstaunt nahm ich den Anruf entgegen.

»Hans? Was bringt dich dazu, mich anzurufen? Du weißt schon, dass ich in der Maremma bin und noch ein paar Tage Urlaub habe?«

»Guten Abend, meine Liebe«, vernahm ich seine tiefe, sanfte Stimme. »Ja, mir ist klar, dass du weder in Köln noch in Hannover bist. Geht es dir gut?«

»Na ja, wie man es nimmt. Es ist an sich schön hier, auch wenn heute leider das Wetter ziemlich eklig ist. Aber gestern

Nacht gab es einen Einbruch.« Rasch berichtete ich Schumann von den Ereignissen, erwähnte aber nicht das Verschwinden des Kästchens.

»Du Arme«, sagte mein Freund, der Kriminalhauptkommissar. »Und schon steckst du wieder in irgendeinem Schlamassel.« Er lachte leise.

»Weshalb rufst du mich an? Ich bin doch spätestens nächsten Sonntag zurück. Oder brennt etwas an?«

Schumann räusperte sich umständlich, ein Anzeichen für Nervosität. »Ich habe heute Morgen einen Anruf von einer alten Freundin aus meiner Stader Zeit bei der Polizei bekommen. Sie war beunruhigt, weil sich ihr Bruder, Wissenschaftsjournalist und freier Dozent an der Uni Hannover, seit drei Tagen nicht bei ihr gemeldet hat. Er ist vor acht Tagen nach Kreta zu einer, wie sie sagt, Studienreise aufgebrochen. Und jetzt kann sie ihn nicht erreichen. Sie wollte nicht die Pferde scheu machen und hat sich noch nicht an offizielle Stellen gewandt.«

Schumann schluckte. »Weißt du, falls ich inoffiziell in eine Suchaktion eingespannt werde, müsste ich eventuell nach Kreta fliegen. Ihr Bruder lebt in Hannover, ganz in meiner Nähe. Ich kenne ihn flüchtig.«

»Und was hat das mit mir zu tun?« Mir schwante Schlimmes.

»Na ja, vielleicht könntest du mich begleiten, wenn es zum Schwure kommt. Du kennst Kreta und könntest mir helfen. Ich habe zudem keine Ahnung von dem Fachgebiet dieses Bruders. Irgendetwas mit altem Zeug.«

Obgleich ich diese Idee hirnrissig fand – warum sollte Schumann sich als deutscher Beamter auf Kreta auf die Suche nach einem verschollenen Journalisten machen –, reizte mich der Gedanke dennoch, so rasch wieder auf die Insel zu fahren. Ich würde dann noch mal ausgiebiger mit Elena über ihre Familiengeschichte sprechen!

Aber Schumanns Anfrage erschien mir eher wie eine Ausrede, sich nach meinem Wohlergehen zu erkundigen. Er war und blieb ein treuer Freund. »Warte mal ab! Der Kerl wird sicher wiederauftauchen«, sagte ich. »Warum muss er sich auch ständig bei seiner Schwester melden? Vielleicht genießt er die Freiheit!«

»Da magst du recht haben.« Schumann lenkte ein. »War ja nur so eine Idee. Ich melde mich wieder. Pass auf dich auf!«

In der Nacht wachte ich mehrmals auf. Ich glaubte, Schritte im Haus zu hören. Meine Handyuhr zeigte Mitternacht, als ein Auto vor der Tür hielt. Ich vernahm Toms Stimme, der offenbar die zwei neuen Mieter in Empfang nahm. Danach schlief ich fest bis zum Morgen. Der Himmel strahlte wieder in schönstem Blau, als hätte es gestern keine Wolken gegeben.

Nach meinem morgendlichen Schwimmen in dem grün gekachelten Pool ging ich zum Frühstück auf die Terrasse. Keine Alessandra, dafür aber die zwei Männer, die gestern Nacht angekommen waren. Sie stellten sich artig vor. Der eine war etwa Mitte vierzig, sehr groß und schlaksig, hatte helle Augen, trug eine flotte Sonnenbrille und einen Ziegenbart. »Sven Langer«, sagte er, »Archäologe in München.« Sein Lächeln war offen und freundlich.

Der andere, der sich als Edgar Grunemann vorstellte, war etwa gleichaltrig, mittelgroß, mit sehr blauen Augen und einem dichten Haarschopf rotgoldener Haare. Ein attraktiver Mann, der ernster wirkte als sein Gefährte. »Ich unterrichte Alte Geschichte«, sagte er. »Noch in Berlin, aber ab dem Wintersemester in Bonn.«

Mit Interesse hörten sie, dass ich mich als Kunsthistorikerin für jede kulturgeschichtliche Epoche der Menschheit interessierte. »Dann sind Sie hier am besten Ort«, rief Langer begeistert.

»Vor allem, wenn Sie nicht nur für die Römer und die Renaissance schwärmen«, ergänzte Grunemann. »Hier ist Etruskerland.«

Das Frühstück verlief mit angenehmen Plaudereien. Die beiden berichteten, dass sie sich bereits aus Studienzeiten kannten und seitdem eng befreundet waren. Und sie seien nicht nur wegen der schönen Landschaft hergekommen und um ein paar Tage Sonne zu tanken.

»Übermorgen beginnt ein mehrtägiges Symposium in Cecina

zum Thema ›Verschollene Schätze der Etrusker‹. Mein Doktorvater, Paolo Castelnuovo, hält einen Vortrag, den wir unbedingt hören müssen«, erklärte Langer. Er sah mich fragend an. »Wie wäre es, wenn Sie mitkämen? Wird sicher interessant.«

Ich leerte meine Kaffeetasse und sagte: »Gerne. Danke! Das Thema interessiert mich. Ich bleibe bis Sonntag, habe also genügend Zeit, um noch etwas Kultur zu erleben.« Da die Sonne wieder schien, würde ich meine Zelte hier nicht vorzeitig abbrechen.

Grunemann zerbröselte sein Croissant und blickte sich um. »Schöner Garten. Aber dieses Haus ist in anderer Hinsicht interessant. Der ursprüngliche Besitzer Marco Di Fillipo war ein bekannter Wissenschaftler. Umso tragischer, dass er ermordet wurde und seine Forschungen nie beenden konnte.«

»Ich habe davon gehört«, sagte ich nur.

»Als wir uns nach einer Bleibe in dieser Gegend umgesehen haben, erschien uns die Villa Etruria geradezu ideal. Wenn wir mehr Zeit hätten, würden wir um Erlaubnis bitten, uns in seiner Bibliothek nach Aufzeichnungen zu seiner Arbeit umzusehen«, fügte Langer hinzu.

»So viel scheint er jedoch gar nicht hinterlassen zu haben«, erwiderte ich. »Seine Urgroßnichte schreibt an einer Biografie über ihn und ist ziemlich enttäuscht über den Mangel an Originalunterlagen.«

Den Tag verbrachte ich allein am Strand und schrieb meine Erlebnisse auf Kreta in ein Notizbuch. Alessandra tauchte gegen Mittag auf, schwamm eine Runde und setzte sich zu mir.

»Petruccio hat keine weiteren Infos zu dem Dieb. Ich hake die Sache ab. Morgen muss ich nach Rom. Ich bin froh, wenn ich die Villa nicht mit diesen beiden Männern teilen muss. Sie haben mich gerade schon mit Fragen über meinen Urgroßonkel gelöchert. Jetzt sind sie nach Roselle aufgebrochen, um sich die Ausgrabungen anzusehen.« Sie wirkte nervös und fahrig. »Ich werde erst Mitte September wiederkommen, wenn ich das Haus für mich allein habe. Meine Mutter hat sich für Ende September angesagt. Sie kommt mit einer ganzen Entourage. Dann verschwinde ich wieder.«

Das Verhältnis zu ihrer Mutter schien nicht das innigste zu sein. Ich bohrte nicht nach.

Sie lächelte. »Hoffentlich hast du noch eine gute Zeit hier. Ich bin heute Abend nicht da. Ich treffe jemanden in Grosseto. Und morgen werde ich sehr früh aufbrechen. Falls wir uns nicht mehr sehen, lass uns bitte in Kontakt bleiben. Gerne würde ich mit dir irgendwann mal über meine Forschungen zum Leben von Marco sprechen. Ich glaube, ich bin da auf etwas gestoßen, das sehr interessant sein könnte.« Sie umarmte mich und machte sich auf den Weg zurück zum Haus.

Tom und Syria versorgten mich liebevoll in der Villa. Aber ich fühlte mich plötzlich sehr allein.

Nach dem Essen ging ich in die Bibliothek, die inzwischen wieder aufgeräumt worden war. Sogar die Schubladen saßen wieder fest in ihren Angeln. Reihen von Büchern über Geschichte, Archäologie, Kunst aus allen Epochen der Menschheitsgeschichte. Das meiste in italienischer Sprache, aber auch Werke auf Englisch und ein paar Bücher auf Deutsch. Eins fiel mir ins Auge: »Das Rätsel von Phaistos«. Ich zog das Buch aus dem Regal. Als Autor stand der Name Wilhelm Grabert auf dem Titelblatt, das Erscheinungsjahr war 1928.

»Anlässlich des zwanzigjährigen Jubiläums der Entdeckung des Diskos«, stand als eine Art Widmung auf der dritten Seite. Darunter handschriftlich: »*Per il mio vecchio amico Marco con tanti saluti e in memoria della nostra avventura – sempre il tuo compagno, Wilhelm*«.

Wilhelm Grabert schien also ein Kollege von Marco gewesen zu sein und war offenbar gemeinsam mit ihm auf Kreta. »Der Deutsche«. Ich beschloss, mir das Buch näher anzusehen, und googelte den Namen »Wilhelm Grabert«.

Wilhelm Grabert, geboren am 7. Mai 1884 in Hamburg, Studium der Archäologie in Berlin, München und Rom. Promotion an der Berliner Humboldt-Universität 1906 zu »Das Erbe von Minos – Grabungen in Knossos und Phaistos«. 1907 und 1908 Assistent von Federico Halbherr bei den Ausgrabungen in Phaistos. Danach Dozent an diversen Universitäten. 1928 Teilnehmer

bei Ausgrabungen in der Gegend um Volterra. Ab 1948 bis 1968
Lehrstuhl für Archäologie in Göttingen. Gestorben am 11. Juni
1979 in Bashausen bei Bad Gandersheim. Veröffentlichungen …

Es folgten die Titel von etlichen Werken, darunter gesammelte
Vorträge und Essays zu Ausgrabungen auf Kreta und in der
Toskana. Der Lebenslauf war eher lückenhaft. Es fehlten viele
Jahre zwischen 1908 und 1928 und danach bis 1948. Wo war
Grabert während dieser Zeit? Im Ausland, an einer deutschen
Universität? Hatte er in Italien gearbeitet? Oder gar im Haus
seines »*vecchio amico*« in der Maremma gewohnt?

Grabert hatte offenbar noch im hohen Alter Vorlesungen
gehalten. Er erinnerte mich an meinen liebsten Kunstprofessor,
der mit über neunzig noch Vorträge zum Werk von Jan van Eyck
gehalten hatte und mit siebenundneunzig Jahren beim Verfassen
einer Kritik über die große Van-Eyck-Ausstellung in Gent 2020
an seinem Schreibtisch gestorben war.

Ich würde meinen alten Freund Harald Frostauer, den Al-
leskönner und notorischen Besserwisser, auf Grabert ansetzen.
Mich bewegte der Gedanke, dass Grabert zusammen mit Di Fillipo und Nicos damals in Phaistos war. Hatten die beiden alten
Freunde sich auch später getroffen? Wo war Grabert während
des Krieges? Auch die Zeit des Ersten Weltkriegs fehlte in den
Angaben. Ich brauchte Harald. Doch wo der sich derzeit aufhielt, wusste ich nicht. Also schickte ich ihm eine kurze Nachricht mit der Bitte um einen Anruf.

Als ich ins Bett sank, müde von der Sonne und vom Wein zum
Abendessen, vernahm ich ein Auto, das über den Kies vor den
Eingang fuhr. Wenig später quietschte die Tür zum Salon, die
Tom längst hatte ölen wollen. Wahrscheinlich Alessandra, dachte
ich und zog mir das Laken über den Kopf. Draußen schimmerte
der Vollmond durch die Bäume und malte Silberflecken auf das
Parkett. Das Lied »Tintarella di Luna« fiel mir ein. An eine
Strophe dieses Hits aus dem Jahr 1959, der die damals neun-
zehnjährige Mina berühmt gemacht hatte, erinnerte ich mich
gut. Vor allem an den Refrain: »*Tintarella di luna, Tintarella*
color latte … Tu diventi candida.«

Ich begann das Lied zu summen, unterbrach mich aber schnell wieder. Aus dem Salon, der nur wenige Meter von meinem Zimmer entfernt lag, hörte ich ein intensives Flüstern. Da ich nur eine Stimme vernahm, musste da jemand telefonieren. Und es klang nach einer Frauenstimme.

Zu mir drangen nur Wortfetzen wie *»pericoloso«*, *»non l'ho trovato«*, *»non lo so«* und schließlich *»posso andare via sta notte. No, non a Roma«*. Das Flüstern verstummte. Dann laut und deutlich: *»Tu non capisce, idiota! Non posso andare a Roma!«* Die Stimme wurde wieder leiser, zu einem Raunen. Und dann verstummte sie.

In diesem Moment klingelte mein Handy. Ärgerlich schaute ich auf das Display. Es war Harald Frostauer. »Weißt du, wie viel Uhr es ist?«, schnauzte ich ins Handy, ohne ihn zu begrüßen.

»Ja, liebe Anna, ich weiß das. Aber ich bin gerade in New York und heute durchs Metropolitan gewandert. Morgen steht das Guggenheim an und an meinem letzten Tag hier das 9/11-Museum.«

»Wie, du bist in New York?« Davon hatte ich keine Ahnung gehabt. Doch offenbar holte Harald, der früher nur mit Not von Hannover nach Köln oder nach Hamburg und Berlin gereist war, eine Menge nach. »Seit wann bist du denn dort? Und warum?«

Harald kicherte, eine Angewohnheit, die ich hasste. »Ich habe unsere Freundin Josephine Stone kurz besucht und soll dich sehr herzlich grüßen.«

Josephine Stone war die Tochter des exilierten deutschen Regisseurs Leopold Welfenstein, der 1937 in London gestorben war, kurz vor Vollendung seines Films »Das Geheimnis des dunklen Hauses«, und dessen Memoiren ich in Josephines Auftrag im Frühsommer geschrieben hatte. Das Buch sollte im Spätherbst Premiere haben.

»Du bist doch nicht wegen Josephine in New York?«, fragte ich perplex.

Harald kicherte wieder. »Nein, mit meiner Kunstgruppe. Wir sind insgesamt sieben Tage hier. Ich komme Ende der Woche zurück.« Dann war das geklärt. »Und wo bist du, meine

Holde?« Harald klang sehr nah. Eigentlich besaß er eine angenehme Stimme. Wenn er nur nicht ständig kichern würde! Ich erklärte ihm, dass ich nach meinem Kreta-Urlaub für einige Tage in der Maremma sei. »Ach ja, der arme Richard konnte nicht mitkommen!«

Obwohl Harald versuchte, empathisch zu klingen, hörte ich die Schadenfreude. »Schäm dich, Harald!«, sagte ich streng.

»Was möchtest du von mir, liebste Freundin? Du schickst mir doch kein Lebenszeichen aus purer Sehnsucht, oder?«

Dumm war Harald nicht, und da er ein recht eitler Zeitgenosse war, freute er sich, hilfreich zu sein und dafür Lob einzuheimsen. Es war ein altes Spiel zwischen uns: Ich fragte ihn um Rat, und er bemühte sich eifrig, Lösungen zu finden. Hatte er Erfolg, versprach ich, zum Dank mit ihm essen zu gehen. Doch meinen »Dank« musste ich bisher erst einmal erstatten. Harald hatte bereits vier Gutscheine, die er hoffentlich nicht so bald einlösen würde ... Mit wenigen Worten schilderte ich ihm mein Anliegen.

»Aha, Wilhelm Grabert, berühmt-berüchtigter Prof in Göttingen«, kommentierte Harald meine Bitte und bewies mir gleichzeitig, dass er natürlich schon von diesem Mann gehört hatte.

»Du hast doch sicher keine Vorlesungen bei ihm gehört!« Harald war Jahrgang 1965.

»Nein, aber er war bekannt wie ein bunter Hund. Eine Koryphäe auf dem Gebiet der minoischen und etruskischen Forschung mit einer sehr ambivalenten Vergangenheit, wie man sagt.«

»Genau darum geht es mir, Harald! Ich möchte mehr über ihn wissen. Hier in der Villa Etruria habe ich ein Buch von ihm gefunden, das mir interessant erscheint. Er war wohl mit dem früheren Besitzer der Villa zusammen auf Kreta.«

»Ja, ich weiß, Marco Di Fillipo, der 1943 ermordet wurde.«

Ich hatte ganz vergessen, dass Harald selbst hier seine Ferien verbracht hatte. »Das hast du mir damals nicht erzählt.«

»Wärst du dann dorthin gefahren? Von wegen Geister der Vergangenheit. Das Spukhaus in der Maremma. Deine Phantasie ist bekannt. Dieser Fall liegt nunmehr achtzig Jahre zurück. Ein Altfall, wie ihn unser Freund Hans Schumann so schätzt. Aber zerbrich du dir bitte nicht den Kopf, Anna. Dieser Mord bleibt wahrscheinlich für immer ungeklärt. Und du willst doch sicher nicht die Signorina Marple der Maremma werden?«

Er kicherte, und in diesem Augenblick hätte ich ihn am liebsten mit einem nassen Waschlappen erschlagen. Aber ehe ich etwas sagen konnte, flackerte eine Nachricht auf meinem Display auf: »Der Bruder meiner Freundin hat sich gemeldet. Alles falscher Alarm. Schlaf gut, Hans«.

Harald beendete das Gespräch abrupt, und die Stille der Mondnacht legte sich über Haus und Garten. Nur in meinem Hinterkopf regte sich erneut dieses Gefühl der Unruhe, als ich an Alessandras Flüstern am Handy dachte. *Pericoloso?* Gefährlich.

Ich kroch wieder unter mein Laken und versuchte meine Unruhe zu vertreiben. Aber die Stunde des Wolfes, die normalerweise ab drei Uhr morgens schlägt, hatte schon vor Mitternacht begonnen.

Etruskische Rätsel

Es überraschte mich nicht, dass Alessandra am nächsten Morgen nicht da war. Tom berichtete mir, sie sei sehr früh losgefahren, habe mir aber eine kleine Nachricht hinterlassen. Auf gute alte Art auf einem Zettel im Kuvert:

»Liebe Anna! Ich musste leider dringend fort. Gerne würde ich dir sagen, um was es geht, da ich dir vertraue. Aber ich werde dieser Sache erst einmal allein nachgehen. Nur so viel: Es hat mit meinen Nachforschungen zu Marco Di Fillipo zu tun. Ich scheine in ein Hornissennest gestochen zu haben. Bald mehr! Pass auf dich auf!«

Ich textete ihr eine Antwort, in der ich ihr alles Gute wünschte und sie ebenfalls bat, mit mir in Kontakt zu bleiben. Aber offenbar hatte sie ihr Handy ausgeschaltet. Ein graues Häkchen deutete an, dass sie nicht »online« war. Zuletzt war sie das laut Anzeige um vier Uhr morgens gewesen. Sie würde sich schon noch melden, dachte ich und setzte mich auf die Terrasse. Heute wollte ich nach Volterra fahren, morgen dann Langer und Grunemann nach Cecina begleiten.

Gerade hatte ich mir meine zweite Tasse Kaffee eingegossen, als Petruccio mit einem Beutel in der Hand erschien. Er wirkte müde und nervös, als er mich fragte, wo Alessandra sei.

»Sie musste nach Rom und ist heute wohl in aller Frühe losgefahren«, erklärte ich ihm.

»Stehen Sie in Kontakt mit ihr?«, wollte Petruccio wissen.

Ich schüttelte den Kopf. »Ich glaube, sie hat ihr Handy ausgeschaltet. Ich versuche sie später zu erreichen.«

Der Commissario seufzte. »Eigentlich hätte ich Signorina Antonini persönlich sprechen müssen. Doch ich vertraue Ihnen, zumal Sie demnächst mit ihr telefonieren werden. Sie scheint Sie zu mögen.«

Er öffnete den Beutel, den er auf einem Terrassenstuhl abgelegt hatte, und zog ein Kästchen heraus. »Wir haben den Einbrecher gefasst. Er ist letzte Nacht in ein Haus in der Nähe der

Piazza von San Matteo eingebrochen. Da wohnt derzeit niemand. Der Dummkopf hat nicht damit gerechnet, dass Alarmanlagen auch mal funktionieren können. Ein Polizist auf Streife konnte ihn verhaften.«

Petruccio grinste. »Der törichte Bursche ist gerade mal sechzehn Jahre alt, aber schon einige Male wegen kleinerer Ladendiebstähle aufgefallen. Er sagt, dass er auf ein Motorrad spart und deshalb in Häuser einsteigt. Sie werden es nicht glauben, aber er ist mit dem Fahrrad unterwegs. Geschickter Trick, was Spuren betrifft. Interessanterweise – und wir wissen nicht, wie und woher er das weiß – hat er erfahren, dass es in der Villa Etruria einige Wertgegenstände gibt und dass die Kameras derzeit nicht funktionsfähig sind. Er will uns aber nicht sagen, von wem er diese Infos hat. Angeblich zirkuliert diese Information in gewissen Kreisen.«

Petruccio betrachtete das Kästchen nachdenklich. »Er hat offensichtlich geglaubt, dass sich in der Bibliothek lohnende Objekte befinden, und im Dunkeln den nächstbesten Gegenstand gegriffen. Sie haben ihn bei seinem dilettantischen Diebstahlversuch gestört, liebe Anna. Sie könnten ihn wegen Körperverletzung anklagen. Aber da er erst sechzehn ist, wird er höchstens ein paar Sozialstunden bekommen. Seine Einbrüche fallen da schon schwerer ins Gewicht. Signorina Alessandra hat zwar nichts davon erzählt, dass dieses Kästchen in jener Nacht entwendet wurde. Aber auf dem Deckel ist das Wappen der Di Fillipo eingraviert, ein Falke auf einem Ast. Wahrscheinlich hat Alessandra gar nicht bemerkt, dass das Kästchen weg war.«

Ich schwieg erst einmal. Doch dann fragte ich ihn: »Und das können Sie mir einfach so zurückgeben? Muss das nicht in die Asservatenkammer? Immerhin ist es Diebesbeute!«

»Ach, ihr Deutschen!«, lachte Petruccio. »Das Kästchen ist zwar nicht ohne Wert, doch nicht gerade eine fette Beute. Der bürokratische Aufwand lohnt sich nicht. Mehr hat Pietro hier nicht gestohlen, und er hatte es sogar noch in seiner Fahrradtasche. Ich brauche nur eine Unterschrift von Ihnen, dass Sie es von mir zurückerhalten haben.«

Ich nahm Petruccio das Kästchen aus der Hand. Der Deckel war mit Elfenbeingräten bedeckt, und die Scharniere bestanden aus Silber. Dafür hätte der Dieb sicher einige Euro bekommen. Nicht genug für ein Motorrad, aber immerhin für eine erste Rate ausreichend. Er tat mir fast leid, und ich würde ihn nicht verklagen. Das Knie schmerzte schon wesentlich weniger. Wegen dieser Lappalie dem Jungen das Leben noch schwerer zu machen, lag nicht in meiner Absicht.

Wichtiger aber war der Inhalt, dessen Verlust Alessandra bedauert hatte. Vorsichtig öffnete ich das Kästchen. Darin lagen tatsächlich einige Papiere. Alessandra würde sich gewiss sehr freuen, dass diese Briefe ihres Urgroßonkels wiederaufgetaucht waren.

Ich klappte das Kästchen zu. »Alles in Ordnung«, sagte ich. »Ich unterschreibe gerne und hoffe, dass der Junge nicht allzu schwer bestraft wird.«

Petruccio nickte. »Pietro stammt eigentlich aus einer recht ordentlichen Familie, die mit Casaraghi, dem Großvater von Alessandra, verwandt ist. Mal sehen, was wir für ihn tun können. Wenn er einen freundlichen Richter findet, kommt er tatsächlich mit Sozialstunden davon. Allerdings beneide ich ihn nicht um die Reaktion seines Vaters. Carlo ist streng und dazu cholerisch.« Er verabschiedete sich und ging durch den Garten in Richtung Eingang.

»Was wollte denn die Polizei hier?«, ertönte eine Stimme. Edgar Grunemann kam aus dem Salon.

»Ach, nichts. Es gab vor einigen Nächten einen missglückten Einbruchsversuch. Der Dieb ist gefasst worden, und Commissario Petruccio hat die magere Beute zurückgebracht.«

Grunemann warf einen Blick auf das Kästchen. »Was Wertvolles darin?«

»Nein, ein paar ältere Dokumente«, erwiderte ich kurz angebunden. Das ging Grunemann nichts an.

»Na ja, dann ist das ein Happy End«, meinte er. »Wir fahren heute nach Grosseto und Roselle, ein bisschen etruskische Luft schnuppern.« Er sah mich fragend an. »Wollen Sie mitkommen?«

Ich antwortete rasch: »Vielen Dank, aber ich mache mich gleich auf nach Volterra!«

Volterra ist immer wieder einen Besuch wert. Tom hatte mir einen Fahrer organisiert, der mich hinfuhr und versprach, mich am späteren Nachmittag wieder abzuholen. Ich hatte gute fünf Stunden Zeit, die Piazza dei Priori, die mächtige Kathedrale Santa Maria Assunta und vor allem die Relikte aus etruskischer und römischer Zeit anzusehen. Zwischendrin ein Eis und einen Espresso, dazu der Blick über das Tal bis fast zum Meer und auf die schwach silberne Scheibe des Vollmondes, der hinter den Bergen aufgetaucht war, obgleich die Sonne noch vom dunkelblauen Himmel strahlte.

Ich war zutiefst glücklich und verschickte eifrig Fotos in alle Welt, an Richard in seiner Reha-Klinik und an Schumann in Hannover, an meine Mutter in Köln, an Harald Frostauer in New York, an Elena auf Kreta, an Deirdre, meine alte Freundin in Dublin, an Marianne, die das Filmfestival in Angerrath betreute, und an Alessandra. Alle antworteten – außer Alessandra. Das kam mir zwar seltsam vor, aber vielleicht wollte sie einfach mal in Ruhe gelassen werden und hatte deshalb ihr Handy für längere Zeit ausgeschaltet.

Benedetto, der Fahrer, den Tom aufgetrieben hatte, fuhr mich gegen Abend wieder zurück zur Villa Etruria. Die Sonne war schon fast untergegangen, der Mond beherrschte nun den Himmel. Ich freute mich auf das Abendessen und auf den nächsten Tag im Museum von Cecina.

Nach Petruccios Besuch hatte ich das Kästchen wieder in die Bibliothek gestellt. Zwar wusste ich nicht, wo es vorher gestanden hatte, aber in einem der Regale war es sicher gut aufgehoben. Ich textete erneut an Alessandra: »Kästchen wieder da«. Keine Reaktion.

Nach dem Abendessen setzte ich mich in die Bibliothek und öffnete das Kästchen. Eigentlich hätte ich das nicht tun sollen. Das waren private Briefe von Marco Di Fillipo, die Alessandra zufällig entdeckt hatte. Doch was konnte es schaden, einen Blick darauf zu werfen?

Es lagen mehrere Briefe darin. Ich schüttete sie auf den Mahagonitisch, der vor dem Fenster der Bibliothek stand. Es waren zehn Briefe. Dazwischen lag ein abgewetztes schwarzes Heft. Ob Alessandra das auch gefunden hatte, oder hatte sie nur die Briefe bemerkt?

»Bitte melden! Ich habe etwas entdeckt«, schrieb ich ihr. Keine Antwort. Dann eben nicht!

Ich entfaltete den obersten Brief, der zuvor zuunterst gelegen hatte. Oh weh! Die Unterschrift vermochte ich als »Marco« zu entziffern, doch den Rest des Briefes, der zudem auf Italienisch war, konnte ich kaum lesen. Datiert war er auf den 17. Juni 1943. Da musste ich mit Wörterbuch und Lupe ran. Wieso hatte er diese Briefe nicht abgeschickt? Waren es Entwürfe? Oder waren sie an ihn zurückgesandt worden?

Ich schob die Briefe beiseite. Mich überkamen plötzlich Skrupel. Was gingen mich die Privatbriefe eines 1943 ermordeten Archäologen an?

Doch meine alte Neugier nagte an mir. Ich würde nur noch wenige Tage hier sein, und mich reizte es ungemein, mehr über Marco Di Fillipo zu erfahren, der Elenas Urgroßvater gekannt hatte. Während auf meinen allwissenden Freund Harald Frostauer der schöne Satz des Wiener Musikers Otto Weiß: »Könnte man's gewissen Menschen nur begreiflich machen, dass es nicht ihre Pflicht ist, alles zu wissen!« zutraf, galt für mich eher das jüdische Sprichwort: »Schon wegen der Neugier ist das Leben lebenswert.« Meine Mutter dagegen, ein wandelndes Sprüche-Lexikon, ermahnte mich immer wieder mit einem deutschen Sprichwort: »Steck deinen Löffel nicht in andrer Leute Töpfe.« Daran hatte ich mich noch nie gehalten.

Ich blätterte das kleine Heft auf. Auch darin waren die Notizen auf Italienisch, aber die Schrift war sehr viel deutlicher zu lesen. Mir sprang beim ersten Durchblättern ein Datum ins Auge: 28. Mai 1943. »Treffen mit A. Wir wollen die Sache endlich klären. Heute in R. vier kleine Bronzefiguren gefunden. Ich muss mit Gregorio sprechen. Petruccio informieren!«

Mit »Petruccio« war gewiss Ettores Großvater Fernando gemeint, der Polizist, der lange nach Marco gesucht und den

Tod von dessen verschollenem Assistenten auf der Insel Capraia untersucht hatte. Warum wollte Marco, knapp einen Monat vor seinem Tod, mit dem Polizisten Kontakt aufnehmen? Hatte das mit irgendwelchen Vorkommnissen bei der Grabung zu tun? Hatte Marco einen Verdacht, dass jemand in seinem Team sich an bestimmten Funden bereicherte?

Bereits am 15. Mai hatte Marco vermerkt: »Höhle entdeckt. Unter der eingestürzten Kammer. Erinnert mich an Phaistos. Aber ich rechne nicht mit einem Äquivalent zum minoischen Diskos. Morgen näher begutachten.« Es waren immer nur kurze Bemerkungen, datiert zwischen dem 30. April und dem 24. Juni. Der letzte Eintrag lautete: »Morgen Treffen mit A. Wir müssen über den Brief von M. S. reden. Gute Nachricht: Die kleinen Bronzen aus der Höhle scheinen tatsächlich zweitausendfünfhundert Jahre alt zu sein. Vorrömisch.«

Ich legte das Heft wieder in das Kästchen. Ohnehin wurde ich nicht schlau aus den Kürzeln. Wer war »A.«? Oder »M. S.«? Alessandra würde vielleicht mehr damit anfangen können.

Ich fragte mich, ob Marco, wie das Gerücht damals besagte, einige dieser wertvollen Objekte unter der Hand verkauft hatte. In einer Vitrine standen zwei Köpfchen aus Bronze. Aber meine Kenntnisse über antike Kunst reichten nicht aus, um zu erkennen, ob sie echt waren und aus welcher Zeit sie stammten. Zudem hatte es immer schon Kopien gegeben, vor allem in der Antike. Immer wieder eine spannende Frage: Original, »legale« Kopie oder Fälschung? Und ich hatte mich schon öfter mit dieser Frage auseinandergesetzt.

Langer und Grunemann frühstückten am nächsten Morgen mit mir. Ich zeigte ihnen die Bronzeköpfe und fragte sie, ob sie Herkunft, Alter und Wert beurteilen könnten.

»Dazu müssten wir sie uns genauer anschauen«, sagte Langer. »Das können wir vielleicht nach dem Symposium machen. Wir bleiben danach noch ein paar Tage.«

Wir fuhren gemeinsam nach Cecina. Immer wieder checkte ich mein Handy. Aber keine Nachricht von Alessandra. Und meine Texte schien sie noch immer nicht gelesen zu haben.

Ich verdrängte meine wachsende Sorge um sie und konzentrierte mich auf die Veranstaltung im Archäologischen Museum. Etwa vierzig Menschen saßen in dem Raum, alles schwatzte durcheinander, ein babylonisches Sprachengewirr aus Italienisch, Englisch, Deutsch, Französisch und Griechisch. Eine junge, attraktive Frau mit rotgoldenen Haaren trat an das Rednerpult und stellte sich als Caterina Sebastini vor. Ihre anschließende Begrüßung erfolgte auf Englisch.

Die junge Dame sei, wie mir Langer zuflüsterte, die Lebensgefährtin von Paolo Castelnuovo, dem bekannten Archäologen, Etrusker-Experten und Doktorvater von Langer. »Sie ist dreißig Jahre jünger als er. Seine Noch-Ehefrau Luisa ist seit fünfundzwanzig Jahren mit ihm zusammen. Luisa Castelnuovo ist auch Archäologin, eine sehr renommierte sogar.«

Mich interessierte dieser Klatsch wenig. Dennoch beäugte ich die junge Frau, die uns in fast akzentfreiem Englisch begrüßte, mit einer gewissen Neugierde.

»Sie ist Kuratorin hier am Museum«, ergänzte Langer.

Dann betrat der Hauptredner des Nachmittags das Podium. Paolo Castelnuovo war eine imposante Erscheinung. Groß und schlank mit silbergrauem Haar, wirkte er wie eine Mischung aus Richard Gere und Marcello Mastroianni. Auch er sprach Englisch, die neue »Lingua franca«, und streute nur gelegentlich ein bisschen Italienisch und Latein in seinen Vortrag.

Das Thema des Symposiums lautete zwar »Verschollene Schätze der Etrusker«, aber Castelnuovo referierte über Kunstraub und den schwunghaften Handel mit Kopien und Fälschungen. Es seien im vergangenen Jahr im November in San Casciano dei Bagni vierundzwanzig perfekt erhaltene etruskische Bronzestatuen und dazu ein Schatz mit rund fünftausend Gold-, Silber- und Bronzemünzen entdeckt worden. Eine archäologische Sensation! Dennoch wisse man nicht, wie viel nebenbei noch bei Grabungen verschwunden sei oder was als Kopie oder gar Fälschung angesehen werden müsse.

Irgendwie spürte ich die ganze Zeit ein nervöses Kribbeln. Ich wartete nur darauf, dass Castelnuovo Marco Di Fillipo erwähnte, dem man damals gerüchteweise nachsagte, er habe sich »selbst bedient« und unlautere Geschäfte betrieben. Aber Castelnuovo führte ganz andere Beispiele aus jüngster Zeit an und erwähnte dabei einen deutschen »Kunstdetektiv«, der es sich zur Aufgabe gemacht habe, diese Fälschungen aufzuspüren und nach den gestohlenen Objekten zu suchen. Er nannte ihn *»il detective tedesco«*.

Ich flüsterte Langer zu: »Wer ist dieser Detektiv?«

Doch Langer schüttelte nur den Kopf. »Das weiß ich nicht. Scheint aber ein Fachmann für Altertumsobjekte zu sein.«

Gern hätte ich mit Castelnuovo nach seinem Vortrag, der anderthalb Stunden dauerte, ein paar Worte gewechselt. Ich hätte ihn auch nach Marco Di Fillipo gefragt, der zwar schon seit achtzig Jahren tot war, dessen Name aber nicht vergessen war. Doch Castelnuovo tauchte in eine Gruppe wild diskutierender junger Männer und Frauen ein, die alle gleichzeitig auf ihn einredeten. Lächelnd wehrte er sie ab und verschwand in einem Nebenraum.

Langer und Grunemann schlossen sich der Truppe an. Sie waren auch noch zum Abendessen gebeten. Mich zog es zurück zur Villa. Ein freundlicher Taxifahrer fuhr mich zurück nach San Matteo. Ich dämmerte im Wagen vor mich hin und versuchte, Castelnuovos Vortrag zu rekapitulieren. Diebstahl, Fälschungen, Schwarzmarkt – all das kam mir vertraut vor. In der Kunstszene gab es in dieser Hinsicht nichts Neues. Seit Urzeiten hatte sich nichts verändert. Und plötzlich dachte ich an den Diskos von Phaistos.

Man hatte Luigi Pernier damals vorgeworfen, dass diese Scheibe eine Fälschung sei. Der auf antike Artefakte spezialisierte Kunsthändler Jerome M. Eisenberg verdächtigte ihn, den Schweizer Künstler und Restaurator Emile Gilliéron, der schon zusammen mit Arthur Evans bei den Grabungen in Knossos gewesen war, beauftragt zu haben, den Diskos zu fälschen beziehungsweise zu »erschaffen«. Die Diskussion hielt bis in die Gegenwart an. Aber ich persönlich hielt das Meisterwerk im Museum von Heraklion für ein Original. Und seltsamerweise würde ich auch staunend davorstehen, wenn einer der Zweifler einwandfrei feststellen würde, dass dies eine geniale Fälschung war.

Ich selbst hatte schon einige Abenteuer mit Kunstfälschungen und Diebstahl erlebt. Der Vortrag von Castelnuovo brachte mich auf die Idee, meinen Freund Richard nach eventuellen Erfahrungen mit gefälschten Antiken zu fragen. Da er meist Bilder aufspürte, konnte er nicht der von Castelnuovo erwähnte *German detective* sein. Er betrieb einen Antiquitätenladen in Hannover und kannte sich auf dem Gebiet von Raubkopien und Fälschungen von Gemälden gut aus. Das hatte ihn bei Kommissar Hans Schumann anfänglich in Verruf gebracht. Doch seit Richard in einigen Fällen dank seiner internen Kenntnisse bei der Aufklärung von Fällen rund um Kunstwerke helfen konnte, war ihm Schumann recht freundlich gesonnen und berief sich gelegentlich auf Richards Expertise. Ich würde ihn spätestens nach meiner Rückkehr nach Deutschland dazu befragen.

Unsere Beziehung war ein ständiges Auf und Ab, anstrengend, aber logisch bei zwei so freiheitsdurstigen Menschen, wie wir beide es waren. Dennoch verband uns eine Menge. Auf die Frage meiner Mutter, ob ich denn beabsichtigte, auf Dauer mit Richard zusammenzubleiben, antwortete ich stets mit einem Achselzucken. *On verra.*

Wir telefonierten fast täglich, sprachen aktuell aber meist über seinen Heilungsprozess, unsere Pläne für die anstehende Buchpremiere meiner Biografie über den deutschen Regisseur Leopold Welfenstein und über die Schönheiten der Toskana. Er hatte mir versprochen, unsere gemeinsame Kreta-Reise im kommenden Jahr nachzuholen. »Wenn ich nicht mehr an Krücken humpele«, meinte er. Es wäre in der Tat kein Vergnügen, damit durch die vielen Palastruinen zu wandern.

Das Taxi setzte mich vor dem Haus ab, das nur spärlich von zwei Lampen im Salon erhellt wurde, deren Licht durch das Fenster fiel. In der Villa war es sehr still. Leise plätscherte das Wasser im Pool. Eine Eule rief, und einige Fledermäuse huschten vorbei. Tom und Syria hatten für mich auf der Terrasse gedeckt. Der Mond tauchte hinter den Bäumen auf, Zikaden lärmten in den Pinien im hinteren Teil des Gartens, und vom Meer her hörte ich das leise Abendrauschen der Wellen. Was für eine friedliche Stimmung! Doch meine Freude daran wurde von meiner wachsenden Nervosität gestört. Warum meldete sich Alessandra nicht bei mir?

Nach dem Essen ging ich in den Salon und betrachtete die Exponate in den Vitrinen. Tonscherben mit eingeritzten Zeichen, die kleinen Köpfe aus Bronze, zwei winzige Pferde, ein Terrakottagefäß. Funde aus Roselle. Aus Kreta schien nichts dabei zu sein. Morgen würde ich auf eigene Faust in Marcos Vergangenheit wühlen. Vielleicht fand ich doch mehr Anhaltspunkte zu seiner Zeit in Phaistos und zu seinen Grabungen in Roselle.

Weit nach Mitternacht hörte ich ein Auto vorfahren. Langer und Grunemann kehrten zurück. Wenig später vernahm ich ein Geräusch aus der Bibliothek. Aber da war ich schon fast eingeschlafen und sah auch keinen Anlass, aufzustehen. Als ich mich tief unter das Laken kuschelte, das als Decke bei den nächtlichen Temperaturen ausreichte und mich vor eventuellen Mückenattacken schützen sollte, überlegte ich, ob ich diese beiden Deutschen mochte oder nicht.

Sven Langer wirkte recht aufgeschlossen, während Edgar Grunemann sich mit einer Aura des Geheimnisvollen umgab. Er hatte wenig über sich und seine Arbeit berichtet, nur, dass er sich als Althistoriker auf die römische Frühzeit spezialisiert hatte und sich mit dem Einfluss der Etrusker auf Rom befasste. Durch eine Nebenbemerkung erfuhr ich, dass er sich in seinen ersten Semestern vor allem mit kretischer Geschichte und Kunst befasst, dann aber gewechselt hatte. »Ich war bei einer Ausgrabung in Chania dabei, später kurz in Lyssos. Vor allem dorische Funde. Leider hatte ich keine Chance, in Knossos zu arbeiten.«

Etwas war an ihm, was ich nicht zu greifen vermochte. Doch das sollte mich nicht weiter beschäftigen. In wenigen Tagen würde ich Italien verlassen und die beiden sicherlich nie wiedersehen. Mit diesem Gedanken schlief ich ein.

Ein lautes Klopfen riss mich aus einem Traum, in dem ich mit einer Geige am Strand entlanglief und gegen die Wellen anspielte. Völlig absurd, doch amüsant. Ich fuhr hoch. Syria öffnete vorsichtig meine Tür und sagte leise: »*Il commissario Petruccio è arrivato. Mi ha detto che sia molto importante.*«

Was hatte mir Ettore Petruccio zu dieser ungewohnt frühen Stunde so Wichtiges zu sagen? Ich schlüpfte in meinen Bademantel und schlurfte in den Salon. Dort stand er, wie immer eine *bella figura* in seiner schmucken Uniform. Neben Petruccio sein junger Assistent, der verlegen auf seiner Unterlippe kaute.

»Guten Morgen, Commissario«, sagte ich mit künstlich guter Laune. Es war gerade mal sieben Uhr, und ich hätte dringend einen starken Kaffee zur Erweckung meiner matten Lebensgeister benötigt.

Petruccio sah mich mit einem gequälten Ausdruck an. »Signora Bentorp«, hob er an und stockte. Dann holte er tief Luft und fuhr fort: »Ich muss Ihnen leider mitteilen, dass an den Klippen von Talamone, etwa eine Stunde Autofahrt südlich von hier, Kleidungsstücke und ein Rucksack gefunden wurden, die eindeutig Alessandra Antonini gehören. Im Rucksack befand sich eine Brieftasche mit ihren Ausweisen und dreihundert Euro Bargeld. Von ihr selbst keine Spur. Wir suchen gerade die gesamte Gegend ab, doch da es unweit der Küste starke Strömungen gibt, haben wir wenig Hoffnung, sie rasch zu finden.«

Ich starrte ihn entgeistert an. »Glauben Sie, dass Alessandra ertrunken ist? Warum sollte sie bei Talamone schwimmen gehen? Sie wollte nach Rom. Was hätte sie dort unten gewollt?«

Petruccios Blick war verhangen. »Wir wissen nichts Näheres. Es könnte alles sein, von Unfall bis Selbstmord. Noch ist es zu früh für endgültige Erkenntnisse. Das erklärt aber vielleicht, weshalb sie nicht auf Ihre Anrufe reagiert hat. Ihr Handy haben wir nicht gefunden.«

Der hohle Hermes

Am Nachmittag tauchte Alessandras Mutter auf. Mauritia Antonini war eine imposante Erscheinung und wirkte auf den ersten Blick gefasst. Sie war sehr gepflegt, mit kunstvoll gefärbten und gesträhnten blonden Haaren, hellgrünen Augen unter perfekt gezupften Augenbrauen, dunkelroten Fingernägeln. In ihrem schlichten dunkelblauen Leinenkleid wirkte sie wie aus den italienischen Magazinen »Oggi« oder »Gente« entsprungen. Sie sah jünger aus als ihre fünfundfünfzig Jahre.

Ich traf sie kurz auf der Terrasse, wo sie mir nur zunickte. Dann verschwand sie mit Petruccio im Salon. Was hinter verschlossenen Türen geschah, bekam ich nicht mit. Mit schwerem Herzen ging ich hinunter zum Meer. Die Wellen sahen heute wenig einladend aus. Elba lag wie so oft in Wolken versteckt, und am Strand tummelten sich nur wenige Hundebesitzer. Ich setzte mich auf die Veranda des Häuschens, voller düsterer Gedanken. Die Vorstellung, dass Alessandra tot sein könnte, drückte mir die Luft ab. Weshalb hatte man ihre Sachen dort unten bei den Klippen von Talamone gefunden? Und wo war ihr Auto geblieben, ganz zu schweigen von ihrem Handy?

Mir fiel die kleine Nachricht ein, die sie mir hinterlassen hatte. Was hatte sie entdeckt, welches Hornissennest meinte sie? Und warum wollte sie der Sache allein nachgehen? An Selbstmord glaubte ich nicht, eher an einen Unfall. Aber der Fundort ihrer Kleidung und des Rucksacks lag meilenweit abseits der Strecke nach Rom. Da stimmte etwas ganz und gar nicht.

Vor achtzig Jahren war ihr Urgroßonkel verschwunden und nun Alessandra. Ich schloss die Augen und versuchte die Bilder zu verdrängen, die vor mir auftauchten. Hunde, die Knochen am Strand ausbuddeln, ein zerschellter Körper am Fuß einer Klippe. Aber es gab in diesem Fall bisher keinen Körper. Petruccio fürchtete, dass Alessandra hinaus ins Meer gezogen worden war.

Vielleicht hatte sie sich auf ihrer Fahrt nach Rom Zeit gelassen und einen Umweg über diesen Ort gemacht, was ihrem hastigen Aufbruch am frühen Morgen jedoch widersprach. Auch Talamone war einst eine etruskische Siedlung gewesen, heute bekannt wegen der malerischen Lage im Schatten einer prachtvollen Burg. Aber was hätte Alessandra da gewollt? Ich traute ihr kaum zu, auf ihrem Weg nach Rom einen kulturellen Bummel durch die Maremma zu unternehmen. Sie hatte viel zu unruhig gewirkt. Oder gab es etwas in dem kleinen Ort, das sie für bestimmte Recherchen aufsuchen wollte?

Ich kehrte nach zwei Stunden zum Haus zurück, wo ich Mauritia auf der Terrasse traf. Sie rauchte, sah mich entschuldigend an und sagte mit tiefer, rauer Stimme: »Eigentlich hatte ich damit aufgehört.« Rasch drückte sie die Zigarette aus. Sie sprach Englisch mit einem kaum hörbaren Akzent.

Sie räusperte sich und flüsterte: »Man hat inzwischen Alessandras Auto auf einem Parkplatz in der Nähe von Talamone gefunden. Petruccio sagte, es gibt keinerlei Spuren von Gewalt. Der Wagen war abgeschlossen.«

Im Wagen habe man, so Mauritia, »das für Alessandra typische Chaos« gefunden – leere Wasserflaschen, Schokoladenpapier, Taschentücher, einen Schal und zwei Äpfel. Und auf den ersten Blick keine verdächtigen Spuren, doch der Wagen würde noch gründlich untersucht werden. Inzwischen hatte man eine Großfahndung eingeleitet.

Mauritia schob eine Packung mit Zigaretten und ein silbernes Feuerzeug in ihre Gucci-Handtasche und stand auf. »Ich muss nach Arezzo«, sagte sie. »Alessandras Vater lebt dort.«

Kurze Zeit später verließ sie die Villa. Sie lebte zwar von ihrem Mann Ermanno seit geraumer Zeit getrennt, doch beide liebten ihre Tochter und wollten diesen Schicksalsschlag gemeinsam meistern. Ermanno wohnte seit der Trennung von Mauritia vor vier Jahren in Arezzo, zusammen mit seiner Lebensgefährtin Marina, einer Hundezüchterin, wie mir Petruccio später erzählte.

Auch Syria nährte die Hoffnung, dass Alessandra wieder auftauchen werde. Sie hing sehr an der Familie und sagte unter Tränen: »Mauritia wirkt auf den ersten Blick kalt, aber sie ist in Wahrheit das genaue Gegenteil. Sie leidet sehr.« Tom und Syria schienen erstarrt vor Kummer. Ich selbst fühlte mich elend.

Petruccio fragte uns noch einmal, ob wir irgendwelche sachdienlichen Hinweise hätten. Diese Frage ging vor allem an mich. Und so zückte ich Alessandras Nachricht und überreichte sie dem Commissario wortlos. Er sagte nichts, auch wenn ich ihm ansah, dass er sich wunderte, weshalb ich sie bis jetzt zurückgehalten hatte. Er überflog sie, steckte sie ein und fragte, ob ich eine Ahnung hätte, was »das Hornissennest« bedeuten könnte.

»Nein, das habe ich mich auch schon gefragt, weiß es aber leider nicht«, antwortete ich wahrheitsgemäß.

Er blickte mich skeptisch an. »Wirklich nicht?«, bohrte er nach.

Ich schüttelte den Kopf. »Ich weiß nur, dass sie auf irgendwelche Dokumente von ihrem Urgroßonkel gestoßen ist, die sie für interessant hielt. Doch was daran brisant hätte sein können, hat sie mir nicht verraten.«

Petruccio beließ es dabei.

Langer und Grunemann kamen wenig später zurück. Sie zeigten sich ob der Nachricht vom Verschwinden Alessandras zwar entsetzt, aber nicht weiter tangiert. Langer entschuldigte sich: »Wir haben sie nicht näher gekannt. Trotzdem ist das auch für uns ein Schock.«

Am Abend hatten sie eine Essenseinladung in Volterra und boten an, die Villa am nächsten Tag zu verlassen, um in einem Hotel in der Gegend unterzukommen. Doch Tom verkündete ihnen im Auftrag von Mauritia, dass sie noch die gebuchten weiteren sechs Tage bleiben könnten. Ich würde am übernächsten Tag zurückfliegen und hoffte inständig, davor Näheres über Alessandras Geschick zu hören. Hoffentlich lebte sie noch!

Alessandras iPad war ebenfalls nicht aufgefunden worden. Nachdem Petruccio und sein Assistent in ihrem Zimmer nach Hinweisen auf mögliche Gründe für ihr Verschwinden gesucht hatten – im Auto befand sich nur ein Koffer mit einigen Kleidungsstücken –, zogen die beiden am frühen Abend davon.

Stille senkte sich über das Haus. Heute schien kein Mond, die Sterne versteckten sich hinter den Wolken, die Regen ankündigten. Ich kam nicht zur Ruhe und tigerte umher. Das rührende Ehepaar hatte mir ein Abendessen bereitet, verabschiedete sich aber dann, da sie den Abend bei Freunden in San Matteo verbringen wollten. »Wir sind spätestens um Mitternacht zurück«, versprach Tom, dem es nicht leichtfiel, mich allein zu lassen.

Langer und Grunemann machten sich auch auf den Weg zu ihrer Abendessensverabredung. »Sie hätten gerne mitkommen können«, sagte der immer freundliche Archäologe Langer.

Ich bedankte mich: »Das ist sicher ein großartiges Ereignis. Aber es ist mein vorletzter Abend in der Villa, und ich mache es mir gemütlich. Der Schock von heute wirkt nach. Mir ist nicht nach Gesellschaft.«

Ich setzte mich in die Bibliothek und holte noch einmal das Kästchen mit den Briefen hervor. Darunter war ein Brief in englischer Sprache, der an Marco adressiert war. Er steckte in einem rissigen Umschlag und hatte eine griechische Briefmarke. Also waren hier nicht nur Briefe, die Marco verfasst und aus irgendeinem Grund nicht abgeschickt hatte, sondern auch an ihn gerichtete Schreiben.

Der Brief, der mit der Anrede »*Dear Mr. Marco*« begann, war in krakeligen Druckbuchstaben geschrieben, offenbar von jemandem, der des Schreibens nicht allzu kundig war.

Es ist lange her, dass ich an Sie geschrieben habe. Sie haben mir nie geantwortet. Sie sind nach dem Tod meines Mannes nicht mehr nach Phaistos zurückgekommen. Auch wenn das Jahre her ist, möchte ich Sie erneut bitten, mir zu berichten, was damals wirklich geschehen ist. Sie waren sehr plötzlich fort, und auch Ihr deutscher Kollege hat das Land jäh verlassen. Ich glaube nicht, dass mein Mann wegen einiger Scherben getötet wurde. Ich glaube, dass er einen zweiten Diskos gefunden hat, dessentwegen er erschlagen wurde. Bitte sagen Sie mir nach so vielen Jahren die Wahrheit. Ich bin jetzt eine alte Frau, meine beiden Kinder Stavros und Agape sind erwachsen. Wenn Sie etwas über das Schicksal meines Mannes wissen, was die Polizei nicht herausgefunden hat, so flehe ich Sie an, mir fünfunddreißig Jahre nach Nicos' Tod die wahren Hintergründe zu sagen, damit ich endlich

mit diesem Kapitel abschließen kann. Jede Nacht verfolgen mich
böse Träume, und sein Tod ist bis heute nicht gesühnt.

Mit guten Wünschen
Ihre Maria Siriakis.

Ich übertrug den eher löchrigen Text dieses Briefes, der vom
10. April 1943 stammte, ins Deutsche. Maria, die Witwe von
Nicos, musste damals um die sechzig Jahre alt gewesen sein. Das
jedenfalls entnahm ich ihren Andeutungen. Zwei erwachsene
Kinder, davon eines Elenas Großmutter. Ob Marco ihr je geantwortet hatte? Er war wenig später ermordet worden.

Offenbar glaubte Maria, dass es doch einen zweiten Diskos
gegeben hatte, was Elena mir gegenüber als Gerücht abgetan
hatte. Jetzt wurde mir die kleine Notiz verständlicher, in der
Marco im Juni 1943 einen Brief von M. S. erwähnte. M. S. war
gewiss Maria Siriakis. Aber mit wem hatte er vor, darüber zu
sprechen? Mit diesem mysteriösen »A.«? Wer war »A.«?

Ich wusste viel zu wenig über Marco Di Fillipo, um der Beantwortung dieser Frage auch nur einen Schritt näher zu kommen.
Eigentlich war dies alles wenig produktiv, und doch versuchte
ich, mich von der furchtbaren Nachricht um Alessandras Verschwinden und dem Fund am Strand von Talamone abzulenken,
und stöberte erneut in den Briefen. Aber sie waren für mich
unlesbar. Nur eine Anrede konnte ich entziffern. »Caro A.« Da
war er wieder, dieser mysteriöse »A.«.

Dem Notizheft entnahm ich außer weiteren Kürzeln und
Sprengseln von Wörtern wie *»fantastico«* oder *»tesoro?«* auch
nichts Erhellendes. Aus einer Inspiration heraus fotografierte ich
einige der anderen Briefe in dem Kästchen und ein paar Seiten
des Notizheftes. Man konnte ja nie wissen! Vielleicht fand ich
jemanden, der mir helfen würde, diese Texte zu entziffern und
zu übersetzen.

Es war kurz nach dreiundzwanzig Uhr, als ich beschloss,
allmählich ins Bett zu gehen. Ich erhob mich. Weder Tom und
Syria waren bisher zurückgekehrt noch Langer und Grunemann.
Von draußen drang das leise Geräusch fallenden Regens herein.

Es klang sanft und beruhigend. Weshalb es mich plötzlich in den hinteren Teil der Bibliothek zog, wo eine recht große Kopie eines Hermes neben einer Wiener Empire-Portaluhr aus dem frühen 19. Jahrhundert auf einem kleinen Beistelltisch stand, ist mir bis heute ein Rätsel.

Ich hob den Hermes hoch, um ihn näher zu betrachten. Dabei fiel die untere Abdeckung der Statuette mit einem deutlichen »Pling« auf den Boden. Erschrocken hob ich sie auf und versuchte sie wieder zu befestigen. Doch da sah ich eine Papierrolle, bestehend aus mehreren Seiten, die in die Figur hineingestopft worden war. Ich zog sie heraus. Aus einem Instinkt heraus zückte ich mein Handy und fotografierte die sieben Seiten. Wie lange sie wohl schon in diesem hohlen Hermes steckten?

Ich vergrub mein Handy tief in meiner Hosentasche, rollte die Papiere wieder zusammen, stopfte sie zurück in die Figur, stellte den Hermes neben die Wiener Uhr und wollte den Raum verlassen. Da sah ich aus dem Augenwinkel eine Bewegung. Doch ehe ich reagieren konnte, wurde mir schwarz vor Augen.

Lichter, Lärm, ferne Stimmen. Das war das Nächste, was ich mitbekam. Irgendjemand rief meinen Namen. Ich kämpfte mich zurück aus einem tiefen schwarzen See. Es gelang mir unter größter Anstrengung, ein Auge zu öffnen.

»Gott sei Dank!«, drang die Stimme von Commissario Petruccio durch das wabernde Dunkel. Durch den Dunstschleier nahm ich meine Umwelt wahr. Ich lag auf dem Sofa im Salon, vor mir hockte der Commissario, daneben standen Tom und Syria. Syria hielt ein Glas mit einer trüben Flüssigkeit in ihrer rechten Hand, mit der linken umklammerte sie Toms Arm. Petruccio nahm ihr das Glas ab und reichte es mir. »Aspirin. Gegen den Brummschädel«, sagte er trocken.

In diesem Augenblick bemerkte ich tatsächlich meinen dröhnenden Schädel. Und ich entdeckte den älteren Mann mit Arztkoffer im Zimmer, der mich sorgenvoll betrachtete. Er wandte sich an Petruccio. Obgleich er rasant in Italienisch auf den Commissario einsprach, konnte ich das meiste verstehen: »Keine schweren Verletzungen, dicke Beule, Kopfschmerzen,

Verdacht auf eine leichte Gehirnerschütterung. Ruhe, liegen, viel trinken.« Er nickte mir zu und verschwand.

Verwirrt blickte ich ihm hinterher. »Was ist denn passiert?«, gelang es mir endlich zu flüstern.

»Sie haben einen kräftigen Schlag auf den Kopf bekommen«, erklärte Petruccio. »Tom hat sie vor einer halben Stunde gefunden, als er und seine Frau aus San Matteo zurückkamen. Das Licht in der Bibliothek war ihm aufgefallen. Als er hineinging, lagen Sie auf dem Boden neben einem kleinen Tisch in der Ecke. Neben Ihnen eine Hermes-Statuette und eine Wiener Empire-Tischuhr, die in mehrere Stücke zerbrochen ist, als Sie offensichtlich bei Ihrem Sturz das Tischchen umgerissen haben. Dem Hermes fehlt nur die untere Abdeckung. Ein hohler Geselle, aber nicht ohne. Mit ihm wurden Sie offensichtlich niedergeschlagen.«

Petruccio grinste. »Wir haben den Burschen der Spurensicherung übergeben. Tut mir leid, wenn ich grinsen muss. Aber dieser Kerl mit den Flügelchen an den Sandalen hat mich schon immer amüsiert.«

Er sah mich mitleidig an. »Diesmal war es wohl ein richtiger Einbruch, nicht so ein Bubenstreich wie vom kleinen Pietro. Es fehlen einige Objekte aus den Regalen, wie mir Tom sagte. Darunter zwei etruskische Masken, allerdings Kopien aus der Neuzeit, dazu zwei antike Dolche, die neben dem Kamin hingen, und aus der Vitrine im Arbeitszimmer wurden die beiden kleinen Bronzeköpfe gestohlen. Kein Riesenraubzug, aber es reicht. Ach ja, das Kästchen ist auch wieder verschwunden. Ich habe es gestern Morgen noch auf einem Regal gesehen.«

Mir schwirrte der Kopf. Das Aspirin begann zwar zu wirken, aber trotzdem brummte und pochte es gewaltig hinter meinen Augen. Stöhnend sank ich auf die plüschigen Sofakissen. Petruccio hatte sich inzwischen auf einen Stuhl neben dem Sofa gesetzt. »Tom hat uns und einen Notarzt gerufen. Sie haben zwar kaum geblutet, doch er fand, Sie sahen schrecklich aus.«

Ich verzog den Mund. »Ich möchte Sie mal sehen, wenn man Ihnen einen Hermes auf den Kopf schmettert«, knurrte ich.

Petruccio lachte. »Der Humor kehrt zurück. Hurra!« Er

stand auf. »Erholen Sie sich erst einmal. Ich komme am Morgen noch einmal wieder. Wer hätte gedacht, was in der guten alten Villa Etruria alles passieren kann. Leider haben wir keine weitere Spur von Alessandra. Die armen Antonini! Im Dorf redet man schon von einem Fluch, der auf der Villa liegt.«

Mit diesen tröstlichen Worten ging er davon. Wie schaffte er es bloß, zu jeder Tages- und Nachtzeit so adrett auszusehen? Komisch, was man registriert, selbst wenn der Verstand umnebelt ist, dachte ich. Petruccios Uniformknöpfe hatten wie poliertes Gold geglänzt.

Es war fast zwei Uhr morgens, als mich Tom in mein Zimmer brachte. Meine deutschen Mitbewohner waren noch nicht wieder da, aber das war mir egal. Ich sank in mein Bett und fiel in einen komatösen Schlaf.

Die Beule pochte am nächsten Morgen heftig. Kaum hatte ich auf der nun wieder sonnigen Terrasse, deren wenige kleine Pfützen längst die Sonnenstrahlen aufgesaugt hatten, meine dritte Tasse Kaffee genossen und mir zum x-ten Mal Syrias rührende Fragen nach meinem Befinden angehört, da stand erneut Petruccio vor mir. Diesmal nicht mit seinem kindlich wirkenden Assistenten, sondern mit einer jungen Frau mit schwarzen Haaren und den dicksten dunklen Augenbrauen, die ich je bei einer Frau gesehen hatte.

»Emira Rocchi«, stellte Petruccio sie mir vor. »Wir möchten gerne mit Ihnen in die Bibliothek gehen und den gestrigen Vorfall rekapitulieren. Falls es Ihnen gut genug geht«, fügte er rasch hinzu.

Ich war zwar etwas wackelig auf den Beinen, aber ich wollte das alles hinter mich bringen und meinen letzten Tag in der Maremma genießen. Also erzählte ich Petruccio von meinem späten Aufenthalt in der Bibliothek, erwähnte aber nicht den Brief von Maria Siriakis. Was sollte er mit dieser Information auch anstellen?

»Ich hatte in der Ecke diese ungewöhnliche Uhr aus dem Wiener Empire gesehen, die ich mir näher anschauen wollte. Daneben stand der Hermes, mit dem ich dann niedergeschlagen worden bin. Mehr weiß ich nicht.« Von den Papieren in der hohlen Figur sagte ich auch heute nichts, das hätte zu noch mehr Konfusion geführt. Sie waren verschwunden, wie ich schon nachts bemerkt hatte.

»Und Sie haben nichts gehört oder gesehen, was Ihnen verdächtig erschien? Der Täter muss sehr schnell gehandelt haben. Stand denn der Hermes die ganze Zeit neben der Uhr auf diesem Tischchen?« Petruccios Blick spiegelte einmal mehr seine Skepsis wider.

»Ich hatte die Uhr auf den Tisch zurückgestellt, den Hermes habe ich nur kurz vom Tisch genommen. Ich wollte ihn mir genauer ansehen, da ich ihn für seine Größe erstaunlich leicht fand. Jetzt weiß ich ja, dass er innen hohl ist.«

»Also haben Sie ihn nicht die ganze Zeit im Blick gehabt?«

»Nein, für einige Augenblicke nicht.« Das war der Moment gewesen, als ich mein Handy verstaut hatte. Irgendwie musste sich der Täter wie auf Katzenpfoten herangeschlichen, den Hermes gepackt und mir damit auf den Kopf geschlagen haben. Tja, und er hatte die Papiere an sich genommen und ein paar Objekte dazu.

Waren diese Papiere wertvoll, und woher wusste er von ihrem Versteck? Warum hatte er nur sie und nicht gleich den Hermes mitgenommen? Ich hatte glücklicherweise die Fotos der Papiere und würde mich damit beschäftigen, sobald Petruccio wieder weg war.

Seine Begleiterin Emira wandte sich abrupt an mich. »Seltsam, dass so wenig gestohlen worden ist«, sagte sie mit einer unangenehm schartigen Stimme auf Englisch mit amerikanischem Akzent.

»Na, einige Sachen fehlen schon«, erwiderte ich, »aber ein großer Fischzug war das nicht, das stimmt.«

Sie musterte mich aus ihren bernsteinfarbenen Augen. »Vielleicht hat er etwas gesucht, das mehr wert ist als diese antiken Objekte«, mutmaßte sie.

»Aber was?«, fragte ich.

»In so einem Haus befinden sich oft interessante Aufzeichnungen, wertvolle Dokumente oder kostbare Drucke. Und auf dem Fußboden in der Bibliothek lagen verstreut einige Bücher, die aus den Regalen gerissen wurden. Nebenan im Arbeitszimmer flog Papier herum, das aus irgendwelchen Mappen stammt. Wir haben es überprüft. Es sind aber alles alte Rechnungen, sicher für einen Einbrecher nicht interessant«, antwortete Emira und fuhr fort: »Wenn er etwas Bestimmtes gesucht hat, hatte er wenig Zeit dazu. Tom und Syria kamen gegen halb eins zurück. Tom meint, er habe einen Schatten auf der Terrasse gesehen. Doch wer immer das war, ist durch den Garten in Richtung Strand gelaufen. Wenn er durch den Haupteingang entkommen wäre, hätten ihn die beiden gesehen.«

»Was fehlt denn alles?«, fragte ich.

»Das wissen wir nicht genau. Das Kästchen ist weg, die paar archäologischen Objekte, und Syria meinte, dass zwei Bücher nicht mehr auffindbar sind. Sie standen an einer bestimmten Stelle im Regal neben dem Tischchen mit dem Hermes. Sie weiß aber die Titel nicht.«

Ich fühlte mich seltsam matt und gleichzeitig aggressiv. Deshalb klang ich schärfer als beabsichtigt, als ich sagte: »Glücklicherweise befinden sich in diesem Haus nicht mehr viele kostbare Antiken. Das meiste, was einst hier in der Villa aufbewahrt wurde, hat Marco Di Fillipos Nichte Carla schon vor Jahrzehnten dem Museum in Cecina gestiftet.« Das hatte mir Alessandra anvertraut.

Emira verzog ihren Mund zu einem winzigen Lächeln. »Da hat die Familie ja Glück gehabt. Trotzdem seltsam, dass zweimal kurz hintereinander jemand einbricht, obgleich die Villa nicht leer steht wie viele andere Häuser in San Matteo, es also ein Risiko bedeutet. Für uns gibt es nicht mehr viel zu tun. Wir haben Signora Antonini informiert, die Anzeige gegen Unbekannt erstattet. Die gute Frau hat schon genug Sorgen, sie meinte, die gestohlenen Objekte seien ihr nicht wichtig. Zudem sind sie versichert.«

Emira wandte sich an Petruccio. »Die wertvolleren Stücke sind sicher schon unterwegs zum Schwarzmarkt.«

Petruccio nickte. »Dennoch werden wir nach dem Täter fahnden. Der mag zwar über alle Berge sein, aber ich habe einen

Informanten in der Szene. Vielleicht steckt diesmal eine organisierte Bande dahinter. Soweit wir wissen, war der kleine Pietro ein Einzeltäter.«

Die Anmerkungen vom Commissario erinnerten mich an Szenen aus den derzeit populären Fernsehkrimis. Alles wirkte seltsam absurd und realitätsfern. Wahrscheinlich lag das auch an meinem Brummschädel. Aber ich fühlte mich schon wesentlich besser und würde meine Rückreise nach Deutschland nicht verschieben.

Ich kam mir hier überflüssig vor. Im Fall der verschwundenen Alessandra war ich ebenso hilflos wie bei den Ereignissen der vergangenen Nacht. Und was gingen mich letztlich dieser »Cold Case« von Marco Di Fillipo und die Gerüchte um ihn an?

Doch vielleicht gaben die Papiere aus dem hohlen Hermes etwas her, auch wenn dies nicht mein Fall, nicht meine Geschichte war. Streng genommen hätte ich Petruccio davon berichten müssen. Aber ich hatte keine Lust, tiefer in den Fall hineingezogen zu werden. Ich wandte mich an den Commissario. »Dann ist so weit erst einmal alles klar?«

Petruccio erwiderte: »Na ja, klar ist nichts. Im Übrigen haben wir an dem guten Hermes keine Fingerabdrücke gefunden, gar keine. Alles abgewischt, damit auch Ihre. Viel können wir nicht tun. Ich muss gleich nach Cecina, da hat es am gestrigen Abend im Museum einen Zwischenfall gegeben.«

»Wie das?« Petruccios lapidare Bemerkung riss mich aus meinem benebelten Zustand. »Was bedeutet das? Dort im Museum findet doch gerade dieses Symposium statt.«

Petruccio nickte. »Ohne zu viel zu verraten – es hat im Museum einen Einbruch gegeben. Deshalb muss ich so rasch wie möglich dorthin.« Dennoch akzeptierte er dankend einen Espresso, den ihm Syria anbot, Emira bat um ein Glas Wasser.

Der Commissario wandte sich zu mir. »Sollten Sie nicht besser ein Krankenhaus aufsuchen?«, fragte er mich freundlich.

»Nicht so schlimm. Ich fliege morgen nach Hause. Wenn es mir schlechter geht, gehe ich zu Hause zu einem Arzt. Doch ich habe schon einige Schläge auf den Kopf abbekommen und überlebt.«

Ich wollte plötzlich nur noch weg von hier, hatte genug von versteckten Dokumenten, Dieben, der Polizei, dem Drama um die verschwundene Alessandra. Die Erholung der ersten Tage in dieser wunderschönen Umgebung schien wie weggepustet. Ich setzte mich in einen der gemütlichen Sessel im Salon und schloss meine müden Augen.

»Ich verstehe Sie gut«, unterbrach der Commissario meine Gedanken. Er sprach Deutsch mit mir. »Falls es Ihnen wirklich gut genug geht, fliegen Sie besser morgen nach Hause. Das alles hier ist nicht Ihr Ding und sollte Sie nicht tangieren. Sie erreichen mich auf dem Handy und per Mail, falls Ihnen noch etwas einfällt. In Hannover können Sie sich ja an Hans Schumann wenden.« Er zwinkerte mir doch tatsächlich zu!

Ich starrte ihn an. Also doch! »Sie kennen Hans Schumann?«

Petruccio lächelte. »Er hat uns vor etlichen Jahren bei einem Fall geholfen, in den Mitglieder der 'Ndrangheta verwickelt waren. Da war er noch in Stade, und ich habe ihn besucht. Wir hatten ein wenig Mühe, uns zu verständigen. Sein Englisch war rudimentär, mein Deutsch bestand damals aus wenigen Floskeln. Inzwischen habe ich am Goethe-Institut besser Deutsch gelernt. Aber ich mochte ihn und Stade. Nettes Städtchen.«

Mein alter Freund Schumann überraschte mich immer wieder. Bekannt wie ein bunter Hund! »Und warum haben Sie mir nicht gesagt, dass Sie mit Schumann zusammengearbeitet haben?«

»Das stand nicht an. Ich wusste zudem nicht, dass Sie ihn kennen. Das wurde mir erst klar, als ich kürzlich durch Zufall einen Bericht über dieses doppelte Grab in Ihrem Kölner Haus in die Hände bekam. An dem damit verbundenen Fall war mein Kollege Andrea di Lucio beteiligt. So richtig gut kam Andrea in dem Artikel nicht weg, wie ich gesehen habe. Schumann schneidet besser ab. Ich habe ihn seit zehn Jahren nicht mehr gesehen, aber ich denke gerne an ihn. Vielleicht kontaktiere ich ihn mal.« Petruccio lächelte. »So, und jetzt ruft Cecina! Ich muss los.«

Er wandte sich beim Gehen noch einmal um. »Pietro wird sich ärgern, wenn er erfährt, dass das Kästchen noch einmal gestohlen wurde. Aber diesmal, schätze ich, von einem Profi.«

Emira folgte ihrem Chef und rief mir nur ein kurzes »Ciao« zu.

Ich hatte mich nicht getraut, Petruccio nach Alessandra zu fragen. Ich wurde nicht schlau aus dem attraktiven Commissario. Dass er di Lucio kannte, der mir in Köln nur Ärger bereitet hatte, und Hans Schumann, war wirklich erstaunlich. Ein interessanter Mann, dieser Ettore Petruccio, der aus einer traditionsreichen Polizistenfamilie stammte.

Mich wunderte, dass weder Langer noch Grunemann bisher aufgetaucht waren und deshalb von dem ganzen Hickhack nichts mitbekommen hatten. Sonderbare Kerle waren das.

Als ich Syria nach den beiden fragte, sagte sie: »Sie sind nicht zurückgekommen letzte Nacht.«

Volterra lag eine gute Autostunde entfernt. Aber schließlich waren die Jungs erwachsen. Und ich vermisste sie nicht sonderlich. Ich fragte Syria nach den Titeln der beiden verschollenen Bücher. Doch sie erinnerte sich nur, dass sie nicht auf Italienisch waren. »Konnte das nicht lesen«, erklärte sie mir.

Ich ging in die Bibliothek und betrachtete die Bücher im Regal. Eine breite Lücke klaffte, wo die beiden gestohlenen Bände gestanden hatten. Die meisten Bücher befassten sich mit archäologischen Themen und waren auf Italienisch. Außerdem standen dort das Buch von Sylvia Horwitz über Arthur Evans auf den Spuren des Königs Minos auf Englisch, erschienen in den achtziger Jahren, und ein mir unbekannter Titel eines gewissen Alfred Stevens, »The Riddle of the Disc«, Erstausgabe von 1927, wie ich beim raschen Hineinsehen erkannte.

Einige prächtige Bildbände lagen auch in dem Regal und ein Werk über etruskische Ausgrabungen bei Volterra von Stefano Castelnuovo, verlegt 1939, wahrscheinlich ein Verwandter von Paolo Castelnuovo. Wer entwendete archäologische Werke? Ein seltsamer Einbrecher!

Ich zog einige der anderen Bücher ein Stückchen nach vorn und bemerkte ein Spiralheft, welches sich am unteren Rand des darüberliegenden Regalbrettes verkantet hatte. Was für ein Klischee, dachte ich. Die geheimnisvolle Bibliothek, und da findet man mal eben in einem Bücherschrank versteckte Notizen. Es war nicht das erste Mal, dass ich in verklemmten Schubladen, überladenen Bücherschränken, unter losen Brettern oder, wie dieses Mal, in einem hohlen Hermes fündig wurde.

Ich betrachtete meinen Fund. Auf dem Titelblatt stand kein Name, nur das Wort »Appunti«. Das Heft sah ramponiert aus. Die Ecken waren geknickt, die Spirale an einigen Stellen eingedrückt. Es hakte ein wenig, als ich das Heft aufschlug. Eigentlich hatte ich Eintragungen auf Italienisch erwartet, aber seltsamerweise waren die hingekritzelten Anmerkungen auf Deutsch.

Obgleich ich mir gerade erst geschworen hatte, mich nicht mehr mit der Geschichte dieses Hauses, seiner früheren Besitzer und all den damit verknüpften Dramen zu beschäftigen, steckte ich das Heft ein. Ich hatte kein schlechtes Gewissen, es mitzunehmen. Offenbar hatte es geraume Zeit im Regal gelegen, und falls es jemand vermisst oder gesucht hätte, wäre es als »verloren« abgehakt worden. Wie gern hätte ich Alessandra davon berichtet und ihr das Heft übergeben. Mich durchfuhr ein leiser Schmerz. Ich kannte sie zwar kaum, hatte sie aber auf Anhieb gemocht.

Das Heft und die fotografierten Papiere würde ich zu Hause in Ruhe anschauen. Ich konnte immer noch mit Petruccio deswegen Kontakt aufnehmen. Manchmal fällt es leicht, Ausreden zu erfinden. Ich war darin eine Künstlerin.

Ich verließ die Bibliothek und schaute mich vorsichtig um. Weder Tom noch Syria ließen sich blicken. Sie hantierten deutlich hörbar in der Küche. So trug ich das Spiralheft in mein Zimmer und steckte es in meinen schon halb gepackten Koffer, unter den Haufen ungewaschener Kleidungsstücke.

Nachdenklich hockte ich mich auf mein Bett. Papiere in einer hohlen Bronzestatuette, ein Notizbuch in einem Bücherregal – ich kam mir vor wie bei einer Schatzsuche. Wer hatte all diese Dinge versteckt, und vor allem, weshalb? Der hohle Hermes war ein raffiniertes Versteck, das alte Spiralheft dagegen konnte von allein im Regal heruntergerutscht sein. Ich legte zu Hause auch oft Notizblöcke auf Bücherregale, und gelegentlich gerieten sie dahinter. Oft fand ich sie erst Wochen später wieder. Beim seltenen Staubwischen.

Es interessierte mich, welche Bücher der Dieb mitgenommen

haben konnte. Werke über Grabungsergebnisse, über prärömische Artefakte? Ich würde dieses Rätsel hier und heute nicht lösen können. Schade, dass Syria sich nicht an diese Bücher erinnerte. Wahrscheinlich hätte es Alessandra gewusst, die sich in der Bibliothek auskannte.

Ich schob diese Gedanken beiseite. Eigentlich ging mich das alles nichts an. Angesichts des gestrigen Einbruchs fragte ich mich aber, ob diese Geheimnisse doch noch Zündstoff besaßen. Und ob Alessandras Verschwinden sogar mit der Vergangenheit ihres Urgroßonkels zu tun hatte. Der Ausspruch des amerikanischen Schriftstellers William Faulkner, dass die Vergangenheit nicht tot ist und nicht einmal vergangen, besaß in meinen Augen erstaunliche Aktualität.

Langer und Grunemann kehrten erst am frühen Nachmittag in die Villa zurück. Sie sahen müde aus. Ja, das Essen in Volterra habe ewig gedauert, erklärte Langer, und sie hätten dort übernachtet. Am Vormittag seien sie dann wieder nach Cecina gefahren, um einen Vortrag über »Neue Erkenntnisse zu etruskischen Raubkopien« zu hören, ein sehr langatmiger Vortrag eines deutschen Archäologen aus Heidelberg. Ohnehin hätte niemand richtig zugehört, da alle über den Vorfall vom Abend zuvor sprachen.

»Jemand hat eine der Vitrinen im Museum gewaltsam geöffnet und daraus zwei Bronzen gestohlen. Die Alarmanlage ging zwar los, aber bis der Museumswärter dazukam, war es zu spät. Die zwei Bronzen aus Roselle hat Marco Di Fillipos Nichte Carla 1949 dem Museum geschenkt. Di Fillipo hatte sie während seiner Arbeit in Roselle offiziell für einen guten Preis erstanden, da sie als Kopien aus römischer Zeit angesehen wurden und als nicht besonders wertvoll galten. Später stellte sich heraus, dass es Originale aus der Zeit um etwa 500 vor Christus sind und dementsprechend kostbar.«

Langer kippte ein Glas Wasser herunter, das ihm die fürsorgliche Syria hingestellt hatte. »Ihr Freund Petruccio kam heute Vormittag vorbei, begleitet von einer jungen Dame mit sehr dicken Augenbrauen«, fuhr er fort. »Er hat Edgar und mich gefragt, wo wir gestern Abend waren. Ich bedauere, dass wir nicht hier waren. Wir hätten Ihnen sicher zur Seite stehen können.«

Er sah mich mitleidig an. »Sie Arme! Mit einem hohlen Hermes niedergestreckt.« Dabei grinste er ansteckend, wurde aber gleich wieder ernst. »Es tut mir sehr leid. Ein Schlag auf den Kopf, das ist nicht gerade lustig. Aber der Einbruch war wohl nicht allzu lohnend?«

Ich berichtete den beiden kurz von den Geschehnissen der vergangenen Nacht, sagte aber nichts von den im hohlen Hermes versteckten Papieren, die der Einbrecher mitgenommen hatte.

Sogar der schweigsame Grunemann gab einen Kommentar ab: »Es ist doch nicht zu fassen. Ein Einbruch in der Villa Etruria und dieser Raub im Museum, praktisch gleichzeitig, und beides hat irgendwie mit Marco Di Fillipo zu tun. Jedenfalls scheint es so. Es waren Bronzen aus seinem Besitz, die entwendet wurden. Der gute Mann ist seit achtzig Jahren tot, und plötzlich rückt er wieder ins Rampenlicht. Verrückt!«

Den Abend verbrachte ich mit den beiden auf der Terrasse mit angenehmen Plaudereien, wobei Langer wieder einmal weitgehend das Gespräch bestritt. Wir duzten uns, tauschten Adressen aus, und ich war froh, nicht allein in der Villa zu sein. Die Ereignisse der letzten Tage belasteten mich. Meine Kopfschmerzen waren glücklicherweise verschwunden, die Beule juckte nur noch ein wenig, aber ich war sehr erschöpft.

Als ich mich in mein Zimmer verzog, hörte ich die beiden Männer noch auf der Terrasse miteinander reden. Zwischendurch schwoll der Lautstärkepegel an, als ob sie heftig diskutierten. Dann aber hörte ich sie nur noch in raunendem Ton sprechen. Ich würde sie am nächsten Tag nicht mehr sehen, da mich mein Taxi zum Flughafen Pisa schon um sieben Uhr morgens abholen sollte.

Bedauerlicherweise hatte ich es nicht geschafft, an diesem Tag ans Meer zu gehen. Ich lauschte dem fernen Rauschen der Meereswellen und dem Plätschern des Pools. Meine Koffer standen fertig gepackt, wenn auch noch unverschlossen in meinem Zimmer. Diesmal schlief ich schnell ein. Irgendwann spätnachts wachte ich auf, da ich glaubte, meine Zimmertür würde geöffnet. Doch ehe ich darauf reagieren konnte, war ich schon wieder abgetaucht und wachte erst auf, als mich Tom um sechs Uhr weckte.

Mein Abschied von Tom und seiner Frau, die mich zum Taxi begleiteten, fiel sehr herzlich aus. Die beiden waren durch die Ereignisse gezeichnet.

»Signora Antonini kommt heute zurück«, sagte Tom. »Bisher hat man nichts weiter gefunden, was auf Alessandras Schicksal hinweist.« Er schluckte schwer. Dann holte er einen Umschlag aus seiner Hosentasche. »Ach, das hätte ich fast vergessen. Commissario Petruccio hat mir das für Sie gegeben. Sie sollen es bitte erst in Deutschland lesen, hat er gesagt.«

Hinter mir versank die Villa Etruria im leichten Morgendunst. Und in mir brannte die Frage, wieso Petruccio mir eine Nachricht mitgegeben hatte, die ich erst in Deutschland lesen sollte. Neugierde hin oder her, ich würde mich daran halten.

Als das Flugzeug von Pisa aus eine Runde über dem glitzernden tiefblauen Meer drehte, überkam mich eine sonderbare Mischung aus Wehmut und Vorausahnung. Vor meinen Augen tauchte der hohle Hermes wie ein warnendes Zeichen auf, und ich spürte ein mir allzu bekanntes Kribbeln im Nacken.

Der magische Diskos

Phaistos, 12. Juli 1908

Tagebuch schreiben ist nicht mein größtes Vergnügen. Aber ich muss ein paar Dinge loswerden. Seit einem Jahr bin ich jetzt bei dieser Grabung dabei. Eigentlich hatte ich mich in Knossos beworben, doch da bekam ich eine Abfuhr. Halbherr, der meinen Vater kennt, zeigte sich dagegen entgegenkommend und nahm mich erst in seinem Team auf, dann aber schloss ich mich zusammen mit dem Italiener Marco und dem Kreter Nicos Luigi Pernier an. Marco, Nicos und ich kommen gut miteinander aus. Wir arbeiten zusammen, trinken unseren Wein nach Sonnenuntergang, und manchmal nimmt uns Nicos mit zu sich nach Hause. Sein Dorf ist zu Fuß nur eine halbe Stunde entfernt. Er hat einen kleinen Sohn, Stavros, und seine Frau Maria, eine Schönheit mit großen dunkelblauen Augen und dunkelbraunen, welligen Haaren, erwartet in vier Monaten das zweite Kind. Sie hofft auf ein Mädchen.

Wir drei übernachten auf dem Grabungsterrain nicht im selben Zelt, aber wir kennen uns inzwischen gut. Deshalb bemerkte ich, dass sich Nicos in den vergangenen Tagen sehr seltsam benahm. Er wirkte unkonzentriert und nervös. Zu dritt sollten wir eine unter Steinbrocken begrabene Kammer näher untersuchen. Doch Nicos verschwand zwischendurch und ließ uns mit den Arbeitern allein. Nach einigen Tagen reichte es uns, und Marco und ich haben ihn nach den Gründen für sein ungewöhnliches Verhalten gefragt. Doch er wollte uns nicht antworten, flüchtete sich in Ausreden, dass er Kopfschmerzen habe oder Marias Schwangerschaft ihn von der Arbeit ablenke.

Wir glaubten ihm nicht. Nicos blieb stur und verriet nichts. Ich sagte zu Marco, unser kretischer Freund habe offenbar ein Geheimnis, das gefährlich oder delikat sein könnte. Ein geheimer Goldschatz, den er gefunden hatte und den er für sich behalten wollte? Das war ein Scherz. Oder aber ein Flirt mit einem der jungen Mädchen, die aus dem nahe gelegenen Dorf täglich mit Wasser und Brot zu uns kommen? Nicos sieht sehr gut aus. Da würde mich das nicht weiter erstaunen. Marco winkte ab. Vor allem einen Flirt konnte er sich nicht vorstellen. »Wenn jemand eine Frau wie Maria hat, dann wird er das nicht aufs Spiel setzen.« Wie wahr, dachte ich. Nach einigem Überlegen sagte er: »Vielleicht hat er etwas in dieser zerfallenen kleinen Kammer entdeckt, in der er vor ein paar Tagen ohne uns gegraben hat, und will das erst einmal für sich behalten. Vielleicht erzählt er es uns, wenn sich diese Aufregung um den Diskos etwas gelegt hat.«

In der Tat, im Lager herrscht seit mehr als einer Woche große Aufregung. Am Abend des 3. Juli ist diese Scheibe ausgegraben worden. Ein sensationeller Fund, wie Halbherr und Pernier nicht müde wurden zu betonen. Eine Scheibe mit sonderbaren Zeichen. Wir durften aber nur einen kurzen Blick darauf werfen. Pernier und Halbherr zogen sich in ihr Zelt zurück und taten sehr geheimnisvoll. Dieser Diskos ist von einem unserer besten Mitarbeiter in stundenlanger Arbeit gereinigt worden. Ich fragte Pernier am fünften Tag, wann wir ihn ansehen dürften. Unser Meister sagte nur: »Später.« Weder Marco noch ich haben eine Ahnung, was diese Zeichen, die der Restaurator als »sensationell« bezeichnete, bedeuten könnten. Zweihunderteinundvierzig Zeichen, verriet uns Gianni, Perniers Vertrauter. Aber mehr könne und dürfe er noch nicht dazu sagen. Und auch nicht, was für Zeichen das seien, ob abstrakt oder konkret. Alles sehr mysteriös.

Aber dieses Kreta steckt voller Rätsel. In Knossos arbeitet Sir Arthur Evans schon mehr als zwei Jahrzehnte an der Freilegung des Palastes von König Minos. Und auch er hat wundersame Objekte entdeckt, darunter eine Schlangengöttin aus Bronze. Und er hat die Schrift, die man vor genau dreißig Jahren entdeckte, »Linear B« genannt. Dieser Glückspilz hat dann 1900 auch noch Tontäfelchen mit einer weiteren mysteriösen Silbenschrift entdeckt, die fast viertausend Jahre alt ist. »Linear A« hat Evans sie getauft. Entziffert wurde bisher noch nichts.

Kein Wunder, dass unsere Chefs begeistert sind von dem Diskos. Obgleich so viele spannende Relikte aus minoischer Zeit auch schon hier entdeckt wurden, nagt der Erfolg des Engländers an ihnen. Immer dieses Konkurrenzdenken! Jetzt können sie Evans Paroli bieten. Marco hat schon aus Spaß gemeint, dass unser Diskos von Phaistos eine raffinierte Fälschung sein könnte, um auch etwas Großartiges und Mysteriöses vorzuweisen, was Knossos ebenbürtig sei. Nicos hat das verärgert zurückgewiesen. »Dies ist ein Original aus der frühminoischen Zeit des Palastes«, hat er energisch gesagt. »Die Minoer waren ein großes Kulturvolk.« Man könnte fast glauben, Nicos sieht sich als direkten Nachfahren der einstigen Herren von Kreta. Dabei ist sein Großvater erst vor sechzig Jahren aus Rhodos hier eingewandert. Marco nennt Nicos oft »unseren Minotaurus«.

Wie gesagt, wir Assistenten durften den Diskos bisher nur von Weitem sehen. Die Ausgrabungen gehen weiter, und vielleicht hoffen die beiden Herren, dass noch weitere Schätze dieser Art ans Tageslicht kommen. Andererseits wäre es doch auch nicht schlecht, wenn dieser Diskos ein Einzelstück wäre und nicht noch mehrere auftauchen. Dann verlöre unsere Entdeckung an Wert.

Gestern wurde übrigens einer der Arbeiter gefeuert. Es stellte sich heraus, dass er eine Art Spion für die »andere« Grabung ist. Er hat wohl regelmäßig Max Stephens, einem der Grabungsassistenten von Evans, Bericht über unsere Arbeit erstattet. Das kam durch einen Zufall heraus. Peinlich, aber leider nicht überraschend!

Phaistos, 14. Juli 1908

Nicos hat endlich gestanden, weshalb er so nervös ist. Gestern hat er Marco und mich in sein Zelt gebeten und uns ein Glas Wein angeboten. Und da brach es aus ihm heraus. Er behauptet, er habe in der winzigen Kammer neben dem Fundort des Diskos eine Scheibe entdeckt, die identisch mit der anderen Scheibe sei. Er hat zwar, genau wie wir, den ersten Diskos noch nicht genau anschauen können, meint aber, auch »sein« Stein sei mit seltsamen Zeichen bedeckt. »Dann zeig uns deine Entdeckung«, hat ihn Marco aufgefordert. Aber Nicos sagte: »Nein, erst will ich Pernier bitten, dieses Objekt anzuschauen und ein Urteil zu fällen.« Marco wurde unwillig. »Warum? Glaubst du nicht an die Echtheit?« Nicos wurde rot. »Doch, ich glaube, dass dieser Diskos das Pendant zum anderen ist. Aber es gibt schon genügend Wirbel um den ersten Fund und einige unliebsame Gerüchte. Lieber warte ich noch ab.« Marco wandte sich an mich: »Wahrscheinlich hat unser Minotaurus nur eine hübsche Tonscheibe entdeckt und macht sich jetzt wichtig.« Er stand auf und verließ das Zelt. Im Eingang drehte er sich um. »Ich dachte, wir wären Freunde. Aber offenbar willst du Ruhm ernten, wo nichts zu ernten ist. Ich nehme dir diesen zweiten Diskos nicht ab.« Ich blieb noch eine Weile bei Nicos. Er sah nachdenklich aus. Plötzlich sagte er: »Ich möchte allein sein. Bitte geh!«

Hier brach der Text in dem Spiralheft jäh ab. Ich saß in meiner kleinen Wohnung in Hannover. Vor einer Woche war ich aus Italien zurückgekehrt. Meine Wohnung kam mir immer fremd vor, wenn ich sie nach Reisen betrat, und ich war mehr als zwei Wochen fort gewesen. Es war Mitte September, eigentlich eine schöne Jahreszeit, und es blieb hier viel länger hell als in Italien.

Richard musste entgegen der Prognose noch einige Zeit mehr als ursprünglich gedacht in der Reha bleiben. Ich würde ihn am nächsten Tag besuchen. Hans Schumann, dem ich auf die Mailbox gesprochen und den ich von Ettore Petruccio gegrüßt hatte, war für einige Tage an der Nordsee. Diesmal auf Baltrum. Mit Hund. Und von Harald Frostauer hatte ich nichts gehört. Er musste inzwischen längst aus den USA zurück sein. Meine Mutter war ebenfalls verreist, mit ihrem Frauenkunstkreis nach Barcelona.

Auf meinem Schreibtisch türmte sich die Arbeit. Eine Anfrage für einen weiteren Katalog war während meiner Abwesenheit postalisch bei mir gelandet. Diesmal für eine große Ausstellung im Berliner Gropius Bau zu »Vergessene Künstler der Renaissance«, die 2026 gezeigt werden sollte. Leider war mein Liebling Uccello zu berühmt für diese Ausstellung, aber ich hatte ja noch Il Biondo im Gepäck, den Zeitgenossen Uccellos, der in

Wirklichkeit Giovanni dell'Ombra hieß. Von ihm sollten drei Gemälde gezeigt werden. Alle aus Privatsammlungen, eine Sensation, da es nicht mehr viele Bilder von ihm gab.

Heute hatte ich die Fotos der Papiere aus dem hohlen Hermes angeschaut und festgestellt, dass sie mit merkwürdigen Zeichen bedeckt waren. Keine erkennbare Schrift, sondern ein bunter Mischmasch aus verschiedenen Zeichen. Damit konnte ich gar nichts anfangen. Wären es Hieroglyphen, hätte ich einen mir bekannten Ägyptologen um Hilfe bitten können. Aber dies wirkte eher wie ein Geheimcode. Das konnte sogar ich als Laie erkennen.

Wieder tauchte die Frage auf, wer diese seltsamen Dokumente versteckt hatte und warum. Eigentlich wollte ich damit nichts zu tun haben. Aber die kleine Nachricht von Petruccio, die mir Tom vor meiner Abreise zugesteckt und die ich gleich nach meiner Ankunft in Hannover gelesen hatte, hielt mich davon ab, alles zu vergessen. Auf dem Zettel stand:

Liebe Anna, nichts ist, wie es scheint. Alessandra war den Rätseln um ihren Urgroßonkel auf der Spur. Seien Sie nicht zu traurig ihretwegen. Alles hat eine Lösung. Und vielleicht interessieren Sie sich dafür. Sie bekommen demnächst Post von mir. Wir bleiben in Verbindung. Saluti – Ettore

Ich wurde nicht recht schlau aus dieser Nachricht. Mehrmals versuchte ich, den Commissario zu erreichen, aber ich landete jedes Mal auf seiner Mailbox. So nahm ich mir das alte Spiralheft noch einmal vor, in dem aber enttäuschend wenig stand. Zusammen mit Marco Di Fillipo und Nicos war der Deutsche 1908 in Phaistos gewesen. Doch welche Rolle er spielte, wurde mir aus den wenigen Absätzen nicht klar. Ich durchblätterte das Heft, aus dem an mehreren Stellen ganz offensichtlich Seiten herausgetrennt worden waren, und stieß schließlich auf diese Notiz:

Gestern war das Begräbnis von Nicos. Sehr erschütternd. Pernier hielt eine ergreifende, wenn auch kurze Ansprache und hob Nicos' Fleiß und Engagement hervor. Das gesamte Grabungsteam war anwesend. Maria Siriakis, schön wie immer, stand regungslos am Grab. Als ich nach der Beisetzung zu ihr ging, wandte sie sich ab. Sie nahm ihren Sohn Stavros an der Hand und verließ schweigend den Friedhof. Soll ich versuchen, sie noch einmal zu sehen, ehe ich nächste Woche Kreta verlasse?

Marco wird schon morgen abreisen. Er redet seit dem Tod von Nicos nicht mehr mit mir, ist wie versteinert. Kein Wort mehr über Nicos' Fund, der, wenn er je existiert haben sollte, unauffindbar ist. Pernier hat auf der Pressekonferenz vor wenigen Tagen angedeutet, dass es vielleicht noch Überraschungen in Phaistos geben könnte und der Diskos nur die Spitze des Eisbergs sei. Ich glaube eher, er wollte darauf hinweisen, dass er ein ebenbürtiger Konkurrent von Evans ist. Wir können aber auch auf unsere Erfolge stolz sein. Das Gerücht, Perniers Diskos sei eine Fälschung, empfinde ich als bodenlose Frechheit. Ich werde Kreta vermissen, vor allem Maria Siriakis, in deren Haus ich öfter Gast sein durfte. Schade, dass alles so gekommen ist.

Ich versuchte mir einen Reim darauf zu machen. Nicos Siriakis hatte sich geweigert, seinen beiden Freunden seinen angeblichen Sensationsfund zu zeigen. Wollte er den Ruhm, wie Marco behauptete, allein ernten? Fürchtete er, dass seine Freunde ihm diesen Fund neideten? Oder hatte er andere Pläne, die er nicht mit den beiden Freunden teilen wollte? Die wichtigste Frage aber war, ob es diesen zweiten Diskos wirklich gegeben hatte, und wenn ja, wo er abgeblieben war. Und wer hatte Nicos getötet?

All das lag nunmehr hundertfünfzehn Jahre zurück, Marco selbst war vor achtzig Jahren ermordet worden, alles »Cold Cases«. Weshalb scherte ich mich darum?

Ich beschloss, mich aus purem Wissensdurst mit der Geschichte der Ausgrabungen auf Kreta näher zu befassen, googelte hin und her, bestellte mir Sylvia Horwitz' Buch über Sir Arthur Evans, entdeckte, dass es mehrere Romane gab, die den Diskos in ihre Handlung einbezogen, darunter Harry Mulischs wunderbares Werk »Die Entdeckung des Himmels« von 1992, und stieß auf eine Anmerkung des Würzburger Professors Günter Neumann, der zu Beginn der neunziger Jahre festgehalten hatte:

»Der Diskos ist das einzige und einmalige Denkmal, das solche Schriftzeichen trägt; der Text ist zu kurz, als dass er statistische Beobachtungen ermöglichte; weder die Fundumstände noch der Schriftträger selbst lassen stichhaltige Schlüsse auf den Inhalt des Textes zu; der Diskos stammt aus so früher Zeit, dass keine Vergleiche mit Vorausgegangenem möglich sind.«

Ergänzend dazu hatte John Chadwick von der Universität Cambridge 1990 erklärt: »Ich selbst halte mit allen seriösen Gelehrten den Diskos für unentzifferbar, solange er ein isoliertes Denkmal bleibt.«

Das Buch von Ernst Doblhofer, aus dem diese Zitate stammten, bestellte ich mir sofort bei meinem Buchhändler. »Die Entzifferung alter Schriften und Sprachen«, erschienen 2008 im Reclam-Verlag, würde mir bei meinen Recherchen sicher weiterhelfen. Darin gab es ein Kapitel speziell zu den Versuchen einer Entzifferung der Zeichen auf dem Diskos und der minoischen Schriften.

Ich war so fasziniert von meiner Reise in die Vergangenheit, dass ich meine eigene Arbeit an dem aktuellen Katalog immer weiter vor mir herschob. »Morgen ist auch noch ein Tag«, zitierte ich sehr frei aus »Vom Winde verweht«.

Unbedingt musste ich jemanden finden, der mir mit den mysteriösen Papieren aus dem hohlen Hermes helfen konnte. Ich zermarterte mir das Hirn, wen ich ansprechen könnte. Es musste eine Mischung aus Fachmann für alte Sprachen und Schriftzeichen und zugleich ein Meister im Enträtseln von Codes wie Alan Turing sein. Das alles war faszinierend und aufregender als jeder Krimi, fand ich.

In meinem Bücherschrank stand »Die Entdeckung des Himmels«, ein Roman, den ich vor fast dreißig Jahren gelesen hatte. Ich nahm das Buch zur Hand. Ich erinnerte mich, dass die Protagonisten den Diskos erwähnen, aber immer wieder gesagt wird, er sei ein ewiges Geheimnis. Aus Phaistos hatte ich mir einen Becher mitgebracht, auf dem die Scheibe abgebildet war, und darunter stand: »*I cracked the code*« – Ich habe den Code geknackt. Wenn es nur so einfach wäre.

Der Tag verging viel zu schnell. Meine Augen wurden langsam müde, und ich stellte Mulischs Roman wieder zurück in den Bücherschrank. So kam ich nicht weiter. Ich versuchte noch einmal, Petruccio anzurufen, erreichte aber wieder nur die Mailbox. Keine Neuigkeiten zu Alessandra also, und obwohl die Villa Etruria tausenddreihundert Kilometer von Hannover entfernt lag, verfolgte mich mein Kummer. Entfernung hilft nicht immer, Ereignisse zu verdrängen.

Untätig herumzusitzen war auch keine Option, aber ich fühlte mich wie gelähmt. Ich hätte eine Freundin anrufen und mich mit ihr fürs Kino verabreden können. Doch Carola hatte drei Kinder zwischen acht und vierzehn Jahren und konnte selten spontane Entscheidungen treffen. Und Erika plante immer Wochen voraus. Spontanität funktionierte bei ihr nie. Also würde ich mir heute Abend irgendein Streaming-Programm ansehen.

Gerade hatte ich mir einen Film ausgesucht, als mein Handy klingelte. Ich reagierte fast unwillig. Es war kurz nach zwanzig Uhr, und ich fühlte mich genervt. Wer störte mich? Richard telefonierte nicht gern, und vor allem, da er mich am nächsten Tag erwartete, würde er mich kaum anrufen, meine Mutter rief nie abends an, und ich hatte auch keine Lust auf Harald Frostauer oder irgendwelche anderen Bekannten und Freunde. Doch dann sah ich die Nummer auf dem Display: Hans Schumann. Das war sicher kein Freundschaftsanruf.

Ehe ich etwas sagen konnte, überschüttete Hans mich mit einem Wortschwall: »Anna, ich bin aus meinen Kurzferien zurück und muss dich dringend treffen. Der Bruder meiner alten Freundin ist heute Morgen tot in der Schlucht von Samaria auf Kreta aufgefunden worden. Er hatte sich wieder einige Tage nicht gemeldet, aber nun ist ihre Angst begründet gewesen. Ich soll am Donnerstag, also morgen, nach Chania fliegen und mit der Polizei vor Ort zusammenarbeiten. Der Tote heißt Heiko Blum und stammt aus Hannover, Dozent hier an der Uni mit gelegentlichen Veranstaltungen in Göttingen und Vorträgen in Bonn und Köln. Althistoriker und Hobby-Archäologe. Zudem hat er als freier Journalist für Wissenschaftsmagazine geschrieben. Blum ist auch als Kunstdetektiv aktiv gewesen, da er gelegentlich für Museen Fälschungen enttarnt hat. Letztens hat er einen römischen Sarkophag als Nachahmung aus dem 19. Jahrhundert identifiziert. Fünfundvierzig Jahre alt, unverheiratet.« Schumann rasselte das herunter, als lese er vom Blatt ab.

»Das tut mir leid, Hans«, antwortete ich und hatte bereits meine Aufmerksamkeit auf den Film auf meinem Bildschirm gerichtet.

Deshalb schreckte ich hoch, als er sagte: »Du musst mitkommen! Du kennst die Insel und die Kultur besser als ich. Zudem hast du doch diese Beziehung zu der Reiseführerin, von der du mir erzählt hast. Das könnte auch nützlich sein. Ich brauche dich als Unterstützung. Dein Flug ist gebucht. Morgen ab zwölf Uhr dreißig von Hannover, umsteigen in München. Wir werden gegen achtzehn Uhr vor Ort sein. Der Tote liegt bereits in der Gerichtsmedizin in Heraklion. Aber wir müssen zum Tatort. Anna, ich baue auf dich!«

Es war die nächste Bemerkung meines alten Freundes, die mir jede Gegenwehr entzog: »Es könnte sogar sein, dass du Heiko begegnet bist. Er war schon zur selben Zeit auf Kreta wie du und hat laut Infos seiner Schwester sogar ein paar Tage in deinem Hotel gewohnt.«

Als Schumann dies sagte, überkam mich eine jähe Ahnung, dass dieser Heiko Blum jener »*Art Detective*« gewesen sein könnte, den Castelnuovo in seinem Vortrag erwähnt hatte. Wie hätte ich da noch Nein sagen können!

Der Tote in der Samaria-Schlucht

Die Felswände reflektierten die erbarmungslose Hitze. Die Schlucht schien unter einer einzigen Glutglocke zu liegen. Es waren auch Mitte September immer noch fast vierunddreißig Grad. Vor wenigen Jahren war eine junge Französin trotz intensiver Warnung tief in die Schlucht hineingewandert und hatte einen Hitzschlag erlitten, da sie nicht genügend Wasser dabeihatte. Ich kannte den Weg, war ihn vor vielen Jahren sogar bis zur Hälfte gegangen und dann wieder umgekehrt, völlig erschöpft und dehydriert, obgleich ich mit zwei Literflaschen Wasser versorgt gewesen war.

Die Leiche von Heiko Blum war allerdings nicht sehr weit vom Südeingang der Schlucht in Richtung von Agia Roumeli, dem Ort am Meer, entdeckt worden.

Der kretische Polizeihauptmann, der Schumann und mich am Morgen nach unserer Anreise im Hotel in der Nähe von Chania abgeholt hatte, sprach fließend Deutsch. Er hieß Wassili Vargas und hatte als Junge drei Jahre in Heidelberg gelebt. Sein Vater besaß dort ein Restaurant, wie er uns erzählte. Doch als der Vater 2002 verstarb, verkaufte die Mutter das »Matera« und kehrte mit ihren vier Kindern zurück nach Kreta.

Ein englischer Tourist hatte am gestrigen Morgen Heiko Blums Leiche entdeckt. Der junge Mann war früh vom Meer aus in Richtung Omalos aufgebrochen, das am anderen Ende der Schlucht liegt, rund siebzehn Kilometer vom Eingang zur lang gestreckten Schlucht beim meeresnahen Agia Roumeli entfernt. Er wollte die noch kühleren Stunden des Tages für seine Wanderung nutzen. Hinter einem Busch bei einem Felsbrocken nahe dem Zugang zur Schlucht sah er einen Rucksack, und als er näher heranging, fand er Blum.

»Der arme Kerl«, meinte Vargas mitleidsvoll. »Der Wandertag war für ihn vorbei. Er ist jetzt in Heraklion und würde auch mit Ihnen sprechen«, wandte er sich an Schumann und zeigte ihm eine Aufnahme des Toten. »Sie kennen ihn?«, fragte er.

»Nein, ich habe ihn nie persönlich getroffen«, entgegnete Schumann. »Seine wesentlich ältere Schwester Waltraud ist eine gute Bekannte von mir. Sie sagte mir schon vor Tagen, ihr Bruder sei auf Kreta verschollen. Dann aber kam ihre Entwarnung. Er habe sich gemeldet und sei, wie er sagte, nicht immer erreichbar, da ständig unterwegs. Und nun das! Die Ärmste, jetzt sind ihre Befürchtungen wahr geworden.«

»Waren ihre Ängste denn begründet? War er leichtsinnig? Ließ er sich gerne mit falschen Leuten ein, oder hatte er Feinde?«, fragte Vargas.

»Viel weiß ich nicht. Blum lebte schon seit Jahren in Hannover, war als Dozent und seit einiger Zeit als freier Journalist und Experte für Kunstfälschungen sehr erfolgreich. Aber da Waltraud ihn nach dem frühen Tod der Mutter weitgehend allein aufgezogen hat, fühlte sie sich immer noch verantwortlich für ihn. Etwas widerwillig hatte er ihr zugesichert, sich regelmäßig bei ihr zu melden, wenn er im Ausland ist. Offenbar war sein Verhältnis zu seiner vierzehn Jahre älteren Schwester sehr innig. Er hat ihr vor seiner Abreise nach Kreta anvertraut, dass er gerade an einem sehr spannenden Thema dran sei und vor Ort einige Recherchen betreiben müsse. Ansonsten war Waltraud wenig informiert über seine etlichen Nebentätigkeiten.«

Wassili Vargas zeigte mir das Foto, auf dem nur ein bleiches Gesicht mit geschlossenen Augen zu sehen war. »Kennen Sie ihn? Sie leben doch auch in Hannover.«

Ich musste fast lächeln. »Die Stadt hat mehr als fünfhunderttausend Einwohner«, bemerkte ich. Nein, ich kannte Heiko Blum nicht, obwohl er mich an jemanden erinnerte. Ich wusste nur nicht mehr, an wen. Es war ein Allerweltsgesicht, schmal, mit einer dünnen Narbe auf der Oberlippe.

Blum war, wie es aussah, mit einem Stein erschlagen worden. In der Wunde befand sich etwas Kalkstaub, der laut der Gerichtsmedizinerin, wie Vargas bereits erfahren hatte, von einem der Steine stammen musste, die am Ufer des Gewässers in der Schlucht zu Hunderten lagen. Die Mordwaffe lag sicherlich längst im Bett der Quelle, die an vielen Stellen durch die Schlucht floss. Man würde sie nicht mehr finden. Die Gerichtsmedizin vermutete, so Vargas, dass Blum auf dem Felsen gestanden und ihm der tödliche Schlag von vorn versetzt worden war. Der Tathergang ließ sich recht gut rekonstruieren. Blum musste seinen Mörder gekannt haben. Keine Abwehrverletzungen. Der Schlag traf ihn mit voller Wucht an der Stirn, und er stürzte hinterrücks von dem Felsblock runter und brach sich bei dem Sturz das Genick.

»Allerdings war nicht der Genickbruch die Todesursache. Er war schon tot, als er auf dem Boden aufschlug«, erklärte Vargas. »Die Gerichtsmedizinerin in Heraklion hat sich gestern sofort an die Arbeit gemacht. Dieser Fall verursacht einige Aufregung. Ein deutscher Tourist in der Samaria-Schlucht ermordet, das ist nicht gerade werbetauglich.« Er schüttelte traurig den Kopf.

»Das kann man nicht so einfach sagen«, meinte Schumann. »Manche Leute werden extra hierherkommen, um einmal selbst die Atmosphäre an einem Tatort zu erleben. Mord zieht, das wissen wir von den vielen erfolgreichen Krimis im Fernsehen und in der Literatur.«

Wassili Vargas nickte. »Auch wahr!«

Schumann sah sich den Felsen genau an. Warum war Blum da raufgeklettert? Und wieso hatte ihn sein Mörder dort oben niedergeschlagen? »Weiß man schon den genauen Todeszeitpunkt?«, fragte er.

»Frau Dr. Xanthopoulos, die Gerichtsmedizinerin, meint, dass Blum am Dienstagabend ermordet wurde. Da war wohl niemand mehr in der Schlucht unterwegs. Dieser junge Engländer war einer der ersten Wanderer gestern Morgen. Besonders gut versteckt war die Leiche nicht. Einfach hinter einen Busch gezerrt.«

»Irgendwelche Spuren?«, fragte Schumann. »Fingerabdrücke, Fasern und Ähnliches?«

»Bisher haben wir nichts entdeckt. Auf der Wasserflasche des Toten waren nur wenige Abdrücke, sicherlich nur seine eigenen. Das wird gecheckt. Wie gesagt, Abwehrspuren gab es keine, die Tatwaffe liegt wahrscheinlich im Wasser. Wir befragen noch eine Reihe von Leuten im Umfeld.«

Vargas sah bekümmert aus. »Wir eruieren, ob jemand privat

ein Boot in Chora Sfakion, Sougia oder Paleochora gemietet hat. Der Tote wurde nahe des Südeingangs zur Schlucht gefunden. Er kam also mit einem Boot nach Agia Roumeli, der Mörder sicherlich auch.«

Schumann fragte: »Wie kann man sonst hierherkommen?«
»Man kann mit dem Wagen bis zum Nordeingang fahren. Aber dann geht es zu Fuß weiter. Das ist ein Marsch von mehreren Stunden. Und dann nachts zurück? Sehr aufwendig und unpraktisch.«

Vargas nickte. »Und nicht ungefährlich. Die Samaria-Schlucht ist mit ihren siebzehn Kilometern eine der längsten Schluchten Europas. Sie beginnt bei tausendzweihundert Metern Höhe fast auf der Mitte der Insel und geht bis ans Libysche Meer. Busse gehen abends auch nicht mehr nach oder von Xyloskalo, dem Haupteingang zur Schlucht, und die Boote von Agia Roumeli fahren ab dem späteren Nachmittag nicht mehr.«

»Dann hat der Mörder wohl in der Tat ein Boot gemietet.« Schumann sah sich um. »Er wird in Agia Roumeli an Land gegangen sein und hier Blum getroffen haben. Danach konnte er auf demselben Weg entkommen. Vielleicht war es auch schon dunkel. Er muss sich hier ausgekannt haben.«

Ich fühlte ein Frösteln trotz der Hitze. Auf dem Felsblock glänzte eine kleine getrocknete Blutlache im Sonnenlicht.

»Viel können wir hier nicht mehr tun«, meinte Schumann. »Wir sollten in Agia Roumeli noch einmal nachfragen, ob sich jemand an Heiko oder jemand anderen, der ein Boot gemietet hat, erinnert.«

»Wir haben schon den Wirt der Taverne am Hafen befragt. Er war aber die beiden letzten Tage nicht hier, sondern in Chania. Er meinte, dass vielleicht einer der beiden Kellnerinnen, die Dienst hatten, etwas aufgefallen ist«, erklärte Vargas.

Der Fußmarsch zur Taverne dauerte nur eine knappe halbe Stunde, und trotzdem klebte mir bei unserer Ankunft die Zunge am Gaumen.

Wassili Vargas rief den Wirt herbei, einen schmächtigen Mann mit dicker Brille. Der wiederholte, dass er in Chania gewesen und erst heute Morgen wieder zurückgekommen sei, und holte die beiden Kellnerinnen, die uns erst einmal mit Wasser versorgten. Ich leerte das Glas mit einer solchen Gier, dass mir das Wasser übers Kinn spritzte.

Vargas befragte zunächst die ältere der beiden, eine stämmige Frau mit freundlichen Augen und einem schüchternen Lächeln. Er zeigte ihr ein Bild des Toten. Sie wurde blass, stammelte mehrmals »*Ochi, ochi*« und wandte sich mit bebenden Schultern ab.

»Sie erkennt ihn nicht wieder«, erklärte Vargas. Das hatte ich ihrem heftigen »Nein« schon entnommen.

Die jüngere Kellnerin dagegen nickte, als sie das Foto sah. Sie brach in einen Wortschwall aus, den Vargas schließlich mit einem energischen »*Parakalo, arketa*« unterbrach. Sie verstummte sofort.

»Also«, begann Vargas etwas umständlich, »Xenia hat tatsächlich unseren Toten erkannt. Er kam vor zwei Tagen, am Dienstag, mit dem letzten Boot von Chora Sfakion gegen sechzehn Uhr hier an, setzte sich drüben an einen der Tische am Fenster und bestellte ein Bier. Er fiel ihr aus einigen Gründen auf. Zum einen hatte er einen ziemlich großen Rucksack dabei, aber keinen Hut, was für eine Wanderung in der Schlucht eigentlich notwendig ist, zum anderen blickte er alle paar Minuten auf sein Handy und seine Armbanduhr. Er schien sehr nervös zu sein. Nach dem zweiten Bier klingelte sein Handy. Xenia fiel das auf, weil der Klingelton die ersten Takte des Sirtaki aus dem Film ›Zorbas‹ von Mikis Theodorakis waren, der hier wie ein Nationalheld verehrt wird. Er liegt bei Chania begraben.«

Schumann wurde ungeduldig. »Ist ja gut, ich liebe diesen Film auch. Aber was dann?«

Vargas blickte Schumann streng an. »*Siga, siga*, immer mit der Ruhe! Blum nahm den Anruf also entgegen, sprach aber Deutsch. Xenia spricht wegen der vielen deutschen Touristen hier ein paar Brocken, verstand aber nur die Worte ›komme‹ und ›halbe Stunde‹. Blum legte einen Geldschein auf den Tisch und verließ das Lokal in Richtung Schlucht. Xenia lief ihm noch hinterher, weil er zwanzig Euro dagelassen hatte und sie ihm Geld zurückgeben wollte. Er aber war schon auf der Straße und ging sehr schnell. Danach hat sie ihn nicht mehr gesehen, war auch zu sehr beschäftigt mit anderen Gästen.«

»Ist ihr sonst noch etwas an Blum aufgefallen?«, fragte Schumann.

Wassili Vargas wandte sich an Xenia. Sie schüttelte den Kopf, stockte dann aber und murmelte etwas.

»Was hat sie gerade gesagt?«

Schumanns Ungeduld nervte mich. Offenbar vertrug er die Hitze nicht gut. Er hatte schon drei Gläser Wasser rasch hintereinander hinuntergekippt.

Ich bewunderte Vargas, der Xenias Worte mit freundlichem Lächeln übersetzte: »Sie meinte, er habe ein wenig angetrunken gewirkt, als er die Taverne verließ. Zwar sei er flott marschiert, aber wäre ein wenig getaumelt. Vielleicht waren die zwei Gläser Bier nicht die ersten, die er an diesem Tag getrunken hatte. Doch, wie gesagt, sie achtete dann nicht weiter auf ihn.«

»Und kein anderer Gast ist ihr aufgefallen, der in der Nähe von Blum gesessen hat? Saß er die ganze Zeit an diesem Tisch am Fenster?«

Xenia wirkte etwas verlegen. Doch, er sei zwischendurch auf die Toilette gegangen, nach dem ersten Glas Bier, sei aber nur kurz weg gewesen. Und nein, bei den vielen Gästen, die nach ihrer Tour in dem Raum saßen und schnell noch ein Glas trinken wollten, ehe das letzte Boot ablegte, hatte sie niemanden bemerkt, der sich auffällig verhalten habe. »Blum saß allein am Tisch. Der nächste Gast, ein älterer Herr, war zwei Tische weiter.« Mehr konnte sie nicht sagen.

Schumann wirkte nachdenklich. »Wir sollten möglichst schnell nach Heraklion zurück. Ich möchte die Gerichtsmedizinerin sprechen, dringend!«

Vargas nickte. »Uns steht ein Boot zur Verfügung. Wir können in drei Stunden in Heraklion sein. Ich habe dort in einem netten Hotel Zimmer für Sie gebucht. Erst einmal für zwei Nächte. Besser, als in Chania zu bleiben. Sie fliegen von Heraklion zurück.«

Ich freute mich über diesen Ortswechsel, da er mir die Gelegenheit gab, Elena zu kontaktieren, der ich nach meinen Erlebnissen in der Maremma und dem Lesen der Notizen des deutschen Assistenten von Pernier erst recht noch ein paar Fragen zu ihrer Familie stellen wollte. Sie wohnte in einem Dorf unweit von Heraklion, das Agios Stefanos hieß.

Ich schickte ihr eine Nachricht, kurz bevor wir das Boot nach Chora Sfakion bestiegen. Sie antwortete sofort: »Wie wunderbar! Treffen heute Abend im ›Peskesi‹? Gemütlich und guter Wein.«

Ich schrieb zurück: »Zweiundzwanzig Uhr?« Bis dahin hatte sich Schumann sicher ins Bett verkrümelt. Er war noch nie ein Nachtmensch gewesen.

Elena schickte mir ein kurzes »Okay. Reserviere einen Tisch«.

Schumann beäugte mich misstrauisch. »Wen triffst du?« Er war gut im Raten, und er war ein scharfer Beobachter. Man konnte Schumann nichts vormachen. Er wirkte oft ein wenig weltfremd und versponnen, gelegentlich unkonzentriert und desinteressiert. Aber das überdeckte nur seinen scharfen Verstand. Lieber als Trottel verschrien sein, als wie unser Freund Frostauer als Besserwisser durch die Gegend zu marschieren, war seine Meinung. Dass es zwischen diesen Extremen verschiedene andere Möglichkeiten gab, ignorierte er.

Ich schätzte ihn als Freund zu sehr, um ihn anzuschwindeln. »Meine Reiseführerin Elena. Es gibt eine sehr eigenartige Verbindung zwischen ihr und meinem Abenteuer in der Maremma. Das erkläre ich dir beim Abendessen.«

Schumann war beruhigt. Kein feuriger Cretan Lover lauerte im Hintergrund. Seltsamerweise war er manchmal eifersüchtig, obgleich er Richard inzwischen akzeptierte und wir uns längst auf »gute Freunde« geeinigt hatten. Aber er nannte es seinen »Behüterinstinkt«, da ich dazu neige, in allzu viele Fallen zu stolpern. Leider musste ich ihm recht geben.

Während der Bootsfahrt unterhielt er sich angeregt mit seinem Kollegen über Polizeiarbeit in Griechenland und Deutschland, während ich in der Sonne und der leichten Brise vor mich hindöste.

Auf der Autofahrt schlief Schumann ein, und ich überlegte, ob ich Heiko Blum nicht doch schon mal begegnet sein könnte.

Wassili Vargas telefonierte fast durchgehend, und irgendwann fielen auch mir die Augen zu. Ich war diese Strecke erst vor Kurzem zusammen mit Elena gefahren. Landschaftlich eindrucksvoll, aber sie zog sich.

Nach zweieinhalb Stunden Fahrt kamen wir an. In der Gerichtsmedizin, einem kühlen Trakt im modernen, gesichtslosen Polizeipräsidium von Heraklion, wartete schon Dr. Dana Xanthopoulos auf uns, eine Frau um die sechzig mit weißen kurzen Haaren und einem reservierten Lächeln. Sie sprach Englisch, und da Schumann zu meinem Erstaunen vor einigen Monaten mit Erfolg einen Sprachkurs belegt hatte, musste ich nicht wie früher als Dolmetscherin fungieren.

»Die Todesursache ist eindeutig«, erklärte Dana Xanthopoulos. »Ein kräftiger Schlag mit einem harten Gegenstand auf die Stirn. Ich erspare Ihnen Details. Dieser Schlag war bereits tödlich. Der darauffolgende Sturz von dem Felsen brach ihm zwar das Genick, ist aber sozusagen ein Overkill. Die Tatwaffe ist wahrscheinlich ein größerer Stein, wie sie zu Hunderten in der Schlucht herumliegen, leicht im Bach zu entsorgen, sehr scharfkantig in diesem Fall.«

Schumann stellte noch einmal seine Frage nach Spuren wie Fasern oder Haaren, Fingerabdrücken und DNA.

»Nein, davon war nichts zu finden. In seinem Rucksack lagen eine leere Wasserflasche, ein nicht angebrochener Kraftriegel, ein Kreta-Reiseführer mit einem Lesezeichen auf der Seite zur Samaria-Schlucht und ein Bootsticket von Chora Sfakion nach Agia Roumeli und zurück.«

»Das ist alles?« Schumann wirkte enttäuscht.

»Ich schließe nicht aus, dass der Täter mitgenommen hat, was vielleicht den Verdacht auf ihn hätte lenken können«, erwiderte die Gerichtsmedizinerin. »Am Reißverschluss der Seitentasche hing ein Fetzen Papier, den ich der Kriminaltechnik übergeben habe. Vielleicht finden sich darauf irgendwelche verwertbaren Spuren. Und vielleicht bekommen sie heraus, ob es der Rest einer Rechnung, einer Quittung, einer Nachricht, was auch immer ist. Ich konnte nichts damit anfangen. Doch das ist nicht mein Metier. Bis Morgen Mittag sollten unsere Leute damit durch sein.«

Dann aber stellte Schumann die Frage, die ihn, wie ich bemerkte, schon seit dem Besuch der Taverne in Agia Roumeli beschäftigt hatte. »Was haben Sie sonst noch bei der Obduktion gefunden?«

Sie sah ihn erstaunt an. »Was meinen Sie? Die Todesursache ist das schwere Hirntrauma.«

Schumann lächelte. Das wirkte freundlich, verbarg aber seinen aufkeimenden Ärger. »Liebe Frau Dr. Xanthopoulos«, sagte er mit sanfter Stimme, »meine Frage ist durchaus berechtigt. Haben Sie außer dem leichten Alkoholpegel etwas anderes bei Blum entdeckt?«

Die Gerichtsmedizinerin schluckte. »Er hatte null Komma fünf Promille im Blut. Und zuletzt gegessen hat er mittags Souvlaki mit Pommes frites.«

»Das meine ich nicht.« Schumann ließ sich nicht beirren. »Ich glaube, dass er ein Betäubungsmittel bekommen hat, was dazu führte, dass ihn der Täter mit Leichtigkeit überwältigen konnte.«

Dana Xanthopoulos errötete. »Das Ergebnis wollte ich eigentlich morgen nach einer weiteren Untersuchung auf toxische Mittel bekannt geben. Doch in der Tat habe ich Reste eines Schlafmittels in seinem Blut entdeckt, kein sehr starkes, eher ein leichtes Beruhigungsmittel. Deshalb konnte er den Weg bis zu dem Tatort bewältigen, muss aber bei seiner Ankunft dort schon ein wenig benebelt gewesen sein.«

Schumann lächelte wieder, diesmal überzeugend. »*Evcharisto*«, sagte er.

Wassili Vargas blickte ihn überrascht an. »Wie sind Sie auf diese Idee gekommen?«

»Xenia erwähnte, Blum habe angeschlagen gewirkt, als er die Taverne verließ. Und er war zwischendurch einige Minuten nicht am Tisch, wo schon das zweite Bierglas auf ihn wartete. Ich vermute, dass der Täter sich in der Nähe aufhielt und seine Chance nutzte, Blum ein leichtes Schlafmittel ins Bier zu mischen. Ganz schnell und unauffällig. Dann hat er Blum angerufen, sich mit ihm verabredet, und als Blum dann zum Treffpunkt kam, wartete sein Mörder auf ihn und hat ihn auf den Felsen gelockt. Sozusagen zu seiner eigenen Absicherung: Wenn der Schlag gegen

Blums Stirn nicht tödlich gewesen wäre, dann der Sturz von dem Felsbrocken.«

»Ein gewagtes Spiel, denn der Mörder konnte doch gar nicht wissen, dass Blum nach dem ersten Bier auf die Toilette geht.« Vargas sah skeptisch aus.

Schumann erwiderte: »Sicher ein Risiko, aber wir haben es mit einem eiskalten Killer zu tun. Er muss Blum beobachtet haben, also unmittelbar in seiner Nähe gewesen sein.«

Vargas seufzte abgrundtief. »In der Tat, ein raffinierter Bursche. Wahrscheinlich hat er Kreta längst verlassen. Bei den Touristenscharen, die nun wieder jedes Jahr auf unsere schöne Insel kommen, ist es nicht schwer, als Deutscher unbemerkt zu entkommen, da Tausende Deutsche jedes Jahr auf Kreta Urlaub machen.«

Schumann nickte. »Das glaube ich gern, und das erschwert unsere Arbeit. Aber ich wüsste dennoch gerne, wo sich Blum auf der Insel aufgehalten hat, was sein letztes Hotel war, wer ihn vorgestern außer unserer Xenia gesehen hat. Vielleicht erhalten wir auf diese Weise wichtige Tipps. Mich interessiert, was er geplant hat. Den Andeutungen seiner Schwester entnehme ich, dass er für einen größeren Artikel oder eine Reportage recherchiert hat. Und das könnte uns eventuell einen Hinweis auf seinen Mörder geben. Eine vage Hoffnung, aber immerhin besser als nichts.«

»Wir werden heute Abend einen Aufruf in den Nachrichten bringen«, antwortete Vargas. »Wir haben das mit unseren lokalen Sendern in Heraklion, Chania und Rethymno verabredet. Gezeigt wird ein Foto von Blum mit der Frage, wer ihn gesehen hat. Und das wird mit deutschen und englischen Untertiteln ausgestrahlt.«

Schumann bedankte sich. »Möchten Sie heute mit uns zu Abend essen?«, lud er seinen Kollegen ein.

»Das geht leider nicht. Ich fahre zurück nach Chania zu meiner Familie und komme morgen wieder. Ich hoffe, dass wir dann mehr Informationen zu Blum haben. Sicher wird seine Schwester sein Begräbnis planen wollen, aber erst kommt das deutsche Konsulat ins Spiel beziehungsweise haben wir zwei Honorarkonsulate, hier und in Chania. Diese Bürokratie möchte ich Ihnen ersparen. Wenn Sie nett essen wollen, empfehle ich Ihnen das ›Minos‹ in der Nähe Ihres Hotels.«

Vargas wandte sich an mich. »Oder haben Sie eine andere Idee? Sie waren doch schon hier.«

»Wie ist das ›Peskesi‹?«, wollte ich wissen.

Er sah mich überrascht an. »Sehr gut. Wer hat Ihnen das empfohlen?«

»Ich treffe mich dort mit der Reiseführerin Elena Mandrakis, die mich vor Kurzem unter anderem auf einem Ausflug nach Phaistos betreut hat.«

Vargas schwieg einen Moment. Dann sagte er: »Das ist interessant. Elena stammt aus einer sehr geschichtsträchtigen Familie. Ihr Urgroßvater war in der Gegend von Phaistos Polizist, als während der Ausgrabungen 1908 ein junger Mann namens Nicos Siriakis ermordet wurde. Und das wiederum war Elenas Urgroßvater mütterlicherseits. Winzige Welt in unseren Dörfern. Ich stamme aus dem Nachbardorf und habe eine entfernte Cousine von Elena geheiratet. Lassen Sie sich von ihr die Geschichte ihres Großvaters Mikis Mandrakis erzählen, der in ihrem Heimatdorf Agios Stefanos hoch geehrt wird. Er war der Sohn jenes Polizisten, der leider den Mord an Nicos nicht aufklären konnte. Mikis hat 1930 Agape Siriakis geheiratet, die Tochter von Nicos.«

Mir schwirrte der Kopf. Aber ich würde Elena danach fragen. Vielleicht konnte sie mir auch bei einigen meiner Fragen weiterhelfen, die Phaistos betrafen. Inzwischen wusste ich mehr über die Hintergründe, und ich würde Elena in die Aufzeichnungen des deutschen Assistenten von Pernier einweihen. Es mochte zwar diesen zweiten Diskos nie gegeben haben, aber das Rätsel um jene Ereignisse war spannender, als Elena angedeutet hatte.

Schumann unterbrach meine Gedanken. »Anna, ich möchte jetzt noch rasch einen Blick auf den Toten werfen. Du musst nicht mitkommen. Das ist kein Vergnügen, wie du weißt. Warte doch draußen auf mich!«

»Nein, ich komme mit«, sagte ich.

Schumann zuckte mit den Achseln. »Stures Weib«, murmelte er.

Dana Xanthopoulos führte uns in den sterilen Raum, in dem Blum unter einem weißen Tuch lag. Es roch nach Kampfer, Blut und Verwesung. Die üblichen Gerüche von Tod und Vergänglichkeit, die durch nichts vertrieben werden können.

Xanthopoulos schlug das Tuch zurück, und ich starrte in das Gesicht von Heiko Blum. Es durchfuhr mich wie ein elektrischer Schlag. Auf dem Foto hatte er mich nur an jemanden erinnert, jetzt erkannte ich ihn, obgleich er keinen dunklen Dreitagebart trug, sondern frisch rasiert war. Doch als ich ihm begegnet war, nannte er sich Thilo Meyer. Er war der schweigsame Mitfahrer auf der Tour nach Phaistos, der nichts von sich preisgeben wollte und sich hinter seiner Sonnenbrille versteckt hatte. Schumann fing mich auf, als der Boden unter meinen Füßen versank.

Die Spur des Wolfes

»Und es war wirklich Thilo Meyer?« Elena nippte an ihrem Weinglas.

»Ja, aber er heißt in Wirklichkeit Heiko Blum, ein Dozent und freier Journalist, und er war hier, um eine Story zu recherchieren. Er hat als eine Art Kunstdetektiv gearbeitet, das heißt Fälschungen enttarnt. Darin ist er wohl gut gewesen«, antwortete ich.

Das Lokal, in dem Elena und ich an einem Tisch im Innenhof saßen, wirkte gemütlich und authentisch. Keine Bouzouki-Klänge oder Sirtaki-Variationen oder andere Folklore. Es roch köstlich nach vielerlei Gerichten. Leider hatte ich mit Schumann schon zu Abend gegessen, nachdem ich mich erst einmal in mein Zimmer gelegt hatte, um mich von dem Schock zu erholen. Heiko Blum war Thilo Meyer und umgekehrt!

Ich hatte damals auf unserer Tour nach Phaistos nur wenige Worte mit ihm gewechselt. Er wirkte auf mich eher unfreundlich und vor allem verschlossen, und da die beiden Engländer umso gesprächiger auftraten, kümmerte ich mich nicht weiter um meinen grummeligen Landsmann, den Eric als »*grumpy German*« charakterisiert hatte.

»Dieser Thilo Meyer oder besser Heiko Blum hat mich nach unserem gemeinsamen Ausflug nach Phaistos noch einmal getroffen«, erzählte Elena. »Ich war einen Tag nach deiner Abreise mit ihm in Knossos und danach im Museum. Er hat auch da wenig gesprochen, mich aber sehr ausführlich zu der Ausgrabungshistorie von Phaistos und Knossos befragt. Ich sagte ihm, dass man das meiste davon nachlesen könnte. Er aber meinte, dass es immer Geschichten gebe, die nie offiziell verlautbart würden, und da ich aus einem Dorf in den Bergen stamme, das zwischen diesen beiden Palästen liegt, hätte ich doch gewiss über beide Grabungen Histörchen zu erzählen, Klatsch und Tratsch und Legenden.«

Elena kaute an einer Olive und sagte dann: »Ihn interessierte Knossos wesentlich mehr, im Museum ließ er den Diskos links liegen und wollte lieber Objekte aus dem Palast des Minos sehen. Und er wollte wissen, ob in all den Jahren gelegentlich Ausgrabungsstücke verschwunden seien. Darüber weiß ich ehrlich gesagt wenig. Ich bin nicht schlau aus ihm geworden. Mein Heimatdorf Agios Stefanos wolle er auch besuchen, meinte er beim Abschied.«

»Er recherchierte angeblich für eine größere Reportage über die Verbindung zwischen alten Funden und dem heutigen Verständnis der Vergangenheit.« So jedenfalls hatte seine Schwester Waltraud es Schumann erzählt.

Ich leerte mein Weinglas und goss mir ein zweites ein. Eigentlich trinke ich wenig, doch an dem Abend stand mir der Sinn nach mehr.

Elena drehte eine der dicken schwarzen Oliven zwischen Daumen und Zeigefinger. »Interessanterweise hat er mich noch nach etwas anderem gefragt, was nichts mit den Ausgrabungen zu tun hat.« Sie schluckte. »Es geht dabei um eine Geschichte aus der Zeit des Zweiten Weltkrieges, als Kreta von den Deutschen besetzt war.«

Elena wirkte emotionslos, was ich erstaunlich fand. Immerhin hatten während der deutschen Besatzungszeit zwischen Mai 1941 und Mai 1945 fast neuntausend Kreter den Tod gefunden, viele waren als Vergeltung für deutsche Gefallene erschossen worden, ein sehr dunkles Kapitel der deutsch-kretischen Beziehungen.

Als Studentin war ich das erste Mal in den frühen neunziger Jahren nach Kreta gekommen und unternahm eine Wanderung im Ida-Gebirge. Ein älterer Bauer rief mir harsche Worte zu, als ich mich auf einem Stein am Feldrand ausruhen wollte. Verschreckt stand ich auf und wollte mich davonmachen, zumal er auf mich zukam und bedrohlich wirkte. Doch dann geschah etwas Wunderbares: Er fragte mich, woher ich käme, und irgendwie begannen wir ein Gespräch in einer Mischung aus Englisch und deutschen Sprachbrocken, und am Schluss reichte er mir die Hand und verabschiedete sich sehr freundlich. Seine Abschiedsworte habe ich nie vergessen: »Was war, ist geschehen. Aber uns bleibt die Zukunft.«

Dass Heiko Blum nach der deutschen Besatzungszeit gefragt hatte, überraschte mich. »Was hat das mit seinen Recherchen zu Phaistos und Knossos zu tun?«

»Ich habe ihm wenig dazu gesagt«, erwiderte Elena. »In unserem kleinen Dorf war zwischen 1942 und 1945 eine kleine Gruppe deutscher Soldaten stationiert, doch viel weiß ich nicht darüber.«

Ich spürte, dass sie nicht die Wahrheit sagte. Mir fiel die Bemerkung von Wassili Vargas ein, ich solle Elena zu ihrem Großvater befragen. »Hat dein Großvater Mikis etwas mit der Geschichte deines Dorfes in dieser Zeit zu tun?«, fragte ich sie direkt.

Elena errötete und zog die Augenbrauen zusammen. »Woher kennst du seinen Namen?«

Ich antwortete: »Wassili Vargas hat mir gesagt, ich möge dich nach der Geschichte von Mikis Mandrakis fragen. Ist dir das unangenehm?«

Elena lächelte. »Oh nein! Also gut, ich habe Blum angeschwindelt. Mein Großvater war sehr beliebt in unserem Dorf. Die Mandrakis sind mit den Siriakis verwandt. Umso schlimmer, dass der Mord an meinem Urgroßvater Nicos nicht aufgeklärt wurde. Mikis' Vater Petros Mandrakis war damals der zuständige lokale Polizist gewesen, ein wohl ehrbarer, wenn auch etwas lethargischer Vertreter seiner Zunft. Na ja, dann hat sein Sohn meine Großmutter Agape geheiratet, ihr gemeinsamer Sohn ist mein Vater Christos. Er war vierzehn Jahre alt, als Mikis 1948 in Nordgriechenland schwer verwundet wurde und wenig später in unserem Dorf starb. Großvater Mikis hat meinen Vater, kurz bevor er in die Bürgerkriegskämpfe nach Makedonien ziehen musste, aufgefordert, Deutsch zu lernen, die Sprache des Mannes, der im Jahr 1944 vielen Kindern in unserem Dorf das Leben gerettet hat.« Elena verstummte jäh.

»Bitte erzähle weiter!«, drängte ich sie.

»In unserem kleinen Dorf war, wie ich schon sagte, eine Truppe von etwa fünfzig Soldaten und drei Offizieren stationiert. Die Dörfler litten unter Hunger, insbesondere die Kinder. Es war Oktober 1944, die deutsche Besatzung währte schon dreieinhalb Jahre. Mein Vater war damals zehn Jahre alt. Und da gab es plötzlich eine Art heiligen Nikolaus, der nachts durchs Dorf ging und vor die Türen Nahrungsmittel legte. Vor allem Schokolade. Das war ein unglaublicher Segen für die Kinder. Es verhinderte, dass sie vor Hunger krank wurden. Außer der Schokolade lagen in den Päckchen oft ein Stück Wurst, etwas Obst und Kekse.«

Sie trank einen Schluck Wasser und fuhr fort: »Mein Vater erzählte mir später, dass der Pope tatsächlich die Version verbreitete, dass ›Agios Nikolaos‹ unser Dorf gerettet hätte. Das ging bis in den Dezember. Mein Großvater Mikis gehörte zu den wenigen, die die Wahrheit wussten. Denn er kannte diesen heiligen Nikolaus persönlich. Oberleutnant Hubert Großkopf aus einem Städtchen in Norddeutschland war der rettende Engel, der Nikolaus. Er verteilte nachts die Gaben. Mein Großvater Mikis war ihm als Dolmetscher zugeteilt, denn Mikis konnte etwas Deutsch, und eines Nachts beobachtete Mikis, wie Großkopf durch das Dorf schlich und die Säckchen mit Lebensmitteln vor die Türen legte, vor allem vor Häuser, in denen Kinder lebten.«

Elena sah mich bekümmert an. »Mein Großvater erzählte dem Offizier, dass er ihn gesehen habe, und der beschwor ihn, nichts zu verraten. Mein Großvater versprach es und half ihm von da an, die Lebensmittel zu verteilen. Eines Nachts, als er ihn wieder treffen sollte, kam Großkopf nicht zum vereinbarten Ort hinter der Dorfkirche. Und am nächsten Tag erfuhr mein Großvater, dass irgendjemand Großkopf verraten hatte. Es gab wohl so etwas wie ein Verfahren wegen Hochverrat gegen Großkopf, aber der Oberst, der dritte Offizier vor Ort, schätzte ihn, milderte das Urteil ab, und so wurde Großkopf an die Ostfront, nach Ostpreußen, geschickt. Dort fanden ab Januar 1945 dann die letzten Schlachten zwischen der Wehrmacht und der Roten Armee statt.«

»Und wie ging es weiter?« Ich ahnte, dass die Geschichte noch nicht beendet war.

Elena winkte den Kellner herbei. »Einen Primitivo, bitte!«, rief sie. Erst als das Glas vor ihr auf dem Tisch stand, sagte sie: »Ja, die Geschichte geht weiter.« Sie trank das halbe Glas leer.

»Mir fällt es nicht leicht, darüber zu reden. Großvater Mikis war verzweifelt, dass Großkopf verraten worden war, er aber offenbar verschont blieb. Er versuchte herauszufinden, wer seinen Freund ans Messer geliefert hatte. Der Verdacht fiel auf einen Burschen aus Chania, der im Dienst von Oberst Mehring stand, im Ort stets ein Außenseiter geblieben war und den Frauen hinterherstieg. Dieser Theo wurde, einige Tage nachdem Großkopf an die Ostfront versetzt worden war, mit durchgeschnittener Kehle aufgefunden. Die Nachforschungen von Oberst Mehring blieben oberflächlich, es gab keinen Verdächtigen für diese Tat, und unser Dorfpolizist bemühte sich nicht um eine Aufklärung. Theo galt als der Verräter, jeder im Dorf wünschte ihm den Tod, und wenn man gewusst hätte, wer ihn getötet hatte, hätte das niemand preisgegeben. Es wuchs Gras darüber, die letzten Deutschen mussten im Frühling 1945 die Insel verlassen. Meinem Großvater aber ließ die Sache keine Ruhe. Er glaubte nicht, dass Theo, der, wie er meinem Vater sagte, töricht, aber nicht boshaft war, Großkopf verraten hatte. Er hatte einen anderen Verdacht, den er aber nicht öffentlich äußerte.«

Der Kellner, der Elena den Wein gebracht hatte, unterbrach in diesem Moment ihre Erzählung mit der auf Englisch vorgetragenen Ansage, dass er kassieren müsse. »*End of my work day*«, verkündete er.

Ich bezahlte rasch, ehe Elena zu ihrem Portemonnaie greifen konnte, und fragte: »Was dann? Was hat Mikis getan?«

»Er war schon ein eigenwilliger Mann, mein Großvater, den ich leider nie getroffen habe«, sagte Elena. »Im Jahr nach Kriegsende wurde er eingezogen und nach Nordgriechenland geschickt. Dieser schreckliche Bürgerkrieg, der eigentlich schon länger schwelte, war mit voller Wucht ausgebrochen. Mikis wurde in ein Dorf in der Nähe von Thessaloniki geschickt, wo Hunger und Elend herrschten, und dort tat er das Gleiche wie einige Jahre zuvor Hubert Großkopf. Er wurde zu einer Art Nikolaus, verteilte nachts Lebensmittel, obgleich dieses Dorf ursprünglich von Anhängern der Kommunisten beherrscht und von der griechischen Armee erobert worden war. ›Die Kinder können nichts dafür‹, war seine Devise. Sicherlich hat auch er einige Leben dadurch gerettet.« Elena füllte ihr Wasserglas auf und trank einen kleinen Schluck Rotwein, ehe sie fortfuhr: »Bei einem Überfall auf das Dorf im Herbst 1948 wurde Mikis schwer verletzt, kam erst nach Thessaloniki, dann nach Athen und am 1. November zurück in unser Dorf. Dort hat er in seinen letzten Tagen meinem Vater zum einen noch einmal ans Herz gelegt, Deutsch zu lernen, ›weil das nicht die Sprache der Bösen ist‹, und zum anderen meiner Großmutter anvertraut, wen er damals für den wahren Verräter gehalten hatte. Er starb am 6. Dezember, dem Tag des heiligen Nikolaus. Alle im Dorf hielten dies für ein Zeichen, denn inzwischen wusste man, dass er vier Jahre zuvor dem deutschen Offizier bei seinen nächtlichen Aktionen geholfen und das Gleiche in Nordgriechenland auf eigene Faust gemacht hatte.«

»Ich verstehe, dass dein Dorf ihn verehrt«, sagte ich. »Aber weiß man denn inzwischen, wer damals Großkopf verraten hat, wenn es nicht Theo war?«

»Mein Vater hat in der Tat Deutsch gelernt und sogar kurz in Göttingen studiert. Aber zunächst wollte er herausfinden, ob Hubert Großkopf noch lebte. Er hat nach einigen Recherchen erfahren, dass Großkopf im April 1945 in den Kämpfen um Königsberg gefallen ist. Für meinen Vater eine traurige Nachricht, da er sich selbst noch an den Deutschen erinnerte. In Göttingen schrieb sich mein Vater für Archäologie ein. Damals war dort ein gewisser Professor Wilhelm Grabert die große Koryphäe für Archäologie, und mein Vater wollte unbedingt Archäologe werden. Grabert unterrichtete vor allem etruskische Kunst, erzählte aber meinem Vater, dass er auch auf Kreta gearbeitet habe«, fuhr Elena fort, ohne auf meine Frage einzugehen, ob man je den wahren Verräter enttarnt habe.

»Aber irgendetwas muss zwischen den beiden passiert sein, denn mein Vater schrieb meiner Großmutter, das Studium sei ihm durch seinen autoritären Professor verleidet worden, und so kehrte er schon nach einem Jahr zurück. Er erklärte, er wolle nichts mehr mit Archäologie zu tun haben. Den Grund nannte er nie. Das Kapitel war für ihn abgeschlossen. Er hat dann in Heraklion studiert und wurde Lehrer für Deutsch und Geschichte, heiratete 1960 meine Mutter, ich wurde 1964 geboren, nach mir meine beiden Brüder Alexis und Athanasios, und das war's.«

»Das nehme ich dir nicht ab, Elena«, sagte ich fast unwillig. »Du hast meine Frage nicht beantwortet. Weiß man, wer damals der Verräter war? Wer hat Großkopf gehasst und ihm Böses gewollt oder erhoffte sich, durch den Verrat Vorteile zu erringen?«

»Siehst du, genau das stand wahrscheinlich auch hinter Heiko Blums Fragerei. Er könnte irgendwo das Gerücht um Großkopf gehört haben. Allerdings nicht in unserem Dorf. Dort redet man zwar noch von Mikis, aber da man inzwischen vermutet, dass Theo nicht der Verräter gewesen ist und unschuldig ermordet wurde, hat man das alles verdrängt. An Großkopf denkt kaum mehr jemand, vor allem, da es fast keine Zeitzeugen mehr gibt.« Sie winkte den Kellner herbei und bat ihn um mehr Oliven.

»Blum sagte mir, er wolle eine Reportage auch über die deutsche Besatzung auf Kreta und als Beispiel dafür über unser Dorf schreiben. Ich mochte ihn nicht und habe deshalb geleugnet, Details über jene Jahre zu kennen. Im Übrigen weiß ich bis heute nicht, wer der eigentliche Verräter war. Meine Großmutter hat das Geheimnis mit ins Grab genommen. Sie meinte, es sei ohnehin zu spät für die Wahrheit, sie würde niemandem mehr nützen. Das habe ich ihr übel genommen. Mein Vater starb vor zehn Jahren. Auch er wusste es angeblich nicht, aber das glaube ich nicht. Und meine Mutter schweigt auch.«

Elena seufzte. »Blum nahm mir nicht ab, dass ich nichts über jene Zeit weiß, und behauptete ganz unverhofft, er sei informiert über die damaligen Ereignisse. Er habe die Geschichte des hilfreichen Offiziers aus einer authentischen Quelle erfahren. Er sei diesem ›Wolf‹, wie er den Verräter nannte, auf der Spur. Er habe dazu einige Hinweise und würde gerne vor Ort recherchieren. Ich sollte ihm dabei helfen. Aber ich verspürte keinerlei Lust, mich noch einmal mit ihm zu treffen, und hielt ihn für einen Aufschneider.«

»Wo hat er denn diese Geschichte von dem Offizier gehört? Und was hat das alles mit seinen Recherchen zu Knossos und Phaistos zu tun?« Dieser Heiko Blum wurde mir immer rätselhafter.

»Er hat mir nicht verraten, wie er von Großkopf erfahren hat. Er machte sich regelrecht einen Spaß daraus, mich damit zu locken, um ihn in unser Dorf zu bringen und ihm bei seinen Nachforschungen zu helfen. Es sei doch auch für mich spannend, mehr darüber zu erfahren. Wahrscheinlich wollte er nicht nur über die antiken Funde schreiben«, meinte Elena und legte eine kleine Pause ein.

»Diese Geschichte meines Großvaters und Vaters erzähle ich nicht jedem. Meine Mutter lebt noch, und vielleicht rückt sie noch irgendwann mit der Sprache raus. Aber ich bezweifele, dass sie es einem Fremden erzählt, wenn sie schon ihrer eigenen Tochter die Wahrheit vorenthält.«

»Gibt es denn außer deiner Mutter noch andere Zeitzeugen in Agios Stefanos?«, fragte ich.

»Ja, einige der Kinder von damals leben noch, und zwei alte Frauen, älter als meine Mutter, haben Großkopf persönlich gekannt. Sie sind jetzt weit über neunzig, aber nicht dement. Allerdings weiß ich nicht, ob sie wissen, was damals wirklich geschehen ist.« Elena wirkte plötzlich sehr müde.

Ich sah auf meine Armbanduhr. »Elena, entschuldige mich, aber es ist schon spät. Ich muss morgen früh aus den Federn. Wir bleiben noch bis übermorgen. Heikos Schwester Waltraud reist morgen am Nachmittag an. Um die müssen wir uns kümmern. Heiko Blum hat ansonsten keine Verwandten. Schumann möchte noch ein paar Nachforschungen anstellen. Zum Beispiel, wo Blum zuletzt gewohnt hat, ob er dabei beobachtet wurde, irgendwelche Leute zu treffen, und so weiter. Es wird ein anstrengender Tag.«

»Schade, ich hätte dich gerne in mein Dorf mitgenommen, und du hättest meine Mutter treffen können. Sie ist jetzt fünfundachtzig, aber immer noch ziemlich fit. Und mein kleiner Bruder Athanasios ist Lehrer. Er weiß sehr viel über kretische Geschichte und mehr als ich über Sagen. Zudem hat er sehr nette Kinder, die beide in Heraklion studieren. Und seine Frau kocht göttlich.«

Das klang sehr verführerisch. »Vielleicht schaffe ich es am späteren Nachmittag. Schumann kann mit seiner alten Freundin

Waltraud allein essen gehen.« Ich verspürte große Lust auf diesen Ausflug.

»Agios Stefanos ist nur eine knappe halbe Stunde von hier entfernt«, sagte Elena. »Ich plane dich für morgen ein. Morgen Vormittag habe ich nur eine Führung durch Knossos mit einer Gruppe deutscher Touristen aus München. Ab vier Uhr nachmittags bin ich frei.«

Als wir aufstanden, fiel mir noch etwas ein. »Wie hieß denn der dritte Offizier, der damals im Dorf war? Den Namen hast du mir noch nicht genannt.«

Elena zuckte mit den Achseln. »An den habe ich gar nicht gedacht. Meine Großmutter sagte, er sei ein stiller, höflicher Mann gewesen. Im Dorf durchaus geachtet, da er sich stets zurückhielt und seine Untergebenen streng im Zaum hielt. Das jedenfalls sagte Großmutter Agape. Allerdings hätten ihr seine Augen nicht gefallen. Großmutter liebte es, nach solchen Äußerlichkeiten zu urteilen. Sie seien klein und farblos gewesen, was immer das bedeuten soll.«

Sie kratzte sich an der Stirn, auf der ein frischer Mückenstich prangte. »Ich erinnere mich vage, dass er so ähnlich wie Klein hieß.« Sie hielt inne. »Halt, nein, jetzt weiß ich es wieder. Klaus Kurz hieß er. Meine Großmutter Agape lachte, als sie mir vor Jahren den Namen sagte, weil sein Name so genau zu ihm passte. ›Dieser Klaus Kurz war ein ganz Kurzer‹, sagte sie und fand das sehr komisch.« Elena grinste. »Ich bin froh, dass mein Gedächtnis noch so gut funktioniert.«

Klaus Kurz. Ob es in Deutschland noch Nachfahren dieses Mannes gab, der damals in Agios Stefanos als Offizier zusammen mit Großkopf seinen Dienst tat – ein unauffälliger Mann mit »farblosen Augen«? Das dumme Klischee von den stillen Wassern, die tief gründen, kam mir in den Sinn.

Es musste doch möglich sein, mehr über einen Mann herauszufinden, der während des Zweiten Weltkrieges als Offizier auf Kreta stationiert gewesen war. Gewiss stand sein Name in Militärarchiven vermerkt. Vielleicht war er, wie Großkopf, noch in den letzten Kriegswochen umgekommen, oder er hatte Deutschland verlassen. Da konnte mir vielleicht derjenige weiterhelfen, den ich schon auf Wilhelm Grabert angesetzt hatte. Immerhin wusste ich inzwischen, dass Grabert für kurze Zeit Christos Mandrakis in Göttingen unterrichtet hatte.

Im Hotel angekommen, wählte ich Harald Frostauers Nummer und freute mich, als ich sein »Hallo?« hörte, diesmal nicht genervt von seinem Singsang.

Irrwege

Der Besitzer des kleinen Hotels »Zeus« in der Nähe von Mires in der Messara-Ebene war ein freundlicher Mann um die sechzig mit einem dichten grauen Haarschopf und fröhlichen dunklen Augen. Als Schumann, Wassili Vargas und ich in die Eingangshalle traten, begrüßte er uns herzlich. Er stand an der Rezeption und schrieb etwas in ein großes Buch. »Drei Zimmer?«, fragte er. »Oder ein Doppel, ein Einzel?«

Vargas schüttelte heftig den Kopf. »*Ochi, ochi!*«, sagte er laut und deutlich. »*Miles anglika* – sprechen Sie Englisch?«, fragte er den Wirt.

Der strahlte. »Oh ja, auch Deutsch und Italienisch«, antwortete er auf Englisch und fuhr auf Deutsch fort: »Ich bin Jannis. Was kann ich für euch tun? Ein Wasser?«

Wenig später saßen wir mit Jannis hinter dem Hotel auf einer schattigen Terrasse, versorgt mit Wasser und Kaffee. Vargas überraschte mich mit seinen Deutschkenntnissen. »Drei Jahre Deutsch in der Schule, Fernkurs beim Goethe-Institut«, erklärte er mit sichtlichem Stolz.

Er und Schumann wechselten sich mit ihren Fragen ab. Jannis hatte sich gestern Abend nach dem Aufruf in den diversen Fernsehsendern gemeldet und angegeben, dass er Heiko Blum getroffen habe. Deshalb waren wir heute Morgen direkt von Heraklion hierhergefahren.

»Das ist wirklich schrecklich«, sagte Jannis, dessen Deutsch fast makellos war. »Fünf Jahre Köln«, erklärte er auf Schumanns Frage nach seinen Sprachkenntnissen. »Mit zwölf hingekommen, mit siebzehn leider wieder weg. Aber da so viele Deutsche jedes Jahr hierherreisen, habe ich es nicht verlernt. Das Hotel habe ich von meinem Onkel vor zwanzig Jahren übernommen. Aber es ist sehr viel älter, erbaut 1920 für die Archäologen in Phaistos, die nicht mehr nur in Zelten übernachten wollten. Mires liegt nur wenige Kilometer von den Ausgrabungen entfernt.«

Vielleicht hatte diese Tatsache Heiko Blum dazu gebracht,

sich im »Zeus« einzuquartieren, immerhin ein fast historischer Ort in der Nähe von Phaistos.

Vargas wirkte ungeduldig. »Was können Sie uns über Blum sagen?«

Jannis ließ sich nicht drängeln. »Er ist letzten Montag, also vor fünf Tagen, angekommen. Er fuhr einen Mietwagen aus Chania und hat für drei Tage ein Zimmer gebucht.« Jannis wandte sich an Schuman. »Wann, sagen Sie, ist er umgebracht worden?«

Vargas antwortete statt Schumann mit einem Schwall von Griechisch. Dann entschuldigte er sich bei Schumann und mir: »Sorry, aber technische Ausdrücke kann ich dann doch nicht so gut auf Deutsch. Unsere Gerichtsmedizinerin hat den Todeszeitpunkt auf Dienstagabend festgelegt. Heute ist Samstag, also vor vier Tagen.«

Ich rechnete nach. Mittwoch hatte Schumann mich informiert, am Donnerstag waren wir nach Chania geflogen, am Freitag hatten wir den Tatort in der Schlucht von Samaria besichtigt und waren danach in Heraklion in der Rechtsmedizin gewesen, hatten in Heraklion übernachtet, und eigentlich wollten wir morgen, am Sonntag, zurückfliegen. Aber Schumann hatte angedeutet, dass er eventuell noch einen oder zwei Tage länger bleiben müsse, um die Bürokratie zu erledigen. »Ein mühsamer Akt, wie wir schon erfahren haben. Die Leiche muss dann nach Deutschland transportiert werden. Und da kommt er noch mal in die Gerichtsmedizin in Hannover.« Er werde mit Waltraud gemeinsam zurückreisen.

Die Zeit raste. Und ich musste dringend zurück. Am 29. September sollte ich im Landesmuseum in Hannover über »Raubkopien und Fälschungen in der Renaissance« einen Vortrag halten und hatte noch kein einziges Stichwort notiert.

»Er hat am Montagmittag eingecheckt«, erinnerte sich Jannis. »Aber nicht als Heiko Blum. Im Hotelgästebuch steht der Name Thilo Meyer. Das hat mich bei diesem Fernsehspot verwirrt. Der Name Heiko Blum sagte mir nichts. Aber ich habe ihn trotzdem erkannt.«

»Haben Sie denn nicht seinen Pass beim Einchecken verlangt?« Schumann sah Jannis pikiert an.

Der errötete. »Nein, das vergesse ich meistens. Was sind schon Ausweise wert? Die kann man auch fälschen.«

Vargas ging rasch darüber hinweg. »Also, er hat am Montag eingecheckt. Haben Sie ihn dann noch gesehen?«

»Er ist am Nachmittag weggefahren. Er wolle nach Phaistos, sagte er mir. Das ist nur etwa zehn Minuten mit dem Auto von hier entfernt. Für den Abend hat er in unserer Taverne neben dem Hotel einen Tisch für zwei Personen reserviert. Und dann fuhr er los.«

Schumann hatte sich die Aussagen von Jannis in sein schwarzes Büchlein notiert. Wassili Vargas schien das nicht nötig zu haben.

Ich mischte mich ein: »Er hat nicht gefragt, wie lange die Fahrt von Mires nach Chora Sfakion dauert?«

Jannis sah mich überrascht an. »Am Montag nicht. Aber interessanterweise hat er am Dienstagmorgen danach gefragt. Das hat mich gewundert. Ich dachte, er würde vielleicht von uns aus weiter nach Osten fahren, Ierápetra oder Kato Zákros. An diesem Morgen schien er sehr nervös zu sein. Übrigens hat er am Abend allein gegessen. Die von ihm erwartete zweite Person ist nicht gekommen. Er war gegen achtzehn Uhr aus Phaistos zurück. Da habe ich seinen Wagen wieder auf dem Parkplatz gesehen.«

Jannis dachte nach. Dann sagte er: »Am Abend kam er um zwanzig Uhr dreißig in die Taverne, bestellte einen Wein und schien jemanden zu erwarten. Aber dann hat er gegen einundzwanzig Uhr dreißig die gefüllten Auberginen geordert und verschwand bald darauf mit seinem Handy am Ohr. Ich weiß das deshalb genau, weil ich an dem Abend selbst gekellnert habe. Meine Serviererin war krank.«

»Sie sind ein Traum-Augenzeuge«, konstatierte Schumann.

Jannis lächelte breit und zeigte dabei viele goldene Füllungen.

Vargas ging es nicht schnell genug mit der Befragung. Er wollte zurück nach Heraklion und danach möglichst rasch nach Chania, wo er sich um den Mietwagen von Heiko Blum kümmern sollte, der verlassen auf einem Parkplatz in der Nähe der Fähre von Chora Sfakion nach Agia Roumeli gefunden worden war. Die Spurensuche hatte darin nichts Auffälliges entdeckt. Offenbar hatte Blum nach seinem Ausflug zur Samaria-Schlucht zurück nach Mires fahren wollen. Sein Koffer stand, wie Jannis sagte, seit heute Morgen in der Gepäckablage des Hotels hinter der Rezeption. Den wollten sich Vargas und Schumann gründlich anschauen. Im Auto hatte man nur zwei weitere Wasserflaschen, einen abgewetzten Reiseführer zu Phaistos und Knossos und einen Hut gefunden. Daran waren keine Spuren außer einigen Haare entdeckt worden, die wahrscheinlich von Blum stammten, aber noch auf ihre DNA untersucht wurden.

Jannis stand auf, um Wasser zu holen. Als er zurückkehrte, telefonierte Vargas, und Schumann blickte trübsinnig drein. Ich sehnte mich zurück in mein Hotel in Heraklion und freute mich auf den abendlichen Ausflug nach Agios Stefanos. Schumann hatte sich bereit erklärt, allein mit Waltraud essen zu gehen. Mein Flugzeug sollte am nächsten Vormittag gehen. Harald Frostauer hatte mich kurz angerufen und mir »interessante Neuigkeiten« versprochen.

Jannis stellte drei Flaschen auf den Tisch und einen Teller mit Dolmades, gefüllten Weinblättern. »Mir ist gerade etwas eingefallen«, sagte er. »Kurz vor Mitternacht habe ich die Tische in der Taverne abgewischt. Da sah ich Blum auf die Straße treten. Er sah sich mehrfach um und ging dann bis an die Straßenecke rechts vom Hotel. Ich bin mir sicher, dass dort jemand stand. Es war mir, als hörte ich Stimmen, leise, aber intensiv. Nach einer Weile kam Blum zurück und ging ins Haus. Der andere verschwand in die entgegengesetzte Richtung.«

»Können Sie diesen Unbekannten beschreiben?« Schumann saß kerzengerade auf seinem Stuhl, ein Zeichen höchster Anspannung.

»Nein«, gestand Jannis. »Ich habe ihn nur als dunkle Silhouette wahrgenommen. An der Ecke gibt es keine Straßenbeleuchtung. Er verschmolz mit der Dunkelheit. Ich weiß nicht, ob er groß oder klein war, aber sicherlich ein Mann.«

Schumann dachte laut: »Vielleicht war dieser Unbekannte unser Mörder. Blum trifft ihn hier verspätet und verabredet sich mit ihm für den nächsten Tag in Agia Roumeli. Weshalb Blum ausgerechnet dorthin wollte, wissen wir auch nicht. Warum die Samaria-Schlucht? Wenn es so war, warum hat der Fremde Blum dann nicht hier getötet?«

»Weil er von Blum etwas haben wollte, das dieser ihm erst einmal verweigerte. Also verabredeten sie sich zu einem weiteren Treffen, das für Blum tödlich endete«, schlug ich vor.

»Ah, unsere Miss Marple setzt wieder ihre grauen Zellen ein«, spottete Schumann.

Wütend knurrte ich ihn an: »Lass deine blöden Bemerkungen und vermische nicht auch noch Miss Marple mit Hercule Poirot!«

Vargas und Jannis grinsten, Schumann spielte den Schockierten. »Oh weh mir!«, rief er. »Ich glaube, ich bin in ein Fettnäpfchen getreten.«

»In eine Fettwanne«, brummte ich, konnte meinem alten Freund aber wieder einmal nicht wirklich böse sein.

Jannis stellte die Flaschen und Gläser auf ein Tablett. »Ich hole den Koffer von Heiko Blum«, sagte er.

Dieser Koffer war ziemlich ramponiert. Man konnte ihn leicht öffnen, da er nicht durch einen Code gesichert war. In ihm befanden sich zwei Paar Jeans, vier T-Shirts, drei Hemden, zwei davon mit kurzen Ärmeln, ein grauer Pullover, einige Unterhosen, ein Beutel mit Waschutensilien und ein Nassrasierer. Dazu zwei Krimis von Jeffrey Deaver und Jo Nesbø und drei Paar Socken. In eine Socke war eine kleine Flasche Metaxa eingewickelt. Eine insgesamt enttäuschende Ausbeute. Keine Papiere oder andere Unterlagen, aber die hatte er zusammen mit einem Notebook und seinem Handy gewiss in seinem Rucksack gehabt.

»Wir nehmen alles mit nach Heraklion«, sagte Vargas.

Jannis meinte: »Wenig Kleidung für eine Reise, die doch mehr als zehn Tage dauern sollte. Und hatte er keine Badehose dabei?«

Ich erinnerte mich, dass »Thilo Meyer« auf der Rückfahrt von Phaistos an jenem heißen Tag als Einziger von uns nicht ins Wasser gegangen war, sondern in Jeans und kurzärmeligem Hemd am Strand saß und sich eindeutig langweilte. Das sagte ich laut. »Er war nicht zum Baden hier. Offensichtlich hatte er andere Ziele.«

Aus einer Seitentasche des karierten Stoffkoffers fischte Schumann ein Flugticket, das sich dort in einer Falte verheddert hatte. »Sieh an, sieh an«, murmelte er. »Unser Freund wollte gestern von Heraklion nach Frankfurt fliegen. Gebucht ist das Ticket aber unter seinem richtigen Namen.«

Unser neuer Freund Jannis verabschiedete sich sehr herzlich und lud mich ein, während meiner nächsten Kreta-Reise in seinem Hotel Station zu machen. Ich versprach es ihm. Richard fände sicher Gefallen an dem kleinen weißen Haus mit der schönen Terrasse. Und Phaistos lag fast fußläufig entfernt.

»Möchtest du die Ruinen des minoischen Palastes sehen, wenn wir schon hier sind?«, fragte ich Schumann.

Er verzog das Gesicht. »Ich finde es zu heiß, um zwischen Steinen herumzuwandern. Und dieser Diskos liegt ohnehin im Museum«, meinte er.

»Kulturbanause!«

Meine heftige Reaktion änderte nichts an seiner Meinung. Und so fuhren wir zurück in Richtung Heraklion.

Schumann wirkte unzufrieden. »Alles lose Fäden, kein Verdächtiger.«

Vargas unterbrach Schumanns Klagen: »Auf den Aufruf im Fernsehen hat sich noch ein anderer Mann gemeldet, der in einem Ort namens Agios Stefanos in der Nähe von Heraklion wohnt. Er behauptet, dass er Blum am Sonntag dort gesehen habe. Wir werden unterwegs halten und ihn befragen. Vielleicht hat er mehr Details.«

Das war Elenas Heimatdorf – es gab keine Zufälle.

Ich schlief auf der Fahrt ein und wurde wach, als ich Vargas fluchen hörte. »Was ist los?«, fragte ich benommen.

»Ich bin den falschen Berg hinaufgefahren«, murrte der Polizist. »Hier sieht alles gleich aus, und alle Dörfer ähneln sich. Das hier ist Agia Marina, ein Kaff ohne eine eigene Kirche. Da drüben auf dem Hügel gegenüber liegt unser Ziel. Jetzt verlieren wir gut eine Stunde wegen dieser kurvigen Straße.«

»Wann erwartest du deine Waltraud?«, fragte ich Schumann.

»Was soll das? Meine Waltraud. Bist du etwa eifersüchtig?«, erwiderte er genervt.

Auf diese Frage ging ich nicht ein. Zu albern. Schumann beruhigte sich wieder. »Wir haben noch gute drei Stunden. So lange werden wir ja nicht mit der Befragung dieses Herrn verbringen.«

Fast hätte ich gebeten, mich dort zu lassen, da ich heute Abend ohnehin nach Agios Stefanos wollte. Aber ich schwieg lieber. Und außerdem reizte es mich, diese Waltraud kurz zu treffen, um die Schumann so viel Gewese machte.

Knapp fünfzig Minuten später erreichten wir Elenas Heimatdorf. Schmucke Häuser, alle weiß getüncht, zum Teil mit hellblauen Türen, in der Mitte ein Platz mit Blumenkästen und mehreren Kafenía, deren Stühle und Tischchen draußen auf dem Pflaster standen. Einige ältere Männer spielten das mit Backgammon verwandte Tavli, rund um den kleinen Brunnen in der Mitte des Platzes tobten Kinder, und ein großer, magerer Hund kam bellend auf uns zugesprungen. Die Männer blickten auf, als wir aus dem Auto stiegen.

Vargas ging zu ihnen und fragte sie etwas. Einer stand auf und deutete auf die Kirche. Vargas kehrte zu uns zurück. »Der Mann, der sich zu Heiko Blum gemeldet hat, ist der Pope. Ich hole ihn.«

Wenig später kam er mit einem großen, schlanken Mann mit einem dichten schwarzen Bart zurück, der sich in holprigem Englisch als »Jorgos« vorstellte. Wir setzten uns an einen der Tische im Café Artemis, und der Wirt brachte uns Wasser, Kaffee und kleine Küchlein.

Vargas bat uns, Jorgos auf Griechisch befragen zu dürfen. »Ich übersetze alles Wichtige«, sagte er. Schumann war zwar wenig entzückt, doch er musste sich fügen.

Die beiden Männer redeten eifrig miteinander. Nach etwa zehn Minuten, die Schumann und mir sehr viel länger vorkamen, bedankte sich Vargas bei Jorgos und wandte sich uns zu. Schumann hatte inzwischen fünf Küchlein verputzt, eine ganze Flasche Wasser geleert und klagte, er habe furchtbaren Hunger.

Vargas rief den Wirt herbei, flüsterte ihm etwas zu, und der lief rasch in das Haus. Wenig später kam er zurück und stellte eine große Platte mit diversen Köstlichkeiten auf den Tisch, darunter kleine Souvlaki, Hackbällchen, geschmorte Paprika und Schafskäse. Dazu Brot.

Schumanns Augen leuchteten auf. Er stopfte sich zwei Hackbällchen in den Mund, kaute kurz und fragte: »Also, was hat der Pope gesagt?«

Jetzt nahm sich Vargas Zeit. Er trank in Ruhe, tupfte sich das Wasser vom Kinn, griff zu einem Stück Käse und antwortete: »Jorgos hat am Sonntagmorgen nach dem Gottesdienst gesehen, wie Heiko Blum durch das Dorf wanderte. Jorgos sprach ihn an. Sehr oft verirren sich Touristen nicht hierher. Da Jorgos nur rudimentär Englisch spricht, holte er sich den Lehrer des Dorfes, einen Mann namens Athanasios, dazu.«

Mich durchzuckte es. Das war Elenas Bruder. Hatte er ihr nichts von der Begegnung mit dem Fremden erzählt? Sie schien einen engen Kontakt zu ihm zu haben und wohnte ja, wenn ihre Touren sie nicht zu weit wegführten, immer noch in Agios Stefanos. Aber vielleicht hatte ihr Bruder das einfach für unwichtig gehalten.

Vargas vertilgte einen Souvlaki, ehe er fortfuhr: »Der Fremde wollte etwas über die Geschichte des Dorfes während des Krieges wissen. Insbesondere war er erpicht darauf, etwas über die hier stationierten deutschen Offiziere zu erfahren. Jorgos hat aber wenig erzählt, und Athanasios schien dem Fremden gegenüber sehr zurückhaltend. Sie haben auf seine Fragen nach dem ›Nikolaus‹ von Agios Stefanos, über den Blum erstaunlicherweise einiges zu wissen schien, nur wenig gesagt, dafür aber Mikis Mandrakis als den Schutzengel des Dorfes gepriesen. Bei dem Namen Mandrakis reagierte Blum und fragte, ob die Reiseleiterin Elena Mandrakis mit ihm verwandt sei. Beide Männer verneinten, weil ihnen dieser neugierige Mann nicht sympathisch war. Der Name sei nicht selten. Er schien ihnen nicht zu glauben, fragte aber nicht nach. Er strich noch eine Weile durchs Dorf, betrachtete die Grabsteine auf dem Friedhof hinter der Kirche und fuhr dann nach knappem Gruß davon. Er schien, so Jorgos, enttäuscht und verärgert zu sein.«

Blum hatte also nach der Abfuhr von Elena auf eigene Faust versucht, die Geschichte vom »Nikolaus« von Agios Stefanos zu recherchieren. Mit geringem oder, besser, mit keinem Erfolg. Aber weshalb war er so versessen auf diese Story? Gab es einen Zusammenhang zwischen seinem Besuch in Agios Stefanos und der abendlichen Begegnung in Mires? Aber wer war das »Phantom«, das er dort getroffen hatte und das möglicherweise sein Mörder war? Was hatte Heiko Blum mit seinen Nachforschungen bezweckt?

Wassili Vargas lenkte den Wagen aus dem Dorf hinaus durch die grünen Hügel nach Heraklion. »Immerhin wissen wir jetzt etwas mehr über diesen Blum. Er war hinter der Geschichte von Großkopf und Mikis her, aber auch hinter irgendeiner Sache, die mit den Grabungen in Knossos und Phaistos zu tun hat. Eine direkte Verbindung sehe ich bisher nicht. Vielleicht wirklich zwei unterschiedliche Geschichten«, grübelte Vargas laut.

»Ich glaube«, mischte ich mich ein, »dass Blum einer ziemlich dramatischen Geschichte auf die Spur gekommen ist und versucht hat, jemanden zu erpressen.«

»Hört, hört! Das klassische Mordmotiv. Erpressung! In zwei von drei Fernsehkrimis wird ein Erpresser gemeuchelt«, lachte Schumann.

Ich funkelte ihn erbost an. »Und warum nicht? Realität und Fiktion liegen oft dicht beieinander!« Meine gute Laune schlug in Aggressivität um. Was hatte Schumann nur? Er war sonst immer sehr viel verständnisvoller und toleranter. Kehrte er etwa den Macho heraus?

Schon bei unserem letzten Fall in Angerrath, als wir gemeinsam bei einem kleinen Filmfestival das Rätsel um mehrere Altfälle und einen gestohlenen Film zu lösen versuchten, hatte Schumann sich manches Mal ungewohnt schroff gezeigt. Aber ich war im Zweifel immer für den Angeklagten und begründete sein jetziges Benehmen mit der Hitze.

Vargas sprang mir bei. »Lieber Kollege, der Gedanke ist nicht abwegig. Es könnte sein, dass Blum auf Kreta jemanden getroffen hat, den er mit den Ergebnissen seiner Recherchen erpressen wollte. Nicht nur in Kriminalserien endet das für den Erpresser oft tödlich.«

Ich hätte ihn umarmen können!

»Na ja«, lenkte Schumann ein, »das klingt durchaus naheliegend. Aber wen konnte er mit welchen Fakten ausgerechnet auf Kreta erpressen? Waltraud bringt mir einige Artikel als Beispiele für Blums Interessengebiete mit. Meistens hat er über wissenschaftliche Themen geschrieben. Was er in Agios Stefanos erfahren wollte, ist mir rätselhaft.« Er wirkte auf einmal wieder friedlich.

Vargas lächelte. »Ich glaube, Anna kennt die Geschichte des deutschen Offiziers und seines kretischen Helfers, oder?«

Ich nickte. In wenigen Worten erzählte ich Schumann vom »Nikolaus« von Agios Stefanos und dem Verrat an Oberleutnant Großkopf im Dezember 1944. »Vielleicht war Blum auf der Spur des wahren Verräters. Aber die wenigen, die seine Identität zu kennen glauben, schweigen zu dem Fall. Denn damals wurde ein Unschuldiger verdächtigt und grausam ermordet.«

»Das ist in der Tat eine furchtbare Tragödie, aber wen soll das nach so vielen Jahren noch interessieren?«, sagte Schumann. »Falls es dieser dritte Offizier gewesen sein sollte, was ja nicht erwiesen ist, der Großkopf ans Messer geliefert und den Krieg überlebt hat, ist er inzwischen längst gestorben. Falls er Nachfahren haben sollte, wissen die sicher nichts davon und müssen es doch auch nicht erfahren.«

»Der Meinung bin ich ganz und gar nicht«, widersprach ich. »Falls sich herausstellt, dass dieser Offizier der Verräter war, sollte es seine Familie wissen, um sich der Vergangenheit zu stellen. Man kann doch die Vergangenheit nicht ignorieren. Großkopf wurde als Konsequenz für sein humanes Handeln an die Ostfront versetzt und kam dort um.«

Schumann sah etwas betreten drein.

Ich fragte Vargas: »Hatte Großkopf denn Familie?«

»Der damalige Pope hat nach dem Krieg versucht, das in Erfahrung zu bringen. Aber im chaotischen Nachkriegsdeutschland war das aussichtslos. Vor Kurzem hat Elena Mandrakis auch nachgeforscht. Es scheint aber, dass er unverheiratet und kinderlos war und nur eine Schwester hatte, die kurz nach dem Krieg gestorben ist. Das Dorf wollte ihn mit einer Plakette ehren, doch leider hat sich dieser Plan zerschlagen. Vielleicht klappt es 2025 zum achtzigsten Todestag von Großkopf.«

Während der restlichen Fahrt nach Heraklion schwiegen wir. Jeder dachte, wie ich annahm, auf seine Art über den Fall nach.

Schumann erklärte kurz vor Heraklion, er wolle Waltraud allein abholen. Ich war dankbar. Die Mittagshitze machte auch mir zu schaffen. Eine Stunde Siesta, danach würde ich zusammen mit den beiden Tee trinken und dann noch einmal zurück nach Agios Stefanos fahren. Elena hatte mir angeboten, mich am frühen Abend aufzupicken. Wassili Vargas setzte mich beim Hotel ab. Er wollte noch einmal zur Gerichtsmedizin, ehe er nach Chania weiterfuhr, immerhin eine Strecke von rund hundertvierzig Kilometern.

Ich rief Richard an, der recht vergnügt klang. Die Diebstähle in der Maremma hatten mich dazu bewogen, ihn zu bitten, einmal nachzuforschen, ob jemand in letzter Zeit etruskische Objekte auf dem Schwarzmarkt angeboten hatte. Richard verfügte aus früheren Zeiten immer noch über Verbindungen, die er inzwischen kaum mehr nutzte, da er mit diesem Kapitel seiner Vergangenheit abgeschlossen hatte. »Aber für dich tue ich es«, verkündete er. Vor unserer gemeinsamen Zeit war das eine oder andere Objekt manchmal auf recht fragwürdige Weise über seinen Tisch gegangen.

Für ihn bedeutete meine Bitte eine Abwechslung im gleichförmigen Alltag seiner Reha. Leider hatte er noch nichts herausgefunden. »Ich werde morgen mit einem griechischen Antiquitätenhändler sprechen, der inzwischen in London lebt. Es könnte sein, dass er mehr weiß«, tröstete Richard mich, als er meine Enttäuschung bemerkte.

Ich dankte ihm und schickte Ettore Petruccio eine Nachricht. Hatte er etwas über Alessandra erfahren? Die Maremma schien sehr weit weg zu sein. Doch ich fühlte mich Alessandra verbunden.

Ettores Antwort kam sofort: »Nichts Neues. Saluti.« Dieser kurzen Antwort folgte zwei Minuten später ein Nachsatz: »Die beiden Deutschen sind gestern abgereist. Leider haben wir den

Einbrecher bisher nicht gefasst. Ein paar Spuren, aber nichts Konkretes.«

Bei Harald Frostauer landete ich auf der Mailbox.

Wenig später rief mich Elena an. »Ich bin noch mit der Touristengruppe aus Deutschland unterwegs. Meine Schwägerin kocht für uns, und wenn du mehr über den ›Nikolaus‹ von Agios Stefanos erfahren möchtest, so kannst du heute mit meinem schlauen Bruder sprechen. Er könne, wie er sagt, auch ohne Zutun von Großmutter Agape den wahren Verräter enttarnen und will dir heute Abend dazu etwas sagen. Er trifft gleich noch einen Gewährsmann, einen Historiker, und dann, so sagt er, könne er heute Abend das Rätsel auflösen.«

Wahrscheinlich würde die wahre Identität des Verräters keine große Überraschung bedeuten. Aber irgendwie, hatte ich das Gefühl, war diese alte Geschichte ein Puzzlestein im Mordfall Heiko Blum.

Der »Nikolaus« von Agios Stefanos

Der Regen klopfte gegen mein Wohnzimmerfenster. Ich vermisste die Sonne Kretas, sogar die Hitze. In Hannover schüttete es. Meine Mutter hatte mir ein Foto aus Barcelona geschickt – blauer Himmel, leuchtendes Meer. Sie würde Ende der Woche zurückkommen, ich sollte sie dann unbedingt in Köln besuchen. Ich bewunderte sie. Mit fast neunzig Jahren reiste sie nach Spanien und schien weder unter der Hitze noch der Anstrengung zahlreicher Besichtigungen zu leiden.

Ich war gestern Nachmittag aus Kreta zurückgekehrt und hatte ausführlich mit Richard telefoniert, der inzwischen einige Informationen für mich hatte. Im Gegenzug erzählte ich ihm von meinem Abend in Agios Stefanos und von Heiko Blum.

Richard war es gelungen, den griechischen Antiquitätenhändler in London aufzutreiben und ihm vorzumachen, er habe einen finanzstarken Kunden, der sich für archäologische Raritäten interessierte, die nicht »offiziell« gehandelt würden. Das Ergebnis von Richards Recherche war allerdings eher mager. Der Händler hatte ihm erzählt, dass in den letzten sechs Monaten ein paar Objekte auf dem Schwarzmarkt aufgetaucht seien, kleinere, sehr alte Bronzen. Aber er wüsste nicht, woher diese stammten. Er werde versuchen, das herauszufinden und Richard einen Tipp zu geben. Er selbst habe sich inzwischen aus diesen Geschäften zurückgezogen, doch es gebe noch Verbindungen.

»Von gestohlenen Funden bei Ausgrabungen in den vergangenen Jahren weiß ich nichts. Es war früher leichter, den einen oder anderen Fund abzuzweigen«, hatte Adonis Cantopolous erklärt. »Heute ist es viel schwieriger, Gegenstände heimlich auszuführen. Strenge Kontrollen und hohe Strafen, wenn man erwischt wird.«

Als Richard ihn nach »früher« befragte, gab der griechische Händler eine eher vage Auskunft: »Bei den Grabungen auf Kreta in der ersten Hälfte des 20. Jahrhunderts, so heißt es, sei das eine oder andere Objekt verschwunden, einiges während der Kriegsjahre.«

»Und in der Toskana?«, fragte Richard.

Adonis hatte herumgedruckst, ehe er antwortete: »Das ist alles so lange her. So um 1943, wie ich aus bestimmten Quellen weiß, da sollen ein paar etruskische Figuren und kleinere Tonarbeiten verschwunden sein. Details kenne ich nicht. Die Bronzen, die unlängst zum Verkauf standen, stammen aus der südlichen Toskana, aber sicherlich nicht aus jüngeren Ausgrabungen. Oft möchten die Erben von einstigen Privatsammlern diese dubiosen Objekte loswerden.«

Das war doch immerhin etwas.

Richard lauschte mir aufmerksam, als ich ihm von meinem Ausflug nach Agios Stefanos berichtete. Er musste weitere fünf Tage in der Reha bleiben und sehnte sich nach Aktion. Sein Geschäft lief auch ohne ihn gut, doch er fühlte sich als »Nebenfigur« und jammerte lautstark. Ich versprach ihm, ihn am Ende der kommenden Woche selbst abzuholen.

Um ihn aufzuheitern, schilderte ich ihm ausführlich die dramatischen Ereignisse um das Auffinden der Leiche von Heiko Blum. Richard meinte, er habe den Namen schon gehört, wusste jedoch nicht mehr, wann und wo. Nachdem ich ihm Wassili Vargas', Schumanns und meine Erlebnisse berichtet hatte – wobei Vargas in Chania beim Mietwagenverleih keine hilfreichen neuen Informationen erhalten hatte –, kam ich auf Waltraud zu sprechen, Schumanns alte Freundin aus Stade, die Schwester von Blum.

»Eine stattliche Dame«, sagte ich und hörte Richard leise lachen. »Sie ist sehr groß, hat feuerrot gefärbte Haare und eine sehr laute Stimme. Aber sie ist herzlich und war vom Tod ihres kleinen Bruders, wie sie ihn nannte, tief getroffen. Ich sah sie nur kurz zum Tee. Sie und Schumann mussten in die Gerichtsmedizin, und ich wäre dabei nur überflüssig gewesen. Schumann hat mich später angerufen und mir gesagt, dass das alles sehr dramatisch war und er den Abend brauche, um Waltraud ein wenig zu trösten. Sie kennen sich seit fünfzehn Jahren und waren für kurze Zeit ein bisschen mehr als nur Freunde, obgleich Schumann damals noch mit Doris verheiratet war.« Auch mein so bieder wirkender Freund Schumann war nicht gegen Versuchungen gefeit.

Den Abend hatte ich mit Elena und ihrer Familie in Agios Stefanos verbracht. Der Ort wurde durch Lichterketten erleuchtet, viele Menschen saßen auf dem Dorfplatz, und es herrschte eine friedliche spätsommerliche Atmosphäre. Am Himmel stand ein zunehmender Halbmond, und in den Bäumen lärmten die Zikaden. Der griechische Philosoph Platon beschreibt in seinem Werk »Phaidros« den Mythos, nach dem die Zikaden als Nachkommen verwunschener Menschen geschildert werden. Die Menschen starben, während sie den Gesängen der Musen lauschten, aber dabei das Essen und Trinken vergaßen. Die Musen verwandelten sie in Zikaden, die von nun an fortdauernd singen konnten, ohne dabei essen oder trinken zu müssen. Die Zikaden von Kreta entsprechen dieser Sage vollkommen.

Elenas Mutter hatte wenig gesprochen. Sie konnte ein paar Brocken Deutsch, doch sie wirkte müde und distanziert und nahm nicht an unserem Essen teil. Elenas Schwägerin Mariana hatte gekocht, und Elenas Bruder Athanasios gesellte sich zu uns. Er verspätete sich, da er eine Gemeinderatssitzung hatte, doch dann fragte er ohne Umschweife: »Dieser Heiko Blum ist also in der Samaria-Schlucht ermordet aufgefunden worden?«

Elenas Bruder hatte auffallend blaue Augen und dunkelblondes Haar mit einigen grauen Strähnen. Er war Mitte fünfzig und sprach ausgezeichnetes Deutsch. »In München gelernt«, kommentierte er nur kurz. Neben seiner Tätigkeit als Lehrer beschäftigte er sich mit Heimatgeschichte und galt als kundiger Regionalhistoriker und Experte für kretische Mythen.

Ich gab eine Zusammenfassung der Erkenntnisse zu Heiko Blums letzten Tagen und zu seinem Tod.

»Ich fand ihn unsympathisch, und Jorgos, unser Pope, empfand das genauso«, kommentierte Athanasios meinen kurzen Bericht. »Die Geschichte von Hubert Großkopf und unserem Großvater Mikis ist in dieser Gegend bekannt, aber Blum drängte darauf zu erfahren, ob wir wüssten, wer Großkopf nun wirklich verraten hatte. Darüber redet man im Dorf nicht gerne, weil man fälschlicherweise Theo verdächtigt hatte.«

Athanasios nahm ein Stück von dem Kuchen, den seine Frau Mariana zum Nachtisch servierte. »Ich habe mich in letzter Zeit viel mit der Identität des wahren Täters befasst, auch, weil wir wahrscheinlich im kommenden Jahr in Erinnerung an unseren ›Nikolaus‹ von Agios Stefanos eine Plakette anbringen werden. Unsere Großmutter hat uns nie verraten, wen Mikis und sie für den Verräter hielten, unsere Mutter redet fast gar nicht mehr über diese Ereignisse. Sie war damals ein Kind und behauptet, sich nicht mehr zu erinnern. Aber das glaube ich nicht so ganz.«

Athanasios schien großen Hunger zu haben. Er schob sich ein weiteres Stück Kuchen in den Mund. Dann sagte er: »Ich habe vor der Gemeinderatssitzung kurz einen alten Bekannten getroffen, der sich mit der Geschichte dieser Region gut auskennt. Er hat meinen Verdacht bestätigt, dass damals der falsche Mann des Verrats an unserem Nikolaus bezichtigt wurde. Aber gleich kommt unser Pope, der uns dazu auch noch etwas an die Hand geben möchte.«

Wir saßen in dem kleinen Garten der Familie Mandrakis. Der Lärm des fröhlichen Treibens auf dem Platz klang hier gedämpft. Mariana stellte gerade Kaffee auf den Tisch, als Jorgos erschien. Der Pope hielt ein Buch in der Hand. Schweigend überreichte er es Athanasios, nickte mir freundlich zu und verschwand ohne weitere Worte.

Elenas Bruder schlug das Buch auf. »Das sind die Aufzeichnungen von Lisias Alexandriou, der zwischen 1940 und 1946 hier der Pope war. Er ging 1946 fort, hinterließ aber dieses Buch, das wir erst vor Kurzem durch Zufall entdeckt haben. Jorgos hat in der kleinen Kapelle neben der Kirche einige Ikonen von der Wand genommen, um sie gründlich zu säubern. Und da entdeckte er hinter der heiligen Sophia dieses Buch, das Lisias dort hinterlegt und nicht mitgenommen hatte, als er Agios Stefanos verließ. Er nahm damals eine Stelle als Geistlicher in Igoumenitsa an und starb schon im Jahr drauf, ohne Kreta noch einmal besucht oder Verbindung mit seinem Nachfolger gehabt zu haben. Er hatte auch keine Verbindung mehr zu Großvater Mikis, den er sehr geschätzt hatte.«

Da die Aufzeichnungen in dem Buch auf Griechisch waren, blickte ich Athanasios hilflos an. Der lächelte und meinte: »Nicht alles, was Lisias damals in dieser Art Dorfchronik aufgeschrieben hat, wird dich interessieren. Er hat recht genau Buch geführt über die täglichen Geschehnisse vor Ort, natürlich auch zu Hochzeiten, Geburten und Todesfällen. Doch für Heiko Blum wären seine Anmerkungen aus dem Jahr 1944 relevant gewesen. Ich lese sie dir vor, weil damit die Frage, wer der Verräter gewesen ist, weitgehend geklärt wird, ebenso wie die Frage, weshalb unser Dorf sich lange Zeit nicht mehr mit diesem Kapitel aus der Vergangenheit befassen wollte.«

Der erste Auszug aus dem Buch, den Athanasios las, führte zurück in den Herbst 1944.

Agios Stefanos, Oktober

Etwas Seltsames geschieht in unserem Dorf, das nun schon so lange von den Deutschen besetzt ist. Kyria Toplisis kam zu mir und brachte ein Säckchen, in dem Schokolade, zwei Äpfel, eine Packung mit Keksen und ein Päckchen mit Zwieback waren. »Das lag heute Morgen vor unserer Haustür«, sagte sie. »Ehe ich es meinen Kindern gebe, wollte ich es Ihnen zeigen. Es wird doch nicht gestohlen worden sein?« Ich beruhigte sie, denn ich selbst hatte vor der Kirchentür ein ähnliches Säckchen gefunden. Voller Erstaunen und Freude sah ich die Schätze darin, die ich meiner Haushälterin gab. Sie hat Kinder, ich nicht, da ja meine geliebte Frau Anastasia kurz nach unserer Hochzeit starb und ich nicht wieder geheiratet habe. Und damit begann alles. Fast jeden dritten Tag fanden einige der Dorfbewohner, immer jene mit Kindern, diese Geschenke. Agios Nikolaos kommt zu uns, flüsterte man im Dorf. Immer bei Nacht und Nebel.

Ich legte mich auf die Lauer, um unseren Wohltäter zu entdecken, wurde aber enttäuscht. Natürlich keimte in mir der Verdacht, dass es einer der Deutschen sein musste. Denn wer besaß in diesen harten Zeiten schon Schokolade und Kekse? Und wahrscheinlich war es einer der drei Offiziere. Aber welcher von ihnen war so human gesonnen und hatte bemerkt, dass unsere Kinder zum Winter hin durch den stetigen Mangel an nahrhaftem Essen immer schwächer wurden? Wir lieben unsere Besatzer nicht, aber die benehmen sich zumindest zurückhal-

*tend. Ich war vor Kurzem beim Oberst und habe ihm berichtet,
dass wir den nächsten Winter fürchten, da es uns an Lebensmitteln fehle. Er hörte sich das an, schickte mich aber mit der
Bemerkung fort, dass alle Opfer bringen müssten. Ob er in sich
gegangen ist?*

November

*Mikis Mandrakis war gestern bei mir, um mir in der Kirche zu
helfen. Ich sprach ihn auf die nächtlichen Gaben an und fragte
ihn, ob er eine Ahnung habe, wer da ein- bis zweimal die Woche,
manchmal sogar dreimal als Nikolaus durch unser Dorf schleicht.
Er verneinte es, aber ich werde den Verdacht nicht los, dass er
mehr weiß. Mikis ist ein schlechter Lügner. Seine linke Augenbraue beginnt zu zucken, wenn er schwindelt. Das weiß ich aus
eigener Erfahrung, bestätigt durch seine Frau Agape. »Ja, seine
Augenbraue verrät ihn«, erzählte sie lachend. Und dann habe ich
Mikis auf frischer Tat ertappt. Ein Wunder, dass die Deutschen
das nicht längst bemerkt haben. Doch sie halten sich vom Dorf
weitgehend fern und leben in drei alten Häusern außerhalb. Die
Soldaten bewohnen zwei Häuser, die Offiziere das dritte. Sie
kommen nur gelegentlich ins Dorf, um Kontrollen vorzunehmen.
Letztens haben sie Andreas W. festgenommen, der versucht hatte,
Wein für die Taverne von Leandros zu schmuggeln. Sie haben
ihn nach drei Tagen wieder freigelassen. Der Wein allerdings
landete bei den Offizieren, und Leandros durfte zwei Wochen
seine Taverne nicht öffnen. Ohnehin ist das ein armseliger Ort
geworden, an dem sich nur noch wenige treffen, um Karten oder
Tavli zu spielen. Der Wein ist sauer, zu essen gibt es außer bitteren
Oliven und hartem Brot nichts.
Zurück zu jener Nacht, als ich Mikis beobachtete, wie er einen
großen Sack mit sich schleppte und daraus kleinere Säckchen zog,
die er vor einigen Türen ablegte. Ich glaube aber, dass Mikis nur
der Gehilfe des wahren Nikolaus ist. Denn woher sollte er all
diese guten Dinge haben? Er selbst hat nicht viel, und seine Frau*

Agape muss immerhin vier Mäuler stopfen. Neben dem Sohn Christos haben sie noch eine kleine Tochter.

Gestern stellte ich ihn. Ich erklärte ihm, dass ich ihn bei seiner Tätigkeit gesehen habe, als ich zufällig spätabends aus der Kirche kam. Da legte er gerade etwas vor das Haus von Kyria Kazantzakis, die sechs Kinder und keinen Mann mehr hat. Mikis wurde sehr verlegen, aber schließlich vertraute er mir wie ein Beichtgeheimnis an, dass er seit drei Wochen dem Mann zur Seite stehe, der durch seine nächtlichen Gaben die Not unserer Kinder zu lindern versucht. Er stotterte eine Weile herum, bis er mir verriet, dass der Wohltäter Hubert Großkopf sei, dem er als Bursche zugeteilt worden war. Ich hatte Hubert Großkopf stets als höflichen Mann empfunden, der sogar an manchen Sonntagen zum Gottesdienst erschien und leidlich Griechisch sprach.

Natürlich behielt ich das Geheimnis der beiden Männer für mich, bat aber Mikis, sehr vorsichtig zu sein. »Es gibt Spione im Dorf«, sagte ich, »und wer weiß, ob nicht auch ein anderer hinter euer Tun kommt und euch für einen Judaslohn verrät.« Ich dachte dabei in erster Linie an Theo Vargas, der aus Chania stammt und verschlagen wirkt, und an Alexis Petrakis, einen jungen Mann, der durch seine rüpelhafte Art ebenfalls ein ungeliebter Außenseiter im Dorf ist.

Dezember 1944

Es ist geschehen. Jemand hat Hubert Großkopf verraten. Er wurde verhaftet. Mikis kam völlig aufgelöst zu mir, Tränen strömten über sein Gesicht. Ihm war nichts geschehen, aber Großkopf hatte man am Morgen abgeführt. Der Oberst hatte vor Wut geschäumt und, wie Mikis als Augenzeuge des Geschehens sagte, Großkopf als einen weichherzigen Dummkopf beschimpft. Im Dorf kam sofort das Gerücht auf, dass Theo den »Nikolaus« für Geld verraten habe und auch, um sich bei den Deutschen einzuschmeicheln. Er arbeitet in ihrem Pferdestall und muss allerlei Drecksarbeit verrichten. Theo ist hier ein Außenseiter geblieben, ein schüchterner Mensch, der mit hochgezogenen Schultern durchs Dorf läuft und mit niemandem spricht. Angeblich hat er Frau und Kinder zu Hause, hier wohnt er über dem Pferdestall in einer winzigen Kammer. Im Dorf begann das große Flüstern. Theo lässt sich nicht mehr blicken, zieht sich ganz in seine kleine Welt zurück. »Für Geld tut der alles«, heißt es.

Durch den Verrat ist der »Nikolaus« von Agios Stefanos nun auch für alle im Dorf enttarnt. Jeder hier hat den freundlichen Mann respektiert, der hochgebildet ist und mit mir häufig über Theologie, Kirchengeschichte und über kretische Geschichte geplaudert hat. Er hatte sich in unsere alten Kirchenchroniken vertieft, was er aber irgendwann aufgab. »Da nützen mir auch meine sechs Schuljahre Altgriechisch nichts, und mein Neugriechisch reicht auch nicht«, erklärte er mir lächelnd. Es überrascht niemanden, dass Hubert Großkopf unser Wohltäter gewesen ist. Aber das ist nun vorbei. Keine mildtätigen Gaben mehr, die nachts vor die Türen gelegt werden. Das Dorf steht unter Schock. Als wir erfuhren, dass Großkopf an die Ostfront strafversetzt werden soll, hielt ich eine Messe für ihn, an der fast alle Dorfbewohner teilnahmen.

Ende Dezember 1944

Gestern wurde die blutüberströmte Leiche von Theo Vargas in dem kleinen Wäldchen mit Olivenbäumen in der Nähe des Dorfes entdeckt. Man hat ihm die Kehle durchgeschnitten. Eindeutig ein Racheakt für den ihm zugeschriebenen Verrat an Großkopf. Und alle, die ich befragte, hielten das für die gerechte Strafe. Ich fühle keinerlei Genugtuung. Keiner von uns hat je mit Theo geredet und ihn gefragt, ob er wirklich Großkopf ans Messer geliefert habe. Das Gerücht war aufgetaucht, als Theo Anfang Dezember einige Abende hintereinander genügend Münzen aus seiner Tasche kramte, um einen Wein in der Taverne zu trinken. Dort hockte er allein an einem Tisch und starrte vor sich hin. Als ich versuchte, mit ihm zu reden, stand er auf und ging. Zuvor hatte er nie die Taverne betreten. Deshalb fielen seine plötzlichen Besuche auf. Wer das Gerücht zuerst in die Welt gesetzt hat, weiß ich nicht. Und nun hat irgendjemand den Richter und den Henker gespielt und Theo auf schreckliche Art bestraft. Seltsamerweise werde ich das Gefühl nicht los, dass Theo nicht der wahre Täter war. Umso schrecklicher, wenn ein Unschuldiger getötet wurde!

Januar 1945

Oberleutnant Großkopf hat Agios Stefanos verlassen. Wie mir Mikis erzählte, der sich von ihm verabschieden durfte, äußerte er sein Entsetzen über Theos Ermordung und soll gesagt haben, er glaube nicht an Theos Schuld. Doch Theo habe sich zuletzt meist im Stall versteckt und sei nur noch widerwillig zum Dienst angetreten. Großkopf vertraute Mikis an, dass er Theo befragt habe, der ihm unter Tränen versicherte, er sei unschuldig, könne aber nicht mehr dazu sagen. Auf Drängen von Großkopf flüsterte Theo, er wisse, wer der wahre Verräter sei, fürchte aber um sein Leben, wenn er ihn verriete. Danach zog er sich wieder hinter eine Mauer des Schweigens zurück.

Weder die Deutschen noch unser Dorfpolizist geben sich große Mühe, Theos »Henker« zu finden. Es sind jetzt zwei Wochen seit seinem Tod vergangen, und seltsamerweise schlägt die Stimmung inzwischen um. Einige munkeln, dass Theo unschuldig gewesen sei, aber geopfert wurde und der wahre Verräter noch immer unbehelligt im Dorf lebe. Rasch tauchten andere Namen auf, doch niemand äußert sich mehr laut dazu.

Alexis Petrakis hat inzwischen Agios Stefanos verlassen und ist zu seiner alten Mutter nach Heraklion gezogen. Dass er ein geldgieriger Bursche war, wusste jeder. Aber kannte er die Identität des Nikolaus? Und hätte er Großkopf in dem Fall wirklich verraten? Falls Theo unschuldig war, ist die Schuld, die auf uns lastet, noch schwerer. Auch ich fühle mich davon betroffen. Da ich Theo Vargas nicht besonders mochte, habe ich auch keine Anstrengung unternommen, ihm die Beichte abzunehmen oder *ihn konkret zu dem Gerücht zu befragen. Doch ich habe mich in diesem Fall von jeglicher Verantwortung ferngehalten. Das belastet mein Gewissen.*

Mai 1945

Der Krieg ist vorbei. Die Deutschen sind fort, unser Dorf feiert. Doch ich muss in letzter Zeit wieder oft an Theo Vargas denken, der auf unserem Friedhof liegt. Es gab keine Möglichkeit, seine Leiche nach Chania zu transportieren. Seine Witwe, eine blasse junge Frau von dreißig Jahren, kam mit Sondergenehmigung zur Beerdigung. Ihre beiden Söhne hielten sich zitternd an ihr fest, gerade acht und drei Jahre alt. Niemand im Dorf außer mir und Mikis sprach mit ihr, und nur ich und sie standen an Theos Grab. Dieser Besuch liegt fast vier Monate zurück. Sie war seitdem dreimal hier. »Mein Mann war kein Verräter«, sagte sie mir beim ersten Mal. »Er mag nicht sehr liebenswert gewirkt haben, und auch als Ehemann und Vater besaß er wenig Meriten. Doch so tief wäre er nie gesunken.«

Als sie vor drei Wochen noch einmal hier war, gab sie mir einen Brief. »Er stammt von Theo. Er hat ihn Ende November geschrieben, wie das Datum zeigt. Aber ich habe ihn erst im Februar zusammen mit seinen Habseligkeiten bekommen. Er hat den Brief nie abgeschickt. Lesen Sie ihn, und Sie werden erkennen, dass ihm bitteres Unrecht geschehen ist.«

Ich las den Brief noch am selben Abend. Theo war zwar kein Sprachkünstler, aber die wenigen Sätze erschienen mir ehrlich und bewegend. Er schrieb: »Hier im Dorf haben wir einen Wohltäter, der vor allem den Kindern Gutes tut. Ich ahne, wer es ist, würde ihn aber nicht verraten. Was er tut, ist gegen die Vorschriften und würde von unseren Besatzern hart bestraft werden. Er hat auch einen Helfer, den ich kenne und dem ich auch nichts Böses wünsche. Aber es gibt in meinem Umfeld einen Mann, der diesem Wohltäter schaden könnte. Ich kann darüber nicht sprechen. Ich könnte unseren Wohltäter warnen, doch ich fürchte mich, und ich hoffe, dass der böse Mann die wahre Identität des Nikolaus nicht erfährt. Ich beobachte diesen Menschen, der Dinge tut, die nicht gut sind. Aber mehr wage ich nicht zu sagen. Hoffentlich darf ich dieses Dorf bald verlassen. Mein Gewissen belastet mich, und ich werde dem Popen alles anvertrauen, wenn sich meine Vermutungen bestätigen.«

Athanasios legte eine kleine Pause ein, ehe er vortrug:

Mir wurde klar, dass Theo ein Bauernopfer war. Doch ich konnte nichts tun, solange der Krieg dauerte. Jetzt werde ich versuchen, Licht ins Dunkel zu bringen. Zu spät, doch Theo sollte wenigstens von dem Makel des Verrats befreit werden. Das ist für seine Frau und die beiden Söhne wichtig.

Ich hatte Athanasios atemlos gelauscht. Elena dagegen meinte, es sei jetzt genug mit diesen alten Geschichten. »In unserer Familie gibt es zu viele Geheimnisse. Das fängt bei Nicos Siriakis an, der behauptet hat, er habe einen zweiten Diskos bei den Grabungen in Phaistos entdeckt, und dann noch diese Geschichte aus dem Krieg. Es ist doch inzwischen egal, wer damals den deutschen Offizier verraten hat. An der Geschichte lässt sich nichts mehr ändern.« Sie sah ihren Bruder fast aggressiv an.

Da musste ich widersprechen: »Wenn es wirklich inzwischen keine Bedeutung mehr hat, frage ich mich, weshalb Heiko Blum sich so sehr dafür interessierte. Ich vermute, es gibt einen Bezug zur Gegenwart.«

Athanasios unterbrach unseren Disput. »Ich möchte noch einen kleinen Absatz aus diesen Aufzeichnungen, die Anfang Juni 1945 enden, vorlesen.«

Ich nickte und sagte: »Erstaunlich, dass der Pope das Buch nicht mitgenommen hat, als er damals fortgegangen ist!«

Athanasios zuckte mit den Achseln. »Ich glaube, er ist 1946 ziemlich sang- und klanglos weggegangen. Und er wollte sich im fernen Igoumenitsa nicht mit der Vergangenheit belasten.« Er räusperte sich.

Agios Stefanos, Juni 1945

Gestern kam Mikis Mandrakis zu mir. Er wirkte bedrückt. Ihn belastet noch immer der Tod von Theo, den jemand in Selbstjustiz getötet hat. Mikis hat nie daran geglaubt, dass Theo der Schuldige war. Nun saß Mikis vor mir und sah mich bekümmert an. »Lisias«, *fing er an,* »ich habe eben etwas erfahren, das mich völlig verwirrt. Einer der deutschen Soldaten, die hier stationiert waren, ist der Gefangennahme entkommen. Er ist in eines der Nachbardörfer geflüchtet. Er hat sich vor längerer Zeit in die Tochter unseres Tavernenwirtes verliebt, sie haben heimlich geheiratet und in Agia Marina Unterschlupf gefunden. Das war im März. Nun aber hat er seinem Schwiegervater ein Geständnis gemacht, das dieser gleich an mich weitergegeben hat. Wie ich schon immer gedacht habe, war nicht Theo der Verräter. Dieser ehemalige Soldat, Florian Huber, behauptet, dass Großkopf von einem Deutschen verraten wurde, der zufällig gesehen hatte, wie er nachts Säckchen mit Vorräten füllte und sich damit davonschlich.«*

Mikis war den Tränen nahe. »Großkopf ist von einem seiner eigenen Leute ans Messer geliefert worden.« *Ich war skeptisch.* »Woher will dieser Florian Huber das wissen?« *Mikis blickte zu Boden und antwortete langsam:* »Florian sagt, dass er für die Garderobe der drei Offiziere zuständig war und eines Abends einen Streit zwischen Großkopf und diesem Klaus Kurz mitbekam, dem dritten Offizier. Großkopf soll Kurz gesagt haben, er werde dessen Machenschaften nicht mehr länger dulden und sie dem Oberst melden. Kurz versuchte ihn zu beruhigen, aber Großkopf sei zornig gewesen und habe Kurz vorgeworfen, ein Lügner, Betrüger und Dieb zu sein. Dann ging er fort, und Florian erinnert sich, dass Kurz vor Wut schäumte und zischte:* ›Wir werden ja noch sehen, wer hier zuletzt lacht.‹ *Drei Tage später flog Großkopfs nächtliche Aktivität auf, Theo geriet in den Verdacht, ihn für Geld verraten zu haben. Doch Florian ist sich sicher, dass Kurz Großkopf als Mitwisser seiner Machenschaften aus dem Weg schaffen wollte. Offenbar hat Kurz Großkopf bespitzelt, um gegen ihn etwas in die Hand zu bekommen. Er* verabscheute Großkopf, der bei allen beliebt war. Theo war für Klaus Kurz nur der Sündenbock. Und die Ermordung Theos passte ideal. Es gab keinen konkreten Verdächtigen für diese Bluttat. Viele im Dorf haben Theo verflucht. Leider hat Großkopf wohl keine Gelegenheit mehr gehabt, dem Oberst seine Erkenntnisse über gewisse Vorgänge in Bezug auf Kurz mitzuteilen.«

Was mir Mikis erzählte, machte mich benommen. Die Ermordung Theos stürzte mich in Verzweiflung, noch mehr aber die Vorstellung, dass Großkopf von seinem eigenen Kameraden hintergangen worden war. Aber es passte zu meinem Bild von Kurz, der freundlich wirkte, doch dessen Augen stets kalt blieben. Leider hat Florian Huber zu lange geschwiegen. Doch auch er hatte wohl Angst vor seinem Vorgesetzten und verfügte zudem über keinerlei brauchbare Beweise. Warum er jetzt erst mit der Sprache herausrücke, erklärte Huber nicht. Die Theorie von Mikis lautet: »Vielleicht, weil Huber demnächst Vater wird und sein Gewissen entlasten möchte.« Typisch Mikis – bei ihm sind stets große Emotionen die Auslöser für Handlungen, egal, ob positiv oder negativ.

Ich werde Agios Stefanos bald verlassen. Florian Huber ist inzwischen mit seiner Frau und der Tochter Semira in den Westen der Insel gezogen, um, wie er sagte, ganz neu anzufangen und seine Erinnerungen hinter sich zu lassen. Es sei ihm gegönnt. Er ist ein guter Mensch, und Artemisia, seine Frau, liebt ihn. Mikis hat mir versichert, er werde nicht mehr über diese Geschichte sprechen. Denn die Schuld von Kurz sei nicht erwiesen. Aber ich halte das für wahrscheinlich und wüsste gerne, was Großkopf gegen ihn in der Hand hatte. Und mich quält noch ein anderer Verdacht: Könnte es sein, dass Kurz, falls er wirklich Hubert Großkopf ans Messer lieferte, um damit ein eigenes Vergehen zu verschleiern, noch etwas viel Schlimmeres getan hat? Nämlich Theo Vargas eigenhändig zu töten, um einen lästigen Zeugen loszuwerden und zugleich den Verrat dem Falschen anzuhängen. Gott sei Theos Seele gnädig und auch unserer, denn wir alle haben Schuld auf uns geladen.

Klaus Kurz als der wahre Verräter! Hatte Heiko Blum von diesem Verdacht gegen einen deutschen Offizier auf Kreta irgendwo gehört? Warum wollte er dieser Sache nachgehen? Was versprach er sich davon? Und hatte das mit seinen weiteren Recherchen in Knossos und Phaistos zu tun? Gab es Zusammenhänge, oder arbeitete Blum an mehreren Artikeln gleichzeitig, die zufällig beide mit Kreta zu tun hatten?

Nicos Siriakis war 1908 ermordet worden, das Drama in Agios Stefanos geschah mehr als dreißig Jahre später. Doch wer wusste heute von dieser Geschichte? Und welche Vergehen hatte Großkopf Klaus Kurz vorgeworfen? Er hatte ihn »einen Dieb und Betrüger« genannt.

Ich würde Harald Frostauer bitten, auch noch nach dem Schicksal von Klaus Kurz zu forschen, dem möglichen Verräter Großkopfs und sogar potenziellen Mörder von Theo Vargas.

Athanasios legte das Büchlein beiseite, holte tief Luft und sagte: »Sehr ihr, alle Geheimnisse kommen irgendwann einmal ans Licht, egal, wie lange es dauert. Dieser Theo Vargas war der Großonkel von Wassili Vargas. Ihm liegt sicher auch daran, seinen Großonkel zu rehabilitieren.«

Meine kurze, intensive Reise nach Kreta hatte mich erschöpft. Zu viele Fragen zu Heiko Blum und seinem Mörder waren unbeantwortet geblieben. Kurz nach meiner Rückkehr meldete sich nun Schumann bei mir und berichtete, dass Blum tatsächlich an dem Schlag gegen die Stirn gestorben war. Zuvor habe man ihm ein leichtes Betäubungsmittel verabreicht. Also nichts Neues. Blums Handy und sein Notebook blieben verschwunden; wahrscheinlich waren sie längst entsorgt. Der tödliche Stein tauchte auch nicht mehr aus dem Wasser der Samaria-Schlucht auf.

Schumann, dem ich von meinen Erlebnissen in Agios Stefanos berichtete, hatte Wassili Vargas auf den Fall seines Großonkels Theo direkt angesprochen. Vargas gab zu, dass ihn dieser Fall sehr interessierte, weil er vielleicht endlich eine Chance eröffnete, seinen Großonkel von dem bösen Verdacht reinzuwaschen. »Diese Geschichte liegt wie ein Schatten über unserer Familie. Und auch der ungeklärte Mord an ihm belastet uns selbst nach fast achtzig Jahren noch immer«, sagte er.

Schumann verschwieg ihm, dass der frühere Oberleutnant Klaus Kurz wahrscheinlich der wahre Täter war. Vargas begnügte sich zunächst mit der Erkenntnis, dass sein Großonkel Theo als Sündenbock hergehalten hatte und nun endlich dank der neueren Ergebnisse vom Makel des Verräters erlöst war, auch wenn ihm selbst das nichts mehr nützte.

Wassili Vargas selbst hätte Schumann gern weiter unterstützt, den Mörder von Blum zu finden. Aber Schumann versicherte ihm, der Täter habe Kreta gewiss längst verlassen, und weitere Nachforschungen würde er in Deutschland anstellen. Dennoch versprach Vargas, auf Kreta die Hintergründe von Blums Recherchen zu beleuchten und der Frage nachzugehen, was den Ermordeten motiviert haben könnte, sich intensiv mit Agios Stefanos und mit den Grabungen in Phaistos und Knossos zu befassen.

Theo Vargas also war unschuldig gewesen. Doch was war mit

Klaus Kurz? Niemand schien zu wissen, was aus ihm wurde. War er damals in Kriegsgefangenschaft geraten? Oder war er geflüchtet? Lebte er nach dem Krieg in Deutschland oder im Ausland?

In all den Fällen, die ich in den vergangenen Jahren erlebt hatte, spielte die Vergangenheit stets eine wichtige Rolle. Auch wenn Hubert Großkopf schon längst gefallen, Mikis Mandrakis 1948 in seinem Heimatdorf infolge seiner schweren Verletzungen gestorben und Klaus Kurz verschwunden war, bewegte mich diese Geschichte sehr. Ich entkam ihr nicht.

Elena schrieb mir, dass sie gerne wüsste, was Heiko Blum mit den Informationen angefangen hätte, die er auf Kreta gesammelt hatte. »Vielleicht hat dies auch mit den Anschuldigungen von Großkopf zu tun. Er schien Kurz einiger übler Taten zu verdächtigen«, meinte sie. »Bitte halte mich auf dem Laufenden!«

An diesem Sonntagabend meiner Heimkehr ging ich früh zu Bett. Am nächsten Tag rief ich einen alten Bekannten an der Universität Hannover an und fragte ihn nach Heiko Blum. Bernd Krause war Historiker und kannte fast alle Kollegen. Er wusste von Blum, meinte aber, der habe in den vergangenen zwei Jahren nur noch sporadisch Vorlesungen gehalten, dafür aber eigene Forschungen betrieben, sich als Detektiv für Sammler und Museen betätigt und vor allem Artikel in einem Magazin namens »Mysterium« veröffentlicht, einem Blatt, das mit Vorliebe mysteriöse Vorgänge mit Wurzeln in der Vergangenheit und zu Rätseln der Wissenschaft publizierte.

»Allerlei Berichte mit sehr eigenartigen Themen erscheinen dort. Unter anderem veröffentlicht ein gewisser Oskar Schneider immer wieder absurde Verschwörungstheorien, die er mittels antiker Grabfunde und Inschriften belegt. Schneider ist eigentlich Astrophysiker, ein durchaus fundierter Wissenschaftler, der auch seriöse Artikel in ›Astronomie heute‹ veröffentlicht. Aber in letzter Zeit befasst er sich immer öfter mit angeblichen Geheimnissen aus alten Zeiten.« Krause lachte. »Ein Spinner, aber nicht zu unterschätzen.«

»Und was hat das mit Blum zu tun?«

Meine Frage bewirkte, dass Bernd Krause schnaubte: »Blum

hat Schneider vor drei Jahren zu einem Vortrag über Geheimnisse des Universums und über antikes Wissen über Sternbilder eingeladen. Schneiders Vortrag war spannend, und er hat Blum überredet, für das Magazin zu schreiben. Die beiden kannten sich von früher, wie mir Schneider sagte. Ich war bei dem Vortrag, und Schneider forderte mich auf, auch für ›Mysterium‹ zu schreiben, aber ich habe abgewinkt. Mein Spezialgebiet, wie du weißt, ist das frühe Mittelalter, und ich hatte keine Lust, irgendwelche sonderbaren Thesen abzuliefern, etwa zu Rätseln um Gräber auf verschollenen Friedhöfen oder zu Sarkophagen in Kirchenkatakomben. Es gibt genügend Kollegen für diese Themen, und vor allem Romanschriftsteller lieben solche Geschichten.«

Ich dankte Krause und googelte Oskar Schneider. Tatsächlich erkannte ich das Gesicht auf dem Bildschirm. Er war einige Male im Fernsehen aufgetreten und hatte über Sternbilder der Antike referiert, wobei er keinesfalls verschroben, sondern eher nüchtern und informativ wirkte. Er erzählte von einem Stein, der bei Grabungen in der Toskana gefunden worden sei, auf dem die Planeten eingeritzt waren – vor dreitausendfünfhundert Jahren, fast so alt wie die Himmelsscheibe von Nebra. Doch kaum hatte er diesen Stein vorgestellt, brach eine wilde Diskussion aus, ob dieser angebliche Stein aus der Gegend von Arezzo nicht eine Fälschung sei. Das erinnerte mich an den Diskos von Phaistos, wo es die gleichen Vermutungen gegeben hatte.

Heiko Blum ging mir nicht aus dem Sinn. Er war nicht nur hinter dem Geheimnis des »Nikolaus« von Agios Stefanos her gewesen. Ich glaubte, er wusste, dass in dem Dorf auch Nachfahren von Nicos Siriakis leben. Und dass er dem Gerücht nachgehen wollte, Nicos habe damals einen zweiten Diskos entdeckt und sei deshalb ermordet worden. Elena hatte das Thema heruntergespielt, wusste vielleicht mehr, als sie offenbaren wollte.

Blum musste irgendwelche Hinweise auf dieses alte Gerücht entdeckt haben. Aber wo? Ich wünschte, ich hätte länger in der Villa Etruria bleiben und mehr Nachforschungen anstellen können. Vielleicht lagen in der Bibliothek weitere Aufzeichnungen zum Thema Phaistos. Aber ich konnte ja nicht einfach in die

Maremma fahren, mich in der Villa einnisten und recherchieren, insbesondere wegen der immer noch verschollenen Alessandra.

Mein Handy vibrierte. Ich hatte es auf lautlos gestellt, sosehr ich meinen Klingelton, die Fanfare aus »Star Wars«, liebte. Harald Frostauer!

Er hielt sich nicht lange mit Vorreden auf. »Ach, Anna, schön, dass du zu erreichen bist. Du hast mir eine Menge Recherche aufgehalst. Im Moment habe ich Zeit, und dieser Diskos von Phaistos könnte tatsächlich Thema meines nächsten Buches werden.«

Der unermüdliche Harald verfasste ein Buch nach dem anderen, mal über regionale Themen in Niedersachsen, mal zu historischen Ereignissen. Einige seiner Bücher waren gedruckt worden, und eines seiner Werke über Kunstwerke in Privatsammlungen in Norddeutschland, das im vergangenen Jahr erschienen war, verkaufte sich sehr gut.

Ich erwiderte: »Super Idee, Harald. Aber deshalb rufst du mich nicht an, oder?«

»Nein, teure Freundin«, antwortete er.

Ich kannte ihn seit sieben Jahren. Am Anfang unserer Bekanntschaft konnte ich ihn wegen seiner ewigen Besserwisserei, seiner Selbstverliebtheit und seiner tollpatschigen Annäherungsversuche nicht ausstehen. Aber dann entdeckte ich hinter seinem selbstgefälligen Auftreten einen fast scheuen Menschen, der sich zu beweisen versuchte und im Grunde gutmütig und hilfsbereit war.

Wir waren zwar keine intimen Freunde, doch verstanden wir uns inzwischen recht gut. Ich profitierte von seinem profunden Wissen und seiner Gabe, sich in Recherchen hineinzuknien, nicht lockerzulassen und mit seiner Begeisterungsfähigkeit Menschen dazu anzuregen, ihm Dinge anzuvertrauen. Lange hielt ich es nicht mit ihm aus, aber letztens war ich mit ihm essen gegangen, und es wurde ein recht lebhafter, unterhaltsamer Abend. Allerdings sehnte ich mich am Ende nach Ruhe und Stille, da er mich in Grund und Boden redete. Doch ich hatte die drei Stunden mit ihm heil überstanden.

Ehe ich ihn unterbrechen konnte, begann Harald wie ein

Wasserfall zu sprudeln: »So, zunächst meine Recherchen zu Marco Di Fillipo. Da weißt du inzwischen auch viel, schätze ich. Assistent von Luigi Pernier bei den Grabungen in Phaistos, nach dem Tod seines Kollegen Nicos Siriakis 1908 Rückkehr nach Italien. Noch mal ein Studium in Rom, Spezialisierung auf die Etrusker, Grabungsgehilfe in Volterra und bei anderen Unternehmen. Dozent in Rom, dann wieder in seiner Heimat, der Maremma, wo er seit 1942 in Roselle erfolgreich arbeitete.«

Plötzlich stoppte Harald, dann fuhr er mit gedämpfter Stimme fort: »Es scheint, als habe er während der Ausgrabungen in Roselle mit dem leitenden Archäologen Ärger gehabt. Weshalb, das fand ich in einem neueren Artikel zum achtzigjährigen Jubiläum des offiziellen Ausgrabungsbeginns in Roselle. Es ging um gestohlene Objekte. Man verdächtigte kurz Marco, der wenig später verschwand und offenbar im Juni 1943 ermordet wurde. Die Frage war, ob es Zusammenhänge gab. Für dich werden das keine Neuigkeiten sein.« Er kicherte und blätterte in irgendwelchen Papieren.

»In den fünfziger Jahren hat das Deutsche Archäologische Institut dort auch mit Ausgrabungen begonnen. Ich schicke dir den Artikel. Er stand in ›Archäologie heute‹. Sehr viel mehr konnte ich nicht über Marco Di Fillipo herausfinden. Er hat drei Bücher veröffentlicht, wovon das eine, 1930 erschienen, nicht mehr erhältlich ist. Der Titel ist ›Il segreto del pietra della morte‹, offenbar eine Abhandlung über diese Scheibe mit den mysteriösen Zeichen aus Phaistos. Zu Deutsch ›Das Geheimnis des Steins des Todes‹.«

Das Buch hätte mich interessiert. Ehe ich aber etwas sagen konnte, ratterte er weiter: »Die beiden anderen Bücher, erschienen 1939 und 1941, handeln von irgendwelchen antiken Kunstwerken, die bei Volterra entdeckt wurden. Einen Aufsatz in einem Sammelband mit dem Titel ›Bevor die Römer kamen‹ habe ich auch noch aufgetrieben. Der Aufsatz heißt ›Die Sprache, die aus dem Dunkeln kommt‹ und thematisiert die bis heute geheimnisumwobene Sprache der Etrusker. Das Buch wurde 1950 ins Deutsche übersetzt, und damit wäre ich bei deinem zweiten Namen, den ich recherchieren sollte.«

Ich hatte einen kleinen Block gezückt und kritzelte Stichworte zu Haralds Anführungen darauf. Haralds Sprachgewalt raubte mir den Atem.

»Wilhelm Grabert, der von 1948 an Professor in Göttingen war, hat das Werk übersetzt. Er war ein bedeutender Kenner etruskischer Kunst, hat seit 1938 in Berlin an einem Forschungsprojekt gearbeitet. Es gibt ein paar dunkle Flecken in seiner Vita. Einige Jahre sind nicht belegt, wahrscheinlich in den Kriegswirren untergegangen. Und jetzt halt dich fest, liebe Anna, Grabert war zeitgleich mit Marco Di Fillipo und diesem Nicos bei der Grabungskampagne in Phaistos Assistent von Luigi Pernier und Federico Halbherr. Er ist nach dem Tod von Nicos zusammen mit Marco fort von Kreta und angeblich nie mehr dorthin zurückgekehrt.«

»Woher weißt du das alles?« Ich bewunderte Harald für seine Akribie bei Recherchen.

Harald kicherte und sagte: »Ich selbst besitze ein großes Archiv, wie du weißt. Und ich kenne die richtigen Quellen.« Er sagte das erstaunlicherweise ohne angeberischen Unterton.

»Wenn Grabert tatsächlich in Phaistos war, dann habe ich in der Maremma einige interessante Notizen von ihm gefunden. Ich kannte den Autor dieser Anmerkungen bisher nicht, da sein Name nirgends in dem Spiralheft auftaucht«, sagte ich und spürte ein Kribbeln im Nacken. »Ich werde jetzt diese Notizen noch einmal durchlesen. Schade, dass ich die Briefe von Marco nicht entziffern kann. Vielleicht sind sie unter anderem an Grabert gerichtet.«

Harald juchzte: »Anna, ich habe nicht umsonst einige Italienischkurse absolviert und war ja auch in der Maremma, wobei ich diese Villa Etruria kaum von innen gesehen habe. Wir waren eine Woche da und ständig am Meer oder im Garten. In der Bibliothek war ich nie.«

Ich hatte schon wieder fast verdrängt, dass ich auf Haralds Empfehlung in die Maremma gefahren war. »Gut, dann komme doch bitte morgen Abend vorbei und hilf mir bei der Lektüre«, schlug ich vor. »Hast du noch mehr über Wilhelm Grabert erfahren? Über sein Privatleben zum Beispiel?«

»Na ja, manches über ihn findest du im Internet. Er hat 1918 geheiratet, eine gewisse Margot von Malwin, Tochter eines Arztes, und hatte zwei Kinder mit ihr. Aber das kannst du alles selbst nachlesen. Er ist 1979 im ehrwürdigen Alter von fünfundneunzig Jahren gestorben.«

Grabert wurde für mich immer interessanter als mögliche Schlüsselfigur, vor allem in Bezug auf seine beiden Kollegen. Ich wollte mich näher mit ihm beschäftigen, auch weil ich gerne gewusst hätte, weshalb Elenas Vater Christos ihn nicht mochte und er Göttingen überstürzt verließ. Rein persönliche Abneigung, oder steckte mehr dahinter?

»Und, Harald, wie sieht es mit Klaus Kurz aus?« Ich kam mir pedantisch vor. Harald stöhnte laut. Doch ich kannte ihn gut genug, um zu wissen, dass er die Rolle meines wichtigsten Informanten genoss.

»Ach du lieber Himmel! Ja, dieser Klaus Kurz. Das ist eine sehr seltsame Geschichte. Ein Oberleutnant Klaus Kurz ist im Frühling 1946 aus britischer Kriegsgefangenschaft entlassen worden. Er war ein knappes Jahr in Featherstone Park in Northumberland. Die Listen der ehemaligen Kriegsgefangenen in Großbritannien sind sehr vollständig. Kurz ging wahrscheinlich zurück nach Deutschland, und da verliert sich seine Spur. Ich habe sogar in seinem Geburtsort Buxtehude nachgefragt. Da liegt zwar, inzwischen digitalisiert, seine Geburtsurkunde vom 12. März 1910, doch es sieht so aus, als habe er sich dort nicht mehr zurückgemeldet. Seine Mutter starb 1952 in Buxtehude, seine Schwester Sabine verschwand ebenfalls kurz nach dem Krieg. Übrigens hieß sie mit Nachnamen Schuch, da sie aus der zweiten Ehe der Mutter mit einem Herrn Schuch stammte, 1914 geboren und somit Halbschwester von Klaus. Klaus Kurz taucht nirgends mehr auf. Die Mutter hat Klaus und Sabine damals übers Rote Kreuz gesucht und bis zu ihrem Tod gehofft, sie würden Kontakt zu ihr aufnehmen.«

»Oder Kurz ist unter anderem Namen in Deutschland geblieben. Allerdings erklärt das nicht, was aus der Schwester wurde«, dachte ich laut.

Harald schwieg einen Augenblick. Dann sagte er: »Cleveres

Mädchen! Das könnte sein. Zumal wenn es stimmt, was du mir gestern über deinen Verdacht gegen Kurz erzählt hast, ein Verräter und Mörder gewesen zu sein. Und der noch mehr Dreck am Stecken hatte, wenn man diesem Ex-Soldaten Huber glaubt.«

Gut, dass Harald nicht sehen konnte, wie mir die Röte ins Gesicht schoss. Ich hatte vergessen, dass ich direkt nach meiner Rückkehr gestern mit ihm telefoniert und ihm von dem »Nikolaus« von Agios Stefanos erzählt hatte. Er hatte mich angerufen, um zu erfahren, ob ich heil aus Kreta zurückgekommen sei. Diesmal war ich in Haralds Schuhe geschlüpft und hatte eine ausführliche Schilderung der Ereignisse auf Kreta heruntergerasselt. Verwirrt über meinen Wortschwall, den er an mir nicht kannte, beendete er das Gespräch rasch, nachdem er mir versprochen hatte, sich bald zu melden. Irgendwie hatte ich dieses Telefonat verdrängt, weil ich danach sofort auf dem Sofa eingeschlafen war.

Harald klang frustriert. »Keine Sorge, ich werde weiter forschen. Es gibt noch ein paar Stellen, bei denen ich nachfragen kann. Namensänderung ist ein sehr guter Tipp.«

Das klang nach Lob von höchster Stelle, doch diese Idee war nicht weit hergeholt. Es war nicht das erste Mal, dass ich mit einer Namensänderung zu tun hatte. Bei meinem letzten Fall in Angerrath hatte es etwas Ähnliches gegeben.

»Morgen Abend weiß ich hoffentlich mehr«, fügte Harald hinzu. »Ich werde auch weitere Nachforschungen zu Heiko Blum anstellen. Übrigens, ist dein lieber Richard mit seinen Erkundigungen zum Thema Schwarzmarkt weitergekommen?« Harald wirkte ein wenig süffisant.

Gern spöttelte Richard über diesen »Nudnik«, ein wunderbares jiddisches Wort für einen nervigen Besserwisser, und vor allem darüber, dass Harald sich einst eingebildet hatte, mich zu verehren. »Wieso nur eingebildet?«, hatte ich Richard ein wenig gekränkt gefragt. »Na, wie könnte so jemand ernsthaft annehmen, von dir als Verehrer akzeptiert zu werden?«, lautete die Antwort meines lieben Freundes. Nicht unlogisch, und glücklicherweise hatte Harald sich eines Besseren besonnen und seine »eingebildete« Verehrung in eine Art Freundschaft umgewandelt. Davon profitierten wir beide.

»Richard hat eine Spur«, erwiderte ich kurz angebunden. »Außerdem ist er noch in der Reha und wird erst Ende der Woche entlassen. Hoffentlich. Dann kann er durchstarten.«

Harald kicherte, und ich verzog schmerzlich mein Gesicht. Wie konnte ich ihm dieses Kichern abgewöhnen? Das fragte ich mich immer wieder und kam zu keinem Ergebnis. »Dann viel Glück!«, sagte er.

Ich wünschte ihm einen schönen Abend und beendete das Gespräch, ehe es zu persönlich wurde und er weitere Fragen nach Richard stellte.

Wenig später saß ich in meinem Lesesessel, neben mir ein Glas Weißwein, und nahm mir noch einmal die Aufzeichnungen aus Phaistos vor, dessen Autor ich nun namentlich kannte. Einige von Graberts Büchern standen in den Regalen in der Villa Etruria. Er schien auch nach den gemeinsamen Ausgrabungen auf Kreta mit Marco in Kontakt geblieben zu sein.

Nach einer halben Stunde überkam mich eine lähmende Müdigkeit. Ich legte das Spiralheft beiseite, schmierte mir in der Küche ein Butterbrot, schaltete den Fernseher ein und sah mit einem halben Auge einen Krimi, in dem es um eine junge Wissenschaftlerin ging, deren Forschungsergebnisse von einem Kollegen gestohlen werden. Er wird wenig später erstochen im nahen Park aufgefunden. Natürlich fällt der Verdacht auf die junge Frau, aber der schlaue Kommissar findet schnell heraus, dass der Gemeuchelte viele Feinde hatte, darunter seine Ex-Frau, einen Freund aus der Studienzeit, den er betrogen hat, eine Geliebte, der er ständig die Ehe verspricht, und noch drei weitere Figuren.

Ehe die Auflösung erfolgte, fiel ich in einen tiefen Schlaf. Und gerade als ich im Traum dabei war, das Rätsel um den ermordeten Wissenschaftler selbst zu lösen, ertönte die »Star Wars«-Fanfare. Leider hatte ich mein Handy wieder auf laut gestellt.

Es war Harald Frostauer. Ein Blick auf die Uhr: zweiundzwanzig Uhr dreißig. »Was gibt's?«, fragte ich schlaftrunken.

»Anna, ich habe ein bisschen weiter zu Grabert recherchiert. Und eines ist mir geradezu ins Auge gesprungen. Er hat behauptet, er sei nach 1908 nie mehr auf Kreta gewesen. So jedenfalls liest es sich in seiner Internet-Vita auf der Seite der Uni Göttingen. Das ist glatt gelogen! Er war 1944 bis 1945 als wissenschaftlicher Berater während der deutschen Besatzung auf Kreta, befasst mit archäologischen Projekten. Und gewohnt hat er bei Heraklion in einem Kaff namens Kyries. Frag nicht, woher ich das weiß. Das ist eine meiner wohlgehüteten Quellen. Aber er war zur selben Zeit vor Ort wie Klaus Kurz und nur knappe zwanzig Kilometer von Agios Stefanos entfernt! Gute Nacht, und morgen mehr.«

In den nächsten Tagen geschah nicht viel. Ich arbeitete an meinem Vortrag und an meinem Katalog. Schumann kam Mitte der Woche aus Kreta zurück. Auch Waltraud war wieder im Lande, wie er mir sagte. Heiko Blums Leiche sollte Anfang der nächsten Woche nach Hannover geflogen werden, später als geplant. So lange aber konnten weder er noch Waltraud in Kreta auf die Freigabe warten. Sie war berufstätig, Leiterin eines Kindergartens in Stade, er musste zurück nach Hannover.

»Diese Bürokratie«, schimpfte Schumann, der mir vom Flughafen in Heraklion eine Nachricht schickte. Die Gerichtsmedizin in Heraklion wolle sich den Toten noch einmal anschauen. Warum, wusste Schumann nicht.

Seit letztem Winter hatte es einige Veränderungen in Schumanns Umfeld gegeben. Sein langjähriger Assistent Hartmut Brink arbeitete inzwischen in Oldenburg und kletterte stetig die Karriereleiter hinauf. Schumanns neuer Gehilfe hieß Carsten Willems, war gerade mal dreißig Jahre alt und, wie Schumann sagte, eine Mischung aus lahm und übereifrig.

Auch in der Gerichtsmedizin hatte ein Wechsel stattgefunden. Seit Kurzem wirkte dort Frau Professor Dr. Astrid Knaupp, Anfang vierzig, die aus Würzburg stammte und sich erst einmal mit Norddeutschland anfreunden musste. Das jedenfalls behauptete Schumann, der wehmütig hinzufügte: »Ich mag diese Veränderungen nicht. Unser Team war gut aufgestellt, und ich fühle mich inzwischen selbst wie altes Eisen.«

Ein paar Tage hörte ich nichts von Schumann. Aber dann rief er mich nachmittags an, als ich gerade nach meinem Besuch bei Richard meine Wohnung betreten hatte. Eigentlich hatte ich Richard abholen wollen. Doch er war gestürzt und musste einige weitere Tage in der Reha bleiben.

Schumann klang gedämpft. Er erklärte mir, er wolle gleich in sein Büro gehen, obwohl Sonntag war. Dort häuften sich Akten, so Schumann. »Ich war nach meiner Rückkehr nicht gut drauf«, sagte er. »Erkältet. Dreißig Grad in Kreta, fünfzehn Grad hier.«

Er räusperte sich. »Ich möchte dir zunächst einmal sehr danken, dass du mich nach Kreta begleitet hast. Es war zwar unorthodox, dass ich dich mitgenommen habe. Ich glaube aber, es war die richtige Entscheidung, und du hast ja alles selbst bezahlt.«

Das war ihm sehr wichtig. Da ich nicht der Polizei angehörte, wäre es unmöglich gewesen, war ich natürlich für meine Reisekosten selbst aufgekommen. Aber musste er das betonen?

Er fuhr fort: »Dank deiner Verbindung zu Elena Mandrakis sind wir ein gutes Stück vorangekommen. Wobei ich nicht mehr an Zufälle glaube. Dass Heiko Blum neben den archäologischen Stätten auch in diesem Kaff Agios Stefanos herumgeschnüffelt hat und ihr beide diese Elena Mandrakis kanntet, ist alles schon merkwürdig. Fast unheimlich. Waltraud konnte mir nicht weiterhelfen. Sie sagt, dass ihr Bruder ihr gegenüber immer sehr zurückhaltend mit Informationen gewesen sei. Und oft gesehen hat sie ihn auch nicht in den vergangenen drei Jahren. Wir haben nicht viel Neues erfahren. Wassili Vargas bleibt am Ball. Sicher ist nur, dass Blum in der Nacht vom 17. September getötet wurde, was wir schon wussten.«

Schumann schnäuzte sich heftig. »Dieses blöde deutsche Wetter«, schnaufte er. »Ein paar Zusatzinformationen gab es dann doch noch. Wir konnten dank der Nachforschungen der kretischen Polizei feststellen, dass Blum am 25. August eingereist ist und erst in Agios Nikolaos im Osten der Insel war, danach vom 2. bis zum 5. September in deinem Hotel wohnte – du bist ja am Sonntag, dem 3. September, in die Maremma gereist –, und danach ist er noch fast zwei Wochen durchs Land gefahren. Waltraud glaubte, ihr Bruder wollte nur eine Woche auf Kreta bleiben. Wassili, den ich vor zwei Tagen zum Abschied traf, wundert sich nach wie vor darüber, dass Blum keine Badehose und insgesamt so wenig Gepäck dabeihatte.«

»Mich wundert das nicht mehr. Er wollte ja nicht Urlaub auf Kreta machen. Habt ihr etwas über dieses Stück Papier, das sich an der Seitentasche des Rucksacks verhakt hatte, herausgefunden?«, fragte ich.

»Das hat sich als der Schnipsel einer Rechnung aus einer kleinen Taverne bei Knossos herausgestellt. Diese Taverne heißt
›Minos‹, und der Wirt erinnerte sich vage an Blum, weil er sehr
laut mit seinem Handy telefonierte. Er saß allein und stand während des Telefonats auf, warf einen größeren Geldschein auf den
Tisch und verschwand. Der Wirt verstand kein Wort von Blums,
wie er angab, Gebrüll. Es könnte Deutsch gewesen sein, meinte
der Wirt, der anmerkte, Englisch zu verstehen, aber Deutsch
nicht. Da Blums Handy nicht auffindbar ist, können wir diese
Spur nicht verfolgen. Darüber hinaus haben wir festgestellt, dass
Blum für den 19. September seinen Rückflug gebucht hatte. Über
Frankfurt. Der Mann bleibt mir ein Rätsel.«

Ich erzählte Schumann von meinem Gespräch mit Bernd
Krause von der Uni Hannover und Blums Engagement für das
Magazin »Mysterium«.

»Das ist interessant«, meinte er. »Ich werde versuchen herauszufinden, ob die mehr darüber wissen, an welchen Themen
genau Blum gearbeitet hat.«

Da die Briefe, die ich am Abend mit Harald Frostauer gemeinsam studieren wollte, nichts mit dem Fall Blum zu tun hatten,
verschwieg ich Schumann mein geplantes Treffen. Obwohl ich
Harald auch auf Blum angesetzt hatte, wollte ich mit ihm erst
einmal das Schicksal von Marco Di Fillipo und seine Beziehung
zu Grabert näher erkunden.

Dass allerdings Grabert zeitgleich mit Klaus Kurz und Hubert Großkopf auf Kreta war, konnte auch Schumann interessieren. Und war es wichtig für Blums Recherchen gewesen?
Weshalb hatte Grabert stets geleugnet, während des Krieges
auf Kreta gewesen zu sein? Welche Rolle hatte er als wissenschaftlicher Berater dort gespielt? Und kannte er damals Klaus
Kurz? Waren sie gemeinsam auf Kreta in eine Affäre verstrickt
gewesen? Wie sollte man so viele Jahre später noch Beweise
dafür finden! Blum, der »Kunstdetektiv«, war vielleicht auf
eine Spur gestoßen.

Ich versuchte Ettore Petruccio zu erreichen, der mir ein
Schreiben versprochen hatte. Das war aber noch nicht angekommen. Obwohl Wochenende war, meldete sich der Commissario

nach viermaligem Klingeln. Er klang sogar recht erfreut, als er mich hörte.

»Gut, dass Sie anrufen«, sagte er. »Wir haben vor einigen Tagen bei einer erneuten Durchsuchung von Alessandras Zimmer einen an Sie adressierten Brief gefunden, der zwischen einige Akten auf ihrem Schreibtisch gerutscht war. Ich habe den Brief abgeschickt. Haben Sie ihn bekommen?«

Ich verneinte.

»Er ging an eine Adresse in Köln. Alessandra hatte sie auf den Umschlag geschrieben, allerdings ohne die Postleitzahl, die ich glücklicherweise ergänzen konnte. Alessandra ist an jenem Morgen sehr früh aufgebrochen und hat den Brief dann wohl liegen gelassen.«

Ich erwiderte: »Danke, dass Sie den Brief abgeschickt haben. Er liegt sicher in Köln, aber ich fahre erst nächste Woche dorthin, um nach meinem Haus und meiner Mutter zu sehen. Sie käme nie auf die Idee, mir Post nach Hannover nachzusenden. Da schiebt sie gerne ihr Alter vor. Es sei eine Zumutung, erst in mein Haus zu gehen und dann noch Post zum Briefkasten zu bringen. Aber wo bleibt Ihr Schreiben an mich?«

Petruccio hustete. »Herbsterkältung. Ich war gestern noch im Meer, doch die Luft hat sich abgekühlt. Der Sommer ist jetzt vorbei, auch wenn das Meer noch zweiundzwanzig Grad hat. Hoffentlich erreicht Sie der Brief.«

Ich fuhr dazwischen: »Weichen Sie mir bitte nicht aus!«

Petruccio antwortete nach einigen Sekunden: »Das Schreiben von mir kommt demnächst, und darin erkläre ich Ihnen ein paar Sachen. Seien Sie bitte geduldig. Hier herrscht einiges Chaos.«

Ich reagierte irritiert. »Nicht sehr aufschlussreich, was Sie mir da erzählen. Aber ich werde Alessandras Brief lesen, und danach melde ich mich bei Ihnen. Vielleicht enthält er Informationen zu ihrem Verschwinden.« Ich wollte nicht glauben, dass sie längst tot sein könnte.

Petruccios Stimme klang rau. »Wir haben die Suche nach Alessandra nicht aufgegeben. Und was ich Ihnen eigentlich sagen wollte, ist, dass wir den Einbrecher der Villa Etruria gefasst haben, als er vor vier Tagen in die Villa eines Anwalts im

Nachbarort von San Matteo einstieg. Die Alarmanlage in dem Haus war brandneu. Wir haben ihn erwischt, als er durch den Garten flüchten wollte. Er heißt Salvatore Gelli und ist kein unbeschriebenes Blatt.«

»Und das sagen Sie mir erst jetzt? Haben Sie seine Beute aus der Villa Etruria?«

Petruccio hustete erneut. »Nein, die Beute hat er längst weitergegeben. Wir haben jedoch etwas Wichtiges aus ihm herausgeholt: Der Einbruch, das hat der Bursche gestanden, war eine Auftragsarbeit. Er sei zwei Tage zuvor von einem Typen angesprochen worden, der ihn fragte, ob er für eintausend Euro bereit wäre, in die Villa Etruria einzubrechen. Sein Auftraggeber hat ihm sehr genaue Anweisungen gegeben. Er sollte ganz gezielt ein bestimmtes Kästchen und mehrere Bronzen stehlen, dazu den Inhalt einer hohlen Bronzestatue in der Bibliothek. Die tausend Euro waren verlockend für Salvatore, den wir schon öfter mal gefasst haben und der auch schon drei Jahre im Gefängnis verbracht hat. Eigentlich kein gewalttätiger Typ. Sie könnten ihn natürlich wegen Körperverletzung verklagen. Immerhin hat er Ihnen eine dicke Beule verpasst.«

»Ich werde ihn ebenso wenig verklagen wie den kleinen Pietro, der mich umgerannt hat. Was habe ich davon?«, unterbrach ich Petruccio. »Aber wer hat diesen Einbruch denn beauftragt?«

»Salvatore hat ihn recht genau beschrieben. Es ist ein übler Typ, ein Schläger namens Claudio, der uns leider immer wieder durch die Lappen geht. Er wird steckbrieflich gesucht und ist dennoch so unverfroren, im Auftrag irgendwelcher dubiosen Geldgeber immer wieder aufzutauchen. Er agiert vor allem in der Toskana, Ligurien und in der Lombardei. Claudio, so behauptet Salvatore, handelte auch in diesem Fall im Auftrag eines Dritten, des eigentlichen Strippenziehers. Es gibt einschlägige Kontakte im Darknet, über die man solche Handlanger wie Claudio finden kann. Wer dahintersteckt, weiß Salvatore nicht, und ich glaube ihm.«

»Wohin hat er die Beute gebracht?«, fragte ich.

»Er hat sie unter einer Bank am Springbrunnen auf der Piazza vor der Kirche abgelegt, wo ein Kuvert mit dem versprochenen

Geld für ihn lag. Salvatore meinte, diese tausend Euro seien mehr wert gewesen als die spärliche Beute. Wörtlich sagte er: ›So ein paar kleine Köpfchen aus Bronze, die man hier in jedem Souvenirladen bekommt, und irgendwelcher Papierkram lohnen den Aufwand nicht.‹ Er ahnt nicht, dass diese etruskischen Bronzen original sind und mit mehreren tausend Euro versichert. Zu den von ihm als Papierkram bezeichneten Dokumenten kann ich kein Urteil abgeben.«

Ich dagegen wusste wohl, wovon er sprach, hütete mich aber, ihm zu erzählen, dass ich die Papiere aus dem hohlen Hermes fotografiert hatte.

»Was der Auftraggeber damit anfangen möchte, kann ich nicht einmal im Ansatz verstehen«, fuhr Petruccio fort. »Hoffentlich ist das nicht die Grundlage für Erpressungen. Die Familie Di Fillipo wurde schon einmal vor etlichen Jahren wegen Marcos angeblichem dunklen Geheimnis erpresst. Doch das lief ins Leere.«

»Mehr konnte dieser Salvatore nicht sagen?« Ich war enttäuscht.

Petruccio nieste. »Nein, wir sind aber noch nicht fertig mit ihm, und falls wir Claudio schnappen, dann hoffe ich auf mehr Informationen. Wenn Sie Salvatore nicht verklagen, wird der Bursche recht glimpflich davonkommen. Seltsamerweise freut mich das für ihn. Er stammt aus einer riesigen Familie, in der die Mutter allein die acht Kinder aufgezogen hat, nachdem der Vater mit seinem Boot vor Elba in einen Sturm geriet und unterging. Das ist keine Entschuldigung für Salvatores Missetaten, aber Salvatores Mutter Marta ist eine ehrliche, freundliche Frau. Sie hat eine Menge zu ertragen und sollte nicht noch mehr leiden.«

Dieser Commissario Petruccio war schon ein seltsamer Kerl. Er hatte Empathie für den kleinen Pietro und Sympathie für Salvatore. Als ob alle zu einer großen Gemeinschaft gehörten. Hinzu kam, dass Ettore Petruccio der Enkel von Fernando war, der Marcos Tod einst untersucht hatte, und sich die Familien alle gut kannten. Der Handlanger Claudio allerdings gehörte nicht dazu.

Ich dankte Petruccio und wünschte ihm alles Gute. Er erwähnte, ehe wir unser Gespräch beendeten, dass Langer und Grunemann sich sehr nett von ihm verabschiedet hatten. Der Diebstahl im Museum von Cecina war bislang nicht aufgeklärt worden, und Salvatore hatte beteuert, dass er davon nichts wisse. Es gebe derzeit eine Reihe von Dieben in der Gegend, aber er, so sagte er wörtlich, gehöre zur »anständigen Zunft«: »Museen sind für mich tabu. Denn in ihnen lebt unsere Geschichte weiter«, hatte der »ehrenwerte« Dieb erklärt. Und deshalb sei er umso beschämter, dass er mich in jener Nacht niedergeschlagen habe. »Das ist nicht meine Art, und ich flehe die Signora um Verzeihung an«, hatte er im Verhör mit Petruccio dramatisch hinzugefügt. Fast mochte ich diesen von Gewissensbissen gequälten Kerl!

Die fotografierten Papiere aus der Bronzefigur ergaben noch keinen Sinn. Ich wollte sie einem Fachmann vorlegen, der sich mit Schriftzeichen auskannte oder mir zumindest sagen konnte, woher sie stammten. Ich hatte Petruccio auch die Briefe verschwiegen und die wenigen Seiten des Notizbuches aus dem zweimal gestohlenen Kästchen, die ich in meinem Handy gespeichert hatte. Zu gern hätte ich gewusst, warum der Auftraggeber sich für sie interessierte.

Als der Abend dämmerte, erschien Harald Frostauer. Er brachte eine Flasche Rotwein mit, die er aber allein trinken musste, denn ich vertrage keinen Rotwein.

Der Gedanke schien ihm nichts auszumachen. Im Gegenteil. »Ich bin mit der U-Bahn gekommen. Also kann ich zuschlagen.«

»Aber erst die Briefe, dann der Wein«, sagte ich. Denn ich wusste aus Erfahrung, dass Harald spätestens nach zwei Gläsern kaum mehr der menschlichen Sprache fähig war. »Du wolltest mir noch mehr zu Grabert erzählen.«

Doch schon schenkte Harald sich das erste Glas ein. Er grinste. Grinsen stand ihm nicht. Es zog sein ohnehin breites Gesicht mit den kleinen Augen noch mehr in die Breite. Aber ich sagte ihm das nicht, da ich Body Shaming verabscheue.

»Ja, da gibt es noch ein paar Neuigkeiten. Aber lass uns bitte erst diese Briefe ansehen. Ich hoffe, dass meine Sprachkenntnisse reichen.«

Und so gingen wir ans Werk. Ich übertrug die fotografierten Briefe aus dem Kästchen auf meinen Laptop, dann druckte ich sie aus. Es waren sechs Briefe von ursprünglich etwa zehn, die ich recht willkürlich ausgewählt hatte. Ich ordnete sie chronologisch, und Harald setzte sich in Pose, um sein Italienisch und seine Fähigkeit, Schriften zu entziffern, unter Beweis zu stellen.

Grosseto, 22. April 1942

Lieber A.,

die Grabungen bei Roselle, einer uralten etruskischen Siedlung, haben erfolgreich begonnen. Es ist gut, dass Du für einige Zeit bei uns sein und helfen möchtest. Gestern haben wir mehrere Schrifttafeln entdeckt, heute Münzen, allerdings aus römischer Zeit. Die Schrifttafeln sind mit griechisch-römischen Buchstaben bedeckt, die wir zwar lesen, aber deren Sinn wir nicht verstehen können. Das Etruskische ist ein Buch mit sieben Siegeln.

Ich denke in letzter Zeit oft an unsere Zeit auf Kreta. Manchmal habe ich das Gefühl, dass Nicos uns hintergangen hat. Du warst enger mit ihm befreundet und hast ihn auch bei ihm zu Hause besucht. Hat er Dir tatsächlich seinen angeblichen Fund nicht gezeigt? Seit einiger Zeit habe ich einen Verdacht, den ich Dir aber persönlich erzählen möchte.

Maria Siriakis hat mir geschrieben, doch ich antworte ihr nicht. Ich bin zu feige dazu. Falls Du doch noch mal nach Kreta kommst, musst Du sie dringend besuchen. Wann wirst Du hier sein? Es ist natürlich nicht einfach, von Deutschland aus zu uns in die Toskana zu gelangen. Bei uns auf dem Land ist es recht ruhig, aber ansonsten überall Gefechte, Partisanen, Bomben, Fliegeralarm. Ich hoffe, Du erreichst Roselle unbeschadet.

Saluti, Marco

Villa Etruria, 6. Juni 1942

Lieber A.!
Schade, dass sich Deine Reise hierher verzögert. Ich muss dringend mit Dir sprechen. Ich trauere immer noch um meinen Bruder Alessandro, der vor einem Jahr starb. Er fehlt mir sehr. Seine Tochter Carla ist ein kluges Mädchen und sehr an meiner Arbeit interessiert. Sie ist jetzt zweiundzwanzig Jahre alt, hat vier Semester in Rom studiert und wohnt zwischendurch in der Villa Etruria. Ein schönes Haus, das Du hoffentlich bald kennenlernen wirst. Aber darin steht sehr viel Gerümpel herum, vor allem Jagdtrophäen meines Vaters. Am liebsten würde ich alles wegwerfen, aber meine Schwägerin lässt das nicht zu. Sie verehrte meinen Vater, der Alessandro stets bevorzugte, da mein Vater meine Berufswahl für nicht passend hielt. Doch das ist eine andere Geschichte. Mein Vater starb 1931. Und er warf mir bis zuletzt vor, dass ich eine brotlose Wissenschaft ausübe und die falsche Frau geheiratet habe. Ganz unrecht hatte er nicht. Meine Frau ist fast nie hier, und meine Kinder ziehen Florenz unserem San Matteo vor. Möge mein Vater in Frieden ruhen!

Saluti, Marco

P.S. Ich schreibe aus der Villa, da mich seit zwei Wochen ein heftiges Fieber plagt und ich nicht bei den Ausgrabungen dabei sein kann.

Hier legte Harald eine Pause ein und füllte sein Glas erneut. »Sehr aufregend ist das bisher nicht«, kommentierte er die Briefe. »Leider hast du nur eine kleine Auswahl fotografiert, und sicherlich fehlen dadurch viele Informationen«, tadelte er mich.

Ich entschuldigte mich hastig: »Ich hatte nicht die Ruhe, mehr zu fotografieren. Wenig später habe ich den Schlag auf den Kopf bekommen.«

»Mit einem hohlen Hermes!« Harald lachte laut.

»Sehr komisch! Mein Schädel hat drei Tage lang gebrummt«, übertrieb ich. »Doch der Einbrecher wurde inzwischen gefasst, allerdings ohne die Beute.« Ich erzählte Harald rasch die Neuigkeit aus der Maremma und erwähnte lobend Petruccio.

»Ah, diesen schicken Petruccio habe ich auch im vergangenen Jahr getroffen«, sagte Harald. »Er kam in der Villa vorbei, weil in einer Nacht der Alarm losging, durch eine Fledermaus im Schornstein ausgelöst. Sie fiel in den Kamin. Ich habe sie mit einem Hut gefangen und nach draußen getragen. Dieser attraktive Petruccio ist eng befreundet mit der Familie.«

Während er sprach, stopfte er sich die Käsehäppchen und Oliven in den Mund, die ich auf einem bunten Keramikteller angerichtet hatte.

Als er wieder zur Weinflasche griff, hielt ich seine Hand fest und rückte die Flasche ein Stückchen weg von ihm. »Mein lieber Harald, bitte lass uns weitermachen!«, drängte ich.

»Jawohl, meine Gebieterin«, säuselte er und nahm sich den nächsten Brief vor.

Roselle, 15. Oktober 1942

Mein Lieber,
die Grabungen für dieses Jahr sind vorüber. Ich warte immer
noch auf Deine Rückmeldung. Du wolltest im Sommer kommen,
aber in Deinem Brief hast Du mir keine richtige Erklärung dafür
gegeben, weshalb Du verhindert warst.

Ich weiß, der Krieg spielt eine böse Rolle. Wir bekommen
ihn hier allerdings eher am Rande mit. Unsere Arbeit ist bis-
her kaum beeinträchtigt worden. Zweimal tauchte ein Oberst
unserer Armee zusammen mit einem deutschen Offizier auf,
der sich sehr für unsere Grabung interessierte. Er war mir nicht
sympathisch, doch das mag generell an seiner Uniform gelegen
haben. Ich habe seinen Namen vergessen. Mein Assistent Gre-
gorio berichtete mir nach dem zweiten Besuch der beiden, dass
der Deutsche ihn gefragt habe, ob man die eine oder andere
Bronze, die wir gefunden haben, auch kaufen könnte. »Ohne
diese ganze Bürokratie.« Er wüsste Sammler, die sich sehr dafür
interessierten. Gregorio wies das weit von sich und war danach
sehr beunruhigt.

Ich halte seither ein Argusauge auf unsere Funde, die demnächst in Grosseto restauriert werden sollen. Ich fürchte leider, dass dieser Deutsche anderswo Glück mit seinem unlauteren Angebot haben könnte. Die meisten Menschen sind bestechlich. Ich hoffe, dass wir in ein paar Monaten einige unserer Funde in Cecina, Grosseto und Volterra in den Museen zeigen können. Das, was damals auf Kreta geschehen ist, darf nicht wieder passieren.

Ich bin mir sicher, dass Du damals mehr wusstest als ich? Ich war der Dritte im Bunde und stets der Außenseiter.

Saluti – M.

Harald legte das Blatt beiseite. »Dieser A. ist garantiert Wilhelm Grabert, der mehr noch als Marco mit Nicos befreundet war. Marco spielt wohl eher eine Nebenrolle. Ob Nicos, falls er diesen zweiten Diskos gefunden hat, ihn vielleicht Grabert gezeigt und ihn ins Vertrauen gezogen hat? Marco scheint nichts gewusst zu haben.«

»Wir haben noch drei weitere Briefe. Bitte lies weiter. Vielleicht erfahren wir mehr!« Ich blickte hinüber zum Fenster, an dem die Dunkelheit dieses regnerischen Septemberabends klebte. In Kreta war es sicher herrlich warm, und auch in der Maremma konnte man immerhin noch ins Meer steigen. Laut Wetterkarte würden dort aber in den nächsten Tagen die ersten Herbststürme übers Land fegen. Ich seufzte.

»Was hast du? Bist du schon müde?« Harald angelte sich die Weinflasche und goss sich sein drittes Glas ein.

»Nein, nein, mach bitte weiter!« Ich fühlte mich ausgelaugt, viele Gedanken wirbelten durch meinen Kopf. Marco Di Fillipo war in Verruf geraten, er habe unter der Hand Grabungsfunde verhökert. Doch dieser Brief vom Oktober 1942 zeigte eher, dass er diesen Gedanken absolut ablehnte. Marco schien mir sehr integer gewesen zu sein.

Harald setzte sich seine Lesebrille auf und nahm einen weiteren Brief zur Hand.

Roselle, 12. Mai 1943

Lieber A.!

Etwas Furchtbares ist passiert. Letzte Nacht wurden mehrere vor wenigen Tagen entdeckte Bronzefigürchen aus dem Tresor im Zelt der Grabungsleitung gestohlen. Der Tresor stand heute Morgen weit offen. Der für diese Gegend zuständige Commissario Fernando Petruccio kam vor knapp zwei Stunden vorgefahren. Das Erste, was er fragte, war, wer denn die Kombination des Tresors gekannt haben könnte – außer Professor Giovanni Castagneto, der die Leitung unseres Teams hat, und mir, der ihn vertritt. Der Tresor war nämlich unversehrt, keinerlei Spuren von Gewalt zu entdecken.

Castagneto hat ein handfestes Alibi. Er hatte die Nacht in Florenz verbracht und war erst kurz vor Petruccios Eintreffen wieder hier. Ich bin weniger glücklich dran. Denn ich habe in dieser Nacht in der Nähe in einem unserer Zelte geschlafen, da ich gestern Abend zu erschöpft war, um nach Hause zu fahren. Castagneto zeigte sich bestürzt und fassungslos, da fünf wertvolle Bronzen verschwunden sind, zwei Pferde, ein Kopf und zwei kleine Göttergestalten aus der späten Epoche, schon griechisch-römisch beeinflusst, Artemis und ihr Bruder Apollo.

Petruccio, unser noch junger Commissario, kennt mich seit vielen Jahren, dennoch verhörte er mich gründlich. Ich muss gestehen, ich fühle mich hilflos. Petruccio ließ sich aber überzeugen, dass niemand so töricht sein könnte, den Tresor zu öffnen, den Inhalt zu stehlen und dann ohne ein überzeugendes Alibi vor Ort zu bleiben. Ich versprach ihm meine Unterstützung bei der Suche nach dem Schuldigen. Castagneto schäumt vor Wut. Er ist etliche Jahre jünger als ich – ich bin ja inzwischen schon über sechzig Jahre alt, er erst Anfang vierzig, und dies ist seine erste große Grabung. Für mich bedeutet Roselle zwar einen interessanten Versuch, mich mehr mit den Etruskern zu befassen. Aber ich gestehe Dir, dass ich mich manchmal nach unseren minoischen Abenteuern zurücksehne, nicht nur, weil wir damals jung waren. Doch Phaistos hat mich fasziniert, und je älter ich werde, desto realistischer erscheint mir die Behauptung von Nicos, es hätte *eine zweite Scheibe gegeben. Gerne würde ich dort noch einmal forschen. Ich werde, sobald dieser unglückselige Krieg vorüber ist, nach Kreta aufbrechen. Bis dahin mache ich aus meiner Arbeit hier das Beste.*

Ich habe übrigens einen leisen Verdacht, wer den Tresor geöffnet und geleert hat. Ein Verdacht, der mich sehr schmerzt, aber stimmig zu sein scheint. Ich werde Dir mehr dazu sagen, solltest Du wirklich dein Versprechen wahr machen und hierherkommen. Es gibt inzwischen einiges, was ich Dir lieber persönlich anvertrauen möchte.

Tanti saluti, M.

Harald wischte sich den Schweiß von der Stirn. »Puh, leicht ist das nicht«, bemerkte er. »Zum einen hat Marco eine Sauklaue, doch ich bin es ja gewohnt, Handschriften zu entziffern, und zum anderen ist mein Italienisch nicht so perfekt, wie ich dachte. Gut, dass er kein kompliziertes literarisches Italienisch schreibt. Wahrscheinlich hat er sich den Sprachkenntnissen seines deutschen Adressaten angepasst.«

»Du bist echt klasse!«, lobte ich den ermatteten Helden. »Bitte keinen Wein mehr, bis wir den letzten Brief hinter uns haben!«

Harald lächelte gequält, leerte sein Glas, verzichtete jedoch auf Nachschub. Er warf einen kurzen Blick auf den fünften Brief. »Da steht nur: ›Caro A., ich brauche Deine Hilfe.‹ Dann bricht das Schreiben ab. Datum ist der 1. Juni.«

Er putzte umständlich seine Brille und sagte: »Also, auf zum letzten dieser Briefe. Hoffentlich ist der ergiebiger.« Er griff nach einem Käsehäppchen und machte sich erneut ans Werk.

Roselle, den 13. Juni 1943

Bitte melde Dich! Ich habe etwas entdeckt, was mich tief bestürzt. Die Grabungen gehen gut voran, doch ich bin derzeit mehr Detektiv als Archäologe, denn ich komme der Lösung des Rätsels um den ausgeraubten Tresor näher und werde in Kürze Petruccio meine Beweise vorlegen. Zuvor möchte ich aber mit Dir reden. Bitte kontaktiere mich rasch. Die Zeit rennt davon! Saluti!

»Dieses dringliche Schreiben hat er auch nicht abgeschickt«, wunderte sich Harald. »Warum hat er überhaupt diese Briefe geschrieben, wenn er sie nur aufbewahrt?«

»Das lag vielleicht am Kriegsverlauf. Die Situation verschlechterte sich, und 1942 kann ihm die Lage in Deutschland zu unsicher gewesen sein. 1943 spitzte sich das Chaos in Italien zu. Am 25. Juli wurde Mussolini gestürzt. Etliche Truppen der alliierten Streitkräfte landeten sechs Tage später südlich von Neapel. Mussolinis Nachfolger Pietro Badoglio schloss mit den Alliierten einen Waffenstillstand, und die Wehrmacht musste sich weitgehend ohne Unterstützung von Mussolinis treuen Verbänden allein behaupten.«

Harald sah mich erstaunt an. »Woher weißt du das denn?«

Ich lächelte. »Geschichte hat mich immer fasziniert, und ein englischer Freund meiner Großeltern ist bei Monte Cassino Ende 1943 gefallen. Meine Großmutter trauerte bis zu ihrem Tod um ihn. Da war sie fast neunzig. Alexander Strickland war ihre erste große Liebe, als sie 1930 für ein Jahr in Devon bei seiner Familie als Kindermädchen arbeitete. Sie hat auch als alte Frau von den Kämpfen in Italien gesprochen, und es hat sie immer noch erschüttert.«

»Was man beim gemütlichen Briefelesen nicht alles so erfährt«, murmelte Harald und leerte den Rest der Weinflasche in sein Glas. Dann räusperte er sich und fragte: »Was nun? Wissen wir jetzt mehr als vorher? Es fehlen einige Briefe, und sicherlich hat Marco noch einmal an A. geschrieben. Er wurde wenige Wochen nach diesem letzten Brief ermordet, sein Assistent Gregorio verschwand ebenfalls und starb auf Capraia. Wenn du mich fragst, wurde er auch ermordet. Aber das herauszufinden ist jetzt wirklich zu spät.« Er gähnte.

Ich musste lachen. »Du hast recht, Schlafenszeit.« Doch dann ergänzte ich: »Ettore Petruccio hat zu diesen Fällen von damals auch eine Theorie. Liegt in seiner Familie – immerhin hatte sein Großvater Fernando beide Fälle betreut, aber nicht lösen können.«

Ich sah auf meine Armbanduhr. »Tausend Dank, lieber Harald, für deine riesige Hilfe. Ich muss nachdenken, was es genau mit Marcos Berichten über die Grabungen von Roselle und den gestohlenen Objekten auf sich hat. Und diesem Tresor. Ist denn A. dann doch noch nach Roselle gekommen? Und worüber wollte Marco mit ihm sprechen? Ich glaube, dass Marco seinen Assistenten Gregorio in Verdacht hatte, die Bronzen gestohlen und diesem windigen deutschen Offizier ausgehändigt zu haben. Aber wieso hat der anständige junge Mann sich darauf eingelassen? Wenn er es war, dann sagt mir mein Bauchgefühl, dass nicht nur Geldgier dahintersteckte.«

Ich stand auf. »Schade, dass Marco den Namen dieses Offiziers vergessen hat. Oder es zumindest behauptet.«

Leider hatten die Briefe mehr Fragen aufgeworfen als Antworten geliefert. Harald grinste vor sich hin, was mich in meinem müden Zustand reizte. »Was gibt es da zu grinsen?«, fauchte ich.

Sein Grinsen verschwand schlagartig. Er antwortete mit ernster Stimme: »Ich habe etwas für dich in petto, wie ich dir schon am Telefon sagte.«

Ich war sofort hellwach. »Und was?«

Harald spähte sehnsüchtig in Richtung Weinflasche. Doch die war leer. Ich würde heute Abend keine zweite öffnen.

»Falls du mehr über diesen Grabert wissen möchtest, musst du nicht in die Ferne schweifen.« Jetzt grinste er wieder.

Seiner Stimme merkte man die vier Gläser Rotwein deutlich an. Er nuschelte. »Wilhelm Grabert ist erst 1968 aus dem Dienst der Uni Göttingen ausgeschieden. Da war er stramme vierundachtzig Jahre alt und hat bis zuletzt an einer Arbeit über spätetruskische Kunst geschrieben. Von 1950 bis zu seinem Tod 1979 im Alter von fünfundneunzig Jahren wohnte er in einem Haus in der Nähe von Bad Gandersheim. Der Ort hat etwa zweihundert Einwohner und heißt Bashausen. Und in diesem Haus lebt heute noch seine Enkelin Dörte, verwitwete Luer. Frage mich bitte nicht, woher ich das weiß«, fügte mein »Nudnik« Harald hinzu. »Ich bin einfach echt gut, da ich es liebe, in die dunklen Abgründe der menschlichen Seelen zu schauen.«

Besuch bei einer alten Dame

Der nächste Tag begann mit einem Anruf meiner Mutter. Sie klang sehr munter. Ich verzog das Gesicht. So viel Energie um diese Uhrzeit vertrug ich nicht gut. Mein Kopf brummte, obgleich ich am Abend zuvor keinen Tropfen Wein getrunken hatte, dafür aber hatte ich schlecht geschlafen. Ab sechs Uhr war ich wach, und selbst das Morgenprogramm im Fernsehen lullte mich nicht wieder ein. Meine Mutter konnte meine Müdigkeit nicht erahnen, und wenn, hätte sie das nicht gestört.

»Anna, ich bin gerade in deinem Haus. Da liegt einiges an Post herum. Das hat sich in den letzten Wochen angesammelt. Wann kommst du dieses Zeugs abholen und mich besuchen?«

Meine Kehle war trocken, als ich antwortete: »Ich versuche, nächstes Wochenende zu kommen. Am Freitag halte ich einen Vortrag, am Samstagmorgen könnte ich nach Köln fahren.«

Meine Mutter unterbrach mich: »Wir haben uns ewig nicht gesehen. Ich habe dir etwas aus Barcelona mitgebracht.«

»Wie sollte ich dich denn besuchen?«, verteidigte ich mich. »Du warst doch verreist.« Weshalb mich meine Mutter sofort in diesen Verteidigungsmodus zwängte, verstand ich nicht. Immerhin ging ich auf Mitte fünfzig zu. Aber meine Reaktionen auf sie waren seit Jahren fast kindlich. Darüber ärgerte ich mich.

Ehe ich aber die psychologischen Ursachen für dieses Phänomen weiter hinterfragen konnte, sagte sie: »Hier liegt ein dicker Brief aus Italien. Bitte wirf den Umschlag nicht einfach weg. Da sind hübsche Briefmarken drauf, über die sich der Sohn meiner Nachbarin freuen wird.«

Der Sohn der Nachbarin zählte fast sechzig Jahre und hatte bisher nirgendwo gewohnt außer bei seiner Mutter. Eine Alptraumvorstellung! »Ich werde daran denken«, versprach ich meiner Mutter, die sich, wie sie mir sagte, schon auf den Samstagnachmittagstee mit mir freue. Garantiert servierte sie zum Tee dann wieder den aufgetauten Apfelkuchen, von dem sie stets mehrere in ihrer Tiefkühltruhe in der Garage aufbewahrte.

Ich spürte einen Hauch von Melancholie, als ich das Gespräch beendete. Wie lange würde mir meine Mutter noch erhalten bleiben, die ich trotz oder auch wegen ihrer Marotten liebte?

Sie hatte sich vor Kurzem mit meinem Vater versöhnt, der lange Jahre mit seiner sehr viel jüngeren zweiten Frau bei Alcúdia auf Mallorca gelebt hatte. Diese Frau verließ ihn, und er übersiedelte in ein Heim für betreutes Wohnen in Berlin. Mit ihm kommunizierte ich selten. Er war jetzt zweiundneunzig Jahre alt und recht fit für sein Alter. Ich hatte ihn erst einmal in seinem neuen Domizil besucht und zu einem Besuch der Bellini-Ausstellung in der Gemäldegalerie am Kunstforum eingeladen, danach zu Kaffee und Kuchen in einem Café am Potsdamer Platz. Aber unsere Unterhaltung lief stockend.

Wir hatten uns seit der Scheidung meiner Eltern vor mehr als dreißig Jahren nur sporadisch gesehen. Seine zweite Frau war nur wenig älter als ich, sein Leben auf Mallorca weit entfernt von meinem Alltag, und die wenigen Male, die ich ihn dort besuchte, waren anstrengend gewesen. Dennoch freute ich mich, dass meine Mutter gegen ihn keinen Groll mehr hegte. »Er ist sehr alt«, kommentierte sie, »und weshalb soll ich ihm noch böse sein? Traurig für ihn, dass ihn die Zweite verlassen hat. Mein Leben ist schön, seines weniger.« Dass sie selbst auf die neunzig zuging, verdrängte sie gerne.

Nach dem Telefonat setzte ich mich an den Vortrag für den kommenden Freitag im Landesmuseum. Leider konnte ich mich nicht konzentrieren. Mein unermüdlicher Gehilfe Harald hatte mir versprochen, die Telefonnummer von Dörte Luer in Bashausen herauszufinden. Ich plante, ihr einen Besuch abzustatten. Allerdings würde ich weder Harald mitnehmen noch Schumann Bescheid geben.

Harald hatte angedeutet, er habe ohnehin keine Zeit, durch die Lande zu fahren, und ich wollte erst einmal mit Dörte allein sprechen, um herauszufinden, ob sie mehr über ihren Großvater wusste. Das gab ich Harald auch so zu verstehen.

Er klang allerdings dann doch etwas beleidigt, als er sagte: »Das ist mir recht. Aber ruf nicht um Hilfe, wenn es nicht nach Plan verläuft.« Harald, die Diva!

Am frühen Nachmittag versuchte ich mein Glück. Nur eine neutrale Mailboxansage. Ich sprach darauf und bat Dörte Luer um Rückruf. Der Nachmittag verging, mein Vortrag nahm Gestalt an.

Zwischendurch rief ich bei meinem Uni-Gewährsmann Bernd Krause an, der sofort mit der Neuigkeit herausplatzte: »Heiko Blum hat vor acht Wochen gekündigt. Er wollte seinen Lehrauftrag in Hannover zurückgeben. Man munkelt, er habe ein besseres Angebot in Köln bekommen. Andere sagen, er wollte nur noch als Journalist arbeiten. Ganz klar ist das nicht. Hier wird viel getuschelt. Blum war ein Einzelgänger, keine Freunde, und mit uns Kollegen hatte er nicht viel im Sinn. Seine Vorlesungen waren recht gut besucht, aber er klinkte sich seit einiger Zeit immer mehr aus seinen Verpflichtungen aus. Deshalb überrascht uns seine Kündigung nicht.«

»Eigentlich wollte ich dich etwas anderes fragen«, gelang es mir, ihn zu unterbrechen.

»Ach so? Was denn? Willst du mit mir essen gehen? Das wäre okay.«

»Vielleicht bald mal, gerne«, sagte ich. »Aber kannst du mir jemanden nennen, der sich mit alten Schriften auskennt? Unter anderem mit Hieroglyphen und Keilschrift.«

Bernd Krause lachte laut auf. »Jetzt wirfst du aber alles in einen Topf! Das eine gehört zu den Ägyptologen, das andere ist etwas für Spezialisten für vorderasiatische oder assyrische Archäologie.«

»Natürlich, klar! Ich besitze eine Fotografie von einem Dokument mit Schriftzeichen, die sehr sonderbar aussehen. Offensichtlich ein Gemisch aus alten Schriftzeichen verschiedener Alphabete. Vielleicht sogar Linear A und B aus Kreta.« Ich schämte mich fast für meine laienhafte Unwissenheit.

Krause lachte. »Dann sag das doch gleich! Ich kenne den richtigen Mann für dich. Das ist Piet Hamann. Er ist spezialisiert auf kretische Geschichte. Hat in Knossos an Grabungskampagnen teilgenommen und in Gortys. Meistens lehrt er in Göttingen, ist aber auch Gastdozent in Berlin und München. Netter Kerl. Ich gebe dir seine Nummer. Übrigens gehört Hamann genau wie

Oskar Schneider und ein paar andere zu einem Club, der sich ›Scientia‹ nennt und unter anderem über esoterische Phänomene in der Wissenschaft diskutiert.«

Nie hätte ich gedacht, dass sich mein alter Kommilitone zu einer Art Harald Frostauer Nummer zwei entwickeln würde. Wir hatten zusammen zwei Semester frühmittelalterliche Kunst studiert und waren locker in Verbindung geblieben. Er war immer freundlich und hilfsbereit gewesen. Seit meinem Abschlussexamen hatte ich nur selten mit Universitäten zu tun und kannte nur noch wenige Mitarbeiter, meist ehemalige Kommilitonen, die als Lehrkräfte an der Uni geblieben waren. Dazu gehörte Bernd.

Er war vor drei Jahren von Frankfurt nach Hannover gezogen, frisch von seiner Frau, Dozentin für mittelhochdeutsche Literatur, getrennt. Sybille Krause war mit der gemeinsamen Tochter Zoe in Frankfurt geblieben. Bernd hing an seiner Tochter, die Medizin studierte, und besuchte sie häufig. Das hatte er mir vor einiger Zeit bei einer zufälligen Begegnung erzählt. Seitdem standen wir in engerem Kontakt. Und nun erwies er sich erneut als erfreulich hilfreich. »Wenn ich mich mal revanchieren kann, sag es mir bitte«, sagte ich.

»Eine Freikarte für deinen Vortrag am Freitagabend im Landesmuseum wäre schön«, antwortete er. Das ließ sich machen.

Kaum hatte ich das Gespräch beendet und wollte Piet Hamann anwählen, klingelte mein Handy. »Private Number«. Das macht mich immer misstrauisch. Dennoch nahm ich den Anruf entgegen.

»Hier Dörte Luer«, schnarrte eine Stimme, die nach Zigaretten und Alkohol klang. »Sie hatten angerufen?«

»Ja, Frau Luer, ich würde Sie gerne besuchen und mich über die Arbeit Ihres Großvaters Wilhelm Grabert unterhalten. Ich sitze an einem Artikel über etruskische Kunst und habe gehört, dass er eine Koryphäe auf diesem Gebiet war. Könnten Sie mir eventuell seine Sammlung zeigen und mir einige Informationen dazu geben?«

Schweigen in der Leitung. Dann ein trockenes Hüsteln. »Können Sie morgen gegen zwölf Uhr hier sein? Ich habe am

Nachmittag einen Arzttermin in Göttingen, und vormittags bin ich nicht ansprechbar!« Ein knisterndes Lachen.

Ich sagte zu, und Dörte Luer gab mir einige Anweisungen für die Anfahrt zu ihrem Haus. »Es liegt zwischen Bad Gandersheim und Bashausen, von der Straße ab, ein Stückchen feldeinwärts. Keine Straßenadresse, nur der Name, ›Haus Ariadne‹. Es steht aber ein Hinweisschild an der Straße. Rechnen Sie mit anderthalb Stunden von Hannover. Bashausen liegt von Hannover aus gesehen hinter Gandersheim, mein Haus ist kurz vor Bashausen. Ich erwarte Sie pünktlich!«

Ich versuchte Piet Hamann zu erreichen, doch erfuhr von seiner Sekretärin im Institut, er sei für einige Tage verreist. »Freitag ist er zurück«, vertröstete sie mich. Ich hinterließ meine Nummer.

Der nächste Morgen war kühl, aber sonnig. Mein kleines rotes Auto, nicht mehr das jüngste, stand seit drei Wochen in meiner Straße geparkt. Glücklicherweise setzte es sich brav in Bewegung.

Ich hatte eine Stunde mehr Zeit eingeplant, da ich in Bad Gandersheim in der Nähe der großen Stiftskirche frühstücken wollte. Ich kannte das Städtchen von seinen Domfestspielen, hatte dort im vergangenen Jahr eine sehr gelungene Aufführung einer Inszenierung von »Der Name der Rose« nach dem Roman von Umberto Eco erlebt und das Kloster Brunshausen besucht, wo im 10. Jahrhundert die erste deutsche Dichterin, Roswitha von Gandersheim, lebte, berühmt für ihre Dramen und Legenden. Nach ihr ist ein Literaturpreis nur für Schriftstellerinnen benannt.

Nach einem ausgiebigen Frühstück im Schatten der mächtigen Stiftskirche machte ich mich wieder auf den Weg. Ich war ein wenig traurig, dass Richard nicht an meiner Seite war.

Ich bin keine großartige Autofahrerin und fuhr deshalb langsam und majestätisch in Richtung Bashausen. Nach zwanzig Minuten entdeckte ich auf der gegenüberliegenden Straßenseite ein verwittertes Holzschild mit der Aufschrift »Haus Ariadne«.

Der Name passte zu einem Haus, in dem ein Mann wie Grabert seine letzten Jahre verbracht hatte. In Erinnerung an Kreta, denn Ariadne hatte Theseus den Faden gegeben, mit dessen Hilfe er nach seinem Sieg über den Minotaurus wieder aus dem Labyrinth herausfand. Aber anders als in Hollywood-Kinomärchen blieben die Tochter des Königs Minos und der Prinz aus Athen nicht zusammen. Er ließ sie auf der Insel Naxos zurück, wo sie sich der Sage nach mit Dionysos vermählte. Theseus wurde später ruhmreicher Herrscher von Athen. Allerdings endete er tragisch. Er wurde auf der Insel Skyros von einem Felsen gestürzt. Mord gehörte bereits in der Antike zum Alltag. Und der dramatische Tod des mythischen Helden erinnerte mich an Petruccios Geschichte von Gregorio, Marcos Assistenten. Auch ihn fand man tot am Fuß einer Klippe.

Der Feldweg führte etwa einhundert Meter von der Straße aus direkt vor ein großes Haus mit einer dunkelgrün gestrichenen Eingangstür. Ich schätzte das Alter des Gebäudes auf etwa einhundertfünfzig Jahre. Ein stattlicher Bau mit vielen Fenstern, einem Steildach mit mehreren hohen Schornsteinen und mit einem Seitengebäude, aus dessen Schornstein Rauch aufstieg. Zwanzig Meter entfernt lag eine Garage neueren Datums, vor der ein Mini Cooper parkte. Und hinter dem Haus erstreckte sich ein Garten. Das jedenfalls meinte ich anhand der Baumwipfel hinter dem Gebäude erkennen zu können. Ich hatte ein düsteres Haus erwartet. Aber Haus Ariadne wirkte auf den ersten Blick hell und freundlich.

Ich wollte an der Klingelschnur neben dem Eingang ziehen, als die Tür aufsprang. Es erschien eine schmale Frau mit einem Gesicht voller Falten, einem weißen Haarschopf und wachsamen dunklen Augen, die mich an einen Vogel erinnerten.

»Pünktlich sind Sie ja!«, begrüßte mich Dörte Luer, die ich an ihrer Raucherstimme erkannte. Sie streckte mir ihre Hand entgegen. Dörte Luer war Ende sechzig, aber sie wirkte wesentlich älter. Ihre Hände waren übersät mit Altersflecken. »Kommen Sie herein. Ich brauche einen Kaffee«, sagte sie.

In der Eingangshalle standen zwei Eichentische und ein Schrank mit kunstvoll geschnitzten Türen, den ich als einen holländischen Geschirrschrank identifizierte. An den Wänden hingen einige dunkle Gemälde und mehrere Masken. Das Wohnzimmer dahinter wurde von der Mittagssonne erhellt, die durch die halb geöffnete Verandatür fiel. Ein gemütlicher Raum mit einem steinernen Kamin, drei Sofas, mehreren Sesseln und im hinteren Teil mindestens vier Vitrinen, in denen, wie ich sah, antike Objekte standen.

Dörte Luer bemerkte meinen Blick: »Mein Großvater war bei etlichen Grabungen dabei und hat einiges davon mit nach Hause gebracht. Alles legal! Originalobjekte, vor allem kleinere Bronzen und Münzen. Hauptsächlich römisches Kaiserreich, aber auch ein paar ältere Sachen. Etruskische Kleinbronzen. Eigentlich wollte er seine Sammlung verschiedenen Museen stiften, hat dann aber verfügt, dass sie so lange hier im Haus verbleiben sollten, bis einer seiner Erben das Haus verkauft. Dann soll der Großteil seiner Sammlung nach Berlin.«

Dörte Luer setzte sich auf einen Sessel mit einem verblichenen Bezug aus hellgelbem Chintz, ich mich gegenüber auf ein Sofa mit einem rostroten Überwurf. Eine Minute später erschien eine Frau mit einem Kaffeetablett, das sie auf einem Tisch zwischen Dörte Luer und mir absetzte. Sie goss zwei Tassen ein, sagte kein Wort, nickte mir kurz zu und verschwand.

Dörte Luer lächelte entschuldigend. »Meine langjährige Haushaltshilfe Emma. Sie wohnt in Bashausen, kommt aber jeden Tag für ein paar Stunden hierher. Ich leide unter Rheuma und kann deshalb vieles nicht mehr allein bewältigen.«

Ich machte keinen langen Small Talk, sondern fragte Dörte direkt: »Ich bin bei Recherchen immer wieder auf den Namen Ihres Großvaters gestoßen und hoffe, dass Sie mir etwas mehr über ihn erzählen können.«

»Wozu brauchen Sie diese Informationen?«, fragte sie misstrauisch.

Fröhlich flunkernd wiederholte ich, dass ich an einem Aufsatz über deutsche Archäologen arbeitete, die sich mit der etruskischen Geschichte befasst hätten. »Ihr Großvater hat im fortgeschrittenen Alter in Göttingen noch einen Lehrstuhl innegehabt und galt als Experte.«

Dörte Luer nickte. »Mein Großvater war ein Phänomen. Er war als junger Mann auf Kreta, und zeit seines Lebens schwärmte er von der Arbeit in Phaistos. Die minoische Kultur war seine Leidenschaft. Als er aber wegen einer tragischen Geschichte 1908 die Insel verließ, wandte er sich Italien zu und versuchte, bei den Etruskern seine neue geistige Heimat zu finden.«

Das klang pathetisch, aber überzeugend. »Was ist damals auf Kreta geschehen?« Ich spielte die Unwissende.

Dörte Luer antwortete nicht direkt: »Meine Großmutter starb schon 1950, also vor meiner Geburt. Ich war vierundzwanzig Jahre alt, als mein Großvater 1979 im gesegneten Alter von fünfundneunzig Jahren von uns ging. In den beiden letzten Jahren seines Lebens wurde er zunehmend vergesslich. Er sprach mich manchmal auf Griechisch an und nannte mich Maria. Aber in seinen klaren Momenten kam er immer wieder auf die Entdeckung des Diskos von Phaistos zu sprechen. 1908 hatte man ihn gefunden, eine archäologische Sensation.«

Sie sah durch die Verandatür hinaus auf den Garten, der sich hinter dem Haus bis zu einem Feld erstreckte. »Mein Großvater war zusammen mit einem Italiener und einem Kreter im Team von Luigi Pernier. Mein Großvater betonte immer wieder, die Scheibe sei ein unvergleichliches originales Meisterwerk aus minoischer Zeit. Und das ist sie ja in der Tat.«

Dörte Luer zeigte auf ein Plakat an der Wand über einer Kommode. »Sehen Sie, da ist eine Abbildung. Die Zeichen darauf sind faszinierend und bis heute nicht entschlüsselt.«

Mich überlief ein Schauder. Auf dem Plakat sah der Diskos gewaltig aus, und ich konnte die einzelnen Zeichen gut erkennen, besser als im Museum von Heraklion. »Aber warum hat Ihr Großvater damals Kreta verlassen?«, fragte ich.

Dörte Luer ließ sich nicht drängeln. »Also, die Geschichte ist mysteriös«, sagte sie, nachdem sie einen Schluck Kaffee getrunken hatte. »Dieser Assistent aus Kreta, Nicos hieß er, hat wohl behauptet, er habe eine zweite Scheibe ausgegraben, wollte sie aber nur Pernier zeigen. Mein Großvater war eng mit Nicos befreundet, doch Nicos war auch ihm gegenüber zurückhaltend. Ehe aber Pernier diese angebliche zweite Scheibe zu Gesicht bekam, wurde Nicos getötet, und von dem Diskos fehlte jede Spur. Mein Großvater reiste einige Wochen später zurück nach Deutschland, verbittert und enttäuscht. Der Dritte im Bunde, Marco, ging nach Italien zurück. Die beiden hielten locker Kontakt, sahen sich wohl auch ein paarmal in den frühen dreißiger Jahren.«

Sie fuhr sich mit der rechten Hand durch ihren weißen Schopf. »Großvater war kurz vor Kriegsausbruch bei einer Grabung in der Toskana. Später hat er dann in Berlin und Göttingen gewirkt. Er ist nie mehr nach Kreta zurückgegangen, was ihm schwergefallen ist.«

Das hatte ich anders gehört, schwieg aber. Nach Agios Stefanos zog es ihn allerdings wohl nicht während seiner Zeit auf Kreta in den beiden letzten Kriegsjahren, vielleicht, weil dort die Witwe von Nicos bei ihrer Familie lebte und ihn sicherlich selbst nach so vielen Jahren erkannt und mit der Vergangenheit konfrontiert hätte.

Dörte Luer saß zusammengesunken in ihrem Sessel und schien plötzlich geistig abwesend zu sein. Ich blickte mich in dem geräumigen Zimmer um. »Sind in den Vitrinen die Sammlerstücke Ihres Großvaters?«

Dörte Luer zuckte zusammen. »Ja, das sind Teile seiner Sammlung. Wenn ich sterbe, dann erbt mein Neffe dieses Haus. Ich schätze, er wird es verkaufen. Aber bis dahin bleibt die Sammlung, wie schon erwähnt, hier. Gelegentlich kommen Wissenschaftler vorbei und studieren einzelne Gegenstände. Ich erlaube aber keine Fotos mehr. Letztens tauchte ein Archäologe von der Universität München auf und fragte, ob das nicht zum großen Teil Kopien seien und ob mein Großvater sie sich legal angeeignet habe. Ich habe ihn hinauskomplimentiert. Die meisten Stücke hat Großvater im Laufe seiner Arbeit geschenkt bekommen, darunter tatsächlich einige sehr gute Kopien aus der jeweiligen Epoche. Die sind auch wertvoll. Und einiges hat er bei seriösen Händlern gekauft.«

Sie stand auf und ging zu einer der Vitrinen. Mit einem winzigen Schlüssel öffnete sie die Tür und holte drei Objekte heraus. »Sehen Sie, diese zwei Pferdefigürchen hat er gekauft und diesen kleinen Kopf aus Bronze, alles etruskisch. Minoische Kunst besitzt er nicht.«

Mir verschlug es den Atem. Die drei kleinen Bronzen sahen den in der Villa Etruria gestohlenen Gegenständen zum Verwechseln ähnlich. Stammten diese Objekte aus Roselle? Ich fragte lieber nicht. Wahrscheinlich kannte Dörte Luer die Provenienz der einzelnen Stücke gar nicht.

Sie stellte die drei Figürchen wieder zurück in die Vitrine und schloss sie ab. »Was möchten Sie noch über meinen Großvater wissen?«

Ich gab mir einen Ruck. »Entschuldigen Sie, wenn ich noch mal auf das Thema Kreta zurückkomme. Ich habe gehört, er sei 1944 nach Kreta versetzt worden, als eine Art wissenschaftlicher Berater.«

Dörte Luers Ausdruck verwandelte sich von freundlich in finster. »Ich habe Ihnen schon gesagt, dass er nicht mehr dort war. Nach 1908 nie wieder! Wer erzählt denn so was?«, funkelte sie mich an. »Totaler Blödsinn! Er war fast den ganzen Krieg über mit wissenschaftlichen Projekten in Berlin beschäftigt, hat dort mehrere Bücher verfasst. Kreta? Nein, da war er nicht. Was sollte er da? Als Berater? Für wen oder für was?«

»Na ja, es gab ja noch immer Grabungskampagnen, und er wurde vielleicht zurate gezogen«, versuchte ich die alte Dame zu beruhigen.

»Mein Großvater«, knurrte sie, »mag zwar ein Mensch mit Fehlern gewesen sein und als Vater keine Lichtgestalt. Als Großvater dagegen war er fürsorglich und geduldig. Politisch war er nie aktiv, musste aber zwangsweise der Partei beitreten. Aber er hätte sich nie in den Dienst der Besatzungstruppen auf Kreta gestellt, so verführerisch es für ihn auch gewesen sein könnte, wieder auf die Insel zu kommen.«

»Sie haben auch nie etwas von einem ehemaligen Offizier namens Klaus Kurz gehört?« So schnell wollte ich nicht aufgeben.

»Ich glaube, Ihre Zeit ist um. Ich muss gleich nach Göttingen aufbrechen«, schnappte Dörte Luer.

Ich konnte es mir nicht verkneifen, sie zu fragen: »Hat sich in den letzten Wochen ein Mann namens Heiko Blum bei Ihnen gemeldet? Ein Journalist, der an einem größeren Bericht über ältere Ausgrabungen auf Kreta arbeitete?«

Dörte Luer zuckte leicht zusammen, sagte aber rasch: »Nicht dass ich mich erinnern kann, jedenfalls nicht an einen Mann dieses Namens. Wie schon erwähnt bekomme ich öfter Anfragen von unterschiedlichen Leuten, die sich für das Werk und die Sammlung meines Großvaters interessieren. Aber ein Heiko Blum? Nein!«

Ich spürte, dass sie log, und wunderte mich, weshalb sie diese Begegnung leugnete. Vielleicht, weil sie durch die Meldungen in den Medien von seinem Tod erfahren hatte und nicht mit ihm in Verbindung gebracht werden wollte?

»So, jetzt müssen Sie aber wirklich gehen!«, sagte Dörte Luer. Ihre Stimme wirkte nicht mehr so autoritär wie vor wenigen Minuten.

Ich sah sie bittend an. »Darf ich wenigstens noch einen Blick auf die Sammlung werfen?«

»Na gut«, erwiderte sie. »Ich muss in einer halben Stunde los. Bis dahin können Sie sich umschauen. Aber ich hole nichts für Sie aus den Vitrinen heraus. Alles bleibt hinter Glas!«

»Hat Ihr Großvater die einzelnen Objekte katalogisiert?«, wollte ich wissen.

»Ja, er hat alle Objekte in einem dicken schwarzen Buch notiert. Das bewahrte er stets in einem Tresor im Arbeitszimmer auf, und da liegt es heute noch, seit Jahrzehnten unangetastet.« Dörte Luer hatte sich beruhigt und klang wieder freundlicher.

»Ich habe doch noch eine letzte Frage«, versuchte ich mein Glück. »Um 1960 hatte Ihr Großvater für kurze Zeit einen Studenten aus Kreta namens Christos Mandrakis. Hat er ihn je erwähnt?«

Dörte Luer schüttelte den Kopf. »1960 war ich fünf Jahre alt und lebte nicht hier. Meine Eltern kamen damals nur selten nach Bashausen, wo mein Großvater sich dieses alte Gemäuer ein paar Jahre nach dem Krieg gekauft und völlig saniert hatte. Er nannte es seinen Alterswohnsitz, hatte eine Wohnung in Göttingen, fuhr aber fast jedes Wochenende hierher. Mein Vater mochte dieses Haus nicht. Er hat 1953 meine Mutter Petra geheiratet. Er stammte aus Braunschweig. Mein Großvater Grabert war nicht glücklich darüber, dass mein Vater Jurist war. Meine Mutter war davor mit einem Lateinlehrer verlobt gewesen. Immerhin ein Altsprachler. Das hätte Großvater akzeptiert.« Sie seufzte.

»Petras Enkel, mein Neffe, ist Althistoriker. Das hätte den alten Grabert erfreut. Aber er starb kurz vor der Geburt seines Großenkels. Ich habe keine Kinder. Mein Neffe ist mein Erbe. Aber, wie gesagt, er wird diesen alten Kasten sicher verkaufen.«

»Und den Namen Christos Mandrakis haben Sie auch später in den Erzählungen Ihres Großvaters nie gehört?« Ich ließ nicht locker.

Sie stand auf. »So, jetzt haben Sie noch zwanzig Minuten, um sich umzuschauen! Nein, ich kenne den Namen nicht. Emma bringt Sie dann nachher hinaus. Auf Wiedersehen!« Sie reichte mir zum Abschied nicht die Hand, sondern drehte sich um und verließ den Raum. Dass sie an Rheuma litt, merkte man ihrem energischen Schritt nicht an. Seltsame Frau!

Ich ging von Vitrine zu Vitrine. Hübsche kleine Erinnerungsstücke wie Öllämpchen und Figuren, einige Schalen und zwei Dolche mit vom Alter grün verfärbten Klingen. Aus Kreta schien nichts dabei zu sein. Als Letztes trat ich an eine sehr viel kleinere Vitrine, die im Schatten eines Bücherregals ungünstig positioniert war. Und da sah ich einen kleinen Becher aus zartem Goldblech, einen Armreif aus dem gleichen Material und eine Keramikschale. Unverwechselbare Beispiele für das mykenische Erbe auf Kreta, fast dreitausend Jahre alt. Ich war mir sicher, dass dies weder Kopien noch Fälschungen waren.

Wann hatte Wilhelm Grabert diese Gegenstände erworben? Bereits 1908, als man in Phaistos auch mykenische Relikte entdeckte, oder fast vierzig Jahre später? Entweder log Dörte Luer bewusst, oder, was ich bezweifelte, sie wusste es nicht besser. Ich würde nicht aufgeben und weiter forschen. Irgendetwas an Grabert irritierte mich auch jenseits des Wissens, dass er offensichtlich in Verbindung mit Klaus Kurz gestanden hatte. Was, wenn er doch schon 1908 in die Entdeckung seines Freundes Nicos eingeweiht gewesen war, ein doppeltes Spiel getrieben hatte und ihm Jahre später Marco Di Fillipo auf die Spur gekommen war? Weit hergeholt, aber nicht völlig surreal.

Emma tauchte lautlos auf und begleitete mich aus dem Haus. Stumm und mit starrer Miene. Als ich in mein Auto stieg, glaubte ich oben an einem der Fenster Dörte Luer zu sehen, nur für eine Sekunde.

Langsam fuhr ich den Feldweg hinunter. Kurz vor der Auffahrt auf die Landstraße kam mir ein Auto mit einer Kölner Nummer entgegen. Ich erhaschte nur einen kurzen Blick auf die Insassen. Zwei Männer. Den einen glaubte ich zu erkennen: den Astrophysiker Oskar Schneider, den ich gelegentlich im Fernsehen gesehen hatte. Das Gesicht des Mannes auf dem Beifahrersitz verdeckte eine Sonnenbrille und ein Käppi. Dennoch meinte ich, ihn schon einmal getroffen zu haben. Aber da war der Wagen rasch an mir vorbei in Richtung des Hauses Ariadne.

Nachdenklich machte ich mich auf den Heimweg mit mehr Fragen als Antworten im Gepäck.

Der zweite Aufgalopp

Der Freitag nahte mit großen Schritten. Schumann tauchte kurz vor meinem Vortrag im Museum auf und flüsterte mir zu, er müsse mich dringend nach der Veranstaltung sprechen.

Ich informierte ihn über meine Absicht, am nächsten Morgen nach Köln zu fahren. »Mir fehlt der Apfelkuchen meiner Mutter«, begründete ich das mit leichter Ironie, die Schumann überhaupt nicht verstand.

»Wieso? Hier gibt es auch Bäckereien mit gutem Kuchen!« Manchmal war er hoffnungslos.

Harald Frostauer saß unter den Zuhörern. Er hatte ein besonderes Verhältnis zur Kunst der Renaissance. Das Thema »Raubkopien und Fälschungen« interessierte ihn. Bei einem unserer Abenteuer, bei dem es um ein Gemälde von Paolo Uccello und ein Bild von Giovanni dell'Ombra, genannt Il Biondo, gegangen war, hatte er Traumatisches erlebt. Darüber sprach er nie, aber inzwischen ahnte ich, was ihm widerfahren war. Für kurze Stunden hatte er geglaubt, Besitzer eines Meisterwerks der Renaissance zu sein. Dieser Traum war damals jäh zerplatzt. Offenbar hatte man ihn ausgetrickst. Das aber schreckte ihn nicht ab, sich weiterhin für die Kunst jener Epoche zu begeistern, und als ich in meinem Vortrag auf Il Biondos Werke zu sprechen kam, lag ein wissendes Lächeln auf seinem Gesicht.

Bernd Krause trat nach der Veranstaltung zu mir, begrüßte mich herzlich, was Harald zu der Bemerkung veranlasste: »Wenn das Richard sehen würde«, und bot mir seine Hilfe bei weiteren Fragen an.

»Hamann hat sich noch nicht gemeldet«, sagte ich ihm. »Aber ich bin am Wochenende verreist. Es hat Zeit.«

Bernd nickte. »Piet ist viel unterwegs. Doch ich werde ihm eine Mail schicken und ihn bitten, dich bald anzurufen. Wir kennen uns seit Jahren. Er hat diesen Freundeskreis, von dem ich dir erzählt habe. Er besucht die anderen Mitglieder häufig, vor allem Oskar Schneider und Steffen Fuhrer, Archäologe in

Freiburg. Piet wollte, dass ich diesem Club Scientia beitrete. Aber ich habe keine Zeit und auch keine besondere Lust dazu. Das ist mir zu speziell, zu abgehoben, und ohnehin bin ich kein Club-Mensch.«

Schumann wartete ungeduldig, bis Bernd Krause sich verabschiedet hatte, dann kam er gleich zur Sache. »Musst du morgen wirklich nach Köln? Ich bräuchte dich nämlich als Begleiterin bei einem etwas mühsamen Besuch, der mir bevorsteht. Und den sollte ich an diesem Wochenende hinter mich bringen.«

Ich wartete ab und blickte ihn nur fragend an.

»Blum ist jetzt in der Gerichtsmedizin hier in Hannover bei Astrid Knaupp«, fuhr er fort. »Ich bin gespannt, ob sich etwas Neues ergibt. Ich bezweifele es zwar, aber eine zweite Meinung ist wichtig. Waltraud drängt sehr darauf, das Begräbnis für ihren Bruder zu organisieren. Er soll in Stade begraben werden. Familiengrab.«

»Warum nimmst du nicht deinen neuen Assistenten Carsten Willems zu diesem Termin mit?« Dankend nahm ich ein Glas Wein entgegen, das mir eine Hilfskraft des Museums anbot.

Wir standen im oberen Foyer des Museums. Von den fünfzig Zuhörern waren noch etwa zwanzig geblieben, um bei einem Glas Wein und Salzstangen zu plaudern. Nicht unbedingt über mein Referat, wobei mir eine Dame zu verstehen gab, dass ich ihren Lieblingsmaler, Sandro Bolognese, vergessen hätte. Der aber hatte im 17. Jahrhundert in Bologna gelebt, wie der Name schon andeutete, und gehörte zu den zu Recht vergessenen Malern des Barocks, ein Künstler mit großen Ambitionen, aber wenig Talent. Das aber wollte ich der guten Frau nicht unhöflich ins Gesicht sagen. Also nickte ich nur und heuchelte Bedauern.

Schumann sah mich trübsinnig an. »Ich vermisse Hartmut«, sagte er. »Carsten ist recht nett, aber oft kleinkariert. Ich hoffe, das ändert sich noch. Frau Dr. Knaupp dagegen macht einen sehr guten Job. Doch bei diesem Ausflug möchte ich dich dabeihaben. Ich verfolge eine Spur, die vielleicht mit Blums Recherchen zu tun hat.«

»Wie bist du darauf gekommen?« Meine Neugierde war geweckt.

Schumann lächelte triumphierend. »Da siehst du es wieder! Die Miss Marple in dir ist erwacht.« Zufrieden nahm er sich eine Salzstange und biss ein Stück ab. »Kann sich das Museum nichts Besseres leisten?«, maulte er. »Salzstangen und Weißwein aus dem Sonderangebot?«

»Mein Honorar hat das gesamte Budget verschlungen«, frotzelte ich. Schumann musste nicht wissen, dass ich heute Abend ohne Entgelt aufgetreten war, um das von mir sehr geschätzte Museum zu unterstützen.

Er blickte mich überrascht an. »Du und geldgierig? Man lernt nie aus.« Rasch nahm er sich eine zweite Salzstange. »Also, Anna, kommst du mit? Ich habe einen Termin um vierzehn Uhr.«

»Jetzt mal ganz langsam! Wo, mit wem und warum? Wenn ich meiner Mutter einen Korb geben muss, brauche ich einen guten Grund.« Meine Mutter könnte mich auch am Sonntag mit Apfelkuchen beglücken, und da am Dienstag Feiertag war, der 3. Oktober, würde ich am Montag in Köln bleiben können. Richard sollte am 4. Oktober endlich entlassen werden. Nach fast sechs Wochen in der Reha.

Aber so leicht wollte ich es Schumann nicht machen. Er nahm meine Hilfe immer als selbstverständlich an. Inzwischen benötigte er glücklicherweise nicht mehr meine Unterstützung für englische Übersetzungen. Fünf Jahre Drängeln meinerseits, er möge doch bitte einen Sprachkurs belegen, hatten es endlich gebracht.

»Du bist ein zäher Brocken«, nuschelte er mit vollem Mund. »Gut, es geht um eine Dame, die in der Nähe von Bad Gandersheim wohnt.«

Das konnte doch nicht wahr sein! Etwa ein Besuch bei Dörte Luer? Ich sagte nichts.

»Diese besagte Frau ist eine Enkelin von Wilhelm Grabert, dem renommierten Archäologen. Er hat seine letzten Berufsjahre in Göttingen verbracht. Wassili Vargas hat herausgefunden, dass Grabert von 1944 bis Anfang 1945 auf Kreta angeblich als wissenschaftlicher Berater bei Ausgrabungsprojekten gearbeitet hat. Wir nehmen inzwischen an, dass Blum eine große Story zum Thema Schwarzhandel mit archäologischen Raritäten in jener

Zeit geplant hatte. Deshalb hat er auch in Agios Stefanos recherchiert, wo Klaus Kurz offenbar in allerlei dunkle Geschäfte verwickelt war und zudem seinen Offizierskollegen verraten haben soll. Kurz kann niemand mehr belangen. Selbst wenn er irgendwo in Deutschland untergetaucht sein sollte, ist er längst tot. Aber es könnte sein, dass Grabert darin verwickelt war. Und Waltraud sagte mir, ihr Bruder Heiko wäre mal Gast in einem Club gewesen, der im Haus eines bekannten Archäologen getagt hat, und hätte spannende Sachen entdeckt.«

Hatte der Club also in Graberts Haus getagt? Dann war Blum doch dort gewesen. Dieser Club begann mich zu interessieren.

Schumann sah mich forschend an. »Na, wie klingt das?«

Ich verschluckte mich an dem sauren Wein und prustete. »Und was bringt dich dazu, diese Frau zu besuchen?« Fast hätte ich ihren Namen ausgesprochen und mich verraten.

»Diese Dörte Luer? Ich hoffe, dass es in diesem Haus Hinweise auf die Tätigkeit ihres Großvaters gibt und vielleicht auch irgendwelche Objekte mit ungeklärter Provenienz. Nicht umsonst ist der clevere Heiko Blum bei seinen Recherchen auf dieses Haus gestoßen, das Grabert sich laut unseren Informationen 1950 gekauft hat. Seine Frau Margot, geborene von Malwin, ist in demselben Jahr bei einem Autounfall ums Leben gekommen. Grabert hatte zwei Kinder, einen Sohn und eine Tochter. Beide auch schon vor längerer Zeit gestorben.«

Er griff nach einer weiteren Salzstange. Der arme Mann – er musste kurz vor dem Verhungern sein.

»Ich habe mich bei Dörte Luer für morgen angemeldet, weil die Zeit drängt, wir keine Spur von Blums Mörder haben und nun allem Erdenklichen nachgehen. Dich hätte ich auch gerne dabei, allein schon wegen deiner Kenntnisse auf dem Gebiet von Kunst und Geschichte. Du hast mir auf Kreta sehr geholfen.«

Ich fühlte mich zwar geschmeichelt, erwiderte aber: »Da wäre ein Archäologe mit Spezialwissen über Kreta besser geeignet. Bernd Krause hat mir einen Namen genannt. Piet Hamann, der in Göttingen lehrt.« Zudem kannte Hamann als Mitglied des Clubs das Haus Ariadne wohl aus mehrfacher eigener Erfahrung, was hilfreich sein würde.

Schumann reagierte heftig. »Dieser Bernd Krause! Ist das dein jüngster Verehrer?«

Ich musste lachen. War ich Miss Phryne Fisher aus der australischen Krimiserie, die zum Kummer des reizenden Detectives Jack Robinson in jeder Folge einen anderen Lover hatte? Beruhigend legte ich meinem alten Freund die Hand auf den Arm. »Nein, natürlich nicht! Bernd hat mit mir zusammen studiert, und jetzt arbeitet er an der Uni Hannover. Er unterstützt mich ein bisschen. Und Piet Hamann ist ein Fachmann für archäologische Frühgeschichte.«

»Dieser Krause ist offenbar ein Klon von Harald Frostauer«, brummte Schumann. »Nein, ich möchte keinen sogenannten Fachmann! Den können wir immer noch befragen. Aber dieser Besuch bei der alten Dame soll nicht zu offiziell wirken. Bitte komm mit. Du hast oft ein sehr gutes Bauchgefühl, das muss ich dir lassen!«

Was für ein Kompliment! Bauchgefühl hatte ich reichlich, aber dafür mangelte es mir öfter an Menschenkenntnis. Charmanten Mördern ging ich leider immer wieder auf den Leim.

»Ich muss dir etwas gestehen, Hans!« Diese Beichte fiel mir nicht leicht. »Ich war vor einigen Tagen schon mal bei Dörte Luer. Ich wollte mehr über ihren Großvater erfahren. Irgendwie hat er auch eine Verbindung in die Maremma gehabt. Ich weiß aber noch nicht genau, wie. Sein Name taucht ziemlich oft auf.«

Ich hatte von Schumann eine heftige Abfuhr erwartet. Doch anstatt erbost die Stirn zu runzeln, lächelte er freundlich. »Darüber kannst du mir später mehr erzählen. Ich möchte nur deine Zusage für morgen. Ich muss los. Du weißt ja, dass zu Hause mein Hund wartet.«

»Gut, ich lade lieber den Zorn meiner Mutter auf mich als deinen«, sagte ich. »Ich verschiebe meine Fahrt nach Köln auf Sonntag.«

Schumann umarmte mich kurz. »Dann morgen gegen zwölf Uhr. Ich hole dich ab.« Und weg war er.

Harald Frostauer hatte im Schatten einer Säule gewartet, aber emsig gelauscht. »Und wie lief es mit Dörte Luer? Du hättest mich wenigstens nach deinem Besuch anrufen können.«

»Interessantes Haus, in dem sie lebt«, wich ich einer direkten Antwort auf seine vorwurfsvolle Frage aus. »Schöne Sammlung, aber irgendetwas irritiert mich sowohl an der Frau als auch an den Objekten, die in den Vitrinen zur Schau gestellt werden. Vielleicht komme ich der Sache näher, wenn ich Schumann begleite.«

»Dann viel Glück!«, hauchte Harald und schloss sich einer Gruppe von Bekannten an, die noch »einen« trinken gehen wollten. Ich dagegen eilte nach Hause, beschenkt mit einem Blumenstrauß und beglückt durch die Worte des Pressesprechers des Museums, der mir für diesen wunderbarer Abend dankte. Wer brauchte da schon ein Honorar?

Meine Mutter reagierte bei meinem morgendlichen Anruf erwartungsgemäß mit einem säuerlichen Unterton. »Wie gut, dass ich den Kuchen noch nicht aufgetaut habe. Ich erwarte dich also morgen. Bitte sei pünktlich um sechzehn Uhr da. Ich werde nämlich um achtzehn Uhr abgeholt. Konzert in der Philharmonie. Leider ausverkauft, sonst würde ich dich ja mitnehmen.«

Davon, dass es an der Abendkasse meist noch Karten gab, kein Wort. »Was gibt es denn?«, fragte ich dennoch.

»Irgendetwas mit Tanz«, antwortete meine Mutter kurz angebunden.

Heimlich rief ich auf meinem Computer das Programm vom 1. Oktober auf. »Flying Steps« mit einer modernen Version von »Hänsel und Gretel«. Und das wollte sich meine Mutter antun, für die Brahms schon zur modernen Musik zählte und die Bach, Mozart und Beethoven vergötterte, manchmal auch Händel, Haydn oder Schumann? Als ich sie einmal zu Mahlers Fünfter mitnehmen wollte, erklärte sie mir, dass allein der Gedanke daran eine Zumutung sei.

»Ich werde pünktlich sein. Und ich gehe abends ins Kino.«

Meine Mutter schnaubte verächtlich. Filme mit Lauren Bacall, Humphrey Bogart, Gregory Peck, Ingrid Bergman, Grace Kelly und Cary Grant – das war echtes Kino. Aber dass ich mir sogar »Batman«, »Avatar« und diverse Avenger-Filme angesehen hatte, konnte sie nicht verstehen. »Meine Tochter ist schon etwas seltsam«, erklärte sie stets ihren Freundinnen, »und sie lässt sich ständig mit Gangstern ein.« Ich liebte sie trotzdem!

Es war kurz vor Mittag, als Schumann vorfuhr. Er benutzte keinen Dienstwagen, sondern sein eigenes Auto, das aber nicht so auffällig war wie mein kleiner Roter. Da Schumann beim Autofahren gern Radio hörte, gelang es mir nicht, mit ihm ein Gespräch zu führen. Erst übertönte Beethovens 5. Klavierkonzert meine Versuche, mich über Details unseres Besuchs zu informieren, dann brauste Dvořáks Sinfonie Nummer 9, »Aus der Neuen Welt«, über mich hinweg.

Ich war aber erleichtert, dass er Klassik mochte. Richard dagegen schaltete stets einen Sender ein, der von den Hits der sechziger und siebziger Jahre zehrte. Nichts gegen die Stones, Led Zeppelin und Blood, Sweat & Tears, aber alles zu seiner Zeit.

Als die ersten Takte von Smetanas »Mein Vaterland« ertönten und ich diese von mir geschätzte musikalische Liebeserklärung an die Moldau genießen wollte, drehte Schumann den Ton herunter. »Wir sind gleich da«, sagte er.

Das hatte ich auch gesehen. Immerhin war ich erst vor fünf Tagen hier gewesen.

»Ich möchte von Frau Luer wissen, ob sie nicht doch bereit ist, uns etwas mehr über die Aktivitäten ihres Großvaters zu erzählen ...«

»... falls sie etwas davon weiß. Sie ist Jahrgang 1955.« Ich fiel Schumann ungern ins Wort. Doch bei mir hatte sie auf stur geschaltet und angeblich nichts von den Aktionen ihres Großvaters auf Kreta während der letzten Kriegsjahre gewusst.

Schumann hörte gar nicht zu. »Und es kann sein, dass es in diesem Haus Unterlagen, Tagebücher, irgendetwas gibt, das uns bei Graberts Biografie zwischen 1940 und 1945 weiterhilft. Laut Wassili könnten sich im Fall, dass Kurz mit Grabert gemauschelt hat, einige illegal erworbene Gegenstände in der Grabert-Sammlung befinden. Ich werde den Verdacht nicht los, dass Blum etwas in dem Haus entdeckt und als Grundlage für seine weiteren Recherchen benutzt hat.«

»Wie sollen wir denn eventuell gestohlene Objekte erkennen?«

»Ich habe mich mit Hilfe eines Katalogs vorab informiert.«
Schumann war, wie ich einmal mehr feststellte, immer wieder
für Überraschungen gut.

Er schmunzelte, als er meinen überraschten Gesichtsausdruck
sah. »Mein neuer Freund auf dieser schönen Insel Kreta, Wassili,
hat diesen Katalog aufgetan, den ein gewisser Professor Katzos
vor dreißig Jahren zusammengestellt hat. Gott sei Dank auf
Englisch. Und darin ist eine Reihe von Objekten verzeichnet, die
laut Angaben von diversen Grabungsleitern über die Jahre bei
Ausgrabungen verschwunden sind, insbesondere während des
Krieges. Ich habe mir die Seiten von Wassili mailen lassen, die
Knossos, Gortys und Maliá betreffen. Phaistos ist nicht dabei,
obgleich laut der Nachforschungen von Katzos, wie mir Wassili
sagte, dort bereits um 1908 einige Objekte vermisst wurden.
Aber seine Aufstellung beginnt erst 1920.«

»Wenn es stimmt, dass auch aus Phaistos 1908 Objekte verschwanden, passt das zu der Geschichte von Nicos Siriakis, der
wahrscheinlich Opfer eines Raubüberfalls wurde. Die entwen-
deten Gegenstände sind nie wieder aufgetaucht.«

Ich erblickte das Schild mit der Aufschrift »Haus Ariadne«
und wies Schumann darauf hin. »Schon gesehen«, kommentierte
er. »Das ist ja echt am Ende der Welt.«

Als wir auf den Feldweg zum Haus einbogen, kam uns ein
Wagen entgegen. Berliner Kennzeichen, am Steuer ein Mann, der
hinter der Sonnenblende verborgen war, auf dem Beifahrersitz
dagegen jemand, den ich erkannte. Es war Edgar Grunemann,
mein Bekannter aus der Maremma, der schweigsame Althistoriker. Ich hatte in den vergangenen Tagen öfter an ihn gedacht,
ihn aber nicht kontaktiert. Er war mir fremd geblieben, während
ich seinen Freund Langer als unterhaltsam und aufgeschlossen
empfunden hatte.

Grunemann lebte in Berlin, demnächst sollte er nach Bonn
wechseln. Was hatte er hier zu suchen? Aber ehe ich etwas äu-
ßern konnte, war das Auto in Richtung Bashausen abgebogen
und verschwunden. Grunemann hatte mich offenbar gar nicht
bemerkt. Und wenn, dann hätte er in seiner verschlossenen Art
nicht unbedingt reagiert.

Schumann murmelte: »Da scheinen sich ja heute bei Frau Luer die Besucher die Klinke in die Hand zu geben.«

Er parkte seinen Wagen unmittelbar vor der Garage. Diesmal stand kein Auto davor. Die Haustür sprang auf, und Emma erschien. Wieder kein Wort, nur ein leichtes Nicken. Sie ging hinein, und wir folgten.

Heute erschien mir die Eingangshalle sehr kühl. Im Wohnzimmer brannte ein Feuer im Kamin. Auf dem Tisch standen drei Tassen, die Emma rasch auf ein Tablett stellte und hinaustrug. Die Verandatür war geschlossen. Der Herbst sandte seine ersten Boten. Der Wind hatte aufgefrischt, im Garten wirbelten Blätter umher, und auf den Beeten blühten die letzten Rosen. Ein Eichhörnchen jagte eine Linde hinauf und sprang von weit oben mit einem kühnen Satz hinüber in das Geäst einer Birke. Diese possierlichen Tiere faszinierten mich immer aufs Neue.

Meine Betrachtung wurde durch die schnarrende Stimme von Dörte Luer abrupt unterbrochen: »Ah, Polizeihauptkommissar Schumann und, wenn ich es richtig sehe, Frau Bentorp. Letzteres ist eine Überraschung! Sie scheinen einen Narren an diesem Haus gefressen zu haben.«

Schumann trat vor und hielt Dörte Luer die Hand entgegen, was sie ignorierte. »Setzen wir uns und kommen zur Sache«, sagte sie und ließ sich wieder auf dem Sessel mit dem abgewetzten Chintzbezug nieder.

Ich steuerte das Sofa an, Schumann, der höflich ein »Guten Tag« von sich gab, setzte sich auf einen zweiten, ebenfalls mit einem recht schäbigen dunkelblauen Stoff bezogenen Sessel. »Es ist sehr freundlich, dass wir Sie an einem Samstag besuchen dürfen«, sagte Schumann.

Sie unterbrach ihn rüde. »Sie haben sich angemeldet. Mit Frau Bentorp habe ich nicht gerechnet.«

Schumann lief rot an. »Anna Bentorp ist in diesem Fall meine Beraterin und hat sich netterweise bereit erklärt, heute mit mir hierherzufahren.« Er blieb höflich, aber seine stets eher weiche Stimme hatte einen schärferen Ton angenommen.

Dörte Luer antwortete nicht, sondern wandte sich an Emma, die gerade in das Zimmer gekommen war. »Kaffee für die Herrschaften, für mich einen Pfefferminztee«, befahl sie. Emma verschwand lautlos.

»Und nun, was kann ich für Sie tun?«, wandte sich Dörte Luer an Schumann. Sie wirkte heute fast noch zerbrechlicher als vor fünf Tagen. Ihr dunkelgrüner Rollkragenpullover schlackerte um ihren Oberkörper, und die schwarze Culotte, zu der sie gleichfarbige Stiefeletten trug, schien zwei Nummern zu groß zu sein. Aber ihre Stimme war kraftvoll und rau wie beim letzten Mal.

Ehe Schumann antworten konnte, erschien Emma mit einem großen Tablett, darauf eine Kaffeekanne, zwei Kaffeetassen, ein dampfender Becher Tee, der ein starkes Minze-Aroma verbreitete, Zucker, Milch und ein Teller mit Plätzchen. Sie schloss beim Hinausgehen die Tür, was mich für einen Moment in einen klaustrophobischen Zustand versetzte.

Schumann nahm ein Plätzchen in die Hand, steckte es jedoch nicht in den Mund. Er legte es auf seine Untertasse und sagte: »Frau Luer, wir möchten etwas mehr über Ihren Großvater erfahren. Er war lange Zeit Professor an der Uni Göttingen, hat an Ausgrabungen teilgenommen, Bücher veröffentlicht und eine berühmte Sammlung angelegt. All das ist bekannt. Doch es sind im Zusammenhang mit einem Mordfall auf Kreta einige Fragen aufgekommen, deren Beantwortung wir uns von Ihnen erhoffen.«

Dörte Luer hielt den Becher zwischen ihren mageren Händen. Wieder fielen mir ihre zahlreichen Altersflecke auf. »Und? Was soll ich Ihnen dazu sagen, was Sie nicht schon wissen? Im Leben meines Großvaters gibt es keinerlei Geheimnisse.« Ihre Stimme klang gereizt, fast aggressiv.

»Sind Sie sicher, dass Sie alles über ihn wissen?« Schumann nagte an dem Keks, der auf seine Hose bröselte.

Sie machte eine unwillige Handbewegung. »Ich habe bereits Frau Bentorp vor wenigen Tagen gesagt, dass ich meinen Großvater erst in seinen letzten Jahren öfter gesehen habe. Er litt in den beiden Jahren vor seinem Tod an leichter Demenz. Da seine Frau bei einem Unfall mit Fahrerflucht umgekommen war, lebte er zunächst allein hier, ab 1958 hatte er eine Haushaltshilfe, übrigens die Mutter von Emma. Mir hat er früher viel über seine Arbeit erzählt, später wurde er verschlossener. Über Kreta sprach er selten. Nur, dass sein bester Freund Nicos damals behauptete, einen zweiten Diskos gefunden zu haben, der mit dem ersten identisch sei. Aber da Nicos ermordet wurde, ehe er das beweisen konnte, zweifelte mein Großvater an dem Wahrheitsgehalt dieser Behauptung.« Dörte Luer stellte ihren Becher mit einer ruckartigen Bewegung auf den Tisch.

»Hat er Ihnen nicht erzählt, ob er noch einmal auf Kreta war oder eventuell um 1943 in der Toskana bei den Ausgrabungen von Roselle bei Grosseto? Er war doch auf die etruskische Epoche spezialisiert.« Ich mischte mich ein. Dieses sprachlose Herumsitzen nervte mich.

Dörte Luer starrte mich finster an. »Ich habe Ihnen bereits beim letzten Mal gesagt, dass mein Großvater nach 1908 nie mehr auf Kreta war. Ja, in der Toskana war er kurz vor Kriegsbeginn, aber nicht während des Krieges. Was soll das alles?«

»Liebe Frau Luer«, Schumann machte auf Charmeur, »es kann doch sein, dass es in den Unterlagen, die Ihr Großvater sicherlich hinterlassen hat, Hinweise auf seine vielen Aktivitäten gibt. Und wir wissen mit ziemlicher Gewissheit, dass er von 1944 bis Frühjahr 1945 bei Heraklion stationiert war, offiziell als archäologischer Berater bei Ausgrabungen, vor allem in Knossos. Dass er Ihnen das nicht verraten hat, erstaunt mich.«

Dörte Luer richtete sich auf und fauchte: »Wenn Sie das alles bereits zu wissen glauben, weshalb nerven Sie mich dann mit Ihren Fragen? Ich weiß nichts von dieser Zeit. Ich bin Jahrgang 1955, da wirkte mein Großvater in Göttingen als Lehrbeauftragter an der Uni. Was er genau während des Krieges gemacht hat, habe ich nie im Detail erfahren. Eher en passent hat er erklärt, nach 1908 sei er nicht wieder nach Kreta gereist. Und in die Toskana? Gewiss, da war er mehrere Monate in Volterra und bei Grosseto, woher einige Objekte seiner Sammlung stammen.«

Sie schnappte nach Luft und rief laut: »Emma!« Diese eilte herbei. »Mehr Tee!«, schnauzte Dörte Luer. Emma gehorchte und brachte zwei Minuten später einen weiteren dampfenden Becher.

In diesen wenigen Minuten versuchte Schumann, die erregte

alte Dame zu besänftigen. »Liebe Frau Luer«, begann er wieder. »Es wäre sehr freundlich, wenn wir einen Blick auf die Sammlung Ihres Großvaters werfen dürften. Und vielleicht könnten Sie uns, falls vorhanden, Tagebücher oder Notizbücher zur Verfügung stellen. Für unsere Mordermittlung ist es wichtig zu wissen, ob es einen Zusammenhang zwischen bestimmten Ereignissen von damals und einem Toten, einem Journalisten, gibt.«

»Ich weiß. Der tote Journalist ist dieser Heiko Blum«, sagte Frau Luer, die sich etwas beruhigt hatte. »Oskar hat mir letztens davon erzählt. Er kannte ihn.«

»Oskar?« Schumann stutzte.

»Ja, Oskar Schneider. Er hat mit Blum gelegentlich zusammengearbeitet, für dieses Magazin ›Mysterium‹. Oskar hatte sogar vor, Blum in den Club einzuladen.«

Schumann gab sich ahnungslos. »Welcher Club?« fragte er unschuldig.

Dörte Luer lächelte, was ihre Falten verstärkte, aber zugleich ihrem harten Gesicht weichere Konturen verlieh. »Na, dieser Club Scientia, dem mehrere Wissenschaftler angehören, die sich mit allerlei Geheimnissen und ungeklärten Fragen vergangener Zeiten befassen. Sie treffen sich zweimal im Jahr. Eigentlich sollte das nächste Treffen am 3. Oktober stattfinden, aber es ist auf Mitte Oktober verschoben worden und findet demnächst in Köln statt. Diesem Club gehören fünf Männer an, die alle wissenschaftlich forschen und immer wieder über sehr spannende Theorien zu Rätseln aus der weit entfernten Vergangenheit diskutieren. Bisher kamen sie hierher, zuletzt im Mai. Leider war ich da unpässlich und konnte sie nicht empfangen. Ohnehin habe ich mich gerne zurückgezogen, wenn sie hier waren.«

Sie stand auf. »Oskar Schneider gehört dazu, er ist ein enger Freund meines Neffen. So, jetzt können Sie gerne einen Blick auf die Sammlung werfen. Aber ich werde nicht Ihretwegen in der Bibliothek stöbern und nach alten Büchern oder Tagebüchern suchen. Die Bibliothek wurde seit dem Tod meines Großvaters so erhalten, wie er sie 1979 verlassen hat. Da bräuchten Sie schon einen Durchsuchungsbefehl.«

Dörte Luer war schon etwas Besonderes. Irgendwie bewunderte ich diese sture alte Frau.

Schumann erhob sich steifbeinig. Sein Sessel mit dem leicht speckigen Bezug sah bei näherer Betrachtung wenig einladend aus, und er hatte eine halbe Stunde darauf gesessen. Gemeinsam sahen wir uns die Objekte in den Vitrinen an. Nichts, was besonders ins Auge fiel. Nichts, was ich nicht schon beim letzten Besuch gesehen hatte.

Schumann dagegen zeigte sich entzückt beim Anblick der filigranen Bronzen und der uralten Tonschalen. »Das sind wahre Museumsstücke«, flüsterte er. »Und ich sehe hier keine Objekte aus dem Katalog von Katzos. Scheint alles legal zu sein.«

Dieser Katalog war offensichtlich Schumanns neue Bibel. Ich blieb skeptisch.

Dörte Luer trank ihren zweiten Becher Tee aus und verschwand aus dem Wohnzimmer, da sie sich, wie sie sagte, »frisch machen müsse«.

Als sie den Raum verlassen hatte, zog ich Schumann in die Ecke, wo vor einigen Tagen in der kleinen Vitrine Goldarbeiten gelegen hatten. Aber die Vitrine war leer, bis auf eine Öllampe und eine kleine Vase aus hellgrünem Glas, unverkennbar beides römisch.

»Ich schwöre dir, Hans, in dieser Vitrine lagen wunderschöne Goldschmiedearbeiten, eindeutig mykenisch. So viel Kenntnis besitze ich auch.«

Schumann sah mich zweifelnd an. »Mag ja sein. Aber warum sollten sie jetzt weg sein? Vielleicht hat Dörte Luer sie anderswo in diesem Haus untergebracht.«

Ich warf noch einen raschen Blick in die beiden nächststehenden Glaskästen. Kein Hinweis auf die Goldarbeiten. »Es könnte doch sein, dass Dörte Luer insgeheim fürchtet, jemand identifiziert sie als Objekte aus Kreta, die nicht legal in Graberts Besitz gelangt sind.«

»Was du für eine Phantasie hast«, lachte Schumann, wurde dann aber schnell ernst. »Das ist vielleicht gar nicht so abwegig. Ich glaube, ich komme tatsächlich nächste Woche mit einem Durchsuchungsbeschluss zurück und schau mir auch die anderen Teile der Sammlung genauer an. Vielleicht reicht meine Katalog-Kenntnis doch nicht aus. Meine Unterlagen sind nicht vollständig.«

»Dann nimm dir aber bitte einen objektiven Fachmann mit«, schlug ich vor.

Schumann nickte. »Und in der Bibliothek werden wir mit einigem Glück sicherlich auch fündig.« Er sah sich im Wohnzimmer um, an dessen Verandatür erste Regentropfen klatschten. »Du hast recht, Dörte Luer ist seltsam, und sie verbirgt etwas. Irgendetwas stimmt hier nicht, und das sollten wir herausfinden.«

In diesem Moment kam die Dame des Hauses zurück. Man spürte, dass sie uns loswerden wollte.

Schumann sagte: »Erst einmal vielen Dank für das Gespräch und dass wir einen Blick auf die Sammlung werfen durften. Leider werden wir aber noch einmal wiederkommen müssen.«

»Tun Sie, was Sie nicht lassen können«, erwiderte Dörte Luer schnippisch.

Ich hatte noch eine Frage. »Frau Luer, als wir vorhin den Feldweg hinauffuhren, kam uns ein Auto entgegen. Darin saß jemand, den ich kenne, Edgar Grunemann.«

Sie ließ mich nicht ausreden. »Edgar? Den kennen Sie? Das ist mein Neffe, der Sohn meines Bruders, der 2018 gestorben ist. Edgar ist mein einziger Verwandter.«

Auf der Rückfahrt nach Hannover schwieg Schumann auffallend lange. Im Autoradio erklang ein Konzert mit Meisterwerken des Barocks, und ich döste weg.

Plötzlich riss mich Schumanns Stimme aus meinem süßen Halbschlaf. »Ich werde gleich am Montag einen Durchsuchungsbeschluss anfordern. Dörte Luer wird nicht freiwillig ihre verborgenen Schätze preisgeben. Und ich bin mir ziemlich sicher, dass sie wie der Sagendrache Fafner auf einigen Preziosen aus der Sammlung vom alten Grabert hockt.«

Er stellte das Radio wieder lauter, um Vivaldis »Herbst« besser hören zu können, drehte es aber gleich wieder herunter und fragte: »Woher kennst du Edgar Grunemann, Dörtes Neffen?«

»Aus der Maremma. Er und ein Freund und Kollege hatten in der Villa Etruria für einige Tage Zimmer gemietet, und die beiden haben mich zu einem Kongress nach Cecina mitgenommen. Da ging es unter anderem um archäologische Funde, die auf dem Schwarzmarkt landen. Einen Vortrag habe ich gehört, am nächsten Tag sollte dann ein Ägyptologe über gestohlene Objekte bei Ausgrabungen im Tal der Könige referieren. Doch da war ich nicht, wegen der Aufregung um Alessandras Verschwinden und des Einbruchs in der Villa. Außerdem sind im Museum von Cecina fast zeitgleich Objekte gestohlen worden.«

Schumann ging nicht weiter darauf ein, sondern fragte: »Wie ist dieser Edgar Grunemann?«

»Distanziert, verschwiegen, eher abweisend. Ich hatte keine Ahnung, dass er mit Wilhelm Grabert verwandt ist. Vielleicht weiß er mehr über seinen Urgroßvater, als Dörte Luer bereit ist zu erzählen? Ich habe seine Handynummer und könnte einen Versuch starten.«

Schumann nickte nur und sah auf seine Armbanduhr. »Es ist Teezeit. Lass uns noch rasch bei einem alten Bekannten von mir vorbeifahren, der in Hildesheim wohnt.«

»Wer ist das?« Eigentlich hatte ich keine Lust mehr, weiter durch die Gegend zu fahren.

Schumann lächelte. »Mir ist etwas eingefallen, als wir in dem Haus waren. Eine dunkle Erinnerung an einen Fall, der lange zurückliegt. Genauer gesagt, dreiundfünfzig Jahre. Als junger Polizist habe ich bei einer Fortbildung in Hannover Hauptkommissar Franz Berke kennengelernt, der von einem Fall aus dem Jahr 1970 berichtete. Der erregte damals die Gemüter, wurde aber nie gelöst. Und er spielte sich bei Bashausen ab. Berke ist inzwischen längst pensioniert. Er muss fast Mitte achtzig sein. Ihn möchte ich befragen, denn in mir rumort irgendetwas. Ich hoffe, er erinnert sich an diese uralte Geschichte.«

»Das klingt spannend«, gab ich zu. »Also, auf nach Hildesheim. Weiß der alte Herr, dass wir kommen?«

»Ich habe ihn vorhin angerufen. Er bewohnt noch immer sein eigenes Häuschen und erwartet uns zum Tee.« Schumann stellte das Radio wieder lauter. Inzwischen waren wir bei Vivaldis »Winter« angekommen, was zum Wetter passte. An diesem letzten Septembertag türmten sich graue Wolken am Firmament, und der Wind hatte kräftig zugelegt.

Als der finale Akkord der »Vier Jahreszeiten« verklang, hielt Schumann vor einem kleinen Haus in einer ruhigen Seitenstraße, unweit des Roemer- und Pelizaeus-Museums, einem Ort, den ich gut kannte und schätzte. Hier hatte ich schon viele wunderbare Ausstellungen gesehen und vor fünf Jahren über die Darstellung von Göttern und Heiligen in der Kunst referiert. Berkes Häuschen schmiegte sich an ein größeres Haus. Es hatte einen kleinen Vorgarten, in dem zwei Gartenzwerge thronten. Einer hielt eine Pfeife in der Hand und trug einen Deerstalker-Hut wie Sherlock Holmes, der andere las.

Schumann deutete auf den Sherlock Holmes. »Den hat Berke zur Pensionierung bekommen. Es war als Spaß gedacht, aber er hat sich dann den lesenden Zwerg dazugekauft. Sein Holmes und sein Watson.«

Wir gingen auf die Haustür zu, die sich öffnete, ehe wir klingelten. Ein großer, schlanker Mann mit dichten grauen Haaren und einem gewinnenden Lächeln begrüßte uns. Man sah Franz

Berke sein Alter nicht an. »Wie schön, Hans, dich nach so langer Zeit wiederzusehen!«

Er schüttelte Schumann ausgiebig die Hand und wandte sich dann zu mir. »Und wie schön, dass ich Sie kennenlerne, Frau Bentorp. Ich telefoniere gelegentlich mit Hans und verfolge seine Karriere. Da spielen Sie eine entscheidende Rolle, denke ich!« Er lachte herzhaft, und sein Gesicht verwandelte sich in tausend Fältchen.

Ich errötete und Hans Schumann auch. »Bitte nennen Sie mich Anna«, sagte ich verlegen.

»Aber gerne. Ich bin Franz!« Er führte uns in sein Wohnzimmer. Im Haus Ariadne hatte ich einen Hund vermisst, der vor dem Kamin lag, aber hier war ein Hund, auch wenn es hier keinen Kamin gab. Ein wunderschöner Gordon Setter, der sich kurz erhob, an Schumann und mir schnüffelte und sich dann wieder auf seinen Platz neben der Terrassentür legte.

»Mein guter alter Connor«, stellte Franz ihn vor. »Seit dem Tod meiner Frau vor sieben Jahren mein bester Freund. Kinder haben wir leider keine. Aber Connor ist ein guter Gesellschafter und in Hundejahren auch schon fast so alt wie ich.«

Er hatte eine dickbauchige Teekanne, Teetassen und eine Platte mit Apfelkuchen auf den Tisch zwischen den zwei Sofas gestellt, die beide mit bunten Stoffen mit Blumenornamenten bezogen waren. Dazu passten die bordeauxroten Vorhänge. Der Apfelkuchen sah, anders als die Kuchen meiner Mutter, nicht nach aufgetauter Tiefkühlkost aus.

Nachdem wir uns gesetzt hatten, schenkte Berke uns Tee ein und kam zur Sache. »So, lieber Hans, du hast etwas angedeutet, aber nicht viel gesagt. Um was geht es? Es muss wichtig sein, wenn du mir nach vier Jahren die Ehre deines Besuchs erweist!« Franz schmunzelte, Schumann errötete erneut, ein seltenes Phänomen.

Er hatte sich bereits ein Stück Kuchen geangelt und antwortete mit vollem Mund: »Wir waren gerade bei Dörte Luer, der Enkelin von Wilhelm Grabert. In diesem eigenartigen Haus Ariadne bei Bashausen. Sozusagen der Alterssitz von Grabert, dessen Name uns bei einer Ermittlung untergekommen ist. Er ist zwar schon vor vierundvierzig Jahren gestorben. Aber mir fiel ein, Franz, dass du bei unserer Fortbildung damals im Mai 1996 in Hannover von einem Altfall in der Gegend von Bad Gandersheim gesprochen hast.«

Berke nickte langsam. Connor hatte sich neben seinen Herrn gelegt, der eine Hand auf den Kopf seines treuen Gefährten legte. »Ja, der Fall dieser Frauenleiche im Donnerswald. Eine schreckliche Geschichte. Bis heute ist weder geklärt, wer sie war, noch, wer sie auf dem Gewissen hat.«

Ich beugte mich gespannt vor. »Was ist damals passiert? Hat Grabert damit zu tun?«

Berke versenkte sich in die Sofakissen. Er sah auf einmal müde aus. »Ich war damals Ende zwanzig und als Kriminalkommissar-Anwärter in Göttingen. Am 28. Mai 1970, einem ziemlich kühlen Donnerstag, bekamen wir einen Anruf. Anonym. Eine hysterische Frauenstimme, die sich mehrmals überschlug. Sie habe eine Leiche im Donnerswald hinter Bashausen entdeckt. ›Furchtbar, ganz furchtbar!‹, schrie sie ins Telefon, wollte ihren Namen nicht nennen, beschrieb den Fundort jedoch recht genau. ›In der Nähe der Donnerseiche‹, sagte sie, ›da liegt die Leiche unter Laub und Zweigen. Mein Hund hat sie gefunden.‹ Es gelang uns nicht, der Anruferin ihren Namen zu entlocken. Offenbar rief sie aus einer öffentlichen Telefonzelle an.«

Der alte Herr seufzte. »Noch heute, mehr als fünfzig Jahre später, werde ich den Anblick der Leiche nicht vergessen. Wir fuhren mit drei Wagen zu der angegebenen Stelle. Und tatsächlich, da lag eine schon stark verweste Leiche, halb bedeckt von Laub und Geäst, unweit der mächtigen Donnerseiche. Ich hatte mich gewundert, dass die Leiche nicht früher entdeckt worden war. Doch der Mai 1970 gilt als einer der kühlsten und regenreichsten seit Beginn der Wetteraufzeichnung. Das lockte wenige Menschen zu längeren Spaziergängen ins Freie. Unser Gerichtsmediziner bemerkte als Erstes, dass sie schon mindestens drei Wochen hier gelegen haben musste. Die Tiere des Waldes hatten sie nicht verschont. Mir wurde schlecht, was mir sehr peinlich war. Doch mein Vorgesetzter hat mir damals tröstend die Hand auf die Schulter gelegt. Das vergesse ich nie.«

Connor blickte seinen Herrn mit diesem typisch verständnisvollen Hundeblick an. Ich musste lächeln. Der Hund verstand jedes Wort.

»Die Umgebung der Leiche gab nicht viel her. Äste, Laub, Moos, Gestrüpp. Damals war die Forensik beileibe nicht so weit entwickelt wie in späteren Jahren. Zudem hatte die Natur, insbesondere das sehr regnerische Wetter der vergangenen Wochen, alle möglichen Spuren vernichtet. Um es kurz zu machen: Der Gerichtsmediziner in der Rechtsmedizin Göttingen stellte fest, dass es sich um eine Frauenleiche handelte. Ungefähres Alter Anfang bis Mitte fünfzig, wahrscheinlich um die ein Meter siebzig groß und aufgrund der restlichen Strähnen, die an ihrem Schädel klebten, eine Frau mit ursprünglich braunem, aber dann blond gefärbtem Haar. Wir fanden nirgendwo eine Vermisstenanzeige, die zu unserem Fund passte. Wir haben bundesweit gefahndet. Nichts. Ich erhielt die undankbare Aufgabe, in der Gegend von Bashausen Befragungen durchzuführen.«

Franz Berke schob Connor zur Seite und stand auf. Er kramte in dem Bücherschrank, der an einer Seite des Wohnzimmers stand, zog einen Band mit Lederrücken hervor und reichte ihn Schumann. Es war ein Fotoalbum. Berke erklärte: »Ich habe sehr viel fotografiert, meist Motive und Menschen in und um Bashausen. Dabei habe ich allerdings nicht um Erlaubnis gefragt. Heute wäre das undenkbar.«

Er wirkte tatsächlich etwas beschämt, fuhr dann aber fort: »Ich bin damals auch zum Haus Ariadne gefahren, wo Wilhelm Grabert lebte. Ein prominenter Bürger dieser Gegend. Das Haus, das er 1950 gekauft und renoviert hat, war zuvor als Spukhaus verschrien. Um 1900 soll die damalige Besitzerin von ihrem Mann vergiftet worden sein. Das Haus stand vierzig Jahre leer. Grabert hat es nach dem Tod seiner Frau erworben, wobei ihm offenbar völlig egal war, was man in Bashausen über dieses alte Gemäuer erzählte. Und er hat es sorgfältig wiederherrichten lassen.«

Berke setzte sich wieder auf das Sofa, Connor gesellte sich zu ihm und legte ihm seinen Kopf in den Schoss. »Ich habe damals auch in dem Umfeld des Tatorts Fotos gemacht. Haus Ariadne liegt nur fünfhundert Meter von der Donnerseiche entfernt. Man sagt, dass sie mehr als fünfhundert Jahre alt ist und manchen Dorfbewohnern als eine heilige Stätte gilt. In der Nähe sprudelt eine Quelle, in der heute noch Frauen ein Bad nehmen, deren Kinderwunsch sich bislang nicht erfüllt hat. Wilhelm Grabert, immerhin schon sechsundachtzig Jahre alt, wurde damals von einer Frau aus Bashausen betreut, Hella Linke, einem ziemlichen Drachen.«

Berke lachte. »Die hatte Haare auf den Zähnen! Sie wollte mich erst gar nicht zu ihm lassen. Aber schließlich sah sie ein, dass ich mit ihrem Chef sprechen musste. Ich fragte auch sie, ob ihr in den letzten Wochen eine Unbekannte in der Gegend aufgefallen sei. Sie verneinte und erklärte, es kämen selten Fremde nach Bashausen. Und in das Haus Ariadne schon gar nicht. In Bashausen selbst hatte ich ebenfalls keinen Erfolg gehabt. Keiner schien die Tote zu kennen oder wusste etwas von einer Fremden, die irgendwann im Dorf aufgetaucht war. Der Bäcker meinte, es sei sicher eine von diesen ›Gastarbeiterinnen‹, von denen es so viele in Göttingen gebe, und der Metzgermeister sagte aus, er habe letztens ›Zigeuner‹ oben am Donnerswald gesehen. Alles eher unerfreulich und vor allem unergiebig.«

Gern hätte ich Berke aufgefordert, endlich von seinem Interview mit Grabert zu erzählen. Doch er ließ sich Zeit, und selbst der oft ungeduldige Schumann drängte ihn nicht.

Der alte Herr zeigte auf ein Foto. »Hier, das ist das Haus Ariadne vor mehr als fünfzig Jahren, und da seht ihr Wilhelm Grabert, wenn auch ein wenig verschwommen.«

Auf dem Bild war ein stattlicher Mann zu erkennen, der vor dem Haus stand und in die Sonne blinzelte. Viel konnte ich nicht ausmachen. Doch trotz seines hohen Alters wirkte er fit. »Dieser Mann hat noch mit über achtzig Vorlesungen gehalten«, staunte ich.

»Ja, er hat sich erst 1968 emeritieren lassen. Da war der Gute vierundachtzig, gab immer noch Doktorandenseminare und hat ein Standardwerk über Privatsammlungen deutscher Archäologen veröffentlicht. Das erschien 1970. Es steht in jeder Uni-Bibliothek. Der Titel ›Die Gaben des Helios‹ ist ein bisschen pathetisch für meinen Geschmack, und ganz habe ich es nicht verstanden. Aber es klingt recht gut.« Berke blätterte weiter in dem Album. »Hier ein Foto von Hella, dem Drachen.«

Schumann und ich betrachteten das Foto. Hella kniete vor einem Blumenbeet, eine Frau von etwa vierzig Jahren. War Emma, die bei Dörte Luer arbeitete, nicht ihre Tochter? Eine leichte Ähnlichkeit war deutlich zu sehen.

Berke erriet meinen Gedanken. »Emma war 1970 gerade mal zehn und hat ihre Mutter oft in das Haus Ariadne begleitet. Emmas Vater war Alkoholiker und ist 1966 mit seinem Motorrad tödlich verunglückt. Fast zwei Promille im Blut. Hella Linke hat ihre Tochter allein aufgezogen. Sie ist vor fünfzehn Jahren mit dreiundachtzig Jahren im Altersheim gestorben, völlig dement. Sie hat nur noch ihre Tochter erkannt.«

Der alte Herr seufzte erneut. »Es war sehr traurig. Emma arbeitet als Nachfolgerin ihrer Mutter seit fast dreißig Jahren bei Dörte Luer.«

Ich deutete auf das Schwarz-Weiß-Foto von Hella, damals etwa Mitte vierzig. »Franz, ist das nicht ein Hund neben Hella?«

Er kniff die Augen zusammen. »Du hast recht. Da neben dem Busch scheint ein kleiner Hund zu liegen, ein Dackel, wenn ich das richtig sehe.«

Plötzlich hatte ich ein Bild vor Augen. »Und was wäre, wenn Hella bei einem Spaziergang mit ihrem Hund die Leiche entdeckt hat, es gemeldet hat, aber aus bestimmten Gründen anonym bleiben wollte?«

»Wir haben sie befragt, und sie hat behauptet, dass sie von dem Fund der Toten im Donnerswald erst durch eine Freundin in Bashausen erfahren habe, die sie angerufen und ihr davon erzählt hat. Sie betonte, nicht die geringste Ahnung zu haben, wer diese Unbekannte sein könnte. Den Hund haben wir bei der Befragung im Haus nicht bemerkt. Ich glaube, dass der alte Grabert nur ungern einen Hund in seinem Haus geduldet hätte. Ich erinnere mich an eine Katze, die in seinem Wohnzimmer auf dem Sofa lag und sich rekelte wie eine Diva. Sehr elegantes Tier. Er hat mir gesagt, es sei eine Ägyptische Mau, eine Pharaonen-katze, die im Alten Ägypten als heiliges Tier galt. Befragt zu der

Leiche, erklärte er, dass er sehr zurückgezogen in seinem Haus lebe und fast keinen Besuch mehr habe, außer von seinem Sohn Klaus-Dietrich, der auf dem Sprung nach Neuseeland sei, seiner Tochter Petra und seiner Enkelin Dörte. Weitere Verwandte gebe es nicht. Seine verstorbene Frau hatte nur einen Bruder, der im Krieg gefallen ist.«

Franz Berke legte das Album auf einen Seitentisch neben dem Sofa. »Das Gespräch mit Grabert verlief unbefriedigend. Er verbarrikadierte sich hinter seinem Alter und seinem Status. Ich gewann den Eindruck, dass er etwas verschwieg. Doch ich konnte ihn nicht greifen. Und auch Hella äußerte sich nicht weiter. Hätte ich diesen Hund damals gesehen, wäre mir vielleicht auch in den Sinn gekommen, sie direkt zu fragen, ob sie die Anruferin gewesen ist. Aber so endete das alles in einem großen Vakuum.«

Franz Berke schwieg und trank seinen Tee. Nachdenklich blickte er durch das Fenster hinaus in seinen kleinen Garten. Dann lächelte er plötzlich. »Eines fand ich lohnend an diesem Besuch bei Grabert: Ich konnte einen Blick auf seine Sammlung werfen, zumindest auf Teile davon. Kleinbronzen aus der Toskana, einige römische Objekte und einigen Goldschmuck, der in einer Vitrine in einer Ecke im Wohnzimmer lag. Ich habe ihn aus reinem Interesse auch nach seiner Zeit auf Kreta gefragt, von der ich zufällig wusste. Ein Freund von mir hat Altertumswissenschaften studiert und eine Veröffentlichung von Grabert aus dem Jahr 1926 gefunden, in der es um Knossos und Phaistos ging.«

»Wie hat Grabert auf diese Frage reagiert?« Ich war gespannt.

Berke lächelte. »Er war ein alter Griesgram. Sehr kurz angebunden. Er sei nur wenige Monate in Phaistos dabei gewesen, sagte er. Er habe sich ein paar Jahre später, noch vor dem Ersten Weltkrieg, für eine weitere Kampagne in Gortys oder Knossos beworben. Aber er sei abgelehnt worden und nie wieder nach Kreta zurückgekehrt.«

»Was gelogen ist«, sagte Schumann. »Es ist erwiesen, dass er 1944 in der Nähe von Heraklion stationiert war. Im Ersten Weltkrieg hat er nicht gedient. Angeblich litt er unter einer Augenkrankheit, wurde zurückgestellt und konnte sich um seine Karriere als Wissenschaftler kümmern. Der Kerl ist mir richtig unsympathisch.«

»Glaubst du denn, dass Grabert irgendetwas mit der Toten zu tun hatte? Aber warum sollte er dieser Frau etwas antun? Habt ihr irgendwelche Anhaltspunkte für ein Motiv gefunden?«, fragte ich.

»Nein«, erwiderte Berke. »Nein, gar nicht. Da wir die Identität der Toten nicht herausfinden konnten, verlief die Untersuchung im Sand. Ich habe darunter gelitten. Es hat sich auch niemand mehr gemeldet, der sie vermisst hätte, die anonyme Anruferin konnten wir nicht identifizieren. Die Leiche wurde von der Rechtsmedizin nach ausführlichen Untersuchungen freigegeben. Todesursache Genickbruch, Datum des Todes Anfang Mai, also gut drei Wochen, bevor sie gefunden wurde. Wie gesagt, die Forensik war damals noch nicht auf dem Stand von heute, und der Zahnbefund brachte uns auch nicht weiter.«

Der alte Herr grinste plötzlich. »Um eines beneide ich die arme Frau aus dem Donnerswald: Die Tote hatte extrem gesunde Zähne, keine Plombe oder andere Reparaturen.«

Er wurde schnell wieder ernst. »Noch heute quält mich die Erinnerung an diesen Altfall, und ich denke immer daran, wenn das Haus Ariadne erwähnt wird. Grabert starb 1979, seine Enkelin, mit einem gewissen Ernst Luer verheiratet und kinderlos, lebt seit dem Tod ihres Mannes vor zweiundzwanzig Jahren allein in dem Haus, nur unterstützt von Emma, Hellas Tochter. Ich habe Emma vor einigen Jahren gefragt, ob sie sich an den Mai 1970 erinnert. Sie verneinte. Ein wenig zu hastig, wie ich glaube. Jetzt, Hans, könntest du sie nach dem Dackel fragen, der neben Hella im Garten liegt. Wenn der Hund ihrer Mutter gehörte, muss sie sich daran erinnern. Vielleicht war ihre Mutter die Anruferin. Das wird den Fall so viele Jahre später nicht lösen. Aber irgendwie wäre es für mich ein winziger Lichtblick in diesem Tunnel trauriger Erinnerungen.«

»Wilhelm Grabert hat mehr Dreck am Stecken, als man denken würde«, kommentierte Schumann Berkes Ausführungen. »Wir werden in den nächsten Tagen noch mal zum Haus Ariadne fahren. Sein Kreta-Aufenthalt während des Krieges, den er geleugnet hat und von dem seine Enkelin Dörte angeblich auch nichts weiß, könnte ein Schlüssel zu einigen der Rätsel im Fall Blum sein. Mal sehen!«

Franz Berke begleitete uns zur Haustür, Connor trottete hinterher. »Wenn du etwas erfährst über die Tote vom Donnerswald, sag mir bitte Bescheid, und für deinen jetzigen neuen Fall alles Gute! Hoffentlich könnt ihr ihn lösen. Denn so ein ›Cold Case‹, wie das auf Neudeutsch heißt, belastet doch sehr.«

Die Männer umarmten sich, Schumann versprach, sich von jetzt an öfter zu melden, und mir gab der freundliche Franz Berke zwei saftige Küsse auf die Wangen.

»Ich wusste doch, dass ich diesem Haus Ariadne schon mal im Zusammenhang mit einem Fall begegnet bin«, sagte Schumann, als er ins Auto stieg.

Die kurze Strecke nach Hannover schaltete er nicht sein Radio ein, sondern schien in Gedanken versunken. Plötzlich schlug er aufs Lenkrad. Ich zuckte zusammen.

»Verdammt, ich möchte wissen, was aus diesem elenden Klaus Kurz geworden ist! Ich wette, er ist mit neuer Identität aus Deutschland weggegangen. Aber hatte da auch Grabert seine Hände im Spiel? Wenn man doch mehr über seine Vergangenheit erfahren könnte! Nach 1948 war er viele Jahre braver Lehrbeauftragter in Göttingen. Aber ich werde das Gefühl nicht los, dass er allerlei Schattenspiele betrieben hat. Wer könnte uns weiterhelfen?«

Mir fiel nur ein Name ein. »Harald würde sich sicher da hineinknien. Er hat dank seiner Verbindungen schon einiges über Grabert herausbekommen. Er ist ein alter Bluthund. Er würde sogar etwas über Berkes Altfall herausfinden.«

»Harald soll bei seinen Leisten bleiben und nicht auch noch Polizeiarbeit machen. Der Kerl bildet sich ohnehin schon viel zu viel ein. Du magst ihm vertrauen, mich nervt er!«

Wenn Schumann eine Laus über die Leber lief, konnte er wunderbar böse gucken. In diesem Fall hieß die Laus Harald Frostauer. Der gute Schumann! Mich hatte er inzwischen als seine »Miss Marple« akzeptiert. Doch mit Harald kam er nicht klar.

Ich schwieg. Morgen früh, ehe ich nach Köln abreiste, wollte ich dennoch mit Harald sprechen. Schumann sollte seine Polizeiarbeit in Ruhe machen können – *with a little help of his friends*. Richard wäre auch bald wieder an Bord und recherchierte bereits in Sachen Schwarzmarkt. Und ich freute mich darauf, ihn wieder an meiner Seite zu haben. Obwohl es nicht immer harmonisch mit uns lief. Ein stetes Auf und Ab, doch das machte unsere Beziehung spannend.

Sehr zufrieden mit meiner Entscheidung, Harald am nächsten Tag aus dem Zug nach Köln anzurufen, betrat ich an diesem Abend meine Wohnung. Ich setzte mich an das Wohnzimmerfenster und beschloss, ein Buch zu lesen, einen handfesten Krimi, keine Fachliteratur oder Blätter aus alten Notizbüchern.

Als es an meiner Haustür klingelte, war ich in einen älteren Roman einer meiner Lieblingsautorinnen, Ingrid Noll, vertieft und wollte erst nicht öffnen. Doch dann überwand ich mich und ging zur Tür. Davor stand ein dünner kleiner Mann in einem Colombo-Regenmantel und mit einer altmodischen Hornbrille.

»Hallo«, sagte das Männchen, das mir bis zum Kinn reichte. »Ich bin Piet Hamann. Bernd Krause hat mich gebeten, Ihnen bei der Entzifferung von irgendwelchen mysteriösen Schriftzeichen zu helfen. Ich habe wenig Zeit. Das aber sollte für einen ersten Eindruck der Texte reichen.«

Sprach's, trat in meine Wohnung und verwandelte den ruhigen, gemütlichen Abend in eine schlaflose Nacht.

Nachricht aus dem Jenseits

Der ICE nach Köln hatte bereits in Hamm eine halbe Stunde Verspätung. Doch heute störte mich das nicht. Ich konnte in Ruhe nachdenken. Mir geisterte Hamanns Besuch im Kopf herum. Er war gegen einundzwanzig Uhr gekommen und um Punkt Mitternacht gegangen, wie Aschenbrödel im Märchen. Nur ließ er keinen gläsernen Schuh auf der Treppe liegen.

Am Morgen hatte ich mit Schumann telefoniert und ihm von Hamanns Besuch erzählt. Es wurde ein langes Telefonat, sodass ich den ursprünglich geplanten Zug verpasste. Aber außer dem nachmittäglichen Teebesuch bei meiner Mutter drängte mich nichts. Kino für den Abend hatte ich gestrichen. Lieber gemütlich zu Hause und früh ins Bett, da ich letzte Nacht nur wenig geschlafen hatte.

»Also, dieser Piet Hamann hat tatsächlich die Schriftzeichen dechiffriert?«, hatte Schumann gefragt.

»So einfach war das nicht«, erklärte ich meinem ungeduldigen Freund und erzählte ihm vom Vorabend.

Hamanns Auftritt war kein »Er kam, sah und siegte« gewesen. Umständlich setzte er sich an meinen Wohnzimmertisch, rutschte auf dem Sessel einige Male hin und her, was mich an einen Hund erinnerte, der sich vor dem Hinlegen mehrere Male um seine eigene Achse dreht. Ich holte die von meinem Handy auf den Computer übertragenen, ausgedruckten Fotos von den Blättern im hohlen Hermes und legte sie vor ihn. Wieder staunte ich über dieses Wirrwarr sonderbarer Schriftzeichen, von denen ich aber manche zu erkennen glaubte.

Ich hoffte, dass Hamann wirklich der versprochene Experte war. Er bat um ein Glas Leitungswasser, das er innerhalb von fünf Sekunden leerte, und zog eine Lesebrille aus seiner Jacketttasche. Mit dieser Brille sah er aus wie ein ältlicher Harry Potter.

»Nun«, begann er, »diese Schriftzeichen ähneln teilweise der kretischen Linear-B-Schrift. Allerdings haben sich einige Zeichen des Diskos von Phaistos hineingemischt wie diese kleinen

Köpfe oder diese stilisierten Figürchen. Aber da ist noch mehr. Sehr merkwürdig.«

Als Nächstes griff er erneut in seine Jackentasche und förderte eine Lupe zutage. Mit detektivischer Genauigkeit studierte er mit ihrer Hilfe die Blätter. Dann erbat er ein zweites Glas Wasser, trank es in Windeseile aus, nahm seine Brille ab und verfiel in Schweigen.

Das gab mir die Muße, diesen Sonderling näher zu begutachten. Ungefähr Mitte vierzig, schütteres, ordentlich gekämmtes Haar, eine spitze Nase und Augen, deren Farbe ich als »Pfütze« bezeichnen würde, ohne Piet Hamann damit zu nahe treten zu wollen. Ich empfand die Stille als angenehm und verkniff mir die Fragen, die mir auf der Zunge lagen.

Nach einer guten Weile legte er die Lupe beiseite, rieb seine Nase und sagte: »So etwas ist mir bisher noch nie untergekommen. Ich bin mit Hieroglyphen vertraut, mit der Keilschrift, habe sämtliche Mittelmeer-Alphabete studiert, vom phönizischen bis zum griechischen Alphabet, bin als Fachmann für alte Schriften auch auf dem neuesten Stand, sogar in Bezug auf die minoische, bisher immer noch nicht entschlüsselte Linear-A-Schrift. Hier ist man inzwischen ein wenig vorangekommen, doch wie bei den Etruskern mögen wir die Schrift zwar lesen können, was uns aber wenig nützt. Denn wir kennen die Sprache dahinter nicht.«

Er zog ein schneeweißes Taschentuch aus seiner Jackentasche und wischte sich die Stirn. Ich war gespannt, welche Schätze er in dieser offenbar unendlichen Tasche noch verbarg. Um es vorwegzunehmen: Ich wurde bitter enttäuscht. Weitere Gegenstände förderte er nicht mehr zutage. Das erinnerte mich an einen Aufsatz aus der sechsten Klasse zum Thema: Beschreibe deinen Tascheninhalt. Bei mir bestand dieser nur aus zwei Murmeln, einem Kaugummi und einem benutzten Taschentuch. Nichts weiter. Mein Aufsatz allerdings war brillant – ich dichtete einfach lauter ungewöhnliche Objekte hinzu, darunter ein Opernglas und eine goldene Haarspange.

Ich goss Wasser nach und fragte: »Was ist mit diesen Schriftzeichen? Lassen sie sich einordnen?«

»Eben nicht! Da hat sich jemand große Mühe gegeben, seine eigene Geheimschrift zu erfinden. Es sind Anleihen bei diversen Schriftarten. Wie ich schon sagte, ein bisschen Linear B, ein bisschen griechisches Alphabet, ein paar Schriftzeichen vom Diskos, den ich vor einigen Jahren in einem Forschungsprojekt zu dechiffrieren versucht habe. Ohne Erfolg. Ich bräuchte eine Enigma-Maschine für diesen Code oder müsste ein Genie wie Alan Turing sein, der Stammvater des Computers.«

Wieder fuhr er sich mit dem Taschentuch über die Stirn. »Ich werde heute Nacht dieses Rätsel garantiert nicht entschlüsseln. Dummerweise bin ich mir nicht einmal sicher, welche Sprache dahintersteckt. Auf jeden Fall ist es eine moderne Sprache. Aber ob Englisch, Deutsch, Italienisch oder Französisch, kann ich nicht sagen. Ich selbst beherrsche fünf Sprachen, aber wenn das hier Spanisch, Polnisch oder Schwedisch ist, bin ich aufgeschmissen. Ich kann nur hoffen, dass es eine der von mir erlernten Sprachen ist. Griechisch beherrsche ich auch recht passabel.«

Hamann wirkte frustriert. Er nahm noch einmal die Lupe und betrachtete die Blätter. Zu meinem Erstaunen lächelte er plötzlich. »Das ist schon verrückt! Diese Notizen sind im Grunde die Erfüllung eines Wunschtraums von mir. Seit fünf Jahren gehöre ich einem kleinen Kreis an, der sich mit Geheimnissen aus der fernen Vergangenheit beschäftigt. Letztes Jahr sind wir nach Stonehenge gereist, davor waren wir bei den Externsteinen im Teutoburger Wald, nächstes Jahr planen wir, in die Toskana zu etruskischen Grabungen und im Herbst nach Kreta zu reisen.«

Er schien eine Art Selbstgespräch zu führen. »Ich bin der Altsprachler und Archäologe in unserem Kreis, ein weiterer Kollege ist ebenfalls Archäologe, einer ist Althistoriker, einer ist Astrophysiker, und kürzlich hat sich ein Astronom aus England dazugesellt. Wir waren immer fünf. Aber im Frühling hatten wir einen Gast, den wir alle abgelehnt haben. Jetzt gehört noch der Astronom Michael St. Stephen zur Gruppe, der sich vor allem mit den präkeltischen Zeugnissen und den Hinterlassenschaften der Kelten in der Bretagne und in England befasst. Er hat zudem zwei faszinierende Bücher über alte Mythen und Rituale in Verbindung mit uraltem Wissen über Sternkonstellationen veröffentlicht.«

Hamann unterbrach sich. »Wenn ich ins Reden komme, höre ich nicht mehr auf.« Er lachte leise. Es klang wie das Gurren einer Wildtaube, ein irritierendes Geräusch. »Aber diese Schrift passt genau in unser Interessengebiet. Da ich es heute Nacht nicht mehr schaffen werde, den Code zu knacken, möchte ich diese Blätter gern mit nach Hause nehmen und mich in den nächsten Tagen noch einmal daransetzen. Unser kleiner Club tagt Mitte Oktober in Köln. Vielleicht könnten meine Kollegen mir helfen, die Schrift zu entziffern. Wobei private Geheimsprachen oft sehr schwer zu enträtseln sind. Sie basieren auf internen Informationen, familiären Besonderheiten und persönlichen Erfahrungen. Ich könnte mich aber, falls Sie es möchten, weiter daran versuchen.«

Ich war hin- und hergerissen. Natürlich war ich neugierig, welche Geheimbotschaft der hohle Hermes verborgen hielt, wer sie dort versteckt hatte und weshalb. Falls Marco Di Fillipo der Urheber war, wie ich vermutete, konnten diese Blätter Licht auf ein paar Fragen zu seiner Biografie werfen.

Aber Hamann gehörte dem Club Scientia an, von dem Bernd Krause mir erzählt hatte. Schneider, ebenfalls Mitglied, veröffentlichte Artikel in dem Magazin »Mysterium«, in dem auch Blum publiziert hatte. Ehe ich ihm auf seine Frage antwortete, ob er die Unterlagen mitnehmen dürfe, hatte ich selbst eine Frage.

»Kennen Sie Heiko Blum?«, fragte ich Hamann, der ein viertes Glas Leitungswasser gierig in sich hineinschüttete. In der Zwischenzeit hatte ich ihm eine Karaffe hingestellt.

»Heiko Blum? Natürlich«, erwiderte Hamann. »Er schreibt für ›Mysterium‹ und ist Lehrbeauftragter unter anderem in Hannover. Und er war im Frühjahr bei unserem Treffen. Er ist kein angenehmer Mensch.«

Hamann setzte seine Harry-Potter-Brille wieder auf. »Ein furchtbarer Aufschneider ist er. Er soll wohl vor einigen Wochen seinen Job an der Uni gekündigt haben und will sich in Zukunft mehr bei ›Mysterium‹ engagieren. Als ich ihn zuletzt im Frühsommer kurz in Göttingen getroffen habe, tönte er, dass er an ein paar großartigen Reportagen für dieses Magazin arbeite.«

»Daraus wird wohl nichts mehr. Er wurde vor knapp zwei Wochen tot auf Kreta aufgefunden. Erstaunlich, dass Sie das nicht wissen.«

Hamann erbleichte. »Doch, ich habe etwas in die Richtung gehört. Aber irgendwie konnte ich diese Information nicht richtig einordnen. Es gab eine Nachricht auf Instagram, wobei ich kein Fan von all diesen digitalen Medien bin und mein Handy hauptsächlich nach altmodischer Art zum Telefonieren benutze und für kurze Textnachrichten.«

Er sah mich hilflos an. »Was ist denn passiert? Ich weiß nichts Genaues, und diese Instagram-Meldung klang eher wie ein böser Scherz.«

»Es stand inzwischen auch in den Medien«, sagte ich ein wenig unwillig. So weltfremd konnte auch ein Sonderling wie Hamann nicht sein.

In unserer lokalen Zeitung hatte eine kleinere Meldung gestanden: »Dozent aus Hannover tot auf Kreta gefunden. Unfall oder Tötungsdelikt?« Es folgten etwa zwanzig Zeilen mit einem kurzen Bericht, dass man eine Leiche an einem beliebten Touristenort auf der Insel entdeckt, aber keine näheren Informationen zu dem Fall habe. Blums Name wurde immer nur mit H. B. angegeben, sein Alter mit fünfzig Jahren, was nicht zutraf. Er war achtundvierzig.

»Rätsel um toten deutschen Touristen. Wurde H. B. aus Hannover ermordet?«, hieß es in einem anderen kleinen Artikel in einer Boulevardzeitung. Darunter: »Polizei auf Kreta und in Hannover ratlos.« Das hatte Schumann sicher mit wenig Vergnügen gelesen.

»Ich kannte Heiko, wie gesagt, nur flüchtig«, erklärte Hamann. »Seine Artikel waren ordentlich geschrieben und schienen gründlich recherchiert. An der Uni war er nicht sehr beliebt, da ein eher unfreundlicher Eigenbrötler, aber guter Lehrer. Und in unserem Club war er nur bei der Frühjahrssitzung. Einer von uns, ich weiß nicht mehr, wer, hat ihn mitgebracht. Wir waren im Mai im Haus Ariadne. Da tagen wir gelegentlich, denn Edgar

Grunemann, der den Club gegründet hat, ist der Urenkel von Wilhelm Grabert. Und dieses Haus, in dem seine Tante Dörte lebt, war einst Graberts Wohnsitz. Dort ist er 1979 gestorben. Seine Sammlung von Fundstücken aus der Toskana und seine Bibliothek mit vielen Raritäten passen ideal zu unseren Themen.«

Er stand auf. »Das war es dann für heute Abend. Darf ich diese Papiere nun mitnehmen?«

»Und Sie haben Blum nach diesem kurzen Treffen in Göttingen nicht mehr gesehen?« Ich bohrte weiter.

Hamann wurde ungeduldig. »Ja, doch, zwei- oder dreimal im Juli. Wir haben uns einmal über seinen Artikel zu keltischen Mysterien unterhalten. Aber ich war dankbar, als Schneider mir erzählte, Blum würde nicht Mitglied im Club werden.«

Hamann schielte auf die Blätter. Ehe er sich zu einer weiteren unfreundlichen Bemerkung hinreißen ließ, sagte ich: »Gut, ich gebe Sie Ihnen mit. Aber bitte hängen Sie, was immer Sie entdecken, nicht an die große Glocke. Diese Unterlagen sind nicht für die Öffentlichkeit bestimmt.«

»Großes Indianerehrenwort«, antwortete er, was mich zum Lachen brachte. Wer gebrauchte denn noch diese Floskel? »Ich werde das wie ein Beichtgeheimnis behandeln und nur im Notfall die anderen bei einzelnen Verständnisfragen hinzuziehen.«

Ich fühlte mich bemüßigt, ihm zu gestehen, dass ich Edgar Grunemann aus der Toskana kannte. »Er wohnte in derselben Villa wie ich und erinnert sich sicherlich an die Bibliothek, aus der diese Papiere stammen. Sie steckten in einer hohlen Hermesstatuette, und die Originale verschwanden bei einem Einbruch«, erklärte ich Hamann zum Abschied.

»Dazu hätten Sie mir mehr sagen sollen«, erwiderte er vorwurfsvoll. »Der seltsame Aufbewahrungsort dieser Dokumente und dass sie entwendet wurden, könnte aufschlussreich sein. Ich bin der Meinung, dass sich der Verfasser viel Mühe gegeben hat, diesen Code zu entwerfen, er sich aber durchaus auch von einem Nicht-Eingeweihten entziffern lässt. Ich habe dafür schon einige Anhaltspunkte.«

»Beim nächsten Mal erzähle ich Ihnen mehr dazu«, versprach

ich ihm. »Wir können uns gerne nach dem 3. Oktober wieder treffen.«

Er nickte, packte die Papiere in seine Aktentasche, die auch schon bessere Zeiten gesehen hatte, und verschwand im Regen, der mit dumpfer Gleichförmigkeit herunterprasselte.

Den Rest der Nacht verbrachte ich unruhig. Stichworte wie Geheimcode, keltische Mythen, Rätsel der Vergangenheit spukten durch meinen Kopf. Gegen drei Uhr schlief ich ein, um sieben Uhr rasselte mein altmodischer Wecker. Ich benutzte das Monstrum, seitdem mein Handywecker mich im Stich gelassen hatte.

Eine Stunde später wagte ich, Schumann anzurufen, und um zehn Uhr einunddreißig bestieg ich, müde und grantig, den ICE nach Köln.

Schumann war wortkarg gewesen an diesem Morgen. Er klang verkatert, verneinte aber meine Frage, ob er nach unserem Ausflug zu Dörte Luer und seinem alten Kollegen den Tag mit einem Absacker beendet habe.

»Nein, ich habe noch lange über diesen Fall nachgedacht und wie seltsam es ist, dass Grabert wie Jack in the Box immer wieder auftaucht. Ich werde mir die Haushaltshilfe Emma vorknöpfen. Interessant ist auch, dass du Dörtes Neffen kennst, diesen Edgar Grunemann. Das hättest du mir genauer erzählen sollen. Aber es ist wieder einmal bewiesen. *We live in a small world!*« Seitdem Schumann seinen Englischkurs erfolgreich absolviert hatte, mischte er gern englische Begriffe in seine Sprache.

Er hörte mir immerhin geduldig zu. »Das erinnert an eine Geschichte von Edgar Allan Poe«, meinte er dann. »Eine geheimnisvolle Schrift, die jemand zur Verschlüsselung einer Botschaft benutzt hat. Das ist doch ganz nach deinem Geschmack, Anna. Du könntest jetzt als weiblicher Indiana Jones von dir reden machen, indem du hilfst, die Geheimnisse der Schriftzeichen aus dem hohlen Hermes zu decodieren!« Er lachte laut.

»Du bist und bleibst ein Blödmann!«, schimpfte ich, meinte es jedoch nicht ernst.

Schumann räusperte sich lautstark.

»Auf jeden Fall klingt es spannend. Blum war nur einmal bei einem Treffen dieses Clubs. Nicht sehr beliebt, der Gute«, sagte ich.

Schumann meinte: »Interessant ist diese Verbindung von Hamann mit dem Club Scientia. Lass dieses Sprach- und Schriftengenie sich ruhig eine Weile die Zähne an deinen Schriftzeichen ausbeißen. Wenn sich dabei nichts ergibt, ist das keine Katastrophe. Wer weiß, vielleicht sind das Liebesbriefe, die nichts weiter bedeuten. Dass das etwas mit Blum zu tun hat, bezweifle ich. Eher mit Petruccios Fällen dieser Einbrüche in der Villa. Aber wir bleiben bei Grabert und Luer am Ball. Und wenn du die Chance hast, diesen Grunemann und die anderen Clubmitglieder zu treffen, nutze sie bitte!«

Damit war die telefonische Audienz beendet gewesen, da Schumann mit seinem Hund Gassi gehen musste.

Harald Frostauer erreichte ich nicht. Zwischen Hagen und Solingen gab es ein längeres Funkloch, und erst kurz vor Köln funktionierte das Telefonieren wieder. Da ich aber bei Gesprächen mit ihm einige Zeit einrechnen musste, verschob ich meinen Anruf auf später.

Mein Kölner Haus war aufgeräumt und sauber, der Garten für den Herbst gerüstet. Meine italienische Haushaltshilfe Elvira Montecristo hatte einen tüchtigen Bruder, Gian Luca, der bei der Verwaltung der Kölner Grünanlagen arbeitete und etwas von Pflanzen verstand. Seitdem er sich um meinen Garten kümmerte, konnte nicht einmal mehr meine Mutter ihre spitzen Pfeile abschießen, indem sie den Zustand der Beete als Mini-Dschungel, den der Bäume als Kuddelmuddel und den des Rasens als Kuhweide beschrieb.

Um Punkt sechzehn Uhr stand ich bei meiner Mutter vor der Haustür und erlebte eine Überraschung. Sie öffnete, ehe ich klingelte, umarmte mich, drückte mir einen dicken Umschlag in die Hände und führte mich ins Wohnzimmer. Dort stand auf dem Tisch nicht der erwartete aufgetaute Apfelkuchen, sondern eine bunte Beerentorte.

Meine Mutter strahlte mich an und verkündete: »Von nun an bekommst du bei mir nur noch das Beste vom Konditor!« Die Erklärung folgte. In der Nähe hatte ein Café aufgemacht, und meine Mutter hatte beschlossen, täglich etwas für ihre Gesundheit zu tun und zu Fuß zum Café Rosemeier zu gehen. »Sieben Minuten hin, acht Minuten zurück«, rechnete sie mir vor. »Zurück geht es wegen des Kuchens langsamer.« Man muss die Logik meiner Mutter nicht verstehen.

Die zwei Stunden mit ihr verliefen angenehm. Zwar quälte mich die Neugier, den Brief zu öffnen, den meine Mutter seltsamerweise von meinem in ihr Haus transportiert hatte. Doch zunächst musste ich ihr von meinen Abenteuern berichten.

Sie fragte mir Löcher in den Bauch, und dann überraschte sie mich erneut, als ich erwähnte, dass der tote Heiko Blum vor seiner Ermordung auf den Spuren eines deutschen Archäologen namens Wilhelm Grabert gewesen sei, der eine Verbindung zu Kreta hatte.

»Den Namen Wilhelm Grabert kenne ich«, verkündete sie mit ihrer immer noch sehr festen Stimme. »Er war ein paar Monate ein Kollege deines Vaters in Göttingen, ein gut aussehender Mann, der auch in fortgeschrittenem Alter etwas hermachte. Ich glaube, er war über achtzig, als er emeritiert wurde.«

Sie kicherte. »Man sagte ihm nach, dass er schon zu Lebzeiten seiner Frau nichts anbrennen ließ. Ich glaube, sie starb ein paar Jahre nach dem Krieg bei einem Unfall. Aber da kannten wir Grabert natürlich noch nicht. Ich war damals noch Schülerin. Dein Vater allerdings hat in Göttingen ab 1952 studiert.«

»Was bedeutet das konkret, Grabert hat nichts anbrennen lassen?«

Meine Mutter liebte Tratsch, auch wenn sie so tat, als sei das weit unter ihrem Niveau. »Ich weiß es nur vom Hörensagen. Er galt als Koryphäe auf seinem Gebiet, aber mit MeToo hätte er wenig Freude gehabt. Angeblich hatte er mehrere Affären. Und es gab einen Skandal, als eine seiner Assistentinnen sich beim Rektor über ihn beschwerte. Das hat aber nichts daran geändert, dass er bis ins hohe Alter Vorlesungen hielt und einige Doktoranden betreute.«

Sie nahm sich ein zweites Stück der in der Tat köstlichen

Beerentorte und sprach mit vollem Mund weiter, eine Angewohnheit, die ich ihr nicht abgewöhnen konnte.

»In meinem Bücherschrank steht eines seiner Werke mit einer
Widmung für deinen Vater. Irgendetwas über einen ›Todesfelsen‹. Melodramatischer Titel für ein Sachbuch. Soviel ich
weiß, geht es darin um Aberglauben im Zusammenhang mit
archäologischen Entdeckungen wie in Ägypten und auf Kreta.
Gruselige Todesfälle im Tal der Könige und düstere Ereignisse
bei einer Grabung auf Kreta, wo ein junger Archäologe ermordet wurde. Es ist schon lange her, dass ich das Buch in
der Hand hatte. Derzeit lese ich lieber Romane, möglichst mit
Happy End. Wenn du willst, suche ich das Buch für dich und
gebe es dir bei deinem nächsten Besuch zum Tee mit Torte von
Café Rosemeier.«

Damit war das Thema für sie erledigt. Den restlichen Nachmittag unterhielt sie mich mit Anekdoten von ihrer Reise nach
Barcelona. »Nächstes Jahr steht Florenz an«, verkündete sie.
»Im übernächsten Jahr werde ich neunzig, dann möchte ich mit
dir nach Rom.«

Ich nickte beflissen. Um Punkt achtzehn Uhr durfte ich das
Teegeschirr und die Reste des köstlichen Kuchens in ihre Küche
räumen, und sie zog sich zurück, um sich »schick zu machen«.

Ich eilte nach Hause und riss schon unterwegs den Umschlag
auf. Darin lagen einige zusammengeheftete Blatt Papier und ein
in Englisch verfasster Brief:

Liebe Anna,
ich verlasse demnächst die Villa Etruria. Doch ich möchte dir
vorher etwas anvertrauen. Wenn du diesen Brief gelesen hast,
melde dich bitte bei Petruccio, den ich als Freund betrachte. Du
hast mir von diesem Hans Schumann erzählt. Ettore bedeutet
für mich etwas Ähnliches, nur dass ich keine Kriminalfälle zu-
sammen mit ihm lösen möchte.

Seit einigen Wochen erhalte ich immer wieder Drohungen
auf meinem Handy und per Mail. Ich habe die Mails Petruccio
weitergegeben, ihm die SMS gezeigt, die offenbar von Prepaid-
handys kommen. Woher dieser Jemand meine Handynummer

und meine Mailadresse hat, weiß ich nicht, da ich sie nur einer Handvoll Menschen, meist engeren Bekannten und einigen wenigen Kommilitonen, gegeben habe. Ich bin zutiefst verunsichert. Petruccio kann mir auch nicht helfen, aber wenigstens ist er informiert. In den SMS steht nur ein Satz: »Die Sünden der Väter rächen sich.« Damit kann ich nichts anfangen, da mein Vater ein harmloser, eher langweiliger Mann ist, freundlich zu jedermann und weder ein Wissenschaftler mit verrückten oder gefährlichen Theorien noch ein geldgieriger Kapitalist. Vielleicht bezieht sich diese Bemerkung auf meinen Großonkel Marco. Petruccio hat dies erst als einen bösartigen Scherz abgetan.

Die Mails ähneln sich auch. In ihnen steht meist auch nur ein Satz: »Carpe diem, praeteritum non quiescit.« Nutze den Tag, die Vergangenheit ruht nicht.

Du wirst verstehen, dass ich deswegen ziemlich nervös bin. Ich beschäftige mich mit Ereignissen aus der Vergangenheit, da ich versuche, die Wahrheit über meinen Großonkel herauszufinden. Bei meiner Suche im Arbeitszimmer der Villa Etruria bin ich auf ein ramponiertes Tagebuch gestoßen, das Großonkel Marco 1908 begonnen, dann lange Zeit nicht benutzt und erst 1943, kurz vor seinem Tod, wieder hervorgeholt hat. Ich habe dir einige der Seiten kopiert und füge sie diesem Brief bei. Sollte mir etwas geschehen, dann möchte ich dich bitten, dieses Material zu nutzen und an meiner Stelle zu recherchieren. Ich glaube, dass es dich interessieren wird.

Hoffentlich sehen wir uns bald wieder!

Sei umarmt.

Alessandra

Waren das Alessandras letzte Worte gewesen? War sie bei ihrem Versuch, dieser Bedrohung zu entkommen, gestorben? Oder bestand immer noch die Hoffnung, dass sie einfach nur eine Zeit lang im Verborgenen leben wollte? Es war zu spät, an diesem Sonntagabend Petruccio anzurufen.

Ich warf einen Blick auf die beigefügten Blätter. Seufzend stand ich auf und zog aus meinem Bücherregal im Wohnzim-

mer ein Wörterbuch hervor. Italienisch – Deutsch. Denn die
Tagebucheintragungen waren auf Italienisch wie schon Marcos
Briefe, und ich hatte keinen Harald Frostauer an meiner Seite.

Der erste Eintrag vom 12. Juli 1908 lautete:

*Nicos lässt sich nicht drängen. Was ich hier aufschreibe, darf
niemand außer mir lesen. Denn die Wahrheit ist gefährlich. Und
unser eigentlicher Plan ist Wahnsinn. Den Diskos stehlen und
durch eine Kopie ersetzen und an einen reichen Privatsammler
verkaufen, der, wie Nicos weiß, schon in Knossos eine Schlangengöttin »erworben« hat. A. ist dafür, ich zögere, aber alles hängt
von Nicos ab.*

Der Stein des Todes

Ich brauchte fast zwei Tage, um die Tagebuchnotizen zu übersetzen. Nicht nur wegen Marcos Schrift, sondern vor allem wegen der von ihm verwendeten Kürzel, durchgestrichenen Sätze, geschwärzten Wörter und mangelhaften Interpunktion. Das dicke Wörterbuch half mir nicht immer weiter.

In meiner Verzweiflung, und da ich Harald nicht erreichte, wandte ich mich an Elvira Montecristo, meine geschätzte Haushaltshilfe. Ich befragte sie bei bestimmten Redewendungen und Wörtern, deren Sinn ich nicht verstand. Sie setzte sich am Montag zu mir an den Küchentisch und nahm sich viel Zeit. Dank ihrer Unterstützung kam ich voran. Da Elvira von Haus aus sehr diskret ist, fragte sie mich nicht über den sonderbaren Text aus, sondern meinte nur einmal: *»Son' molto strani, quest' appunti. Ma anche interessante.«* Seltsam, aber interessant. Das war auch mein Eindruck.

Meine Mutter brachte mir am Montag das Buch von Wilhelm Grabert vorbei. Es hieß nicht »Der Todesfelsen«, sondern »Der verlorene Stein des Schicksals und andere Geheimnisse«, publiziert 1949, ein schmaler Band mit Fotografien von Ausgrabungen in Ägypten, Kreta, Italien, Irland und England. Erschienen war es im »Aristophanes-Verlag«, der für seine esoterischen Werke bekannt gewesen war, aber schon seit zwanzig Jahren nicht mehr existierte. Der Titel erinnerte mich entfernt an Marcos Buch aus dem Jahr 1930. Das reizte meine Neugierde umso mehr.

Erstaunlich, dass ein seriöser Wissenschaftler wie Grabert ein solches Buch veröffentlichte, in dem es um mysteriöse Begebenheiten während einiger Ausgrabungen ging. Aber vielleicht hatte es ihm Spaß bereitet, einmal kein wissenschaftlich fundiertes Werk zu verfassen. Sicherlich gut geeignet für diesen Club Scientia, der sich laut meiner bisherigen Kenntnis mit allerlei ungeklärten historischen Phänomenen befasste. Ich wollte dieses Spätwerk Graberts in Ruhe lesen. Wenigstens brauchte ich dafür keine Übersetzungshilfe.

Als meine Mutter mir das Buch überreichte, fragte ich sie nach ihrem gestrigen Abend in der Philharmonie. Sie winkte ab. »Dann doch lieber ›Hänsel und Gretel‹ von Humperdinck, obwohl diese Jungs beeindruckend waren. Aber ich bin leider ein bisschen zu alt dafür. Nächste Woche gehe ich in ein Konzert mit Werken von Haydn, Schumann und Mozart. Das ist besser für meine Nerven!«

Und weil sie wegen »ihrer Nerven« nur noch selten Kaffee trank, lehnte sie meine Einladung ab, mir bei einer Tasse Gesellschaft zu leisten, und zog von dannen, eine sehr alte Frau voll großer Würde und mit beeindruckender Haltung. Ich blickte ihr wehmütig nach. Ein Leben ohne sie konnte und wollte ich mir nicht vorstellen.

Doch genug der melancholischen Anwandlungen! Elvira hatte inzwischen Kaffee gekocht, den ich auch ohne mütterliche Gesellschaft genoss. Und weiter ging unsere Teamarbeit.

Es dämmerte bereits, als Gian Luca, Elviras Bruder, klingelte, um seine Schwester abzuholen. Sie wohnte in Bergisch Gladbach, hatte kein Auto und musste zu mir umständlich mit Bus und Bahn anreisen. Ihr fürsorglicher Bruder achtete darauf, dass sie abends wohlbehalten nach Hause kam.

Zum Abschied meinte sie: »Wenn Sie mich noch einmal brauchen, könnte ich übermorgen wiederkommen.«

Ich dankte ihr, hoffte aber, morgen nach Hannover zu fahren, um Richard am Mittwoch aus der Reha abzuholen. »Ich werde wahrscheinlich bald wieder hier sein«, versprach ich ihr. Da ich erst gegen neunzehn Uhr nach Hannover aufbrechen wollte, blieb mir fast der ganze morgige Tag, um in Ruhe die Notizen zu studieren.

Elvira sagte: »Bei größeren Problemen bin ich erreichbar. Ich bleibe zu Hause.«

Am 3. Oktober ließ ich sie jedoch in Ruhe den Feiertag genießen und kämpfte mich selbst tapfer durch Marcos Aufzeichnungen, übertrug alles in meinen Computer und plante, zur Not erneut Harald zu engagieren.

»Ich bin an der Nordsee«, hatte er mir inzwischen getextet. »Handy nur zwischendurch an. Ich komme am 5. zurück.«

Harald war ein freier Mann, und er liebte es, zwischendurch einfach zu verschwinden. Schumann, die treue Seele, hatte mich am Montagabend angerufen und mir gesagt, er werde am Freitag mit einem Durchsuchungsbeschluss zum Haus Ariadne fahren und vor allem mit Emma sprechen.

»Es wäre nett, du könntest mitkommen. Ich habe auch Carsten Willems dabei, ist ja ein Polizeieinsatz, aber der Kerl ist eine Nervensäge. Ich wünschte, ich hätte für Hartmut Brink nicht so ein gutes Zeugnis geschrieben. Dann wäre er in Hannover geblieben und würde nicht in Oldenburg Karriere machen.«

Schumans Bedauern klang überzeugend. Eigentlich war es völlig gegen jede Regel, dass er mich aufforderte, mit nach Bashausen zu kommen. Doch mein guter Polizeihauptkommissar war einsam, seit ihn seine Hunde liebende Freundin verlassen hatte, und er hatte sein Herz wieder für mich entdeckt. Nur als guter Freund, aber für uns beide war das eine akzeptable Lösung. Anders als dies der Film »Harry und Sally« suggeriert, glaube ich, dass Freundschaft zwischen Männern und Frauen auf einer soliden Basis möglich ist. Natürlich sagte ich ihm zu, weniger aus Altruismus als meiner ewigen Neugierde geschuldet.

Graberts »Der verlorene Stein des Schicksals« ersetzte an diesem Abend das Fernsehen. Nur wenn Richard bei mir war, verzichtete ich sonst auf die Montagsverbrechen auf dem Bildschirm.

Das Buch begann mit den Entdeckungen im Tal der Könige, berichtete von dem angeblichen Fluch der Pharaonen und den den Vorfällen, die mehreren Mitarbeitern des Grabungsteams das Leben kosteten. Das war mir alles bekannt. Interessant aber war, dass Grabert dies sehr ernst zu nehmen schien. Er ironisierte nichts und betrachtete Aberglauben als eine surreale Form der menschlichen Erfahrungen.

Im zweiten Kapitel folgte die Schilderung eines Druidenheiligtums in Irland. Eine Gruppe Touristen hatte es sich auf den uralten Steinen gemütlich gemacht und picknickte. Ein Bewohner des nahen Dorfes im Südwesten der Insel warnte die jungen Menschen, sich respektvoll zu benehmen, da dies ein heiliger Ort sei. Einer der Touristen, ein junger Mann aus Hamburg, verspottete ihn und kippte eine Flasche Bier auf einem der Steine aus. »Bier für die Druiden!«, lallte er. Am nächsten Tag ertrank der Spötter unweit des Heiligtums im spiegelglatten Meer. Im Dorf sagte man, dass der »Stein des Schicksals« jede Blasphemie bestrafe. Seitdem ist dieser Steinkreis für Touristen gesperrt.

Ein weiteres Kapitel handelte von Stonehenge, ein anderes von der Bretagne, und nicht zuletzt beschrieb Grabert die Keltengräber in Deutschland, die er mit einer Fülle von Legenden über Bannsprüche und Flüche würdigte. Er hätte Experte für keltische Mythen sein können. Dafür hatte auch ich viel übrig.

Graberts Buch war eine spannende Lektüre und ein guter Ersatz für den Montagskrimi. Ich blätterte weiter und landete bei dem Kapitel »Minos und Dädalus«. Auch bei der Sage vom Minotaurus, dem Sohn von Pasiphae, der Frau des mächtigen Königs Minos, und einem Stier, sparte Grabert nicht mit dunklen Legenden. Mit Minos hatte Pasiphae acht Kinder, darunter Ariadne, die Theseus bei seinem Sieg über den Minotaurus half. Als Strafe für Minos' Versuch, die Götter zu betrügen, verliebte sich seine Frau in einen Stier und gebar das Monster, das in dem von Dädalus erschaffenen Labyrinth hauste.

Neben all diesen Sagen schilderte Grabert eindrucksvoll den Palast von Knossos, berühmt auch wegen seiner roten Säulen und der Entdeckungen dort seit Ende des 19. Jahrhunderts. Grabert war offenbar ein Bewunderer von Arthur Evans und seinen Nachfolgern. Für den Helden Theseus hatte er wenig gute Worte, für Ariadne dafür umso mehr. Immerhin hatte Grabert sein Haus nach der Tochter des Königs Minos benannt.

Das letzte Kapitel handelte von Phaistos. Da konnte er autobiografische Erfahrungen verwerten. Grabert erwähnte aber nichts von dem, was Marco in seinem Tagebuch über jenen Juli 1908 aufgeschrieben hatte. Vielmehr berichtete er von einer Legende, die er gehört hatte. Danach war die Scheibe eine Zusammenstellung von mystischen Zeichen, die auf den nahenden Weltuntergang verwiesen.

Weise Männer haben all ihr Wissen über das Geschick der Menschheit auf diesem Diskos für die Ewigkeit aufgezeichnet.

Der Legende nach diente er einem Kult, der sich anhand bestimmter Rituale mit der nahenden Endzeit befasste und die Scheibe als heiligsten Stein aufbewahrte. Nur in den Kult Eingeweihte durften ihn sehen. In späteren Jahrhunderten trafen sich die Priester einmal im Jahr zum Herbstbeginn und versuchten, das Rätsel der Zeichen zu lösen, deren Bedeutung im Lauf der Zeiten verloren gegangen war. Es waren stets fünf Männer, die auserwählt waren. Wer sich unbefugt in ihren Kreis mengte oder versuchte, den heiligen Stein an sich zu reißen, war dem Tod geweiht. Ein wahrer »Stein des Todes«.

Als der Palast von Phaistos zum wiederholten Mal durch ein Erdbeben zerstört wurde und der heilige Diskos offenbar für immer verschwand, blieb dennoch die Legende erhalten und lebte wieder auf, als Luigi Perniers Forscherteam in den Ruinen des minoischen Palastes den Diskos fand. Er wird heute im Museum von Heraklion aufbewahrt, das 1930 von dem bedeutenden Architekten Patroklos Karantinos entworfen wurde. Doch die geheimnisvollen Schriftzeichen, tausendfach in Büchern kopiert und weltberühmt, geben immer noch Rätsel auf und lassen als eine der vielen Interpretationsmöglichkeiten auch die These zu, dass diese Zeichen in der Tat auf den nahenden Weltuntergang hinweisen.

Eine interessante Interpretation des Diskos von Phaistos. Grabert hatte das Kapitel ausgeschmückt mit Schilderungen der Landschaft und einem Blick auf das minoische und mykenische Kreta. Graberts Sicht auf den Diskos als einen »Stein des Todes« fügte sich zu den Gerüchten, die sich mit dem Fund vom 3. Juli 1908 verknüpften. Eines aber musste ich noch genauer recherchieren. Der Diskos war eine Tonscheibe. Also kein Stein?

Ich googelte, um festzustellen, ob der Begriff »Stein« auf den Diskos passte. Und tatsächlich ist Ton eine Gesteinsform, genauer gesagt ein pelitisches Sedimentgestein, und besteht überwiegend aus Tonmineralen mit Gemengteilen aus Quarz, Feldspat und Carbonaten.

Der Begriff »pelitisch« sagte mir wenig, und so suchte ich mir auch dazu Informationen. Da heißt es, dass Pelit, vom griechischen *pelos* für »Ton, Schlamm«, die Bezeichnung für feinklastische Sedimentgesteine ist. Der Begriff ist daher weitgehend gleichbedeutend mit dem Begriff Tonstein. Graberts düsterer Titel vom »Stein des Schicksals« war also durchaus passend für seine dramatische Schilderung des Diskos als »Stein des Todes«, vor allem, wenn man den tragischen Tod von Nicos Siriakis einbezog. Seinen Kollegen Nicos und die These von einer zweiten Scheibe erwähnte Grabert allerdings mit keiner Zeile.

Für heute hatte ich genug von den Schatten der Vergangenheit. Morgen ein letzter Anlauf, Alessandras beigefügte Notizen zu übersetzen und mich dem Geheimnis von Phaistos erneut zu stellen. Doch ich vermochte nicht zu schlafen.

Um drei Uhr morgens saß ich an Marcos Aufzeichnungen, deren Übersetzung ich sorgfältig unter »Alessandras Vermächtnis« speicherte. Todmüde, aber stolz und mit Hilfe von fünf Tassen Kaffee und meinem Wörterbuch schrieb ich um zehn Uhr den letzten Satz, druckte alles aus und las es noch einmal durch. Nach getaner Arbeit war es kein so umfangreiches Œuvre, wie ich anfangs dachte, als ich wie Sisyphus diesen Felsen der Fremdsprache vor mir herschob. Aber die Mühe hatte sich gelohnt.

Phaistos, 14. Juli 1908

Nicos benimmt sich sehr sonderbar. Er hat als Einziger von uns Zugang zum am 3. Juli entdeckten Diskos, da Pernier ihm vertraut und in ihm als »Einheimischem« einen Gewährsmann sieht. Gestern habe ich ihn aufgehalten, als er von der Ausgrabung kam. Er ist seit einigen Tagen immer in demselben Abschnitt des Palastes zugange. A. und ich dagegen sind abkommandiert, Fundstücke zu registrieren, Beschreibungen anzufertigen und den Arbeitern zu helfen, Geröll aus den zusammengestürzten Kammern des Palastes zu räumen.

Nicos meidet mich. Ich habe ihn gefragt, wann wir unseren Plan endlich umsetzen können, wann der Künstler aus seinem Heimatdorf, ein erfahrener Keramiker und Maler, endlich die

Kopie anfertigt. Nicos findet immer neue Ausreden. Er hat eine sehr präzise Zeichnung vom Diskos gemacht, auch weil Pernier das von ihm verlangte. Ich vermute, er hat sie Dimitrios Mandrakis zur Verfügung gestellt, um seinen Plan zu verwirklichen. Dimitrios soll eine Kopie erstellen.

A. wird allmählich ungeduldig und meinte, sein Kunde, ein Amerikaner, hätte ihm eine Frist gesetzt. Dieser potenzielle Käufer hat einen Agenten auf Kreta, der ihm schon das eine oder andere Objekt aus Gortys, Knossos und auch aus den Klöstern beschafft hat. Geld spielt keine Rolle. A. kennt ihn schon länger, vor vier Jahren hat er diesem Amerikaner in Süddeutschland bei einer Ausgrabung eines Keltengrabes ein von ihm entdecktes Goldarmband verkauft. Er hatte es beiseitegeschafft, und der Verdacht fiel auf einen armen Hilfsarbeiter. A. hat mir gegenüber seine Tat entschuldigt mit der Begründung, er habe mit dem Erlös des keltischen Armbands sein Studium zu Ende finanzieren können. Seine Eltern sind früh verstorben, und sein Vater hat ihm wenig hinterlassen.

Ich war zwar schockiert, als A. mir von dem Diebstahl und Verkauf des keltischen Schmuckstücks erzählte. Aber was wir in Phaistos planen, ist noch viel drastischer. Und ich bin keinen Deut besser als mein deutscher Freund. Obwohl mich mein Gewissen quält und ich unser Vorhaben verrückt finde, spiele ich weiter mit. Denn ich brauche das Geld des potenziellen Käufers, um unsere Familienvilla zu renovieren. Meine Ausrede kann mein Gewissen nicht wirklich beruhigen. Weshalb Nicos das Geld braucht, ist mir nicht klar. Doch vor einiger Zeit sprach er davon, er wolle mit Maria und den Kindern – das zweite soll im September zur Welt kommen – nach Amerika auswandern.

Phaistos, 17. Juli

Nicos hatte ohne mein Wissen Dimitrios Mandrakis schon vor etlichen Tagen für die Erstellung der Kopie anhand seiner Zeichnung des Diskos angeheuert. Dieser hat wohl inzwischen sein Werk *abgeliefert. Doch Nicos weigerte sich, mir Dimitrios vorzustellen oder mir dessen Werk zu zeigen. Ich habe von der vollendeten Kopie beiläufig von A. erfahren. Er ist wesentlich intensiver mit Nicos zusammen. A. verehrt Maria, die Frau von Nicos, eine wahre Schönheit. Doch sie behandelt ihn genauso freundlich und zugleich distanziert wie mich. Das ärgert A. Er beneidet Nicos, der eine schöne Frau hat, eine Familie und Erfolg bei seiner Arbeit. Dennoch scheinen die beiden ein Herz und eine Seele zu sein. Dabei ist die Atmosphäre seit einigen Tagen angespannt. Irgendetwas tut sich im Geheimen. Nicos hat gestern Abend die Katze aus dem Sack gelassen: Er behauptet, in einer der Nebenkammern des Palastes einen zweiten, identischen Diskos entdeckt zu haben. Er zeigt ihn uns aber nicht. Wenn das wahr wäre, würde dies alles ändern. Wir würden diesen neuen Fund verkaufen und den ersten Diskos, den wir ursprünglich entwenden wollten, nicht durch eine Kopie ersetzen müssen. Oder plant Nicos, diese Kopie dem reichen Sammler als das Original anzudrehen?*

Ich bin ratlos. Ich glaube eigentlich nicht, dass es eine zweite Scheibe gibt. Nicos verfolgt seine eigenen Pläne und hintergeht uns. Er brütet etwas aus und lässt zumindest mich außen vor. Vielleicht plant er zumindest, mich zu hintergehen. Aber ich will nichts überstürzen. Im Zweifel für den Angeklagten!

An dieser Stelle legte ich eine Pause ein.

Elena Mandrakis' Sicht der Ereignisse von 1908 war natürlich geprägt von dem, was innerhalb ihrer Familie kolportiert worden war. Sie kannte nur die eine Seite der Geschichte und hielt ihren Vorfahren für ein unschuldiges Opfer. Dabei schien Nicos der Drahtzieher eines üblen Betruges gewesen zu sein, durch den er sich bereichern wollte. Er trieb offensichtlich ein doppeltes Spiel. Seufzend las ich weiter.

Phaistos, 19. Juli

Nicos weigert sich, mit mir zu reden. Er hat mir zu verstehen gegeben, dass er erst Pernier seinen Fund zeigen möchte. Ich verdächtige ihn inzwischen, die Kopie von Dimitrios als einen angeblichen zweiten Stein vorlegen zu wollen. Und ihn dann stehlen zu lassen, um ihn als das Original zu verkaufen.

Ich fürchte, dass Nicos sich auf ein gefährliches Spiel einlässt. Und weiß A. davon? Der benimmt sich seit einigen Tagen ebenfalls sehr eigenartig. Die Freude an dieser großartigen Ausgrabung ist mir verdorben. Ich möchte zurück nach Italien. In meiner Heimat gibt es so viele spannende Entdeckungen zu machen. In der Nähe unserer Villa, die mein Großvater erbaut und nach der Region »Etruria« genannt hat, werden fast täglich aufregende Funde gemacht. Das Rätsel um die Etrusker ist genauso groß wie das um die minoische Vergangenheit Kretas.

Während ich das hier schreibe, kam eine furchtbare Nachricht: Dimitrios Mandrakis ist tödlich verunglückt. Er hat stets einen Esel benutzt, um sich in dieser Gegend fortzubewegen. Heute Morgen ist dieser Esel wohl auf einem Stein an einem Hang ausgerutscht, hat Dimitrios abgeworfen, und der ist mit dem Kopf gegen einen Felsen geprallt. Tot. Sein Bruder Petros war hier und hat Nicos die Nachricht überbracht. Die anderen hier im Camp interessiert das nicht weiter, aber Nicos ist tief erschüttert. »Ein Fluch liegt über diesem Stein«, hat er gemurmelt. »Er ist ein Stein des Todes.«

Ein bisschen sehr pathetisch für meinen Geschmack, doch Nicos steht unter Schock. Vielleicht ändert er seine Pläne noch und lässt die Kopie sang- und klanglos verschwinden, ehe er sie Pernier mit der Behauptung vorlegt, er habe diese Scheibe im Palast von Phaistos entdeckt.

Phaistos, 20. Juli

Er ist tot! Nicos wurde heute Morgen in seinem Zelt erschlagen aufgefunden. Eindeutig ein Raubüberfall, denn es fehlen mehrere Ausgrabungsobjekte, die er bearbeiten sollte. Was ist nun mit dem Diskos? Nicht sehr sensibel von mir, dass ich gerade jetzt daran denke. Aber keine Spur von ihm. Falls es wirklich eine zweite Scheibe gegeben haben sollte, ist sie verschwunden,

*und auch die Kopie von Dimitrios Mandrakis ist nicht auffind-
bar. A. und ich haben überall danach gesucht. Hat der Täter sie
mitgenommen?*

*Wie auch immer, es ist schrecklich, was Nicos geschehen ist.
Selbst wenn wir beide nicht mehr innig miteinander waren, habe
ich ihn doch als Freund betrachtet.*

*Der gutmütige Dorfpolizist Petros Mandrakis ist hilflos. Und
er tut mir besonders leid. Gerade den einzigen Bruder verlo-
ren und nun Nicos Siriakis ermordet! Was für eine Katastrophe.
Keine Spur eines Täters. Pernier vermutet, dass es jemand aus der
Umgebung war, der Nicos überfallen hat. »Vielleicht hatte der
Täter nicht damit gerechnet, dass Nicos zu später Stunde noch
in dem Zelt ist«, mutmaßte er. Pernier sah sehr schuldbewusst
aus. Ich hörte, wie er zu Halbherr sagte, er habe eigentlich eine
Verabredung mit Nicos gehabt, sei aber verspätet zum Zelt von
Nicos gegangen. Da war der Arme bereits tot. »Ich hätte eher
auf Nicos' Bitte reagieren müssen«, sagte Pernier bedrückt.*

*Ich habe hier nichts mehr verloren. Der Mörder von Nicos
wird gewiss nicht mehr gefunden. Ich kehre demnächst nach Italien zurück und werde meine zukünftige Arbeit meiner Heimat
widmen. Mit A. werde ich versuchen, in Verbindung zu bleiben,
obwohl er sich mir in der letzten Zeit entfremdet hat.*

*Nach der Beerdigung von Nicos werde ich Phaistos schweren
Herzens verlassen. Hoffentlich finden Pernier und Halbherr
die verdiente Anerkennung, und der Diskos wird eines Tages in
einem Museum zu bewundern sein. Und wer weiß? Vielleicht
werden diese seltsamen Schriftzeichen irgendwann entziffert.
Das wäre zu wünschen. Und immerhin kann ich mit Stolz sagen,
dass ich an jenem 3. Juli 1908 in Phaistos war, als der Diskos in
der Ruine des Palastes ausgegraben wurde.*

Richards Comeback

Marcos Notizen erschütterten mich. Es war eindeutig, dass sich hinter A. Wilhelm Grabert verbarg. Keine Überraschung, nur eine Bestätigung. Nicos hatte, wie es aussah, beide Kollegen hintergangen. Dennoch war sein Tod tragisch.

Ich verließ Köln am Abend des 3. Oktober mit gemischten Gefühlen. Gern wäre ich länger geblieben, aber ich schuldete Richard, den ich in den vergangenen Wochen vernachlässigt hatte, zumindest, ihn aus der Reha abzuholen. Von Hannover dauerte die Fahrt zu seiner Klinik knapp eine Stunde.

Schumann hatte mich sehr früh an diesem Tag angerufen und sich mit mir für Freitag gegen Mittag verabredet. »Emma erscheint mir interessanter als Dörte Luer. Ich wüsste gerne, ob dieser Hausgeist auch eine Stimme hat«, meinte er. Er kündete seinen Besuch bei Richard für den späten Nachmittag an, da er mit ihm über das Thema archäologische Funde auf dem Schwarzmarkt reden wollte. »Richard hat etwas herausgefunden«, sagte er nur.

Ich dagegen würde mit den Tagebuchnotizen von Marco und den Briefen punkten, die ich mit Haralds Hilfe übersetzt hatte. Beides zusammen ergab interessante Einblicke in Marco Di Fillipos Biografie und einiges zur Biografie von Grabert. Wie das alles zusammenhing, war noch die Frage.

Etwas enttäuscht war ich von Ettore Petruccio, dessen angekündigtes Schreiben noch immer nicht angekommen war. Wahrscheinlich nicht so wichtig, redete ich mir ein. Alessandra hielt große Stücke auf ihn, aber das musste nicht heißen, dass er mir gegenüber zuverlässig war. Von Piet Hamann hatte ich auch nichts mehr gehört.

Richard stand schon vor der Eingangstür des Reha-Gebäudes, auf Krücken gestützt, und wirkte recht missmutig. Er müsse noch mindestens eine weitere Woche seine Gehhilfen benutzen und mindestens zwei Monate ambulante Physiotherapie »über sich ergehen lassen«, was ihn schlecht gelaunt stimmte. »Diese elenden Dinger möchte ich am liebsten in die Ecke pfeffern«, raunzte er und wedelte mit den Krücken.

Im Auto beruhigte er sich bei den Radioklängen von Led Zeppelin, erzählte mir auf der Fahrt von seinen Erlebnissen in der Reha, wo er nette Bekanntschaften gemacht hatte, mit denen er sich beim abendlichen Kartenspiel amüsierte, und als ich ihn in seinem hübschen Haus am Mittellandkanal absetzte, wirkte er wieder vergnügter. Seine wunderbare Haushaltshilfe hatte das Haus gründlich auf Vordermann gebracht, ich hatte seine Vorräte und seinen Kühlschrank aufgefüllt und ihm eine Flasche seines Lieblingsweins, einen Sauvignon Blanc, kalt gestellt.

Schumann kam, wie angekündigt, vorbei. Ich berichtete den beiden in einer Zusammenfassung von Marcos Tagebuchnotizen vom Juli 1908.

»Es besteht kein Zweifel, dass dieser ominöse A. Wilhelm Grabert ist, wobei A.«, sagte Richard, »für ›amico‹ stehen könnte.«

»Das ist logisch, und zu dem Schluss bin ich auch gekommen«, sagte ich. »Offenbar hat Marco Wilhelm Grabert als Freund betrachtet und ihm später immer wieder geschrieben, ihn sogar aufgefordert, nach Roselle zu kommen, wobei er einige der Briefe merkwürdigerweise nie abgeschickt hat. Ich glaube, dass Grabert Marcos Einladung in die Maremma gefolgt ist, aber nicht aus Zuneigung, sondern aus bestimmten anderen Gründen. Entweder, um Marco zu überreden, mit ihm gemeinsam ein paar Fundstücke unter der Hand zu verkaufen, oder um mit ihm die Ereignisse von Phaistos aufzuarbeiten.«

Richard sah mich fragend an.

»Da gibt es einige Rätsel. Marco glaubte, dass A. mit Nicos unter einer Decke steckte und man ihn nicht involvierte. Wenn Hamann doch diesen Text entziffern könnte! Falls er von Marco stammt, hat er sicherlich wichtige Informationen in dem codierten Text versteckt.«

Schumann fragte, ob er einen Schluck Wein bekommen könnte. »Es war ein anstrengender Tag, und es ist ja schon nach achtzehn Uhr.«

Richard öffnete den Sauvignon Blanc, verzichtete jedoch selbst auf den Wein, was er mit der Einnahme von Schmerztabletten erklärte. Ich nippte an einem Glas Wasser. Richard legte sich auf seine Couch und verzog das Gesicht. »So richtig toll fühlt sich das alles mit mir noch nicht an«, meinte er.

Ich schob ihm zwei Kissen in den Rücken, und er lächelte dankbar.

Schumann schloss die Augen, trank den Wein in kleinen Schlucken und sagte dann sichtlich entspannt: »So, Richard, jetzt lass hören, was du herausgefunden hast!«

Richard kuschelte sich in die Kissen und erwiderte: »Mein griechischer Gewährsmann hat mich vor drei Tagen angerufen. Es sei vor Kurzem auf dem Schwarzmarkt zum ersten Mal seit längerer Zeit eine kleine etruskische Bronzestatuette angeboten worden. Laut sicherer Quellen von hoher Qualität. Preis um die zwanzigtausend Euro. Mein Grieche glaubt, dass dieses Stück sehr schnell einen Käufer finden wird. Er wusste allerdings nicht, woher es stammt, und vor allem nicht, wer es angeboten hat. Der Anbieter ist anonym. Das geht über verschlungene Pfade. Mein Grieche selbst möchte seinen Namen nicht an die große Glocke hängen, da er seine Kontakte nicht gefährden will, hat sich aber inzwischen aus diesen Geschäften zurückgezogen. Ich mag ihn trotz seiner früheren Aktivitäten recht gern.«

Ich stöhnte: »Ist das nicht allmählich nervig? Bei fast jedem der Fälle, die ich in letzter Zeit miterlebt habe, spielt der illegale Handel mit Kunst eine Rolle, egal ob Bilder, alte Bücher, Landkarten, Filmrequisiten, Münzen, antike Kunst. Immer wieder werden Raritäten unter der Hand verschoben, und obgleich solche Dealer gelegentlich auffliegen, geht es munter weiter. Ein Fass ohne Boden.«

Schumann stimmte mir zu. »Ich schätze, dass unser längst verstorbener Freund Grabert einst kräftig mitgemischt hat. Heiko Blum ist offenbar jemandem in die Quere gekommen, der davon wusste, und hat ihn mit seinem Wissen erpresst. Aber was genau dahintersteckt, ist nach wie vor ein Rätsel. Vielleicht hat auch seine Rolle als eine Art Kunstdetektiv damit zu tun.«

Schumann stand auf und marschierte durch Richards großes, minimalistisch eingerichtetes Wohnzimmer. Er murmelte etwas vor sich hin, was ich nicht verstand. Plötzlich wurde mir klar, dass er Hunger hatte. Denn ich erkannte die Symptome: Unruhe, grimmiges Gesicht, gerunzelte Stirn. Hunger und zu wenig Schlaf verwandelten ihn in einen Griesgram.

»Ich mache schnell eine Lasagne heiß«, verkündete ich und begab mich in die aufgeräumte, blitzsaubere Küche. Bei mir zu Hause sah es nie so ordentlich aus. In Köln hatte ich mit Elvira das große Los gezogen, die sich rührend um mein Haus kümmerte, in Hannover machte ich alles allein, und das mit mäßigem Erfolg.

Kaum saß Schumann vierzig Minuten später, in denen die Männer, dem Klischee entsprechend, über Fußball und Politik diskutierten, vor der dampfenden Lasagne, verwandelte sich sein grimmiger Ausdruck in ein freudiges Lächeln. Na also!

Als er ein großes Stück Lasagne vertilgt hatte, zog er aus seiner Jackentasche ein zerknittertes Kuvert hervor. »Das ist heute Morgen in der Post gewesen«, sagte er. »Mit der Post schickt kaum mehr jemand etwas an mich. Kein Absender, aber es landete bei mir auf dem Schreibtisch, abgeschickt laut Stempel am Sonntag. Ich hatte heute keine Zeit, den Brief zu öffnen, wegen mehrerer Dienstbesprechungen und der alten Akten zur Toten vom Donnerswald, die ich mir aus Göttingen bestellt habe. Damit bin ich aber auch nicht weitergekommen.«

Er öffnete den Umschlag. Ein einzelnes Blatt flatterte heraus. Schumann hob es auf. »Ach nee!«, entfuhr es ihm. »Die gute Emma, die ich sowieso nächsten Freitag interviewen werde, hat geschrieben. Hört mal, was hier steht!«

Er setzte seine Lesebrille auf, die er zu seinem Frust seit Kurzem benötigte, und las vor:

Sehr geehrter Herr Schumann,
es ist dringend, dass wir uns treffen. Vielleicht können Sie es einrichten, mich am Freitagvormittag zu sehen. Dann bin ich allein im Haus. Frau Luer hat einen Termin in Göttingen und kommt erst gegen dreizehn Uhr zurück.

»Mit freundlichem Gruß et cetera.« Schumann lächelte zufrieden. »Das passt gut. Dann, liebe Anna, hole ich dich schon um neun Uhr ab.« Er brachte seinen Teller in die Küche und verabschiedete sich mit den Worten: »Mein Hund ruft!«

Da Richard sehr erschöpft aussah, folgte ich Schumann wenig später und beschloss, die Gunst der Stunde zu nutzen, um noch einmal alle Ereignisse der letzten Wochen in eine logische Chronologie zu bringen. Es blieb ein Patchwork, ein Gemisch aus meiner eigenen Phantasie und meinen persönlichen Schlussfolgerungen, die wie der Plot eines Kriminalromans wirkten. Doch die Realität übertrifft bekanntlich jede Vorstellungskraft.

Emmas Geständnis

Schumann war auf die Minute pünktlich, und gemeinsam mit Carsten Willems fuhren wir in Richtung Bashausen. Es war ein milder Oktobertag. Über der Landschaft zwischen Hannover und Göttingen lag ein letzter Hauch von Sommer, erst wenige Bäume trugen verfärbte Blätter. Zu meinem Erstaunen zeigte sich Schumanns neuer Assistent Carsten Willems an diesem Morgen recht schweigsam. Vielleicht störte ihn, dass ich dabei war.

Ein Kollege aus Göttingen sollte uns mittags beim Haus treffen, wenn Dörte Luer wieder zurück sein würde. Sie hatte heftig gegen den Durchsuchungsbeschluss protestiert, mit ihrem Anwalt gedroht, dann aber eingelenkt und erklärt, sie habe zwar vormittags einen Termin, werde aber um die Mittagszeit im Haus sein.

»Was suchen Sie eigentlich?«, hatte sie Schumann am Telefon entgegengeschleudert. Diese Frage beantwortete er zwar nicht, sagte ihr aber, er würde nicht mit einer Horde anrücken und wäre rasch wieder weg.

»Das hoffe ich«, murmelte Dörte Luer. »Und ich hoffe, Sie hinterlassen kein Chaos!«

»Das hängt auch davon ab, ob Sie uns helfen«, sagte Schumann, aber da hatte sie bereits aufgelegt.

Emma erwartete uns vor dem Haus. Sie sah müde aus und hatte Ringe unter den Augen. Ich hatte sie noch nie sprechen gehört und mich gefragt, ob sie vielleicht stumm sei. Doch kaum waren wir ausgestiegen, rief sie: »Kommen Sie bitte in die Küche. Das ist der Eingang in dem Nebengebäude.«

Die Küche war geräumig und modern ausgestattet, wirkte aber dennoch wie eine altmodische Landhausküche mit einem großen Tisch in der Mitte, Töpfen und Pfannen an der Wand über dem Herd und mehreren Kübeln mit Kräutern auf der Fensterbank. Emma stellte eine Kanne Kaffee und Becher auf den Tisch. Wir setzten uns auf die roten Polster der Küchenstühle.

Schumann wartete genau dreißig Sekunden. Dann fragte er: »Sie wollten uns etwas anvertrauen? Und offenbar möchten Sie nicht, dass Frau Luer in Ihrer Nähe ist?«

Emma nickte, fuhr sich mit der Zunge über ihre blassen Lippen und begann mit leiser Stimme zu sprechen. »Ich arbeite seit vielen Jahren für Dörte Luer. Zuvor war es meine Mutter, die mehrere Jahrzehnte bei Professor Grabert angestellt war. Grabert hat meine Mutter immer gut behandelt und anständig bezahlt. Ich durfte als Kind hierherkommen und im Garten spielen. Meine Mutter hatte damals eine Zeit lang einen Dackel, Fritzchen. Den duldete der Professor nicht im Haus, zumal er diese ägyptische Katze besaß, Nofretete. Aber unser Fritzchen war gut erzogen und blieb hinten im Garten, und meine Mutter führte ihn in ihren Pausen Gassi.«

Emma verstummte. Schumann merkte, dass ihr das Reden nicht leichtfiel. Behutsam sagte er: »Trinken Sie erst einmal einen Schluck, und dann erzählen Sie bitte weiter!«

Emma folgte seinem Rat. Sie holte tief Luft und fuhr fort: »Es ist lange her, ich war damals zehn Jahre alt, als ich wieder einmal in diesem Haus in der Küche Hausaufgaben machte. Es muss Ende April gewesen sein. Ostern war in dem Jahr im März, die Ferien waren vorüber. Meine Mutter hatte sich zu mir gesetzt und schimpfte vor sich hin. ›Diese furchtbare Frau hat schon mehrmals angerufen und den Herrn Professor belästigt. Heute schon wieder. Ich werde beim nächsten Anruf den Hörer einfach auflegen und ihm nichts sagen.‹ Ich hatte keine Ahnung, von wem meine Mutter sprach, fragte auch nicht nach, da es mich nicht interessierte. Ich musste mich auf meine Matheaufgaben konzentrieren. In der Schule lief es bei mir nie gut.«

Wieder brach Emma ab. Sie hatte eine etwas raue, aber durchaus angenehme Stimme, die so klang, als würde sie selten benutzt und müsste erst wieder eingeübt werden. Schumann hatte herausgefunden, dass Emma keinerlei Verwandte hatte und in Bashausen ein kleines Appartement am Dorfrand bewohnte, das schon ihrer Mutter gehört hatte. Sie kümmerte sich um das Haus Ariadne, den großen Garten betreute ein Gärtner aus Bashausen.

Es bedeutete für uns keine riesige Überraschung, als Emma

sich erneut aufraffte und sagte: »Meine Mutter hat damals die Tote gefunden, als sie Ende Mai mit Fritzchen im Donnerswald spazieren ging. Sie hatte keine Ahnung, wer die Tote sein könnte. Sie dachte zunächst, es sei eine dieser Wanderarbeiterinnen, die damals häufiger in unserer Gegend auftauchten und im Sommer auf den Feldern halfen. Erst später hat sie sich Gedanken darüber gemacht, ob es nicht einen Zusammenhang zwischen dieser Toten und der namenlosen Anruferin geben könnte. Doch diese Frau war ihres Wissens nie im Haus Ariadne und auch nicht im Dorf aufgetaucht.«

Emma schluckte. »Sie hat den Professor auch nicht gefragt, ob er die Frau, die ihn ständig anrief, persönlich kannte. Der Polizei gegenüber hat Herr Grabert betont, er sei der Toten nie begegnet. Sie haben ihm ein Foto von ihr gezeigt. Er wirkte schockiert über den Anblick, sagte aber, er wisse nicht, wer das sei. Vielleicht hat er sie wirklich nicht gekannt oder auch nicht erkannt, denn die Leiche hat über drei Wochen im Donnerswald gelegen.«

Emma haspelte die Worte herunter, als wollte sie es möglichst rasch hinter sich bringen. »Kurz vor ihrem Tod hat meine Mutter mir das alles erzählt. Ich wusste bis zu dem Tag nicht, dass die anonyme Anruferin, die damals die Polizei alarmiert hatte, meine Mutter war. Sie wollte nicht in diese Geschichte hineingezogen werden. Der Hauptgrund war, dass sie den Unwillen von Grabert fürchtete. Er wusste nämlich nicht, dass Fritzchen tagsüber hinten im Garten beim Geräteschuppen angeleint war und meine Mutter zwischendurch still und heimlich mit ihm Gassi ging. Sie kannte die Tote sicherlich nicht persönlich, vertraute mir jedoch auf dem Sterbebett an, sie sei sich nicht sicher, ob der alte Grabert diese Unbekannte nicht doch gekannt haben könnte. Meine Mutter lauschte zwar nie, wenn der Professor telefonierte. Aber einmal hat sie mitbekommen, wie er sehr laut rief: ›Untersteh dich, mich mit dieser Sache weiter zu belästigen. Das ist schon lange vorbei, und ich will weder mit dir noch mit deiner Brut zu tun haben.‹«

Emma hatte Tränen in den Augen. »Meine Mutter hat mir ihren Verdacht gestanden, dass der Professor die Tote hätte identifizieren können. Aber er hat sofort steif und fest behauptet, diese Frau noch nie gesehen zu haben. Er ging recht krude mit dem damaligen Ermittler um, wie meine Mutter sagte. Er berief sich auf sein Ansehen und auf sein Alter und forderte den jungen, etwas verunsicherten Polizisten auf, ihn mit diesem Fall nicht weiter zu behelligen.« Emma wischte sich die Tränen aus ihrem Gesicht.

»Meine Mutter war eine ängstliche Frau und wollte keinen Ärger, schon gar nicht mit ihrem Arbeitgeber. Die größte Tragödie in ihrem Leben war, als Fritzchen drei Jahre nach dem Fund der Toten von einem Auto überfahren wurde. Das nahm sie mehr mit als dieser Mord vor unserer Haustür. Der Fall wurde bald zu den Akten gelegt, und auch die Suche nach der anonymen Person, die den Leichenfund gemeldet hatte, gab man auf. Ich war neunzehn, als Grabert starb. Er hat mir eine kleine etruskische Bronzefigur vermacht, meiner Mutter immerhin einige tausend Mark. Der Rest seines Vermögens und das Haus gingen an seine Kinder. Graberts Sohn war da schon nach Neuseeland ausgewandert, seine Tochter Petra mit Erwin Grunemann verheiratet. Petras Sohn Gerd hat den Großvater fast nie besucht, Petras Tochter Dörte, Graberts Enkelin, dagegen häufig. Gerd ist vor fünf Jahren gestorben. Er hat dieses Haus auch nach dem Tod seines Großvaters gemieden. Sein Sohn Edgar kommt öfter vorbei.«

»Hat der alte Grabert sich vielleicht seiner Enkelin anvertraut?«, fragte Schumann.

Emma zuckte mit den Schultern. »Soviel ich weiß, saßen Dörte Grunemann, wie sie vor ihrer Hochzeit mit Ernst Luer hieß, und er stundenlang zusammen. Meine Mutter hat nur gelegentlich Gesprächsfetzen mitbekommen. Da ging es meist um Professor Graberts Erlebnisse bei archäologischen Ausgrabungen, vor allem in der Toskana und vor sehr langer Zeit auf Kreta.«

Carsten Willems hatte sich Notizen gemacht, Schumann ruhig zugehört. Jetzt fragte er: »Was wissen Sie über die Sammlung im Haus? Wer erbt eigentlich dies alles, wenn Frau Luer einmal nicht mehr ist?«

Emma errötete. »Ich bekomme eine stattliche Summe, aber alles andere erbt Edgar. Ich glaube, dass Frau Luer dieses Haus in eine Art Museum umwandeln möchte, um die Sammlungen ihres Großvaters besser zu präsentieren. Aber Wilhelm Grabert hat verfügt, dass nach Frau Luers Tod das meiste davon an Museen gehen soll. Vor allem ein Museum in Berlin bekommt den Großteil der Sammlung.«

Sie blickte auf ihre leicht zitternden Hände. »Edgar wird das Vermächtnis seines Großvaters erfüllen. Und er wird dadurch kein armer Mann. Das Haus ist einiges wert, und einige der Stücke aus der Sammlung bleiben weiterhin in Familienbesitz. Es gibt sogar noch einige ungeöffnete Kisten auf dem Dachboden. Da steht ›fragile‹ drauf. Sie könnten weitere wertvolle Objekte enthalten. Edgar ist ein netter Mann, sehr zurückhaltend, was man von seinen Freunden nicht sagen kann.«

»Was heißt das?«, unterbrach Schumann sie.

»Wenn die hier zusammenkommen, um über wissenschaftliche Fragen zu diskutieren, bin ich glücklicherweise nie hier. Ich bekomme dann frei. Deshalb kenne ich ihre Namen nicht, würde sie auch nicht erkennen, muss aber immer für mindestens zwei Tage vorkochen und hinter ihnen aufräumen. Sie wohnen alle im Haus und hinterlassen Schmutz und Chaos. Ordnung ist für sie ein Fremdwort. Frau Luer zieht sich dann auch zurück. Erfreulicherweise findet das nächste Treffen nicht in diesem Haus statt.«

Ich mischte mich ein: »Ich habe bei meinen beiden Besuchen hier jeweils zwei Männer im Auto gesehen. Wer hat Frau Luer besucht? Waren das Mitglieder dieses Kreises?«

Emma fuhr sich wieder mit der Zunge über ihre trockenen Lippen. Ihre Stimme wurde leiser. »Ich habe nur Edgar erkannt. Er war letzten Samstag mit einem Freund hier. Ich habe die beiden kurz gesehen, als ich Kaffee ins Wohnzimmer brachte. Sie haben mit Frau Luer gesprochen. Das Mal davor kamen zwei mir völlig unbekannte Herren zu Besuch. Ich bin nicht gut mit Namen. Meine Aufgabe besteht darin, Tee und Kaffee im Wohnzimmer zu servieren. Danach verschwinde ich in der Küche. Und falls gestern oder vorgestern jemand hier zu Besuch gewesen sein sollte, wüsste ich nicht, wer. Ich hatte freie Tage.«

»Wie kommen Sie darauf, dass vielleicht in den beiden letzten Tagen jemand hier war?« Ich sah Emma skeptisch an.

Sie lächelte. »Heute Morgen bin ich zurückgekommen, und da standen drei nicht abgewaschene Tassen in der Spüle. Also war vielleicht jemand hier. Ich habe Frau Luer heute noch nicht gesehen. Sie ist sehr früh losgefahren.«

Emma wirkte gelöster als bei unserer Ankunft. »Was suchen Sie heute hier?«, fragte sie. »Muss ich hinterher viel aufräumen?«

Schumann lächelte freundlich. »Wir werden uns im oberen Stock umsehen und in der Bibliothek. Spannend sind auch die Kisten auf dem Dachboden. Eine Frage noch: Haben Sie in letzter Zeit ungewöhnliche Beobachtungen gemacht?«

Emma kniff ihren Mund zusammen. Dann presste sie hervor: »Ich habe Ihnen genug erzählt. Mir ging es um meine Mutter, die damals die Tote im Donnerswald gefunden hat. Ihr Leben lang hatte sie ein schlechtes Gewissen, weil sie nicht alles gesagt hat. Ich werde hinter Frau Luers Rücken nichts weitertratschen.«

Sie sah Schumann wütend an. »Und wenn Sie schon unbedingt in unserem Haus herumwühlen müssen, dann gehen Sie vorsichtig mit der Sammlung in den Vitrinen um. Die Bestände der Bibliothek sind ebenfalls wertvoll. Ich hoffe, Sie zerren keine Bücher aus den Regalen. Was sich in den Kisten auf dem Dachboden befindet, weiß ich nicht. Sie waren schon zu Zeiten meiner Mutter verschlossen.« Jegliches Entgegenkommen war aus Emmas Stimme gewichen.

Schumann reagierte gelassen. »Wir werfen nur einen Blick auf die Sammlung. Aber wir werden nichts auf den Kopf stellen. Sie haben uns schon sehr weitergeholfen mit dem Geständnis Ihrer Mutter. Falls Ihnen weitere Einzelheiten einfallen, dann wenden Sie sich bitte an uns.«

Emma knickte ein. »Entschuldigung«, flüsterte sie beschämt. »Eine Sache, die aber nicht wichtig sein muss, ist mir gerade eingefallen. Kurz nach dem Tod von Professor Grabert, der in allen regionalen und überregionalen Zeitungen gemeldet wurde, kam hier ein junger Mann vorbei. Er muss so um die Anfang dreißig gewesen sein. Meine Mutter erzählte mir später, dass sie ihn für einen Journalisten hielt. Graberts Biografie war in den Medien ausführlich dargestellt worden, auch wegen seiner Lehrtätigkeit an der Uni Göttingen und seiner zahlreichen Publikationen.«

Emmas Stimme war nur noch ein Flüstern. »Dieser junge Mann fragte meine Mutter, ob vor einigen Jahren eine Frau bei Grabert vorgesprochen habe. Er sei auf der Suche nach seiner Mutter. Er war in Argentinien bei seinem Onkel aufgewachsen, seine Mutter aber schon vor etlichen Jahren zurück nach Deutschland gegangen. Dieser junge Mann, dessen Namen ich leider vergessen habe, hat behauptet, seine Mutter und sein Onkel hätten Wilhelm Grabert gut gekannt. Und deshalb wollte sie Grabert um Hilfe bitten bei ihrem Versuch, wieder in Deutschland Fuß zu fassen. Der junge Mann nahm deshalb an, sie sei im Haus Ariadne gewesen. Er selbst war gerade erst aus Argentinien nach Deutschland eingereist. Meine Mutter wies ihn ab und behauptete, sie wisse davon nichts.«

Emma sah bedrückt aus. »Sie hat diesen Besuch des jungen Mannes verdrängt oder vergessen. Erst Jahre später fiel er ihr wieder ein, als sie beim Aufräumen einen Zettel in Graberts Schreibtischschublade entdeckte. Darauf standen der Name SABINE und eine Telefonnummer in Braunschweig. Meine Mutter hat diese Nummer aus Neugierde gewählt. Es meldete sich eine Männerstimme, die sagte, seit fünfzehn Jahren sei dies seine Telefonnummer. Er wisse nichts von einer Sabine. Meine Mutter hat den Zettel weggeworfen und nur kurz überlegt, ob diese Sabine die Frau gewesen sein könnte, nach der dieser Fremde nach Graberts Tod gefragt hatte. Was sie später bedrückte, war der Gedanke, dass die Tote im Donnerswald identisch mit jener Sabine gewesen sein könnte. Aber sie hatte wie fast immer geschwiegen und nichts hinterfragt.«

Emma wirkte erschöpft und ausgelaugt. Schumann sagte leise: »Wenn Ihre Mutter viel früher geredet hätte, wäre dies vielleicht kein kaum mehr lösbarer Altfall geworden. Aber das alles wirft natürlich kein gutes Licht auf Wilhelm Grabert, der offensichtlich etliche Geheimnisse hatte. Der Name Sabine hilft uns nicht weiter. Wie der Besucher 1979 hieß, wissen Sie gar nicht mehr?«

Emma schüttelte den Kopf. »Meine Mutter hat sich leider selten Namen gemerkt. Sie sagte nur, dass dieser Fremde einen Akzent hatte.«

»Wenn er in Argentinien aufgewachsen ist, verwundert das nicht«, warf Carsten Willems ein und fügte hinzu: »Meine Schwester hat einen Mann geheiratet, der lange in Spanien gelebt hat. Trotz deutscher Eltern spricht er noch immer mit diesem leichten Akzent.«

Schumann blickte seinen Assistenten erstaunt an. Zum einen, weil der den Mund aufgetan hatte, und zum anderen, weil seine Bemerkung zwar nicht übermäßig clever, aber doch ein brauchbarer Hinweis war.

Emma wandte sich an Schumann. »Kann sein, dass es ein spanischer Akzent war. Keine Ahnung. Ich muss mich jetzt um das Mittagessen für Frau Luer kümmern. Sie sollte längst wieder hier sein. Aber auf der Strecke zwischen Göttingen und Bashausen gibt es viele Baustellen. Ich habe Ihnen alles gesagt, was ich weiß.«

»Vielleicht fällt Ihnen noch mehr ein. Aber erst einmal danke!« Schumann öffnete die Küchentür. Vor dem Haus fuhr gerade sein Göttinger Kollege vor.

»So, wir gehen jetzt ins Haupthaus. Leider können wir nicht ewig auf Frau Luer warten. Sie wollte um dreizehn Uhr hier sein. Hoffentlich taucht sie bald auf!« Schumann winkte dem Kollegen zu.

Emma zog ihr Handy aus der Schürzentasche. »Ich versuche sie zu erreichen. Meistens ruft sie von sich aus an, wenn sie sich verspätet. Aber sie ist ja erst eine knappe halbe Stunde über der Zeit.« Dennoch wirkte Emma nervös.

Doch Frau Luer war nicht zu erreichen. Auch keine Mailbox. Emma wurde jetzt sichtlich unruhig. »Ich verstehe das nicht! Hoffentlich ist sie nicht verunglückt!«

Schumann legte ihr besänftigend die Hand auf die Schulter. »Wir fangen erst einmal ohne sie an. Sie kommt sicher gleich. Vielleicht steckt sie in einem Funkloch.« Wie aufs Stichwort klingelte sein Handy. Als er das Gespräch annahm, dröhnte eine laute Stimme aus dem Apparat.

»Hier Kommissar Eckhardt Sewing, Göttingen. Herr Schumann, wir wissen, dass Sie derzeit im Haus Ariadne sind. Wir brauchen Ihre Unterstützung. Kommen Sie bitte so schnell wie möglich in den Donnerswald zur Donnerseiche. Wir haben hier eine Tote. Eine Reiterin hat sie vor einer knappen Stunde entdeckt. Wie wir dem Führerschein entnehmen können, der neben der Leiche lag, handelt es sich um Dörte Luer, die Besitzerin von Haus Ariadne. Sie wurde erstochen!«

Tod im Donnerswald

»Sie wurde mit einem einzigen, exakt ins Herz platzierten Stich getötet.« Schumann hatte einen Großteil des Nachmittags am Tatort verbracht.

Für diesen Mord war die Polizei Göttingen zuständig, doch da Eckhardt Sewing, ein freundlicher älterer Mann mit dickem blondem Schnauzbart, wusste, dass Schumann derzeit einige Nachforschungen zu Dörte Luer anstellte, holte er ihn mit ins Boot. Es stellte sich heraus, dass die beiden sich von früher kannten. Sie hatten gemeinsam die Polizeiakademie in Oldenburg besucht, wobei Sewing, drei Jahre älter als Schumann, nur kurze Zeit mit ihm zusammen vor Ort war. Doch diese gemeinsame Vergangenheit erwies sich jetzt als nützlich.

Sewing hielt große Stücke auf Schumann, dessen Ruf als fähiger Ermittler ihm vorauseilte. Das jedenfalls sagte er mir, als die beiden Kollegen am späteren Nachmittag bei einem Tee in der Küche zusammensaßen. Schumann errötete hold.

Die Durchsuchung des Hauses Ariadne hatte Schumann erst einmal auf später verschoben. Emma stand unter Schock. Der Rechtsmediziner, der am Tatort die Todesursache und die wahrscheinliche Todeszeit festgestellt hatte, gab ihr eine Beruhigungsspritze.

Dörte Luer war nach Angaben von Emma morgens schon vor acht Uhr aufgebrochen, noch ehe Emma nach ihren zwei freien Tagen das Haus betreten hatte. Aber was hatte die Frau im Donnerswald zu suchen? Wollte sie dort jemanden treffen?

Die KTU entdeckte im Gebüsch Dörte Luers Handtasche mit prall gefüllter Brieftasche. Seltsam, dass der Führerschein neben ihrer Leiche lag, als ob ihn der Täter mit Absicht dort hingelegt hatte. Kein Raubmord also. Der Rechtsmediziner, ein junger Mann namens Karl Weber, schloss nicht aus, dass Dörte Luer an einem anderen Ort erstochen und dann in der Nähe der legendären Eiche abgelegt wurde. Auch die Reiterin, die die Tote wenig später entdeckt hatte, war zutiefst geschockt. Sie sagte aus, jeden Tag um die gleiche Zeit mit ihrer Stute Esmeralda einen Ausritt im Donnerswald zu unternehmen, »außer bei Schnee, Eis und Wolkenbrüchen«.

Sie verzichtete auf eine Beruhigungsspritze, nahm aber gern einen Tee entgegen. Schumann nutzte die Küche im Haus Ariadne für seine Befragung. Sewing saß dabei, überließ aber zunächst seinem Kollegen das Feld. Ich durfte dableiben, allerdings wurde ich dazu verdonnert, keinerlei Kommentare abzugeben oder Fragen zu stellen, geschweige denn hinterher »zu quatschen«, wie es Schumann charmant ausdrückte.

Die Reiterin hieß Klara Menzing, war etwa vierzig Jahre alt, sehr gepflegt, mit blonden Strähnen in ihrem kastanienbraunen Haar und dezent geschminkt, womit sie die Aknenarben in ihrem Gesicht verbarg. Sie hielt den Teebecher in ihren maniküren Händen mit den purpurroten Fingernägeln fest umklammert.

»In der Nähe der Donnerseiche begann Esmeralda zu tänzeln und zu schnauben. Und da sah ich die Tote auch schon im Laub liegen. Ich kenne Frau Luer. Wir haben denselben Friseur und kaufen oft in Gandersheim ein. Dann haben wir auch schon mal einen Kaffee zusammen getrunken. Sie war nicht sehr gesellig, aber sie mochte Pferde und hat sich immer nach Esmeralda erkundigt.«

Klara Menzings Mann besaß in der Nähe von Bashausen einen florierenden Landhandel, ihre einzige Tochter besuchte ein Internat in England. »Ich habe viel Zeit fürs Reiten«, erklärte sie fast entschuldigend.

Schumann fragte: »Ist Ihnen etwas aufgefallen? Die Tote kann noch nicht lange dort gelegen haben, als Sie auftauchten.«

Klara Menzing schüttelte den Kopf, zögerte einen Moment und sagte dann: »Doch, da war etwas. Ich bin vom Feld in den Wald eingebogen und habe gesehen, wie ein Auto auf der anderen Seite aus dem Donnerswald davonfuhr. Ich glaube, es war ein dunkler SUV, habe aber dem Wagen keine Aufmerksamkeit geschenkt. Deshalb weiß ich weder die Marke noch das Kennzeichen. Es gibt unweit der Eiche einen kleinen Parkplatz, und dort stehen häufiger Wagen von Spaziergängern. Die Donnerseiche ist ein beliebtes Ausflugsziel. Wobei mir durch den Kopf schoss, dass es recht früh für einen Spaziergang sei, selbst für einen Freitag. Da ist meist erst nach sechzehn Uhr einiges los.«

»In welche Richtung fuhr der Wagen?«, hakte Sewing nach.

»Das kann ich nicht sagen.« Klara Menzing wirkte geknickt. »Ich habe mich auf mein nervöses Pferd konzentriert.«

Mehr konnte sie nicht beisteuern. Sie verließ die Küche mit dem Versprechen, sich sofort zu melden, falls ihr noch etwas einfiel, und sich am nächsten Tag, obgleich ein Samstag, für das Protokoll ihrer Aussage im Göttinger Präsidium bei Sewing zu melden.

Schumann wandte sich an mich. »Fällt dir etwas an dem Tatort auf?«

Ich sah ihn fragend an. »Abgesehen davon, dass die Leiche an einem Ort gefunden wurde, der ein beliebtes Ziel für Spaziergänger ist? Und das am Vormittag? Gibt es sonst noch was Auffälliges?«

Schumann erwiderte: »Stimmt, das ist sicher ungewöhnlich. Der Täter musste damit rechnen, dass Dörte Luer schnell gefunden wird. Vermutlich hat er das so gewollt. Aber auffällig ist dieser Fundort in der Nähe der Eiche, weil genau an dieser Stelle Emmas Mutter damals die unbekannte Tote gefunden hat. Das liegt mehr als fünfzig Jahre zurück. Und unser Mörder hat Dörte Luer dorthin gebracht. Zufall oder Absicht?«

Karl Weber betrat die Küche. Er hatte nach Emma gesehen, die im Wohnzimmer auf der Couch lag. Er mischte sich ein: »Es ist eindeutig, dass der Fundort nicht der Tatort ist. Ich habe die Tote noch einmal untersucht. Sie ist jetzt auf dem Weg in die Gerichtsmedizin in Göttingen. Zu wenig Blut am Fundort, zertrampeltes Gras, was aber nichts mit der Leiche zu tun haben muss, und auffällige Schleifspuren. Die KTU wird das bestätigen. Wahrscheinlich hat Frau Menzing den Wagen des Täters gesehen, mit dem er die Leiche am helllichten Tag durch die Gegend gefahren und unter der Eiche deponiert hat.«

»Da gehört schon eine Menge Unverfrorenheit dazu!«, kommentierte Sewing.

»Obgleich ich erst einmal die Obduktion vornehmen muss«, fuhr Weber fort, »glaube ich bestätigen zu können, dass Dörte

Luer gegen zehn Uhr ermordet wurde. Aber wo, bleibt die Frage. Und der Tatwaffe hat sich der Mörder irgendwo entledigt. Genügend Möglichkeiten gibt es in der Gegend.«

Er lächelte. »Nur in Fernsehkrimis werden die Tatwaffen fast immer gefunden, selbst wenn das Meer vor der Haustür liegt und man sich fragt, warum der Täter die Waffe nicht im Wasser versenkt oder an einem anderen Ort, weit weg vom Tatort, entsorgt.« Weber verließ sichtlich amüsiert die Küche.

Schweigen senkte sich über den Raum. Plötzlich tauchte Emma in der Verbindungstür zwischen Küche und dem Haupttrakt des Hauses auf. Totenbleich und zitternd. Sie hielt sich am Türrahmen fest. Schumann nahm ihren Arm und geleitete sie zu einem Stuhl.

Sie flüsterte: »Ich habe etwas geahnt. Sie ist noch nie so früh morgens weggefahren. Immer hat sie auf mich gewartet, wenn sie Termine hatte, und erst wenn ich da war, ist sie aufgebrochen. An dem Abend vor meinen freien Tagen hatte sie sich aufgeregt, weil die Polizei ins Haus kommen würde. Aber dann hat sie etwas gesagt, das mir erst jetzt wieder eingefallen ist. ›Dann können die mir umgekehrt auch helfen. Es wird Zeit, einige Dinge klarzustellen.‹ So in etwa lauteten ihre Worte, die sie mehr zu sich selbst als zu mir gesprochen hat. Dann hat sie mir schöne Tage gewünscht, und ich bin gegangen.«

Ein heftiges Schluchzen schüttelte sie. Sewing reichte ihr ein sauberes, wenn auch zerknittertes Taschentuch.

»Sie haben angedeutet«, sagte Schumann, »dass Frau Luer in den beiden vergangenen Tagen Besuch hatte. Fällt Ihnen dazu vielleicht doch noch mehr ein?«

Emma verneinte. Sie zitterte nicht mehr, doch über ihr Gesicht rannen dicke Tränen. Sie gab das feuchte Taschentuch an Sewing zurück, der es achtlos wegsteckte. »Ich bin seit so vielen Jahren mit diesem Haus verbunden«, sagte sie. »Schon als Kind, und nun all die Jahre als Haushälterin bei Frau Luer. Was wird jetzt aus mir?«

»Das wird sich finden«, sagte Schumann. »Edgar Grunemann ist der Haupterbe. Er wird Sie sicher nicht fortjagen. Sie haben ja selbst gesagt, er sei ein anständiger Typ.«

Ich erinnerte mich plötzlich an Edgars sympathische Lachfalten, auch wenn er im Gegensatz zu seinem Freund Sven Langer weniger kommunikativ und eher beobachtend als gesprächig schien.

Emma wischte sich die Tränen aus dem Gesicht. Sie richtete sich auf und erwiderte: »Das stimmt. Edgar ist freundlich. Aber um auf Ihre Frage zu antworten: Ich weiß nicht, wen Frau Luer während meiner Abwesenheit erwartete. Ihr Neffe war zuletzt vor einigen Tagen hier. Doch der wohnt zu weit weg, um unter der Woche mal eben vorbeizukommen. Er lebt in Berlin, wechselt aber demnächst nach Bonn.«

Das hatte Edgar Grunemann in Italien auch schon angedeutet.

»Und da das Herbsttreffen des Clubs Scientia nicht hier stattfinden sollte, habe ich auch keine Ahnung, ob vielleicht eines der Mitglieder dieses Clubs oder jemand anderer hier vorbeischauen wollte. Einer von Edgars Bekannten schrieb an einem Artikel über die Sammlung Grabert und drang darauf, die Kisten auf dem Dachboden öffnen zu lassen. Ich weiß aber leider nicht, wer von den fünfen das war.«

Emmas Tränenfluss strömte die Wangen herunter. Sewing griff erneut in seine Jackentasche und zückte, wie ein Zauberer aus seinem Hut, das größte Taschentuch, das ich je gesehen hatte. Es ähnelte einer Serviette. Sewing reichte es Emma mit einer großen Geste. Sie fuhr sich damit über ihr Gesicht und schnäuzte sich kräftig.

Sie klang heiser, als sie schluchzend sagte: »Edgar muss demnächst das Testament seines Großvaters erfüllen und einen Großteil der Sammlung an die Museen weiterleiten. Was in den Kisten auf dem Dachboden ist, kann ich nicht sagen. Die waren immer schon verschlossen.«

»Dann werden wir uns das mal ansehen.« Schumann strich Emma beruhigend über den Arm. »Hatte Frau Luer Ihrer Meinung nach Feinde?«

Die Frage überraschte Emma offensichtlich. Heftig winkte sie ab. »Nein, warum auch? Sie war zwar herb im Umgang mit Menschen, aber nicht bösartig. Wer sollte ihr so etwas antun?«

Sie trocknete schnell einige Tränen, lächelte tapfer und reichte Sewing sein Tuch zurück.

Schumann blickte Emma einen Augenblick nachdenklich an und rief dann den Polizisten aus Göttingen und Carsten Willems herbei, die im Wohnzimmer gewartet hatten. »So, auf geht's. Es ist zwar schon spät, aber wir fangen mit dem Dachboden an. Dann Bibliothek, Arbeitszimmer und den Rest des Hauses. Vorsicht beim Öffnen der Vitrinen. Die Sammlung von Grabert ist unbezahlbar.«

Mir war nicht klar, was Schumann in den Vitrinen zu finden hoffte. Aber das war nicht meine Sache. Ich fühlte mich überflüssig. Schumann verschwand zusammen mit seinen Männern, Sewing und Weber brachen nach Göttingen auf, Emma saß zusammengesunken am Küchentisch. Ihre Welt war innerhalb weniger Stunden zusammengestürzt. Schumann hatte ihr die Aufgabe abgenommen, Edgar Grunemann zu informieren. Ich kochte für Emma und mich Tee. Sie bat um einen Kamillentee, ich zog schwarzen Tee vor.

Irgendwann brach sie das Schweigen. »Wer würde denn Frau Luer töten? Man bringt doch niemanden um, nur weil der nicht besonders liebenswert ist. Mich schubste sie zwar herum, doch damit konnte ich fertigwerden. Sie war halt nicht warmherzig. Aber sie hat mich immer gut bezahlt und mir zu meinem Geburtstag großzügige Geschenke gemacht.«

Sie trank einen kleinen Schluck Tee. »Und sie hat sich mit ihrem Neffen gut verstanden. Nur mit einem dieser anderen Typen aus dem sogenannten Club kam sie nicht klar. Sie bezeichnete ihn als einen Hochstapler und eingebildeten Besserwisser.«

»Wer war das?« Das klang interessant.

»Ich habe ihn nur einmal im Frühling gesehen, zufällig, da ich während dieser Treffen nicht gefragt war. Gut aussehender Mann und erfolgreich in seinem Job, wie Frau Luer mir sagte. Er war wohl mehrmals mit Edgar hier, doch ich hatte nichts mit ihm zu tun.«

»Das müssen Sie dem Kommissar sagen. Jede noch so kleine Information ist wichtig.«

Emma schluchzte laut auf. »Ich war immer froh, wenn ich

mit dem Privatleben von Frau Luer nichts zu tun hatte. Ich habe meine Arbeit getan, und das war's. Darin ähnele ich meiner Mutter, die immer sehr verschlossen war, sich aus allem heraushielt und deshalb nie offen über die Tote im Donnerswald gesprochen hat.« Emma erstarrte. »Wie furchtbar! Frau Luer lag an derselben Stelle wie damals diese unbekannte Frau. Die Schatten der Vergangenheit wird man nicht los!«

Dazu fiel mir nichts ein. Ich beschloss, Richard anzurufen.

Er nahm das Gespräch sofort an und reagierte geschockt auf meine Nachricht. »Du gerätst aber auch immer in irgendwelchen Schlamassel«, sagte er mit liebevollem Tadel in der Stimme. »Welch böse Ironie des Schicksals, dass Dörte Luers Leiche ausgerechnet am selben Ort entdeckt wurde wie diese Ermordete vor mehr als fünfzig Jahren. Du Arme, was du alles mitmachst!«

Ich wäre bei seinen Worten fast in Tränen ausgebrochen. Er fehlte mir plötzlich sehr. Ich versprach ihm, am nächsten Tag zu ihm zu kommen.

»Das ist wenigstens ein Lichtblick! Diese Krücken treiben mich in den Wahnsinn«, schimpfte er. »Nächste Woche gehe ich zurück in mein Geschäft. Meine Vertretung macht einen ordentlichen Job, aber sie kann die Kunden nicht beraten, die mit ihren Dachbodenfunden vorbeikommen. Und ›Gutes für Geld‹ ist jetzt schon zehn Mal ohne mich ausgestrahlt worden.«

Richard ließ zwar kaum ein gutes Haar an der Fernsehshow, in der er seit etlichen Jahren als Gutachter mitwirkte. Aber sie schmeichelte seiner Eitelkeit. Zudem war er bei Weitem der beliebteste Experte, wie kürzlich eine Umfrage ergab, da er selbst negative Urteile über nicht verkäufliche Gegenstände freundlich und charmant formulierte.

Nach einer Stunde tauchten Schumann und Willems wieder auf. »Wir haben mehrere Kartons voller Dokumente aus dem Arbeitszimmer eingepackt, in der Bibliothek war nichts Spannendes, in den Vitrinen unten auch keine Überraschung. Oben stehen drei Glaskästen mit Bronzedolchen und Schmucknadeln.« Schumann legte eine Kunstpause ein.

»Im Schlafzimmer von der Luer haben wir hinter ihrem Kleiderschrank einen kleinen Verschlag in der Wand gefunden, doch leider leer. Darin lagen nur ein wenig Sägespäne. Allerdings ist der Schrank erst kürzlich bewegt worden. Wir haben frische Schleifspuren auf dem Parkett gefunden. Entweder jemand hat dieses Versteck entdeckt und geleert, oder Dörte Luer selbst hat bereits früher den Inhalt dieses Holzverschlags ausgeräumt.«

»War darin ein Schatz?« Verborgene Nischen weckten sofort meine unersättliche Phantasie.

Schumann grinste als Antwort auf meine Vermutung. »Ach, liebe Miss Marple, wenn alles immer so einfach wäre!« Er wurde sofort wieder ernst. »Ich habe leider Edgar Grunemann nicht direkt erreicht und nur um Rückruf gebeten. Ich wollte ihm die Nachricht vom Tod seiner Tante nicht auf die Mailbox sprechen. Das mache ich nie bei Todesfällen.«

»War etwas Interessantes in den mysteriösen Kisten auf dem Dachboden?« Vor meinem geistigen Auge sah ich minoische Schalen, etruskische Bronzen und griechische Marmorköpfe, die Jahrzehnte in diesen Kisten verborgen gewesen waren. Schumanns Antwort klang zunächst vielversprechend.

»Wir haben ein paar schöne Objekte aus den Kisten geholt, darunter mehrere Dolche aus Bronze und diverse Öllämpchen, ägyptische Horus-Figuren und römische Flaschen aus grünem Glas.« Er machte eine kleine Pause. »Nur leider sind das alles Souvenirs, auf deren Unterseite ein Stempel zu sehen ist. Dort oben stehen vier Kisten mit solchem Zeug. Wieso Grabert das aufbewahrt hat, keine Ahnung. Da wäre es schon interessanter zu wissen, was in dieser Nische hinter dem Kleiderschrank lag.«

»Einen Tresor habt ihr nicht gefunden?« Ich spürte leise Enttäuschung in mir aufsteigen.

»Nur im Arbeitszimmer haben wir einen leeren Tresor gefunden. Also kein Buch darin, wie Dörte Luer behauptet hat.«

»Und was macht ihr mit dem Inhalt der Kisten? Die könnt ihr wohl kaum den Museen als großzügige Stiftung im Namen Wilhelm Graberts zukommen lassen.« Die Idee war so absurd, dass ich lachen musste.

»Oh doch! Wenn Edgar Grunemann nichts dagegen hat, werden wir im Pergamonmuseum in Berlin nachfragen lassen, ob das Museumsgeschäft diese Souvenirs gebrauchen kann. Sie sehen hübsch und zum Teil echt aus. Vielleicht finden wir in Graberts Unterlagen einen Hinweis, weshalb er dieses Zeugs gehortet hat.« Schumann zuckte mit den Achseln. »Aber wahrscheinlich hat Grabert einfach neben all den wertvollen Objekten gerne Erinnerungen gesammelt. Wertlos, aber hübsch.«

Seltsamerweise hatte ich ein unerklärbares Gefühl, dass es in diesem Haus doch noch ein bisher unentdecktes Geheimnis geben musste. Aber Schumann hätte wahrscheinlich darüber nur gelächelt.

Der Dolch aus Bronze

Wir machten uns eine Stunde später auf den Heimweg. Ein Kollege aus Göttingen nahm die Kisten mit den Souvenirs mit, Schumann die Kartons mit Papieren. Das Haus wurde versiegelt. Emma befand sich inzwischen in der Obhut einer Freundin. Diese würde dafür sorgen, dass sie nachts nicht allein in ihrer kleinen Wohnung blieb. Grunemann hatte noch nicht zurückgerufen.

Ich war bleiern müde, als wir in Hannover ankamen. Willems hatte auf der Fahrt mit Stöpseln in den Ohren Musik gehört. Er hielt die Augen geschlossen und war in seine eigene Welt eingetaucht. Schumann äußerte während der siebzig Minuten Fahrt kein Wort und schien tief in Gedanken versunken. Sogar das Radio blieb ausgeschaltet.

Er setzte mich vor meiner Haustür ab und sagte nur kurz: »Ich melde mich morgen. Dann wissen wir mehr zu Dörte Luer.«

Als er den Wagen startete, rief er mir zu: »Bitte sprich mit niemandem darüber. Denn eigentlich solltest du als Außenstehende gar nicht involviert sein. Aber danke, dass du dich um die arme Emma gekümmert hast.« Er brauste davon.

Mit schweren Schritten ging ich die Treppe hinauf zu meiner Wohnung. Es war spät geworden. Dennoch schaltete ich meinen Computer an. Im Laufe des Tages waren einige Mails aufgelaufen, von denen ich gleich diverse löschte. Werbung und überflüssige Anfragen.

Ich scrollte etwas tiefer und übersprang mehrere Nachrichten, die ich später in Ruhe lesen wollte. Und dann fand ich eine Mail, die um sechzehn Uhr dreißig eingegangen war.

Liebe Anna,
ich hoffe, Du erinnerst Dich noch an mich. Wir haben seit der Maremma keinen Kontakt mehr gehabt. Du bist, wie ich weiß, gelegentlich in Köln. Ich würde Dich gerne wiedersehen. Nächste Woche trifft sich mein wissenschaftlicher Freundeskreis in Köln. Solltest Du zufällig in der Stadt sein, würde ich mich

sehr freuen, Dich zum Essen einzuladen. Unser Kreis kommt
am 12. Oktober zusammen. Falls Du am Tag vorher hier wärst,
könnten wir zusammen essen. Ich kenne einen netten Italiener
in der Südstadt.

Herzliche Grüße
Sven (Langer)

Das war eine angenehme Überraschung! Ich hatte auch schon
mit dem Gedanken gespielt, mich bei Sven zu melden. Bei Edgar
wäre ich nicht auf diesen Gedanken gekommen. In der Maremma
hatten wir freundliche Distanz gehalten, und beim Haus Ariadne
hatte ich ihn nur aus der Ferne gesehen. Bei Sven spürte ich
weniger Hemmungen. Er war offen und herzlich. Als er mir
die Mail schrieb, konnte er noch nichts von Dörte Luers Tod
wissen. Wahrscheinlich wusste Edgar inzwischen Bescheid und
hatte es sicher an Sven weitergemeldet.

Ich schrieb zurück, dass ich ihn gerne in Köln treffen würde.
Sowieso plante ich, in der kommenden Woche für einige Tage
dorthin zu fahren, sobald ich mich in Hannover loseisen konnte
und falls Richards Zustand es zuließ.

An dem Abend erwartete ich keine Antwort mehr und verzog
mich in mein Bett. In meinen wirren Träumen verfolgte mich
eine Frau hoch zu Ross durch einen düsteren Wald. Ich flüchtete
in eine Kapelle, in der eine Glocke läutete. Die Glocke hörte
nicht auf zu bimmeln, bis ich aus meinem Schlaf hochfuhr und
erkannte, dass es mein Handy war. Sieben Uhr morgens. Es war
Schumann. Unwillig nahm ich das Gespräch an.

»Entschuldigung, Anna, dass ich mich so früh melde. Aber
Sewing hat mich auch schon aus dem Schlaf geklingelt. Jemand
hat letzte Nacht versucht, Haus Ariadne abzufackeln. Glücklicherweise hat ein Mann auf seinem späten Heimweg von Gandersheim nach Bashausen das Feuer gesehen, und die Feuerwehr
war schnell vor Ort. Nur ein kleiner Teil des Küchentrakts ist
beschädigt worden. Ich habe gestern noch Grunemann erreicht
und treffe ihn gegen Mittag vor Ort. Er muss aus Berlin anreisen.
Willst du mitkommen?«

Ich hatte nicht die geringste Lust, schon wieder in diese Gegend zu fahren. Deshalb antwortete ich: »Nein, das ist jetzt wirklich mal eure Sache. Du hast doch Willems dabei. Ich habe heute anderes zu tun.«

Zwei Stunden später saß ich mit Schumann einmal mehr im Auto nach Bashausen. Willems hockte auf dem Rücksitz und kaute Nüsse, Schumann versuchte meine Laune mit Schokolade aufzubessern.

Ich quengelte: »Warum muss ich dabei sein?«

»Du kennst Grunemann. Sewing wartet in Göttingen noch das Ergebnis der Rechtsmedizin ab und kommt dann dazu. Ich verspreche dir, dass wir am Nachmittag rechtzeitig zum Tee wieder zurück sind.«

»Ich kenne diese Strecke schon im Schlaf«, murrte ich. »Wenn wir wenigstens in Bad Gandersheim halten und dort eine Pause einlegen könnten.«

»Das bringt nichts. Für Kultur haben wir echt keine Zeit«, antwortete Schumann und schaltete das Radio ein. Keine Klassik, sondern Hits aus den siebziger und achtziger Jahren. Warum hatte ich mich nur wieder von ihm beschwatzen lassen, ihn zu begleiten? Wütend stopfte ich mir ein Stück Schokolade in den Mund.

In der Luft lag Brandgeruch, doch die Mauern des Küchenanbaus waren nur schwarz verfärbt, nicht zerstört. Edgar Grunemann erwartete uns vor dem Haus. Ich hatte ihn gute drei Wochen nicht gesehen, außer als er im Auto an mir vorbeihuschte.

Er sah müde und blass aus und begrüßte mich verwundert. »Ich wusste nicht, dass du bei der Polizei bist.«

Ich errötete. »Bin ich nicht, aber ich habe vor einiger Zeit deine Tante besucht und bin in diese Geschichte hineingeraten. Es tut mir sehr leid wegen Dörte Luer«, fügte ich ungeschickt hinzu.

Er nickte nur.

An sich sollte Emma kommen, aber sie erschien nicht, war auch nicht übers Handy zu erreichen. Wir gingen ins Haus, und Schumann bat mich, einen Kaffee zu machen.

»Na klar, Frauenarbeit«, knurrte ich, machte mich aber ans Werk. In der Küche roch es sehr stark nach dem Brand, jedoch war hier nichts beschädigt. Allerdings rutschte ich auf dem nassen Boden aus, da die Feuerwehr mit Wasser nicht gespart hatte.

Als ich mit dem Kaffee ins Wohnzimmer kam, berichtete Schumann gerade von dem Brand. »Zufällig entdeckt, ehe das Feuer zu sehr um sich gegriffen hat. Wir wissen nicht, wer es getan haben könnte, und vor allem nicht, warum. Es muss kurz nach Mitternacht gewesen sein. Dieter Wandersleb, der das Feuer gemeldet hat, kam gegen ein Uhr auf seiner Fahrt von Gandersheim nach Bashausen hier vorbei.«

Edgar wirkte sehr gefasst. »Warum sollte jemand das Haus abbrennen? Gibt es Verdachtsmomente?«

Schumann verneinte. »Da Ihre Tante nicht hier getötet wurde, gibt es auch keine Hinweise auf das Motiv. Manchmal steckt hinter einer solchen Aktion der Versuch, Spuren zu vernichten. Wir haben gestern das Haus durchsucht und einiges mitgenommen. Wir müssen einige Sammlungsstücke checken und Unterlagen durchsehen. Aber wie es scheint, hatte Ihre Tante nichts zu verbergen. Allerdings sind wir auf eine seltsame Holznische hinter ihrem Kleiderschrank gestoßen. Wissen Sie, ob sie darin etwas von Wert aufbewahrte? Schmuck, Wertpapiere? Die Nische war leer.«

Edgar blickte Schumann hilflos an. »Keine Ahnung. Die Sammlung meines Großvaters hat einen gewissen materiellen, aber vor allem einen ideellen Wert. Warum meine Tante ein Versteck in ihrem Schlafzimmer hatte, weiß ich beim besten Willen nicht. Sie hatte Angst vor Einbrechern, weshalb es schon sein könnte, dass sie ein Versteck für irgendwelche Wertgegenstände hatte. Andererseits weigerte sie sich, eine Alarmanlage installieren zu lassen.«

Schumann hakte nach: »Haben Sie denn eine Ahnung, weshalb Ihre Tante ermordet wurde? Wir tappen im Dunkeln. Es war kein Raubmord. Ihre Handtasche lag im Gebüsch, allerdings fehlt das Handy. Die Tatwaffe haben wir bisher auch nicht. Kommissar Sewing aus Göttingen wird uns mehr dazu sagen können. Wir haben uns auch auf dem Dachboden umgeschaut.

In den Kisten dort haben wir eine Menge Souvenirs gefunden, aus allen möglichen Ländern, aber keine weiteren wertvollen Sammelobjekte.«

Edgar schien überrascht. »In diesen geheimnisvollen Dachbodenkisten waren keine weiteren Sammlerstücke des alten Grabert? Ich hatte mich schon gewundert, dass diese Kisten dort ewig verschlossen herumstanden. Als Kind habe ich manchmal da gespielt und mich gefragt, ob sich darin Schätze befinden. Aber meine Tante hat mir irgendwann verboten, oben herumzutoben. Es sei zu gefährlich, meinte sie.« Er schwieg einen Moment.

»Ehrlich gesagt bin ich überfragt, wer meiner Tante etwas hätte antun wollen. Sie war nicht besonders beliebt, hatte kaum Bekannte, von Freunden ganz zu schweigen. Zu mir war sie aber immer höflich und nie unfreundlich.« Ihm fiel es sichtlich schwer, mit der Situation fertigzuwerden.

Dann holte er einen Zettel aus seiner Jackentasche. »Ich habe diese Nachricht meiner Tante nicht ernst genommen, da sie sich in letzter Zeit schrullig benommen hat, von nächtlichen Geräuschen auf dem Dachboden erzählte und meinte, sie hätte im Garten eine dunkle Gestalt gesehen. Die Geräusche auf dem Dachboden stammten von einem Marder, die dunkle Gestalt im Garten entpuppte sich als der Gärtner. Als ich das letzte Mal vor einigen Tagen zusammen mit meinem Kollegen Steffen Fuhrer hier war, steckte sie mir beim Abschied diesen Zettel zu.« Er gab Schumann den Zettel.

»Sie wirkte nervös und ängstlich. So kannte ich sie nicht. Meine Tante war eine starke Frau, eigenwillig, harsch, doch andererseits überraschend großzügig und gastfrei. Deshalb war ich erstaunt, als sie mir erklärte, sie wolle nicht mehr, dass meine Freunde und ich in ihrem Haus tagen. Einen überzeugenden Grund nannte sie mir nicht. So verschreckt wie an diesem Tag hatte ich sie noch nie erlebt. Ich habe diesen Zettel weggesteckt und mich erst heute an ihn erinnert.«

Schumann las den mit Computer geschriebenen Text vor: »›Die Tote vom Donnerswald ist nicht vergessen. Den Schatten der Vergangenheit kann niemand entgehen.‹ Was für ein Blödsinn soll das sein?«, fragte er enerviert. »Ich verstehe, dass Sie diesen Fetzen vergessen haben.«

Edgar sah schuldbewusst aus. »Sie hatte den Zettel in ihrem Briefkasten gefunden. Tante Dörte hat mit dieser Toten von damals nichts zu tun. Aber irgendjemand hat versucht, sie zu verängstigen. Ich habe es beim ersten Lesen für einen bösen Scherz gehalten. Aber angesichts ihrer Ermordung«, Edgar schluckte, »angesichts ihrer Ermordung sehe ich das jetzt mit anderen Augen.«

Schumann betrachtete den Zettel genauer. »Billiges Druckerpapier. Wir werden den Zettel auf DNA und Fingerabdrücke untersuchen, wobei Ihre Fingerabdrücke und die Ihrer Tante darauf sein werden. Die Fingerabdrücke Ihrer Tante haben wir sogar im System, weil sie vor fünf Jahren bei einer Verkehrskontrolle einen viel zu hohen Alkoholspiegel hatte. Ihre Fingerabdrücke, Herr Grunemann, müssen wir jetzt nehmen. Das ist eine Art Ausschlussverfahren. Viel Hoffnung habe ich leider nicht, hilfreiche Spuren auf diesem Stück Papier zu finden.«

In diesem Augenblick trat Sewing ins Zimmer. Er grüßte kurz und kam sofort zur Sache: »Die Gerichtsmedizin hat festgestellt, dass Dörte Luer mit einem Dolch erstochen wurde. Einem Dolch aus Bronze. Es gab Rückstände von Metall in der Wunde. Unser Mediziner sagt, dass dies kein modernes Messer gewesen sein kann. Er tippt auf eine antike Waffe, der Metalllegierung nach schätzungsweise zweitausend Jahre alt, ein Museumsstück.«

Mich durchzuckte es. Ein Dolch aus Bronze? In diesem Haus lagen mehrere davon in den Vitrinen. Ich warf Schumann einen Blick zu. Er nickte kurz und wandte sich Sewing zu, der fortfuhr: »Aber die Wunde wird gerade noch genauer untersucht.« Er hatte offenbar die gleiche Idee wie Schumann und ich. »Falls dem so ist, könnte es eines der Sammlerstücke von Wilhelm Grabert sein. Wir haben die Dolche bisher nur oberflächlich untersucht und dann zurückgelegt. Eine der Vitrinen hatte im Gegensatz zu den anderen kein Schloss, war leicht zu öffnen, und es wäre ein Kinderspiel gewesen, einen dieser Dolche zu entwenden.«

Edgar schüttelte den Kopf. »Ich habe mir die Sammlung vorhin angesehen. Es fehlt keiner der Dolche.« Er lächelte ironisch. »Doch vielleicht hat der Mörder das gute Stück nach getaner Tat wieder in die Vitrine zurückgelegt. Dann ist es kein Wunder, wenn die Tatwaffe nicht gefunden wird. Allerdings müsste er die Frechheit besessen haben, nach der Tat noch einmal ins Haus zu marschieren.«

Emma blieb verschwunden. Sewing wirkte beunruhigt, als sie am späteren Nachmittag noch immer nicht zu erreichen war. Ihr Handy schwieg. Ein Streifenbeamter, den Sewing zu Emmas Wohnung in Bashausen schickte, klingelte vergebens an der Tür. In der Nachbarwohnung antwortete auch niemand.

»Wenn sie sich nicht bis zum Abend meldet, gebe ich eine Fahndung heraus«, erklärte Sewing. »Dass sie sich nicht blicken lässt, ist schon ungewöhnlich, aber dass sie sich nicht wenigstens per Handy meldet, gibt mir zu denken.«

Schumann versuchte ihn zu beruhigen, doch auch er wirkte angespannt. Ihn ärgerte aber vor allem, dass es keinen Anhaltspunkt in Bezug auf den Brandstifter und das Motiv gab.

Sewing meinte: »Vielleicht auch nur ein Dummejungenstreich. Leeres Haus und ein bisschen zündeln. Die Jugend in dieser Gegend hat nicht gerade viel Abwechslung. Langeweile führt oft zu verrückten Aktionen.« Dabei blieb es vorerst.

Edgar hatte sich bereit erklärt, mit einem Kollegen von Sewing in die Gerichtsmedizin nach Göttingen zu fahren, um seine Tante zu identifizieren. Zwar gab es keinen Zweifel an der Identität der Toten, doch Edgars Aussage wurde dennoch benötigt. Er wirkte gefasst, als er in den Wagen stieg. Die Nacht wollte er in Göttingen verbringen und am nächsten Tag zurückkommen, um im Haus einiges zu richten.

Sobald die Leiche freigegeben würde, müsse er sich um die Beerdigung kümmern, sagte er. Das könne sich aber noch eine Weile hinziehen, erklärte ihm Sewing. Dörte Luer sollte neben ihrem Großvater in Göttingen beigesetzt werden.

Schumann sprach Edgar auf sein Erbe an. Edgar erklärte: »Das Haus werde ich verkaufen. Der Großteil der Sammlung geht an Museen. Meine Tante hatte selbst nie viel Geld auf ihren Konten. In früheren Jahren ist sie viel gereist und hat an mondänen Orten Ferien gemacht. Sparen lag ihr nicht.«

Er lächelte etwas schief. »Falls Sie mich als Täter in Betracht ziehen, kann ich Ihnen zum einen ein Alibi liefern, zum anderen habe ich kein Motiv. Das Erbe fällt eher mager aus. Dieses Haus bringt zwar einiges, aber die Erbschaftssteuer ist immens. Graberts Sammlung ist eine Schenkung an die Museen, die wir hier aufbewahren durften, solange Tante Dörte diesen Nachlass im Haus selbst verwaltet hat. Mir verbleiben davon nur wenige Stücke.«

»Und Ihr Alibi?«, fragte Schumann.

»Ich habe gestern den ganzen Tag im Seminar Prüfungsarbeiten korrigiert. Ich hatte gerade die letzte hinter mir, als mich die Nachricht vom Tod meiner Tante erreichte. Ich hatte mein Handy gerade erst wieder angeschaltet.«

Ein Anruf genügte, um Edgars Alibi zu bestätigen. Seine Assistentin erklärte, Edgar sei bis nachmittags in seinem Büro gewesen und habe gearbeitet. An seiner Tür hing das Schild »Bitte nicht stören!«. Wann er genau gekommen sei, wisse sie nicht, aber gegangen sei er erst am späteren Nachmittag. Es waren die letzten Prüfungsarbeiten an der Humboldt-Universität, ehe er in Bälde endgültig an die Universität in Bonn wechseln würde.

Schumann brachte mich am frühen Abend zurück nach Hannover. Am Montag musste er nach Stade. Heiko Blums Leiche war freigegeben worden, und Waltraud wollte möglichst rasch das Begräbnis »durchziehen«, wie Schumann es ausdrückte. »Urnenbestattung«, sagte er.

Mir war an diesem Abend nicht nach Gesellschaft. Mir gingen zu viele Gedanken durch den Kopf. Vor allem tat mir Edgar leid. Er hatte, wie er selbst erklärte, seine Tante geschätzt. »Arme Tante Dörte! Ich hätte mir in meinen schlimmsten Alpträumen nicht vorstellen können, dass irgendjemand sie umbringen könnte. Wo liegt das Motiv?«

Schumann hatte ihn kurz vor seiner Abfahrt noch einmal gefragt, ob er wirklich keine Ahnung habe, was in diesem Versteck hinter dem Kleiderschrank gewesen sein könnte. Wieder verneinte Edgar. »Alle Sammlerobjekte befinden sich in den Vitrinen, und als Tresor eignet sich dieses Loch in der Wand doch wohl wirklich nicht.«

Es war einer jener trüben Abende, an denen ich mich am liebsten in ein Flugzeug gesetzt und in die Karibik geflüchtet hätte. Richard rief kurz an, klang erschöpft und versprach mir, wegen der Schwarzmarktgeschichte am Ball zu bleiben und herauszufinden, was es mit der kleinen Bronzefigur auf sich habe.

Wir beide waren zwar offiziell ein Paar, unternahmen viel gemeinsam, mochten einander sehr. Aber jeder von uns lebte auch sein eigenes Leben. Ich übernachtete meist am Wochenende in seinem schmucken Häuschen, doch diesmal wollte ich in meiner Wohnung bleiben.

Er klang nicht enttäuscht. »Dann nutze ich das, um mich gründlich auszuschlafen«, sagte er. Rasch fügte er hinzu: »Und ich recherchiere ein bisschen.«

In meinem Postkasten stapelten sich ein Haufen Rechnungen und Werbeprospekte. Gerade wollte ich die bunte Werbung in einem Schwung wegwerfen, da flog ein Brief auf den Boden, der zwischen die diversen Blätter mit Reklame für billiges Fleisch, Fahrräder zum Sonderpreis und Fernsehgeräte auf Rabatt gerutscht war. Ein Kuvert mit italienischen Briefmarken. Als Absender stand nur »Petruccio, San Matteo« auf der Rückseite des Umschlags, den ich hastig aufriss. Endlich hatte Ettore Petruccio sein Versprechen eingelöst, mir zu schreiben.

Ich zog einen mehrseitigen Brief und drei Fotos aus dem Umschlag, sorgfältig darauf achtend, nicht die Briefmarken einzureißen. Ich legte die Fotos beiseite und widmete mich Petruccios Brief, den er in seinem besten Deutsch verfasst hatte.

Cara Anna,
nun hat es mit meinem Schreiben doch länger gedauert. Ich wollte den altmodischen Weg benutzen: Post, nicht Mail. Um es gleich zu sagen: Wir haben Claudio verhaftet, den Gangster-Mittelsmann. Er steckt hinter fast allen Einbrüchen in unserer Region, hat sie aber, Feigling, der er ist, nie selbst unternommen, sondern immer Leute angeheuert. Aber da wir ihn diesmal wegen schwerer Körperverletzung drankriegen können, hat er ein Geständnis abgelegt. Er hatte den Inhaber eines Spielsalons zusammengeschlagen, dem er Geld schuldete. In der Nähe von

Livorno. Und jetzt hoffen wir, im Fall des Einbruchs in der Villa Etruria weiterzukommen. Claudio hat sich bereit erklärt auszupacken, wenn wir ihm gewisse Zugeständnisse machen. Aber das ist ein anderes Kapitel.

Fakt ist, dass er damals Salvatore Gelli im Auftrag eines Mannes angeheuert hat, den er mit »Il Teutonico« bezeichnet. Es sei eindeutig ein Deutscher mit guten Italienischkenntnissen gewesen, dennoch mit einem unverkennbaren Akzent. Das Geld für diesen Auftrag wurde ihm in Cash ausgezahlt. Der unbekannte Auftraggeber hatte das Geld in einem wattierten Umschlag in dem berühmten Eiscafé Nannini in der Nähe der Piazza di Campo in Siena hinterlegt. Es geschieht nicht selten, dass in diesem viel frequentierten Café etwas abgegeben wird mit der Bitte, es auf Nachfrage auszuhändigen. Die Eisverkäufer sollten diesen Umschlag einem Mann geben, der das Kuvert unter dem Namen Giovanni Duomo gegen achtzehn Uhr abholen würde.

Das klingt alles melodramatisch und fast nach einer Krimikomödie oder einem Mafiafilm. Wir haben inzwischen im Nannini nachgefragt, und tatsächlich erinnerte sich ein Verkäufer genau an den Tag und die Stunde, als ein Mann mit Bart und Hut das Kuvert abgab, und auch daran, wie am selben Tag gegen achtzehn Uhr ein unauffälliger Typ den Umschlag wieder abholte. Eine Kamera in der Nähe der Eisdiele hatte aber diesen unauffälligen Typen gefilmt, und es gelang uns, Claudio zu identifizieren. Er hat an der linken Hand ein auffälliges Tattoo, das ihn verriet. Mit dem Mann, der das Kuvert am Morgen deponiert hat, haben wir bisher kein Glück gehabt. Allerdings fand der Verkäufer, dass der Mann am Morgen ein bisschen wie ein Schmierenkomödiant aussah, der sein Gesicht unter einem falschen Bart versteckt. Aber dann hatte er sich nicht weiter den Kopf darüber zerbrochen. Der Mann habe ihm lachend erklärt, in dem Umschlag seien keine Drogen, sondern ein Reiseführer von Siena, den ein Freund sich gegen Abend abholen wollte. Und dann kaufte er ein Eis.

Claudio hat seinen Auftraggeber nie gesehen, die dreitausend Euro eingesteckt und Salvatore später, wie verabredet, einen Anteil gegeben. Wichtig war dem Teutonico, sagte Claudio, dass drei bestimmte kleine Bronzefiguren zur Beute gehörten, das Kästchen, das Sie von dem früheren Einbruch dieses unbedarften Jungen Pietro kennen, und der Inhalt einer hohlen Hermesstatuette. Mit dieser Figur hat Salvatore Ihnen die imposante Beule verschafft.

Die Diebesbeute ist verschwunden. Salvatore hatte sie, wie Sie wissen, in der Nähe der Kirche von San Matteo deponiert. Leider tappen wir auch noch wegen des Einbruchs im Museum im Dunkeln. Ich schicke Ihnen Fotos, die einige der gestohlenen Objekte aus Cecina zeigen. Leiten Sie diese bitte an Ihren Freund Richard weiter, der offenbar einige inoffizielle Verbindungen hat. Das weiß ich von Hans Schumann. Vielleicht findet Ihr Freund heraus, ob diese Gegenstände im illegalen Handel aufgetaucht sind. Uns sind die Hände gebunden, zumal ich niemanden aus diesem Milieu kenne. Claudio behauptet steif und fest, er sei nur der Mittelsmann und habe mit dem Verkauf der gestohlenen Artefakte nichts zu schaffen. Er sei kein Hehler. Leider hat er einen guten Anwalt, deshalb kann es sein, dass er trotz der Körperverletzung wieder einmal glimpflich davonkommt.

Wegen Alessandra gibt es noch nichts Neues. Da wir aber bisher nichts weiter entdeckt haben, was auf ihren Tod hinweist, hoffe ich noch immer, dass sie lebt und wieder auftaucht.

Ich halte Sie auf dem Laufenden. Übrigens noch eine kleine Information zum Schluss:

Ich habe mich durch die Ausgrabungsprotokolle von Roselle im Frühjahr 1943 durchgewühlt. Dieser Fall mit dem ermordeten Marco Di Fillipo und Gregorio, der angeblich auf Capraia tödlich verunglückt ist, gehört zu meiner Familiengeschichte. Deshalb interessiert mich auch, was damals passiert ist. Und angesichts des neuen Falls in Bezug auf die Villa Etruria habe ich mich mit der Vergangenheit auseinandergesetzt und dies entdeckt: Der damalige Assistent des Grabungsleiters hat sehr genau über alles rund um die Kampagne Buch geführt, über die offiziellen Fachkräfte, die studentischen Hilfskräfte, die Arbeiter und die Gäste. Er hat sogar Arbeitsstunden vermerkt, krankheitsbedingte Ausfälle und Fehlverhalten von Mitarbeitern. Unter dem Datum vom 22. Juni 1943 steht »Besuch für M. Di Fillipo: W. Grabert«. Ob das eine

relevante Information ist, weiß ich nicht. Aber vielleicht hilft es,
Licht in das Dunkel der Vergangenheit und der Gegenwart zu
bringen.

Alles Gute
Ettore Petruccio

Die Bronzen auf den beigefügten Fotos der Diebesbeute aus
Cecina ähnelten den Figuren aus der Villa Etruria und einigen
Sammlerstücken des alten Grabert. Was nicht wirklich über-
raschte, da es alles etruskische Bronzen waren. Ich würde die
Fotos am nächsten Tag persönlich bei Richard vorbeibringen.

Während ich mir den Kopf zermarterte, wer dieser »Teutonico« sein könnte, ploppte eine Mail auf. Sie kam von Piet
Hamann. »Ich komme voran. Vielleicht haben Sie am Montagabend Zeit für mich?«

Ich schrieb zurück, dass ich ihn gegen zwanzig Uhr erwartete.

Von Schumann kam wenig später eine kurze Nachricht:
»Emma noch immer nicht aufgetaucht.«

In meinem Magen breitete sich ein mulmiges Gefühl aus. Aber
ich konnte nichts machen, nur hoffen, dass ihr nichts zugestoßen
war.

Ich nutzte die Zeit an diesem Abend, um meine Theorien zu
den Ereignissen noch einmal zu ordnen und zu überdenken. Zu
den komplexen Sachverhalten machte ich mir Notizen.

Alles hatte in Phaistos begonnen. Wenn ich Marcos Aufzeichnungen richtig interpretierte, hatten die drei jungen Archäologen
einen gemeinsamen Plan. Sie wollten den eben erst entdeckten
Diskos gegen eine Kopie austauschen, die ein Freund von Nicos,
Dimitrios Mandrakis, erschaffen würde. Das Original wollten sie
an einen reichen, skrupellosen Privatsammler teuer verkaufen.
Aber dann behauptete Nicos plötzlich, er habe einen zweiten
Diskos gefunden, den er aber nicht Marco zeigte, eventuell jedoch Wilhelm Grabert, mit dem er enger befreundet war als mit
Marco Di Fillipo. Marco zweifelte an Nicos' Behauptung, einen
zweiten Diskos ausgegraben zu haben. Er verdächtigte Nicos
und »A.«, einen neuen Plan ohne ihn auszuhecken.

Dann verunglückte Dimitrios tödlich, und mit ihm starb der wichtigste Zeuge für die Existenz einer Kopie. Und dann wurde Nicos getötet, mehrere Fundstücke der Ausgrabung verschwanden, und der Tod des jungen Mannes galt als Raubmord. Vom zweiten Diskos und der Kopie keine Spur. Entweder hatte es ihn nie gegeben, und Nicos wollte Pernier die Kopie als zweiten Diskos präsentieren, um sich wichtigzumachen, oder jemand hatte die zweite Scheibe und die Kopie an sich genommen.

Der Tod von Nicos wurde bald ad acta gelegt, die Scheibe, die am 3. Juli entdeckt worden war, ging in die Annalen der Archäologie ein. Marco zweifelte zeit seines Lebens an den Umständen von Nicos' Tod. Er kehrte nach Italien zurück, wandte sich einem anderen Fachgebiet zu, forschte zu den Etruskern, hielt in all den Jahren jedoch stets Verbindung zu Grabert, den er »A.« nannte.

Ich übertrug meine Theorien in den Computer und speicherte sie unter »Marco« ab. Marco, obgleich damals schon über sechzig Jahre alt, hatte an den Ausgrabungen von Roselle bei Grosseto teilgenommen und wurde verdächtigt, sich an einigen Fundstücken illegal bereichert zu haben. Nachgewiesen werden konnte ihm nichts, und diesem Verdacht widersprachen auch die Texte, die ich bisher von Marco gelesen hatte. Er wirkte integer. In mir gärte der Verdacht, dass sein Assistent Gregorio Marcello sich damals bestechen und in dunkle Geschäfte involvieren ließ. Welche Rolle spielte dabei der ominöse deutsche Offizier? Könnte das sogar Klaus Kurz gewesen sein? Wahrscheinlich würde man das nie mehr recherchieren können, doch erschien mir diese These nicht absurd.

Marco hatte Grabert über die Grabungsergebnisse in der Toskana stets auf dem Laufenden gehalten. Grabert, der selbst vor dem Krieg an Kampagnen in der Region teilgenommen hatte, war laut der Information von Petruccio im Juni 1943 zu Besuch in Roselle gewesen. Wenige Tage darauf verschwand Marco bei einem abendlichen Spaziergang am Strand, und Gregorio, der angeblich nach Florenz wollte, flüchtete in Wahrheit nach Capraia. Beide starben unter mysteriösen Umständen. Steckte Grabert dahinter?

Anfang 1944 war er als sogenannter archäologischer Berater nach Kreta versetzt worden, wo er bis kurz vor Kriegsende blieb. Und hier kam Klaus Kurz ins Spiel, der seinen Kameraden Hubert Großkopf verriet. Ich glaubte inzwischen, dass ihm Großkopf wegen illegaler Verkäufe archäologischer Funde auf die Schliche gekommen war. Er stellte Kurz zur Rede, der offenbar mit Grabert zusammenarbeitete. Der hatte als offizieller Berater Zugang zu allen Ausgrabungen. Kurz war meiner Ansicht nach ein Hehler, da er selbst nicht an den Ausgrabungen teilnahm. Mit der Versetzung von Großkopf an die Ostfront waren die beiden sauberen Herren eine Gefahr losgeworden, und leider hatte Großkopf sein Wissen über die illegalen Aktivitäten von Kurz nicht mehr weitergeben können.

Theo, als Verräter verdächtigt, wurde ermordet, was man als Rache der Dorfbewohner deklarierte. Trauer um den Toten kam nicht auf. Meiner Überzeugung nach steckte Kurz hinter dieser schrecklichen Bluttat, da er Theo verdächtigte, zu viel zu wissen. Theo war ein klassisches Bauernopfer. Was war aus Kurz nach der Entlassung aus der Kriegsgefangenschaft in England geworden? Hatte er noch Verbindung zu seinem Komplizen Grabert gehabt? Der erhielt schon wenige Jahre nach dem Krieg einen gut dotierten Lehrauftrag in Göttingen, zog, frisch verwitwet, in sein Domizil nach Bashausen und starb im hohen Alter. Er war mit allem davongekommen. Keine Kläger, keine Zeugen.

Es gab viele Fragen, die ich nicht beantworten konnte. War Grabert der Mörder von Marco? Hatte Gregorios Todessturz auf Capraia ebenfalls mit diesem Mann zu tun? Und was war mit der Toten vom Donnerswald, die seine Haushälterin 1970 entdeckt hatte? Grabert leugnete überzeugend, diese Frau gekannt zu haben. Doch Lügen schien ihm leichtzufallen. Dieser Altfall, der den pensionierten Kommissar Berke noch immer bewegte, musste mit der zweiten Toten vom Donnerswald, Dörte Luer, in Verbindung stehen. Das sagte mir mein Bauchgefühl.

Und welche Rolle spielte Heiko Blum? Hatte er dank seiner Recherchen einige der Zusammenhänge erahnt und war ihnen akribisch nachgegangen? Doch wer hätte Interesse daran, ihn zu beseitigen?

In der Redaktion von »Mysterium« wusste man von Blums Recherchen zu einer großen Geschichte, aber Details waren unbekannt. Jedenfalls hatte ich dies Bernd Krauses Ausführungen entnommen. Hatte Blum jemanden ins Vertrauen gezogen und dieser Person von seinen Recherchen berichtet, ja, vielleicht um Rat gefragt? Oder sie damit erpresst? Und damit sein Verhängnis heraufbeschworen? Hatte seine Funktion als selbst ernannter Kunstdetektiv damit zu tun? Der Mann blieb ein Rätsel.

Er war, soviel ich wusste, nur einmal im Haus Ariadne gewesen. Beim Frühjahrstreffen des Clubs Scientia, und seither schien er wie besessen von diesen alten Geschichten und von Wilhelm Graberts Vergangenheit.

Ich benötigte dringend Hamanns Decodierung der Notizen aus dem hohlen Hermes und ausführlichere Informationen zum Schicksal von Klaus Kurz. Es musste im Umkreis von Edgar Grunemann jemanden geben, der ein solch fanatisches Interesse an dem Diskos und den damit verbundenen Ereignissen hatte, dass er zu verhindern versuchte, dass bestimmte Fakten aufgedeckt wurden.

Mir lief eine Gänsehaut über den Rücken. Schon wieder steckte ich mitten in einem Fall, obwohl ich mir geschworen hatte, mich nach meinen Abenteuern im Zusammenhang mit dem Rätsel um einen 1937 verschollenen Film und den Tod eines deutschen Exil-Regisseurs in London von Verbrechen künftig fernzuhalten und eine Vita contemplativa zu führen. Im Mittelpunkt sollten mein Privatleben und die Kunst stehen. Aber wie so oft in meinem Leben blieb das nur Wunschdenken.

Um Mitternacht hatte ich all meine Theorien gespeichert und gönnte mir einen Schlaftrunk. Die Fanfare aus »Star Wars« ließ mich zusammenzucken. Es war mal wieder Schumann.

»Was ist denn jetzt schon wieder?«, fragte ich wenig konziliant.

Er schien meinen ruppigen Ton nicht zu bemerken. »Anna, gerade hat sich eine Nachbarin von Emma aus Bashausen gemeldet. Sie will heute Morgen beobachtet haben, wie Emma in ein Auto gestiegen ist. Kennzeichen unbekannt, ein Mann am

Steuer. Sie fuhren in Richtung Gandersheim. Die Dame hat sich erst jetzt gemeldet, da sie einen Tagesausflug nach Frankfurt unternommen hatte und vor einer Stunde nach Hause kam. Da hörte sie von Emmas Verschwinden. Diese Info bereitet mir Bauchschmerzen. Emma ist eine Zeugin, selbst wenn sie angeblich Dörte Luer in den beiden letzten Tagen vor deren Tod nicht gesehen hat. Aber vielleicht glaubt der Täter, Emma habe etwas beobachtet. Ich gebe eine Fahndung heraus. Vielleicht fällt dir irgendeine Bemerkung aus deinem Gespräch mit ihr ein, die relevant sein könnte«, sagte er und legte auf.

Warum musste ich in diesem Moment an die Worte von Fortinbras aus der letzten Szene von »Hamlet« denken? »Dies grausige Bild schreit Mord!«

Mit süßen Träumen war in dieser Nacht nichts mehr.

Falsche Spuren

Richard las mit Interesse meine Analyse der bisherigen Ereignisse. Er meinte: »Das klingt logisch. Doch vieles ist unklar, und manches scheint mir sehr fiktiv. Du liest und siehst zu viele Krimis.«

Ärgerlich erwiderte ich: »Und was habe ich in den vergangenen Jahren erlebt? Mord im Moor, Tote im Ith, Skelette in meinem Kölner Haus, Leichen am Steinhuder Meer. Alles Realität! Und der Fall, in den ich jetzt gestolpert bin – das ist alles keine Fiktion, wie du selbst miterlebt hast. Deshalb erwarte ich, dass du mich ernst nimmst und mir nicht ausufernde Phantasie unterstellst.«

Richard murmelte etwas wie: »Sorry, ich wollte dir nicht zu nahe treten!«

Ich merkte, dass ihm die Decke wegen seiner immer noch starken Knieschmerzen auf den Kopf fiel. Da ich nicht nachtragend bin, lenkte ich ein und versprach ihm, mich in den nächsten Tagen öfter aus Köln zu melden. Er konnte mich nicht dorthin begleiten, wie er es ursprünglich geplant hatte. Das Laufen fiel ihm zu schwer. »Ich entwickele mich zum Sesselpupser«, knurrte er.

Die Fotos hatte ich gescannt und ihm mit der Bitte geschickt, sie seinem griechischen Gewährsmann weiterzuleiten. So fuhr ich am Dienstagmorgen allein in die Stadt am Rhein. Piet Hamann hatte mich am Montag kurzfristig versetzt, versprach mir aber, mich in Köln zu treffen, da er dort einige Tage zu tun hätte. Der Club der Klugen, wie ich diesen Mini-Verein ironisch bezeichnete, würde sich, wie Langer mir schon mitgeteilt hatte, am Donnerstag treffen.

Sven Langer schrieb mir in einer Mail, wie sehr er von Dörte Luers Tod erschüttert sei, auch wenn er sie nur selten gesehen habe, zuletzt im Frühling flüchtig im Haus Ariadne:

»Sie zog sich gerne zurück, wenn wir tagten. Insgesamt waren wir über die Jahre sechs Mal im Haus Ariadne. Obwohl Edgar meinte, seine Tante sei sehr gastfrei, war sie nicht begeistert von unseren Besuchen. Sie ließ es nur wegen Edgar zu, hat uns aber für diesen Herbst ausgeladen. Edgar sagte, ihr wäre eine Laus über die Leber gelaufen. Sie hätte ihm gegenüber verkündet, ihr sei der Club zu abgehoben und hätte makabre Interessen. Also werden wir uns in einem Kölner Hotel treffen. Es ist zwar für uns leichter, nach Köln zu reisen als nach Bashausen. Dennoch schade, da die Atmosphäre im Haus Ariadne auch dank der Grabert-Sammlung immer besonders anregend war. Armer Edgar! Er erbt das Haus, aber das Beste daran, die Sammlung, muss er abgeben.«

Ich verabredete mich mit Sven für Mittwoch in einem Restaurant in Rheinnähe. Sein Italiener hatte, wie er mir traurig mitteilte, derzeit wegen Renovierung geschlossen.

Mein Haus in Köln wirkte an diesem Oktobertag abweisend auf mich. Zwei Zimmer hatte ich an freundliche polnische Pfleger vermietet, die auch meine Mutter betreuten. Sie waren den ganzen Tag unterwegs. Gemeinsam konnten sie ein kleineres Zimmer mit Fernseher benutzen, früher das Kinderzimmer, das aber meine Patentante zu Lebzeiten als Bügelzimmer genutzt hatte.

Der Hauptgrund für meine Köln-Reise war, dass ich Schumann entkommen wollte. Bitte nicht noch einmal Bashausen! Ich hoffte, Abstand zu dem Fall Blum zu gewinnen. Dörte Luers Tod lastete auch auf meiner Seele. Ich hatte der Frau wenig abgewinnen können, aber dieses Ende wünschte ich niemandem.

Kaum erreichte ich mein Haus, schickte mir Schumann eine E-Mail. Ganz entkommen konnte ich ihm nicht!

Der Göttinger Rechtsmediziner bestätigte, dass Dörte Luer mit einem Bronzedolch erstochen worden sei. Der Tatzeitpunkt war, wie bereits bekannt, etwa gegen zehn Uhr morgens. Keine Abwehrspuren, kein Kampf.

Schumann fügte regelwidrig einige Details für mich hinzu. Edgars Vermutung, der Mörder könnte die Tatwaffe an ihren Ursprungsort zurückgebracht haben, leuchtete ein. Die KTU hatte sich die Dolche noch einmal genauer vorgenommen. Einer der Bronzedolche aus der unverschlossenen Vitrine war sehr gründlich gesäubert worden, wies aber minimale Reste von Blut auf.

Schumann schrieb: »Dieser Dolch ist eindeutig die Tatwaffe. Grunemann hatte recht. Schlauer Bursche.«

Über den Fall berichteten die Medien bereits mit Schlagzeilen und aufgemotzten Überschriften: »Grausamer Mord im Donnerswald«, »Die Tote unter der Eiche« oder »Das Geheimnis von Haus A. – Geht ein Mörder im Vorharz um?«.

Besonders beunruhigend fand ich die Vorstellung, dass der Mörder ins Haus spaziert war und den Dolch wieder an seinen alten Platz zurückgelegt hatte. Wann hätte er das tun können? Schumanns Andeutung, Emma könnte ihn dabei gesehen haben, oder der Mörder glaubte, sie habe ihn beobachtet, bedeutete eine große Gefahr für sie.

Schumann rief mich am Abend an, und ich brachte es nicht übers Herz, seine Anrufe wegzudrücken. Zudem plagte mich mein altes Leiden, die Neugierde.

Er grüßte nicht, sondern redete sofort: »Von Emma leider bisher keine Spur. Wir wissen nicht, wer der Mann im Auto war. Emma hatte laut Aussage ihrer Nachbarin kaum männliche Bekannte, und schon gar keinen mit einem größeren Wagen. Die Fahndung läuft. Etwas anderes: Waltraud hat mich aus Stade angerufen. Offenbar hat sie bei ihrem Besuch in Blums Wohnung in Hannover etwas gefunden. Er besaß eine winzige Wohnung in der List unweit der Johannes-Kirche, ein schönes Umfeld, aber Waltraud ist entsetzt, wie es in seiner Wohnung aussieht. Sie hat mich angerufen, weil sie in einem Buch über griechische Götterdarstellungen einen Brief entdeckt hat, den sie mir zeigen will. Nach ihrer Schilderung des Zustands der Wohnung glaube ich eher, dass nicht Heiko Blum sie so chaotisch hinterlassen hat, sondern dass dort jemand etwas gesucht hat. Ich werde das morgen checken. Waltraud kommt extra nach Hannover. Und dann sehen wir uns Blums Wohnung gründlich an. Das hätten wir längst tun sollen.«

Schumann beendete das Gespräch, ehe ich überhaupt antworten konnte. Manchmal benahm er sich seltsam. Deshalb schrieb ich ihm eine Nachricht: »Sehr interessant, bin gespannt auf den

Brief. Bitte berichte mir mehr, und wenn du noch mal anrufst, dann sag wenigstens Hallo.«

An diesem Abend hatte ich genug von dem Fall Blum und vertiefte mich in einen Roman ohne Mord und Totschlag.

Ich mag Köln, deshalb unternahm ich am nächsten Tag einen Spaziergang am Rhein. Bis zu meiner Verabredung mit Sven Langer blieb mir reichlich Zeit. Als ich bei meiner Rückkehr in meine Straße einbog, sah ich Piet Hamann auf einem E-Roller um die Ecke verschwinden. Aber ehe ich ihn rufen konnte, war er weg.

Kaum hatte ich mein Haus betreten, klingelte erneut mein Handy. Ich hoffte, dass Schumann oder Richard die Anrufer waren. Aber nein, es war Harald Frostauer, der mit der Tür ins Haus fiel. Sein erster Satz lautete: »Klaus Kurz war enger mit Wilhelm Grabert liiert, als wir gedacht haben.« Dann: »Und ich glaube, ich habe geholfen, das Rätsel der Toten im Donnerswald zu lösen.«

Manchmal könnte ich Harald Frostauer wegen seiner Selbstverliebtheit erschlagen. Nach seiner großspurigen Ankündigung sagte er: »Aber das erzähle ich nicht am Telefon. Ich treffe mich heute mit Schumann bei Franz Berke in Hildesheim. Meine Recherchen betreffen vor allem Berkes ›Cold Case‹. Wir können später eine Zoom-Sitzung machen. Schade, dass du ausgerechnet jetzt in Köln bist.«

Schnippisch erwiderte ich: »Ich habe auch noch ein Privatleben.«

Wie meistens hörte Harald nicht zu, sondern fragte: »Wann geht es heute Abend?«

»Nicht vor zweiundzwanzig Uhr«, erwiderte ich.

»Warum erst so spät?«

»Ich bin zum Essen eingeladen. Also dann bis später.«

»Gut, wir werden uns deinetwegen erst nach dem Abendessen bei Berke treffen. Aber bitte pünktlich um zweiundzwanzig Uhr!«

Was bildete er sich ein, mich so herumzukommandieren!

Ich beendete unser Telefonat. Obgleich mich Frostauer einmal mehr verärgert hatte mit seiner Überheblichkeit, brannte ich vor Neugierde und fragte mich, inwieweit er tatsächlich bei der Aufklärung dieses Altfalls helfen konnte. Er hatte Zugang zu guten Informationsquellen und ein feines Gespür für wichtige Details. Es konnte also sein, dass er etwas über die Affäre Donnerswald erfahren hatte, was Schumann und vor ihm Franz Berke entgangen war. Doch seine Arroganz brachte mich auf die Palme.

Das Restaurant am Rhein, das Sven Langer ausgesucht hatte, erwies sich als ein gemütliches Lokal mit österreichischen Spezialitäten. Da ich für mein Leben gern Wiener Schnitzel esse, fühlte ich mich hier sofort wohl.

Sven betonte noch einmal, wie sehr er den Tod von Dörte Luer bedauerte. »War es ein Raubmord?«, fragte er. »Ich habe gehört, dass du mit einem der Ermittler befreundet bist und deshalb gewiss einige Informationen hast.«

Wer hatte das wieder ausgeplaudert? Edgar Grunemann, nahm ich an. »Wohl eher nicht. Ich werde nicht in alle Details eingeweiht«, antwortete ich. Ich würde Langer nicht gestehen, dass mich Schumann oft zumindest am Rande in bestimmte Fälle einbezog. Das ging niemanden etwas an.

Langer blickte mich skeptisch an, und deshalb fügte ich rasch hinzu: »Ich weiß nur, dass das Motiv bisher völlig schleierhaft erscheint.«

»Edgar ist fassungslos, aber er wird dennoch morgen nach Köln zu unserem Clubabend kommen. Danach muss er sich um das Begräbnis und den Nachlass seiner Tante kümmern. Schade, dass er die Sammlung seines Großvaters nicht behalten kann.«

Nach einem Moment ergänzte er: »Ich wette, er verkauft dieses alte Haus nach einer gründlicher Entrümpelung. Vielleicht findet er dabei verborgene Schätze. Dörte Luer machte stets ein ziemliches Gewese um Graberts Sammlung und um die Person Grabert. Ganz astrein war der gute Professor nicht, würde ich annehmen. Heiko Blum, der im Frühling bei unserem Treffen dabei war, deutete eine Affäre an, in die Grabert verwickelt war. Der wolle er nachgehen. Irgendetwas mit Kreta. Er verärgerte Edgar damit sehr.«

Sven winkte den Kellner herbei, bestellte Wasser und zwei Aperol Spritz. »Das magst du doch, soweit ich mich erinnere.« Er hatte ein gutes Gedächtnis. In der Tat hatte ich das Getränk abends auf der Terrasse der Villa Etruria zusammen mit ihm und Edgar genossen.

Er fuhr fort: »Edgar erwischte Blum dabei, wie er durchs Haus schlich und eindeutig vor allem im oberen Stockwerk herumschnüffelte. Er teilte Blum daraufhin mit, er käme als Mitglied unseres Clubs nicht in Frage, und Blum verabschiedete sich von ihm mit den Worten: ›Dann wundere dich nicht, wenn du erfährst, dass das Bild deines ehrenwerten Vorfahren alles andere als ehrenwert ist.‹«

Diese Information ergänzte das Bild von Blum um eine weitere Facette. Er war zu allem Überfluss auch noch unverschämt gewesen.

Nachdem wir unsere Gerichte ausgewählt hatten – ich das Wiener Schnitzel –, fragte er mich: »Stimmt es, dass du vor einiger Zeit Dörte Luer besucht hast?«

Ich leugnete nicht. »Ich habe Frau Luer besucht, da ich mich für die Sammlung von Wilhelm Grabert interessiere. Ich hatte davon gehört, und da ich in diesem Jahr auf Kreta und im Etruskergebiet war, war ich neugierig auf seine Sammelstücke. Aus Kreta scheint leider nichts dabei zu sein. Frau Luer war nicht sehr entgegenkommend, um es höflich auszudrücken. Aber immerhin durfte ich einen Teil der Sammlung anschauen.« Den verschwundenen Goldschmuck erwähnte ich nicht, der eindeutig mykenischen Ursprungs, also kretisch, war. Das war ein heikles Thema.

Sven trank seinen Aperol in hastigen Schlucken. Dann sagte er: »Was ich nicht verstehe, ist, wie du ja auch bemerkt hast, dass Graberts beachtliche Sammlung nichts aus seiner Zeit auf Kreta um 1908 enthält. Eine kleine Schlangengöttin wäre doch recht hübsch.«

»Ich habe nicht seine ganze Sammlung gesehen«, antwortete ich. »Auf dem Dachboden sollen ungeöffnete Kisten stehen.« Sven brauchte nicht zu wissen, dass ich den Inhalt dieser inzwischen unverschlossenen Kisten kannte.

Seine Reaktion war überraschend. »Ach, der Krempel. Edgar

wusste schon lange, dass sich darin Souvenirs befinden, nichts Wertvolles. Edgars Vater Gerd vertrug sich nicht mit dem Alten, aber Graberts Tochter Petra strich dem Alten um den Bart. Ihr soll er erzählt haben, in den Kisten sei nur Gerümpel, Tinnef für Touristen. Er hat das Zeug aus Spaß gekauft und oft als Mitbringsel weiterverschenkt. Und dann soll er zu Petra gesagt haben, dass er seinen wahren Schatz nie öffentlich zur Schau stellen werde. Was immer er damit gemeint hat. Vielleicht doch eine Schlangengöttin aus Knossos.« Sven lachte.

Dann hatte Edgar geschwindelt, als er leugnete, den Inhalt der Kisten zu kennen. Eine Lappalie, aber sonderbar. Hatte er vielleicht auch an anderer Stelle nicht die Wahrheit gesagt? War sein Alibi für den Todestag seiner Tante wirklich perfekt? Sie war um zehn Uhr morgens gestorben – und Edgar lebte in Berlin. Hätte er am Vorabend schon in der Nähe sein, seine Tante erstechen und dann nach Berlin zurückfahren können? Er war dort erst am Nachmittag gesehen worden. Vielleicht ging auch Schumann dieser Frage nach. Ich hielt mich zurück. Mein Miss-Marple-Instinkt nervte mich manchmal.

Der Kellner servierte unsere Gerichte, und ich konzentrierte mich auf das Schnitzel. Mein Gegenüber genoss sein Tafelspitz einige Augenblicke schweigend. »Was hast du eigentlich nach deinem Besuch in der Maremma gemacht?«, wollte er wissen.

»Ach, an einem Vortrag gearbeitet und Texte für den Katalog einer Ausstellung geschrieben«, antwortete ich. Dass ich schon wenige Tage nach meiner Rückkehr aus Italien mit Schumann nach Kreta gereist war, musste ich ihm nicht unter die Nase reiben. »Und was habt ihr noch so unternommen?«

»Der Kongress ging noch zwei Tage weiter«, erklärte Sven, »leider unter der dunklen Wolke des Raubes im Museum. Und dieser Petruccio hat uns dann irgendwann informiert, der Einbrecher in der Villa sei gefasst worden. Ein Kleinkrimineller, der wohl im Auftrag eines Ganoven handelte. Tja, und dann ist Edgar für zwei Tage nach Rom gereist, ich habe in der Zeit die Ausgrabungen rund um Volterra besucht. Nach seiner Rückkehr haben wir zum Abschluss der Reise eine kleine Segeltour nach Capraia unternommen.«

Edgar war also zwei Tage weg gewesen. Ich verkniff mir, nach dem Datum zu fragen. Meine Phantasie ging mit mir durch. Was, wenn er nicht nach Rom gefahren, sondern nach Kreta geflogen wäre?

Heiko Blum hatte Edgar Grunemann im Frühjahr mit der Veröffentlichung unangenehmer Tatsachen aus dem Leben seines Urgroßvaters gedroht. Wenn Blum ihn erpresst und Edgar den Erpresser beseitigt hatte? Ich konnte mir Edgar nicht als kaltblütigen Mörder vorstellen. Doch meine Menschenkenntnis hatte in dieser Hinsicht schon öfter versagt.

Ich war überzeugt, dass Grabert Teile seiner Sammlung illegal erworben hatte. Zu diesem Thema konnte vielleicht Frostauers Recherche zur Beziehung von Klaus Kurz zu Wilhelm Grabert etwas beitragen. Da war etwas im Busch.

Sven merkte, dass ich abgelenkt war. »Was ist?«, fragte er. »Probleme?« Er klang sehr fürsorglich.

Ich betrachtete ihn möglichst unauffällig. Ohne diesen albernen Ziegenbart wäre er ein sehr attraktiver Mann. »Nein, nein«, winkte ich ab. »Ich habe mir überlegt, von welchem Schatz Grabert gesprochen hat. Sicher nicht von einer Figur aus Knossos. Da war er doch nie als Ausgräber, oder?«

Allerdings hätte er als Berater in seiner Zeit auf Kreta Zugang zu allen Ausgrabungen gehabt.

Sven zuckte mit den Achseln und kaute genüsslich an seinem Tafelspitz.

Während ich nachdenklich im Gurkensalat herumstocherte, stellte ich mir plötzlich vor, dass sich Graberts kryptische Bemerkung vom »Schatz« auf den zweiten Diskos von Phaistos bezogen hatte. Hatte es ihn doch gegeben und Nicos ihm sein Geheimnis anvertraut? Wenn ja, dann musste diese Scheibe, die Marco als »Stein des Todes« bezeichnet hatte, irgendwo in seinem großen Haus versteckt sein.

Was aber war nach seinem Tod damit geschehen? Hatte Dörte Luer davon gewusst? Grabert schien seine Enkelin gemocht zu haben. Sollte sie seinen »Schatz« weiter hüten – und was dann? Sie konnte nicht an die Öffentlichkeit treten und den Diskos plötzlich als Überraschungsfund aus dem Grabert'schen

Vermächtnis deklarieren. Selbst wenn sie den Diskos an Kreta zurückgegeben und mit dieser Tat sogar Ruhm geerntet hätte. Der Ruf ihres geliebten Großvaters wäre ruiniert gewesen.

Sven sah mich fragend an. »Was könnte dieser Schatz denn sein? Und wo ist er jetzt? Vielleicht hat ihn die gute Dörte Luer beim Aufräumen gefunden und längst verkauft?«

Er trank einen Schluck Wasser und fuhr nachdenklich fort: »Ich frage mich, ob Blum davon gewusst hat und deshalb bei unserem Treffen im Haus Ariadne umhergeschlichen ist. Vielleicht hoffte er, Graberts Geheimnis zu lüften.«

Ehe ich darauf antworten konnte, dachte Sven laut nach: »Stell dir mal vor, Blum hätte diese Sensation entdeckt und hinter die Kulissen von Graberts vermeintlicher Wohlanständigkeit geblickt. Der Alte war alles andere als ein Heiliger. Er hat garantiert ein paar illegal erworbene Kunstwerke jahrelang geschickt vor den Augen der Öffentlichkeit verborgen. Und durch Blums Artikel hätte Edgar erfahren, welch üble Rolle sein hochgeehrter Urgroßvater immer wieder gespielt hat. Graberts Image als bedeutender Wissenschaftler und Experte wäre auf immer zerstört. Man hätte die Provenienz der gesamten Sammlung angezweifelt, das Berliner Museum hätte sie abgelehnt, und Edgars Karriere wäre belastet von den Schatten der Vergangenheit.«

Seltsam, ich spürte einen gehässigen Unterton in Svens Stimme. Dabei war Edgar doch sein enger Freund. Sven wandte sich wieder seinem Tafelspitz zu.

Ich widersprach ihm nicht. »Wo Heiko Blum erste Informationen für seinen geplanten Beitrag über Grabert und Konsorten herhat, ahne ich nicht«, sagte ich. »Blum hat sich auch mit dem von Grabert verleugneten Aufenthalt auf Kreta im Zweiten Weltkrieg befasst. Da hatte Grabert offenbar einen Vertrauten namens Klaus Kurz. Und mit dem hat er gemeinsam Geschäfte gemacht. Auch keine schöne Geschichte.«

Beim Namen Klaus Kurz merkte ich, wie Sven leicht zusammenzuckte. Oder irrte ich mich?

Er kaute lange auf einem Stück Fleisch herum, ehe er antwortete: »Was haben diese beiden Herren denn auf Kreta getrieben?«

Ich wollte nicht ins Detail gehen und ihm die Geschichte

vom »Nikolaus« von Agios Stefanos erzählen. »Blum hat vor Ort recherchiert, inwieweit die beiden Männer während der deutschen Besatzung Objekte aus bestimmten Ausgrabungen entwendet und diese auf dem Schwarzmarkt verhökert haben. Aber Blum scheint noch etwas darüber hinaus entdeckt zu haben, was er noch genauer untersuchen wollte. Und dann wurde er ermordet.«

»Sehr interessant«, meinte Sven und bestellte für uns beide Wein. Er nahm einen Primitivo, ich einen Weißburgunder.

Seufzend lehnte er sich zurück. »Schade, dass du nicht länger in der Villa Etruria bleiben konntest«, sagte er. »Wir haben einige schöne Stunden in Cecina mit Castelnuovo erlebt. Er hat noch einen großartigen Vortrag gehalten über ›Archäologische Mythen‹. Ich komme darauf, weil er auch zum Thema Phaistos referiert und auf ein altes Gerücht hingewiesen hat, wonach während der Grabungskampagne 1908 ein zweiter Diskos entdeckt wurde. Das konnte aber nie bewiesen werden.«

Ich nickte bestätigend.

»Castelnuovo selbst hält das für eine Erfindung oder einen Irrtum. Jemand habe infolge der Entdeckung des Diskos geglaubt, einen ähnlichen Fund gemacht zu haben, der sich aber als simple Tonscheibe entpuppte, und dieser Jemand wollte das durch einen vorgetäuschten Raubüberfall vertuschen. Nur dumm, dass es einen Toten gab. Offiziell ein Raubmord. Das ist eine These von Castelnuovo. Ein weiterer Mythos betrifft Volterra. Dort sollen um 1940 zehn Goldstatuetten gefunden worden sein. Aber auch dies war entweder nur ein Gerücht, oder es gab sie, und sie wurden gestohlen, ehe sie registriert werden konnten. Sehr unterhaltsame Anekdoten und Legenden.«

Ich musste schmunzeln. »Dazu passt wieder einmal der Spruch: Wenn nicht wahr, dann gut erfunden.«

Sven lächelte. »Ich habe mir daraufhin die Objekte in der Villa Etruria genau angesehen. Man kann ja nie wissen. Auch dieser Marco Di Fillipo könnte vom Pfad der Tugend abgewichen sein. Wie sagte schon Oscar Wilde so treffend: Der einzige Weg, eine Versuchung loszuwerden, ist, ihr nachzugeben. Aber leider keine Goldfiguren im Haus, nur in der Bibliothek dieser hohle

Bronze-Hermes, eine Kuriosität. Doch Marco Di Fillipo hatte so einige Kuriositäten in seinem Haus.« Er grinste: »Erinnerst du dich an diese Geweihe und Stoßzähne? Damit wäre er heute auf der schwarzen Liste der Umweltschützer.«

Mit leichtem Schauder dachte ich an die vielen Geweihe an den Wänden und an die Elefantenfüße neben dem Kamin im Wohnzimmer. Da war mir ein hohler Hermes wesentlich lieber!

Apropos hohler Hermes. Was auch immer Piet Hamann inzwischen herausgefunden hatte, so hoffte ich, dass er beim Treffen mit seinen Freunden diese Verbindung zwischen Grabert und Marco unerwähnt ließ. Ich ärgerte mich, dass ich ihn ins Vertrauen gezogen hatte. Es wäre besser gewesen, den Inhalt des hohlen Hermes unbeachtet zu lassen, selbst wenn dadurch einige Fragen zu Marcos Vergangenheit geklärt werden könnten. Mir graute fast vor möglichen Enthüllungen.

Wohl fühlte ich mich nicht bei diesen Überlegungen und versuchte mich abzulenken. »Was hat Edgar in Rom gemacht?«

Sven legte sein Besteck auf den Teller. »Also, Genaueres weiß ich nicht. Ich glaube, er wollte Freunde treffen, die er noch aus seiner Zeit beim Deutschen Archäologischen Institut dort kennt. Rom ist immer eine Reise wert. Er muss in den zwei Tagen aber ein heftiges Programm absolviert haben. Er schien bei seiner Rückkehr in die Maremma ausgelaugt. Da tat ihm die Segeltour gut. Leider hat dieser Petruccio uns einige Male genervt. Sie suchen immer noch nach Alessandra Antonini. Wenn du mich fragst, liegt sie längst tot auf dem Meeresgrund.«

Ich sah ihn entsetzt an. Er reagierte sofort.

»Sorry, das war taktlos. Ihre Eltern tun mir sehr leid. Dauernd passieren derzeit schreckliche Dinge. Da wird man fast automatisch zum Zyniker. Heiko Blum tot, Dörte Luer ermordet. Das macht mir zu schaffen.«

Glücklicherweise beließen wir es dabei und sprachen beim Nachtisch über andere Dinge. Er erzählte mir vom morgigen Treffen seines Clubs.

»Eigentlich sind wir fünf, also ich, Edgar, unser Verschwörungstheoretiker Oskar Schneider, Steffen Fuhrer, der vor allem im Vorderen Orient nach römischen Siedlungsresten gräbt und in Freiburg lehrt, und Piet Hamann, der während des Zweiten Weltkrieges eine großartige Karriere als Dechiffrierexperte gemacht hätte. Und wir laden immer einen Gast dazu. Im Frühjahr war es Heiko Blum, jetzt ist es Michael St. Stephen, Astrophysiker, renommierter Astronom, Dozent in London mit Astrologie als Hobby. Er und Schneider passen ideal zusammen, da Michael sich gerne mit ungeklärten Rätseln früherer Kulturen befasst und in seinem jüngsten Buch ›The Truth behind the Myth‹ über eine uralte Schrift berichtet, in der angeblich irische Mönche im 7. Jahrhundert allerlei Wissen zum Thema Weltuntergangsvisionen zusammengetragen haben.«

Sven grinste. »Der gute Michael hat dieses Werk vor drei Jahren verfasst. Es wurde im vergangenen Jahr veröffentlicht. Vor Kurzem kam heraus, dass dieses angeblich aus dem 7. Jahrhundert stammende Buch, auf dem ein Gutteil seines Werks basiert, ein Fake ist, den sich Studenten am Dubliner Trinity College ausgedacht haben. Sehr clever, muss man sagen. Das wird Michael wie eine Keule niedergestreckt haben. Und Oskar Schneider ebenfalls. Für ihn bedeutete Michaels Buch die Bibel. All diese wunderbaren Belege für uralte Zeugnisse von Verschwörungstheorien, darunter übrigens, und das hätte Michael stutzig machen müssen, ein Hinweis auf den Diskos von Phaistos, dessen Schriftzeichen der Beleg für jahrtausendealte Erkenntnisse zur Apokalypse seien. Wie, bitte schön, sollen die Mönche von Ballycreg um 650 von Phaistos und vor allem von dem Diskos gewusst haben?«

Das war in der Tat skurril. Sven amüsierte sich sichtlich. »Dennoch ist Michaels Buch sehr spannend. Darauf könnte man einmal mehr den vorhin von dir schon zitierten italienischen Spruch anwenden. Wir haben ihn trotzdem gebeten, morgen über sein Buch zu sprechen.«

Das Essen war zwar vorzüglich, aber ich begann zu schwächeln. Sven bemerkte mein unterdrücktes Gähnen, nahm es mir jedoch nicht übel. »Ich habe eine tolle Idee«, sagte er. »Wie wäre es, wenn du morgen zu unserem Treffen im Hotel Severin dazukommst?«

»Aber ihr seid doch ein Closed Shop!«, entfuhr es mir.

»Ja, aber gelegentlich laden wir Außenstehende ein, wobei ich zugeben muss, dass wir bisher nur einmal eine Dame dabeihatten, eine amerikanische Archäologin. Aber falls du Zeit und Lust hast, dann fühle dich eingeladen. Michael St. Stephen liefert abgesehen von diesem Hinweis auf Phaistos eine Menge weiterer Interpretationen von Mythen, die diese fiktiven Mönche vor anderthalbtausend Jahren zusammengetragen haben sollen. Die irischen Studenten haben einen richtig guten Job gemacht, ihre frei erfundene Chronik enthält einige relevante Ergebnisse von Wissenschaftlern und dazu viel Esoterik. Das ist zumindest unterhaltsam. Was sagst du dazu?«

Ich versprach ihm, ihn am nächsten Mittag anzurufen. Es reizte mich sehr, bei dem Treffen des Clubs Scientia dabei zu sein. Vielleicht würde ich Edgar Informationen zu seinem Rom-Besuch entlocken und mit Steffen Fuhrer ins Gespräch kommen, der als einer der Letzten des Clubs zusammen mit Edgar Dörte Luer besucht hatte. Steffen Fuhrers Alibi war solide. Laut Aussage seiner Freundin in Freiburg, wo er Archäologie mit dem Schwerpunkt Götterdarstellungen der Frühantike unterrichtete, hatte er morgens Vorlesungen, danach Seminare gehalten.

Mich beschäftigte auf meinem Nachhauseweg die Frage, ob Edgar tatsächlich in Rom gewesen war. Schumann würde das sicher eruieren können. Ich hegte ein leises Misstrauen gegen Edgar. Die beiden Tage, in denen er die Maremma verlassen und angeblich Rom besucht hatte, passten zeitlich zu Heiko Blums Tod in der Samaria-Schlucht. Und es genügten zwei Tage, um nach Kreta zu fliegen, Blum zu beseitigen und zurückzufliegen. Einmal misstrauisch, immer misstrauisch. Dabei mochte ich Edgar mit seiner ruhigen Ausstrahlung.

Kaum war ich zu Hause, rief Frostauer an. »*It's zoom time*«, verkündete er.

Das WLAN in meinem Kölner Haus hatte gelegentliche Aussetzer. Aber heute tat es seine Pflicht. Schumann hockte zusammen mit Frostauer vor einem Monitor im Wohnzimmer von Franz Berke. Das erkannte ich an der Blumentapete im Hintergrund.

»Wann bist du wieder hier?« begrüßte mich Schumann.

»Am Samstag«, antwortete ich.

»Besser spät als nie«, meinte Schumann. »Okay, dann legen wir los.« Er hatte wieder diesen mich enervierenden »No Nonsense«-Ton in der Stimme.

Franz Berke winkte mir aus dem Hintergrund zu, und Schumann holte tief Luft, wurde aber sofort von Frostauer unterbrochen. »Wir müssen Anna, glaube ich, richtig ins Boot holen«, trompetete er.

Schumann wirkte schon jetzt gestresst, fügte sich aber. »Gut, also, Anna, Frostauer hat dank seiner Beziehungen zu einigen Fachleuten beim Historischen Museum in Berlin und einem Archiv für Militärgeschichte Einsicht in bestimmte Akten bekommen. Zunächst zum Thema Klaus Kurz.«

Weiter kam er nicht. Wieder mischte sich »Nudnik« Frostauer ein. »Einer der Experten ist Professor Matthias Lorenz, der sich mit der Emigration von Nazis nach Südamerika nach dem Kriegsende befasst und mit dem Schicksal ihrer Familien, vor allem der Nachfahren. Ihn habe ich befragt, weil ich mir vorstellen konnte, dass der Name Klaus Kurz in seinen Unterlagen auftaucht. Und bingo!« Frostauer platzte fast vor Selbstgefälligkeit. Leider musste ich ihm lassen, dass er oft genau die richtigen Ansprechpartner hatte.

Schumann grinste und sagte: »Ich lasse Harald offiziell den Vortritt. Er hat in der Tat einige sehr interessante Details herausgefunden.«

Frostauer rückte direkt vor die Kamera des Monitors. Franz Berke verschwand in einer Ecke seines Wohnzimmers, wo auch der getreue Connor schemenhaft zu erkennen war, und auch Schumann wurde zum Sidekick.

»Klaus Kurz war knapp ein Jahr in britischer Kriegsgefangenschaft, kam danach zurück nach Deutschland, meldete sich aber nicht bei seiner Mutter in Buxtehude. Zwei Jahre später tauchte er mit neuem Namen wieder auf, und zwar in Buenos Aires als Klaus Petri. Mit ihm zusammen kam seine Schwester Sabine Schuch aus der zweiten Ehe der Mutter. Sabine war schwanger und bekam im Sommer 1948 ein Kind, einen Sohn.

Vater unbekannt. All das ist in Akten vermerkt, zu denen Lorenz Zugang hat. Es geht darin vor allem um die Suche nach Kriegsverbrechern, die nach Argentinien geflüchtet sind.«

Die drei Herren saßen inzwischen dichter zusammen vor dem Computer. Schumann nagte an seiner Unterlippe, immer ein Zeichen, dass es ihm nicht schnell genug ging. Berke hatte ein großes Glas Bier vor sich und streichelte Connors Kopf.

Frostauer fuhr mit gedämpfter Stimme fort, als fürchtete er, Berkes Nachbarschaft würde lauschen: »Klaus Kurz wurde in Buenos Aires von einer Frau namens Hertha Clement wiedererkannt, die ihn im Jahr zuvor in der Mensa der Universität Göttingen im Gespräch mit ihrem Chef gesehen hatte. Und dieser Chef war Wilhelm Grabert.«

Kunstpause, dann: »Am Tisch saß auch eine junge Frau. Das könnte Sabine Schuch gewesen sein. Hertha Clement reiste 1948 zu Verwandten nach Buenos Aires. Sie begegnete Kurz auf der Plaza de Mayo und sprach ihn an. Er stellte sich als Klaus Petri vor und gab ihr seine Adresse. Das alles schrieb sie ihrer Schwester in Hamburg, die daraufhin Nachforschungen anstellte. Herthas Schwester arbeitete für das Rote Kreuz. Bei ihren Recherchen kam heraus, dass Klaus Petri der ehemalige Wehrmachtsoffizier Klaus Kurz sein musste. Und der war von 1943 bis 1945 auf Kreta stationiert. Als Hertha Clement ihn unter seiner angeblichen Adresse in Buenos Aires aufsuchen wollte, stellte diese sich als falsch heraus. Sie sah ihn nie wieder.«

»Das ist eine richtige Räuberpistole«, entfuhr es mir.

Harald Frostauer lächelte. »Es kommt noch besser. Es scheint, dass Grabert seinem alten Freund Kurz unter die Arme gegriffen und ihm die Emigration nach Argentinien ermöglicht hatte. Das wenigstens vermutet Lorenz. Klaus Petri war später in Mercedes gemeldet, genau wie Sabine und deren Sohn Guillermo. Klaus Kurz alias Petri starb 1968. Sabine Schuch verließ Mercedes wenig später. Ihr Sohn studierte damals in Buenos Aires Betriebswirtschaft. Die Spuren von Sabine in den folgenden zwei Jahren lassen sich nicht verfolgen.«

Ich hörte Franz Berke laut aufseufzen. Schumann starrte wie in Trance auf den Monitor.

Frostauer ließ sich davon nicht beirren. »Aber dann, und jetzt kommt der Clou, meldet sie sich im Februar 1970 bei einer entfernten Tante in Braunschweig und schreibt ihr, sie werde nach Deutschland kommen. Dort habe sie eine wichtige Mission. Sie deutet dieser Tante an, sie habe eine Schiffspassage für den April gebucht. Sie hat dann versucht, die Tante Ende April zu besuchen. Doch Hildegard Müller kurte gerade in Bad Oeynhausen. Deshalb hinterließ Sabine der Tante nur eine Nachricht, dass sie einen wichtigen Besuch in der Nähe von Bad Gandersheim plane und danach wieder zu ihr zurückkommen wolle. Wörtlich schrieb sie: ›Es geht um eine alte Beziehung und ein nicht abgeschlossenes Kapitel.‹«

Mir war flau im Magen.

Frostauer strich sich über sein Haar, das aussah, als ob es mit Pattex an seiner Kopfhaut angeklebt war, und berichtete weiter:

»Als sich Sabine nach zehn Tagen noch nicht wieder bei ihrer Tante, inzwischen zurück von ihrer Kur, gemeldet hatte, ging diese zur Polizei. Aber sie hatte Sabine seit mehr als zwanzig Jahren nicht mehr gesehen und konnte deshalb keine genauen Angaben zu ihrem Aussehen liefern. Sie gab eine Vermisstenanzeige auf, doch niemand reagierte darauf. In dieser Zeit wurde die unbekannte tote Frau bei Bashausen gefunden. Aber die Tote vom Donnerswald entsprach nicht den mageren Beschreibungen der Tante, und so wurde die Suche nach Sabine bald eingestellt. Man vermutete, sie sei längst nach Argentinien zurückgereist.«

Frostauer genoss unsere ungeteilte Aufmerksamkeit. »Die Tante wusste nicht einmal die argentinische Adresse ihrer entfernten Nichte. Allerdings hinterließ sie ihrer Tochter Margit die Nachricht von Sabine über deren geplanten Besuch wegen des ›unvollendeten Kapitels‹. Hildegard Müller behauptete gegenüber ihrer Tochter, sie habe von Anfang an ein mulmiges Gefühl wegen Sabine gehabt. Sie glaubte, Sabines Mission war erfolglos, und deshalb sei sie wieder fort aus Deutschland. Hildegard Müller starb 1978.«

Franz Berke stöhnte jetzt, Schumann kaute erneut nervös an seiner Unterlippe, und ich fühlte eine Woge von nicht klar definierbaren Gefühlen über mich hinwegfluten. Auf jeden Fall Zorn und Trauer.

Frostauer hielt inne und holte dann zu seinem großen Schlag aus. »Lorenz ist sich sicher, dass Sabine Schuch niemand anderen als Wilhelm Grabert aufsuchen wollte, den vermeintlichen Vater ihres Sohnes Guillermo, der acht Monate nach ihrer Ankunft in Buenos Aires geboren wurde. Beweisen lässt sich das nicht einwandfrei. Es fehlen Unterlagen, und Lorenz geht noch einer anderen Spur nach. Er hat Verbindung mit Buenos Aires und den dort für Immigranten zuständigen Behörden. Erstaunlich ist dabei, dass Sabine Schuch zunächst den Vater ihres Kindes als ›unbekannt‹ angegeben und sich dann offenbar eines Besseren besonnen hat. Guillermo wäre, wenn Sabines Behauptung stimmte, Graberts Sohn. Es war dieser Guillermo, der nach Graberts Tod 1979 im Haus Ariadne auftauchte und den Graberts Haushaltshilfe abwimmelte. Das hat Emma zu Protokoll gegeben. Und danach verliert sich seine Spur.«

Der Club der Klugen

Der Zoom-Abend hatte damit geendet, dass Franz Berke Schumann versprach, seinen Kollegen Sewing zu bitten, den Fall der Toten vom Donnerswald noch einmal aufzurollen. Schumann wollte sich auf die Spurensuche nach Guillermo Schuch machen. Lorenz versprach, mit Frostauer wegen Klaus Kurz alias Petri und Sabine Schuchs Behauptung, Grabert sei der Vater ihres Sohnes, in Verbindung zu bleiben. Ganz am Schluss hatte ich noch rasch von meiner Einladung zum Treffen des Clubs Scientia berichtet.

Schumann fand, ich sollte die Einladung annehmen. »Dann kannst du ein Auge auf Grunemann werfen«, schlug er vor. »Er hat zwar ein Alibi für den Tag der Ermordung seiner Tante. Aber ich traue ihm nicht über den Weg. Er verheimlicht etwas. Oskar Schneider ist mir auch suspekt. Er wurde in den vergangenen Wochen mehrmals in Bashausen gesehen. Sein SUV fiel wegen des Nummernschildes auf: ›HH – JB 008‹. Pass aber bitte auf dich auf. Keine gewagten Alleingänge, und bitte informiere mich über alles.« Er fügte hinzu: »Du musst nicht noch mal die Miss Marple geben.«

Ich schrieb Sven gleich darauf, dass ich gern beim Treffen seiner Gruppe dabei wäre.

Er antwortete prompt: »Sehr schön. Allerdings geht das doch leider nur zu Michaels Vortrag. Unsere Diskussion hinterher ist im engsten Kreis.«

Mich interessierten auch nur der Vortrag und die Mitglieder der Gruppe. Diskussionen über den Weltuntergang reizten mich weniger. Frei nach Shakespeare war diese Welt schon längst aus den Fugen geraten. Da brauchte ich nicht noch düstere Theorien, abgeleitet von symbolträchtigen Interpretationen archäologischer Entdeckungen. Ich textete zurück: »Alles gut. Ich werde um zwanzig Uhr vor Ort sein.«

Wenn ich heute auf diesen seltsamen Abend in dem leicht angestaubten Hotel Severin zurückschaue, gruselt es mich. Sechs

Männer in mittlerem Alter in einem durch matte Lampen kärglich erleuchteten Raum. Plüschsessel mit kleinen Beistelltischen, dicke Vorhänge vor dem Fenster und ein altmodisches Lesepult für Michael St. Stephens Referat.

Sven begrüßte mich herzlich und flüsterte mir zu: »Nicht gerade das schönste Ambiente und nicht zu vergleichen mit dem Haus Ariadne. Aber ich habe auf die Schnelle nichts Besseres gefunden, und wir können alle in diesem Hotel wohnen.«

Michael St. Stephen hatte freundliche Augen, rundliche Wangen und einen dunklen Haarschopf. Sein Deutsch war fast akzentfrei, sein Händedruck weich. Steffen Fuhrer entpuppte sich als großer, schlanker Mann mit schütterem Haar und schmalen grauen Augen. Er wirkte nervös und schien nicht begeistert über meine Anwesenheit zu sein.

Piet Hamann lächelte mich verlegen an und wisperte mir zu: »Keiner weiß hier über meine Arbeit für Sie Bescheid. Morgen dann mehr. Ich habe Sie leider gestern verpasst.«

Oskar Schneider war ein kleiner Mann mit Glatze und viel zu großer Brille, auffallend kurzen, dicken Fingern und einem sehr herzlichen Lächeln. Als Letzter betrat Edgar den Raum. Er nickte mir zu, trat dann aber zu mir und sagte: »Ich muss dich nachher sprechen.«

An den Vortrag von Michael erinnere ich mich bruchstückhaft. Er leitete ihn mit den Worten ein: »Ich bin auf einen üblen Scherz einer Gruppe von intelligenten Studenten hereingefallen. Sie haben vor einigen Jahren im Stil des »Book of Kells« eine lang verschollene geheime Chronik aus dem einstigen Kloster Ballycreg an der irischen Nordwestküste als Seminar-Teamarbeit herausgebracht, angeblich übersetzt aus dem Alt-Gälischen. Mir wurde diese Schrift zugespielt, als ich über Stonehenge forschte. Und ich war so fasziniert von diesen Texten, dass ich sofort mit Recherchen begann, die auf diesem Buch von Ballycreg aufbauen.«

Er lachte verlegen und fuhr sich mit der Hand durch seinen Haarschopf. Dann fuhr er fort: »Mein Buch wurde ein Bestseller, und ich habe, als dieser Streich aufflog, mit der Studentengruppe einen Deal gemacht. Dieses Team aus drei Jungen und drei Mädchen hat neben purer Fiktion durchaus auch ernsthafte Forschungsergebnisse und Mythen in sein Werk eingestreut. Ihre Quellen sind zum großen Teil seriös. So wurde dieses Fake zum Paradebeispiel für ein spezielles Genre, nämlich Fakten, durchsetzt mit Fantasy. Das Hohngelächter über mich verstummte. ›The Truth behind the Myth‹ geht jetzt in die dritte Auflage, natürlich mit einem neuen Vorwort und dem Hinweis auf die wahre Geschichte des mysteriösen Buches von Ballycreg. Mein nächstes Buch, ›The Curse of the Stones‹, werde ich mit den Studierenden gemeinsam erarbeiten.«

Danach führte Michael diverse Beispiele aus seinem Buch an, nicht aber das Kapitel über den Diskos von Phaistos.

Die Schatten im Raum verschluckten im Laufe des Abends das diffuse Lampenlicht, die Sessel erwiesen sich als viel zu weich, der Wein war zu warm, die Häppchen auf der großen Platte auf dem Büfett in der Ecke sahen wenig appetitanregend aus. Und ich spürte eine unterschwellige Spannung in der Gruppe. Fuhrers Nervosität schien zu wachsen, Edgar blickte starr vor sich hin.

Oskar Schneider schien als Einziger wirklich interessiert an dem Thema und fragte Michael nach dem Vortrag Löcher in den Bauch über das Wissen ferner Kulturen zu Planetensystemen und zu astrologischen Voraussagen heutiger Katastrophen. Haben die Weisen jener Vorzeit aufgrund geheimer Überlieferungen in die Zukunft blicken können? Noch vor der »Offenbarung« des Johannes, die Oskar als erschreckende, höchst aktuelle Dystopie darstellte.

Die beiden vertrugen sich jedenfalls blendend. Edgar unterdrückte mühsam ein Gähnen, Sven schmunzelte amüsiert, Fuhrer schien mit seinen Gedanken woanders zu sein, und Hamann checkte unauffällig sein Smartphone.

Michaels Vortrag war unterhaltsam und angenehm ironisch gewesen. Oskar Schneider okkupierte ihn inzwischen vollständig, und ich stand auf, um zu gehen.

Sven sagte: »Bleib doch noch. Wir essen jetzt eine Kleinigkeit, und dann erst geht die Diskussionsrunde los.«

Die dampfende Suppe, die wie aufs Stichwort aufgetragen

wurde, schmeckte gut. Edgar schielte zu mir rüber, setzte sich dann mit seiner Suppentasse neben mich.

Leise sagte er: »Du hast Emma kennengelernt. Hat sie irgendeine Andeutung gemacht, etwas Ungewöhnliches in der Zeit vor der Ermordung meiner Tante gesehen oder gehört zu haben? Sie hatte eine enge Beziehung zu Tante Dörte, auch wenn meine Tante sie wenig liebenswert zu behandeln schien. Es könnte sein, dass sie Emma wichtige Informationen anvertraut hat.«

Ich verneinte. »Emma ist nicht sehr mitteilsam. Sie war in den zwei Tagen vor dem Tod deiner Tante nicht im Haus, und deshalb hat sie nicht gewusst, dass deine Tante frühmorgens wegfahren wollte. Erst gegen Mittag wurde sie unruhig, als deine Tante nicht zurückkam und auch keine Nachricht schickte.«

Edgar wirkte bedrückt. »Ich möchte ehrlich mit dir sein, Anna. Es geht um ein Geheimnis meines Urgroßvaters, das wie ein dumpfer Schatten auf meiner Familie lastet. Ich weiß, dass er alles andere als ein Heiliger, wenn auch ein großartiger Lehrer war, den seine Studenten deshalb schätzten. Nur meine Großmutter konnte gut mit ihm umgehen, und zu Tante Dörte hatte er auch ein recht freundliches Verhältnis. Aber in diesem Haus fühlte ich mich immer unwohl. Die Atmosphäre belastet mich bis heute. Und dann dieser neugierige Heiko Blum. Er machte im Frühling Anspielungen, dass mein Urgroßvater sehr viele dunkle Flecken auf seiner Weste habe. Blum nutzte unser Treffen im Haus Ariadne, um in jede Ecke zu schauen. Ein höchst unangenehmer Typ. Trotzdem habe ich ihm diesen Tod nicht gewünscht.« Er wirkte ehrlich betrübt.

Ich konnte Edgar nicht weiterhelfen. »Ich weiß nicht viel über Blum, und Emma ist schwer zu knacken.« Ich lächelte und fragte dann, so naiv ich es vermochte: »Hast du denn schöne Tage in Rom verbracht?«

Er entspannte sich sichtlich. »Sven war ganz froh, dass ich für einige Zeit aus der Maremma verschwand. Er wollte sich mit irgendwelchen Ausgrabungen rund um Volterra befassen. Da hätte ich nur gestört. Ja, ich habe zwei wunderbare Tage mit Freunden verbracht. Als ich zurückkam, tauchte auch Sven wieder auf. Wir segelten nach Capraia. Nur Petruccio, dieser

Dorfpolizist, hat genervt. Er suchte immer noch nach Alessandra Antonini und befasst sich nach wie vor mit dem Einbruch im Museum von Cecina. Den Burschen, der in die Villa eingestiegen ist, haben sie gefasst. Doch ohne die Beute, weg ist weg.«

Edgar schwieg, und ich spürte, dass ich mich nun besser verabschieden sollte. Bei Michael bedankte ich mich besonders herzlich.

Er freute sich über mein Lob. »Ich hoffe, mich erwartet nicht das Schicksal von diesem Heiko Blum«, sagte er halb scherzhaft, teils ernst. »Er war der Extra-Gast beim Frühlingstreffen und hat, wie ich hörte, sehr interessant über seine Arbeit an einem Artikel über die frühen Grabungen in Phaistos referiert. Na ja, dann ist er im September ermordet worden.«

»Keine Angst«, tröstete ich Michael. »Als Hobby-Astrologe wirst du dein Schicksal rechtzeitig in den Sternen voraussehen.«

Er lachte. »Ich bin Sternzeichen Waage, immer gut drauf und optimistisch.«

Zwischen Sven und Oskar Schneider hatte eine heftige Diskussion begonnen, von der ich allerdings wenig mitbekam. Sven schien sich über Oskar lustig zu machen.

Jetzt hörte ich, wie er sagte: »Weißt du, Oskar, dir könnte man alles weismachen. Ich glaube nicht, dass diese bestimmte Grabinschrift aus Volterra Hinweise auf den Weltuntergang enthält. Der verantwortliche Archäologe, Paolo Castelnuovo, hat erklärt, die Sprache hinter den Zeichen ist noch immer unbekannt. Und genauso ist das mit dieser Scheibe von Phaistos.«

Oskar wurde laut. »Woher willst du das wissen? Ich war in den vergangenen Jahren zehn Mal auf Kreta und habe sie mir genau angesehen. Zuletzt erst vor wenigen Wochen. Und ich wette, hinter diesen Schriftzeichen verbirgt sich das universale Wissen großer Weiser, die vor etlichen tausend Jahren lebten. Es sind für mich eindeutig Prophezeiungen.«

»Ach, träum doch weiter«, antwortete Sven verächtlich, bemerkte dann aber meinen Blick und lächelte entschuldigend.

Es war wirklich Zeit für mich zu gehen.

Hamann brachte mich zum Eingang des Hotels. »So geht das

jetzt den ganzen Abend weiter«, sagte er. »Morgen um zehn Uhr, ist das okay?«

Ich nickte. Gerade wollte ich das Hotel verlassen, als ich bemerkte, dass ich mein Handy liegen gelassen hatte. Ich ging zurück in Richtung des Salons. Da vernahm ich Fuhrers Stimme, der sich offenbar in einem der kleineren Nebenräume in der Nähe des Salons aufhielt.

»Damit kommst du nicht durch! Das ist eindeutig Betrug! Und ich habe schon lange geahnt, dass du in die Sache verwickelt bist. Du nutzt uns alle für deine Zwecke aus! Ich frage mich langsam, ob dein Alibi für diese Tage nicht fake ist.«

Die andere Stimme antwortete so leise, dass ich sie niemandem zuordnen konnte.

Fuhrer war dafür umso deutlicher zu hören: »Gut, um der alten Zeiten willen lasse ich mit mir reden. Aber umsonst ist das nicht. Wir treffen uns dann später.«

Ich verließ das Hotel fluchtartig. Mich überkam ein ungutes Gefühl. Hoffentlich war das nur eine Ausgeburt meiner Phantasie und nicht mein angeblicher sechster Sinn.

Das Geheimnis des Hermes

Am nächsten Morgen klingelte es um Punkt zehn an meiner Haustür. Piet Hamann stand vor der Tür und sah bleich und unausgeschlafen aus. Er trug seinen Colombo-Mantel und unter dem Arm die abgewetzte Aktentasche.

Ehe er ins Haus trat, sagte er tonlos: »Steffen Fuhrer ist heute nicht zum Frühstück erschienen. Wir waren um acht Uhr verabredet. Sein Zimmer ist noch belegt, sein Koffer ist da. Ich hoffe, er hat nur eine kleine Exkursion unternommen.«

»Gibt es Anlass zur Sorge?«, fragte ich. Fuhrer hatte auf mich nervös gewirkt, und die wenigen Sätze, die ich letzte Nacht belauscht hatte, waren beunruhigend gewesen. Ich wusste nicht, mit wem er gestritten hatte, aber es klang bedrohlich.

Hamann zuckte mit den Schultern. »Er unternimmt manchmal sehr eigenwillige Alleingänge. Vielleicht macht er einen Bummel durch Köln. Na ja, wir wollen heute zusammen zu Mittag essen, dann wird er schon wieder auftauchen.«

Er folgte mir ins Haus und bat – keine Überraschung – um Leitungswasser. Ich ging deshalb in die Küche und füllte eine Karaffe für ihn. Für mich kochte ich einen Tee. Hamann nahm die Karaffe und das Glas entgegen.

»Diese Übertragung der Schriftzeichen war mühsam, hat mich viel Schweiß gekostet und einiges an Recherche. Ich kam mir vor wie ein Geheimagent oder wie diese schlauen Code-Knacker im Zweiten Weltkrieg in Bletchley Park. Ich musste erst einmal verstehen, welche Sprache der Verfasser benutzt. Es hat gedauert, bis ich den Durchblick hatte und erkannt habe, dass er viele Schriftzeichen sehr geschickt als Ablenkung und Camouflage benutzt. Die Sprache hinter diesem Wirrwarr ist modernes Italienisch. Der Verfasser dieser Geheimschrift hat sehr viel Ahnung von alten Kulturen gehabt und das phönizische Alphabet, griechische und stilisierte lateinische Buchstaben für seinen Text genommen. Zur Täuschung hat er ein paar Hieroglyphen, ein bisschen Linear B und Zeichen von der berühmten

Scheibe von Phaistos eingestreut. Sie sind reine Verzierungen ohne Bedeutung. Auf den ersten Blick schlimmer als das babylonische Sprachengewirr.«

Hamann redete munter auf mich ein. Obgleich er müde wirkte, schien ihn diese Schrift zu begeistern und von seinen Sorgen abzulenken.

»Was mir bei meiner Arbeit fehlte, war eine Art Stein von Rosette, den Jean-François Champollion 1822 benutzen konnte, um dem Geheimnis der ägyptischen Hieroglyphen auf die Spur zu kommen. Vielleicht ist nicht alles korrekt, was ich zusammengestoppelt habe. Aber es reicht zum Verständnis dieser erstaunlichen Nachricht. Ich habe sie ins Deutsche übertragen, was der einfachste Teil des Unterfangens war.«

Wenig später saßen wir in meinem Wohnzimmer, das ich vor wenigen Monaten halbwegs gemütlich eingerichtet hatte. Es fehlten noch zwei Sessel und eine Stehlampe, vor längerer Zeit bestellt, aber noch nicht geliefert.

Leider waren die meisten Möbel meiner Patentante auf dem Sperrmüll gelandet, als ich noch daran dachte, das Haus zu verkaufen. Dann besann ich mich eines Besseren und ließ es für meinen eigenen Bedarf renovieren. Da ich mindestens zweimal im Monat nach Köln fuhr, auch um meine Mutter zu besuchen, wohnte ich jetzt selbst darin. Dank meiner treuen Elvira Montecristo und ihres tüchtigen Bruders Gian Luca sahen Haus und Garten präsentabel aus. Und ich hatte zusätzlich noch zwei Gästezimmer für Freunde. Schumann hatte bereits hier gewohnt, allerdings ohne seinen Hund, und Frostauer, wenn er nicht bei seinem guten Freund unterkommen konnte.

Hamann kramte umständlich in seiner Aktentasche und förderte einige zerknitterte Blätter daraus zutage. Er legte sie auf den Tisch, strich sanft darüber, räusperte sich und sagte: »Ich habe die Dechiffrierung zunächst handschriftlich gemacht, dann aber natürlich am Computer bearbeitet. Bitte lesen Sie selbst. Falls Ihnen etwas unklar sein sollte, fragen Sie mich.«

Er zog ein dickes Buch aus der Aktentasche und hielt es mir vor die Nase. »Während Sie die Blätter studieren, lese ich in diesem Buch von Michael. Mich stört es nicht, dass er einem

Jux aufgesessen ist. Das Buch hat sehr viele großartige Facetten, und Michael kennt sich in Astronomie aus.«

Hamann verschwand hinter dem Buch und überließ mich seinen beachtlichen Dechiffrierkünsten. Für mich war unschwer zu erkennen, wer der Autor dieser Zeilen war. Es konnte nur Marco Di Fillipo sein.

Diese Blätter sind für mich eine Art Lebensversicherung. Wenn er mir Schwierigkeiten macht, werde ich sie gegen ihn nutzen. Falls er mich weiterhin bedroht und zwingen möchte, ihm bei seinen unlauteren Geschäften zu helfen, dann werde ich auf diese Aufzeichnungen zurückgreifen. Das habe ich ihm klargemacht.

Er kam hierher, um mich zu überreden, in Roselle Fund-stücke zu unterschlagen und sie ihm auszuhändigen, damit er sie an Privatsammler verkaufen kann. Selbstverständlich werde er mir einige Prozent Anteil abgeben. Er sei ein Ehrenmann. Lachend erklärte er, durch ähnliche Aktionen habe er sich einst sein Studium um 1905 gut »aufgepolstert«. Das waren keltische Grabbeilagen aus Süddeutschland und Österreich, wo er bei Ausgrabungen als studentische Hilfskraft mitwirkte.

Ich fürchte, dass er versuchen wird, Gregorio auf seine Seite zu ziehen und ihn in seine Geschäfte zu verwickeln. Der Junge ist ehrlich, aber manipulierbar, und er braucht Geld. Seine Schwester erwartet ein Kind, ihr Mann verdient als Fährmann zwischen den Inseln nicht genügend, um mit seiner Frau ein eigenes Haus zu erwerben. Sie leben bei seiner furchtbaren Mutter, die im Dorf allgemein »la strega«, die Hexe, genannt wird.

A. drängt mich, mit ihm gemeinsam das große Geschäft zu machen. Wir hätten ja damals auf Kreta auch zusammen mit Nicos geplant, den Diskos zu stehlen, ihn durch die Kopie zu ersetzen und damit gutes Geld zu machen. Im Nebensatz sagte er: »Nicos hat tatsächlich einen zweiten Diskos gefunden und ihn mir nach langem Zögern gezeigt. Die Kopie, die Dimitrios Mandrakis anfertigte, basierte vor allem auf diesem Diskos, der mit dem ersten bis auf zwei winzige Details identisch ist.«

A. lächelte sein kaltes Lächeln, das sich nie in seinen Augen widerspiegelt. Wie konnte ich jahrelang glauben, dieser Mann

sei mein Freund! Er sagte völlig ohne Emotionen, dass er da-
mals mit Nicos plante, dem reichen amerikanischen Sammler
die Kopie zu verkaufen und den zweiten Diskos erst einmal zu
behalten. Doch plötzlich bekam Nicos Skrupel und hatte vor,
seinen Fund Pernier zu zeigen und ihm die Scheibe sogar zu
überlassen, zum »Ruhme unserer Ausgrabung«. A. erklärte, er
habe Nicos überzeugen wollen, den zweiten Diskos doch lieber
ebenfalls zu verkaufen.

A. wollte doppelt kassieren. Doch Nicos verwehrte sich da-
gegen. Er hatte plötzlich »patriotische Anwandlungen«, wie
A. höhnisch bemerkte, und erklärte A., er werde die Kopie ver-
nichten, den zweiten Diskos Pernier überlassen, und damit sei
das Thema erledigt. Er bereue zutiefst, was er ursprünglich vor-
gehabt habe.

Ich musste eine Pause einlegen. Also doch ein zweiter Diskos!
Scheinbar verschwunden, genauso wie die Kopie.

Hamann blickte von seinem Buch auf und meinte: »Faszinierend, nicht wahr? Wenn das stimmt, dann müssen wir die
Chronik der Ausgrabungen von Phaistos und die Geschichte
der minoischen Paläste neu schreiben. Auch wenn dieser zweite
Diskos offenbar verloren gegangen ist. Aber wer dieser A. ist,
ist mir nicht klar geworden.«

Ich antwortete darauf nicht, denn Hamann musste nicht in
alles eingeweiht werden. Zumal er mit Edgar befreundet war,
Graberts Urenkel. Stattdessen las ich weiter:

Wieso A. mir dies alles anvertraute, verstehe ich nicht. Doch er
glaubt, dass ich genauso tief in diese Sache verstrickt bin wie
er. Ich fragte ihn, was nach der Weigerung von Nicos, den Plan
durchzuführen, geschah. A. sah mich mit einem spöttischen Blick
an. »Bist du Priester geworden und willst mir die Beichte ab-
nehmen? Mir die Absolution erteilen?«

Wir saßen an jenem milden Juniabend auf der Terrasse der
Villa Etruria. Ein friedlicher, schöner Abend mit einem sanften
abnehmenden Mond. »Gut, ich werde es dir erzählen«, sagte A.
»Du kannst ohnehin nichts gegen mich unternehmen. Zum einen

ist seither zu viel Zeit vergangen, zum anderen warst du mindestens zu Beginn involviert.« Er schien ins Dunkel zu lauschen. Doch da lauerten keine Geister, und sein Gewissen schien ihn nicht zu stören.

»Nicos erwartete in dieser Nacht des 19. Juli den Besuch von Pernier, dem er seinen Fund präsentieren wollte. Ich kam zu ihm ins Zelt und bat ihn erneut, sich das noch einmal zu überlegen und uns nicht im Stich zu lassen. Aber er blieb bei seinem Entschluss, leider.« A. wirkte unerträglich selbstgefällig.

»Nicos wurde zornig und drohte mir, Pernier alles zu gestehen. Der Diskos lag auf dem Tisch, sorgfältig gereinigt, um Pernier zu beeindrucken. In der Tat der Zwilling der ersten Scheibe. Die beiden winzigen unterschiedlichen Details konnte ich nicht erkennen. Ich wiederum erklärte Nicos, falls er mich hintergehen würde, seinen ursprünglichen Plan auffliegen zu lassen. Er sei immerhin der Initiator gewesen und habe Dimitrios angeheuert, eine täuschend ähnliche Kopie anzufertigen. Da Dimitrios wenige Tage zuvor tödlich verunglückt war, hätte dieser auch nicht mehr zu seinen Gunsten aussagen können.«

Hier verstummte A. Doch dann sagte er plötzlich: »Ich bin kurz weggegangen, wollte mich abregen, einen klaren Kopf bekommen. Aber die Scheibe hatte mich in ihren Bann gezogen. Ich kehrte zurück, schlug Nicos nieder und nahm einige der Fundstücke mit und die Scheibe, die ich sorgfältig versteckte. Die Kopie habe ich nicht gefunden. Eigentlich hatte ich nicht beabsichtigt, Nicos zu töten. Doch falls er überlebte, würde er sicherlich alles gestehen, auch wenn er mit mir in den Abgrund gestürzt wäre. In einem kretischen Gefängnis zu verrotten war nicht mein Lebensziel. Deshalb ließ ich ihn liegen und machte mich davon. Das war's.«

A. hielt an dieser Stelle seiner furchtbaren Erzählung inne, als sei ihm im Nachhinein die Schwere seiner Tat bewusst geworden, lächelte dann aber erneut, als er fortfuhr: »Du, lieber Marco, hattest von allem keine Ahnung. Nicos hatte dich längst aus seinem Vorhaben ausgeklammert. Er nannte dich immer den sentimentalen Italiener, nicht konsequent, zu weich, zu gutmütig.«

A. legte mir plötzlich vertraulich seine Hand auf den Arm,

was mich zusammenzucken ließ. »Ich gestehe dir aber den wichtigsten Grund, weshalb ich letztendlich den Tod von Nicos nicht bedauert habe. Ich war damals bis über beide Ohren in Maria Siriakis verliebt. Und ich habe Nicos immer beneidet um diese Frau. Törichterweise hatte ich mir eingeredet, wenn Nicos nicht mehr ist, dann habe ich eine faire Chance, sie für mich zu gewinnen. Wie dumm kann man sein!«

Dann sagte er: »Ich kehre jetzt erst einmal nach Deutschland zurück und beginne demnächst den nächsten Abschnitt meiner Karriere.« Mit diesen Worten stand er auf und flüsterte mir zu: »Auf nach Kreta.« Das war sein letztes Wort an diesem Abend. Er stand jäh auf und ging einfach fort.

Ich blieb erstarrt vor Grauen zurück, beschloss dann aber, alles aufzuschreiben, was A. mir anvertraut hatte, und benutze dazu diese einzigartige Geheimschrift, die ich in jener Nacht ersann und die mich bis in die Morgenstunden beschäftigte.

A. muss den zweiten Diskos mitgenommen haben, als er kurz nach der Beerdigung von Nicos mit mir zusammen Kreta verließ. Die Kopie blieb verschwunden. A. hat mir viel erzählt an jenem Abend des 24. Juni, aber nicht verraten, was er mit der Scheibe gemacht hat, die ich wegen ihrer dunklen Geschichte als »Stein des Todes« bezeichne. Er kann sie nicht als Teil seiner Sammlung zeigen. Vielleicht hat er sie verkauft und sich seither mit diesem Blutgeld ein gutes Leben gegönnt. Das weiß ich nicht.

Dieses Geständnis von A. bewahre ich in meiner kleinen Hermesbronze auf, der Kopie einer römischen Grabbeigabe aus Ostia. Meine eigene Mitschuld an dem Tod von Nicos will ich nicht leugnen. Doch versuche ich, den Rest meines Lebens diese Schuld abzutragen. Maria hat mir geschrieben, aber ich habe ihr nicht geantwortet. Aber sobald dieser Krieg vorbei ist, werde ich nach Agios Stefanos reisen, wo sie mit den Ihren lebt, und ihr die Wahrheit sagen. Egal, was danach geschieht.

Marco hatte sein Vorhaben, nach Kreta zu reisen, um bei Maria Siriakis Abbitte zu leisten, nicht mehr umsetzen können. Denn spätestens vier Tage nach dem Besuch von A. alias Wilhelm Grabert wurde er erschlagen und am Strand verscharrt.

Mir standen Tränen in den Augen, als ich die Blätter beiseitelegte. »Sie sind wirklich ein Genie, Herr Hamann«, sagte ich. »Diesen Code zu entziffern gleicht einem Meisterstück. Und diese Schrift hilft, ein Rätsel zu lösen. Ich danke Ihnen.«

Hamann lächelte geschmeichelt, leerte den Rest aus der Karaffe in sein Glas und legte das Buch von Michael St. Stephen auf den Tisch.

»Das ist eine schreckliche Geschichte«, sagte er mit tonloser Stimme. »Auch wenn ich die Protagonisten nicht kenne, sind mir natürlich die Umstände der Entdeckung des Diskos von Phaistos vertraut. Die Vorstellung, dass es einen zweiten gegeben haben soll, der aber wohl auf ewig verschwunden ist, erschüttert mich als Wissenschaftler sehr. Das übertrifft die wildesten Phantasien! Dieser A. war ein richtiger Schurke. Ahnen Sie, wer es ist?«

Ich hatte nicht vor, Hamann in weitere Details einzuweihen. Deshalb antwortete ich: »Ich bin mir nicht sicher, leider.«

Hamann wirkte geschockt. »Es ist unglaublich! Ein zweiter Diskos! Welch ein Verlust für die Menschheit! Wahrscheinlich hat ihn dieser A. nicht behalten, sondern für viel Geld verkauft, wie es sein einstiger Plan war. Er erinnert mich an die größenwahnsinnigen Bösewichte aus den Bond-Filmen. In diesem Fall Dr. A.!«

Wider Willen musste ich grinsen.

Hamann packte sein Buch ein. »Ich lasse Ihnen diese Blätter hier. Ich habe sie im Computer gespeichert.« Er wirkte auf einmal unsicher und verlegen.

»Ist was?«, fragte ich.

Hamann blickte zu Boden. Dem alten Teppich, der dort lag, galt gewiss nicht seine Aufmerksamkeit.

»Ich muss Ihnen etwas gestehen«, sagte er leise. »Ich habe diesen so komplexen Text nicht allein übersetzt, sondern mir Hilfe geholt. An einigen Stellen habe ich Rat bei Sven Langer, Edgar Grunemann und Steffen Fuhrer erbeten. Nur bei einzelnen Wörtern. Aber die waren aus dem Zusammenhang gerissen. Deshalb konnte ich am letzten Montagabend nicht zu Ihnen kommen. Da habe ich noch an einigen Formulierungen gebastelt. Oskar habe ich nicht befragt. Er faselt die ganze Zeit nur davon, dass der Diskos von Phaistos geheimes Wissen zum nahenden Weltuntergang enthalte und die Schriftzeichen von den großen Weisen in präminoischer Zeit erdacht worden seien, um ihr Wissen über die letzten Tage der Menschheit aufzuzeichnen.«

Während Hamann sprach, überkam mich ein seltsames Gefühl. Irgendetwas nagte an mir, etwas, das mit dem dechiffrierten Text zu tun hatte. Etwas war faul im Staate Dänemark, und ich spürte, dass Hamann einen Dämon beschworen hatte. In mir wuchs das Gefühl einer nahenden Gefahr. Aber ich war hilflos.

Hamann schlüpfte in seinen Colombo-Mantel. »Falls Sie herausfinden, wer dieser A. war, lassen Sie es mich wissen. Ich kann schweigen.«

Er schüttelte mir die Hand und verließ mich. Ich blieb an der Tür stehen und sah ihm nach, wie er sich auf den E-Roller schwang und um die Ecke bog.

Meine Unruhe steigerte sich. Ich schrak zusammen, als kurze Zeit später mein Handy vibrierte. Es war Schumann.

Er versuchte neutral zu klingen, als er mitteilte: »Man hat Emma gefunden. Am Ufer der Leine bei Northeim. Schwer verletzt, aber sie lebt und wurde in die MHH nach Hannover gebracht. Leider liegt sie bis auf Weiteres im Koma.«

Ein paar Puzzlesteine mehr

In den Gängen der MHH in Hannover hallten meine Schritte zwischen den kahlen Wänden. Das Kunstlicht verlieh den fensterlosen Fluren zusätzlich eine unterkühlte Atmosphäre. Schumanns Anruf am Tag zuvor hatte mich dazu bewogen, am selben Nachmittag zurück nach Hannover zu fahren.

Trotz der fast schon selbstverständlichen Verspätung des Zuges kam ich rechtzeitig an, um mich mit Schumann in meiner Wohnung zu treffen. Er wollte mir den Brief aus Blums Wohnung zeigen, ich ihm im Gegenzug Hamanns Übersetzung der Notizen von Marco Di Fillipo.

Meine Mutter hatte auf meine vorzeitige Abreise wie so oft mit einem Zitat reagiert. Diesmal grub sie ein Wort von Chief Seattle aus, dem großen Häuptling der Duwamish und Suquamish. Meine Mutter liebte alles, was mit den First Nations in Nordamerika zu tun hatte. »Nimm nur Erinnerungen mit, hinterlasse nichts außer Fußspuren.« Was sie genau damit meinte, verstand ich nicht. Aber sie fügte hinzu: »Du kommst, du gehst und hinterlässt nichts außer deinen Fußspuren.«

Sofort plagte mich mein schlechtes Gewissen. Aber ich versprach ihr, bald wiederzukommen. »Wenn dieser Fall gelöst ist.«

Ihre Antwort: »Woran erkennt man aber deinen Ernst, wenn auf das Wort die Tat nicht folgt?«

»Shakespeare?«

»Nein, Schiller, ›Piccolomini‹.«

Damit endete unser sehr kurzes Gespräch. Es half alles nichts. Ich musste zurück nach Hannover.

Schumann war erschienen, kaum dass ich meinen Koffer ausgepackt und mir ein Brot geschmiert hatte. Er sagte nichts, setzte sich auf mein Sofa und zog ein Papier aus seiner Jackentasche.

Endlich bequemte er sich zu einer Äußerung. »So, das hat mir Waltraud gegeben. Wir haben gestern noch Blums Wohnung sehr gründlich von der KTU untersuchen lassen. Irgendjemand hatte dort schon emsig herumgewühlt. Viel haben wir nicht gefunden. Außer Heikos und Waltrauds Fingerabdrücken nichts. Kein iPad, keinen Laptop, keinen Computer. Nur ein paar handschriftliche Kritzeleien in einem Notizbuch, ein Tischkalender, aus dem etliche Seiten entfernt wurden.«

»Da habt ihr ziemlich geschlampt«, sagte ich bissig. »Blum ist seit zwei Wochen tot, und ihr durchsucht seine hannoverische Wohnung erst jetzt.«

Schumann errötete und kaute auf seiner Unterlippe. »Du hast leider recht!«

»Wie gut, dass Waltraud in der Wohnung ihres Bruders war und sich umgesehen hat. Aber das bedeutet auch, dass sie eventuell Spuren vernichtet hat.«

»Auch da hast du recht. Sie rief mich gleich nach ihrem Besuch an. Es sah wüst in den zwei kleinen Zimmern aus. Keine hübsche Wohnung, aber günstig gelegen in der Nähe der Universität.«

»War denn die Tür zur Wohnung beschädigt?«

»Nein, offenbar hatte derjenige, der in der Wohnung alles durcheinandergewirbelt hat, einen Schlüssel. Wir glauben, es war Blums Mörder, der den Schlüssel des Toten an sich genommen hat. Wir haben bei Blum auf Kreta keine Schlüssel und kein Handy gefunden, wie du weißt.«

Ich fühlte mich nicht befugt, meinen Finger in diese Wunde stümperhafter Versäumnisse zu legen. »Dann zeig mir bitte den Brief. Ich habe auch etwas für dich.«

Schumann reichte mir das Papier. »Du wirst staunen«, sagte er. »Damit hatten wir nicht gerechnet.«

Ich las die Zeilen mit wachsender Verwunderung. Es schien, als kämen wir der Beantwortung einiger Fragen näher. Aber selbst dieser unbeholfene Brief bedeutete nur einen weiteren Puzzlestein in dem Gesamtbild. Alles drehte sich um den Diskos von Phaistos, um das, was vor mehr als hundertfünfzehn Jahren auf Kreta begonnen hatte. Nicos war nicht das einzige Opfer dieses »Steins des Todes« geblieben. Graberts Vermächtnis hatte zu noch mehr Gewalttaten geführt.

Sehr geehrter Herr Blum,
ich habe genaue Nachforschungen angestellt, um den Gegen-
stand für Sie zu finden. Doch Frau Luer ist durch die über-
raschenden Besuche von einigen der Mitglieder dieses Clubs
Scientia merklich unruhig geworden. Sie wuselt ständig durchs
Haus und untersagt mir, in ihrem Schlafzimmer gründlich zu
putzen. Ihr Vorwand ist, dass ich beim Staubwischen immer
alle Gegenstände auf ihrer Frisierkommode verrücke und ein-
mal sogar eine Vase zerschlagen hätte, die auf ihrem Nachttisch
stand. Was aber nicht stimmt. Ich habe, als Frau Luer für zwei
Tage nach Hamburg reiste, die Gelegenheit genutzt, um überall
in ihrem Zimmer zu suchen. Hinter ihrem Kleiderschrank, den
ich mit einiger Mühe verrückt habe, fand ich eine leere Nische
in der Wand. Was darin gelegen hat, konnte ich nicht feststellen.
Ich wollte Ihnen nur schreiben, dass ich weitersuche.
    Die eintausend Euro, die Sie überwiesen haben, sind mir ein
Ansporn. Und Sie haben ja versprochen, wenn ich dieses Ding
finde, dann bekomme ich das Gleiche noch mal von Ihnen. Frau
Luer zahlt nicht schlecht, doch ich muss meine Küche renovieren.
Und das ist teuer.

Mit freundlichem Gruß
Emma Linke

»Donnerwetter«, entfuhr es mir. »Hat Blum geahnt, dass im
Haus Ariadne der zweite Diskos sein könnte? Woher hat er
das? Oder meint Emma mit dem ›Ding‹ etwas anderes? Da er
das Haus ja nicht gut selbst durchsuchen konnte, nachdem ihn
Edgar hinauskomplimentiert hat, hat er die gute Emma bestochen, danach zu suchen. Das muss kurz vor seiner Kreta-Reise
im September gewesen sein. Ihr Brief trägt kein Datum, der
Umschlag fehlt. Emma steckt tiefer in der Sache, als sie bisher
zugegeben hat.«
    Schumann steckte den Brief wieder ein. »Ich hoffe, wir kön-
nen möglichst bald mit Emma sprechen. Ein Angler fand sie
blutüberströmt am Leine-Ufer. Mit einer großen, aber glücklicherweise nicht tödlichen Kopfwunde. Der Tatort scheint aber

woanders gewesen zu sein. Der Täter hat wahrscheinlich geglaubt, sie sei tot, und sie dort kaltblütig abgelegt. Es hat nicht mehr viel gefehlt, dann wäre sie nicht mehr zu retten gewesen. Blutverlust und Unterkühlung. Die Ärzte an der MHH schätzen, dass sie mindestens zwölf Stunden im Gebüsch am Ufer gelegen hat. Außerdem hat sie Hämatome und einen Kratzer auf der rechten Wange. In der lokalen Presse haben wir eine Falschmeldung platziert, um Emma zu schützen. Da steht ›Frauenleiche an der Leine entdeckt‹. Nur ein paar Zeilen, mehr nicht. Falls der Täter das liest, wird er erst einmal beruhigt sein.« Ein freudloses Lachen. Dann: »Wir treffen uns morgen in der Klinik. Ist das in Ordnung?«

Und so trottete ich nun durch die endlosen Gänge des riesigen Krankenhauses im hannoverschen Stadtteil Groß-Buchholz. Ich hatte noch nicht die Gelegenheit gehabt, Schumann den von Hamann übersetzten Text zu zeigen. Gestern war alles zu hastig über die Bühne gegangen. Aber heute würde ich ihn damit konfrontieren.

Emma lag nicht mehr auf der Intensivstation. Ihr behandelnder Arzt hatte Schumann informiert, sie sei aufgewacht, allerdings noch benommen und sehr schwach. »Zehn Minuten, nicht mehr«, hatte er Schumann zugesprochen.

Mein guter Freund wollte mich dabeihaben. Das schmeichelte meiner Eitelkeit. »Nur nicht Frostauer Bescheid geben!«, ermahnte er mich. »Der hat mich wieder dermaßen genervt, dass ich ihn vor Berkes Augen fast erwürgt hätte.«

Ich verstand ihn gut. Und ich bedauerte, dass Richard aufgrund seines Zustands in diesem Fall nur eine Randfigur war, wobei er mir eine SMS geschrieben hatte, er erwarte heute von »seinem Griechen« ein paar Infos zu meiner »Schwarzmarktfrage«.

Emma lag in einem Einzelzimmer. Totenblass, mit einem dicken Verband um den Kopf, mit mehreren Schläuchen verbunden. Besonders fiel der blutige Kratzer auf ihrer Wange auf. Obwohl es ihr sichtlich schlecht ging, versuchte sie zu lächeln. Schumann setzte sich an ihr Bett, ich blieb stehen.

»Ich bin sehr froh, Sie lebendig, wenn auch nicht munter zu sehen«, begann Schumann. »Wir haben Sie verzweifelt gesucht. Erinnern Sie sich an die Ereignisse der letzten Tage?«

Emma nickte sehr vorsichtig. »Ja, wenn auch etwas verschwommen.«

»Jemand hat Sie in seinem Auto mitgenommen. Kannten Sie ihn?«

Emma blinzelte. »Ja, es war dieser kleine, rundliche Mann, der kurz vor Frau Luers Tod mit Edgar bei uns war. Ich kenne seinen Namen nicht. Er fuhr mich zu einem Café in Gandersheim und lud mich zum Frühstück ein. Er kam mir komisch vor, deshalb sagte ich ihm, dass ich wenig Zeit hätte, weil ich Sie im Haus Ariadne treffen müsste. Er lachte und sagte, ich sollte ihm etwas versprechen, dann würde er mich sofort zurück nach Bashausen fahren.«

Emma sank erschöpft tiefer in die Kissen, raffte sich aber gleich wieder auf. »Er fragte nach einer Art Wandteller aus braunem Ton, den er dringend für ein Forschungsprojekt brauche, und der müsste im Haus Ariadne sein. Wenn ich ihm zusagte, für ihn diesen Teller zu suchen, wolle er mir fünfhundert Euro geben, und falls ich ihn finden sollte, noch mal fünfhundert.«

Schumann wirkte überrascht. »Denselben ›Teller‹ wie für Heiko Blum?«

Emma leugnete nicht. »Ja, dieser Blum, den ich ein paarmal ins Haus gelassen habe, wenn Frau Luer weg war, hatte denselben Wunsch. Das muss ein besonderer Teller sein! Ich gebe zu, dass er mir immer etwas Geld zugesteckt hat, wenn ich ihn ins Haus ließ. Er stöberte dann meist in der Bibliothek herum, und ich musste hinter ihm aufräumen. Doch offenbar hat er nicht gefunden, was er suchte. Und so hat er mich gebeten, ihm zu helfen. Aber er hat mir mehr Geld gegeben, als mir dieser andere Mann geboten hat!«

Sie schluckte. »Ich weiß, das war nicht korrekt. Aber ich habe mir nichts dabei gedacht. Und er wollte diesen Teller nur anschauen, hat er mir versichert.« Emma wirkte unglücklich.

Schumann schüttelte den Kopf. »Über Blum reden wir gleich

noch. Aber was geschah nach diesem Frühstück?« Er drängte, da unsere zehn Minuten fast um waren.

»Ich sagte, ich könne ihm nicht versprechen, ihm zu helfen. Da wurde er patzig und drohte mir. Er sei mit Edgar Grunemann befreundet und würde ihm sagen, ich sei unfreundlich und unhöflich zu ihm gewesen. Als ich antwortete, dann würde ich Edgar Grunemann über seinen Bestechungsversuch Bescheid geben, stand er auf und meinte: ›Okay, dann eben nicht.‹ Widerwillig fuhr er mich ein Stück zurück in Richtung Bashausen. Er setzte mich ein paar hundert Meter entfernt vom Haus Ariadne ab. Das war mir lieb. Ich wollte nicht mit ihm gesehen werden. Den Rest der Strecke zum Haus konnte ich zu Fuß gehen. Ich glaube, ich war etwa fünf Minuten gegangen, da hörte ich hinter mir ein Auto, das jäh anhielt. Ich dachte, dieser Typ wäre zurückgekommen, drehte mich halb um, und dann wurde alles schwarz vor meinen Augen.«

Schumann sah Emma nachdenklich an. »Glauben Sie denn, es war wieder derselbe Mann?«

»Nein, der hatte kehrtgemacht und war in Richtung Gandersheim zurückgefahren. Das Auto klang auch größer, ein dumpfer Motor. Aber mehr weiß ich nicht.«

Schumann erhob sich. »Noch einmal kurz zu Blum, dem Sie sogar brieflich zugesichert hatten, für ihn auf Suche zu gehen. Deshalb meine letzte Frage: Haben Sie diesen Teller gefunden? Und wenn ja, was haben Sie mit ihm gemacht, nun, da Blum tot ist?«

In diesem Augenblick verdrehte Emma die Augen, ihre Geräte piepsten plötzlich wie wild. Ein Arzt stürzte herein und trieb uns hinaus. Hinter uns fiel die Tür zu, und wir standen auf dem Gang.

»Verdammt«, entfuhr es Schumann. »Verdammt! Wenn du mich fragst, hat Emma das Objekt der Begierde gefunden, oder sie weiß zumindest, wo es sein könnte. Hast du eine Vorstellung, wer dieser andere Typ ist, der sie anheuern wollte?«

»Das klingt nach Oskar Schneider, der fest glaubt, der Diskos liefere den Beweis für uraltes apokalyptisches Wissen. Er hat sich regelrecht in diese These verrannt.«

»Vielleicht ist dieser mysteriöse Teller tatsächlich nichts anderes als ein alter Tonteller. Mach dir nicht zu viel Hoffnung, dass dieser geheimnisumwitterte zweite Diskos von Phaistos im Haus Ariadne herumliegt. Das wäre zu schön, aber ich halte das Ganze für unwahrscheinlich«, sagte Schumann.

Ja, das wäre wirklich zu schön! Ich fühlte mich plötzlich desillusioniert.

»Und vielleicht können wir endlich ein paar Fälle mit einem Schlag lösen«, seufzte Schumann. »Ich werde einen Polizisten vor Emmas Zimmer platzieren. Denn unsere Falschmeldung wird sich nicht ewig aufrechterhalten lassen. Ich fürchte, dass der Mordanschlag passiert ist, weil Dörte Luers Mörder glaubt, Emma sei in der Lage, ihn zu identifizieren.«

»Aber was ist mit diesem sogenannten Teller? Dem müssen wir dringend nachgehen, Hans! Stell dir vor, es ist doch dieser Diskos. Und wenn er es nicht ist, dann bedeutet dies das Ende dieser Ungewissheit und einer Legende. Das wäre doch auch gut. Ich schicke dir nachher mal die Notizen von Marco Di Fillipo zu. Darin liegt der Schlüssel zu so vielem – vom Tod von Nicos Siriakis bis zur Ermordung von Marco. Vieles, was in den letzten Jahrzehnten geschehen ist, hängt damit zusammen.«

Schumann winkte ab. »Ich kümmere mich jetzt erst einmal um Emma Linke. Oskar Schneider werden wir rasch befragen, und danach sehen wir weiter. Aber schicke mir gern diese geheimnisvollen Aufzeichnungen von Di Fillipo. Auch wenn uns diese Altfälle eigentlich gar nichts angehen.«

»Doch!«, widersprach ich. »Denn genau diese Altfälle hängen mit Heiko Blums Ermordung zusammen!«

Schumann wirkte nicht überzeugt. Er verließ die Klinik mit schleppenden Schritten, er sah müde und um Jahre gealtert aus. Ich ließ ihn in Ruhe. Für mich war es eindeutig, dass Oskar Schneider Emma zum Frühstück eingeladen und zu bestechen versucht hatte. Woher wussten alle plötzlich von dem Diskos und seinem angeblichen Versteck im Haus Ariadne? Oder war das reine Spekulation? Hatte Blum sich verplappert, jemandem seinen Verdacht anvertraut, der den Mund nicht halten konnte?

Mir tat Edgar leid. Denn wenn dieser Schatz tatsächlich jahrelang im Haus Ariadne versteckt gewesen war, würde Graberts Rolle in diesem düsteren Geschehen offenbar werden, selbst wenn ich das Dokument aus dem hohlen Hermes nicht veröffentlichte. Und das wäre für Edgar furchtbar. Einen Urgroßvater zu haben, der vor Mord, Diebstahl und Betrug nicht zurückgeschreckt war, war eine schockierende, traumatische Erkenntnis.

Sabine Schuch gehörte sicher auch zu Graberts Opfern. Ich stellte mir vor, wie sie Grabert bedrängte, ihn zu erpressen versuchte, seinen Sohn anzuerkennen, und mit einem Skandal drohte. Auch seine Verbindung zu Sabines Bruder Klaus Kurz alias Petri war ein starkes Druckmittel. Hatte Grabert Sabine in den Wald gelockt und mit Absicht getötet, oder hatten sie sich dort getroffen, um vom Haus entfernt und ohne Zeugen das Problem auszudiskutieren? Vielleicht war sie handgreiflich geworden und hatte Grabert physisch bedrängt. Mit seinen sechsundachtzig Jahren war er sicherlich kein Superman mehr. Aber er hatte einen Stock dabei, hätte Sabine damit schlagen können, oder er hatte sie von sich gestoßen, sodass sie unglücklich stürzte. Wenn Grabert dazu kein Geständnis niedergeschrieben hatte, bliebe das für immer ungeklärt. Aber ich war überzeugt, dass er für den Tod von Sabine Schuch verantwortlich zeichnete.

Ich steckte allerdings in einer Zwickmühle. Eigentlich gehörte Marcos Confessio der Familie Di Fillipo, war aus ihrer Villa gestohlen worden, und nur durch Zufall hatte ich diese Blätter fotografiert. Ich musste sie Petruccio zuschicken, weil dadurch eventuell die Ermordung von Marco und der Tod von Gregorio geklärt werden konnten. Ich vermutete, dass Grabert Gregorio auf Capraia aufspürte und ihm die Objekte abnehmen wollte, die der junge Mann ursprünglich für ihn gestohlen hatte. Totschlag, Unfall oder Mord? Tatsache blieb, dass Gregorio starb, und der Inhalt seines Rucksacks verschwand. Was auch immer das gewesen sein mochte. Besser spät als nie – Gregorios Familie wartete seit achtzig Jahren auf die Wahrheit.

Als ich zu Hause am Telefon Richards Stimme hörte, heiterte mich das auf. Er entschuldigte sich für seinen Wunsch, eine Weile für sich allein zu bleiben. »Bis die Schmerzen erträglicher sind. Meine Laune ist derzeit erratisch«, sagte er.

Er hatte tatsächlich neue Informationen zu etruskischen Fundstücken auf dem Schwarzmarkt. »Mein griechischer Gewährsmann hat in den vergangenen drei Wochen mehrere antike Bronzen angeboten bekommen. Er hat bestätigt, dass sie den Abbildungen auf den Fotos ähneln. Was aber viel spannender ist: Ihm wurde vor zwei Wochen eine minoische Schlangengöttin angeboten. Er hat einen Fachmann befragt, der bestätigte, dies sei ein Original. Angeblich will ein anonymer Verkäufer die Sammlung seines Großvaters loswerden und bietet dessen Objekte an. Über die großen Auktionshäuser kann er das offiziell nicht, da die Provenienz der Objekte unklar ist. Deshalb wählt er diesen Weg.«

»Weiß dein Grieche, wann dieser Großvater die Objekte erstanden hat?«

»Das muss um 1944, 1945 gewesen sein. Dieser längst verstorbene Sammler lebte in der Schweiz, sein Enkel agiert von Amsterdam aus.«

»Selbst wenn das Duo Grabert und Kurz hinter diesen Geschäften mit gestohlenen Fundobjekten steht, ist das heute verjährt. Und Beweise haben wir ohnehin nicht«, bemerkte ich.

»Bei den neueren Verkäufen kommen wir der Sache vielleicht näher«, meinte Richard. »Ich kümmere mich weiter darum. Lass uns morgen zusammen essen, egal, wann.«

»Ich schicke dir einige spannende Notizen zu«, kündigte ich an. »Aber bitte mit niemandem darüber reden.« Vor allem nicht mit Frostauer, fügte ich in Gedanken hinzu. Richard konnte ich vertrauen, der Klatschbase Harald Frostauer weniger.

Ich versuchte Hamann zu erreichen. Aber nur die Mailbox sprang an. Sven Langer dagegen begrüßte mich freundlich, als ich ihn anrief.

»Ich bin auf dem Weg nach München«, erklärte er. »Edgar möchte mich aber demnächst im Haus Ariadne sehen. Wir wollen gemeinsam die Sammlung durchforsten und die Stücke für Berlin auswählen. Ich fahre über Hannover und melde mich bei dir, wenn das dir recht ist.«

»Gerne. Aber eine andere Frage: Ist Fuhrer aufgetaucht?«

»Wie? Ich wusste gar nicht, dass er vermisst wird. Er hatte vor, gestern früh nach Freiburg zu fahren. Unser gemeinsames Abschiedsmittagessen hatte er abgesagt.«

»Aber er war gestern Morgen mit Piet Hamann verabredet.«

»Mit Piet? Das wundert mich. Die beiden sind sich nicht sehr wohlgesonnen. Konkurrenz. Sie haben sich vorgestern gezofft. Na ja, dann wollten sie sich wohl aussprechen. Piet ist derzeit etwas durch den Wind. Seine Verlobte hat Schluss gemacht. Es wäre seine vierte Ehe gewesen.« Sven lachte. »Alles sehr verworren. Da bleibe ich lieber von vorneherein Single.«

Vieles hätte ich Piet Hamann zugetraut, aber nicht diesen »Verschleiß« an Ehefrauen. Dieser ein wenig lächerlich wirkende Mann in seinem Colombo-Outfit hatte schon drei Ehen hinter sich? Man darf sich nie durch Äußerlichkeiten täuschen lassen. Das sollte ich endlich verinnerlichen.

Ich schrieb Elena Mandrakis eine Mail und deutete an, der Mörder ihres Urgroßvaters Nicos sei enttarnt. Leider dürfe ich nicht mehr verraten. Schumann würde diese Informationen an Wassili Vargas weiterleiten, und der könne dann die Familie benachrichtigen.

Einhundert Jahre zu spät, aber immerhin wussten sie dann endlich Bescheid über die wahren Ereignisse. Dadurch ließ sich nichts wiedergutmachen, der Mörder von Nicos konnte nicht mehr bestraft werden. Doch »Wer nichts weiß, muss alles glauben«, sagt Marie von Ebner-Eschenbach, und da war es doch besser, einiges zu wissen, auch wenn manches Ereignis weiterhin im Dunkeln blieb.

Langsam setzte sich das Puzzle zusammen. Graberts Verbrechen in Phaistos, Klaus Kurz, der Verräter und Mörder von Agios Stefanos, die Tote im Donnerswald. Frostauer recherchierte noch immer, wo der Sohn von Sabine Schuch abgeblieben war. Und Marco Di Fillipos und Gregorios Tod schienen auch geklärt.

Doch zurück in die Gegenwart. Der Mörder von Heiko Blum, wahrscheinlich auch von Dörte Luer und verantwortlich für den Anschlag auf Emma Linke, lief immer noch frei umher.

Es war spätabends, als ich Petruccios Nummer wählte. Er nahm den Anruf sofort entgegen. »Irgendwelche Neuigkeiten?«, fragte ich. Vor meinem inneren Auge tauchte immer wieder Alessandras Bild auf.

»Von Alessandra nichts Neues«, antwortete Petruccio mit seiner warmen, sympathischen Stimme. »Claudio hat uns den Auftraggeber nicht näher beschreiben können. Er meinte, der sei rundlich und eher klein gewesen. Aber er wirkt nicht sehr überzeugend. Wir lassen ihn in der Zelle schmoren. Vielleicht wird sein Gedächtnis dadurch besser.« Er lachte.

»Großartig! Und ich habe spannende Neuigkeiten«, platzte es aus mir heraus. »Im hohlen Hermes in der Bibliothek waren Notizen von Marco Di Fillipo, auf Italienisch in einer Art Geheimschrift verfasst. Ein Bekannter von mir hat das decodiert. Ich bitte ihn, die italienische Fassung an Sie zu mailen. Höchst interessant und erschreckend!«

»Das klingt wie ein Krimi eines Streaming-Senders« kommentierte Petruccio meine Information. »Ich bin sehr gespannt.«

»Und noch etwas: Die gestohlenen Objekte aus Cecina werden derzeit auf dem Schwarzmarkt angeboten.«

»Das haben wir auch herausbekommen. Ganz unfähig ist die italienische Polizei nicht«, erwiderte Petruccio. »Wir haben bereits Maßnahmen eingeleitet und zwei Verdächtige zur Befragung vorgeladen. So weit erst mal! Lassen Sie uns in Kontakt bleiben, Anna. *Buona notte!*«

Am nächsten Vormittag erfuhr ich von Schumann, dass Emma vernehmungsfähig sei. »Ich gehe mit Carsten Willems hin. Ich habe dich, wie immer, viel zu stark in den Fall einbezogen. Bei der Befragung bist du diesmal leider außen vor.«

Ich nahm das Schumann nicht übel. Es war ohnehin ungewöhnlich, wie sehr ich als Laie an seinen Fällen teilnahm. Ich war seine Miss Marple, selbst wenn er das öfter ironisierte und abschätzig erwähnte. Aber mit dem Stricken würde ich deshalb noch lange nicht anfangen!

Draußen regnete es in Strömen. Gerade zog ich mir Stiefel an, um einkaufen zu gehen, als es an meiner Wohnungstür schellte. Piet Hamann stand mit klatschnassem Mantel davor.

»Was machst du denn hier?«, fragte ich verwirrt und duzte ihn plötzlich.

»Anna«, keuchte er, »man hat Steffen Fuhrer heute Morgen gefunden. Tot. Er ist von der Kölner Eisenbahnbrücke gestürzt. Angeblich Suizid. In seiner Manteltasche steckte ein Abschiedsbrief. Anna, da stimmt was nicht! Steffen hätte sich nie selbst getötet, nicht er! Aber wer könnte ihn ermordet haben?«

Unentdeckte Quellen

Ich konnte es nicht fassen. Noch ein Toter! Und noch dazu Steffen Fuhrer, den ich erst vor wenigen Tagen kennengelernt hatte. Wer sollte ihn ermordet haben? Diese Frage lastete schwer im Raum. Piet und ich setzten uns in mein Wohnzimmer. Mir fehlten die Worte. Ich blickte ihn hilflos an. Zwar hatte ich Steffen Fuhrer kaum gekannt, aber diese Nachricht erschütterte mich dennoch zutiefst.

Piet hockte wie ein Unglücksrabe auf meinem alten Lesesessel. Zu seinen Füßen bildete sich eine kleine Pfütze. Wasser tropfte aus seiner Kleidung auf den Teppich, doch das war mir in diesem Moment egal.

»Steffen hatte etwas auf dem Herzen«, sagte er mit leiser Stimme. »Das habe ich gespürt. Er ist oder besser war ein zurückhaltender Mensch, der nie viel redete. Doch schon vor unserem Treffen am Donnerstag in Köln war mir bei einem kurzen Telefonat mit ihm aufgefallen, dass ihn ein Problem quälte. Er sagte auf meine Frage, ob alles in Ordnung sei, nichts sei schlimmer als Verrat und Lügen. Mehr nicht.«

Ich bot ihm einen Tee an, den er dankend annahm. Wir schwiegen eine Weile ratlos. Dann fuhr Piet fort: »Vor Kurzem hatten wir uns noch über einige Sachthemen gestritten. Er nannte mich einen Besserwisser, ich ihn einen Ignoranten. Aber das war belangloses Zeugs. Ich wollte mich ohnehin mit ihm versöhnen. Als ich ihn in Köln auf seine Sorgen ansprach, bat er mich, es nicht zu erwähnen und ihn zum Frühstück zu treffen. Da wolle er mir etwas anvertrauen. Doch er tauchte nicht auf. Schon wegen dieser Verabredung glaube ich nicht an Selbstmord. Warum sollte er sich mit mir treffen wollen, wenn er sich im nächsten Moment von der Brücke stürzt? Er hatte keinen Grund für Suizid. Beruflich lief alles gut, privat schien auch alles okay zu sein. So schrecklich der Gedanke sein mag, Anna, ich glaube deshalb, er wurde ermordet.«

»Aber wer könnte das getan haben, und vor allem, weshalb?«

Mir fiel der Streit ein, den ich nach dem Vortrag von Michael St. Stephen an dem Clubabend mit halbem Ohr mitbekommen hatte. »Steffen hatte Ärger mit einem von euch«, begann ich. Und schon unterbrach Piet mich.

»Was meinst du damit? Streit? Mit wem denn? Ich hatte an dem Abend unsere Streitigkeit bereits geklärt.«

»Nein, nicht mit dir. Ich habe Fuhrer beim Hinausgehen aus dem Hotel gehört, den anderen konnte ich nicht erkennen. Er war zu leise. Fuhrer klang verärgert. Sein Gegenüber schien aber auf ihn einzugehen.«

»Was hat Steffen denn gesagt?«

»Der andere muss irgendetwas getan haben, was dein Freund für illegal hielt. Jedenfalls bezichtigte er diesen Unbekannten des Betruges. Allerdings schien Fuhrer sich wieder zu beruhigen und war offenbar bereit, mit sich reden zu lassen. Es klang so, als erwarte er für sein Schweigen eine Gegenleistung.«

Piet sah mich ungläubig an. »Du meinst doch nicht im Ernst, Steffen sei ein Erpresser?«

Ich zuckte mit den Schultern. »Er hat nicht gesagt, dass es ihm um Geld ging, aber offensichtlich doch um eine Art von Entgelt, wenn er sein Wissen nicht an die große Glocke hängt.«

»Und du denkst, er wurde zum Schweigen gebracht? Einer von uns ein Mörder? Hoffentlich verdächtigst du mich nicht?«

Dazu fiel mir keine Antwort ein.

Piet wirkte verstört. Er trank seine Tasse aus, sprang auf und verließ mich hastig. Ehe ich etwas sagen konnte, war er schon hinaus in den noch immer heftig herunterprasselnden Regen gestürmt.

Ich blieb am Tisch sitzen und versuchte, meine Gedanken zu ordnen. Schumann war für diesen Fall nicht zuständig, aber es gab in Köln einen sehr sympathischen Hauptkommissar, Nachfolger des von mir wenig geschätzten Andrea di Lucio. Theo Eiser war wahrscheinlich der Ermittler in diesem Fall. Aber ich kannte ihn eher flüchtig, und er würde garantiert nicht mit mir über Steffen Fuhrers Tod reden. Es sei denn, ich konnte mich bei ihm als Zeugin melden. Immerhin hatte ich Fuhrers Auseinandersetzung oder wenigstens einen Teil davon im Hotel

Severin mitbekommen. Vielleicht ein wichtiges Detail für die Ermittlung.

Tatsächlich stand seine Handynummer unter »Kontakte« in meinem Smartphone. Mit klopfendem Herzen versuchte ich mein Glück. Nach dreimaligem Klingeln meldete sich Eiser mit einem wenig einladenden: »Anna Bentorp?« Immerhin hatte er mich namentlich gespeichert.

»Ja, ich bin es.« Hatten wir uns geduzt? Lieber siezte ich ihn und blieb formell.

»Herr Hauptkommissar Eiser«, stotterte ich. Titel mochte ich noch nie. »Ermitteln Sie im Fall Steffen Fuhrer?«

»Zum Donnerwetter! Woher wissen Sie davon? Hat sich das schon herumgesprochen?« Eiser klang alles andere als begeistert, und er beantwortete nicht meine Frage.

»Nein, ich habe es von einem Bekannten erfahren, der mit Fuhrer befreundet war. Und ich möchte eine Aussage machen«, sagte ich hastig.

»Was? Aussage? Wie und warum? Kannten Sie den Toten? Haben Sie ihn kürzlich gesehen?« Eisers Stimme hatte eine andere Nuance angenommen. Nach wie vor distanziert, doch interessiert.

Mit möglichst knappen Worten berichtete ich ihm von dem Treffen des Clubs Scientia am Donnerstagabend im Hotel Severin und schilderte die wenigen Sätze von Fuhrer, die ich belauscht hatte.

Eiser hörte zu, erklärte aber dann: »Sehr viel kann ich nicht damit anfangen. Ein Streit unter Kollegen, wobei Sie nicht erkannt haben, wer der andere war. Dazu Ihre Theorie, es könnte sich um einen Erpressungsversuch gehandelt haben. Aber das ist eine sehr vage Vermutung. Wir vernehmen gerade alle, die Fuhrer am Donnerstag noch gesehen haben. Ich verrate es Ihnen ungern, doch die Herren dieses Clubs, zu dem Fuhrer gehörte, scheinen alle ein Alibi für diese Nacht und den Morgen zu haben. Und es steht nach wie vor im Raum, dass Dr. Fuhrer Suizid begangen haben könnte. Seine Kollegen haben aber offenbar keine Anzeichen in diese Richtung bemerkt.«

Er zögerte einen Moment. »Noch steht allerdings die Aussage

dieses englischen Astrophysikers aus. Angeblich hat er Fuhrer in der Nacht zuletzt gesehen. Aber mehr Infos bekommen Sie nicht von mir!« Und er beendete unser Gespräch.

Wütend starrte ich auf das Display. Ich war tief enttäuscht von Theo Eiser. Sein Benehmen erinnerte mich an seinen Vorgänger Andrea di Lucio, der meistens unfreundlich und arrogant gewirkt hatte.

Also rief ich meinen lieben Freund Schumann an. An seiner Stelle antwortete Carsten Willems. »Nein, der Chef ist beschäftigt. Wichtige Sitzung, obwohl heute Sonntag ist. Ich sage ihm, dass Sie angerufen haben. Bis dann.«

Mich überkam Mutlosigkeit. Ich fühlte mich ausgesondert und schlecht behandelt. Willems' Vorgänger, der ruhige Hartmut Brink, hätte mich nie dermaßen abgekanzelt. Erst Eiser, nun dieser alberne Möchtegern-Vertreter Schumanns. Was bildeten sich diese Männer ein?

Ich zog mich beleidigt an meinen Schreibtisch zurück und rief die biografischen Daten zu Fuhrer auf meinem Computer auf. Es gab nur wenige Angaben zu ihm. Geboren 1978 in Ulm, Studium in Heidelberg, Ausgrabungsassistent in der Gegend von Volos in Griechenland, später Habilitation zu »Frühantike Götterdarstellungen«, seinem Fachgebiet, ab 2015 Professor in Freiburg, 2018 ein Sabbatjahr in der Toskana für ein Projekt in der Gegend von Volterra, zusammen mit Paolo Castelnuovo. Fuhrer hatte dessen Team aber schon nach einem halben Jahr verlassen und stattdessen an einem Werk über »Falsche Götterbilder« gearbeitet, das 2020 erschien.

Über sein Privatleben war diesem kurzen Text nichts zu entnehmen.

Der Name Paolo Castelnuovo war mir in letzter Zeit häufiger begegnet, nachdem ich den charismatischen Archäologen in Cecina selbst erleben durfte. Brillanter Lehrer, kollegialer Ausgrabungsleiter, charmanter Vortragender, Autor mehrerer Publikationen über die Etrusker, erst kürzlich ein größerer Aufsatz in »La Scientia« über »Die Insel Capraia als Quelle etruskischer Mythen«. Leider bisher nicht ins Deutsche übersetzt. Interessanter Mann.

Es stand einiges über ihn im Internet. Im Gegensatz zu Fuhrer hatte er ein lebhaftes Privatleben. Sogar in »La Gioia« war über ihn berichtet worden. Seine Ehefrau stammte aus einer sehr reichen aristokratischen Familie mit Wurzeln in Florenz. Sie unterstützte seine Arbeit nach Kräften. Doch wie ich wusste, hatte er eine Geliebte, die im Museum von Cecina arbeitete, und er stand vor der Scheidung von seiner reichen Frau. Dieses Gerücht kursierte im Internet. Bunte Bilder von ihm, seiner Noch-Frau, einer sehr elegant wirkenden Dame mit kunstvoll erblondetem Haar, und seiner Villa bei Grosseto gab es reichlich im Netz.

Warum sollte mich das interessieren? Ich weiß bis heute nicht, weshalb ich mir diese Artikel der Klatschpresse anschaute. Und mich fragte, warum ich den attraktiven Mann nicht wirklich sympathisch fand. Weil ich seine Freundin in Cecina erlebt hatte, er mir zu aalglatt erschienen war? Zu gut aussehend? Zu smart? Und weshalb hatte Fuhrer nur knappe sechs Monate für ihn gearbeitet?

Zum zweiten Mal an diesem verregneten Tag beschloss ich, meine Stiefel anzuziehen, hinaus in den Regen zu treten, Einkäufe zu erledigen und mein Gedankenkarussell hinter mir zu lassen. Frische Luft wirkt immer Wunder. Und zum zweiten Mal missglückte mein Vorhaben. Den linken Stiefel schaffte ich.

Diesmal stand allerdings niemand vor meiner Haustür. Die »Star Wars«-Fanfare meines Handys unterbrach mich beim Anziehen des zweiten Stiefels. Petruccios Name auf dem Display.

»*Buon giorno!*«, begrüßte ich den Commissario herzlich und zog den Stiefel wieder aus.

Er antwortete seltsamerweise auf Englisch. »Nur eine kurze Info für Sie. Wir haben den Drahtzieher des Einbruchs im Museum in Cecina dingfest gemacht. Er steckt mit dem Teutonico unter einer Decke. Claudio hat ausgepackt. Zwar sind die gestohlenen Kunstgegenstände nicht mehr auffindbar. Doch mit der Festnahme des hiesigen Auftraggebers mehrerer gravierender Diebstähle von antiken Objekten sind wir einer Bande auf die Spur gekommen, die schon seit einigen Jahren ihr Unwesen in der Region treibt.«

Ich setzte mich mit dem rechten Stiefel in der Hand auf meine Schuhbank und lauschte gebannt.

Petruccio klang geradezu vergnügt, als er weitersprach: »Allerdings hat wohl der Einbruch in der Villa Etruria nichts mit den anderen Raubzügen zu tun. Behauptet Claudio, und das Gleiche sagt auch der Hintermann dieser Aktionen, der aber bisher erklärt, er sei Opfer einer Intrige geworden. Der größere Einbruch in der Villa Etruria soll sozusagen eine Einzelunternehmung gewesen sein. Ein Problem ist nach wie vor die Identität des Deutschen. Unser Verdächtiger kennt ihn angeblich nur von Handygesprächen, alles prepaid, und von Mails längst wieder gelöschter Accounts. Unsere Leute sind aber dran.«

»Und wer ist nun dieser Auftraggeber?«

Petruccio lachte. »Das verrate ich Ihnen nicht. Erst, wenn sich der Verdacht erhärtet hat. Wir brauchen noch mehr Beweise. Aber Claudio belastet ihn schwer, um seine eigene Haut zu retten. Er bietet an, Zeuge der Anklage zu werden, wenn wir ihm Personenschutz gewähren und ihn in ein Zeugenschutzprogramm stecken. Er ist panisch, weil er Drohungen erhalten hat. Wer ihn bedroht, will er aber nicht wissen. Der gute Mann hat selbst reichlich Dreck am Stecken. Wir werden sehen!«

Er räusperte sich und sagte dann: »Ich hätte ein paar Fragen in diesem Zusammenhang an Sie. Heute Abend Zoom? Ich möchte darüber nicht am Handy reden.«

Eigentlich wollte ich Richard besuchen. Aber ich konnte auch von seiner Wohnung aus zoomen. »*Va bene*«, antwortete ich in meinem fließenden Italienisch. »Zwanzig Uhr Zoom. Ich melde mich.« Bis dahin musste ich meine Neugierde zügeln.

Ich verließ meine Wohnung an diesem Vormittag nicht mehr. Der rechte Stiefel gesellte sich wieder zum linken, und stattdessen unternahm ich einen weiteren Anlauf, Schumann zu erreichen. Diesmal erwischte ich ihn. Der reizende Carsten Willems hatte ihm meinen morgendlichen Anruf nicht ausgerichtet.

»Zum Fall Fuhrer kann ich dir keine Informationen weitergeben«, sagte Schumann, ehe ich ihn dazu befragen konnte. »Eiser ist derzeit noch mit Vernehmungen beschäftigt. Aber es gibt spannende Neuigkeiten zu Heiko Blum und Emma.«

Pause. Dann: »Sie packt endlich aus. Es scheint ihr bewusst zu werden, dass sie sich mitschuldig macht, wenn sie uns ständig Tatsachen verheimlicht. Am besten, du kommst heute am späteren Nachmittag ins Präsidium. Du bist zu sehr in diese Geschichte involviert, als dass ich dir das vorenthalten dürfte.«

Na endlich! Ich war wieder im Spiel.

Das Puzzle nimmt Form an

Gegen siebzehn Uhr regnete es immer noch. Erneute Chance für die Stiefel. Diesmal mit Erfolg.

Schumann war allein in seiner Etage. »Dass Willems am heutigen Sonntag überhaupt da war, lag daran, dass wir alle derzeit laufend Überstunden machen müssen. Das Wort Wochenende kennen wir nicht mehr. Aber Willems durfte am frühen Nachmittag gehen, ich habe neben allem anderen zu viel Schreibkram, der allmählich vom Tisch muss.«

Immerhin hatte Schumann Tee gekocht, zu dem er Schokoladenkekse reichte. Die pure Verwöhnung. Ich blickte ihn erwartungsvoll an.

»Ja, liebe Anna, wir sind ein großes Stück weitergekommen.« Schumann stopfte sich einen Keks in den Mund.

Wie ich ihn kannte, waren die meisten der acht Kekse auf dem Teller ohnehin für ihn gedacht. Zu seinen kulinarischen Schwächen zählte an erster Stelle alles, was mit Schokolade zu tun hatte. Rasch sicherte ich mir deshalb zwei Kekse.

Er lächelte. »Cleverer Zug!« Dann sagte er: »Wir wissen jetzt, woher Blum den Aufhänger für seinen geplanten Bericht zu Grabert und zu Kreta hatte. Emma hat endlich geplaudert.«

Was sie Schumann stockend und immer wieder in Tränen aufgelöst gestanden hatte, fügte in der Tat einige weitere Puzzlesteine zum Gesamtbild hinzu. Heiko Blum hatte sie öfter, als sie ursprünglich berichtet hatte, bestochen, ihn während Dörte Luers Abwesenheit ins Haus zu lassen. Da hatte er sich mehrmals gründlich umgeschaut. Und eines Tages war er im ehemaligen Arbeitszimmer von Grabert fündig geworden.

Emma konnte selbst einen flüchtigen Blick auf Blums Fund werfen, ein schwarzes Buch mit Goldprägung. »Es war ein Tagebuch, das Blum zufällig unter einem Stapel alter Bücher in einer Ecke des Arbeitszimmers auf einem Beistelltisch entdeckte. Frau Luer hielt dieses Arbeitszimmer fast immer verschlossen. Nur einmal im Monat durfte ich darin staubsaugen und den ärgsten

Staub von den Bildern und Regalen wischen. Aber nichts verstellen oder wegräumen.«

Für Dörte Luer war das Zimmer eine Art Heiligtum gewesen. Sie hatte ihren Großvater verehrt, und sie gestattete nicht einmal Edgar, dort zu arbeiten, wenn er vorbeikam.

»Heiko Blum nahm das schwarze Buch mit und gab mir einhundert Euro extra. Danach kam er längere Zeit nicht. Erst Ende August rief er mich an und bot mir sehr viel Geld, wenn ich einen bestimmten Gegenstand für ihn im Haus finden würde. Sie haben meinen Brief an ihn gelesen. Es war ein flacher, runder Teller, Durchmesser nur etwa sechzehn Zentimeter. Ich habe überall gesucht, aber dabei nur diese leere Nische hinter dem Schrank entdeckt.«

Schumann hatte Emmas Bericht auf seinem Handy aufgenommen und mir vorgespielt.

»Blum hat diesem Tagebuch Fakten entnommen, die er seinem Artikel zugrunde legen wollte. Aber er hat mehr Potenzial darin entdeckt, wie mir scheint.« Schumann verzehrte den fünften Schokoladenkeks. »Was ich glaube, ist, dass Blum mit Graberts Tagebuch jemanden erpressen wollte. Derjenige hat ihn auf Kreta, wo Blum wegen seiner Recherchen war, weit genug weg von hier, getroffen. Aber ob Blum ihm das Tagebuch freiwillig ausgehändigt oder ob der Mörder ihn erschlagen und es dann an sich genommen hat, wissen wir nicht. Was genau geschehen ist, das kann uns nur noch der Täter verraten. Aber durch Graberts Aufzeichnungen ist Blum auf dessen Schandtaten gestoßen, vom Mord an Nicos über Graberts Mauscheleien mit Klaus Kurz bis hin zu Sabine Schuch und deren Erpressungsversuch, dass Grabert ihren Sohn als seinen anerkennt.« Der sechste Keks wanderte in Schumanns Mund, während ich noch an meinem ersten knabberte.

Ich lauschte Schumann aufmerksam. Was er erzählte, klang plausibel, doch einige Fragen blieben offen.

Sein Fazit: »Ja, und Blums Mörder hatte mehr als nur ein Interesse daran, Blums Reportage über Grabert zu verhindern. Vielleicht ging es ihm zunächst gar nicht um die Möglichkeit, dass Grabert den angeblich in Phaistos gestohlenen Diskos in seinem Haus aufbewahrt, sondern mehr um das damit verbundene dunkle Familiengeheimnis. Grabert, der seinen Sohn verleugnet, die ehemalige Geliebte beseitigt und munter weiterlebt mit einem Köcher voll ungesühnter Verbrechen. Aber das muss irgendwie einen Bezug zum Täter haben.«

Schumann griff gierig nach meinem zweiten Keks. »Seine Aktivitäten auf Kreta während des Krieges und seine Unterschlagung von etruskischen Fundstücken sind im Vergleich zu seinen anderen Taten geradezu Peanuts. Aber wenn in dem Tagebuch auch noch die Morde an Marco und eventuell an Gregorio verzeichnet sein sollten, wäre das eine Bombe. Da möchte ich nicht als Nachfahre eines solchen Monsters mit diesem Image leben müssen.«

Schumann blickte mich satt und selbstzufrieden an und murmelte: »Sorry, hatte heute kein Mittagessen.«

»Dann also lieber selbst zum Mörder werden, als mit der Schande zu leben? Das klingt, als ob du Edgar in Verdacht hast. Aber der hat ein felsenfestes Alibi. Er war in Rom, als Heiko starb, und in Berlin, als Dörte erstochen wurde«, kommentierte ich Schumanns Bemerkung trocken.

Er blinzelte. »Auch wieder wahr. Vielleicht hatte Blums Mörder noch andere Gründe. Aber was auch immer den Täter zu seinen Verbrechen motiviert hat, für Mord gibt es keine Entschuldigung.«

»Viel wichtiger ist herauszufinden, wo sich das Tagebuch jetzt befindet«, meinte ich.

»Wir haben Blums Wohnung durchforstet, ohne Erfolg. Glaubst du, er hat es seinem Mörder übergeben?« Schumann sah mich fragend an.

Ich erwiderte: »So leichtsinnig wird Blum nicht gewesen sein. Ich schätze, in seinem Rucksack in der Samaria-Schlucht hatte er ein anderes Buch dabei, hat aber den Täter glauben lassen, es sei das Tagebuch. Er wollte den anderen reinlegen, den Kuchen essen und behalten. Es wäre ihm zuzutrauen.«

Ich wischte mit dem Zeigefinger den allerletzten Krümel Schokoladenkeks vom Teller. »Blum ging es meiner Meinung nach nicht hauptsächlich um Graberts Biografie und die Möglichkeiten, diese auszuschlachten, sondern um den Diskos. Emma sollte diesen ›Teller‹ für ihn suchen, hat ihn aber angeblich nicht gefunden.«

»Siehst du«, unterbrach mich Schumann, »und genau das glaube ich ihr nicht. Sie hat erkannt, dass dieser ›Teller‹ einiges wert sein könnte, und ich fürchte, sie hat ihn längst gefunden und eventuell versucht, ihn bestbietend loszuwerden. Vielleicht doch an diesen sonderbaren Oskar Schneider oder an einen der anderen Archäologen im Umkreis von Edgar. Und das bereitet mir Sorgen. Sie spielt mit dem Feuer. Und derjenige, der sie überfallen hat, könnte einer von denen sein. Wir können nicht auf Dauer geheim halten, dass sie den Anschlag überlebt hat.«

»Wie bringst du Emma dazu, die ganze Wahrheit zu sagen?«

Schumann blickte trübsinnig auf den leeren Keksteller. »Ich weiß es nicht. Auf Vernunft kann ich bei ihr nicht zählen. Sie ist verbohrt.«

Ich sah auf die Uhr. »So, ich muss leider los. Richard wartet. Ich habe ihn in letzter Zeit grob vernachlässigt.«

»Schade, ich hätte dich gerne zu meinem Lieblingsitaliener eingeladen.«

»Und dein Hund? Wartet der nicht schon auf dich?«

Mein guter Kommissar errötete. »Ich habe einen Hundesitter. Eine Studentin an der Tierärztlichen Hochschule kümmert sich um ihn. Sie geht dreimal am Tag Gassi mit ihm, wenn ich arbeite, und wenn ich verreise, wie nach Kreta, nimmt sie ihn zu sich. Das kostet mich ein paar Euro. Doch das ist es mir wert.«

An der Tür drehte ich mich um. »Ach, eine wichtige Information meinerseits. Petruccio hat mich angerufen. Der Drahtzieher des Raubes im Museum von Cecina ist enttarnt worden.«

»Das weiß ich. Petruccio hat sich bei mir gemeldet. Sie fahnden noch nach dem deutschen Komplizen. Hat Petruccio dir verraten, wer der verdächtige Hintermann ist?«

»Nein, leider nicht.«

Schumann schmunzelte: »Dann weiß ich einmal mehr als meine Miss Marple von der Maremma. Ich werde es dir sagen, wenn du schwörst, nichts zu verraten.«

»*Cross my heart*«, sagte ich, vor Neugierde ganz zittrig.

»Es ist Paolo Castelnuovo, renommierter Archäologe und Hochschullehrer. Eine Koryphäe auf dem Gebiet der Etrusker. Er steckt dahinter und, wie es aussieht, auch hinter diversen anderen Diebstählen, Unterschlagungen von Fundstücken und weiteren größeren Coups, die bisher nicht offiziell genannt worden sind.«

Castelnuovo, der Star-Archäologe, der brillante Redner! Er war mir von Anfang an nicht sympathisch gewesen. Das war zwar eine Sensation, aber für mich nicht wirklich überraschend. Da sollte mir noch mal jemand nachsagen, ich hätte keine Menschenkenntnis.

Meine liebe Mutter hielt in dieser Hinsicht wenig von mir und zitierte dann gerne Machiavelli: »Jeder sieht, wie du zu sein scheinst, wenige fühlen heraus, wie du bist.« In diesem Fall konnte ich ihr mit Goethe antworten: »Es irrt der Mensch, solang er strebt.« Ein Spruch, der leider immer wieder auf mich zutrifft.

Montagmorgen. Blasser Sonnenschein. Um sieben Uhr rasselte mein Wecker, um neun Uhr rief mich Schumann an. In seiner Stimme lag Triumph.

»Es ist nicht zu glauben! Endlich eine Erfolgssträhne, zumindest in Sachen Fuhrer. Eiser hat einen Zeugen gefunden, der Fuhrer frühmorgens das Hotel verlassen und in ein Taxi steigen sah. Der Taxifahrer meldete sich auf einen Aufruf hin. Er hat Fuhrer in die Nähe des Kölner Hauptbahnhofs gefahren. Dort stieg Fuhrer laut der Aussage in einen Privatwagen um. Mehr konnte der Taxifahrer leider nicht sagen. Er wusste auch die Kfz-Nummer des Wagens nicht, nach seiner Aussage ein Passat. Der Taxifahrer holte Fuhrer gegen sechs Uhr beim Hotel ab. Der Todeszeitpunkt wurde von der Rechtsmedizin in Köln mit acht Uhr morgens angegeben, plus zwei Stunden. Nicht leicht einzuschätzen, da Fuhrer erst am Samstagmorgen am Rheinufer entdeckt wurde. Eiser hat sich gewundert, dass die Leiche erst nach fast vierundzwanzig Stunden gefunden wurde. Aber Fuhrer lag in einem Dickicht im Schatten der Brücke, und bei dem wenig gemütlichen Wetter wimmelt es am Rheinufer nicht gerade von Menschen.«

»Wer war der Zeuge, der gesehen hat, wie Fuhrer mit dem Taxi wegfuhr?«

»Ein Engländer.«

»Nicht etwa Michael St. Stephen?«

»Doch, und wie kommst du jetzt darauf? St. Stephen ist derzeit bei Eiser und macht seine Aussage. Er kannte den Toten.«

»Na, klar kannte er ihn! St. Stephen war Gast bei diesem Treffen des Clubs Scientia. Er hat einen Vortrag über mysteriöse Ereignisse bei Ausgrabungen gehalten. Ich war auch dabei, bin aber nach der Suppen-Pause gegangen, weil die Herren unter sich sein wollten. Hamann, Grunemann, Langer, St. Stephen, Fuhrer und Schneider. Ich habe doch Eiser von der Auseinandersetzung zwischen Fuhrer und einem anderen erzählt, dessen Stimme ich nur sehr leise hören konnte.«

»Das bringt Eiser nicht weiter. Dieser St. Stephen – was für ein Typ ist das?«

»Ein freundlicher Astronom mit dem Hobby Mythen und Astrologie. Er war nur Gast in der Gruppe, genau wie ich. Sie sind ein Club mit fünf Mitgliedern. Das basiert auf einer alten Legende von fünf weisen Männern, die sich gemeinsam mit uralten Geheimnissen befassten.«

Schumann lachte laut auf. »Spinner gibt es überall, sogar unter solchen Koryphäen.«

»Du hast von einer Erfolgssträhne gesprochen. Der Täter ist im Fall Fuhrer noch nicht gefasst. Also, so toll ist diese Meldung dann doch nicht. Aber das kann nicht alles sein, oder?«

Schumann klang ein wenig beleidigt, als er antwortete: »Immerhin scheint es erwiesen, dass Fuhrer keinen Suizid begangen hat und es tatsächlich einen Täter gibt. Eiser ermittelt jetzt intensiv im Umfeld Fuhrers. Nicht nur bei den anderen aus diesem Club, sondern im privaten Bereich, Ex-Freundinnen et cetera, und Kollegen.«

Er schnaubte leise, ehe er fortfuhr: »Aber du hast recht. Es gibt einiges Neues zu unserem Fall. Waltraud hat mich gestern Nacht angerufen …«

Ich knirschte fast mit den Zähnen. Diese Waltraud nervte mich. Was hatte Schumann nur mit ihr?

Die nächsten Worte überhörte ich. Aber dann: »… ganz hinten im Wäscheschrank. Hat sie gestern beim Ausmisten für eine Altkleidersammlung ausgegraben.«

»Wie?«

»Noch mal für Begriffsstutzige«, sagte Schumann. »Waltraud hat einen Wäscheschrank ausgemistet, in dem auch noch Zeugs von ihrem Bruder lag. Der war zwei Tage vor seiner Kreta-Reise in Stade und hat ein paar Sachen bei ihr deponiert. Das Tagebuch vom alten Grabert hat er nicht, wie wir dachten, nach Kreta mitgenommen, sondern im Wäscheschrank seiner Schwester versteckt. Waltraud erinnert sich jetzt nach so langer Zeit plötzlich, dass Heiko ihr sagte, er wäre für einige Zeit wegen einer größeren Geschichte unterwegs und habe ein wichtiges Dokument in ihrer Wohnung deponiert. Nach seiner Rückkehr würde er es abholen. Keine näheren Angaben, nichts weiter. Das hatte sie verdrängt. Tja, sie bringt es heute persönlich vorbei.«

Ganz schön oft pendelte die gute Dame von Stade nach Hannover! Machte sich Waltraud Hoffnungen auf Schumann? Er war Junggeselle. Seine letzte Freundin, eine Nachbarin mit Hund, hatte die Beziehung abrupt beendet, und in mir, einst Schumanns *love interest*, sah er seine gute Freundin, nicht mehr und nicht weniger. Aber wenn dies so weiterging, konnte diese Waltraud eine wichtigere Rolle im Leben des Hundeliebhabers Schumann einnehmen. Ich spürte einen Hauch von Eifersucht, verkniff mir aber zu fragen, ob Waltraud einen Hund besaß.

»Graberts Tagebuch könnte eine wichtige Ergänzung zu Marco Di Fillipos Papieren sein. Eventuell noch ein paar Rätsel weniger«, stellte ich fest. »Gibt es noch mehr Erfolge zu verzeichnen?«

Ich hörte ein Hüsteln und Rascheln. Dann ein heftiges Schnäuzen. Schumann *at his best*. Etwas heiser setzte er wieder an:

»Ja, Emma hat zugegeben, dass sie trotz all ihrer Beteuerungen nicht alles gesagt hat. Sobald es ihr besser geht, fahre ich mit ihr zum Haus Ariadne und werde sie vor Ort mit ihren Widersprüchen konfrontieren. Waltraud kommt gegen fünfzehn Uhr mit dem Zug nach Hannover. Ich lasse von mir hören!« Erneutes Schnäuzen. »Ich sollte das nächste Mal beim Gassigehen doch lieber feste Schuhe anziehen«, murmelte er statt eines Abschiedsgrußes.

Dieser Montag hatte es in sich. Denn nun meldete sich auch Harald Frostauer wie aufs Stichwort. Gerade fragte ich mich, wo er denn abgeblieben sei, da rief er an.

»Erfolg gehabt?«, fragte ich schnell, ehe er wieder einen seiner berüchtigten Monologe anstimmen konnte.

»Ja und nein.« Er klang gekränkt. Ein Sensibelchen, dem man immer viel Zeit und Raum lassen musste.

»Dann fang doch mit dem Ja an«, ermunterte ich ihn.

Frostauer schwieg zwei Sekunden. Dann sagte er: »Dieser Guillermo ist tatsächlich 1979 in Deutschland geblieben, nannte sich Wilhelm und heiratete schon ein Jahr drauf eine gewisse Chiara Stefani, Halbitalienerin. Er zog mit seiner Frau nach Hamburg und bekam einen Job in einer Werbeagentur als Buchhalter. 1981 wurde sein Sohn geboren, Chiara starb ein Jahr später bei einem Unfall. Wilhelm Schuch kümmerte sich zusammen mit ihren Eltern um den Jungen. Wilhelm wurde 1984 aktenkundig, als er betrunken Auto fuhr und gegen mehrere parkende Wagen prallte. Er erlitt eine Prellung und eine leichte Gehirnerschütterung. Führerscheinentzug für ein halbes Jahr und Punkte in Flensburg. Er verließ mit dem Sohn und seiner Schwiegermutter Hamburg und lebte danach in einem kleinen Ort bei Bremen, arbeitete in einer Bibliothek als Buchhalter, und die letzten Jahre hat er als Pensionär verbracht. Mehr war nicht zu erfahren. Gestorben ist er 2017. Was aus dem Sohn wurde, konnte ich nicht herausbekommen.«

»Nach Argentinien ist er nie mehr zurückgekehrt?«

»Vielleicht zu Besuch. Aber darüber gibt es keine Unterlagen. Ohnehin bin ich nur deshalb auf Details gestoßen, weil er 1979 eine Vermisstenanzeige aufgegeben hat. In einigen Zeitungen hat er damit nach seiner Mutter gesucht, aber offenbar keinen Erfolg gehabt. Sabine Schuch war wie vom Erdboden verschluckt. Inzwischen weiß man ja mehr darüber.«

Ich klinkte mich ein: »Ja, ganz offensichtlich war seine Mutter die Tote vom Donnerswald, die 1970 nicht identifiziert werden konnte. Begraben wurde sie unter ›Unbekannt‹ auf dem Stadtfriedhof in Göttingen, wie Franz Berke erfahren hat.«

»Der arme Guillermo!« Frostauer seufzte.

»Aber sie kann ja nun einen Grabstein mit ihrem Namen bekommen, oder?«, fragte ich.

Ein zweiter Seufzer. »Nein, das Grab wurde nach einer Ruhezeit von vierzig Jahren 2010 eingeebnet. Es gibt Sabines Grab nicht mehr.«

Ich musste diese traurige Nachricht erst einmal verdauen.

Frostauer platzte in mein Schweigen mit den Worten: »Den Sohn habe ich, wie gesagt, nicht ausfindig machen können. Ich weiß nur seinen Vornamen, Dieter. Aber einen Dieter Schuch habe ich nirgendwo aufgetrieben.« Nach einer kurzen Pause: »Die Großmutter hat bis 1999 gelebt. Sie hieß Annegret Groß. Doch das nützt uns wenig.«

Ich dankte Frostauer und verriet ihm, dass Graberts Tagebuch aufgetaucht sei. »Blum hatte es aus dem Haus Ariadne gestohlen und in der Wohnung seiner Schwester Waltraud in Stade versteckt. Sie übergibt es heute Schumann.«

Frostauer kicherte. Ich reagierte wie stets allergisch auf dieses Geräusch. »Pass gut auf deinen Freund Hans auf! Nicht dass diese Dame ihre Klauen in ihn schlägt.«

Seltsam, wie ambivalent meine Beziehung zu Harald Frostauer war. Einerseits berührte mich seine tief verwurzelte Hilfsbereitschaft, andererseits konnte er mich mit seinem Überlegenheitsgetue auf die Palme treiben. Heute war es die Palme.

Schumanns Anruf am späteren Abend erlöste mich aus meiner inneren Anspannung. »Waltraud ist wieder losgefahren, und ich bin im Präsidium. Hast du Zeit vorbeizukommen? Ich habe bisher nur in dem Tagebuch geblättert. Es beginnt erst nach dem Krieg.«

Ich fühlte eine leichte Enttäuschung. Also keine Notizen zu Kreta und der Toskana? Aber dennoch konnten Graberts Erinnerungen ein Schlüssel sein.

Ich beeilte mich, zum Präsidium in der Nähe des Maschsees zu fahren, und fragte mich, ob Schumann wieder mit Keksen aufwartete. Um es gleich zu verraten: Diesmal hatte er eine Schachtel mit Pralinen auf seinem Schreibtisch, von denen allerdings nur noch knapp die Hälfte übrig war.

Ohne Prolog reichte er mir das dicke schwarze Heft mit dem Aufdruck »Tagesnotizen«. »Bitte lies vor«, sagte er, »ich habe leider meine schlechte Lesebrille dabei.«

Ich klappte das Heft auf. Graberts Schrift war recht leserlich, wenn auch die Tinte auf manchen Seiten blass wirkte, als habe jemand versucht, die Worte zu löschen. Über der ersten Seite stand: »Hannover, September 1946«. Es folgten einige kurze Anmerkungen zu seiner Suche nach einer Wohnung. Dann wurde es konkreter.

Fündig geworden. In Kirchrode, vier Zimmer in einem vom Krieg verschonten Haus. Ich weiß aber nicht, ob sie mit mir einziehen möchte. Sie hat von meiner Affäre mit S. erfahren. Ich werde das mit S. demnächst beenden. Aber S. will ohnehin mit ihrem Bruder Klaus weg aus Deutschland. Er braucht eine neue

Identität. Seit dem Frühsommer ist Klaus zurück aus britischer Kriegsgefangenschaft. Ich möchte ihn loswerden. Bei unserem ersten Treffen nach seiner Rückkehr fing er sofort mit Kreta an. Ich habe ihn daran erinnert, dass er Hubert G. verraten hat. Im Grunde habe ich diese Aktion von G. bewundert. Mutig! Wie dumm, dass er Klaus auf die Schliche gekommen ist und ihm gedroht hat, seine Unternehmungen mit mir auffliegen zu lassen.

Ich glaube im Nachhinein, die Sache mit der Schlangengöttin war nicht klug. Aber unser Interessent, dieser Schweizer Sammler, hat sehr viel dafür geboten. Wir hatten Glück in Kreta, auch wenn es nicht wirklich ideal lief. Mich stört diese Affäre um Hubert G. und um diesen Theo – Klaus hat mir erst jetzt gestanden, dass er Theo eigenhändig beseitigt hat. Das habe ich aber immer schon geahnt. Glück auch, dass mich niemand mit dem Verschwinden der kleineren Fundstücke aus Knossos in Verbindung brachte. Die Schlangengöttin war ein Risiko. Ein Tanz auf dem Vulkan.

Aber Klaus rückt mir immer mehr auf die Pelle. Und dann hatte er die Dreistigkeit, von Roselle und Marco zu reden. Gut, er hat für mich damals ein paar Objekte an den richtigen Mann gebracht, die ich vor dem Krieg von einer Ausgrabung in der Toskana mit nach Deutschland brachte. Aber Klaus kannte Marco nicht richtig, auch wenn er ihn in Roselle gesehen hat, als er versuchte, an Objekte heranzukommen. Ich habe Marco trotz allem gemocht und seine Integrität in Bezug auf die Grabungsfunde in Roselle bewundert. Sein Assistent Gregorio steht auf einem anderen Blatt. Der wollte ans schnelle Geld, hat es dann mit der Angst zu tun bekommen und ist mit seiner Beute geflüchtet. Da war Marco schon tot. Ich habe Gregorio mit Hilfe des Fischers, der ihn nach Capraia übergesetzt hat, gefunden. Gregorio hatte die Frechheit, mir zu drohen und den doppelten Preis für die Objekte zu fordern, die er in seinem Rucksack mitgenommen hatte. Details lasse ich hier aus. Gregorio ist tot, von einem Felsen gestürzt. Schade, aber das wäre nicht nötig gewesen.

Da ich dem Seemann, der mich nach Capraia gefahren und wieder zurück aufs Festland gebracht hat, eine beträchtliche Summe ausgehändigt habe, fürchtete ich nicht, er könnte mich an diesen lächerlichen Dorfpolizisten Petruccio verpfeifen. Auch hier hatte ich zusätzliches Glück: Der arme Mann ist drei Wochen später bei einem heftigen Gewitter und Sturm vor der Küste der Insel untergegangen. Sein Boot war nicht viel mehr als eine Nussschale, da überrascht so ein Unglück nicht, vor allem nicht, weil der Boden des Schiffchens morsch war.

Ich schob die Kladde beiseite. »Ich brauche eine Pause«, verkündete ich Schumann. Mir gingen diese Notizen unter die Haut.

Schumann hatte während meiner ein wenig stockenden Lesung mindestens fünf Pralinen vertilgt. »Die Bösewichter aus den Bourne- und Bond-Filmen sind im Vergleich zu Grabert sanftmütige Lämmer«, meinte er. »Wie viele Leichen pflastern wohl seinen Weg?«

»Es sind schon jetzt zu viele«, antwortete ich. »Falls er den armen Fischer auch auf dem Gewissen hat, sind es bisher vier. Aber Fortsetzung folgt!«

»Bitte lies weiter!«, bat mich mein Pralinenfreund und kaute an der nächsten. »Das beruhigt meine Nerven«, entschuldigte er sich.

Hannover, November 1946

Klaus und S. werden in den nächsten Tagen nach Argentinien aufbrechen. Ich habe ihm einen Pass mit neuem Namen verschafft. Dafür wird er mit keinem Wort Kreta erwähnen, was ihm selbst nur schaden würde. S. habe ich zum Abschied eine Goldkette meiner Mutter und eine etruskische Pferdebronze geschenkt, die aus der Ausgrabung von Roselle stammt und die Gregorio beiseitegeschafft hat. Sie hat ein ziemliches Drama veranstaltet. Doch was vorbei ist, ist vorbei. Sie ist noch sehr jung, keine dreißig, und ich werde im nächsten Jahr dreiundsechzig. Ich kann dankbar sein, dass mir ein Lehrstuhl in Göttingen angeboten wurde, da es an Lehrkräften mangelt. Da zählt mein Alter nicht. Ich werde ihn allerdings erst im Sommersemester 1948 antreten. Zuvor möchte ich noch ein Buch über das Abenteuer Archäologie verfassen.

Die Anspielungen von Klaus auf unsere gemeinsame Zeit auf Kreta bringen Erinnerungen an damals zurück. An Maria, die ich aus gutem Grund während meiner Zeit 1944 und 1945 nicht besucht habe, an Nicos, an den Diskos. Er liegt wohlverwahrt an einem Ort, den nur ich kenne. Von dieser kleinen Scheibe mit ihren seltsamen Zeichen geht eine Magie aus, der ich mich nicht zu entziehen vermag. Es ist wie ein Bann, der mich an die alten Mythen erinnert, in denen von diesem Stein der Weisen berichtet wird.

Fast werde ich sentimental, wenn ich an all das zurückdenke. Ich habe den Tod von Nicos und den Tod von Marco nicht ganz überwunden. Der korrupte und gierige Gregorio dagegen hat nichts anderes verdient.

Ich legte das Heft aus der Hand. Im Grunde bestätigten Graberts eigene Notizen das, was wir uns aus Marcos Briefen und seiner Geheimschrift zusammengereimt hatten. Doch diese letzten Sätze stimmten mich nachdenklich. »Den Tod von Nicos und Marco nicht überwunden?« Das klang seltsam aus der Feder eines Mannes, in dem ich einen skrupellosen Mörder sah.

Auf den Fotos im Haus Ariadne war er in den letzten zwanzig Jahren seines Lebens abgelichtet, ein schlanker Mann mit weißem Haar, hellen Augen und einem scharf geschnittenen Gesicht, durchaus attraktiv. Sein Urenkel Edgar ähnelte ihm entfernt. Dass Grabert auch im fortgeschrittenen Alter Erfolg bei Frauen hatte, konnte ich gut verstehen. Seine eigene Ehefrau blieb dabei auf der Strecke. Das konnte man einem weiteren Eintrag entnehmen:

Göttingen, Februar 1949

Meine liebende Gattin hat sich von mir getrennt. Ich überlasse ihr unsere Wohnung in Hannover. In Göttingen habe ich eine praktische kleine Wohnung in Uninähe bezogen. Aber ich werde hier nicht mehr lange wohnen. Schon seit geraumer Zeit suche ich ein Haus, das genügend Platz für meine umfangreiche Sammlung etruskischer Antiken und für meine Bücher bietet. Ich habe vor wenigen Tagen ein passendes Angebot erhalten. Bei Bashausen, einem kleinen Ort wenige Kilometer von Bad Gandersheim und nicht allzu weit von Göttingen entfernt, steht ein älteres Haus seit etlichen Jahren leer. Dort soll einst ein grausamer Mord geschehen sein. Der Aberglaube sitzt tief in den Menschen. Man munkelt von Geistern in dem Gemäuer. Das stört mich nicht. Vielleicht ist mein Diskos auch eine Art Schutz oder Talisman. Keiner weiß bisher, was diese Schriftzeichen bedeuten, welche Sprache sich dahinter verbirgt. Jedenfalls fürchte ich keine Spukgestalten, die zudem nichts mit meinem eigenen Leben zu tun haben.

Das Haus kostet nicht viel, wobei es gründlich renoviert werden muss. Spätestens im kommenden Jahr möchte ich dort einziehen, ohne meine Frau. Ich gebe eine Anzeige für eine tüchtige Haushaltshilfe auf. Meine Kinder und künftigen Enkel werden dort willkommen sein. Derzeit allerdings schmollen mein Sohn und meine Tochter, weil ich ihre Mutter nicht gut behandele. Aber die beiden sind erwachsen, leben ihr Leben, und ich lebe meines.

In den Jahren darauf schrieb Grabert seltener in sein Tagebuch. Ich überflog die Seiten, in denen er vom Umbau des Hauses berichtete, von der Haushaltshilfe, die er dank seiner Anzeige fand, der Freude an seiner Sammlung, die in diesem Haus einen würdigen Platz hatte, von der »Taufe« des Hauses im Mai 1951. *»Ariadne scheint mir ein passender Name zu sein. Denn Kreta 1908 war mein Schicksalsjahr. Den Diskos, mein höchstes Gut, habe ich an einem sicheren Platz im Haus abgelegt, nur für meine Augen bestimmt.«*

Der Tod seiner Frau im Jahr 1950 schien ihn nicht weiter berührt zu haben.

Sie ist infolge eines Unfalls gestorben. Die genauen Umstände konnten nicht ermittelt werden. Ihr Wagen ist von der Straße abgekommen und gegen einen Baum gerast. In der Nähe von Wunstorf. Sie ist noch an der Unfallstelle verstorben. Ich hatte sie fast ein Jahr nicht gesehen, unser Kontakt beschränkte sich auf wenige Telefonate. Ich sorgte für eine würdige Beerdigung, doch es fällt mir schwer, den trauernden Witwer zu mimen. Meine

Kinder dagegen sind betroffen und haben sich demonstrativ auf
dem Friedhof in Hannover von mir abgewendet. Klaus-Dietrich
ließ mich wissen, dass er so bald wie möglich nach Neuseeland
auswandern wolle, Petra zeigte mir die kalte Schulter. Ich kenne
sie – spätestens wenn ich das Haus fertig renoviert habe, kommt
sie zu mir zurück. Mein Sohn dagegen stand mir nie nahe. Ein
Muttersöhnchen.

Auf den folgenden Seiten schrieb er viel über seine Arbeit an der
Göttinger Universität und erwähnte ein reizvolles Angebot, an
einer Grabungskampagne bei Volterra teilzunehmen. Er sei aber
dafür zu alt, bemerkte er ohne jegliche Sentimentalität. Dafür
erwähnte er einige Kurzaffären mit Frauen, deren Namen er
nur mit dem ersten Buchstaben ihres Vornamens wiedergab,
und bemerkte verbittert, eine seiner Assistentinnen habe sich
über ihn beschwert. *»Erstunken und erlogen. Ich finde R. nicht*
einmal attraktiv. Nicht mein Typ.«
    Die Eintragungen wurden immer spärlicher. Bis zum Jahr
1970. Als ich dort mit Vorlesen ankam, lagen nur noch vier Pralinen in der Schachtel, und es ging auf Mitternacht zu.

S. ist wieder aufgetaucht. Klaus starb 1968, also vor zwei Jahren.
Um ihn trauere ich nicht. Zwar liegt es mir fern, den Moralapos-
tel zu spielen. Das wäre Steine werfen im Glashaus. Aber ich fand
den Verrat an Hubert G. niederträchtig, auch wenn Klaus diesen
offenbar zutiefst anständigen Menschen aufgrund seines Wissens
um unsere Aktionen für bedrohlich hielt. Und dieser grässliche
Mord an dem armen Theo war überflüssig. Ich mochte Klaus
nicht, aber er war nützlich. Seine Halbschwester S. war eine
hübsche Frau, an die Wochen mit ihr denke ich mit Vergnügen.
Als sie auswanderte, war ich dennoch nicht traurig, eher erlöst
und frei für neue Abenteuer. S. klammerte zu sehr.
    Jetzt ist sie zurück in Deutschland. Es war nicht schwer für
sie, meinen Wohnort herauszufinden. Sie hat sich in Göttingen
nach mir erkundigt unter dem Vorwand, sie sei eine ehemalige
Doktorandin von mir und wolle mich bitten, ihr bei der Ver-
öffentlichung ihrer Arbeit zum Thema »Ariadne im Licht der

Moderne« zu helfen. Es hat diese Arbeit tatsächlich im Ansatz vor vierundzwanzig Jahren gegeben. S. verfasste ein erstes Kapitel, begann dann ein Techtelmechtel mit mir, und die Arbeit ruhte. Am Telefon gab sie mir nun zu verstehen, sie müsse mich unbedingt sehen. Sie habe vor, für immer nach Deutschland zurückzukehren. Nach dem Tod ihres Halbbruders, mit dem sie in Mercedes gewohnt hat, fühle sie sich nicht mehr wohl in Argentinien. Sie sprach von der politischen Instabilität des Landes, von ihrer Furcht vor einer erneuten Regierung dieses Perón. Ich hörte gar nicht richtig zu und lehnte jegliches Wiedersehen mit ihr ab. Sie gehört meiner Vergangenheit an und einem Kapitel, mit dem ich abgeschlossen habe.

Ich bin inzwischen Mitte achtzig und pflege ein friedliches Dasein. Noch habe ich einige Doktoranden unter meiner Obhut. Aber das ist schon mühsam genug. Ich möchte keine privaten Verwicklungen. Hella Linke sorgt gut für mich. Meine Sammlung lockt gelegentlich Neugierige ins Haus, meine Enkelin Dörte beglückt mich mit ihren Briefen und Besuchen. Mehr möchte ich nicht. Mein Erbe ist geregelt. Wobei ich nicht weiß, was ich mit meinem Diskos machen soll. Mit ins Grab nehmen? Nach Kreta zurückschicken, vernichten? Auch dieser Gedanke ist mir gekommen. Nicht zu Unrecht hat Marco den Diskos einen »Stein des Todes« genannt.

S. passt nicht in mein Leben, das ich frei von Schatten genießen möchte. Das habe ich ihr deutlich gesagt. Sie aber lässt nicht locker. Und dann platzte die Bombe. In der vergangenen Woche rief sie wieder an. Ihre Worte drehen sich in meinem Kopf. »Ich möchte deinen Sohn nach Deutschland holen. Ja, mein lieber Wilhelm, du bist der Vater meines Sohnes Guillermo, der nach dir heißt. Klaus ist bis zu seinem Tod in die Vaterrolle geschlüpft. Nun aber wird es Zeit, dass du endlich die Wahrheit kennst und Verantwortung übernimmst.« Guillermo ist inzwischen fast dreiundzwanzig. Ich war wie vor den Kopf geschlagen. Ich leugnete sofort, irgendetwas mit ihrem Sohn zu tun zu haben. Sie aber sagte nur genüsslich: »Du kannst doch rechnen. 1946 im Frühherbst gezeugt, 1947 im Juli geboren.« Ich schmetterte den Hörer auf den Apparat.

Gestern rief sie wieder an. Ich beschied ihr, dass ich nichts mit ihr und ihrer Brut zu tun haben möchte, und verdächtigte sie

laut und deutlich, dass dieser Sohn das Ergebnis einer anderen
Beziehung sein müsse und sie ihn mir unterschieben wolle. Heute
meldete S. sich erneut und drohte mir, dies alles an die große
Glocke zu hängen. »Denk an den Skandal, lieber Wilhelm«, sagte
diese Hexe. »Dein Ruf als Frauenheld ist legendär, und du bist
immer davongekommen. Aber dieser Sohn, den du verleugnest,
bricht dir das Genick.«
Morgen treffe ich sie. Wahrscheinlich geht es um Geld. An
mein Erbe kommt sie nicht heran. Wenn sie eine bestimmte
Summe akzeptiert, dann soll sie meinetwegen das Geld bekom-
men, und dann Ende der Affäre!

»Nun kommen nur noch zwei Seiten«, sagte ich. Meine Augen
tränten, die Schachtel war leer, Schumann gähnte unverfroren.

»Lass es uns zu Ende bringen«, sagte er. »Wir wissen zwar
immer noch nicht, wer Wilhelm Graberts illegitimer Enkel ist,
Guillermos Sohn, aber zumindest hat Franz Berke damit seinen
Altfall gelöst.«

Dies wird mein letzter Eintrag sein. Ich fühle mich alt und müde.
Was ich vor einigen Tagen getan habe, belastet meine Seele
schwer. Aber ich werde mich nicht stellen. Ich muss meinen Weg
zu Ende gehen, so wie ich immer gelebt habe. Das umschließt
das Gefühl, für mich und meine Taten verantwortlich zu sein.
Ich traf S. an jenem verhängnisvollen Tag bei der Donnerseiche,
für andere ein romantischer Ort, für mich ein guter Treffpunkt,
weit genug entfernt von meinem Haus. Ich gehe oft diesen Weg,
inzwischen benutze ich einen Stock. S. wartete auf mich. Sie sah
noch immer schön aus mit ihren wilden rotgoldenen Locken,
den Grübchen in den Wangen, wenn sie lächelte. Mehr als zwei
Jahrzehnte waren seit unserem Abschied damals vergangen,
eine letzte gemeinsame Nacht, dann war sie aus meinem Leben
verschwunden. Ich hörte weder von ihr noch von Klaus, hätte
gerne gewusst, wie es ihnen in der Fremde erging. Als ich einen
Freund in Buenos Aires bat, ihre Adresse herauszufinden, teilte
er mir mit, sie seien weggezogen, wohin, das könne er nicht her-
ausfinden. Da dieser Freund 1946 Deutschland selbst mit falscher

Identität verlassen hat, hielt er sich bedeckt und recherchierte nicht weiter.

Und nun stand S. vor mir, umarmte mich nicht, sondern hielt mir ohne große Vorreden ein Foto hin. »Dein Sohn, Wilhelm«, sagte sie. »Ich verlange nicht viel. Du musst ihn nicht einmal offiziell anerkennen, aber ich fordere finanzielle Unterstützung für ihn. Er soll nach Deutschland kommen. Wir möchten hier leben, und er soll sich eine Existenz aufbauen. Und ich erwarte, dass du in deinem Testament an ihn denkst. Wir werden sicherlich zu einer Einigung kommen.«

Etwas an ihrem Ton reizte mich, ich spürte Zorn in mir aufsteigen. »Woher will ich wissen, dass dieser Bursche mein Sohn ist? Du warst nie zimperlich, wenn es um Männer ging. Meinst du, ich falle nach so vielen Jahren auf deine Tricks herein?«

S. wurde daraufhin aggressiv. Sie beschimpfte mich, nannte mich einen zwielichtigen Schurken, einen Lügner und Betrüger. »Ich weiß mehr über dich, Wilhelm, als du ahnst. Mein Bruder oder besser Halbbruder Klaus hat mich in eure kleinen Geschäfte auf Kreta und davor in der Toskana eingeweiht.« Ich erstarrte, doch sie fuhr süffisant lächelnd fort: »Ich traue dir das alles zu. Und mehr!«

Ich atmete auf. Sie wusste nicht alles über mich. Doch dann keifte sie wieder los: »Ich rate dir, mich ernst zu nehmen. Ein Skandal in deiner Position ist ein Fressen für die Medien, und dein guter Ruf, dein Ansehen sind für immer dahin!«

In diesem Moment brannte bei mir eine Sicherung durch. Da stand sie mit einem boshaften Grinsen im Gesicht und drohte mir. »Weiß dein Sohn eigentlich von deinen Plänen und von mir?«, gelang es mir zu sagen.

»Noch nicht. Solltest du mich aber fortschicken, ohne dass wir zu einer Einigung gelangt sind, werde ich handeln.«

Und da schlug ich zu. Mein Stock traf sie am Kopf, sie taumelte rückwärts, stürzte und prallte mit dem Genick auf eine Wurzel der Donnerseiche, die sich aus der Erde herausgearbeitet hatte. Sie blieb reglos liegen, Blut strömte über ihr Gesicht. Mich ergriff eiskalte Panik. Ich packte ihre Beine und zog sie von der Eiche fort ins Dickicht. Ich erinnere mich nicht mehr an alle Einzel-

heiten, denn ich befand mich in einem furchtbaren Zustand der
Verwirrung und Bestürzung. Ich glaube, ich bedeckte sie mit
Laub und Ästen und machte mich auf den Heimweg. Das Foto,
das sie mir in die Hand gedrückt hatte, wollte ich vernichten.
Aber ich habe es dann doch aufgehoben.

Keine Zeile werde ich mehr schreiben. Vielleicht sollte ich die-
ses Tagebuch verbrennen. Aber mein Gedächtnis lässt seit einiger
Zeit nach, und so werde ich es als Gedächtnisstütze behalten,
selbst wenn diese Erinnerungen schmerzen. Ich klammere mich
von nun an nur noch an die Dinge, die mir mein Alter erträglich
erscheinen lassen, vor allem an diese kleine Scheibe, um die sich
mein Leben dreht.

»Das also hat Heiko Blum als Aufhänger für seinen geplanten
Artikel benutzen wollen«, sagte ich tonlos.

Schumann runzelte die Stirn. »Aber woher wusste er, für wen
dieses Tagebuch wichtig war? Er muss die Identität des Enkels
herausgefunden haben. Wahrscheinlich hat er ihn zu erpressen
versucht. Aber wer ist dieser Enkel? Und was will er? Einen
Teil des Erbes, den Ruf seines Großvaters retten? Oder beides?
Und ist er unser Mörder?«

»Und wie könnte er beweisen, dass er der Enkel ist?«

Schumann nickte. »Du hast recht. Vielleicht will er das gar
nicht beweisen, sondern sich nur holen, was ihm seiner Meinung
nach zusteht. Den Diskos von Phaistos, Graberts kostbarsten
Schatz, unvergleichlich kostbar auch in ideeller Hinsicht.«

»Lass uns morgen weitermachen«, sagte ich. »Es geht auf ein
Uhr zu.«

Versonnen erwiderte Schumann, der mühsam ein Gähnen
unterdrückte: »Jetzt muss uns Emma endlich die volle Wahrheit
sagen.«

Wie in einem Kriminalfilm läutete in diesem Moment Schumanns Handy. Sein Gesicht erstarrte, als er der aufgeregten
Stimme lauschte. »Ich komme«, sagte er.

Er steckte das Handy ein und wandte sich mir zu. »Ein Anschlag auf Emma. Sie lebt, aber sie ist bewusstlos.«

Der Fluch des Diskos

Es war ausgerechnet Edgar Grunemann, der mich am nächsten Morgen aus dem Schlaf riss.

Gegen drei Uhr hatte mir Schumann eine längere Nachricht geschrieben, dass Emma nur einen leichten Schock erlitten hatte und wieder zu sich kam. Eine dunkle Gestalt war auf den Kameras zu sehen, die in Emmas Zimmer huschte, als der wachhabende Polizist kurz zur Toilette gegangen war. Der Eindringling versuchte, Emma mit einem Kissen zu ersticken. Doch der Polizeiwachtmeister Schröder hatte ein Geräusch gehört, kam zurück, und der Fremde flüchtete. »Pech für den Täter, Glück für Emma«, hatte Schumann ironisch kommentiert.

Grunemanns Anruf schreckte mich aus dem Tiefschlaf. Dementsprechend knurrig reagierte ich. Weshalb mich Menschen dauernd zu so unchristlichen Zeiten nerven mussten, verstand ich nicht.

»Ich muss mit diesem Schumann sprechen«, sagte er ohne lange Einleitung. »Du kennst ihn gut. Ich fahre heute nach Bashausen und könnte unterwegs in Hannover vorbeischauen. Mir brennen ein paar Dinge auf der Seele.«

»Wie steht es um den Fuhrer-Mord?«, fragte ich ihn direkt.

»Wir sind alle von Eiser verhört worden. Ich weiß nur, was er angedeutet hat. Steffen Fuhrer wurde mit einem Schlag niedergestreckt. Der Gerichtsmediziner hat festgestellt, dass er bewusstlos war, der Schlag war nicht tödlich. Danach wurde er von der Brücke gestürzt. Es braucht ziemliche Kraft, eine bewusstlose Person da hinaufzuschaffen, um sie von dort oben hinunterzuwerfen. Eiser meinte, es könnten vielleicht zwei Männer gewesen sein, die ihn gemeinsam auf die Brücke geschleppt hätten. Oder ein einzelner, sehr kräftiger Mann. Sollte wohl wie Suizid aussehen.«

»Was stand denn in dem Abschiedsbrief, der in seiner Manteltasche steckte?«

»Dieser angebliche Brief war eine an mich adressierte ausgedruckte kurze Mail. Ich habe sie aber nie erhalten.« Grunemann stockte. »Darin heißt es: ›Es wird mir alles zu viel. Burn-out. Adieu‹. Absolut dilettantisch und hingeschludert, deshalb auch unglaubwürdig. Und warum eine an mich adressierte Mail in seiner Tasche? Die er wohl nie abgeschickt hat. Lächerlich! Es ist inzwischen erwiesen, dass Steffen einen Schlag auf den Kopf bekommen hat. Den konnte er sich wohl kaum selbst zufügen. Also kein Suizid!« Edgar schnaubte verächtlich. Dann fuhr er fort:

»Eiser hält mich für verdächtig, weil ich mit Steffen letztens eine Auseinandersetzung hatte. Die bezog sich aber nur auf eine wissenschaftliche Frage. Mein Streit mit Heiko Blum war im Vergleich dazu wesentlich heftiger. Doch ihn habe ich auch nicht ermordet, sondern damals aus unserem Haus geworfen und ihm mit Maßnahmen gedroht, falls er weiter bei uns herumschnüffelt. Er hat Emma zu bestechen versucht, ihn heimlich ins Haus zu lassen. Das hat sie mir damals erzählt. Ich würde gern einiges mit Schumann klären. Also, meinst du, ich kann den Kommissar am Mittag treffen?«

»Ich vermittele das gerne«, antwortete ich.

»Prima, ich brauche diesen direkten Draht. Vorgestern habe ich schon einen Anlauf unternommen, aber da war so ein Trottel am Apparat, der meinen Anruf nicht weitergemeldet hat.«

Carsten Willems war in der Tat kein würdiger Nachfolger von Hartmut Brink!

Was Edgar nicht wusste, war, dass Emma irgendwann dann doch auf Blums Bestechungen eingegangen war, ihn heimlich ins Haus gelassen und für ihn sogar nach »dem Teller« gesucht hatte.

Richard rief mich wenig später an. Er musste zu einer größeren Untersuchung in die MHH. Seine Kniebeschwerden nahmen nicht ab.

»Ich habe keine Lust mehr, an diesen Krücken zu humpeln. Mein griechischer Informant hat übrigens das Angebot der Schlangengöttin abgelehnt. Er möchte nichts mehr mit diesem Kapitel seines Lebens zu tun haben. Seine letzte Info war, dass diese Figur 1944 bei einer Ausgrabung in Knossos gefunden wurde und als gestohlen galt. Das hatte der Grabungsleiter damals angezeigt, der Verdacht fiel auf einen jungen Mann aus Athen. Doch weder konnten der Verdacht bestätigt noch die Hintergründe geklärt werden. Es sieht so aus, als hätte dein Freund Grabert seine Hand im Spiel gehabt.«

Daran hegte ich keinen Zweifel. Grabert erwähnte diese Schlangengöttin in seinem Tagebuch mehrmals und hatte ihren Diebstahl sogar als Fehler bezeichnet.

Schumann erklärte sich bereit, Grunemann mittags im Präsidium zu treffen. Emma ging es den Umständen entsprechend gut, wie ich von ihm erfuhr. Sie habe ausgesagt, dass sie zwar den Mann nicht gesehen, aber ihn gerochen habe, sein, wie sie sagte, »starkes Rasierwasser«.

Die Kameras zeigten einen groß gewachsenen Mann, gekleidet in einen weiten Mantel und mit Schirmmütze. Polizeiwachtmeister Schröder hatte zu Protokoll gegeben, der Mann habe dunkelblondes Haar gehabt. Das hatte er erkennen können, da die Mütze etwas verrutscht war und das Flurlicht kurz die Haare beleuchtet hatte. Schröder schätzte ihn auf Ende dreißig bis Mitte vierzig.

Ich wartete gespannt auf weitere Nachrichten. Doch von Schumanns Gespräch mit Edgar hörte ich nichts mehr an diesem Nachmittag. Bei aller Offenheit, die Schumann mir gegenüber oft zeigte, konnte er auch verschlossen wie eine Auster sein. Da beschloss ich, selbst zu handeln. Mir reichte es, nur als Sidekick in dieser Geschichte aufzutreten.

Ich fuhr zur MHH und marschierte zu Emmas Zimmer. Inzwischen saß nicht mehr Schröder vor ihrer Tür, sondern eine junge Frau. Ich ging zu ihr und erklärte, ich sei von Schumann beauftragt worden, mit Emma zu sprechen. »Vielleicht sagt sie mir als einer alten Bekannten mehr als der Polizei«, behauptete ich.

Die Polizistin wollte mich zunächst nicht zu Emma lassen, doch dann knickte sie ein. »Zehn Minuten. Und ich muss Kriminalhauptkommissar Schumann informieren.«

Wenn ich Glück hatte, würde sie ihn nicht erreichen. Und wenn doch, dann müsste ich mir etwas ausdenken. Ich hatte Glück.

Emma lächelte matt, als sie mich sah. Ich setzte mich an ihr Bett. »Emma, ehe die Polizei Sie noch einmal verhört, möchte ich Ihnen helfen, damit Sie nicht weiter so unter Druck stehen.«

In Emmas Augen trat ein Ausdruck von Misstrauen und Skepsis. Ich bemerkte es und fügte rasch hinzu: »Ich weiß doch längst, Emma, dass Sie mehr wissen, als Sie bisher erzählt haben. Und ich bin mir sicher, Sie haben den Teller gefunden, den Heiko Blum unbedingt haben wollte. Bitte sagen Sie die Wahrheit. Der Mörder von Dörte Luer hatte es jetzt schon ein zweites Mal auf Sie abgesehen. Ich nehme an, Sie ahnen, wer es ist, haben aber Angst, darüber zu sprechen. Man kann Sie nur schützen, wenn Sie endlich reinen Tisch machen.«

Emmas Reaktion überraschte mich. Sie brach in Tränen aus. Dann flüsterte sie: »Sie haben recht! Jetzt ist auch Steffen Fuhrer tot. Das muss aufhören. Ich will es Ihnen anvertrauen. Nicht diesem Kommissar, auch wenn er nett erscheint.« Sie räusperte sich und richtete sich im Bett auf.

»Sie können Edgar helfen, der im Schlamassel steckt. Denn Dörte Luer hatte ihm gedroht, ihn anzuzeigen, weil er aus der Sammlung in der letzten Zeit einige Stücke heimlich entwendet und sie unter der Hand verkauft hat. Darunter die mykenischen Goldobjekte, die in der Vitrine im Wohnzimmer lagen. Das habe ich zufällig mitbekommen. Edgar hat nie eingesehen, weshalb sein Urgroßvater den Großteil der Sammlung verschenken wollte, die doch Teil seines Erbes war. Und er brauchte dringend Geld.«

Emma rang nach Luft. »Er ist ein Spieler, was aber nur ich weiß, weil ich ihn seit seiner Kindheit kenne und er es mir anvertraut hat. Frau Luer hat ihn erwischt, als er einen dieser kostbaren Dolche entwendet hat, hat ihm den Dolch mit einer wilden Drohung abgenommen und zurück in die Vitrine gelegt. Und drei Tage später war sie tot. Mit demselben Dolch erstochen.« Emma schluchzte. »Aber Edgar ist kein Mörder, er ist herzensgut.«

»Wissen wirklich nur Sie von seiner Sucht?« Ich legte Emma sanft meine Hand auf den Arm.

Emma sah mich tränenüberströmt an. Dann wisperte sie: »Ja,

ich und sein engster Freund Sven Langer waren eingeweiht. Er wollte die Stücke für Edgar veräußern, um Edgar zu helfen. Sven kennt viele Privatsammler, die kein Herkunftszertifikat möchten.«

Mir schwirrte der Kopf. »Und dieser Teller?«

Emma wirkte ausgelaugt. Doch dann raffte sie sich auf und winkte mich dicht an sich heran. »Ja, ich habe ihn gefunden und ihn versteckt. Er ist im Haus Ariadne. Ich verrate Ihnen, wo.«

Eine Minute später stürmte ich aus ihrem Zimmer und schickte Schumann eine kurze Nachricht, ich sei unterwegs. Zum ersten Mal seit Langem fühlte ich mich wieder in meinem Element. Und als Miss Marple mit einer Mission.

Unterwegs meditierte ich darüber, was mich an Emmas Äußerungen am meisten geschockt hatte. Hatte ich mich vor Kurzem nicht als Menschenkennerin gebrüstet? Ich tröstete mich mit Goethes Wort: »Wer nicht mehr liebt und nicht mehr irrt, der lasse sich begraben.« Obgleich mir das wenig nützte.

Wenn es stimmte, was mir plötzlich glasklar vor Augen getreten war, dann fügten sich alle Puzzlesteine endlich zu einem Ganzen. Aber ich hatte allzu lange auf dem Schlauch gestanden. Und Schumann genauso. Ich drückte aufs Gaspedal.

Während ich in Richtung Bashausen fuhr, fiel mir eine Bemerkung von Edgar ein, als wir über seinen zweitägigen Romaufenthalt sprachen: »Ehrlich gesagt weiß ich nicht, was Sven in den Tagen getrieben hat. Er wollte in Ruhe nach Volterra zu den Ausgrabungen. Castelnuovo hatte ihn ausdrücklich eingeladen. Aus diesem Grund wunderte es mich, als Fuhrer zu Beginn unseres Clubabends zu Sven sagte, es sei schade, dass er ihn während dieser Tage nicht erreicht habe. Er habe etwas Wichtiges zu besprechen gehabt. Und Castelnuovo war in den Tagen gar nicht vor Ort, sondern in Florenz, wie Fuhrer dann erfahren hat. Aber ich habe nicht genau hingehört. Fuhrer war nicht immer sehr präzise in seinen Äußerungen.«

Ich hatte Edgars Worten wenig Beachtung geschenkt. Es war für mich selbstverständlich gewesen, dass Sven während Edgars Rombesuch in der Maremma geblieben war, um in Ruhe die

Ausgrabungen zu besuchen. Jetzt sah ich das in einem anderen Licht. Dennoch wollte ich meinem Verdacht nicht blindlings nachgeben.

Deshalb grübelte ich nach, wer aus dem Club Scientia noch Interesse an Blums Tod haben könnte? Oskar Schneider, dessen Äußeres Claudios Beschreibung des »Teutonico« entsprach? Er war besessen von der Idee eines zweiten Diskos als Beleg für uralte Verschwörungstheorien. Piet Hamann, der so harmlos wirkte, weil er an Harry Potter erinnerte? Edgar Grunemann selbst, der seinen angeblichen Romaufenthalt nicht nachgewiesen und einen heftigen Groll gegen Blum gehegt hatte? Und ein Spieler in Geldnot war!

Steffen Fuhrer war aus dem Rennen, aber Michael St. Stephen, der Zeuge für Fuhrers morgendlichen Aufbruch aus dem Hotel war, konnte aus ähnlichen Gründen wie Schneider Interesse an der legendären Scheibe haben. Aber es ging ja nicht nur um dieses Relikt, sondern konkret um ein Familiendrama, das sich über mehrere Generationen hinzog.

Kurz hinter Bad Gandersheim informierte ich Schumann per SMS über mein Ziel: »Ich muss dringend zum Haus Ariadne.« Er würde wegen dieses Alleingangs wütend auf mich sein. Doch ich wollte vor Ort erst einmal selbst überprüfen, ob Emma diesmal die ganze Wahrheit gesagt hatte.

Sie hatte viel mehr gesehen, gehört und beobachtet, als Dörte Luer ahnte. Und sie kam an jenem Morgen, an dem ihre Arbeitgeberin starb, wesentlich früher als ursprünglich gesagt ins Haus. Da hatte sie gehört, wie Dörte Luer sich am Telefon mit jemandem verabredete. Einige Minuten später, so Emma, verließ Dörte Luer das Haus, ohne Emma bemerkt zu haben. Emma hatte, wie sie mir im Krankenhaus zuflüsterte, ein ungutes Gefühl, ging durch das ganze Haus und entdeckte im oberen Stock, dass in einer der Vitrinen die Tür offen stand und derselbe Dolch fehlte, den Dörte Luer ihrem Neffen vor Kurzem weggenommen hatte.

»Ich habe mir aber nichts dabei gedacht. Manchmal hat Frau Luer Gegenstände aus den Vitrinen genommen und woanders wieder abgelegt. Dann bin ich in die Küche gegangen und habe mich durch Arbeit abgelenkt. Etwa eine Stunde, bevor Sie vorbeikamen, war ich im Garten, und das Haus blieb unbeobachtet. Als ich dann erfuhr, dass Frau Luer erstochen wurde, fiel mir dieser Dolch ein. Der lag aber wieder in der Vitrine.«

Ein Stück hinter Gandersheim hielt ich einen Moment an, um mein Handy zu checken. Es hatte mehrfach geklingelt. Ein verpasster Sprachanruf von Petruccio, eine Nachricht von Schumann: »Komm sofort zurück!«, und zwei verpasste Anrufe von Frostauer. Ich legte mein Handy weg und fuhr weiter. Wenig später tauchte das verwitterte Schild am Straßenrand auf, und ich bog auf den Feldweg ein.

Emma hatte mir den Schlüssel zum Küchentrakt zugesteckt, den eine Schiebetür mit dem Haupthaus verband. Schumann ahnte nicht, dass Emma den Schlüssel noch in ihrer Jackentasche hatte, als man sie in der Klinik einlieferte.

Ich parkte meinen Wagen vor der Garage. Kein anderes Auto weit und breit zu sehen. Ich war mir sicher, allein zu sein, kein Mensch in der Nähe.

Das Haus wirkte wie aus der Zeit gefallen. Die Brandflecke am Küchentrakt waren unverändert dunkel verfärbt, im Vorgarten hatte der Wind die graue Mülltonne umgeworfen, und aus dem Garten hörte ich das Gurren der Wildtauben. Alte Häuser kannte ich zur Genüge, aber Haus Ariadne verursachte in mir eine leichte Übelkeit. Der erste positive Eindruck, den ich vor dem Tod von Dörte Luer gehabt hatte, war anderen Emotionen gewichen. Zu viele Lügen und Bosheiten schienen die Atmosphäre des Hauses zu vergiften, das im milden Glanz einer frühherbstlichen Sonne wie schlafend dalag.

Ich riss mich zusammen und schloss die Küchentür auf. Mir schlug eine Welle unterschiedlicher Gerüche entgegen. Verfaultes Obst, das in einer Schale schimmelte, Abfälle in einer Tonne, deren Deckel auf dem Boden lag, abgestandene kühle Luft und eine tote Maus neben dem Herd. Die Schiebetür zum Haupthaus stand offen. Ich stellte mich mitten in den Raum und lauschte.

Der Wasserhahn der Spüle tropfte, und durch eines der Fenster drang ein leichter Windhauch. Er bewegte die vertrockneten Blätter einer Topfpflanze auf dem Fensterbrett, die leise knisterten. Ansonsten nichts. Hier drinnen war das Gurren der Wildtauben nicht zu hören. Alle Außengeräusche prallten an den Wänden des Hauses ab.

Eigentlich wollte ich sofort zu Emmas geheimem Ort. Aber dann beschloss ich, einen Rundgang durch das schweigende Haus zu machen.

Im Wohnzimmer standen auf der kleinen Anrichte mehrere halb leere Flaschen Alkohol, auf dem Tisch lag eine Staubschicht, an der Terrassentür klebten vom Wind verwehte Blätter. Schon nach so kurzer Zeit wirkte der Raum verwahrlost. Ich ging zu den Vitrinen. Dort lagerten die Sammlungsstücke von Wilhelm Grabert sorgfältig geordnet, egal, ob er sie rechtens oder illegal erworben hatte. Ob jemand nach ihrer Provenienz fragen würde? Die Museen hätten vielleicht Fragen, doch einem geschenkten Gaul ...

Die Treppe zum oberen Stock erschien mir steiler als beim ersten Mal. Ich bemerkte plötzlich Löcher und Risse im Treppenläufer, die ich bei meinen früheren Besuchen übersehen hatte. Am Geländer blätterte die Farbe ab. Ein Hauch von Trostlosigkeit prägte die Atmosphäre.

Oben standen die Vitrinen mit den besonderen Stücken der Grabert-Sammlung. Bemalte Vasen, Figurinen und die vier Dolche. Doch dann erstarrte ich. Nicht vier Dolche, sondern nur drei! Der vierte fehlte. Ich spürte ein Prickeln im Nacken. Ein untrügliches Zeichen von Alarm!

Leise schlich ich die Treppe wieder hinunter und vermied dabei möglichst das Knarren der Stufen. Ich näherte mich vorsichtig der Küche. Dort befand sich Emmas Versteck.

Mein Prickeln war verschwunden. Außer mir hielt sich hier niemand auf. Das Fehlen des Dolches hatte sicher einen guten Grund. Vielleicht hatte ihn die KTU in die Asservatenkammer gebracht, so wie auch die Kisten vom Dachboden. Den Unterlagen aus Graberts früherem Arbeitszimmer waren, wie mir Schumann kurz erklärt hatte, keine sachdienlichen Informationen zu entnehmen gewesen. Uralte Rechnungen, Entwürfe für Beiträge in wissenschaftlichen Magazinen, längst verfallene Rezepte für Medikamente, darunter gegen Bronchitis und Mandelentzündungen, und Stichworte zu Vorlesungen über etruskische Siedlungen. Dörte Luer hatte alles aufgehoben, ein einziges Chaos, das seit Jahren unverändert geblieben war.

Ich glaubte, dass Dörte nichts vom Verschwinden des Tagebuchs geahnt haben konnte. Vielleicht wusste sie nicht einmal davon. Ihr Großvater hatte ihr trotz seiner Zuneigung sicher nicht seine intimsten Geheimnisse anvertraut. Und in den letzten Monaten vor seinem Tod war er zunehmend dement gewesen und hatte Dörte mit Maria angesprochen, dem Namen seiner einstigen großen Liebe auf Kreta.

Mein Ziel war die Vorratskammer, zu der eine Tür neben dem Herd in der Küche führte. Die schmale Tür ließ sich nur mühsam öffnen. Von der Decke des kleinen Raums baumelte eine einzelne nackte Birne und spendete mattes Licht. Auf beiden Seiten standen Regale, gefüllt mit Mehl, Zucker, Konservendosen, Trockenfrüchten, Nudeln, Reis, Tomatensoße, Marmeladen, Essig, Öl, Kaffee und Keksen.

Ich steuerte das linke Regal an, das mit Dosen beladen war. Und in diesem Augenblick schlug die Tür hinter mir zu, der Schlüssel wurde umgedreht. Das Licht ging aus, es wurde stockduster in dem Raum. Mir brach der Schweiß aus, Panik ergriff mich. Das durfte doch nicht wahr sein! Welch bittere Ironie des Schicksals! Kurz vor dem Ziel war ich mal wieder gefangen.

Ich war schon in einem Sarkophag, in einem Grab, in einem tiefen Keller und in einem muffigen Kofferraum eingesperrt gewesen, aber in einer Vorratskammer? Das schlug dem Fass den Boden aus. Dies war eine Luxus-Grabkammer, vollgestopft mit Nahrungsmitteln, von denen aber nur die Kekse essbar waren. Und leider bewahrte Emma die Getränkekisten nicht in dieser Kammer auf.

Ich konnte nichts sehen, zog mit einiger Mühe mein Handy aus der Tasche und drückte auf die Taschenlampen-App. Mein Versuch, eine Verbindung zur Außenwelt herzustellen, scheiterte kläglich. Doch die Taschenlampe funktionierte.

Von draußen drang kein Ton in mein Gefängnis. Wer immer mich hier eingesperrt hatte, sagte kein Wort. Verzweifelt schlug ich gegen die Tür und schrie. Keine Reaktion. Was trieb mein

Gefängniswärter, während ich zwischen den Regalen hockte? Und was sollte es bringen, mich zwischen Reis und Nudeln einzuschließen?

Doch so leicht wollte ich mich nicht unterkriegen lassen. Ich leuchtete das Regal ab, rückte Dosen hin und her und begann zu fürchten, dass Emma mir einen Bären aufgebunden hatte.

»Sehen Sie in der Vorratskammer hinter den Konserven nach«, hatte sie mir zugeflüstert. »Frau Luer wusste von dem Teller und hat ihn mir anvertraut. Ich sollte ihn an einem unverdächtigen Ort verstecken. Sie hat Oskar und Sven dabei erwischt, wie die beiden bei einem ihrer letzten Besuche überall im Haus herumstöberten. Dieser Teller war Wilhelm Graberts größter Schatz, und sie wollte ihn schützen. Nicht einmal Edgar war eingeweiht.«

Einige der Dosen polterten aus dem Regal und knallten direkt vor meine Füße. Und dann entdeckte ich es. Ein völlig abstruses Versteck!

Hinter Gemüseeintopf und Linsensuppe lag ein weißes Bündel. Zitternd zog ich es hervor und verdrängte für Sekunden meine prekäre Situation. Eingewickelt in das weiße Tuch war der von Nicos 1908 entdeckte zweite Diskos von Phaistos. Das musste er sein! Jahrzehntelang verschollen, seit Jahren versteckt im Haus Ariadne und nun endlich wiedergefunden!

Überwältigt von meinen Emotionen, richtete ich den Strahl meiner Taschenlampe auf meinen Fund – und zuckte zurück. Ungläubig starrte ich die runde Scheibe an. Und brach dann in schallendes Gelächter aus, eine Mischung aus Erstaunen, Erschütterung und Schock. Hastig wickelte ich die Scheibe wieder in das Tuch, denn ich hatte ein Geräusch vor der Tür gehört. Sie wurde just in dieser Sekunde aufgerissen, und ich blickte in das Gesicht von Sven Langer.

»Gott sei Dank, Anna, habe ich dich gefunden! Als ich ankam, fuhr gerade ein Wagen fort. Und dein Auto steht vor dem Haus. Ich habe überall nach dir gesucht. Edgar und ich wollten uns hier treffen.« Er klang erfreut und erleichtert.

Taumelnd verließ ich mein Gefängnis, das Tuch fest um die Scheibe geschlungen.

Sven half mir zu einem Küchenstuhl. »Hast du eine Ahnung, wer dich eingesperrt hat?«

Ich log, indem ich den Kopf schüttelte. Denn ich wusste genau, wer mich in dem luftarmen Kämmerlein eingeschlossen hatte. Doch ich schwieg und betete, dass Schumann bald auftauchen würde, um diesem Spuk ein Ende zu bereiten.

Ich sah auf mein Handy. Petruccio hatte mehrmals versucht, mich zu erreichen, aber leider nicht auf die Mailbox gesprochen.

Schließlich fand ich meine Stimme wieder und fragte: »Was habt ihr vor, Edgar und du? Die Sammlung noch mal durchgehen und bisher unbekannte Objekte finden? Es ist alles gründlich durchsucht worden, wie du weißt.«

Sven lächelte. »Oh nein, Anna. Edgar ist hinter etwas anderem her, und das schon seit längerer Zeit. Ich helfe ihm aus alter Freundschaft. Wie schon bei seinen Spielschulden.«

»Und was sucht Edgar?« Ich umklammerte das Tuch automatisch fester.

Sven bemerkte es. »Was hast du denn da? Zeigst du es mir?«

»Ich habe nur etwas aus der Vorratskammer mitgenommen«, versuchte ich auszuweichen.

Aber da hatte er schon meinem Arm gepackt. »Lass sehen!« Seine Stimme klang nicht mehr sanft. Ich riss mich los.

Er lachte. »Anna, Anna, ich weiß genau, was es ist. Emma hat es mir auch verraten, nur etwas später als dir. Allerdings musste ich etwas nachhelfen. Aber keine Angst, sie lebt, wenn auch für einige Stunden ruhiggestellt.«

Er grinste, und sein albernes Ziegenbärtchen wippte. »Sehr cleveres Versteck! Der Schatz von Phaistos hinter Suppendosen! Darauf muss man erst einmal kommen!« Er blickte auf mich herunter. »Gib schon her! Ich nehme es mit, und wenn der brave Edgar auftaucht, den ich auf morgen vertröstet habe, bin ich schon längst weg. Ich lasse ihm eine Nachricht zukommen, wo er dich findet. Bis dahin ist die Vorratskammer immer noch ein besserer Ort als ein schottischer Keller oder ein Sarkophag in einer Kirche im Moor.«

Ich fühlte mich wie niedergestreckt, vor allem bei der schockierenden Erkenntnis, dass sich mein Verdacht bestätigt hatte.

Sven Langer steckte hinter allem, ausgerechnet dieser auf den ersten Blick so liebenswerte Mann. »Jeder Mensch trägt alle Seiten des menschlichen Wesens in sich«, sagte einst der französische Philosoph Michel de Montaigne im 16. Jahrhundert. Wie wahr!

Sven schmunzelte. »Es war leicht, dich hinters Licht zu führen. In der Maremma war ich vor allem wegen Castelnuovo, mit dem ich schon länger zusammenarbeite, und wegen all der Geschichten, die sich um Marco Di Fillipo und Wilhelm Grabert ranken. Edgar ist zwar Graberts Urenkel, aber ich stehe dem alten Herrn wesentlich näher.«

Svens Schmunzeln verwandelte sich in ein Grinsen. »Tja, liebe Anna, du siehst vor dir Wilhelm Graberts Enkel. Meine Großmutter war Sabine Schuch, die 1970 plötzlich in dieser Gegend verschwand. Aber inzwischen weiß ich, dass sie hier starb. Mein Vater war Guillermo Schuch, der sich später Wilhelm nach seinem Vater nannte. Und ich habe den Namen meiner Ururgroßmutter mütterlicherseits angenommen, die im 19. Jahrhundert in Köln lebte. Deren Mann war ein gewisser August Langer, ein ehrbarer Gymnasiallehrer mit blütenweißer Weste. Ich wollte neu anfangen mit meinem neuen Namen. Aber dann stieß ich vor einigen Jahren auf die Aufzeichnungen meines Vaters, der sich Gedanken über das Geschick seiner Mutter machte. Er schrieb auch über sein Leben in Mercedes, und dabei tauchte der Name Klaus Kurz alias Petri auf, der meinen Vater aufzog. Und er erwähnte eher nebenbei den Namen Grabert, einst ein enger Freund meines Großonkels Klaus. Und allmählich erkannte ich, dass ich der Enkel von Wilhelm Grabert bin.«

Sven Langer der Enkel von Wilhelm Grabert? Eigentlich hätte ich es ahnen müssen, und was nützte es mir, dass Sven es mir nun beichtete? Hätte ich wenigstens das Aufnahmegerät meines Handys aktivieren können! Aber da Sven mich und das Handy »entsorgen« würde, half das auch nichts. Ich saß in der Klemme. Edgar würde nicht bald auftauchen, und auf Schumann konnte ich auch nicht zählen.

Geradezu genüsslich fuhr Sven fort: »Heiko Blum, skrupellos und clever, hat durch das Tagebuch von Grabert einige Anhaltspunkte für seine groß angelegte Geschichte bekommen und mich zu erpressen versucht. Er glaubte aufgrund dieser Aufzeichnungen, in mir den vermissten Enkel gefunden zu haben. Ein schlauer Bursche, nicht umsonst auch als Kunstdetektiv erfolgreich. Anfangs hat er nur ein bisschen herumgestochert, war eher unsicher und hat mehr geraten als gewusst. Aber dann ist er auf den Raub des Zwillings-Diskos von Phaistos gestoßen. Er hielt meinen Großvater Grabert für den Täter, und so ergab eines das andere. Ich mag keine Erpresser!« Sven wirkte ehrlich entrüstet.

»Eigentlich sollten wir uns hier treffen, um die Dinge zu klären. Tagebuch gegen Geld. Eine klare Abmachung. Aber er war dann auf Kreta, um die anderen Aktivitäten Graberts und meines Großonkels Klaus Kurz zu recherchieren, ich war in der Maremma wegen der etruskischen Bronzen in Cecina und auch aus dem Fundus der Villa Etruria, für die Castelnuovo einen guten Preis ausgehandelt hatte. Dass all diese kleinen Raubzüge zusammenhängen, hat selbst der schlaue Petruccio noch nicht erkannt. Zu geschickt eingefädelt!« Sven grinste.

»Aber dieser Blum ließ nicht locker. Nun gut, ich brauchte einen neuen Treffpunkt mit ihm. Und so flog ich kurzerhand nach Kreta, statt in der Gegend von Volterra Ausgrabungen zu erkunden, während Edgar in Rom war. Das ging alles recht flott. Zuerst traf ich Blum in diesem kleinen Ort bei Phaistos, aber das war mir zu unsicher. Dann eine neue Verabredung in der Samaria-Schlucht. Nur Blum hielt sich nicht an sein Wort. Er hatte Graberts Notizen in der Samaria-Schlucht nicht dabei. Er wollte mich reinlegen.«

Wenn es nicht so tragisch gewesen wäre, hätte ich mich fast über Svens Empörung amüsiert. Ein Mörder, der sich darüber aufregt, dass sein Opfer ihn austrickst. »Und da hast du ihn umgebracht?«

»Er wusste zu viel über meinen Großvater und über den Diskos. Wenn er tatsächlich diesen Beitrag verfasst hätte, wäre das eine Katastrophe gewesen. Für meine Karriere, für mein Privatleben und für meine Hoffnung auf den Diskos. Dieses Tagebuch musste verschwinden. Mein lieber Neffe Edgar hätte zwar auch darunter gelitten, aber für mich hätte das viel mehr zerstört. Und vielleicht hätte ich Blum nicht umgebracht, wenn er sich an unsere Abmachung gehalten hätte. Doch einmal Erpresser, immer Erpresser. Nicht so einfach, mit Grabert als Großvater und Klaus Kurz als Großonkel verwandt zu sein. Als mein Vater ihn irgendwann nach seinem eigenen Vater fragte, erklärte Onkel Klaus, das sei ein Geheimnis. Mehr nicht. Ich habe Blum dann, während er in dieser Taverne kurz aufs Klo gegangen war, ein Mittel ins Bier getan. Ich saß als alter Mann verkleidet in seiner Nähe. Das machte es mir später leichter, ihn zu überwältigen. Du kennst den Fall ja selbst.«

Sven streckte sich. »Macht eigentlich Spaß, sich das alles von der Seele zu reden. Ohnehin mag ich dich recht gerne, und es tat mir leid, dass dieser angeheuerte Einbrecher in der Villa Etruria so derb mit dir umgesprungen ist. Ich habe mich mit Edgar angefreundet, als mir Blum Brocken aus dem Tagebuch zuwarf, um mich damit zu erpressen. ›Den Rest kannst du selbst lesen‹, sagte er mir. ›Aber billig wird das nicht.‹ Er war unverschämt. Und nicht ehrlich. Er wollte den Kuchen haben und gleichzeitig essen.«

Sven strahlte eine widerliche Selbstgefälligkeit aus, die ich schon früher bei Verbrechern erlebt hatte. Seltsamerweise plauderten sie mir gegenüber gern über ihre Taten und prahlten damit. Wahrscheinlich, weil sie mich nicht für voll nahmen und planten, ihre Beichtmutter danach rasch loszuwerden.

»Und was ist mit dem Diskos?« Ich presste das Tuch an mich.

»Wenn er jemandem zusteht, dann mir. Grabert schuldet mir das. Alles andere ist unwichtig. Das Tagebuch zählt nicht mehr, es geht mir nur noch um den Diskos.« Svens Gesicht verwandelte sich in eine Maske aus Wut.

»Dieser fanatische Verschwörungstheoretiker Oskar war für meine Pläne das ideale Werkzeug. Er hat sich mit dem Thema ständig beschäftigt. Und dementsprechend war es einfach für mich, ihn zu motivieren, danach zu forschen. Ich habe ihm ausführlich von dem Gerücht um einen zweiten Diskos erzählt und dass Grabert bei der Ausgrabung 1908 vor Ort war. Ich deutete an, mir sei eine Information zugespielt worden, der Diskos befinde sich hier.« Er machte eine ausladende Geste, die das ganze Haus Ariadne zu umfassen schien.

»Oskar konnte gut mit Dörte Luer und der törichten Emma, tauchte öfter auf und bemühte sich um die eitle Luer, der er schöne Augen machte. Geradezu lächerlich, aber effektiv. Denn sie verriet ihm bei einem abendlichen Drink, sie habe in diesem alten Gemäuer eine Sensation entdeckt, dürfte aber nichts verraten. Es sei ein Familienerbstück. Da kam ich ins Spiel. Ich meldete mich bei Dörte und wollte sie treffen, um mit ihr einen Deal wegen dieser Scheibe zu machen. Ich habe ihr nicht meine wahre Identität verraten. Vielleicht wäre der Schock zu groß gewesen. Deshalb bot ich ihr sehr viel Geld, und erst schien sie darauf einzugehen. Sie hat auch die Existenz des Diskos keinesfalls geleugnet. Ich glaubte, sie würde ihn mir überlassen. Die Gute brauchte Geld, um das alte Haus zu renovieren. Dass sie Edgar hinterging, falls sie mit mir ins Geschäft kam, ignorierte sie. Keine besonders liebenswürdige Dame.«

Sven schielte auf das weiße Tuch. »Alles paletti, wie ich hoffte. Doch bei unserem Treffen bei der Donnerseiche, im Übrigen ein schönes romantisches Plätzchen, zückte sie plötzlich diesen alten Dolch und drohte mir, mich auffliegen zu lassen. Ich sei ein verlogener Schuft und Betrüger. Als ich ihr daraufhin dann doch sagte, ich sei ein Enkel von Grabert und hätte damit ein Anrecht auf diese Scheibe, lachte sie mich aus. Das sei eine Lüge, schrie sie. Grabert habe nur zwei legitime Kinder gehabt, und Edgar sei als Urenkel der rechtmäßige Erbe. Und dann fuchtelte sie mit diesem Dolch vor mir herum. Absolut lächerlich. Wie in diesem Indiana-Jones-Film dieser Schwertkämpfer, der vor dem Helden herumtanzt und dabei bedrohlich sein Schwert schwingt. Harrison Ford alias Jones macht kurzen Prozess mit ihm. Ein Schuss, das war's.« Er grinste schief.

»Ich habe ihr schließlich den Dolch entrissen, sie stürzte sich kreischend auf mich, und da ist es passiert. Bei unserem Gerangel stieß sie sich selbst den Dolch in die Brust.«

Diese Version vom unschuldigen Sven bezweifelte ich. Die Rechtsmedizin hatte eindeutig festgestellt, dass Dörte Luer durch einen einzigen gezielten Dolchstoß von unten nach oben getötet wurde, sich so gar nicht selbst hätte töten können.

»Die Sache mit Emma tut mir fast leid. Sie sah mich für einen winzigen Moment, als ich ins Haus schlich, um den Dolch zurück in die Vitrine zu legen«, meinte Sven. »Gründlich gesäubert natürlich. Die Polizei wird kein Blut daran entdeckt haben. Na ja, Emma hat überlebt. Zähes Mädchen!« Wieder glitt ein Grinsen über sein Gesicht. »Jetzt wird sie allerdings etwas länger schweigen.«

Dass die KTU den Dolch inzwischen längst als Tatwaffe identifiziert hatte, unter anderem auch, weil Sven die Scheide viel zu gründlich gereinigt hatte, ahnte er in seiner Arroganz nicht.

»Und was war mit Steffen Fuhrer?« Wenn schon, denn schon. Jetzt sollte Sven alles offenlegen.

Er blickte mich mit einem wehleidigen Ausdruck an. »Das fiel mir schwer. Ich mochte ihn. Aber er hat mitbekommen, dass ich während Edgars Rom-Trip nicht in Volterra bei den Ausgrabungen war. Er hatte versucht, mich zu erreichen, um mich wegen einer Lappalie zu befragen, und hat dann einen der Archäologen vor Ort angerufen, einen alten Bekannten von mir. Und der sagte ihm, ich sei gar nicht da. Fuhrer hat auch von Blums Recherchen erfahren, zählte eins und eins zusammen und konfrontierte mich an unserem Club-Abend mit meinem nicht vorhandenen Alibi.« Sven zuckte mit den Achseln.

»Er verdächtigte mich zudem schon länger, Ausgrabungsfunde unterschlagen und verkauft zu haben. Er hat einige Zeit mit Castelnuovo gearbeitet, und da muss irgendetwas passiert sein, was in ihm den Verdacht geweckt hat, ich hätte so meine Schwarzmarktverbindungen. Dass Castelnuovo mit von der Partie war, wusste er nicht. Was sollte ich machen? Er hat mich im Hotel Severin angesprochen. Eine Bedrohung für mich, oder?« Sven sah mich tatsächlich fragend an.

Er zwirbelte sein albernes Bärtchen. »Fuhrer war immer schon unberechenbar. Er hatte ein Frühstücksdate mit Piet. Wer weiß, was er dem erzählt hätte! Deshalb habe ich ihn gebeten, mich morgens früh am Bahnhof in Köln zu treffen. Und in einem Café in der Nähe der Hohenzollernbrücke würden wir unseren Disput ausräumen. Ich war bereit, ihm ein Schweigegeld zu zahlen. Er wollte aber kein Geld, sondern verlangte, ihn in ein Projekt zu involvieren, das mir einiges an Ruhm gebracht hätte, den ich nicht willens war zu teilen. Was folgte, war von mir nicht gut durchdacht. Schlag auf den Kopf, Sturz von der Brücke. Die Mail an Edgar hatte ich vorsorglich dabei und steckte sie in Steffens Manteltasche. Ich hatte sie schon nachts ausgedruckt.«

Mir wurde schwindelig. Was für ein Typ! Und ich hatte ihn trotz seines Bärtchens sogar für attraktiv gehalten! Anna, du lernst es nie!

Sven kratzte sich an der Nasenspitze und fuhr fort: »Es war sehr mühsam, Steffen auf die Brücke zu hieven. Glücklicherweise hat uns niemand gesehen. Nicht einmal ein Zug ist um diese Uhrzeit vorbeigefahren. Froh war ich nicht, da Fuhrer eine Koryphäe war und ich ihn ursprünglich sogar mit ins Boot meiner kleinen Deals holen wollte. Er kannte sich großartig mit römischen Kultdarstellungen aus. Aber wahrscheinlich wäre er doch zu bieder für solche Aktivitäten gewesen.«

Sven seufzte. »So, genug der Geständnisse. Leider ist Castelnuovo verhaftet worden. Er wird mich garantiert ans Messer liefern. Doch ähnlich wie mein Großonkel und meine Großmutter werde ich mich schon morgen nach Südamerika absetzen. Ich habe ein paar Indizien platziert, die für eine Weile den Verdacht auf Oskar lenken werden. Das gibt mir Zeit. Und Edgar wird mich auch nicht mehr finden. Der arme Trottel!«

Er lachte auf. »Mein Flugticket ist unter dem Namen Wilhelm Schuch reserviert. Einen zweiten Pass zu besorgen war leicht. Unter diesem Namen bin ich auch nach Kreta gereist. Alles easy!«

Sven sah mich fast liebevoll an. »Ich hätte mir einiges aus der Sammlung mitnehmen können, als ich gestern kurz hier war. Edgar hat mir einen Schlüssel anvertraut.« Er zog den bronzenen Dolch aus seiner Jackentasche und strich darüber. »Aber aus bestimmten Gründen habe ich mir nur dieses eine Stück genommen.«

Ich zuckte zurück.

»Keine Angst! Ich habe nicht vor, dich zu erstechen.« Sven schien sich königlich zu amüsieren.

Meine Stimme klang trotz seiner Worte verzweifelt. »Und was wird mit mir?«

Sven steckte den Dolch wieder weg. »Die Speisekammer kennst du ja schon. Netter Ort. Erst mal gibst du mir jetzt aber die Scheibe, an die du dich schon so lange klammerst!«

Ich sprang auf. »Nein«, schrie ich. Aber er packte meinen linken Arm und versuchte, mir das Tuch zu entreißen. Ich entwand mich seinem Griff, schlug das Tuch zurück und schleuderte den Diskos gegen die Wand. Er zerbrach in hundert kleine Stücke, die auf den Fußboden prasselten. Das Letzte, was ich vernahm, war Svens lautes Wutgebrüll. Dann war Ruhe.

Mein Kopf dröhnte, aber ich lebte noch. Um mich herum Finsternis. Und Enge. Langsam kam meine Erinnerung zurück. Sven Langer, die Scheibe von Phaistos, die ich gegen die Wand gedonnert hatte, Svens wütender Aufschrei, als die Scherben auf dem schwarz-weißen Kachelboden der Küche aufprallten. Hatte er mich mit der Faust niedergeschlagen oder mit einem Küchengegenstand? In einem Topf neben dem Herd standen mehrere gut einsetzbare Fleischklopfer und Teigroller. Egal, das Resultat war ein totaler Knock-out.

Er musste mich in die Speisekammer gezerrt und dort abgelegt haben. Die Tür konnte nur von außen geöffnet und geschlossen werden, der Lichtschalter befand sich gleichfalls draußen neben der Tür. Ich tastete nach meinem Handy, um mit Hilfe der Taschenlampen-App erneut etwas Licht in die Dunkelheit zu bringen. Fehlanzeige. Kein Handy. Das wäre auch zu schön gewesen.

Meine Armbanduhr besaß keine Leuchtziffern, und so konnte ich nicht einmal die Uhrzeit feststellen. Wie lange befand ich mich schon in diesem Gefängnis, angefüllt mit Nahrungsmitteln, die mir wenig nützten. Eine Stunde, zwei? Vielleicht war Schumann hier aufgetaucht, hatte nach mir gesucht und war wieder gegangen, da ich mich nicht bemerkbar machen konnte. Und wer käme auf die Idee, in der Speisekammer nachzuschauen?

Trotz meines Brummschädels und meiner leisen Klaustrophobie musste ich lächeln, als ich mich an Svens entsetzten Gesichtsausdruck bei meinem Zerstörungsakt erinnerte. Schockstarre, ehe er in wildes Gebrüll ausbrach.

Clevere Emma, oder war das noch ein letzter Trick von Dörte Luer gewesen? Ich hatte sofort erkannt, was dieser Diskos hinter den konservierten Erbsensuppen war: eine grandiose Reproduktion, täuschend ähnlich dem echten Diskos. Aber eine Kleinigkeit verriet die gelungene Nachahmung. Auf der Rückseite klebte ein winziges Etikett, und darauf stand »Made in Taiwan«. Ich wusste, für welche Firma diese Rarität der Kulturgeschichte zum Verkauf gefertigt worden war. In derselben Firma hatte ich vor einigen Jahren eine Nachbildung der Himmelsscheibe von Nebra für meine Mutter erstanden.

Dass dieser »Teller«, den Emma versteckt hatte, eine kunsthandwerkliche Nachbildung sein könnte, hatte ich nie ins Kalkül gezogen. Svens Entsetzen sprach für seine Überzeugung, endlich den begehrten Diskos in die Hände zu bekommen. Mochte doch Graberts Urenkel Edgar alles andere erben, diese Wunderscheibe kompensierte in Svens Augen alles! Und dann rieselten Teile dieses Objekts der Begierde vor ihm auf den Küchenboden. Ein zerbrochener Traum. Seltsamerweise tat er mir fast leid.

Während ich in diesem dunklen Kämmerlein saß, hatte ich genügend Zeit zum Grübeln. Eines machte mich stutzig. Die Firma, die hochwertige Nachbildungen von Kunstwerken aller Art herstellte, gab es seit ungefähr achtzig Jahren. Vielleicht hatte der alte Grabert diese Kopie selbst gekauft, um von seinem Schatz abzulenken, der irgendwo im Haus Ariadne verborgen lag. Emma hatte offenbar nur diese Version der Scheibe gekannt, die sie für Blum gesucht und im Auftrag von Dörte Luer versteckt hatte. Wo aber war dann der echte Diskos?

Sewings Leute hatten das ganze Haus auf den Kopf gestellt, jede Lücke, jede Ecke abgesucht. Ich versuchte mir vorzustellen, wo Dörte Luer das Original hätte verstecken können. Die Idee mit der Speisekammer war ideal. Aber wahrscheinlich hatte ihr Instinkt ihr geraten, Emma nicht mit dem echten Diskos zu betrauen, da sie eindeutig käuflich war und das Versteck für eine stattliche Summe verraten hätte. Dörte Luer musste das geahnt haben. Svens Jagd nach dem Schatz war ins Leere gelaufen. Niemals, so schätzte ich Graberts Enkelin Dörte ein, hätte sie den Diskos freiwillig preisgegeben.

Aber was nützten mir all meine Grübeleien und Bemühungen, mich an jedes Detail von Svens Beichte zu erinnern und mental nach der Scheibe weiterzusuchen? Die Luft in der kleinen Kammer wurde immer stickiger, die Enge immer bedrückender. Zwischendurch raffte ich mich auf und schlug an die Tür, schrie, bis ich heiser war, und sank danach wieder als Häufchen Elend auf den harten Boden.

Meine kurz aufflammende Hoffnung, Schumann könnte aus meinem vor der Garage parkenden Auto den Schluss ziehen, ich sei vor Ort, zerschlug sich rasch. Als ich in meiner Jackentasche nach meinem Autoschlüssel kramte, überlief es mich siedend heiß: Ich hatte ihn in meine Handtasche gesteckt und die Tasche auf einen Küchenstuhl gestellt. Sven hatte den Schlüssel sicherlich gefunden und meinen Wagen an einer anderen Stelle, weiter weg vom Haus, geparkt.

Das war der Augenblick, da ich in dumpfe Verzweiflung verfiel. Immer wieder manövrierte ich mich in solche Lagen, nur war ich bisher jedes Mal gerettet worden. Schumann und Richard waren wie in Hollywoodklassikern als Ritter in schimmernder Rüstung aufgetaucht und hatten mich befreit. Doch diesmal schien ich verloren zu sein.

Ich ersparte mir meine üblichen Gedanken an all das, was ich erlebt hatte, an alle verpassten Chancen, Gefühle und an die Dummheiten, die ich zuhauf begangen hatte. Ich dachte vor allem an meine Mutter, die wahrscheinlich trotz ihres Kummers über die Nachricht von meinem Schicksal kopfschüttelnd sagen würde: »Es gibt Gefahren, denen zu entfliehen nicht Feigheit ist, sondern höchster Mut, die Kraft, sich selbst zu besiegen.« Sie zitierte gern den Schriftsteller Berthold Auerbach. Hätte ich nur rechtzeitig an diesen Spruch gedacht, den sie mir schon einige Male als guten Rat gegeben hatte!

All das verdrängte ich. Mir fiel plötzlich ein Wort meines Lieblingsdichters Heinrich Heine ein: »Angst ist bei Gefahren das Gefährlichste.« Daran wollte ich mich lieber halten als an alle möglichen Klischees zum Thema Überwindung des inneren Schweinehundes in aussichtslosen Situationen. Ich holte tief Luft, schloss meine Augen und dämmerte weg.

Wie es so oft in solchen Zuständen zwischen Tag und Traum geschieht, hatte ich eine jähe Eingebung und fuhr aus meinem Dämmerzustand hoch. Mir war ein mögliches Versteck für den echten Diskos eingefallen.

Zitternd kroch ich zur Tür und hämmerte dagegen. Mein

Geistesblitz hatte mir neue Kraft verliehen. Aber es half nichts. Niemand hörte mich. Ich fühlte mich nicht nur zunehmend entmutigt, sondern durstig und hungrig. Es gelang mir, zum Regal zu robben, auf dem meiner Erinnerung nach die Kekspackungen lagen. Ich streckte die Hand vorsichtig aus und tastete über die dort gelagerten Vorräte. Nach wenigen Sekunden hatte ich eine Packung gefunden. Der erste Keks schmeckte göttlich, doch nach wenigen Sekunden verstärkte er meinen Durst.

Die Keksschachtel plumpste aus meiner Hand. Es war mir klar, dass man wesentlich länger ohne Nahrung leben konnte als ohne Flüssigkeit. Drei Tage, ohne zu trinken, dann war Sense. Und jetzt überfiel mich dann doch Angst. Immer wieder pochte ich an die Tür, unter der nicht der kleinste Lufthauch, geschweige denn Licht hindurchdrang. Hermetisch abgeschlossen wie ein Safe Room. Wenn doch Emma dieses Versteck auch Schumann verraten hätte!

Aber Svens dunkle Andeutung zu Emmas Zustand beunruhigte mich. Wenn er sie für längere Zeit außer Gefecht gesetzt hatte, konnte das mein Schicksal besiegeln. Eine geschickte Art, jemanden zu beseitigen, ohne sich dabei die Hände schmutzig zu machen! Wie lange blieb mir noch?

Ich fühlte mich ausgetrocknet, meine Kehle brannte, meine Lippen spannten sich. Der anfänglich so leckere Keks klebte in meiner Speiseröhre. Mit krampfhaftem Schlucken versuchte ich, ihn weiterzubefördern. Das verbrauchte viel Spucke.

Wer einmal in totaler Dunkelheit ausharren musste, weiß, wie es mir erging. Ohne jegliche Ahnung von der Uhrzeit, kein Gefühl dafür, ob Tag oder Nacht, alles verschwimmt in einem schwarzen Nebel.

Ich rappelte mich noch einmal auf. Meine Stimme mutierte zu einem Krächzen, deshalb schlug ich mit der geballten Faust mehrfach gegen die Tür. Immer wieder, bis ich meine Hand nicht mehr spürte. Nichts. Da gab ich auf. Mir war auf einmal alles völlig egal – Kreta, der Diskos, Graberts Machenschaften, Marco Di Fillipos Tod am Strand, das Verschwinden von Alessandra, Petruccios Suche nach ihr, die beiden Einbrüche in der Villa, Sven Langers Geschäfte mit Castelnuovo und seine

Mauschelei mit dem Kleinganoven Claudio, sein Anspruch auf die berühmte Scheibe als angeblicher Enkel Graberts, die Morde an Blum, Dörte Luer und Steffen Fuhrer, Svens Rache an mir, die den vermeintlich echten Diskos vor seinen Augen zerstört hatte. Er würde nie erfahren, dass das eine Nachbildung im Wert von ungefähr fünfhundert Euro gewesen war. Ein letzter, wenn auch sinnloser Triumph für mich, die in diesem Loch verkümmerte.

Ich zog mich in mich selbst zurück, schaltete ab und schloss die Augen. Langsam driftete ich davon. Sah schöne Landschaften und Tempel, Kathedralen und Burgen, Wälder mit rotgoldenem Herbstlaub, Wiesen voller Blumen, sanfte Hügel und das Meer. Tröstlich und beglückend.

Gerade tauchte ich in das warme Licht der Abendsonne ein, wie ich sie über der Insel Capraia hatte versinken sehen, da knallte es gewaltig. Das Geräusch riss mich heraus aus meinem Wunderland, und schneller, als Alice je wieder an die Oberfläche zurückgekehrt war, katapultierte es mich in die Realität. Blinzelnd erkannte ich verschwommen im Gegenlicht drei fassungslose Gesichter. Und eine Stimme, unverkennbar Richards: »Mein Gott, Anna, du bist wirklich unverbesserlich!« Ein leises Beben lag in diesen Worten, und meinem meistens so coolen Freund rann eine Träne über die Wange.

Dann packten mich starke Hände und zogen mich vom Boden hoch und aus der Speisekammer in die lichtdurchflutete Küche. Schumann und Sewing führten mich zu einem Küchenstuhl und platzierten mich sanft. Richard, auf seine Krücken gestützt, stand vor mir und schniefte. Wenig später drückte mir Schumann ein Glas Wasser in die Hand. Keiner der drei Männer sprach, bis ich das Glas geleert hatte.

Meine Augen tränten, mein Kopf schmerzte, aber ich war gerettet!

Die Erleichterung, gepaart mit der Erinnerung an die vergangenen Stunden mit ihren Ängsten, ihrer Verzweiflung und ihrer Qual, rauschte über mich hinweg, und ich drohte ohnmächtig zu werden. Aber da war Richard schon an meiner Seite, nahm mich in die Arme und hielt mich fest.

Dann räusperte sich Schumann und sagte: »Wir waren gestern Abend schon einmal hier und haben das ganze Haus abgesucht. Ohne jegliche Spur von dir. Du hattest mir geschrieben, du würdest hierherfahren, aber dein Auto stand nicht vor dem Haus.«

Also hatte Sven es tatsächlich fortgebracht. »Was für ein Tag ist heute?«, gelang es mir zu flüstern. Meine Kehle kratzte, doch meine Stimmbänder erholten sich langsam.

»Na ja, du hast die Nacht in der Speisekammer verbracht. Es ist elf Uhr vormittags«, erklärte Schumann. »Als wir dich nicht finden konnten, haben wir Richard alarmiert, der aber nicht wusste, wo du warst. Und dann rief Ettore Petruccio mich an und sagte, er könne dich seit Stunden nicht erreichen. Es sei sehr wichtig.«

Schumann wischte sich über die Augen. Auch er wirkte erschüttert und vermied, ungewöhnlich für ihn, mir Vorwürfe wegen meines unvernünftigen Verhaltens zu machen.

»Petruccio erklärte mir, dass dieser Claudio seine Beschreibung des ›Teutonico‹ widerrufen habe. Der sei nicht untersetzt und dicklich, sondern groß und schlank gewesen. Und Castelnuovo brach steil zusammen, als er hörte, dass die in Cecina gestohlenen Bronzen nicht an der Stelle deponiert worden waren, wo sie nach Vereinbarung hinsollten. Sein Komplize hatte ihn hintergangen. Dem Dieb war sein Diebesgut gestohlen worden. Und da gestand er, sein Ansprechpartner sei seit vier Jahren Sven Langer. Und zwar keineswegs mit Prepaidhandys, sondern immer wieder bei persönlichen Treffen.«

Schumann reichte mir ein zweites Glas Wasser.

»Er kannte ihn von einer Grabungskampagne bei Grosseto. Sie hatten sich gut verstanden und schließlich gemeinsam hie und da etwas verschwinden lassen, um es im Darknet betuchten Privatsammlern anzubieten. Der Verdacht bei den verschwundenen Objekten fiel immer auf andere. Wer hätte dem großartigen Paolo Castelnuovo zugetraut, sich am Kulturerbe seiner Heimat zu bedienen?«

Im Hintergrund begann Sewing einen Kaffee zu brauen.

»Aber dann tauchte Alessandra Antonini auf. Woher sie ihre Informationen hatte, wissen wir nicht. Sie verdächtigte Castelnuovo des Schwarzhandels mit Fundobjekten etruskischen Ursprungs. Sie machte Petruccio gegenüber eine Bemerkung über ihren Verdacht. Petruccio nahm diese aber nicht ernst. Als sie ihm dann erzählte, sie fühle sich bedroht, wurde er aufmerksam. Dann aber verschwand sie plötzlich, kurz nachdem Langer und Grunemann in die Villa gekommen waren. Petruccio ging Alessandras Verdacht nach, und nicht allein durch Claudios Geständnis kam man Castelnuovo auf die Spur. Bei der Überprüfung seiner Konten bestätigte sich der Verdacht. Er finanzierte mit dem Schwarzgeld vor allem seine Affären. Seine derzeitige Geliebte, die er sich geschickt ausgesucht hat wegen ihrer Zugehörigkeit zum Museum in Cecina, ist nur eine von vielen.«

Ich hustete ausgiebig, leerte das Glas und sagte mit schon wieder klarerer Stimme: »Einiges davon hat Sven Langer mir gestern erzählt. Er sprudelte wie ein Wasserfall. Leider hatte ich nicht, wie bei unserem letzten Fall im Frühling, die Möglichkeit, sein Geständnis aufzunehmen.«

Nun, da ich von meiner Todesangst erlöst war, vermochte ich bei der Erinnerung an Svens Gesichtsausdruck, als er die Scherben herumfliegen sah, wieder zu lachen. »Er hat gestern den Schock seines Lebens erlitten.« Ich berichtete den Männern von dem falschen Diskos, den ich an der Wand zerschmetterte. »Etwa fünfhundert Euro futsch, und für Sven brach die Welt zusammen.«

Die drei Männer starten mich an. »Du willst doch nicht sagen, dass dieses Imitat jahrzehntelang, wie eine Reliquie, hier im Haus aufbewahrt wurde?« Richard wirkte perplex.

Ich nickte. »Ob der alte Grabert diese Nachbildung als Ablenkung und Tarnung für den echten Diskos selbst gekauft hat, ahne ich nicht. Oder ob Dörte Luer dieses kunstvolle Objekt als Schutz für Graberts Vermächtnis erstanden hat, werden wir nicht mehr erfahren. Aber auf diesen Trick wäre Blum nicht hereingefallen. Er hätte sehr schnell erkannt, dass dieser Diskos nicht echt ist. Nicht nur wegen des winzigen Aufklebers auf der Rückseite, sondern weil einige Zeichen, soweit ich sehen konnte, plumper als im Original wirkten. Das wäre vielleicht auch Edgar aufgefallen. Doch Sven war so versessen auf den Diskos, dass er gar nicht auf die Idee gekommen wäre, dies könnte nur ein hübsches Imitat sein.«

Ich ergriff gierig den Becher mit dem dampfenden Kaffee, den mir Sewing wortlos vor die Nase stellte, und schlürfte mit seligem Lächeln.

»Dann brauchen wir diese Scheibe hier nicht mehr zu suchen«, sagte Schumann enttäuscht. »Ich wüsste auch nicht, wo sie sein könnte. Wir waren sehr gründlich, und Graberts sichergestellte Unterlagen geben uns keinerlei Hinweis.«

Sewing mischte sich ein: »Die Großfahndung nach Langer läuft. Annas Auto wurde im Donnerswald gefunden. Der Schlüssel steckte. Von Langer keine Spur, aber reichlich Fingerabdrücke von ihm am und im Auto. Er wird seinen eigenen Wagen dort in der Nähe geparkt haben.«

»Das nützt uns nicht viel«, knurrte Schumann. Er blickte missmutig drein.

Endlich fand ich die Kraft für die Frage, die mich seit meiner Befreiung umtrieb: »Ihr wart gestern hier und habt mich umsonst gesucht. Weshalb seid ihr heute zurückgekommen und habt die Speisekammer geöffnet?«

Schumann lachte verlegen. »Ich bin heute früh in die MHH zu Emma gegangen, die von Langer, wie es aussieht, betäubt wurde und erst langsam wieder zu sich kam. Sie sagte, er sei in einem Arztkittel plötzlich an ihrem Bett aufgetaucht und habe sie so sehr unter Druck gesetzt, dass sie ihm schließlich das Versteck des Diskos verriet. Danach verabreichte er ihr ein Glas Wasser mit Schlaftabletten. Das hätte auch tödlich enden können. Doch glücklicherweise kam zufällig eine Schwester in Emmas Zimmer und bemerkte ihren unnatürlich tiefen Schlaf. Man konnte Emma retten. Doch sie wachte erst heute Morgen auf. Als ich sie nach dir fragte, murmelte sie etwas von Speisekammer und Versteck, ehe sie wieder wegdriftete.«

Schumann grinste. »Richard nervte mich seit gestern Abend, behauptete, du seist entführt worden, und drängelte, heute mitfahren zu dürfen. Frostauer hat ebenfalls mehrfach angerufen. Er hat einiges über Grabert und Kurz herausgefunden, was er dir unbedingt mitteilen will.«

Frostauer musste warten. Ich spürte die Unruhe und den Frust von Schumann. Deshalb rückte ich mit meiner Überlegung zum Diskos heraus, mit meinem Geistesblitz im Trancezustand.

»Emma«, sagte ich, »hat immer von einem Teller gesprochen. Auf Anordnung von Dörte Luer legte sie die Kopie in die Vorratskammer hinter die Dosen. Dort wäre das gute Stück sicherlich irgendwann gefunden worden, oder Emma hätte es Edgar ausgehändigt. Aber Graberts wahrer Schatz wurde von Dörte vielleicht nach seinen Vorgaben versteckt. Oder noch von ihm selbst. Und wo sind Teller am besten untergebracht? Unter lauter Bäumen sieht man den einzelnen Baum nicht mehr.«

»Du meinst, der Diskos liegt im Geschirrschrank?« Schumann starrte mich verwirrt an. »Auf so eine simple Lösung wäre ich niemals gekommen!«

Ich stand auf. »Lass uns einfach nachsehen. In der Diele vor dem Wohnzimmer steht ein schöner alter holländischer Schrank, bis zum Rand gefüllt mit Geschirr. Der Schrank fiel mir auf, weil meine Mutter einen ähnlichen besaß, den sie dummerweise verkaufte. Ich war damals sehr sauer auf sie. Es war ein Erbstück meiner holländischen Ururgroßmutter.«

Nach dem Wasser und dem Kaffee fühlte ich mich wieder fit. Gemeinsam gingen wir in die geräumige Diele, in der unter anderem der Geschirrschrank, zwei Tische und eine Kommode standen. Behutsam öffnete Schumann die Glastür des Schranks. Schönes englisches Wedgwood-Geschirr, vollständig für zwölf Personen, für Frühstück, Tee und Dinner. Aber kein Diskos von sechzehn Zentimeter Durchmesser, hellbraun, bedeckt mit sonderbaren Zeichen. Enttäuscht schloss Schumann den Schrank wieder.

Richard musterte das gute alte Stück mit Kenneraugen und taxierte es. »Wenn Edgar ihn mir samt Inhalt in Kommission geben würde, könnte ich einen guten Preis dafür bekommen, obgleich ältere Möbel nicht mehr so gefragt sind. Aber dies ist ein Prachtstück, das eine Menge Geld wert ist. Leider nicht für meine Sendung ›Gutes für Geld‹. Der Preis wäre zu hoch.«

Richard strich fast zärtlich über das dunkle Holz. Dann aber sagte er plötzlich: »Bei Schränken dieser Art aus dem 17. Jahrhundert gibt es immer ein oder zwei gut verborgene Schubladen, in denen man oft Silberbesteck aufbewahrte.«

Er betrachtete den Schrank von allen Seiten, klopfte ihn ab, öffnete ihn erneut, rückte einige Schüsseln hin und her, nahm erst eine Terrine heraus, dann eine Teekanne, die er auf der Kommode abstellte, und rief: »Da ist eine Schublade!«

Es dauerte eine knappe Minute, die anderen Geschirrteile aus dem Schrank zu heben und die Schublade freizulegen. Richard zog an ihr, erst vorsichtig, dann kräftiger, da sie klemmte. Mit einem Ruck ging sie auf. Uns verschlug es den Atem. Denn darin lag, eingehüllt in roten Samt, Graberts Schatz, der zweite Diskos von Phaistos.

Ein Sonnenstrahl fiel in die Diele und auf die Scheibe, die Richard wie ein neugeborenes Baby sanft aus dem Samt wickelte. Sie leuchtete in dunklem Goldgelb, und die Schriftzeichen, die den Forschern seit vielen Jahren Rätsel aufgaben, traten deutlich hervor. Wir erstarrten vor Ehrfurcht. Ich aber hatte gemischte Gefühle.

Wegen dieses Diskos war gemordet worden, wegen dieses Diskos war auch Sven Langer zum Mörder geworden. Nur wegen einer runden Scheibe aus der fernen Vergangenheit, deren Pendant im Museum von Heraklion jährlich Tausende von Besuchern anlockte. Was machte dieses Werk aus minoischer Zeit so faszinierend, dass dafür sogar getötet wurde?

Mich bewegte die Frage, wem dieses viertausend Jahre alte Meisterwerk gehörte. Sicher nicht Edgar Grunemann.

Als ich diese Frage laut stellte, antwortete Richard: »Es gehört der Insel Kreta. Dorthin muss es zurück. Eine wahre archäologische Sensation, deretwegen viel zu viel Blut vergossen worden ist.« Selten hatte ich ihn mit so viel Pathos sprechen gehört.

Er drückte mir feierlich den »Stein des Todes« in die Hände. »Sieh ihn dir genau an. Er ist echt! Keine Nachbildung für ein paar hundert Euro!«

Ich blickte auf dieses Objekt der Begierde so vieler Menschen, und mich überlief ein Schauer.

»Bitte nicht zerstören«, ermahnte mich Schumann mit einem leisen Lächeln. Ich hörte nicht richtig zu. Meine Augen, gewohnt, Kunstwerke sehr genau zu betrachten, hatten etwas erspäht. Auf der Rückseite klebte zwar kein Etikett, doch ich sah etwas anderes: Kaum mit bloßem Auge erkennbar waren auf der Rückseite der Scheibe die Buchstaben D und M eingeritzt. Die Initialen des Kopisten Dimitrios Mandrakis. Beim Tod von Nicos war dieses Objekt spurlos verschwunden.

Das durfte doch nicht wahr sein! Hatte Grabert das nie bemerkt, wollte er es nicht wahrhaben, oder zog er es vor, bewusst mit einer Täuschung zu leben und diese Kopie als Original über Jahrzehnte als seinen größten Schatz zu betrachten?

Ich konnte nicht an mich halten. »Ihr Lieben, dies ist nicht die zweite Scheibe aus Phaistos. Es ist eindeutig die Kopie, die Dimitrios Mandrakis damals im Auftrag von Nicos schuf. Hier seht ihr seine Initialen in lateinischer Schrift.«

Sewing stammelte: »Aber schön ist sie doch, wenn auch nur eine Kopie.«

Richard hatte sich in eine Salzsäule verwandelt, und ich stand am Rande eines Nervenzusammenbruchs. Warum fiel mir in diesem Moment Shakespeare ein? »Viel Lärm um nichts« beziehungsweise um »wenig«.

Schumann fasste sich an den Kopf. »Und dafür all diese Verbrechen? Dieses Versteckspiel und diese faulen Tricks! Für eine Kopie, die nicht einmal hundertfünfzig Jahre alt ist?«

Der Schock saß bei uns allen tief. Wir verließen Haus Ariadne mit sehr unterschiedlichen Gefühlen und Fragen. Wo war die echte Scheibe abgeblieben? Oder hatte es sie doch nie gegeben, und diese Scheibe war eine insgesamt gute, aber nicht perfekte Kopie des ersten Originals?

Graberts so sorgfältig gehüteter Diskos war nicht viel mehr wert als jenes von mir zerstörte Imitat. Ich war bedrückt. Warum hatte Dimitrios seine Initialen darauf angebracht? Wollte er damit verhindern, dass Nicos seine Kopie als authentischen Fund verkaufte? Nicos war am Ende von seinem Plan abgewichen, aber da war Dimitrios schon tot.

Wir erreichten Hannover zwei Stunden später. Sewing fuhr mit eigenem Wagen nach Göttingen. Er wollte am nächsten Tag nach

Hannover kommen. Sein Fall der ermordeten Dörte Luer schien gelöst, selbst wenn Sven Langer noch nicht gefasst worden war.

Ich sollte am nächsten Tag alles zu Protokoll geben, was Sven mir erzählt hatte. Eiser würde aus Köln wegen Steffen Fuhrers Ermordung dazugeschaltet werden.

Schumann verabschiedete sich vor meiner Haustür mit einer Umarmung. »Ich rufe das griechische Konsulat in Berlin an. In Hannover gibt es leider seit 2010 keines mehr. Ich werde den Fund melden, und dann sehen wir weiter.«

Richard blieb bei mir. Ich spürte nun doch die Nachwehen der beiden letzten Tage und freute mich über seine Gesellschaft.

Von Sven Langer gab es bisher keine Spur, seine Freunde reagierten, wie Schumann mir später berichtete, völlig entsetzt, vor allem Edgar, den Sven ausgenutzt hatte: »Ich hoffe, dass ein Irrtum vorliegt und ich nicht mit ihm verwandt bin«, sagte er. »Schlimm genug, was ich über meinen Urgroßvater erfahren habe. Ein Mörder in der Familie reicht!«

Spät an diesem Abend, den Richard und ich bei einer Flasche Wein in trauter Zweisamkeit verbrachten, erreichte mich Harald Frostauer.

»Schon wieder knapp überlebt!«, kommentierte er mein Abenteuer. »Langsam wird das zur Tradition. Bitte lass das in Zukunft!«

Ich musste lachen. Das war Frostauers etwas ungewöhnliche Art, Gefühle zu zeigen.

»Aber ich wollte dir sagen, dass der Vater von Sabines Sohn Guillermo laut meiner Quellen ein gewisser Jörg Schwendtner ist, mit dem sie während der Schiffsreise nach Argentinien eine kurze Affäre hatte. Sie hat ihn danach nie wiedergetroffen. Ursprünglich hat Sabine bei der Geburt ihres Sohnes angegeben, der Kindsvater sei unbekannt, und später das Geburtsdatum ihres Kindes um einige Wochen nach vorne verlegt, um Grabert damit zu erpressen. Es gibt aber von Kurz alias Petri einen Nachlass, der erst kürzlich nach Deutschland gekommen ist und in Berlin wegen einiger brisanter Hinweise auf geflüchtete Nazis in Argentinien ausgewertet wurde. Und darin steht, dass Sabine an Bord des Schiffes eine kurze Affäre mit ebenjenem Schwendtner hatte. Das eigentliche Geburtsdatum von Guillermo passt genau dazu. Es ist der 19. August und nicht, wie fälschlich angegeben, der Juli 1947.«

Frostauer machte eine seiner beliebten Kunstpausen. Dann sagte er mit fast feierlichem Unterton: »Grabert, den sie 1970 besuchte und zu erpressen versuchte, kann nicht nur deshalb nicht der Vater ihres Sohnes gewesen sein, der dann in der fünfzigsten Woche geboren worden wäre, ein biologisches Wunder. Auch aus medizinischen Gründen kann Grabert nicht der Vater von Guillermo sein. Denn Grabert hat mit Mitte vierzig Mumps bekommen, lange nach der Geburt seiner zwei Kinder. Danach war er zeugungsunfähig. Sven Langer ist also eindeutig nicht sein Enkel.«

Diese Nachricht war schon eine kleine Sensation. Aber was dann folgte, war noch viel dramatischer. Ein junger Polizist, der die Schublade wieder einfügen sollte, entdeckte an ihrem Boden einen Umschlag, den wir übersehen hatten. Schumann rief mich am nächsten Morgen an. Und gemeinsam lasen wir das Dokument, das Wilhelm Grabert zusammen mit seinem Schatz in der Schublade des holländischen Geschirrschrankes versteckt hatte.

Das Vermächtnis

Ich, Wilhelm Grabert, in meinem 87. Lebensjahr und im Vollbesitz meiner Kräfte, lege hiermit eine Art Confessio nieder, auch um einige Ereignisse in ihr wahres Licht zu rücken und von den düsteren Schatten der Vergangenheit zu lösen. Und auch um mich selbst von all den Verdächtigungen zu befreien, die mich seit Jahren verfolgen.

Am 19. Juli 1908 wurde mein Freund Nicos überfallen, beraubt und getötet. Ich fand den Sterbenden in seinem Zelt. Dort hatte er an jenem Abend Fundstücke aus dem minoischen Palast von Phaistos betreut. Eine gute Woche vor dem verhängnisvollen Tag hatte er mir sein größtes Geheimnis anvertraut: die zweite Scheibe, die er in einer zerfallenen Kammer im Palast ausgegraben hatte. Gesehen hatte ich sie nicht, wohl aber eine Kopie davon, die sein Freund Dimitrios anfertigte. Diese Kopie sollte Teil eines, im Rückblick hirnrissigen, Plans sein, der sich aber glücklicherweise zerschlug. Einzelheiten sind deshalb überflüssig.

Eine innere Unruhe trieb mich in jener Nacht zum Zelt, in dem Nicos oft noch spät in der Nacht über unseren Funden saß. Dort fand ich ihn am Boden liegend. Als ich den Sterbenden in meine Arme nahm und ihm zu entlocken versuchte, wer ihm dies angetan hatte, flüsterte er: »Der Diskos«, und dann »Marco«. Sollte er damit tatsächlich den Namen seines Mörders genannt haben? Erst mochte ich es nicht glauben, erinnerte mich dann aber, dass Marco, unser immer liebenswerter Italiener, sich in den letzten Tagen seltsam benommen hatte. Er vertraute mir an, er fühle sich zunehmend als fünftes Rad am Wagen und von Nicos ausgeschlossen. Marco war an diesem Abend aus Mires zurückgekehrt, wo er Vorräte eingekauft hatte. Konnte es wahr sein, was Nicos mir zu verstehen geben wollte? Ich sah mich im Zelt um. Es fehlten einige kleinere Objekte, darunter Scherben, die nur für die Forschung einen gewissen Wert haben. Aber nirgendwo war ein Diskos zu sehen, auch nicht die Kopie.

Ich gestehe, dass ich in jener Nacht zu geschockt und feige war, den Tod meines Freundes sofort zu melden. Marco reagierte darauf am nächsten Tag überzogen pathetisch. Ich nahm ihm das nicht ab. Nach der Beerdigung von Nicos verließen wir beide Kreta. Ich verabschiedete mich von Maria, Nicos' Witwe, die ich sehr verehrte und, ich gestehe es, in die ich verliebt war. Und ja, für einen kurzen Augenblick verrannte ich mich in die wahnwitzige Idee, nun, da Nicos nicht mehr lebte, wäre sie frei für mich. Marco wusste um meine Liebe zu Maria und kommentierte sie nach dem Tod ihres Mannes mit anzüglichen Bemerkungen. In mir keimte der Verdacht, er könne tatsächlich der Täter sein, den Nicos sterbend genannt hatte. Aber wer hätte mir geglaubt? Er galt stets als der freundliche, gutmütige, integre Italiener, mir sagte man dagegen kaum liebenswerte Eigenschaften nach. Doch ich liebte Nicos, und nie hätte ich ihm etwas angetan.

In Deutschland schlug ich neue Wege ein, wandte mich von Kreta ab, versuchte Maria zu schreiben, doch es gelang mir nicht, meine aufrechte Trauer zu formulieren. Meine arme Ehefrau hat darunter gelitten, dass sie nur zweite Wahl war. Doch immerhin waren wir dreißig Jahre verheiratet, obgleich in ihren letzten Lebensjahren entfremdet. Ich kränkte sie gewiss durch meine Affären, aber ich hätte mich von ihr, einer gläubigen Katholikin, nicht scheiden lassen. Ihr Tod bei einem tragischen Unfall stürzte mich zwar nicht in einen Abgrund, aber ich war dennoch wehmütig. Sie war eine gute Mutter, wenn auch für mich nicht die richtige Partnerin. Meine Arbeit blieb ihr fremd.

Aber meine Ehe soll hier nicht das Thema sein. Vielmehr sind es andere Ereignisse und Erinnerungen, die mich bewegen. In den vierziger Jahren besuchte ich Marco, mit dem ich stets korrespondiert hatte, immer auch in der Hoffnung, er würde sich mir öffnen. War er wirklich schuld an Nicos' Tod? Hatte er den Diskos in jener Nacht gestohlen? Ich kam der Antwort auf diese Frage näher, als ich 1943 in der Villa Etruria einkehrte. Sein Assistent Gregorio, ein einfacher Bursche, ging bei ihm ein und aus, Marcos Frau und Kinder lebten in Florenz, er war meist allein in dem Haus am Meer. Er besaß einige wunderschöne Bronzefiguren und andere Grabungsstücke. Auf meine Frage, ob diese alle legal in seinen Besitz gekommen wären, lachte er und sagte: »Du bist doch derjenige, der sich da besser auskennt.«

Leider hatte er nicht unrecht. Denn als Student hatte ich mich an einigen keltischen Fundstücken heimlich bereichert, sie verkauft und davon mein Studium finanziert. Und in Phaistos hatten wir vorübergehend davon geträumt, durch den Diebstahl der Scheibe und ihren Verkauf reich zu werden. Aber Nicos kehrte sich von dieser Idee ab, ich auch, nur Marco sah nicht ein, dass wir nicht wenigstens die Kopie als authentisches Objekt an einen Privatsammler verkauften. Ich glaube jedoch nicht, dass Marco in Roselle Fundstücke einbehielt. Er war ehrlich entsetzt, als der Tresor am Grabungsort geöffnet und ausgeraubt wurde. Ohnehin erinnerte mich Marco, der viele asketische Züge aufwies, an einen Büßer. Und er nahm seine Arbeit sehr ernst. Ich gestehe, dass ich mit Gregorio darüber verhandelte, mir einige der kleinen Bronzefigürchen unter der Hand zukommen zu lassen, die ich meiner eigenen Sammlung hinzufügen wollte. Er verlangte viel Geld dafür. Ja, ich bin kein Heiliger, und meine größte Versuchung sind diese Kunstwerke der Vergangenheit.

Marco hatte am zweiten Abend unseres Treffens zu viel getrunken. Und da sagte er mir, falls ich etwas über Phaistos und unsere einstigen Pläne ausplaudern würde, so hätte er vorgesorgt. Er habe ein Schriftstück verfasst, das seine Versicherung sei. Er gestand mir trotz seines stark alkoholisierten Zustands zwar nicht die Ermordung unseres Freundes. Doch in diesem Moment war ich mir sicher. Und ich vermutete, dass irgendwo in diesem Haus der Diskos versteckt war. Aber ich konnte dieses Geheimnis nicht mehr enträtseln. Wir hatten uns für den nächsten Abend zu einem Spaziergang am Strand verabredet. Ich wollte in aller Freundschaft mit ihm reden. Aber er tauchte nicht auf. Ich kehrte nach längerem Warten zur Villa zurück und sah, wie Gregorio das Haus eilig mit einem großen Rucksack verließ.

Am nächsten Tag war Marco noch immer nicht wieder da. Als ich nach Gregorio fragte, sagte man mir, er habe Roselle verlassen und sei nach Florenz unterwegs. Doch ich ahnte die Wahrheit. Ich musste leider zurück nach Deutschland, schwor mir aber, bald zurückzukehren und Gregorio zu jener Nacht zu befragen. Diesem etwas törichten Polizisten Fernando Petruccio erzählte ich nichts von meiner Befürchtung.

Ich kam zwei Monate später noch einmal zurück. Und da fand ich Gregorio auf Capraia, nachdem ein Fischer mir verraten hatte, ihn vor etlichen Wochen zur Insel gebracht zu haben. Ich mache es kurz. Ich setzte über, stellte ihn, konfrontierte ihn mit meiner Vermutung, Marco getötet und einige Antiken aus der Villa gestohlen zu haben. Ich bot ihm viel Geld für diese Dinge. Am nächsten Tag trafen wir uns am Strand auf den Felsen. Er überreichte mir seine Diebesbeute, ich versprach ihm, ihn nicht ans Messer zu liefern, wenn er mir die Wahrheit sagte. Er gestand unter Tränen, er habe Marco am Strand aufgelauert und von ihm Geld gefordert. Oder er würde behaupten, Marco hätte den Tresor ausgeraubt und würde sich schon länger selbst bedienen und habe versucht, ihn, Gregorio, zu seinem Helfershelfer zu machen.

Marco wurde zornig, erklärte, er wisse, dass Gregorio den Tresor geöffnet habe, und die beiden rangen miteinander. Zudem drohte Marco Gregorio, ihn wegen Erpressung anzuzeigen. Da schlug Gregorio ihn nieder. Zu seinem Entsetzen sah er, dass Marco tot war, geriet in Panik und vergrub ihn unter dem Sand auf der kleinen Düne. Wie ich später hörte, lag Marco dort drei Jahre unentdeckt.

Gregorio und ich trafen uns noch einmal auf den Felsen, wo ich ihm das versprochene Geld geben wollte. Doch dann beging er einen Fehler, als er höhnisch bemerkte, Marco sei einer dieser reichen Schmarotzer gewesen, für die Archäologie nur ein Hobby sei. Er hätte nur für ihn gearbeitet, um dadurch Beziehungen und Chancen zu bekommen. Da ergriff mich eine unkontrollierbare Wut, denn bei all seinen Sünden, die er, wie es schien, in letzter Zeit durch seinen untadeligen Lebenswandel kompensieren wollte, war Marco mein Freund gewesen, genau wie einst Nicos. Ich packte Gregorio, schüttelte ihn heftig, er schlug nach mir und traf mich am Kinn, ich wich zurück, er schlug erneut nach mir, und da rutschte er aus und stürzte in die Tiefe, ohne dass ich ihn festhalten konnte. Fast hätte er mich mitgerissen. Ich aber kehrte für kurze Zeit zurück nach Deutschland, im Gepäck nicht nur einige Bronzefigürchen, sondern den Diskos, den Marco 35 Jahre in seiner Bibliothek, wie Gregorio mir verriet, hinter anderen Antiken aufbewahrt hatte. Gregorio hatte ihn geraubt. Weshalb Marco damals Nicos erschlug, kann ich nicht wirklich erklären, glaube aber, dass er von Nicos enttäuscht war, weil der ihn nicht ins Vertrauen zog. Vielleicht war Marco auch von plötzlicher Gier ergriffen worden. Ich vermute, dass Marco selbst über seine Tat entsetzt war, aber nie den Mut fand, sie einzugestehen. Und er nahm den Diskos mit, diesen magischen Stein des Todes. Jedes Mal wenn ich ihn betrachte, gedenke ich meiner toten Freunde und der Hoffnungen unserer Jugend.

Über meine Zeit auf Kreta während des Krieges, die ich zu verdrängen versuche, nur so viel: Mit Klaus Kurz habe ich in der Tat Geschäfte gemacht, was ich zutiefst bedauere. Er war ein heimtückischer Mensch. Seinen Verrat an Hubert Großkopf fand ich schändlich. Dennoch habe ich ihm nach dem Krieg zu einer neuen Identität verholfen. Er hatte mich wegen der Schlangengöttin aus Knossos in der Hand. Und Sabine? Die Tote im Donnerswald, die behauptete, ihr Sohn sei mein Kind? Ich wollte sie nur loswerden, geriet mit ihr in Streit, sie stürzte sich auf mich, ich Tor schlug mit dem Stock nach ihr und traf sie unglücklich. Sie fiel zu Boden, prallte mit dem Kopf auf eine Wurzel und blieb reglos liegen. Und ich wurde zum Mörder wider Willen. Ich wusste längst, dass ich nicht der Vater ihres Sohnes war. Dagegen sprachen unter anderem bestimmte biologische Gründe. Ich tötete Sabine zwar nicht mit Absicht, war aber zu feige, diese Tat zu gestehen. Zu viel aus meiner Vergangenheit hätte ich dann erklären müssen, und der Rest meines Lebens wäre ruiniert gewesen.

Mein Gewissen quält mich deswegen. Verzweifelt bemühe ich mich, in meinen letzten Jahren den Frieden zu finden, der mir stets verwehrt blieb, vor allem durch eigenes Verschulden. Ich bin gewiss kein guter oder liebenswerter Mann. Doch weder habe ich Nicos etwas angetan noch Marco. Gregorio, obwohl der Mörder meines Freundes, hatte sein Geschick nicht verdient, und auch Sabine hätte ich ein anderes Schicksal gegönnt. Vielleicht ist es meine Strafe, dass ich heute ein einsamer alter Mann bin, der von den Schatten der Vergangenheit verfolgt wird. Und dennoch tröstet mich der Diskos. Diese Scheibe übt eine seltsame Faszination aus. Ich habe sie über all die Jahre versteckt. Es haftet Blut an ihr. Vielleicht sollte ich sie zerstören. Aber das bringe ich nicht übers Herz. Auch wenn ich längst erkannt habe, dass dies die Kopie von Dimitrios ist. Wo die zweite Scheibe geblieben ist, weiß ich nicht.

Ich kann nur beten, dass ich selbst Vergebung finde und dass die Wahrheit ihren Weg findet.

Wilhelm Grabert, Haus Ariadne, November 1970

To télos (Das Ende)

Graberts Vermächtnis erfüllte uns alle mit Erstaunen, aber auch mit Scham. Wir hatten ihn für einen skrupellosen Mörder gehalten und waren in Marco Di Fillipos Falle getappt. Marco tötete seinen Freund Nicos damals aus Gier und Neid, und er lebte viele Jahre mit seiner Beute. Es gelang ihm, uns alle in die Irre zu führen und von Graberts Schuld zu überzeugen. Marco war im Gegensatz zu Grabert ein Sympathieträger, doch schwer belastet durch seine Tat, die er zu verdrängen versuchte. Sein merkwürdiges Schreiben, das er im hohlen Hermes versteckte, war eine böse Finte gewesen, wobei ich nicht verstand, weshalb er dieses angebliche Geständnis Graberts so kompliziert aufgeschrieben hatte, nur für ihn allein verständlich. Als Schutz vor Grabert oder anderen Entdeckern dieser Papiere? Marco hatte einige rätselhafte Züge gehabt.

Ich würde Elena so bald wie möglich die Wahrheit berichten und sie darüber aufklären, dass Wilhelm Grabert nicht der Bösewicht in diesem Drama von Phaistos war. Ein Mensch voller Makel und Fehler, der zweimal mitschuldig am Tode von Menschen wurde, aber kein kaltblütiger Mörder, wie wir gedacht hatten.

Als Edgar von dem »Vermächtnis« seines Großvaters erfuhr, weinte er. »Damit kann ich leben und mich mit ihm versöhnen«, sagte er.

Sven Langer hatte kein Glück bei seinem Fluchtversuch. Er geriet an der belgischen Grenze in eine Kontrolle, wendete sein Auto und flüchtete, raste mit deutlich überhöhter Geschwindigkeit über die Autobahn und rammte bei Köln in einer Baustelle einen Lastwagen. Schwer verletzt barg man ihn aus seinem Wagen, der Lastwagenfahrer kam mit einem Schock davon. Es sah nicht gut aus für Sven.

Als er nach vier Tagen aus dem Koma erwachte, verlangte er, Schumann zu sehen. Und ihm gestand er all das, was er mir bereits erzählt hatte. Schumann hatte Carsten Willems dabei und nahm Svens Geständnis auf. Reue zeigte Sven nicht. Noch glaubte er, er sei Wilhelm Graberts Enkel und habe deshalb ein Recht auf das Erbe.

Mit zorniger Stimme klagte er mich an, die den Diskos zerstört und deshalb die Strafe, in der Speisekammer zu verdursten, verdient habe. Schumann ließ ihn in dem Glauben, der Diskos sei unwiderruflich zerbrochen. Und er verriet Sven nicht, dass er nicht Graberts Enkel war.

Ein kleines Detail erklärte Sven dem Kommissar, welches er in seinem Monolog mir gegenüber nicht erwähnt hatte. Es ging um die Dokumente im hohlen Hermes. Auf diese Papiere in ihrem sonderbaren Versteck war er durch eine Bemerkung Castelnuovos gestoßen. Dieser hatte bei einem Besuch in der Villa Etruria von Alessandras Mutter erfahren, dass Marco Di Fillipo sehr wahrscheinlich eine Reihe von interessanten Aufzeichnungen hinterlassen habe. »Man müsste sie wohl an merkwürdigen Stellen suchen«, hatte sie gesagt, »ähnlich wie zu Ostern die Deutschen ihre Ostereier. In Marcos Sammlung gibt es das eine oder andere geeignete Versteck.«

Castelnuovo hatte Sven von dieser Bemerkung berichtet und lächelnd hinzugefügt: »Ich wette, dass zum Beispiel in dieser eher hässlichen Hermes-Bronze so ein Osterei steckt.«

Sven, auf seiner ständigen Suche nach Hinweisen zum zweiten Diskos, hatte deshalb Claudio beauftragt, seinem Helfer ausdrücklich zu sagen, er möge sich diesen Hermes vornehmen. »Er ist tatsächlich fündig geworden. Aber ich konnte mit diesem Gekritzel nichts anfangen«, gestand Sven. »Ich habe es verbrannt. Später habe ich von Piet Hamann erfahren, dass er für Anna den Text dechiffriert hat. Obwohl ich ihm mit dem einen oder anderen Wort geholfen habe, habe ich den Inhalt nicht erfasst.«

Dass er der Urheber der an Alessandra gerichteten Drohungen war, gab Sven ebenfalls zu. Er wollte sie aus dem Haus treiben, um dort in Ruhe herumstöbern zu können. Ich kam ihm dabei in die Quere. Und er hoffte, dass der Einbruch mich nötigen würde, ebenfalls früher als gedacht abzureisen. Er hatte damit das Gegenteil erreicht, sehr zu seinem Ärger.

Eine Frage aber blieb unbeantwortet. Sven gab zu, dass er den Brand beim Haus Ariadne gelegt habe. Doch er verriet nicht, weshalb. Schumann machte sich seinen eigenen Reim darauf und meinte, dass Sven damit entweder ein Ablenkungsmanöver geplant habe oder das Haus aus Bosheit gegenüber Edgar zerstören wollte. »Durch den Brand wäre allerdings auch die Sammlung vernichtet worden. Glücklicherweise aber schlug Svens Plan fehl.«

Sven Langer starb zwei Tage später an den Folgen seiner Verletzungen. Bis zuletzt glaubte er, der Enkel des alten Grabert zu sein. Und bis zuletzt wusste er nichts von der im Haus Ariadne entdeckten Kopie, die für ihn eine ebenso bittere Enttäuschung gewesen wäre wie das Imitat aus der Speisekammer.

Mich nahm das alles sehr mit. Auch die Nachricht von Svens Tod erschütterte mich. In der Maremma hatte er sich mir gegenüber liebenswert und charmant gezeigt. Ich hatte ihn sogar gemocht.

Nacheinander meldeten sich bei mir meine Mutter mit liebevollen Worten, diesmal ohne mahnende Zitate, mein uralter Vater, der von meiner Mutter von dieser Geschichte gehört hatte, Svens alte Freunde, allen voran Piet und Edgar, die sich nachträglich darüber entsetzten, wie übel Sven mir mitgespielt hatte.

Edgar informierte mich über seine Pläne, Haus Ariadne zu verkaufen. »Es gibt einen Interessenten, einen Mann aus Bad Gandersheim, der das Haus zu einem Kulturzentrum ausbauen möchte. Und Emma habe ich mit einer ordentlichen Abfindung in den Ruhestand entlassen. Nach Angaben der Ärzte dauert es noch einige Wochen, bis sie wieder fit ist.«

Das freute mich für Emma, und ich war froh, dass Edgar nichts von ihren kleinen Mauscheleien wusste. Schumann fand, dass sie nicht belangt werden sollte. »Die arme Frau hat genug mitgemacht.«

Bernd Krause tauchte mit einem Blumenstrauß auf, Frostauer besuchte mich zum Tee und wirkte zurückhaltender als sonst. Keine Prahlerei damit, dass er immerhin Svens falsche Ansprüche auf die Verwandtschaft mit Grabert enttarnt hatte. Eine Überraschung, denn so kannte ich ihn nicht. »Deine Gefangenschaft in der Speisekammer entbehrt zwar nicht einer gewissen Komik«, meinte er, »aber auch nur, weil es gut ausgegangen ist.«

»Dieser Kerker war mir dann doch lieber als das Grab in Kalkriese oder der Sarkophag in Bresterholz«, erwiderte ich.

Am Abend von Sven Langers Tod rief mich Ettore Petruccio an. Ich freute mich, seine Stimme zu hören. Er berichtete mir noch einmal kurz von Castelnuovos Geständnis, bedauerte Sven Langers Tod, aber nicht aus Pietät, sondern weil »er so seiner gerechten Strafe entgeht. Castelnuovo wird für lange Zeit hinter Gittern verschwinden«.

Dann rückte Ettore mit seinem eigentlichen Anliegen heraus. »Anna, gestern ist Alessandra zurückgekommen. Sie hatte sich mehrere Wochen nach Elba zurückgezogen, um sich den Drohungen zu entziehen. Sie ahnte nicht, wer dahintersteckte, glaubte, es seien irgendwelche Feinde ihrer Familie.«

Er hielt inne, fuhr dann aber fort: »Übrigens wussten ihre Eltern und ich von ihrer Flucht nach Elba, sollten aber erst einmal so tun, als sei Alessandra tot, um sie zu schützen. Eine Zeit lang verdächtigten wir eine radikale Gruppe mit Namen ›Etruria den Etruskern‹, sie wegen ihres Urgroßonkels und ihrer Arbeit über sein Leben und Wirken im Visier zu haben. Aber dann stießen wir auch durch Claudios Aussage und Castelnuovos Geständnis auf Sven Langer. Jetzt hat sie keinen Grund mehr, sich auf Elba zu verstecken.«

Ich war überglücklich, auch wenn ich ein wenig sauer auf Alessandra war.

»Sie lässt dich herzlich grüßen, meldet sich bei dir bald und entschuldigt sich, dass sie so vielen Menschen Kummer bereitet hat. Sie schreibt an einem größeren Buch über ihren Großonkel, allerdings hauptsächlich über seine Zeit auf Kreta. Leider wird sie die Wahrheit nicht verschweigen können, dass ihr an sich so liebenswerter Großonkel Marco ein Mörder war. Der Titel lautet ›Il sanguinoso secreto del secondo disco‹, ›Das blutige Geheimnis des zweiten Diskos‹. Und sie hofft, dass du sie im nächsten Jahr besuchst. Die Villa Etruria steht dir immer offen. Tom und Syria erwarten dich auch.«

Ich hatte beim Gedanken an Alessandras möglichen Tod sehr gelitten und um sie getrauert. Ihre Einladung in die Maremma würde ich deshalb mit umso größerer Freude annehmen.

Einen Tag nach Svens Tod rief mich Schumann an. Er klang sehr aufgeregt. »Ich habe vom griechischen Generalkonsulat in Berlin gehört. Das Museum in Heraklion verzichtet auf diese Kopie, schlägt aber vor, sie der Familie Mandrakis zu überreichen. Wir sind in der nächsten Woche nach Kreta eingeladen. Du und ich, Anna, als Ehrengäste, weil wir den Mord an Nicos aufgeklärt haben. Obwohl das Museum die Kopie nicht möchte, will die Direktorin uns begrüßen. Lade doch Elena dazu ein.«

Harald Frostauer und Richard klinkten sich ein, und am 25. Oktober flogen wir nach Heraklion. Der Bürgermeister von Heraklion begrüßte uns im Museum, dankte für das Auffinden der Kopie und betonte die enge Beziehung Kretas zu Deutschland. Nach diesem offiziellen Teil der Veranstaltung führte uns die Direktorin des Museums durch die Dauerausstellung und natürlich auch zum Original-Diskos. Die Kopie von Dimitrios war zwar erstaunlich perfekt, aber einige winzige Details, erklärte die Direktorin, stimmten nicht überein.

Der Grund dafür könnte sein, dachte ich bei ihren Worten, dass der zweite Diskos sich auch in einigen Details vom ersten Fund unterschieden hatte. Auf Nicos' Diskos beruhte die Kopie. Aber das konnte man nicht mehr beweisen.

Nach dem Museumsbesuch fuhren wir nach Agios Stefanos. Wassili Vargas gesellte sich zu uns, überglücklich, dass der Fall gelöst war. Im Dorf wurden wir wie beste Freunde empfangen. Feierlich überreichten Schumann und ich dem Popen den Diskos. Mit Tränen in den Augen umringten uns die Mitglieder der Familie Mandrakis und umarmten uns immer wieder. Das Werk von Dimitrios sollte in der Kirche aufbewahrt werden.

Danach folgten köstliches Essen, Wein, Musik – alle feierten auf dem Marktplatz mit. Es wurde spät und langsam kühl. Am Himmel stand der fast volle Mond. Wir beschlossen, nach Heraklion zurückzufahren. Unser Rückflug am nächsten Tag ging am frühen Nachmittag.

Als wir uns von der Familie Mandrakis und anderen Dorfbewohnern verabschiedeten, winkte mich Elena zu sich und
flüsterte mir zu: »Ich möchte dir etwas zeigen. Bitte komm mit!«

Sie nahm mich an der Hand und führte mich in ein kleines
Zimmer des alten Hauses, in dem schon ihre Urgroßmutter
Maria gelebt hatte. Das Zimmer ähnelte einem Gebetsraum. Sie
sah mir direkt in die Augen und sagte: »Kann ich dir vertrauen?
Was ich dir jetzt zeige, ist das größte Geheimnis unserer Familie
und darf niemals an die Außenwelt dringen. Doch du gehörst
für mich zur Familie.«

Mich überlief ein leiser Schauer. »Ja«, antwortete ich, »du
kannst mir vertrauen. Ich werde mit keinem Menschen über
euer Geheimnis sprechen.«

Elena lächelte, umarmte mich kurz und wandte sich einem
Ikonenschrein zu, der auf einem kleinen Altar stand. Langsam
öffnete sie den Schrein, den Abbildungen des heiligen Stefan und
des Drachenbezwingers Georg schmückten. Sie griff hinein und
holte sehr vorsichtig einen Gegenstand hervor. Sie hielt ihn mir
entgegen.

»Nimm und schau ihn dir an. Das ist der Diskos, den Ni-
cos Siriakis an jenem Julitag 1908 in Phaistos in der verfallenen
Kammer des minoischen Palastes ausgegraben hat. Der zweite
Diskos von Phaistos.«

Ich nahm die Scheibe zögerlich in meine Hände. Ja, das war
der identische Zwilling des Diskos, den Perniers Team am 3. Juli
1908 gefunden hatte. Die Scheibe aus gebranntem Ton mit insgesamt zweihunderteinundvierzig Stempeleindrücken. Die
Scheibe, die auf beiden Seiten mit fünfundvierzig unterschiedlichen Stempelmotiven bedeckt ist, neben abstrakten Darstellun-
gen sind es Abbildungen von Menschen, Tieren, Gerätschaften
und Waffen. Ich wagte mich nicht zu bewegen, kaum zu atmen.

Elena strich sanft über die Scheibe. »Nicos hatte Angst um
seinen Fund. Er vertraute sich Dimitrios an, der für ihn die
Kopie schuf. Dimitrios sollte das Original aufbewahren, bis Ni-
cos sich sicher sein konnte, dass er diesen Schatz seinen beiden
Vorgesetzten Pernier und Halbherr übergeben konnte, ohne
Furcht vor Neid und Gier seiner Kollegen. Dimitrios legte die

Scheibe in diesen Schrein und brachte Nicos die Kopie. Kurz bevor Dimitrios ihm das Original zurückbringen und dafür die Kopie mitnehmen sollte, starb er bei einem Unfall, und wenig später wurde Nicos ermordet und die Kopie gestohlen, die der Täter für das Original hielt.«

Elena nahm mir die Scheibe wieder ab. »Mein Vater Christos hat den Diskos zufällig entdeckt, als er diesen Schrein einmal gründlich putzen wollte. Er erkannte sofort, was für ein Schatz sich dort verbarg. Er hat während seines Studiums in Göttingen ein Jahr später Grabert auf die Ausgrabungskampagne von 1908 angesprochen und Nicos erwähnt. Grabert aber leugnete, Nicos näher gekannt zu haben und von dem Gerücht um einen zweiten Diskos zu wissen. Er wies meinem Vater die Tür.«

Elena legte den Diskos wieder zurück in den Schrein. »Später erfuhr mein Vater, dass Grabert zur selben Zeit wie Klaus Kurz auf Kreta war. Er konnte Grabert nichts Illegales nachweisen. Er verließ Göttingen wenig später, ohne zu ahnen, dass Grabert diese Kopie von Dimitrios in seinem Haus aufbewahrte.«

Elena verschloss den Schrein. »Wir hüten das Vermächtnis meines Urgroßvaters wie eine Reliquie und werden den Diskos niemals freiwillig hergeben.«

Ich umarmte Elena. »Dein Geheimnis ist bei mir sicher. Ich danke dir für dein Vertrauen!«

Auf unserem Rückflug nach Deutschland spürte ich ein seltenes Glücksgefühl. Manchmal, dachte ich, gibt es doch eine höhere Gerechtigkeit!

Nachwort

Kreta ist ein Land im dunkelwogenden Meere,
Fruchtbar und anmutsvoll und ringsumflossen. Es wohnen
Dort unzählige Menschen, und ihrer Städte sind neunzig:
Völker von mancherlei Stamm und mancherlei Sprachen.
Es wohnen dort Achaier, Kydonen und eingeborene Kreter,
Dorier, welche sich dreifach verteilet, und edle Pelasger.
Ihrer Könige Stadt ist Knossos, wo Minos geherrscht hat,
Der neunjährig mit Zeus, dem großen Gotte, geredet.
Homer, »Odyssee«

Kreta, das schon Homer erwähnt und das in vielen Sagen wie der
vom Minotaurus und vom bronzenen Riesen Talos auftaucht,
hat mich bei einem ersten Besuch als Studentin vor vielen Jahren
bereits fasziniert. 2021 war ich erneut mit guten Freunden zwei
Wochen dort. Wir haben wunderbare Touren über die Insel gemacht, waren in Knossos, in Phaistos, in den Klöstern im Westen, in der Samaria-Schlucht und auf der berühmten Insel der
Leprakranken, Spinalonga. Das waren nur einige der Orte, die
wir mit unserer Führerin Stella besuchten. Sie erzählte nicht nur
von den kulturellen Sehenswürdigkeiten ihrer Heimat und den
Naturschönheiten, sondern auch von den Sagen, die auf der Insel
noch heute lebendig sind. So auch von den Zikaden, die einst
Menschen waren. Der griechische Philosoph Platon (429–347
vor Christus) beschrieb in seinem Werk »Phaidros« (»Φαῖδρος«)
den Zikadenmythos, in dem die Zikaden als Nachkommen verwunschener Menschen angesehen werden. Die Menschen starben, da sie den Musen mit ihren Gesängen lauschten, aber dabei
das Essen und Trinken vergaßen. Die Musen verwandelten sie
in Zikaden, die von nun an fortdauernd singen können, ohne
dabei essen oder trinken zu müssen.

In Phaistos, unter einem Olivenbaum sitzend und dem Konzert der unermüdlichen Zikaden lauschend, hatte ich plötzlich

die Idee für dieses Buch. Ein angeblicher zweiter Diskos, der in Phaistos entdeckt wird, aber wenig später mysteriös verschwindet, sodass die Frage besteht, ob es diese zweite Scheibe je gegeben hat. In Heraklion gehört der Diskos zu den großen Attraktionen des Museums. Noch heute ein Rätsel für die Wissenschaft.

Als dann Stella die Geschichte von dem deutschen Offizier erzählte, der während der Besatzung durch die Wehrmacht auf Kreta in ihrem Heimatort Kinder durch das Verteilen von Lebensmitteln rettete, war ich so beeindruckt, dass ich beschloss, diese Geschichte, wenn auch fiktiv abgeändert, im Buch wiederzugeben.

Dieses Buch ist ein Roman, weshalb natürlich das meiste meiner Phantasie entsprungen ist. Doch viele der von mir erwähnten Orte existieren, manche sind erfunden, die Personen sind alle Ausgeburten meiner Vorstellung. Was auf Kreta zutrifft, gilt auch für jene Szenen, die in der wunderschönen Maremma spielen. Dort verbrachte ich im Sommer 2022 eine Woche in einem Haus am Meer, das zum Vorbild für die Villa Etruria wurde. Und im Badehäuschen am Strand sitzend, beobachtete ich einige Hunde, die auf einer kleinen Düne Stöcke ausgruben. Diese Stöckchen erinnerten an Knochen. Auch diese Beobachtung floss in das Buch ein. Und am Horizont grüßte die Ziegeninsel Capraia, weiter südlich tauchte gelegentlich Elba aus dem Sommerdunst auf. Beides Orte, die Anna von Weitem bewunderte und die im Buch eine Rolle spielen.

Ich widme diesen Roman, den siebten Fall meiner unermüdlichen Heldin, auch diesen herrlichen Landschaften, die unendlich viele kulturelle Schätze bergen. Es lohnt sich, diese zu entdecken oder immer wieder zu bestaunen.

Anna jedenfalls, die, um dieser Vermutung entgegenzuwirken, nicht mein Alter Ego ist, hat mit mir allerdings eine Eigenschaft gemein, außer unserer gemeinsamen Liebe zu Film, Literatur und Kunst: Sie ist offen für alles Neue. Auch wenn sie dabei oft genug in Teufels Küche gerät. Ihre eher skeptische Mutter hat in diesem Fall sogar Verständnis für ihre abenteuerlustige

Tochter, frei nach dem Spruch des großen Schauspielers Burt Lancaster: »Solange man neugierig ist, kann einem das Alter nichts anhaben.«

Dieses Wort teile ich mit Annas Mutter und meiner Protagonistin, deren Menschenkenntnis leider oft schwächelt, deren Freude am Leben aber stets lebendig ist. Ihre Fehler sind Teil ihres Wesens, und dazu steht sie. Damit ist Anna eine Gefolgsfrau von Albert Einstein, der einmal gesagt hat: »Ein Mensch, der keine Fehler gemacht hat, hat nie etwas Neues ausprobiert.«

In diesem Sinn hoffe ich, dass mit der Gunst der Leserinnen und Leser vielleicht auch Anna noch weitere Fehler machen und neugierig bleiben darf – aber stets mit Happy End.

Dank

Zum siebten Mal macht sich meine Freundin Anna auf eine abenteuerliche Jagd nach dem Täter. Und wie immer spielen auch in diesem Buch die Vergangenheit und »Altfälle« eine wichtige Rolle. Dass Anna nach ihren Filmerlebnissen aus Band sechs nun wieder ganz andere Erfahrungen macht und diesmal mit den Minoern und den Etruskern zu tun hat, verdanke ich dem Emons Verlag, der mir die Chance einräumt, Anna erneut als »Miss Marple« auftreten zu lassen. Deshalb Dank an den Verlag, an Stefanie Rahnfeld, Dominic Hettgen, Nora Dutz und alle anderen, die im Hintergrund eine wichtige Funktion haben. Dabei denke ich vor allem auch an Nina Schäfer, die für die Umschlaggestaltung zuständig ist. Sie wartet immer mit großartigen Ideen auf.

Ein besonderer Dank gilt natürlich meiner Lektorin Hilla Czinczoll, die sich einmal mehr durch das Konvolut meiner »Schreibkünste« wühlen musste. Ich hoffe, dass dies nicht unsere letzte gemeinsame Arbeit war.

Und besonders danken möchte ich meiner Familie, die hinter mir steht und mir viel Kraft verleiht. Dazu gehören mein Mann, meine sechs Kinder, die Schwiegerkinder und meine zauberhaften Enkel. Ihr seid das Wichtigste! Ad multos annos!

Weitere Bücher von Margarete von Schwarzkopf im Überblick

Alle Titel sind auch als eBook erhältlich.

Der Moormann
ISBN 978-3-7408-0215-8

Schattenhöhle
ISBN 978-3-7408-0440-4

Der Fluch der Kelten
ISBN 978-3-7408-0688-0

Der Meister und der Mörder
ISBN 978-3-7408-0958-4

Das doppelte Grab
ISBN 978-3-7408-1237-9

Das Geheimnis des dunklen Hauses
ISBN 978-3-7408-1575-2

www.emons-verlag.de